A Faint Cold Fear Thrills Through My Veins
William Shakespeare

Boileau/Narcejac

Mord bei 45 Touren

Mario Lacruz

Steckbrief für einen Unschuldigen

Chester Himes

Schwarzes Geld für weiße Gauner

rororo

Rowohlt

rororo thriller
Herausgegeben von Richard K. Flesch

Veröffentlicht im Rowohlt Taschenbuch Verlag GmbH,
Reinbek bei Hamburg, Februar 1983

Übersetzer siehe Titelseiten
Umschlagentwurf Manfred Waller
Gesamtherstellung Clausen & Bosse, Leck
Printed in Germany
580-ISBN 3 499 42624 2

Inhalt

Boileau / Narcejac

Mord bei 45 Touren

Deutsch von
Joachim Nehring

Zu diesem Buch

Eve, die Frau des berühmten Schlagerkomponisten Faugères, als Chansonsängerin die beste Interpretin ihres Mannes, legt für ihren weit jüngeren Begleiter am Flügel so viel Sympathie an den Tag, daß Auseinandersetzungen unausbleiblich sind. Nachdem Faugères unter den Trümmern seines Wagens tot aufgefunden worden ist, kompliziert sich das Verhältnis dieser Liebeskomplicen nicht allein durch ihr gemeinsames Schuldbewußtsein gegenüber dem Umgekommenen, sondern bis zur Unerträglichkeit durch dessen letzte Melodie, von der beide auf Schritt und Tritt verfolgt werden. Auf rätselhafte Weise bekommen sie überdies Platten zugestellt, auf denen die Stimme Faugères Beschuldigungen gegen sie ausstößt. Wer will sie ängstigen? Wie ist dieser akustische Racheakt inszeniert worden?

Unter dem Druck so quälender Umstände zersetzt sich ihre Passion, sie wird zu einem Gewirr von Begierde, Eifersucht, Kummer und Verachtung, zu einer schrecklichen Nervenprobe. Dies von Drohungen gleichsam aus dem Jenseits gefolterte Duo mit seinen erotischen Paradoxen und Kontroversen, das der kriminalistischen Lösung voraufgeht, gewährt den Autoren des französischen psychologischen Thrillers reiche Gelegenheit zu hundert Finessen einer erregenden Seelenzerfaserung. Das Buch ist durch Étienne Perier in einen besonders packenden Film gleichen Titels mit Danielle Darrieux, Michel Auclair und Jean Servais transponiert worden. Sowohl Pierre Boileau, 1906 in Paris, wie Thomas Narcejac, 1908 in Rochefort-sur-Mer geboren, haben schon vor ihrer freundschaftlichen Verbindung zu gemeinsamem Schaffen jeder für sich den «Grand Prix du Roman d'Aventures» (1938 und 1948) erhalten.

I

«Ich bringe ihn noch um! Das wird das Ende sein, verlaß Dich darauf!»

Sie blieb vor dem Fenster stehen und blickte über das Meer, ohne es zu sehen. Leprat bemühte sich, seine Krawatte zu binden. Dabei beobachtete er Eve im Spiegel, und schon erwachte in ihm das Begehren. Es war wie eine Krankheit, die keine Umarmung heilen konnte. Eve trug ein weißes, plissiertes Kleid; unter dem leichten Stoff zeichnete sich ihr Körper ab. Leprat wurde unruhig. Er schimpfte vor sich hin, wünschte Krawatte und Konzert zum Teufel ...

«Komm her, mein kleiner Jean», sagte Eve. «Gib mir die Krawatte. Du bist schlimmer als ein Kind ... Du weißt doch, daß du mein Kind bist!»

Sie stand mit erhobenen Armen vor ihm, und er versenkte seine Augen in die hellen Augen seiner Geliebten. Er hätte ihr am liebsten gesagt: ‹Denke nicht mehr an ihn ... Denke ein wenig an mich!› Aber während sie ihm einen tadellosen Schmetterlingsknoten band, fuhr sie ganz ruhig fort:

«Ich werde ihn töten. Etwas anderes verdient er nicht.» Leprat wußte, daß er auf ihre Gedanken eingehen mußte: Er mußte noch einmal all die Beschwerden anhören, die er längst auswendig kannte, und empört den Kopf schütteln. Sie liebte ihn, weil er ein Vertrauter war, der niemals schwankte.

«Ich habe ihn eben gesehen. Er hielt die kleine Brunstein im Arm und hatte die Frechheit zu behaupten, es sei nicht wahr. Er lügt bei jedem Atemzug. Ich ekle mich vor ihm wirklich!» Ihre hellen Augen wurden ganz grau.

«Ich liebe diesen Gewitterhimmel», scherzte er, um seine Erregung zu verbergen.

Aber sie war ganz von ihrem Haß erfüllt. Sie war allein mit diesem Haß. Leprat zählte nicht mehr.

«Ich habe ihn geohrfeigt», fuhr sie fort. «Übrigens hat er mir die Ohrfeige zurückgegeben, und zwar sehr kräftig.»

«Schließlich», wagte Leprat einzuwerfen, «hat er dich nicht zum ersten Mal betrogen.»

«Soll er mich betrügen», schrie sie, «daraus mache ich mir gar nichts! Aber er soll den Mut haben, es einzugestehen. Was ich ihm nie verzeihe, ist, daß er mich zwanzig Jahre lang belogen hat. Er belog mich schon, als wir noch nicht verheiratet waren. Zärtlich sagte er zu mir: ‹Du bist meine Einzige, meine Vielgeliebte›, und sobald er mich verließ, ging er mit dem erstbesten hergelaufenen Frauenzimmer ins Bett!»

Sie war von Leprat abgerückt, als wenn die männliche Berührung ihr plötzlich Ekel eingeflößt hätte. Sie blickte ihren Geliebten mißtrauisch und böse an.

«Die Lüge», sagte sie, «ist für mich der Tod. Vielleicht bin ich eine Dirne, aber ich kann nicht lügen. Als ich deine Geliebte wurde, habe ich ihm noch am gleichen Abend alles eingestanden. Aber ihr Männer könnt die Wahrheit nicht vertragen. Für euch soll die Liebe eine schöne Geschichte sein, und die Geschichte interessiert euch mehr als die Frau!»

Leprat schlüpfte in den Rock, zog die Manschetten herunter und betrachtete sich von vorn und von der Seite.

«Ja», sagte sie, «du bist schön. Die Frauen werden nur für dich Augen haben. Wie dumm sind wir Frauen doch!»

Er zog Eve an sich, schob seine Hand unter ihr Kleid und streichelte mit den Fingerspitzen ganz zart ihren Rücken.

«Ich wenigstens», flüsterte er, «betrüge dich nicht».

«Wer weiß!»

«Wieso?», meinte er, und tat, als sei er ernstlich überrascht und betrübt.

Sie lehnte ihre Wange an seine Brust.

«Nein», sagte sie, «ich vertraue dir. Ich habe eine gute Nase für Männer!»

Und wieder empfand Leprat diesen unsinnigen Schmerz. Er hielt den Atem an.

«Eve», flüsterte er, «mir wird übel.»

Sie drehte den Kopf und aus ihrem kurzen Haar strömte ihm ein Duft von frischer Erde und zerdrückten Blumen entgegen.

«Warum wird dir übel, Liebling?»

Er schwieg. Er hätte sie beleidigt, wenn er sie gefragt hätte, wie viele Männer sie vor ihm geliebt hatte. Er war nicht einnal eifersüchtig. Übrigens würde sie nie verstehen, daß man eine

Frau bis in ihre Vergangenheit hinein liebt, bis in ihre Kindheit zurück. Seine Hand streichelte weiter gleichmäßig ihre Schulter. Und er dachte: Sie ist fündundvierzig, ich dreißig. In fünfzehn Jahren wird sie sechzig sein. Und ich ... Er schloß die Augen. Seit sechs Monaten hatte er sich daran gewöhnt, daß sie seine Geliebte war, und immer wieder spürte er dieses geheimnisvolle, brennende Aufsteigen der Tränen, dem ein Gefühl von Schwindel, Angst und Abscheu folgte. Eine Liebe ohne Zukunft ... das war es, was er in den Armen hielt.

«War das ernst gemeint», fragte er, «was du vorhin sagtest?»

«Was denn?»

«Mit deinem Mann ...»

«Ja», sagte sie. «Hätte ich einen Revolver oder irgendeine Waffe in der Hand gehabt ... ich hätte ihn getötet.»

«Kaltblütig?»

«Ob kaltblütig, das weiß ich nicht ... Ich glaube nicht ... Sobald ich anfange zu überlegen, habe ich Mitleid mit ihm.»

Es durchfuhr Leprat heiß, und sein Herz begann zu jagen. Mit belegter Stimme fragte er:

«Dieses Mitleid ... bist du sicher, daß es nicht Liebe ist, ein Rest von Liebe?»

Er betete leise: ‹Lieber Gott, laß sie nur nicht antworten: Ja, es ist vielleicht noch Liebe›, aber laut beharrte er mit beflissener Liebenswürdigkeit:

«Weißt du, ich fände es ganz natürlich. Ich bin ja kein Unmensch.»

Sie löste sich von ihm und blickte wieder aufs Meer hinaus. Ein Tanker lief mit kleiner Fahrt in die Hafenbucht ein. Es war die graue Stunde, wenn unter verhangenem Himmel der Widerschein des Wassers wie ein Schneefeld die Gesichter von unten beleuchtet.

«Nein», sagte sie. «Ich hasse ihn. Ich bewundere sein Talent, seine Kraft, seine Intelligenz. Ich verdanke ihm, was ich bin. Aber ich hasse ihn.»

In seiner schmerzlichen Verkrampfung ließ Leprat nicht nach:

«Vielleicht läßt er dich leiden, weil du ihn zur Verzweiflung gebracht hast?»

«Ich? Kein Gedanke! Ich war immer bereit, ihm zu verzeihen. Wenn er mir gesagt hätte: ‹Ich bin in Versuchung gekommen und habe nicht widerstehen können›, so hätte ich ihn geliebt wie zuvor. Aber nein! Er wollte eine schönere Rolle spielen als ihm zustand. Es genügt ihm nicht, so etwas wie Genie zu besitzen. Er will sich auch den Anschein geben, Herz zu haben. Also mußte ich an allem schuld sein: Ich verstand ihn nicht, ich war eine ehrgeizige, herrschsüchtige Frau ... Ein elender Lügner!»

Leprat fühlte sich ohne Grund von diesen Vorwürfen getroffen. Er hatte fast Lust, Eves Mann zu verteidigen.

«Immerhin ...», fing er an.

«Laß nur», sagte sie. «Komm zu mir. Küß mich, Jean.»

Und selbst der Kuß war ein Schmerz. Während Jean sich über ihren geheimnisvoll frischen Mund beugte, malte er sich aus, welche Lippen, Zähne, Zungen bereits in Berührung mit diesem süßen Mund vor Wonne erschauert waren. Er schwankte wie ein Baum im Winde. Er war ein Baum. Das Blut rauschte in ihm wie ein Blätterwald. Unter seinen Lidern kreiste eine Sonne. Und in einem Winkel seines Verstandes wiederholte eine Stimme: Der Körper ist immer neu. Der Körper hat kein Gedächtnis. Der Körper ist unschuldig ... Der Körper ... Der Körper ...

Er rang nach Luft und richtete sich auf. Eve bot ihm immer noch ihr Gesicht und ihre offenen Lippen. Ihr aufgelöstes Lippenrot floß wie ein blutiges Rinnsal hinab. Sie war blaß und leblos, als wenn sie gerade in seinen Armen gestorben wäre. Und ihn erfüllte ein wildes und trauriges Glücksgefühl.

«Ich hasse ihn auch», flüsterte er.

Sie sahen sich an. Die schwarzen Augen und die grünen Augen. Die ersten Abendlichter flammten in Jeans Pupillen auf. Mit der Stirn suchte er die Stirn der Geliebten.

«Eve ...» sagte er. «Meine Liebe ... Meine Sorge ...»

Er war übervoll von Worten, die er nicht auszusprechen wagte. All seine Schwächen hätte er jetzt offenbaren mögen. Er wünschte, daß sie alles von ihm wüßte, fühlte aber zugleich, daß die Liebe an zuviel Intimität sterben kann. Ob Zurückhaltung auch eine Lüge ist?

«Meine Qual ...», sagte er noch, und dann schlug er einen leichten Ton an:

«Weißt du, daß es acht Uhr ist? Wir wollen in einer Stunde gehen. Behältst du dieses Kleid an?»

Eve lächelte plötzlich. Sie hatte ihren Mann vergessen, vielleicht auch ihren Liebhaber. Sie trat dem Leben mit einem neuen Gesicht entgegen wie eine Galionsfigur. Sie war bereit zu singen, hatte schon ihr Publikum vor sich und summte mit ihrer tiefen Stimme, von der Leprat gern sagte, daß sie Herz und Nieren angreife, den Refrain ihres letzten Liedes: *Der November ist da.*

«Ja», entschied sie. «Ich behalte dieses Kleid an.»

«Es ist etwas gewagt.»

«Ja, eben!»

Sie nahm den Lippenstift und zeichnete mit unfehlbarem Strich, ohne auch nur in den Spiegel zu blicken, ihren berühmten, kleinen, schmalen Mund nach. Die Karikaturisten hatten sich seiner längst bemächtigt: Eine Schlangenlinie, zwei Striche für die Grübchen, einer für die sehr pariserische Nase, dazu schwermütige, ernste Augen unter halbgeschlossenen Lidern. Dieses Bild sah man überall, an den Mauern und in den Zeitungen. Es spukte überall herum: bei den Studenten, den Matrosen, den Gefangenen. Leprat ließ es keine Ruhe.

«Diese Brunstein», sagte Eve, «ist eine richtige Zigeunerin!»

«Man muß gerecht sein, mein Kind. Dein Mann hat schon das Recht . . .»

«O, ich verstehe sein Spiel. Er will mich vernichten, das ist es. Er wird sie ein Lied kreieren lassen, und dann ein zweites . . . Du kennst doch das Publikum. Ein Lied, das gut einschlägt, genügt, und alle ihre Lieder werden einschlagen. Sie wird zum Star werden mit ihren dreiundzwanzig Jahren. Ein Maul hat sie wie ein Teppichhändler, aber sie versteht es zurechtzumachen. Mein Ruhm wird altern. Für offizielle Veranstaltungen wird man mich noch heranziehen. Man wird mir das Kreuz der Ehrenlegion anheften. Dann wird es zu Ende sein. Und auch du wirst am Ende sein. Es sei denn, du findest dich bereit, diese Kreatur zu begleiten.»

Leprat war an diese launischen Anwandlungen gewohnt.

«Sieh mal, mein Liebling, ich bin doch nicht dein Feind. Glaubst du wirklich, daß ich fähig wäre, dich zu verlassen?»

Sie lachte tief aus der Kehle heraus, und ihre Stimme klang plötzlich rauh wie ein Stöhnen:

«Du bist ein Mann», sagte sie.

Gereizt zuckte er die Schultern.

«Auch ich werde Lieder komponieren. Das ist doch keine Hexerei.»

«Idiot! Du bist nicht auf den Geschmack der Straße eingestellt. Sieh dich doch an.»

Sie faßte ihn am Handgelenk und zog ihn vor den Spiegel.

«Du bist zum Spielen geschaffen, und das ist gar nicht so schlecht, weißt du! Man muß schon ein Scheusal wie mein Mann sein, um solche herzergreifenden Schnulzen auf den Herbst und die Liebe erfinden zu können. Du bist ganz anders, das sieht man doch . . . Aber du wirst Erfolg haben. Ich schwöre dir, daß du Erfolg haben wirst.»

«Und bis dahin begleite ich dich.»

Er hätte die Worte wieder einfangen mögen. Eve zündete sich langsam eine Zigarette an. Wie ein Junge pustete sie den Rauch ins Zimmer hinein. Wollte sie etwa ärgerlich werden?

«Siehst du», sagte sie, «auch du kannst boshaft sein.»

Verbissen brummte er:

«Ich bin boshaft, weil ich arm bin.»

«Und du willst es natürlich ganz allein schaffen. Wenn du dankbar sein müßtest, würdest du ersticken.»

Sie schlug einen anderen Ton an und legte ihm die Hand auf die Schulter.

«Höre mir dieses eine Mal richtig zu, Jean. Ich kenne dich, als wenn ich dich gemacht hätte. Du hast Talent, du hast Ehrgeiz, das ist normal. Du siehst, daß mein Mann mit seinen Liedern ein Vermögen verdient. Also willst du auch Lieder komponieren. Ich sage: nein. Und ich will ganz offen sein. Alles, was du schreibst, ist schlecht, weil es niemals Leprat ist. Es erinnert immer an Francis Lopez, van Parys oder Scotto. Du bist andrerseits ein bemerkenswerter Interpret. Ja, ich weiß ... die Konzerte sind teuer. Aber laß mich machen ... Ich werde dir Lamourex oder Colonne angeln. Ich habe immer noch einen langen Arm.»

Jetzt sprach eine andere, eine kalte, entschlossene, erfahrene Eve. Er haßte diese mütterliche Stimme, die über sein Leben verfügte. Er pfiff auf die Konzerte. Applaus, anerkennende Kritiken und wertlose Komplimente: Große Zukunft ... herrliches Temperament ... und zuletzt die Vergessenheit. Ein Lied dagegen, das fliegt auf alle Lippen; man fühlt es um sich leben; es strömt aus einem Lautsprecher auf die versammelten Menschenmengen herab, oder es wird heimlich geflüstert auf der Straße, in der U-Bahn, auf den Bänken in den Anlagen ... Eine Frau summt es im Vorbeigehen, ein Liftführer trällert es Kaugummi kauend vor sich hin ... So viele Unbekannte werden plötzlich Freunde! Sie wiegen sich mit den Noten, die man eines Abends tastend zusammengestellt hat, weil das Licht so sanft war und man von irgend etwas träumte.

«Hörst du mir zu?» fragte Eve.

«Ja, ja, ich höre dir zu.»

«Ich will, daß du ein großer Künstler wirst.»

«Wir wollen gehen», sagte er. «Sonst kommen wir zu spät.»

Er ging zuerst hinaus und warf einen mißtrauischen Blick in den Gang.

«Du hast wohl Angst, dich zu zeigen», bemerkte Eve.

Er antwortete nicht. Von neuem war er gehemmt und mißtrauisch. Er nahm wieder seinen gewohnten Platz als Schatten des Stars ein. Sie schritten durch die Hotelhalle. Schon wurden sie erkannt. Alle Köpfe wandten sich Eve zu. Sie war diese Huldigungen gewohnt. Er nicht. Er ersehnte und verachtete sie zugleich. Er hatte sich tausendmal geschworen, sie zu verdienen, um sie dann zurückzuweisen. Er wäre gern einsam gewesen und trotzdem allgemeiner Blickpunkt.

Oberhalb des Strandes zog sich der Lichtbogen des Boulevards entlang. Das unsichtbare Meer atmete leise gegen den Sand.

«Wird dein Mann da sein?» fragte Leprat.

«Hast du eine Ahnung! Meine Erfolge interessieren ihn schon lange nicht mehr ... Warum fragst du?»

«Ich möchte ihn nicht treffen.»

Langsam gingen sie zum Kasino hinüber. Bruchstücke von Melodien gingen Leprat durch den Sinn. Ärgerlich schüttelte er sie wieder ab. Gekünstelte Musik! Wie fing man es nur an, auf Anhieb jene eingängigen, zärtlichen, graziösen Weisen zu finden, die Faugères mit einer erstaunlichen Leichtigkeit zuflogen! Dieser dicke, rote, vulgäre Mann brauchte sich nur vor ein Klavier zu setzen und zu rufen: ‹Kinder, hört mal zu!› und schon quoll unter seinen Fingern ein charmanter Refrain hervor, den man nicht mehr vergaß. Man brauchte ihm nur zu sagen: ‹Faugères, etwas Heiteres... oder Faugères, etwas Trauriges.› Er überlegte nicht einmal. Er produzierte Musik wie eine Tanne den Harz. Und ich, dachte Leprat, bin nur ein armer intelligenter Kerl. Die Intelligenz, ja, das ist mein Fluch!

Sie stiegen die Terrasse zum Kasino empor. Die Menschen machten ihnen eilfertig Platz und lächelten, lächelten. Es war eine Allee des Lächelns, bis zum Konzertsaal. Ein paar Mal stürzten junge Mädchen auf Eve zu, Notizbücher in den Händen.

«Ein Autogramm ...»

Eve unterschrieb. Die jungen Mädchen traten zurück, außer sich vor Freude. Leprat, der sich dabei unbehaglich fühlte, stand mit abwesendem Gesichtsausdruck daneben, eine Hand in der Hosentasche. Eve war nicht mehr die Frau, die er liebte. Sie war Eve Faugères. Sie gehörten beide Faugères. Es war Faugères, dem man durch sie hindurch Ovationen brachte, und ihre Liebe war nur eine vergebliche Rache. Leprat setzte sich an den Flügel. Irgendein Anfänger hätte an seiner Stelle spielen können. Und vielleicht hätte auch irgendeine Sängerin Eve ersetzen können. Das Publikum hatte hier ein Rendezvous mit sich selbst. Eve war nur eine Stimme, und er nur ein Geräusch. Aber Eve liebte es, sich ihren Zuhörern ganz hinzugeben, ja, sich an sie zu verlieren; ihn dagegen wurmte es, vergessen zu werden. Ein Scheinwerfer hatte seine Geliebte in eine blaue Statue verwandelt. Sie sang von dem Leid der Liebenden, von Umarmung und Trennung, von dem ewigen Duell zwischen Frau und Mann, von der herzergreifenden Banalität des Alltags. Ein Lied folgte dem andern, in eine beklemmende Stille hinein. Leprat ließ den letzten Akkord lang ausklingen, um die Stimmung aufs höchste zu steigern. Und dann schlug der Beifall wie eine riesige Wolke über der Bühne zusammen, und Eve wich zurück und lehnte sich erschöpft gegen den Flügel.

Sie warf Leprat einen dankbaren Blick zu. Wie glücklich sie war! Jeden Abend war sie glücklich, dank Faugères. Nach dem Konzert mußte man heimlich verschwinden, das Kasino durch den Hinterausgang verlassen, um dem Ansturm der Fanatiker zu entgehen. Und auch diese Vorsichtsmaßnahmen waren erneut ein Vergnügen, dessen Widerschein noch lange Zeit auf Eves Gesicht leuchtete. Wie hatte sie nur sagen können: ‹Ich werde ihn töten!› Nein, sie würde ihn nicht töten. Es gab keinen Ausweg.

Als der Vorhang gefallen war, umarmte Eve Leprat.

«Ich danke dir, mein kleiner Jean. Du warst großartig.»

«O, nur das Übliche.»

«Was hast du denn? Bist du nicht zufrieden? Sie waren doch sehr gut, diese Leute von La Baule!»

Sie war plötzlich weit von ihm entfernt, lebte ganz in ihrem Triumph, und er war unglücklich, verbittert, eifersüchtig auf diese Freude, die sie nicht ihm verdankte. Die Marter würde nie enden. Sie würde immer wieder Männer und Frauen treffen, im Hotel, in der Bahn, die sie an die Höhepunkte ihrer Erfolge erinnerten. Sie scherzte mit ihnen, und er würde daneben sitzen wie ein Ausländer, dem man die Unterhaltung zu übersetzen vergißt.

«Geh mit mir zum Essen», schlug Eve vor. «Wohin du willst. Am liebsten in ein Bistro. Und leg dein beleidigtes Dogen-Gesicht ab.»

Er kannte eine ruhige Bar gleich hinter dem Kasino. Dorthin führte er Eve und bedauerte es sofort: Im Garten zechte Faugères in Begleitung von Brunstein und dessen Frau.

«Laß uns umdrehen», flüsterte Leprat ihr zu.

«Niemals», sagte Eve und ging auf den Tisch zu. Faugères drehte sich um.

«Ach, ihr seid es. Hat's geklappt?»

Er hatte einen roten Kopf und atmete geräuschvoll. Leprat ekelte sich vor ihm, vor seinem Schweiß, seinem Fett, seiner plumpen Vertraulichkeit, seinem durchdringenden Blick, der an Polizisten oder Richter erinnerte. Er war seiner Macht so sicher, daß er sich nicht mehr genierte. Er duzte alle Leute, nannte die Frauen ‹meine Kleine› und lachte bei jeder Gelegenheit, laut glucksend ‹Un-be-zahl-bar!›. Und doch hatte dieser Mann *Unser Haus, meine kleine Insel, Du ohne mich* . . . komponiert, mehr als zweihundert Refrains, die die Welt erobert hatten. Er fand auch die Texte zu seinen Liedern, so einfache, treffende Texte. Er war gierig nach Gewinn, hartherzig, aufbrausend, despotisch; er aalte sich in seiner Unwissenheit, aber er war imstande, ein Lied zu schreiben wie *Der November ist da.* Er faszinierte Leprat.

«Fünf Whiskys!»

Er trank Whisky, also mußte man auch Whisky trinken.

«Faugères, das sollten Sie lassen», sagte Brunstein. «Es sind fünfhundert Kilometer von hier nach Paris, und es strengt an, die ganze Nacht am Steuer zu sitzen.»

«Ich bin's gewohnt», erwiderte Faugères.

«Ich wußte nicht, daß du nach Hause fährst», bemerkte Eve.

«Es gibt viele Sachen, die du nicht weißt, meine Liebe. Serge hat anläßlich der millionsten Schallplatte von *Sie hat ja gesagt* eine kleine Feier vorbereitet, also . . .»

«Sie werden erschöpft sein», sagte Florence Brunstein.

«O, es ist ja nicht das Autofahren, das ihn erschöpft», bemerkte Eve spitz.

«Man munkelt, daß Sie die Absicht haben, selbst eine Langspielplatte zu besprechen», warf Brunstein unvermittelt ein. «Stimmt das?»

«Ja», sagte Faugères. «Den ersten Teil meiner Memoiren. Ich spreche gern zu den Leuten, lege gern vor der Menge meine Bekenntnisse ab. Das ist sicher lächerlich, aber es ist gar nicht so leicht, lächerlich zu sein, ohne gehässig zu werden, verstehen Sie mich? . . . auf nette Weise lächerlich zu sein.»

Eve lachte laut, und Faugères kippte seinen Whisky mit einem Zug hinunter.

«Am Montag bin ich wieder hier», kündigte er an. «Keine Einwände?»

Er beobachtete Eve mit seinen großen blauen Augen, deren Pupillen nur winzige, stechende Punkte waren.

«Ich werde dich nicht vermissen», sagte Eve.

Brunstein klatschte in die Hände, um den Kellner herbeizurufen. Florence erhob sich wütend. Der Abend war verdorben. Eve würde ihren Haß bis zum Morgen wiederkäuen. Schluß machen, dachte Leprat. Ganz gleich wie, aber Schluß machen. Faugères war aufgestanden und stützte sich auf die Rückenlehne seines Stuhls.

«Fahren Sie nicht zu schnell», sagte Brunstein. «Und nehmen Sie eine Decke mit. Es ist nicht sehr warm.»

Faugères ging an die Bar und bestellte einen Kognak.

«Ich frage mich, was er hat. Ich sage euch, er ist betrunken», flüsterte Brunstein.

Faugères gab dem Barmixer und dem Kellner die Hand. Dann steckte er sich eine Zigarre an.

«Ich gehe nach Hause», sagte Eve.

«Warten Sie», bat Brunstein. «Ich fahre Sie nach Hause, sobald er fort ist.»

Endlich ging Faugères hinaus. Sein Wagen, ein blauer Mercury, stand gegenüber der Bar. Zögernd überschritt er die Straße. Wenn er sich doch die Knochen brechen würde! dachte Leprat. Faugères stieg ein und kurbelte die Scheibe runter.

«Bis Montag», rief er.

Der Wagen fuhr ab, glänzend, intim wie ein Boudoir. Sie standen alle vier am Rande des Bürgersteigs und sahen die Schlußlichter ins Dunkel der Nacht entschwinden. Ihre Stimmen klangen gezwungen, als sie sich verabschiedeten.

«Ich liefere Sie zu Hause ab», bestand Brunstein auf seinem Anerbieten. «Doch, doch, Sie sind müde.»

Er fuhr seinen Peugeot vor die Bar. Eve wandte sich zu Jean.

«Bis nachher», flüsterte sie. «Ich erwarte dich.»

Mit einem Gefühl der Erleichterung blieb Leprat allein zurück. Seitdem er Eve liebte, spielte sich sein wahres Leben nur noch in der Nacht ab. Nachts konnte er sich ohne Gewissensbisse prüfen, sich selbst studieren, wie man ein Aktenstück durchblättert. Oft ging er abends aus und wanderte dicht am Wasser den Strand entlang. Dann fand er Ruhe von der Leidenschaft, die ihn bedrängte. Plötzlich fühlte er die Liebe vergehen und einer überschäumenden Jugendkraft in sich Platz machen. Warum zweifeln, wo es doch so viele andre Frauen gab, so viele andre Leben! Eve ... Er brauchte nur zu wollen. Es bedurfte nur noch einer kleinen Anstrengung, und er wäre mit einem Schlage frei. Die Liebe ist nur die Zustimmung zur Liebe. Und es machte ihm Spaß, einen Augenblick lang nicht mehr zuzustimmen. Er sah

Eve so, wie sie den anderen erschien: launenhaft, egoistisch, mit einer Spur von Hoffnungslosigkeit. Er behielt den Abstand zu ihr bei, holte tief Atem und begann die Möglichkeiten seiner Einsamkeit auszukosten. Welches Vergnügen, die zu verurteilen, die man liebt; sich hinter diesen Abstand zu verschanzen. Dann fand man den Zugang zur Musik. Sein Ohr fing flüchtige Melodien ein. Schon glaubte er, daß nun auch ihm ein echter, eingängiger Refrain einfallen würde. Er setzte sich auf den feuchten Sand. Unsichtbare Insekten sprangen wie Heuschrekken um seine Hände. Die Wellen bildeten eine weiße Linie, die immer wieder auseinanderbrach und sich immer wieder zusammenfügte. Der Rhythmus der Wellen verwandelte sich in Takte, Tonsätze, Worte der Liebe, und Eve lebte von neuem in ihm auf. Er sprang auf. Er hatte Lust zu laufen, er zitterte wie ein Rauschgiftsüchtiger, der die Stunde seiner Spritze verpaßt hat. Er rief sie ganz leise ... Eve, ich bitte dich um Vergebung ...

Und schon hastete er ein von Gärten umsäumtes Gäßchen entlang. Die Villa der Faugères stand für sich allein inmitten einer kleinen Wiese. Sie ähnelte mit ihrem lang herabgezogenen Dach und ihrem Holzbalkon einem baskischen Bauernhaus. Schon von weitem sah Leprat das Auto der Brunsteins. Er versteckte sich hinter den Kiefern. Eve war imstande, eine Stunde zu schwatzen. Sie haßte Florence; sie mokierte sich über ihren Mann; aber sie hätte sich an gewissen Abenden mit sonstwem unterhalten, nur um ein menschliches Wesen bei sich zu halten. Die Lampe auf der Terrasse ging an und ließ die drei Silhouetten erkennen. Leprat wäre fast ein Stück zurückgegangen, aus Stolz, um seine Geliebte warten zu lassen. Aber schon machte er sich Vorwürfe. Wie ich sie lieben werde, dachte er.

Die Schatten da drüben trennten sich. Türen schlugen zu. Die Lampe erlosch. Im Erdgeschoß wurde ein Fenster nach dem anderen hell. Eve ging in die Küche; sie trank ein Glas Wasser. Leprat erriet jede ihrer Bewegungen, er folgte ihr quer durch das einsame Haus. Sie war dort drüben, und er fühlte sie in sich; er dachte ihre Gedanken, nur so besaß er sie, aus der Entfernung, da sie nicht mehr war als ein gefügiges Bild. Der Wagen der Brunsteins war verschwunden. Er lief auf den Fußspitzen über die Wiese. Durch das Geäst der Kiefern glitzerten die Sterne wie Weihnachtsschmuck. Er war plötzlich gut, edelmütig, gerührt, bereit, für Eve jedes Opfer zu bringen. In zwei Sätzen sprang er über die Terrasse und öffnete leise die Tür.

«Bist du es?»

Sie erwartete ihn im Schatten der Diele; man sah nur ihr weißes Kleid, aber er wußte, daß sie die Arme ausstreckte. Er umschlang sie und wäre am liebsten demütig vor ihr in die Knie gesunken. Sie zog ihn zur Treppe, dicht an ihn geschmiegt, in gleichem Schritt mit ihm. Sie atmete schwer, erdrückt von Begierde. Das Fenster stand weit geöffnet gegen den dunkelvioletten Nachthimmel. Der Scheinwerfer eines Leuchtturms zuckte über ihre Gesichter wie ein Fächerschlag. Sie lösten sich voneinander, versteckten sich, um sich auszuziehen und warfen ihre Kleider irgendwohin. Tastend fand er sie wieder und hatte noch Zeit, wehmütig zu denken: dies ist das Glück vor dem Aufbruch ins Vergessen.

«Woran denkst du?» sagte sie viel später, als er mit offenen Augen neben ihr ruhte.

«Ich denke nicht», flüsterte er. «Ich habe Zeit . . .»

Er log. Sein Blick folgte dem blauen Wagen, der nach Paris rollte. Noch zwei Nächte. Dann mußte man sich wieder neue Listen ausdenken. Er seufzte und streichelte Eves Hüfte.

«Ich habe schon noch Zeit zum Denken!»

II

Eve suchte die Hand von Leprat.

«Jean . . . bist du traurig?»

Sie knipste die Lampe am Kopfende an und stützte sich auf, wie sie es nach einer Liebesstunde gern tat, um Jean anzusehen.

«Großer Dummkopf!»

Sie streichelte seine Stirn, ihre Hand war leichter als eine Feder, und er bewegte sich nicht mehr, befreit von seiner Qual, gelöst von sich selbst durch diese allzu wissende Hand.

«Du bist es, den ich liebe», fuhr sie fort.

«Wie lange!»

Sie sprachen leise, mit langen Pausen. Die Liebe . . . das war nicht so sehr das Fieber, das sie gegeneinander schleuderte. Die Umarmung war nur ein Ritus, der sie in Trance versetzte und die Grenzen zwischen ihnen überwand. Danach hatten sie das Gefühl, in dem gleichen Element zu schwimmen, in einer Art von seelischem Nebel, wo sich die Gedanken bildeten, die ihnen fremd und doch gemeinsam waren. Was sie dann sagten, konnte nicht mehr verletzen. Sie verloren sogar das Gefühl der Identität. Sie wurden Mann und Frau schlechthin, miteinander verbunden und gleichzeitig einander gegenübergestellt. Sie kannten kein Glück, das höher, erregender, schrecklicher war.

«Im Grunde bist du eine Kurtisane.»

Eve stimmte ihm mit geschlossenen Augen zu.

«Ja. Ich hätte eine sein mögen! Eine Dienerin der Liebe . . .»

Er hörte ihr Geflüster mit einer Art qualvollen Entzückens. Jedes Wort erweckte einen Schmerz, der in Freude überging.

«Eine Kurtisane . . .», sagte er. «Das ist eine Prostituierte.»

Er liebte es, sie anzusehen, wenn sie überlegte. Sie schaute über ihn hinweg in die Ferne, mit ernstem Blick, denn sie war immer ernst, sogar im Vergnügen.

«Das wirst du nie verstehen», meinte sie. «Zunächst nimmt eine Kurtisane kein Geld.»

Sie legte sich auf den Rücken und zog die Hand ihres Geliebten auf ihren Busen, zwischen die Brüste.

«Ich wollte eine freie Frau sein und mein Leben nach meinem Geschmack führen wie ein Mann.»

«Einverstanden.»

«Ein Mann findet es normal, Geliebte zu haben. Ist es weniger normal, wenn eine Frau Liebhaber hat? ... Siehst du. Du antwortest nicht.»

«Das ist nicht dasselbe.»

«Doch, das ist genau dasselbe. Unter einer Bedingung: daß die Frau immer die Wahrheit sagt. Eine Frau, die weder käuflich noch verlogen ist, kann niemals eine Prostituierte sein, verstehst du? Wenn ich dich hintergehen müßte ... selbst in kleinen Dingen ... einfach, um dir keinen Kummer zu machen ... würde ich es dir verübeln. Ich würde anfangen, dich weniger zu lieben.»

«Warum?»

«Weil ich daran denken müßte, daß deine Schwäche mich zur Heuchelei zwingt. Durch deine Schuld würde ich etwas von meinem Mut verlieren. Ich würde anfangen, eine Dirne zu werden, und dann würdest du mein Feind sein.»

«Wie hochmütig du bist! Immer willst du dein Selbstgefühl befriedigen! Den Mann, den du liebst, willst du auch gegen seinen Willen lieben, nicht wahr?»

Sie wurden in diesem Gespräch weder zornig noch heftig. Mit aller Kraft versuchten sie das Geheimnis dieser Liebe zu ergründen, die den einen zum Gefangenen des anderen machte. Leise streichelte Jean Eves Brust, und Eve seinen Arm. Der Nachtwind wehte die Vorhänge über ihre Umarmung. Das Meer stieg, das Donnern der Brandung schwoll an.

«Nein», sagte Eve, «nicht gegen seinen Willen, sondern für ihn ... zu seinem Besten.»

«Auch wenn du ihn verlieren mußt.»

«Um ihn zu verlieren.»

«Andererseits verlangst du von ihm Fügsamkeit. Weil dein Mann nicht fügsam war, hast du dich von ihm gelöst.»

«Er hat mich nie gebraucht.»

«Und ich, brauche ich dich?»

«Ja.»

«Und wenn du dich täuschst? Wenn ich dich nicht brauchte?»

Sie fühlten gemeinsam, daß der wunderbare Friede, der sie wie eine Gnade umflutete, von ihnen weichen wollte. Und sie schwiegen. Warum schlich ein heimlicher Groll immer um ihre Freude?

«Du brauchst mich zum Leiden», sagte Eve. «Eines Tages wirst du mich nicht mehr lieben. Dann wirst du ein Mann geworden sein. Du wirst Herr deiner selbst geworden sein. Du wirst dein Werk in der Einsamkeit vollenden wie alle wirklichen Männer.»

«Aber ich will ja gar nicht leiden», sagte er.

Er wurde nachdenklich und zögerte, seinen geheimsten Kummer vorzubringen.

«Ich will nicht, daß du mich wie ein Kind behandelst», fuhr er fort. «Deine Erfahrung bedrückt mich. Sie unterdrückt mich. Sie zerstört mich. Ich bin nicht mehr Jean Leprat. Ich bin irgendein Mann in deinen Armen. Und du, glaubst du, daß ich deine dir eigene Einsamkeit akzeptieren kann?»

Sie rückte ganz dicht an ihn heran und umhüllte ihn mit ihrem Körper, der in diesem Augenblick die einzige Wahrheit war, an die er glaubte. Die Liebe führte sie zur Aufrichtigkeit, und die Aufrichtigkeit brachte sie wieder zur Liebe zurück. Der helle Tag, der sie trennte, würde eine vergiftete Antwort auf die Fragen geben, die sich in der Nacht, in der Qual des Glückes, stellten. Wange an Wange schmiegten sie sich in das warme Nest ihrer körperlichen Verbundenheit.

«Bleiben wir beisammen», schlug Leprat vor. «Verlaß deinen Mann.»

«Du bist zu jung, mein kleiner Jean.»

«Was hält dich noch bei ihm? Das Geld? Du bist reich. Der Ruhm? Du bist berühmt. Die Liebe. Du haßt ihn. Also? ... Ich bin jung, aber du bist keine alte Frau.»

«Wenn ich ihn verlassen würde, sähe es so aus, als nähme ich alle Schuld auf mich. Und das will ich niemals.»

«Es ist also doch dein Stolz ...»

«Wenn ich nicht stolz gewesen wäre, hätte er mich zu seiner Sklavin gemacht.»

«Aber jetzt geht es um mich ... um uns.»

«Nein, ich versichere dir, es ist unmöglich. Schon deshalb, weil er zu allem fähig ist.»

«O», sagte Leprat, «zu allem fähig, ist übertrieben. Er ist über unsere Liaison unterrichtet und scheint sich nicht sonderlich darüber aufzuregen.»

«Du kennst ihn nicht. Er leidet ... Gewiß hatte ich früher

schon einige vorübergehende Erlebnisse mit Männern ... Damals warst du noch nicht in mein Leben getreten, mein kleiner Jean. Ich habe dir also kein Unrecht zugefügt ... Diese Episoden nahm er hin, denn er wußte, daß er der Stärkere war, daß ich immer wieder zu ihm zurückkehrte. Aber dieses Mal hat er begriffen, daß es ernst ist. Und er leidet ... und kann sehr gemein sein.»

«Gemein?» rief Leprat.

«Ja, auf seine hinterhältige Art. Du hältst ihn für einen guten Dicken! Nun, er ist genau das Gegenteil: ängstlich, kompliziert, mißtrauisch. Er hat Freude an Intrigen. Um einen Vorteil zu erzielen, operiert er monatelang. Wir gehören zur Rasse der Ungeduldigen. Du vor allem. Er dagegen hat immer Zeit. Darin liegt seine Stärke.»

«Horch!» sagte Leprat.

Der Wind war stärker geworden. Das Meer grollte dumpf. Blätter raschelten über den Kies der Allee, und mit leisem Rauschen bewegte sich der Efeu an den Mauern. Leprat streckte die Hand zur Nachttischlampe und drehte den Wecker um. Viertel nach zwei.

«Ich glaubte, etwas zu hören ...», flüsterte er.

«Es ist der Wind», sagte Eve und kam gleich auf den Gedanken zurück, der sie beschäftigte:

«Ich meinte nicht, daß wir ihn fürchten müssen ... Aber es ist besser, ihn nicht herauszufordern.»

«Weißt du, ich würde ihm glatt die Knochen zerbrechen.»

Spielend tastete sie den sehnigen Arm ihres Geliebten ab, und lachend schmiegten sie sich noch enger aneinander.

«Du würdest deine Hände verderben», meinte sie. «Und ich will nicht, daß du sie verdirbst. Sie sind zu schön ... Sage mir .. Wenn man dir anbieten würde, auf einem Fest zu spielen, und zwar auf einem sehr bedeutenden Fest ...»

«Ich würde ablehnen.»

«Aber nein, du Schafskopf. Eine solche Chance lehnt man nicht ab ... Im Ernst, Jean, ich habe dir einen Vorschlag zu machen ... Ich wollte es dir noch nicht sagen, aber ... Also: du spielst in drei Wochen auf der Galavorstellung des Rundfunks. Ich habe schon für dich zugesagt.»

Sie wartete. Mit den Fingerspitzen berührte sie seine Brust, vielleicht, um seine Erregung zu spüren. Mit einer natürlichen Bewegung, als wenn ihm zu heiß wäre, löste sich Leprat von ihr und stand leise auf.

«Wo gehst du hin?»

«Ich muß etwas trinken ... Eine solche Nachricht ... Das hatte ich nicht erwartet ... »

Er versuchte, erfreut zu scheinen. Dabei war er wütend, mit einem Schlage und kalten Blutes. Es war eine Wut, die von den Nerven kam und seine Gedanken in fast schmerzhafter Weise beschleunigte. Auf einer Galavorstellung spielen, zwischen einem Imitator und einem Gaukler. Und sie hatte es versprochen. Sicher, er war nur ein Anfänger und hatte nichts zu sagen ...

«Und was soll ich spielen?» fragte er von weitem.

«Was du willst ... Chopin, Liszt ... Es muß nur auf das breite Publikum wirken!»

Schweigend suchte er seine Sachen. Plötzlich schaltete Eve die Deckenbeleuchtung ein.

«Jean, was hast du?»

Jean hatte sich in den Waschraum geflüchtet und antwortete nicht. Wenn er sich auf eine Diskussion einließ, würde ein Wort das andere geben, und sie würden sich erzürnen. Eve liebte kleine Streitigkeiten um des Vergnügens willen, den Gegner zu sezieren und ihm zu beweisen, daß seine Beweggründe nicht überzeugend seien. Sie verstand sich großartig auf alle Schliche, und Leprat hatte keine Lust, Abbitte zu leisten.

«Jean», rief sie. «Jean! Du wirst doch nicht ablehnen? Es ist mir schwer genug gefallen, Masqueret dazu zu bewegen.»

Wußte sie wirklich nicht, wie tief sie ihn demütigte? Jetzt werde ich mit ihr brechen, dachte er. Das ist der richtige Augenblick. Um meine Zukunft kümmere ich mich allein.

«Masqueret war sehr nett!»

Offenbar noch einer, mußte er denken, der ihr nichts abschlagen kann. Gut, ich ziehe meinen Rock an und verschwinde. Vor einer Bande von Dummköpfen zu spielen, die man mit belegten Brötchen und Törtchen gemästet hat! Nein, es gibt eine Grenze!

Eve hatte kein Wort mehr gesagt, sie war wohl schon ärgerlich. Heftig stieß Leprat die Tür auf.

«Hör zu ...»

Aber sie blickte nicht nach seiner Seite. Sie fixierte etwas im Hintergrunde des Zimmers. Nun sah auch Leprat hin. Faugères stand auf der Schwelle, sehr ruhig, die Hände in den Taschen seines Regenmantels.

«Ich bitte um Entschuldigung», sagte er. «Darf ich eintreten?»

Er zog sein Taschentuch, wischte sich die Stirn, dann die Lippen.

«Es tut mir leid, eure Unterhaltung zu stören», fuhr er fort. «Suchst du vielleicht deine Krawatte, Kleiner? Da ist sie.»

Er nahm die Krawatte und warf sie Leprat zu, der sie nicht aufhob.

«Was willst du?» sagte Eve.

«Aber ... nichts», sagte Faugères mit der gleichen, einförmigen Stimme. «Ich komme nach Hause. Das ist wohl mein gutes Recht, denke ich. Nehmen wir an, daß ich müde wurde. Ich hatte etwas zu viel getrunken, das ist alles.»

Er lachte mit einer Liebenswürdigkeit, die nicht gekünstelt war. Denn es machte ihm wirklich Spaß.

«Du wirst dich erkälten, meine Liebe», bemerkte er jovial. «Mir scheint, du bist ziemlich leicht bekleidet.» Ohne sich zu beeilen, schloß er das Fenster. Eve benutzte die Gelegenheit, um aufzustehen und in ihren Morgenrock zu schlüpfen.

«Komm her», sagte sie zu Leprat. «Da er mit uns plaudern will, plaudern wir!»

Faugères stand mit dem Rücken zum Fenster und betrachtete sie. Seine Augen waren von den zu schweren Lidern verdeckt.

«Nun?» begann Eve. «Du wolltest uns überraschen. Gut. Und was weiter? Du bist nicht erstaunt, nehme ich an?»

Faugères zündete sich in aller Ruhe eine dünne, schwarze Zigarre an.

«Doch», sagte er, «ich bin erstaunt. Und sogar etwas angeekelt.»

«Denke an unsere Abmachung», bemerkte Eve. «Völlige Freiheit für jeden.»

«Unter der Bedingung, daß der Schein gewahrt wird.»

«Und mit der kleinen Brunstein? Glaubst du, da führst du jemanden hinters Licht?»

Sie erhoben nicht die Stimme; es schien, als besprächen sie eine geschäftliche Angelegenheit; sie waren seit langem an dieses tödliche Duell gewöhnt. Sie beobachteten sich Auge in Auge und suchten die Finte, den Hieb vorauszusehen; und sie bewunderten sich in dem Gefühl gleicher Stärke, gleicher Entschlossenheit, dem anderen Böses anzutun.

«Du mußt zugeben, daß du eine merkwürdige Art hast, meine Abwesenheit auszunutzen», fuhr Faugères fort.

«Und du, mein Zimmer zu betreten! Ich bitte dich, diesen Gestank auszumachen.»

Faugères zerdrückte die Zigarre in einem Aschenbecher mit

einer Bewegung, die einem Faustschlag ähnelte. Leprat ergriff seine Jacke und ging zur Tür.

«Hier geblieben, Künstler», sagte Faugères. «Deinetwegen bin ich zurückgekommen.»

Er packte einen Stuhl und setzte sich rittlings hin.

«So, ihr beiden, jetzt werdet ihr mich reden lassen. Wie ihr seht, bin ich nicht wütend. Seit Wochen beobachte ich euch. Ich will euch hindern, eine Dummheit zu begehen. Ihr haßt mich. Das sieht man. Und ihr habt euch irgend etwas in den Kopf gesetzt, vielleicht, daß ihr glücklich sein würdet, wenn ich nicht zwischen euch stünde ...»

«Das ist grotesk», sagte Eve.

«Ich habe eine gute Nase», fuhr Faugères fort, «und ich kenne euch besser, als ihr euch kennt. Ich bin schon mit vielen Leuten fertiggeworden, mit Männern, die sich für schlau, und mit Frauen, die sich für unwiderstehlich hielten! Und ihr ... es klingt nicht gut, aber ihr macht eure Jugendkrise durch. Die große Leidenschaft, nicht wahr? Und der arme alte Faugères, wie? Der Störenfried! Der euch hindert, offen herumzutanzen ... Obwohl der junge Leprat gierig ist wie ein Wolf!»

«Dauert das noch lange?» unterbrach ihn Eve.

«Nur Geduld! Ich will euch beide nur warnen. Spielt nicht mit Streichhölzern! Du, meine kleine Eve, erinnerst dich sicher noch daran, wo ich dich herausgezogen habe?»

«Ich war Statistin», sagte Eve. «Ich schäme mich dessen nicht.»

«Damals warst du gar nicht stolz darauf. Und dein Schützling arbeitete vor nicht allzu langer Zeit in einem Café am Montmartre.»

«Aber Ihr eigenes Debut», schrie Leprat, «war doch auch mehr als schwierig!»

Faugères kreuzte die Arme über der Stuhllehne; sein Gesicht war an einigen Stellen rot, an anderen leichenblaß.

«Ich», sagte er, «habe niemand gebraucht, um mich durchzusetzen.»

Eve betrachtete ihren Mann mit einem eigenartigen Ausdruck. Sie liebt ihn immer noch, ging es Leprat durch den Sinn. Lieber Gott, sie ist noch nicht von ihm geheilt!

«Hört mir gut zu, ihr beiden», fuhr Faugères fort. «Ich brauche nur den Finger zu heben, um euch auszulöschen. Aber ich denke, daß ihr, wenn ihr richtig abwägt, den Erfolg der Liebe vorziehen werdet. Nicht wahr? ... Also, ihr werdet euch in aller Freundschaft trennen und dann: Schwamm drüber.»

«So sieht also dein Anschlag aus», sagte Eve. «Ich pfeife auf den Erfolg.»

«Du vielleicht, aber er nicht.»

«Sie sind widerwärtig.»

«Ich verteidige mich. Wenn ich euch beide weitermachen lasse, werde ich am Ende Arsenik in meinem Kaffee finden.»

Leprat trat einen Schritt vor.

«Bleib, wo du bist, Kleiner», empfahl ihm Faugères. «Ich bin im Bilde über die Sache mit Masqueret. Liegt dir etwas an dieser Zurschaustellung? Antworte ... Nein, ich sehe, daß dir nichts dran liegt. Das ist wieder so eine Idee von Eve. Du aber möchtest große Konzerte, sofort, nicht wahr? Du hast recht. Ich kann das erreichen ... auf der Stelle ... ich brauche nur das Telephon hier in die Hand zu nehmen ... Du versprichst mir, sie nicht mehr wiederzusehn, und es ist gemacht. Los ... versprich!»

Eve schwieg, und Leprat verstand, daß sie ihn wählen ließ, daß sie die Probe annahm, ja, sie sogar mit geheimer Freude begrüßte. Sie liebte diese Minuten der Wahrheit; sie war vernarrt in dieses Würfelspiel ..., Liebe, Trennung, Leben, Tod ... Bild oder Zahl. Er konnte sich mit einem Wort befreien. Aber er verfügte nur über eine Sekunde. Wenn er zögerte, war er fertig. Sie würde ihn verabschieden wie einen Dienstboten.

«Stehen Sie auf, Herr Faugères», sagte er.

Faugères war so überrascht, daß er gehorchte.

Leprat brauchte sich nur ein wenig vorzubeugen. Er ohrfeigte ihn, mit zwei peitschenden Schlägen. «Und jetzt», fügte er hinzu, «gehen Sie!»

Jäh lösten seine Worte die ungeheure Wut, die sich in ihm angehäuft hatte. Er warf sich auf Faugères und erhielt einen Schlag, der ihm den Atem abschnitt. Die durcheinandergeschleuderten Sessel stießen an den Tisch. Das Zimmer war von Lärm erfüllt. Leprat schlug zu und registrierte dabei Bilder ohne Zusammenhang – ein Blutfleck auf dem Mund von Faugères – das zerwühlte Bett – das Telephon, und eine innere Stimme schrie ihm zu: sie sieht dich an ... sie urteilt über dich ... sie liebt dich ... Ohne zu wissen wie, stand er vor dem Kamin. Faugères stürzte mit erhobenen Fäusten auf ihn zu, und dennoch fand er noch Zeit auszusuchen: die Tonvase, nein, nicht schwer genug ... Leuchter.»

Ein Schlag ... ein gräßliches Krachen ... dann Totenstille. Leprat betrachtete den Körper, der auf dem Teppich lag. Der nächste Atemzug schien ihm die Kehle zu verbrennen. Eve stand, das

Gesicht auf die Hände gestützt, und sah unbeweglich auf Faugères. Endlich setzte sie sich langsam und vorsichtig in Bewegung, kniete nieder.

«Er ist tot», flüsterte sie.

Eine Grimasse entstellte Faugères' Mund und deckte die Zähne auf. Leprat war sicher, daß sie die Wahrheit ausgesprochen hatte, und eine kurze Panik trieb ihm den Schweiß in die Hände. Er stellte den Leuchter auf die Erde, behutsam, wie einen zerbrechlichen Gegenstand. Eve machte ihm ein Zeichen, sich nicht mehr zu bewegen. Sie warteten auf ein Zucken, ein Zittern der Haut, eine Bewegung der Wimpern, auf eine winzige Kleinigkeit, die dieses unerträgliche Angstgefühl beendet hätten. Aber von den Augen war nicht mehr zu sehen als ein weißer Strich unter den zurückgefallenen Lidern.

«So leicht ist es also, einen Menschen zu töten?» bemerkte Leprat.

Eve sah ihn an, dann berührte sie die Blutkruste, die einen dunklen Streifen auf Faugères Stirn bildete. Sie erhob sich wieder, nahm den Leuchter auf und stellte ihn an seinen Platz zurück.

«Du hast den schwersten genommen», sagte sie.

«Ich hatte keine Zeit zu überlegen.»

«Ich weiß.»

Sie weinte nicht, aber ihre Stimme war gebrochen, zögernd, ohne Klang, als wenn sie im Schlaf gesprochen hätte.

«Es tut mir leid . . .», begann Leprat.

«Sei still», sagte sie. «Ich bitte dich, sei still.»

Sie senkte die Augen auf die Leiche, und eine Art von Schluchzen hob ihre Schultern. Sie ballte die Fäuste.

«Aber warum müßt ihr mich denn alle lieben!» flüsterte sie. «Ich müßte tot sein.»

Und in einem plötzlichen Entschluß ging sie durch das Zimmer und griff nach dem Telephon.

«Was willst du tun?», fragte Leprat.

«Die Polizei rufen.»

«Eine Minute.»

Sie wartete und sah ihn mit unnatürlich glänzenden Augen an.

«Eine Minute», wiederholte er. «Wir wollen nichts übereilen.»

Mit einer Schnelligkeit, über die er sich selbst wunderte, kam er wieder zu sich. Seine immer noch fieberhaft erregten Gedanken eilten voraus, sprangen von einem Plan zum andern und legten schließlich die Ereignisse so zurecht, wie er es wohl geahnt hatte, bevor er zuschlug.

«Wer wird beweisen, daß ich mich nur verteidigt habe?» sprach er langsam vor sich hin. «Dein Zeugnis wird nicht genügen.»

«Vor allem, weil du ihn zuerst angegriffen hast.»

«Er hat mich zum Äußersten getrieben. Wirfst du mir etwa vor ... ?»

«Nein.»

«Du kannst dir denken, welche Schlüsse die Polizei ziehen wird ... und was dann folgt ... Wenn du telephonierst, sind wir beide verloren.»

«Also?»

«Warte ... »

Mit seinen langen, geschmeidigen Händen rieb er sorgfältig seine Wangen, seine Augenlider, seine Stirn.

«Niemand hat deinen Mann zurückkommen sehen», fuhr er fort. «Seine Rückkehr war vorausgeplant. Er hatte seine Vorsichtsmaßnahmen getroffen ... Brunstein, Florence und das Personal der Bar sind überzeugt, daß er auf dem Wege nach Paris ist ... Kannst du mir folgen? Morgen werden sie alle in diesem Sinne aussagen ... Nichts hindert uns, die Dinge ein wenig zu arrangieren.»

«Zum Schluß kommt doch alles heraus», sagte Eve müde. Sie hatte den Telephonhörer noch nicht losgelassen.

«Wir verteidigen uns», fuhr Leprat fort. «Er zwingt uns, uns zu verteidigen. Ich will nicht, daß du durch meine Schuld zum Opfer eines Skandals wirst ... Dein Mann hatte viel getrunken ... Du erinnerst dich ... Er war so nervös, daß es allgemein auffiel. Er hätte sehr leicht eine Kurve verfehlen können, irgendwo auf der Strecke ... So ist es ... er hat eine Kurve verfehlt.»

Eve legte den Apparat auf die Gabel zurück. Sie hatte zwei Falten auf der Stirn, die sie alt machten. Leprat dachte, daß sie gut ihrem Alter entsprach.

«Vor Ancenis», entwickelte er seinen Plan weiter, «folgen mehrere Haarnadelkurven aufeinander. Ich brauche nur den Körper in den Wagen zu legen ... In ein bis anderthalb Stunden bin ich dort ... Und in Ancenis erreiche ich einen Schnellzug.»

«Ist es hoch?» fragte Eve.

«Etwa zwanzig Meter, wenn ich mich recht erinnere. Und es

ist nicht einmal ein Geländer da. Das Auto wird im Abgrund auf Steinen zerschmettert werden.»

«Jean ... du machst mir Angst.»

«Ich?»

«Man könnte schwören, daß du alles im voraus ausgedacht und danach eingerichtet hast.»

«Eve, meine Liebste, laß uns einmal alles vernünftig betrachten ... Habe ich deinen Mann gezwungen zu trinken? Habe ich ihm geraten zurückzukommen und uns mit einem Erpressungsversuch zu drohen?»

«Nein, aber ... während er sprach ... hättest du Zeit gehabt nachzudenken ... über alles, was du mir eben erklärt hast.»

Leprat trat an Eve heran und nahm den Hörer ab.

«Es ist doch besser, die Polizei zu rufen», sagte er.

Sie faßte sein Handgelenk und drückte es herab. Er legte den Hörer zurück.

«Verzeih mir», sagte sie. «Du weißt, wie ich bin ... Aber du hast recht ... Für ihn ist alles zu Ende, das läßt sich nicht ändern, und für uns ... »

Sie lehnte ihr Gesicht an Leprats Brust und er fühlte an seinem Körper die Hände seiner Geliebten, die sich wie in einem Fieberschauer schmerzhaft verkrampften. Das war ihre Art zu weinen.

«Ich bin verzweifelt über alles, was geschieht», sagte Leprat mit seiner zärtlichsten Stimme. «Jetzt liebe ich dich wirklich. Und ich will dich nicht verlieren. Ich werde alles tun ... ganz gleich was, um dich nicht zu verlieren.»

Seine Stimme zitterte. Worte waren für ihn immer eine verwirrende Macht. Er hatte noch nicht recht begriffen, daß er Faugères getötet hatte, aber er war wirklich entschlossen, alles zu tun, um Eve zu schützen.

«Du hast Vertrauen, nicht wahr?» fragte er, indem er ihr Haar streichelte. «Du mußt Vertrauen haben, immer ... Ich brauche deine Achtung.»

Entschlossen löste sie sich von ihm.

«Willst du, daß ich dir helfe?»

«Ihn bis zum Wagen zu tragen», erwiderte er. «Nachher werde ich schon allein fertig.»

Sie kehrten zu der Leiche zurück. Das Vertrauen, das sie von neuem verband, bewirkte, daß sie Angst und Abscheu, die sie bedrückt hatten, nicht mehr empfanden. Faugères war nur ein toter Mann. Sie scheuten sich nicht, ihn an den Füßen und

Schultern zu packen, und sie fühlten dabei eine Art trauriger Freundschaft. Sie transportierten ihn wie einen Verwundeten, der leidet, ohne etwas zu sagen. Auf der Terrasse hielten sie einen Augenblick an. Alle Sterne standen am Himmel und sahen auf sie herab ...

«Los!» flüsterte Leprat.

Die Allee war lang. Ein verspäteter Spaziergänger hätte sie sehen können. Sie bemühten sich, an nichts zu denken und ihre ganze Kraft einzusetzen. Keiner von beiden durfte vor dem anderen schwach werden. Eve war erschöpft, als sie den Körper neben dem Auto auf dem Rasen niederlegten. Trotzdem öffnete sie die Tür und stieg als erste in den Wagen. Sie setzten Faugères in die Ecke neben den Führersitz.

«Streck ihm die Beine aus», sagte Leprat. «Er wird steif werden, und ich werde Mühe haben, ihn nachher ans Steuer zu setzen.»

Faugères sah recht gut aus und schien zu schlafen. Sein Kopf blutete nicht. Trotzdem setzten sie ihm vorsichtshalber den Hut auf, den er mit seinen Handschuhen auf der Fensterbank hatte liegenlassen.

«Ich glaube, es wird gehen», sagte Leprat.

Eve küßte ihn nur auf die Wange.

«Viel Glück, mein Kleiner. Ich werde viel an dich denken.»

Das Auto fuhr ab. Eve merkte, daß sie zitterte.

III

«Ich bin erschüttert», sagte Méliot, «wirklich erschüttert! Das ist so unerklärlich...»

«Er hatte getrunken», warf Leprat ein.

«Ja, ich weiß. Er trank zuviel. Ich hatte es ihm auch schon gesagt. Aber schließlich war er nicht betrunken.»

«Aber fast», sagte Eve.

Méliot hob den Kopf und zeigte auf einen Zeitungsstoß, der auf dem Tisch lag.

«Er hat eine Beisetzung gehabt, die seiner würdig war», fuhr er fort. «Mein armer Maurice... So ein dummer Unfall! Ich sehe ihn noch hier, wo Sie jetzt sitzen, vor drei Wochen. Er war lustig wie immer... vielleicht nicht ganz so. Aber wenn er Sorgen gehabt hätte, so hätte er sie mir anvertraut. Faugères hatte keine Geheimnisse vor mir! Bedenken Sie, daß wir seit dreißig Jahren befreundet waren! Übrigens habe ich ihn gefragt. Ich entsinne mich, daß ich mich nach seiner Gesundheit und seinen Geschäften erkundigt habe. Er hat gelacht. Ich höre ihn heute noch. ‹Es ist dieses Lied, das mir im Kopf herumspukt...› — das waren seine eigenen Worte — ‹...Aber du wirst sehen, das wird mein schönstes Lied!› So war er, selbstsicher, voller Kraft ... Bitte, entschuldigen Sie mich jetzt, gnädige Frau.»

Méliot erhob sich, ging einige Schritte durch das Büro und konnte seine Bewegung nur schlecht verbergen. Leprat beobachtete ihn neugierig. Er hatte ihn wiederholt bei Faugères und in der Musikhalle gesehen, aber er war ihm nie vorgestellt worden. Und jetzt war er hier, in diesem Büro, wo die berühmtesten Komponisten, die bekanntesten Stars sich die Klinke gereicht hatten. Eines Tages würde auch er das Manuskript seines ersten Liedes auf den großen Tisch niederlegen, der vor ihm stand. Sein Schicksal läge dann in den Händen dieses kleinen Mannes, der gerade seine Brille putzte. Dabei sah er so nichtssagend, so mittelmäßig aus: angezogen wie ein kleiner Angestellter, schüchtern, schmächtig, mit den Handgelenken eines Kindes, einem mageren Hals, einer knochigen Figur und komischen abstehenden Ohren. Aber Serge Méliots Schallplatten waren in der ganzen Welt bekannt.

«Man hätte ihn vielleicht retten können», sagte Méliot, «wenn man ihn früher gefunden hätte.»

«Nein», sagte Eve, «er war sofort tot. Der Wagen war nur noch ein Haufen Schrott.»

Sie sprach ruhig, ohne einen Schmerz vorzutäuschen, den sie nicht empfand. Da Méliot alles über das Leben der Faugères' wußte, wozu sollte sie ihm etwas vormachen!

«Das Unglück ist trotz allem unbegreiflich», fuhr Méliot fort.

«Nein», unterbrach ihn Leprat. «Nach dem Bericht der Gendarmerie war es neblig, und die Kurven sind sehr scharf. Ich kenne sie und Sie können mir glauben, daß sie gefährlich sind. Es ist nicht der erste Unfall an jener Stelle.»

Méliot setzte sich auf eine Ecke des Tisches, um in Eves Nähe zu sein. Er vermied es, Leprat anzusehen. Wahrscheinlich erschien ihm schon die Anwesenheit des Pianisten deplaciert.

«Was wollen Sie jetzt machen?» fragte er.

«Ich weiß nicht», sagte Eve. «Ich werde mich zunächst ausruhen. Der Tod meines Mannes wirft viele Probleme auf.»

«Wenn ich etwas für Sie tun kann . . .», begann Méliot.

Es lag keine Wärme in diesen Worten. Er war zu eng mit Faugères befreundet, um Eves Freund zu sein.

«Gewiß», sagte Eve in dem gleichen unpersönlichen und würdevollen Ton, «Sie können mir helfen. Zu meiner großen Überraschung hat mein Mann kein Testament hinterlassen. Hat er Ihnen nicht irgendein Schriftstück anvertraut, das . . .»

Méliot unterbrach sie mit einer Handbewegung.

«Nichts, gar nichts. Und außerdem . . . »

Leprat tat, als interessiere er sich angelegentlich für das neueste Modell eines Plattenspielers, der offen auf einem niedrigen Tisch stand. Dann entfernte er sich langsam, ging an der Bibliothek entlang und blieb vor dem großen Konzertflügel stehen, der nackt und spiegelnd auf einem Podium ruhte. Er konnte Méliot, der leise auf Eve einsprach, nicht mehr hören. Am liebsten wäre er auf leisen Sohlen fortgeschlichen und in der Menschenmenge auf dem Boulevard untergetaucht. Er würde Eve später sehen, wenn sie wieder Muße hatte, an ihre Liebe zu denken. Seit fünf Tagen war sie für ihn eine Fremde. Zähle ich überhaupt noch? dachte Leprat. Diese Frage stellte er sich fast ununterbrochen. Nein, seine Geliebte beschäftigte sich nicht mit ihm; sie hielt sich den Kopf frei, um ihre Geschäfte zu besprechen, Leute zu empfangen, Anrufe entgegenzunehmen und einen Haufen Briefe zu schreiben! An wen schrieb sie denn stundenlang? An Freunde, die im ganzen Lande verstreut waren. Oder sie schickte ihm ein Telegramm: ‹Ich bin verpflichtet, mit der kleinen Muriel zu frühstücken, die auf der Durchreise in Paris ist. Entschuldige mich. Bis heute abend, Liebling.› Aber oft rief sie dann am Abend an: ‹Ich komme etwas später, mein kleiner Jean. Ich bin verhindert und werde dir alles erklären.› Er speiste irgendwo allein, ein unbestimmbarer Kummer begleitete ihn, und ein kleiner hartnäckiger Schmerz bohrte in ihm. Sie liebte ihn, dessen war er sicher. So wie sie vielleicht niemals jemanden geliebt hatte. Aber sobald sie sich entfernte, verschwand sie aus seinem Leben. Sie gehörte allen anderen. Sie bot sich den anderen an. Vor allem hatte sie eine Art, die Männer anzusehen, die diese herausforderte, ihr den Hof zu machen ... ohne Hintergedanken wohlgemerkt ... um ihren Maßstab anzulegen, eine Spannung zu erzeugen, die ihr Element war ... und auch, um mit der geringsten Gegenleistung einen warmen, familiären Ton zu finden, der ihr erlaubte, Unbekannte sogleich wie Freunde zu behandeln und vertrauliche Gespräche mit ihnen anzuknüpfen. Männliche Freundschaften waren für sie notwendiger als Nahrung. Auf Anhieb kam sie einem Geheimnis auf die Spur, erriet den Kummer, eine Niederlage, den noch frischen Schmerz. Sie fing die Ausstrahlungen all der Existenzen ein, die ihr Leben berührten, und atmete sie in vollen Zügen ein. Es war eine Gier, die sie ein wenig berauschte. Sie war immer in Versuchung, die Schicksale, die man ihr erzählte, probeweise selbst zu durchleben, sie zu wandeln, und die menschliche Substanz in einem rauschenden Akkord erklingen zu lassen. Leprat, der noch immer auf den großen, schwarzen Flügel starrte, sah vor seinem geistigen Auge diese vielen Gestalten Eves. Welche war die echte? Die Eve, die ihm an manchen Tagen um den Hals fiel, und die er trösten mußte wie ein kleines Mädchen? Oder jene, die ihm sagte: ‹Ich habe Larry getroffen. Er hat sich nicht verändert›, und die dann nachdenklich schwieg und in weite Ferne rückte? Die Eve, die ausrief: ‹Wie gern möchte ich mit dir leben!›, oder jene, die resigniert bemerkte: ‹Man ist immer allein›? Eve war unfaßbar. Diese Eve spielte jetzt die trauernde Witwe und gab sich zu der Komödie der Beleidsbezeugungen her. Die ehemalige kleine Statistin nahm die gesellschaftlichen Konventionen sehr ernst. Wollte sie ihre Vergangenheit vergessen?

Eve erhob sich, und Méliot ging sogleich zur Tür. Leprat holte sie ein und verneigte sich kühl.

«Ein falscher Fuffziger», sagte Eve auf der Treppe. «Komisch, aber Maurice war nur von solchen Leuten umgeben! Nimm seinen Impresario Brunstein! Eine Kanaille, die von ihm lebte!»

«Wir auch», bemerkte Leprat sanft. «Wir gehörten ja zu seiner Umgebung.»

«Hast du immer noch deinen Katzenjammer, mein kleiner Jean.»

Auf dem Bürgersteig blieb sie vor dem gewaltigen Schaufenster von Méliot stehen. Man sah Faugères Bild, von Schallplatten umgeben. So viele Lieder kreisten um dieses mächtige Gesicht!

«Komm», sagte Leprat.

Sie folgte ihm, drehte sich aber wieder um. Der Faugères im Schaufenster sah sie immer noch an, und Leprat mußte sich den Satz wiederholen, der ihn doch nicht mehr zu beruhigen vermochte: Ich befand mich in legaler Notwehr! Manchmal glaubte er es; manchmal aber sagte er sich brutal: Gut, ich habe ihn getötet. Und nun wollen wir es vergessen! Er war sicher, daß er es vergessen würde. Viel zu sehr war er von Eve erfüllt. Aber war Eve von Faugères nicht erfüllt? Man hätte einen Augenblick finden müssen, um sich mit der gleichen Offenheit wie früher auszusprechen. Seit La Baule hatten sie sich kaum gesehen, und Eve gehörte mehr dem Toten als dem Lebenden.

«Méliot dachte, daß ich vielleicht auf meine Engagements verzichten würde», sagte Eve. «Ich frage mich, was er im Schilde führt. Nach meinem Gefühl will er die kleine Brunstein lancieren.»

Leprat antwortete nicht. Er ging neben Eve. Aber er hätte sie gern umschlungen, sich über sie gebeugt, sie in einen Hauseingang gezerrt, um sich endlich an ihr sattzuküssen. Er pfiff auf Méliot und Florence, auf Eves Karriere und auf seine eigene. Er war nur noch ein Junge, der zuviel gearbeitet hatte, vergrämt, überlastet, und er wollte jetzt leben, nur leben! Das Hindernis war verschwunden. Es war keine Minute zu verlieren. Er hielt eine Taxe an und nannte Eves Adresse.

«Danke», sagte sie. «Das ist nett von dir. Ich bin nach den vielen Besuchen ganz erschöpft.»

Leprat preßte sich an sie und nahm ihre Hand.

«Bitte», flüsterte sie ihm zu, «sei vernünftig.»

«Ich habe das Gefühl, daß du böse auf mich bist», sagte Leprat.

«Ich? Mein armer Hase, warum sollte ich böse auf dich sein? Es ist ein ungünstiger Augenblick, das ist alles. Und dann ist tatsächlich noch etwas: ich war für Maurice nicht die Frau, die ich hätte sein müssen. Er war ... unmöglich, aber er liebte mich auf seine Art.»

Leprat kannte diese andere Seite Eves, die er ihre Nordwand nannte, recht gut. Diese Frau, die ein so bewegtes Leben geführt hatte, die keinem Wunsche widerstehen konnte, die so stolz auf ihre Unabhängigkeit war, sie konnte an Gewissensbissen zerbrechen. Nicht an einem banalen Gewissensbiß. Aber an der Reue, nicht bis zum Schluß sie selbst gewesen zu sein; den Mann, den sie liebte, nicht in Erstaunen versetzt zu haben.

«Ich weiß, was du bereust», sagte Leprat. «Jetzt, da er tot ist, wärst du gern seine Dienerin gewesen, nicht wahr?»

«Nein, das nicht gerade. Aber seine Freundin. Warum ist eine Freundschaft zwischen Mann und Frau nicht möglich? Das ist nicht sehr bedeutend, was ich da sage, aber ich empfinde es so.»

«Wir sind Freunde, du und ich.»

«Du bist zu jung, mein kleiner Jean.»

«Ich bitte dich», brummte Leprat. «Du sprichst von mir, als wenn ich ein Pudel wäre. Man spielt mit ihm und ...»

Sie legte ihm ihre schwarzbehandschuhte Hand auf den Mund.

«Du bist aber wirklich zornig!»

Mit einer heftigen Bewegung rückte er von ihr ab.

«Jawohl! Ich habe genug. Kannst du dich nicht einmal in meine Lage versetzen? Kannst du dir nicht vorstellen, was ich seit Sonnabend durchmache? Und gerade in diesem Augenblick brauche ich dich mehr als ... als ...»

Er stammelte, wütend darüber, daß Eves Gesicht immer abweisender wurde, je mehr seine Erregung sich steigerte. Sie haßte diese Ausbrüche, diese Anwandlungen von Schwäche. Sie liebte gelassene, kaltblütige Menschen, die noch vor Gewehrmündungen lächelten. Wenn er sie necken wollte, sagte er ihr ‹Du bist eine Heldin auf Stellungsuche›. Aber er wußte auch, daß sie gern die Wunden pflegte, die sie geschlagen hatte. Deshalb scheute er sich nicht, sich ihr gegenüber gehenzulassen.

«Eve, mein Liebes, verzeih ... Du hattest recht. Ich brauche dich. Ich bin unglücklich. Ich denke immerzu an ... an das, was dort passiert ist. Und es scheint mir, daß du nicht mehr dieselbe bist.»

«Sei still. Man kann uns sehen.»

«Antworte mir. Was ist nicht mehr wie vorher?»

Sie lachte, den Kopf geneigt, auf einmal wieder kokett und sehr reizvoll in ihrer Trauerkleidung. Er begriff, daß sie sich wieder auf ihn einstellte; er sah in ihren Augen den feuchten Glanz der Liebe. Er drückte ihren Arm, schob einen Finger unter ihren Handschuh und streichelte ihre Hand.

«Eve».

Auch er hatte, ohne es zu wissen, in bestimmten Augenblikken eine etwas heisere Stimme, die sie gut kannte und die sie durch alle Poren der Haut in sich aufnahm wie einen heißen Strahl.

«Eve ... Ich liebe dich noch mehr. Jetzt kann ich es Dir eingestehen. Nichts trennt uns mehr, nicht wahr? Was geschehen ist, das haben wir nicht gewollt. Wir sind unschuldig. Du glaubst es doch auch?»

«Aber ja, mein kleiner Jean.»

Er flüsterte, ganz dicht an ihrem Ohr, da, wo sie immer etwas Parfüm zerstäubte, bevor sie sich auszog.

«Du willst doch, daß ich mit dir gehe?»

Die Taxe hielt. Leprat suchte die Geldstücke zusammen, bezahlte den Fahrer und lief schnell um den Wagen herum, um die Tür zu öffnen. Er hätte Eve am liebsten auf den Armen fortgetragen. Vor allem war er stolz auf seine Macht. Sie glaubte, er sei schwach. Aber er war der Stärkere. Durch seine Schönheit, durch sein Talent. Und noch mehr deshalb, weil er es verstand, ihrem Bild von ihm genau zu entsprechen: Er war ein Mann mit Instinkt, ohne Scheinheiligkeit, mit einer wunderbaren Beschwingtheit. Er spielte virtuos, gewohnt, die Neugierde zu entfesseln, und dann Schritt für Schritt sein Publikum ganz für sich zu gewinnen. Eve war sein wahres, sein einziges Publikum. Für sie erfand er einen sehnsüchtigen, leidenschaftlichen, großmütigen Leprat. Sie hatte nichts dagegen, daß das Leben einem Buche ähnelte.

Der Fahrstuhl setzte sie im vierten Stock ab.

«Es ist niemand da», sagte Eve. «Die alte Jeanne hat sich in den Ruhestand begeben.»

Sie ließ ihn eintreten und sank in seine Arme, sobald die Tür geschlossen war. Lange blieben sie im Flur stehen, aneinander geschmiegt, schwankend wie im Sturm. Eves kleiner Hut rutschte und fiel zu Boden. Sie zertrampelte ihn, ohne es zu merken. Und Leprat, sich selbst entrissen, fühlte von neuem Güte, Zärtlichkeit, Vergessen ...

«Komm», flüsterte er.

Verwirrt und atemlos ließ sie sich an der Hand fortziehen. Im Salon, vor Faugères' Flügel, versuchte sie Widerstand zu leisten.

«Jean ... Das ist schlecht ... Nicht hier ...»

Aber schon hakte sie mit der freien Hand ihren Kragen auf. Leprat öffnete die Tür zum Schlafzimmer. Da klingelte es. Sie blieben stehen und sahen plötzlich das Verlangen in ihren Gesichtern. Sie ließen sich los und horchten.

«Geh nicht hin», bat Leprat.

Es klingelte zum zweiten Mal, stärker.

«Das ist die Post», flüsterte Eve. «Die Concierge hat uns wohl gesehen ...»

Sie ging langsam zurück, und vor jedem Spiegel betrachtete sie sich, brachte ihre Frisur und ihre Kleidung in Ordnung. Leprat seufzte und steckte sich eine Zigarette an. Er mußte wohl wieder gehen. Ein Porträt Faugères', gemalt von van Dongen, stand auf einer Staffelei. Leprat drehte ihm den Rücken zu, aber auf dem Flügel stand Faugères Photographie. Leprat wurde nervös und begann, im Salon auf und ab zu gehen. Was trieb sie denn im Vorzimmer? Sicher öffnete sie die Briefe, und wenn sie zurückkam, würde sie überrascht sein, ihn dort zu finden. Er ging zum Flur: nein, Eve öffnete keine Briefe. Sie betrachtete ein flaches, sorgsam verschnürtes Paket.

«Was ist das?» fragte Leprat.

«Ich weiß nicht. Es ist kein Absender angegeben. Es ist leicht. Heb mal.»

Leprat warf das Paket in die Höhe und fing es wieder auf.

«Im Salon liegt ein Papiermesser», bemerkte Eve.

Leprat schnitt den Bindfaden auf, und ein viereckiger Pappkarton kam zum Vorschein. Er beeilte sich nicht; denn er wollte Eve strafen. Es wäre doch so einfach gewesen, das Paket in irgendeinen Sessel zu werfen und es erst später zu öffnen ... danach.

«Es ist eine Schallplatte», sagte er.

Er kippte die Schachtel um und hielt die Platte in der Hand.

«Ich sehe kein Etikett», stellte er fest. «Es ist wahrscheinlich eine Amateurplatte ... Uninteressant.»

Eve erhielt viele solcher Platten, hauptsächlich aus der Provinz, und manchmal auch aus dem Ausland. Unbekannte erfanden ein Lied, nahmen es schlecht und recht auf und schickten es an Eve, in der Hoffnung, daß sie es kreiere.

«Gib mal her», sagte sie.

Sie hatte sich daran gewöhnt, diese Platten ernsthaft anzuhören. Zwei- oder dreimal hatte sie auf diese Weise sehr jungen Leuten den Start ermöglicht. Sie hatte dann deren Karriere mit einer Großzügigkeit gefördert, die Leprat übertrieben fand. Er sah bei ihr in jedem uneigennützigen Gedanken eine amouröse Absicht und litt darunter. Eve schaltete den Plattenspieler ein, setzte sich hin und lächelte Leprat zu.

«Du weißt, daß ich mir keine Illusionen mache.»

Aber schon bei den ersten Tönen beugte sie sich vor, die Augen unbeweglich auf die rotierende Platte gerichtet, und auch er erstarrte, mit der brennenden Zigarette zwischen den Fingern. Die Melodie entwickelte sich, einfach und frisch, wie eine Weise, die man unwillkürlich vor sich hinsummt, ohne genau hinzuhören, während man den Regen fallen sieht. Der Pianist war nicht sehr gewandt, und er gab sich auch keine besondere Mühe. Er spielte, wie er es empfand, gelegentlich zögernd, mit charmanten Ungeschicklichkeiten.

«Das ist er!» flüsterte sie.

Leprat hatte schon Faugères' Art erkannt. Aber vor allem hatte er sofort gespürt, daß dieses Lied ein Meisterwerk war. Als sich dann das Motiv abzeichnete, zärtlich, wehmütig und doch ironisch, krampfte sich in seinem Innern etwas zusammen, wie bei der Berührung mit einer Säure. Der kurze und heitere Refrain war beschwingt wie ein Tanzschritt. Diese Musik ging ins Blut. Die Schultern, der Kopf wollten sich im Takte bewegen. Bis ins Mark fühlte Leprat den tödlichen Charme. Er sah Eve an. Sie war totenbleich. Er wollte den Hebel des Plattenspielers abheben.

«Laß!» schrie sie.

Das Klavier führte das Thema weiter. Unwillkürlich stellte man sich Worte, Sätze vor. Es war ein Liebeslied, mit einem Hauch von Tränen, einem schmerzlichen Abschied. Aber der Refrain war herzhaft und mitreißend. Er sang den Triumph des Lebens. Und Leprat wagte sich nicht mehr zu bewegen, aus Furcht, den Blicken des Porträts zu begegnen. Faugères war da, gelassen und seiner Kraft sicher. Eve hatte den Kopf gesenkt, vielleicht, um sich ihren Mann besser vorstellen zu können: vor dem Flügel, einen Zigarrenstummel im Mundwinkel; seine dicken Finger, Noten suchend, auf den Tasten. Die Platte war so gut aufgenommen, daß man das Knacken des Schemels und von Zeit zu Zeit den geräuschvollen Atem des Komponisten hörte.

«Nicht schlecht, was?» bemerkte Faugères.

Sie fuhren hoch, und Eve konnte einen leichten Schrei nicht unterdrücken. Die Nadel lief immer noch mit einem kaum wahrnehmbaren Kratzen auf der Platte.

«Das ist wahrscheinlich das Beste, was ich je gemacht habe», sagte nun die Stimme.

Sie begriffen, daß die Aufnahme weiterging, und dieses Mal sahen sie sich erschrocken an.

«Ich habe dieses Lied für dich komponiert, Eve ... Hörst du mir zu? ... Dies ist wohl mein letztes Lied ...»

Die Stimme machte Pausen und fing mühsam wieder an. Faugères hatte dicht am Mikrophon gesprochen, gewissermaßen im Vertrauen, und jedes Wort löste sich mit einer qualvollen Intimität. Eve war zurückgewichen, als wenn das Gesicht ihres Mannes sie gestreift hätte.

«Eve, verzeih ... Ich bin ein vulgärer Mann, du hast es mir oft gesagt ... Ich hatte nur diese etwas lächerliche Möglichkeit ... aber du wirst mich wenigstens nicht unterbrechen ... Betrachte diese Schallplatte als mein Testament ...»

Leprat drückte seine Zigarette, die ihm die Finger verbrannte, in einem Aschenbecher aus. Eve schenkte ihm ein kleines, zitterndes Lächeln, um ihm zu sagen, daß er sich nicht bewegen solle, und er blieb ruhig.

« ... Ich beobachte dich schon lange ... Du bist heftig, Eve ... Wir waren nicht glücklich zusammen ... und dennoch habe ich dich geliebt ... Mein Gott, wie habe ich dich geliebt ... Ich war auch eifersüchtig ... Was bist du für ein widerspenstiger Charakter ...»

Die Stimme wechselte allmählich zu einem heiteren Ton und schwoll zu verhaltenem Lachen an. Eve weinte.

«Du willst die Rechte eines Mannes haben und die Vorrechte einer Frau! Das konnte nicht gutgehen, mit uns beiden ... Schwamm drüber .. Du hast Liebhaber gehabt. Gut! Aber ich möchte mit dir über den kleinen Leprat sprechen ...»

Eve streckte den Arm aus, um den Apparat anzuhalten. Diesmal hielt Leprat ihre Hand zurück. Langsam setzte er sich auf den Teppich, zu Füßen seiner Geliebten.

«Er ist ein bezaubernder Junge. Zu bezaubernd. Er hat alles, was er braucht, um dir zu gefallen: vor allem ist er fügsam. Du hast Feuer gefangen, und zwar gründlich. Und ich, ich bin im

Wege. Wenn du eines Tages diese Platte hörst, wird bewiesen sein, daß ich im Wege war ... Eine leidenschaftliche Frau wie du, ein Mann, der zu allem bereit ist, wie er ... ich weiß, was das bedeutet. Wie es geschehen wird, weiß ich nicht, aber es wird geschehen ... Also, laß dir raten, meine kleine Eve, sei mißtrauisch ...»

Beide überlief es kalt. Seine Stimme hatte niemals so freundschaftlich geklungen.

«Ich schenke dir dieses Lied. Ich habe es in Gedanken an dich geschrieben. Du wirst dich nicht weigern, es zu singen ... Du wirst mir helfen zu überleben .. Das bist du mir wohl schuldig ... Das bist du mir wohl schuldig ... Das bist du mir wohl schuldig ...»

Die Nadel geriet in dieselbe Rille zurück, und die Stimme bekam etwas Mechanisches. Aber durch die absurde Wiederholung wirkte sie wie eine Drohung. Leprat schaltete den Strom ab. Als er sich wieder umdrehte, war er betroffen, wie verstört Eve aussah. Er faßte sie an den Schultern.

«Eve ... Fasse dich, mein Kleines ... Es ist wirklich erschütternd, weil man es nicht erwartet hatte. Aber schließlich ist das alles etwas lächerlich ...»

«Es ist sehr ernst», stammelte Eve. «Für dich, vielleicht. Für mich ist es zum Wahnsinnigwerden. Er hielt mich für fähig ... O Jean!»

Sie lehnte ihren Kopf auf Leprats Schulter. Sie gab sich geschlagen. Er wollte sie in seinen Arm nehmen. Sie stieß ihn zurück.

«Warte ...»

Sie schaltete den Apparat wieder ein, aber sie war so erregt, daß sie die Nadel nicht richtig aufsetzen konnte. Bruchstücke von Sätzen tönten spöttisch aus dem Lautsprecher: « ... habe ich dich geliebt ... Du hast Liebhaber gehabt ... meine kleine Eve, sei mißtrauisch ... Du wirst mir helfen zu überleben ...»

«Genug, genug!» schrie sie. «Ich bitte dich, Jean ... Bring ihn zum Schweigen!»

Er riß den Stecker heraus, und die Platte hörte auf, sich zu drehen. Nun quälte sie die Stille. Leprat hatte die Hände in den Taschen, das Kinn auf der Brust und betrachtete das Teppichmuster.

«Aber was soll diese Platte?» sagte sie schließlich. «Was hat er gewollt? Er konnte sich doch denken, daß ich niemals sein Lied singen würde!»

«Vielleicht wollte er gerade das», meinte Leprat, «dich davon abhalten, es zu singen.»

Neues Schweigen. Dann sagte Leprat:

«Glaubst du, daß ich zu allem bereit bin? Hältst du mich für so schuldig, wie er behauptet?»

Er sah sie forschend an.

«Und ich», sagte Eve, «glaubst du wirklich, daß ich dir meinen Willen aufzwingen will?»

Beide wußten nicht, was sie antworten sollten. Sie waren plötzlich beinahe Feinde. Leprat kniete vor Eve nieder.

«Das ist genau die Frage, die wir uns nicht stellen dürfen», sagte er leise. «Eve, was ich getan habe, geschah zufällig, du weißt es genau, nicht wahr? ... Gut. Dein Mann hat sich getäuscht. Er hat sich irgendeinen dummen Anschlag ausgedacht. Wir hatten aber nie die Absicht, ihn umzubringen. Das ist unsere Wahrheit, die wirkliche Wahrheit. Also mache ich dir einen Vorschlag: vernichten wir diese Platte.»

«Das Lied ...»

«Schade um das Lied. Aber seien wir logisch, mein Liebling. Wir haben den Mut gehabt, diesen Unfall zu organisieren ... um Schlimmeres zu vermeiden. Wir können diese Schallplatte nicht aufheben. Außerdem kenne ich dich. Du bist imstande, dir die Platte anzuhören, wenn du einmal allein bist, und dich davon zu überzeugen, daß wir Ungeheuer sind.»

«Das stimmt.»

«Siehst du.»

«Aber du vergißt etwas ... Jemand weiß, daß diese Platte existiert. Jemand hat sie vor uns gehört.»

«Wer?»

«Nun, der, der sie mir geschickt hat.»

Leprat zog die Augenbrauen zusammen.

«Der, der sie dir geschickt hat», wiederholte er mit veränderter Stimme ... «Daran hatte ich nicht gedacht.»

Er sprang auf und griff nach dem Packpapier. Die Anschrift war sehr sorgfältig in Blockschrift geschrieben. Der Poststempel war leserlich: *Bureau 17, av. de Wagram.* Er trug das Datum des Vorabends.

Leprat zerknüllte das Papier, nahm die Schachtel in die Hand. Es war ein gewöhnlicher Pappkarton.

«Offenbar ist jemand im Bilde ...», sagte Leprat. «Und doch, das kann nicht sein. Dein Mann war nicht ein Mensch, der seine kleinen Geheimnisse erzählte. Sogar Méliot wußte nichts. Nein, wir wollen uns nicht beeindrucken lassen. Ich fange an, das Manöver zu durchschauen. Er hat diese Platte bespielt, hat selbst das Paket verschnürt und adressiert. Er konnte es dann einer beliebigen Person anvertrauen, vielleicht einem einfachen Hoteldiener, und ihm sagen: ‹Wenn mir etwas zustößt, bringen Sie dieses Paket zur Post› . . .»

«Aber mit welcher Absicht?»

«Um dich zu verwirren. Um uns zu trennen. Das ist klar. Und dann auch um der Geste willen! Ich gebe zu, daß es mich geschüttelt hat . . . Aber jetzt . . .»

Leprat betrachtete Faugères' Porträt. Er hatte keine Angst mehr.

«Ich werde die Platte vernichten», sagte er, «aber vorher werde ich die Musik aufzeichnen. Das Lied ist schön. Es wäre schade drum.»

Er blätterte in seiner Brieftasche und entnahm ihr ein Stück Papier.

«Willst du den Plattenspieler wieder in Gang setzen?»

Der Flügel gab das Lied wieder. Leprat wußte es schon auswendig. Im Fluge kritzelte er die Noten auf das Papier und bewunderte dabei das einfache und unmittelbare Können von Faugères. Niemand würde diese Musik singen, aber er würde später einmal die Worte suchen, um die Stimmung des Komponisten zu verdolmetschen. ‹Das bist du mir wohl schuldig!› In seinem Gedächtnis meldete sich dieser letzte Satz von Faugères. Sein Groll erwachte. Rasch beendete er seine Arbeit und ergriff die Schallplatte.

«Laß mich nur machen. Wir müssen uns verteidigen.»

Die Schallplatte verbog sich, aber sie widerstand. Er mußte sie auf der Türschwelle mit den Absätzen zertrampeln. Dabei überhörte er fast das Läuten des Telephons. Wie eine Schlafwandlerin ging Eve durch das Zimmer und nahm den Hörer ab. Ihr Gesicht wurde noch ernster.

«Ich komme», sagte sie.

«Was ist?»

«Méliot hat ein Paket erhalten. Er will es uns zeigen.»

IV

Serge Méliot kam Eve mit ausgestreckten Händen entgegen.

«Liebe gnädige Frau, ich bin untröstlich, daß ich Sie stören mußte, aber ich bin so erschüttert ... nehmen Sie bitte Platz ... Sie auch, Herr Leprat.»

Er war verwirrt, aufgeregt, vielleicht sogar freudig erregt. Er wies auf seinen Schreibtisch, wo aufgerissenes Packpapier, Teile eines Bindfadens und ein aufgerolltes Notenblatt lagen.

«Das habe ich mit der Vier-Uhr-Post bekommen», sagte er. «Es ist kaum zu glauben.»

Er setzte seine Brille auf, eine dicke Schildpattbrille, die sein Gesicht erdrückte, und entrollte das Blatt.

«Es ist ein Lied», fuhr er fort. «Und der Autor ... Nein, sehen Sie selbst.»

Er reichte Eve die Partitur und wandte sich diskret an Leprat.

«Eine Qualität, ein Können, eine Poesie .. Die Worte sind ganz einfach, und doch ... Schon der Titel: *A cœur perdu* ... Das spricht jede Frau an, jeden Mann ... *A cœur perdu.* Man ist gefangen ... sofort!»

Er beobachtete Eve von der Seite und lauerte auf eine Bewegung, einen Seufzer. Eve reichte Leprat das Musikstück.

«Das letzte Lied meines Mannes», sagte sie.

Leprat erkannte Faugères breite und nachlässige Schrift. Er brauchte die Partitur nicht zu entziffern. Es war dasselbe Lied. Nur hatte Faugères es vorgezogen, Méliot keine Schallplatte zu schicken, sondern ihm sein Manuskript mit dem Text der drei Strophen anzuvertrauen.

«Sie können sich meine Überraschung, meine Verwirrung vorstellen, als ich das Paket öffnete», sagte Méliot. «Darauf war ich nicht gefaßt ...»

Leprat legte das Blatt auf den Schreibtisch. Méliot sah Eve

an. Leprat zog schweigend das Packpapier zu sich herüber. Das gleiche Aussehen, dieselbe Farbe. Die Adresse in Blockschrift. Dasselbe Postamt. Leprat setzte sich wieder hin und tat, als höre er Méliot zu. Aber dieser unterbrach sich.

«Was halten Sie von diesem Lied, Herr Leprat?»

«Es scheint mir beachtlich.»

«Beachtlich! Hören Sie, das ist sein bestes Lied. Es ist etwas Außergewöhnliches. Es wird einen Bombenerfolg haben, das können Sie mir glauben.»

«Nein», sagte Eve. «Es wird keinen Bombenerfolg haben, weil Sie es nicht verlegen werden.»

«Ich werde es nicht ...»

Méliot nahm seine Brille ab, putzte mit einer Ecke seines Taschentuches nervös an den Gläsern herum. Endlich sah er Eve mit einem fast bösen Ausdruck an.

«Aber liebe gnädige Frau, ich verstehe Sie nicht ...»

«Ich nehme an», schnitt ihm Eve das Wort ab, «daß Sie nicht die Absicht haben, den Tod meines Mannes geschäftlich auszunutzen?»

«Auszunutzen?» schrie Méliot. «Auszunutzen? Aber es handelt sich gar nicht um ausnutzen. Im Gegenteil. Es handelt sich darum, seinem Andenken zu dienen. Wir haben hier ein Lied, in das er sein Bestes hineingelegt hat. Ich habe nicht das Recht, es ... Nein! Dieses Lied gehört schon dem Publikum.»

«Sie werden es sich noch überlegen.»

«Oh, da ist nichts mehr zu überlegen.»

Eve versuchte, ruhig zu bleiben, aber ihr Gesicht zeigte so viel Verachtung und Haß, daß Leprat einen Ausbruch befürchtete und abzulenken versuchte.

«Herr Méliot», sagte er, «kennen Sie die Person, die Ihnen dieses Paket geschickt hat?»

Mürrisch wandte Méliot sich Leprat zu.

«Nein, ich kenne sie nicht. Zuerst dachte ich, es wäre Frau Faugères selbst. Aber, als sie vorhin nichts davon erwähnte ... Im übrigen ist das ganz unwichtig. Das Lied ist da, das ist die Hauptsache. Vielleicht hat Brunstein es geschickt oder ein Freund von Faugères ...»

Er setzte sich hinter seinen Schreibtisch, faltete die Hände und wurde wieder der gefürchtete Geschäftsmann.

«Madame, ich war der beste Freund Ihres Mannes, und ich bleibe sein Verleger. Ich habe hier einen Vertrag, der mir die Verlagsrechte auf seine sämtlichen Werke sichert. Als Verleger kann ich also über dieses Lied verfügen. Als Freund muß ich es tun. Versetzen Sie sich in meine Lage ... Lassen wir für einen Augenblick unsere Gefühle aus dem Spiel ... Ich bitte Sie, lassen Sie mich ausreden ... Gibt es einen Grund, einen einzigen, wohlverstanden ernsthaften Grund, der mich hindern könnte, dieses Lied herauszubringen? Ich gebe zu, daß Faugères tragischer Tod an seinem Erfolg nicht unbeteiligt sein wird. Das Publikum ist nun einmal so. Dafür kann ich nichts. Ich bin bereit, auf alle meine Rechte zu verzichten, wenn Sie glauben, daß ich daran denke, aus dem Verschwinden Ihres Mannes Nutzen zu ziehen ...»

Er wartete auf eine Antwort, eine Einwendung, schüttelte den Kopf und fuhr fort:

«Stellen wir uns vor, Faugères würde noch leben ... Er schickt mir sein Lied. Ich verlege es ... und Sie kreieren es. Aber ja ... was wollen Sie, es ist unser Beruf. Er schreibt die Lieder, ich drucke sie, und Sie singen sie. Sie selbst haben mir übrigens heute nachmittag gesagt, daß Sie die Absicht hätten, weiter zu singen, und Sie haben recht.»

«Ich werde nicht mehr singen», sagte Eve.

Leprat spürte, daß sie sich entschieden hatte, rücksichtslos, um Mèliot ins Unrecht zu setzen. Und sie würde nicht mehr auf ihre Entscheidung zurückkommen. Méliot hatte wohl denselben Eindruck, denn er streckte mit einer besänftigenden Geste die Hände aus.

«Verweigern Sie Ihrem Mann nicht diese letzte Genugtuung», sagte er. «Ich bitte Sie nicht, dieses Lied auf einer Bühne zu kreieren. Ich bitte Sie um etwas viel Leichteres: Singen Sie es auf eine Platte.»

«Nein.»

«Haben Sie die Noten richtig gelesen? Haben Sie bemerkt, in welchem Maße das Lied mit Ihrem Temperament übereinstimmt? Es ist deutlich zu erkennen, daß er es speziell für Sie komponiert hat.»

Mit einer erstaunlichen Behendigkeit lief Méliot an den Flügel und spielte die ersten Takte. Halb umgedreht wies er auf die Partitur.

«Hören Sie ... Hören Sie ...»

Sie hörten mit verstärkter Aufmerksamkeit zu. Während die Melodie unter den Händen von Méliot in ergreifenden Modulationen erklang, erinnerten sie sich an die Sätze des Textes, die sie soeben gelesen hatten. *A cœur perdu!* Der Refrain klang jetzt wie ein Vorwurf, ja, fast wie eine Anklage. Faugères skizzierte sie alle beide. Es war unerträglich. Und Méliot schilderte, ohne zu wissen, was er anrichtete, voller Begeisterung die Schönheiten des Liedes in allen Einzelheiten. Er griff die zärtlichsten Stellen wieder auf, spielte sie in allen Modulationen bis zum leisen Flüstern und machte über die Schulter hinweg seine Bemerkungen:

«Ist es nicht entzückend? ... Ich sage Ihnen einen Triumph voraus ... Armer Faugères, wie glücklich wäre er, wenn er hier sein könnte!»

Er wandte sich um, ließ die Arme sinken und fragte sichtlich bewegt:

«Nun?»

«Es bleibt bei nein», sagte Eve hart.

«Herr Leprat», bat Méliot, «sprechen Sie. Sie haben vielleicht mehr Glück als ich.»

«Ich kann mich ganz allein entscheiden!» warf sie dazwischen.

«Gut», sagte Méliot. «Ich werde das Lied also jemand anderem anvertrauen.»

Eve lächelte verächtlich.

«Jetzt ist es heraus. Also, kommen wir zum Schluß ... Florence Brunstein, nicht wahr?»

Méliot warf einen Blick auf Leprat, als wenn er ihn zum Zeugen anrufen wolle.

«Ja, vielleicht Florence.»

Eve nahm ihre Handschuhe, ihre Handtasche und erhob sich.

«Skrupel haben *ihn* nie geplagt», bemerkte sie. «Aber Sie, Herr Méliot, hätte ich für taktvoller gehalten.»

«Sie werden diese Worte bereuen, Madame», erwiderte Méliot.

Eve ging durch das Büro und blieb vor der Tür stehen. Leprat kam nach.

«Sie wollen natürlich dieses Lied möglichst bald herausbringen?» fragte Eve.

«Ich werde den Vertrag morgen unterzeichnen. Das Lied wird in der Galavorstellung des Rundfunks uraufgeführt werden. Ich werde alles tun, um den Erfolg zu sichern.»

Mit verschlossenem, blassem Gesicht ging sie hinaus. Méliot hielt Leprat am Ärmel zurück.

«Ich bin verzweifelt», flüsterte er ihm zu. «Versuchen Sie, etwas zu erreichen.»

Und er schloß leise die Tür, als wenn er in ein Krankenzimmer zurückginge.

Sie blieb auf dem Bürgersteig der rue Cambon mit dem Rükken zum Schaufenster stehen. Leprat trat hinter sie und versuchte vergeblich, ein freundliches Wort zu finden. Durch eine Art von Telepathie empfand er Eves Zorn, ihre Angstgefühle, und auch er fühlte sich müde, verbraucht, sehr alt und sehr verächtlich. Früher, als er noch ohne Aussicht auf Karriere in Bierlokalen spielte, war er glücklicher gewesen. Damals erwartete er nichts. Er konnte die kleinen Freuden des Lebens mitnehmen, einen Spaziergang, eine Begegnung, das einfache Vergnügen, eine Seite von Mozart ganz für sich allein zu interpretieren. Er hatte sich die große Liebe gewünscht. Jetzt hatte er sie!

Es war Eve, die seinen Arm nahm und zuerst lächelte. Wieder einmal war er aus der Fassung gebracht. Die Vitalität dieser Frau, die Stärke ihres Charakters verblüfften ihn, den Fatalisten, immer von neuem.

«Du machst aber ein Gesicht, mein kleiner Jean.»

«Ich bin erschüttert, über alles.»

«Ich nicht. Ich habe das mit Méliot schon lange kommen sehen. Er kann mich nicht leiden. Weißt du, was ich machen möchte? Ich will nach Hause und mich umziehen ... Ich habe genug von diesem Schwarz.»

«Aber ... die Leute?»

«Ach was, die Meinung der Leute ... Wir treffen uns in einer Stunde wieder ... wo du willst. Vielleicht vor der Maison du Danemark ... wenn es dir recht ist?»

Sie hatte schon ein Taxi angehalten.

«Geh ein wenig spazieren. Denke nicht mehr an all das ... Das Leben ist die Gegenwart!»

Sie stieg in den Wagen, ließ das Fenster herab, um ihm zuzuwinken, und Leprat blieb allein im Menschengewühl zurück. Er bemerkte, daß die Sonne noch auf die Häuserfronten schien und der Himmel über den Dächern blau leuchtete, und da stieg die Liebe wieder in ihm empor wie der Saft in den Pflanzen. Er richtete sich auf, steckte sich eine Zigarette an, schleuderte das Streichholz im hohen Bogen fort und suchte sich ein belebtes Café. Die vorüberflutenden Menschen streiften ständig seinen Tisch. Wagen glitten, schwingend und geschäftig, dicht an ihm vorüber. Es war die Stunde der Rast, des Planens, gehüllt in die Illusion einer vergoldeten Abenddämmerung. Leprat ging seine Sorgen durch und fand sie übertrieben. Die Schallplatte? Das

Lied? Eine geschickte Art, Eve leiden zu lassen, nicht mehr. Méliot würde es nicht wagen, Florence zu engagieren. Eine leere Drohung. Blieb ein rätselhafter Punkt: warum hatte Faugères diese Platte bespielt? Hatte er sich wirklich bedroht gefühlt? Leprat versuchte, sich von außen zu sehen, so, wie er anderen erscheinen mußte. Niemals hatte er Faugères mit Vorbedacht töten wollen. Und dennoch hatte er die erste Gelegenheit ergriffen . . . Er war kein Verbrecher. Davon war er überzeugt. Aber er hatte vielleicht einen Hang zur Gewalttätigkeit, einen Zug, der Faugères nicht entgangen war. Was für ein Mensch war er im Grunde? Sollte er noch einmal mit dieser Bilanz anfangen, die er schon so oft aufgestellt hatte? Eve sagte, daß er zwar grausam, aber nicht schlecht sei. Grausam? Vor allem sich selbst gegenüber. So grausam, wie man sein kann, wenn man aus der Mittelmäßigkeit heraus will. Im übrigen hatte er sich verteidigt. Wenn er nicht zuerst geschlagen hätte, so hätte Faugères nicht gezögert, ihn niederzuschlagen. Faugères war ohne Zweifel in die Villa zurückgekehrt, um eine Auseinandersetzung von Mann zu Mann herbeizuführen. Das sah ihm ähnlich . . .

Leprat trank sein Bier mit Widerwillen. Es war fade und bitter. Sich selbst freisprechen? Das war nicht leicht. Ja, wenn man immer mit sich selbst einverstanden sein könnte wie Eve! Sich selbst bis zum Grunde durchschauen, ohne nach Entschuldigungen zu suchen. Wenn man aus einem Guß wäre. In Eves Nähe war er stark und kühn. Jetzt, das mußte er zugeben, brauchte er sie. Aber unter der Bedingung, daß sie kämpfte, daß sie sich weder vor Méliot beugte, noch vor Florence, noch vor sonstwem. Wenn sie sich aufgäbe, würde er sich treiben lassen. Wohin? . . .

Er warf einige Geldstücke auf den Tisch, ging langsam den Boulevard entlang und betrachtete die Frauen. Immer die gleiche Frage ging ihm wie ein Mühlrad im Kopf herum. Wer war es? Er schob die Frage von sich: Niemand anders als Faugères selbst hatte die Pakete geschickt . . . durch Vermittlung eines Freundes . . . unwichtig. . . Die Luft war so mild, und die Laternen erschienen in der grauen Abenddämmerung wie Nachtlampen. Es war ein köstlicher Augenblick, den man fühlen müßte, hören müßte wie eine sterbende Melodie. Faugères hätte das ausdrücken können . . . ja, Faugères . . . Zum Teufel mit Faugères!

Leprat erreichte die Champs-Elysées und ging dem Sonnenuntergang entgegen. Hier verkündete alles den Erfolg, das Geld, das leichte Leben. Amerikanische Straßenkreuzer glitten lautlos an den flanierenden Fußgängern vorbei. An den Kinowänden funkelten die Leuchtschriften. Von einer Reklamefläche schrieen in Riesenbuchstaben die berühmten Namen: *Brailowsky ... Rubinstein ... Iturbi* ... Fröstelnd stand Leprat in dem Lichterglanz. Er brauchte Eve, weil er Glück, Macht, Sicherheit brauchte. Leidenschaftlich wollte er einer dieser Männer sein, die aus einem Buick oder Packard stiegen. Und vielleicht begehrte er ebenso heiß diese Frauen, die wie Idole stolz und unberührbar einherschritten.

Eve erwartete ihn. Sie trug eine helle Corsage und einen ganz einfachen, plissierten Rock. Aber sie war entzückender als ein junges Mädchen, und Leprat streckte ihr beide Hände entgegen.

«Eve, entschuldige, aber du bist heute abend entzückend», rief er. «Ich habe dich schon schön, elegant, wie eine Prinzessin gesehen. . . aber noch nie als Schäferin!»

«Du bist verrückt», sagte sie. «Eine Schäferin, die auf die Fünfzig zugeht!»

Mit den Fingerspitzen strich sie ihm über die Stirn.

«Und du, junger Mann, wisch deine Falten fort. Du hast wohl große Sorgen!»

Er nahm ihren Arm und zog sie an sich.

«Ja, ich mache mir Sorgen. Was uns passiert, gefällt mir gar nicht.»

«Sprechen wir nicht mehr davon», sagte sie. «Wir wollen ein Taxi suchen und den Abend außerhalb von Paris verbringen. Einverstanden?»

Sie atmete die Dämmerung, die Stadt ein wie ein Tier, das seiner Kraft sicher ist und sich über seinen Hunger freut. Sie dachte nicht mehr an Méliot, noch an Florence. In ihren grünen Augen glitzerte der Widerschein der Leuchtreklame. Dicht an Leprat gedrängt reckte sie sich hoch.

«Stellen wir uns vor», tuschelte sie, «daß du gerade aus deiner Werkstatt kommst. Du bist ein Arbeiter ... in einer Druckerei. Und ich bin eine kleine Angestellte. Statt einer Taxe werden wir einen Autobus nehmen. Laß dich führen.»

Dieses Spiel hatten sie schon oft getrieben. Für Eve war es mehr als ein Spiel. Es ähnelte einer Flucht. Sie hätte am liebsten in einer dauernden Flucht gelebt. Sie gab sich der Illusion hin, jeden Tag ein neues Leben zu beginnen. Gelegentlich hieß es dann plötzlich: ‹Jean, laß uns aufbrechen!› Sie gingen nicht weit. Je nach ihrer augenblicklichen Stimmung wählte sie etwa Orly, und sie führte ihn zum Flugplatz, um den donnernden Start der gewaltigen viermotorigen Maschinen zu beobachten; oder Aubervilliers, wo sie bis spät in die Nacht hinein in Spelunken saßen; oder Versailles, wo sie schweigend zwischen den Statuen spazierengingen. Manchmal kam sie auf die Idee, mitten in Paris im Crillon einzukehren: sie dinierten an einem kleinen Tisch, sie mit Schmuck beladen, er im Abendanzug ... wie zwei Hoheiten. Eve nannte diese Ausflüge: die verzauberte Wirklichkeit. Leprat gab sich ohne sonderliche Begeisterung zu diesen Phantasien her. Er verstand es nicht wie Eve, ein Vergnügen mitzunehmen, ohne sich daran zu binden. Eve suchte die Kontraste, er litt darunter. Er war von Natur zu eifrig, zu beflissen. Und vor allem konnte er den Gedanken nicht unterdrücken: Wenn ich nicht da wäre, wäre sie auch glücklich! – so daß er von solchen Ausflügen immer ziemlich verzweifelt zurückkam.

Er ließ sich also auch heute von ihr führen, von einem Autobus zum andern, und allmählich tat sich eine unbekannte Stadt um sie auf, weniger gepflegt, dafür aber fröhlicher. Angestellte stiegen in den Bus, Frauen mit Einkaufsnetzen. Eve hatte ihren Arm unter Leprats geschoben und streichelte seine Hand. Vielleicht gehörte das auch zum Spiel!

«Wohin führst du mich?» fragte er.

«Nach Vincennes. Ich kenne dort ein kleines Hotel, zwei Schritte vom Wald.»

Sie war also schon dort gewesen? Wann? Mit wem? Leprat seufzte. Diese Traurigkeit würde ihn immer begleiten. Die kantige Masse des Schloßturms erhob sich über den Bäumen. Auf den Fußwegen, um die Kneipen und U-Bahn-Eingänge wogte das Leben. Eve nahm ihre dunkle Brille aus ihrer Handtasche.

«Hast du Angst, daß man dich erkennt?» fragte Leprat.

«Nein. Ich sehe so besser.»

Sie stiegen aus. Leprat kaufte bei einer Blumenhändlerin eine Rose und heftete sie Eve an die Corsage. Sie klatschte in die Hände und küßte ihn.

«Du siehst», sagte sie, «ich benehme mich ganz wie eine Midinette. Schockiert dich das?»

«Mir scheint, daß du dich dazu zwingen mußt.»

«Das ist wahr», gestand Eve.

«Also, was ist nicht in Ordnung?»

Sie zog ihn an einem alten Wall entlang in eine Allee. Es war Nacht geworden. Hinter den Bäumen warf Paris einen riesigen rötlichen Schein an den Himmel.

«Wir hätten Méliot alles erzählen sollen», sagte Eve. «Er

hat sicher gemerkt, daß ich nicht überrascht war. Er ist ein alter Fuchs.»

«Ich konnte ihm doch nicht sagen, daß ich die Schallplatte vernichtet habe», wandte Leprat ein.

«Dabei haben wir uns in eine Kette von Lügen verstrickt, die uns Gott weiß wohin führen werden. Das ist es, was mich quält. Es ist das erste Mal, daß ich mich in einer unklaren Lage befinde.»

Leprat legte seine Hand auf Eves Schulter.

«Haben wir falsch gehandelt?»

«Ich weiß nicht», murmelte Eve. «Manchmal glaube ich, daß wir offen hätten sprechen sollen.»

«Dann wären wir alle beide verloren gewesen.»

«Vielleicht sind wir trotzdem verloren.»

Sie entfernten sich von den beleuchteten Straßen und tauchten im Dunkel der Zweige und Baumstämme unter. Sie hatte gut gewählt: sie waren weit von Faugères, von Méliot fort und so nah beieinander, daß sie gemeinsam an die gleichen Dinge dachten, mit den gleichen Worten. Leprat verstand plötzlich, warum Eve diese Ausflüge improvisierte, die für ihn immer überraschend kamen. Es geschah, um ihn zum Sprechen zu bringen, ihn zu veranlassen, sich zu offenbaren und von den Zwangsvorstellungen zu befreien, die ihn erstickten. Und er sprach.

«Für dich habe ich ihn getötet», sagte er. «Dieses Leben zu dritt war nicht mehr möglich. Wir waren alle drei gedemütigt. Jetzt müssen wir uns verteidigen. Das wirft neue Probleme auf. Aber es scheint mir, daß ich mich dir genähert habe ... Eve, du sollst es wissen: ich habe nur den einen Wunsch, mit dir zu leben. Ich werde alles tun, was du willst. Ich werde Konzerte geben, weil du es wünschst. Ich werde diesen Ehrgeiz nur für dich haben. Aber denk ein wenig an mich.»

«Ich denke nur an dich, mein kleiner Jean.»

«Nein, nicht so, wie ich es möchte. Nicht ganz. Nicht ... wie soll ich sagen ... nicht ungeteilt. Sicher, ich besitze deinen Körper. Aber nicht dein Denken, verstehst du?»

«Du willst also die Leidenschaft, die Leiden schafft.»

«Lache nicht, das ist sehr ernst.»

«Man kann sehr ernst sein und doch lachen», sagte Eve, indem sie ihren Arm um Leprats Taille schlang. «Das ist so recht die Idee eines Verliebten: die Frau, die man liebt, zur Gefangenen machen, nicht wahr? Du möchtest mich neu zeugen, damit ich von deinem Blut, deinem Fleisch und deinem Geist bin. Damit ich dich bewundere. Damit ich Respekt vor dir habe. Damit ich das lebendige Loblied auf dich bin. Kleiner Jean! Als ich jung war, hatte ich auch so absurde Träume.»

«Aber das ist nicht absurd.»

Sie schwiegen, weil sie an einem Pärchen vorbeikamen, das mit einem Baum fast verschmolzen war. Eve wandte sich um und lachte leise.

«Weißt du, die Liebe ist etwas Dummes. Es ist dumm, wenn sie alltäglich wird. Wie du siehst, bin ich nicht böse, daß ich jetzt für dich kämpfen muß. Eine schwierige Zukunft liegt vor uns . . . um so besser.»

«Halt», verbesserte Leprat, «ich bin es, der für dich kämpft.»

«Streiten wir uns nicht», protestierte Eve. «Wenn ich es Méliot abgeschlagen habe, sein Lied zu kreieren, so tat ich es sicher zunächst, um ihn zu ärgern. Im übrigen könnte ich dieses Lied gar nicht singen. Aber ich hatte noch einen anderen Grund: ich habe an dich gedacht. Ich habe mir gesagt, daß es eine gute Gelegenheit wäre, mich selbst für eine Weile zurückzuziehen und mich ganz für deinen Erfolg einzusetzen. Das geht nicht von selber. Es ist weniger eine Frage des Talents als der Förderung, der Publizität . . . Wenn ich das Podium verlasse, nehme ich gleichzeitig den Méliots, Brunsteins, Masquerets und all denen, die mich nicht mögen und behaupten, ich sei eine mittelmäßige Sängerin, den Wind aus den Segeln. Das ist die beste Art, dich zu protegieren.»

«Unter diesem Gesichtspunkt habe ich die Dinge nicht gesehen», gab Leprat zu.

Sie begegneten zwei Polizisten auf Fahrrädern und überschritten eine Allee, die sich zwischen zwei Lampenreihen im Dunkel der Nacht verlor.

«Erinnerst du dich an die Worte auf der Schallplatte?» fuhr er fort. «Findest du nicht auch, daß sie eine Drohung enthalten? Zum Beispiel der Satz: ‹Sei mißtrauisch . . ..› Er wendet sich an dich. Nimm einmal an, Méliot hätte gelogen, und er hätte dieselbe Platte erhalten. Siehst du nicht, welchem Verdacht du dich dann aussetzt, wenn du es ablehnst zu singen. Du mußt dieses Lied kreieren, Liebling. Um mich kannst du dich später kümmern. Das eilt nicht. Ich weiß nicht einmal, ob ich die Karriere eines Konzertvirtuosen einschlagen möchte. Jetzt kommst du zuerst.»

Sie kannten ihre Schliche genau. Jeder versuchte unter liebevollen Vorwänden, den anderen zu überrumpeln. Niemals hatten sie sich mehr geliebt als in diesem Augenblick.

«Küsse mich», flüsterte Eve.

Sie standen mitten in einer Lichtung, und es war wie eine Herausforderung, daß sie ihren Kuß so sehr verlängerten.

«Wollen wir vergessen?» schlug Eve vor. «Alles vergessen?»

«Wir wollen vergessen!» wiederholte Leprat.

Sie lachten richtig fröhlich und hielten sich an den Händen wie zwei Brautleute vom Land. Jetzt würde das Spiel darin bestehen, jede Anspielung auf ihre geheimen Gedanken zu vermeiden. Sie kehrten auf die Straße zurück und sahen den beleuchteten Eingang zur U-Bahn.

«Es ist das letzte Hotel auf der linken Seite», sagte Eve. «Ich mache dich darauf aufmerksam, daß es nicht gerade ein renommiertes Hotel ist. Aber es ist sauber.»

Merkwürdige Frau, für die ein sauberes Zimmer die ganze Moral ist. Leprat bestellte ein Zimmer und gab ein großes Trinkgeld, um den Namen seiner Begleiterin auf dem Meldezettel zu verschweigen. Dann setzten sie sich zum Abendessen in das Café. Eve beobachtete durch ihre dunkle Brille die Männer an den anderen Tischen. Die meisten spielten Karten, in Zigarettenqualm gehüllt.

«Was interessiert dich hier?» fragte Leprat. «Erkläre es mir. Ich verstehe es nicht.»

«Ich auch nicht», bekannte Eve. «Es ist sehr kompliziert. Mein Mann verstand es auch nicht. Entschuldige bitte ... ich spreche nur deshalb von ihm, weil vielleicht er am ehesten das hätte nachfühlen können. Aber ich frage mich, ob die Männer über die notwendige Intelligenz verfügen.»

Ein kahlköpfiger, müder Kellner begann sie zu bedienen.

«Trotzdem», sagte Leprat, «bilde ich mir ein, daß es nicht so geheimnisvoll ist. Da ist Bewegung, Lärm ...»

«Nein, das ist es nicht.»

«Und dann die Ausstattung, die Illusion.»

«Nein. Es ist etwas anderes ... Diese Männer spielen Karten. Sie versuchen, sich ein kleines Glück zu schaffen ... Ich fühle, was ihnen fehlt, ich könnte ihnen das geben. Sie sind wie verlorene Kinder.»

«Siehst du, daß ich recht habe, wenn ich Lieder komponieren will?»

«Aber das genügt nicht.»

Sie aß wenig und trank ihren Beaujolais unverdünnt, eine Zigarette griffbereit. Und ihre Augen wanderten von den Spielautomaten wieder zu den Kartenspielern.

«Nein, das genügt nicht», wiederholte sie. «Für sie singen, das wäre schon ein Anfang. Man müßte mehr tun . . . Ich weiß nicht was . . . Irgend etwas, was wie ein Opfer wäre . . . aber kein trauriges Opfer . . .»

Ein Clochard trat an ihren Tisch und bot ihnen Erdnüsse an. Eve kaufte drei Beutel, schälte einige Nüsse und knabberte sie.

«Kurz gesagt», fragte Leprat ängstlich, «*ein* Mann genügt dir nicht?»

Schon wieder begann die fruchtlose Debatte, die sie nun schon seit sechs Monaten führten. Aber Leprat konnte nicht vergessen, daß er Faugères getötet hatte, vielleicht, weil sie seine Fragen niemals klar beantwortet hatte. Dennoch bestand er auf seinem Gedanken:

«Du möchtest», sagte er, «alle Männer in einem einzigen lieben, und dieser eine soll mannigfaltig bis ins Unendliche sein. Das ist die Gattung Mensch, die du heiraten müßtest.»

Sie setzte ihre Brille ab und sah Leprat mit einer fast mütterlichen Zärtlichkeit an.

«Ich will dir nicht weh tun, mein kleiner Jean. Warum hörst du nicht auf, dich zu quälen? Sind wir nicht glücklich? Na?»

Sie erhob sich, und sie gingen auf ihr Zimmer. Eve öffnete das Fenster. Irgendwo spielte ein Akkordeon. Sie erkannten eine Melodie von Faugères. Leprat schloß die Fensterläden. Aber die Musik drang durch die Mauern. Schweigend hörten sie zu.

«Wann wird es *das* Lied sein?» flüsterte Leprat.

«Sei still!»

Das Akkordeon klang jetzt gedämpft, aus weiter Ferne, der Ton wurde lyrisch und einer menschlichen Stimme ähnlich. Sie dachten nicht mehr an ihre Abmachung, an ihren Entschluß zu vergessen. Sie hörten Faugères. Leprat setzte sich aufs Bett.

«Es wäre besser, wenn du dich mit Méliot verständigtest. Du kannst nicht auf deinen Beruf verzichten. Erinnere dich an das, was du mir eben gesagt hast. Du brauchst das Publikum.»

«Das würde nichts ändern», bemerkte Eve. «Irgend jemand vermutet die Wahrheit. Vielleicht Méliot . . .»

Das Akkordeon sang schmachtend: *Unser Haus.* Eve ließ ihren Rock fallen.

«Sie werden sehr zufrieden sein, wenn sie mich vernichten können», sagte sie.

«Aber wenn du verzichtest, wirst du es mir eines Tages nachtragen.»

Sie schaltete die Deckenbeleuchtung aus. Nun waren sie nur

noch zwei Schatten, die in der Dunkelheit aneinander stießen. Sie rollten sich in das Bett, suchten sich und blieben unbeweglich liegen. Faugères lebte, da draußen in der Nacht, wo von Zeit zu Zeit ein Wagen mit voller Geschwindigkeit vorbeibrauste.

«Wer waren die nächsten Freunde deines Mannes?» fragte Leprat.

«Er hatte nicht viele. Bekannte, ja, und geschäftliche Verbindungen.»

«Méliot, Brunstein, Blèche. Und weiter?»

«Das ist ungefähr alles. Sein Bruder in Lyon. Der Filmproduzent Gamard. Aber ich weiß, daß er mit keinem von beiden intim war. Wenn man volkstümlich ist, braucht man keine Freunde.»

Das Akkordeon schwieg. Eine andere Platte folgte, und Eve erkannte ihre Stimme. Sie sang: *Du ohne mich.*

«Du siehst, wie schade es wäre, wenn du alles aufgeben würdest», bemerkte Leprat.

Eve zögerte:

«Willst du es wirklich?»

«Bitte . . .»

«Morgen werde ich Méliot anrufen.»

Leprat umarmte sie. Sie hörten die Musik nicht mehr.

Am nächsten Vormittag fuhren sie mit einer Taxe zurück. Eve bat Leprat, in ihre Wohnung mitzukommen. Sie wollte in seiner Gegenwart telephonieren. Leprat nahm den zweiten Hörer. Méliot war sofort am Apparat.

«Ich habe es mir überlegt», sagte Eve. «Ich glaube, Sie haben recht, Herr Méliot. Ich bin bereit, das Lied meines Mannes zu kreieren.»

Es gab ein langes Schweigen.

Méliot hüstelte.

«Ich bedaure . . .», fing er an. «Ich habe versucht, Sie gestern abend zu erreichen. Sie waren nicht zu Hause. Ich habe abgeschlossen.»

«Mit wem?»

«Mit Florence Brunstein.»

Eve legte auf.

«Jemand will unser Fell», sagte sie.

V

Leprat blickte auf seine Hände, die über die Tasten tanzten. Man hielt ihn für talentiert. Die Leichtigkeit seines Spieles setzte Eve in Erstaunen. Aber das wahre Talent liegt nicht in den Händen. Das Talent ... Leprat hielt ein und nahm eine Zigarette aus einem Päckchen, das neben Schreibblock und Bleistift, die nie benutzt wurden, auf dem Klavier lag. In Gedanken sah er, wie Faugères improvisierte: oft legte er einen Finger auf irgendeine Taste und lauschte auf das Vibrieren des Tones ... den Kopf zur Seite geneigt, das linke Auge halb geschlossen wegen des Rauches seiner Zigarette, wartete er ... Leprat legte einen Finger auf das Klavier und wartete ... Nichts ... Wenn er sich dem Träumen hingab, war er sofort im Banne Eves. ‹Man muß sich gehen lassen›, pflegte Faugères zu sagen, ‹die Lieder sind irgendwo, ganz fertig. Sie beobachten einen, verstehen Sie? Es ist, als ob man den Vögeln Brotkrumen hinwirft.› Angeekelt ging Leprat durch das Zimmer, warf einen Blick auf die Straße und beobachtete sich dann mißtrauisch im Spiegel. Steril! Das war es. Er war steril. Und Faugères war auf seine Art verschwenderisch. Gut. Er brauchte also nur zu arbeiten, virtuoser zu sein als die Virtuosen ... Leprat ging wieder ans Klavier, schloß die Augen, drehte seinen Finger im Kreise, als wenn er ein Los ziehen wolle, und senkte ihn auf die Tasten ... Er schlug einen schönen, tiefen Ton an, der lange anhielt. Ein f ... Und dann? ... Es war nur ein f. Was kann man mit einem f ausdrükken? Man kann alles spielen, wenn man von einem f ausgeht ... eine Polonäse, eine Ballade, ein Konzertstück ... Aber kann man ausdrücken: ich bin traurig, ich bin eifersüchtig, ich langweile mich, ich bin Leprat? Er spielte eine brillante, schwierige Passage, kam auf einen Satz von Beethoven, den er vollendet wiedergab ... durch das Feingefühl seiner Hände, aber sein Herz war leer. Das Telephon läutete.

«Hallo ... Bist du es, Eve, Liebling ... Ich war gerade beim Spielen, natürlich.»

«Hast du die Zeitungen gelesen?»

«Nein. Warum?»

«Dieses Frauenzimmer Florence hat einen Triumph gehabt.»

«Mit dem Lied?»

«Gewiß.»

«Ja, und? Was beweist das?»

«Wieso, was das beweist? Bist du dir nicht darüber klar, daß es schon überall gesungen wird?»

«Entschuldige bitte, aber ich sehe nicht ...»

«Nun, du wirst schon noch sehen.»

Sie hatte aufgelegt. Leprat zuckte die Schultern. Er pfiff auf das Lied. Zum Trotz phantasierte er es auf dem Klavier, schmückte es mit Koloraturen, bereicherte es in Variationen ... Sicher war es vorzüglich, aber schließlich war es ein Lied wie viele andere ... Er wollte sich nicht beeindrucken lassen durch ... Er schlüpfte in seinen Rock und ging hinunter, um einige Zeitungen zu kaufen, die er noch auf der Straße überflog. Eve hatte nicht übertrieben. Die Presse war einer Meinung ... fast zu sehr! Méliot hatte sich wohl darum gekümmert. EIN NEUER STERN ... FLORENCE BRUNSTEIN WAR EINE OFFENBARUNG ... EINE GROSSE SÄNGERIN WURDE GEBOREN ...

Er ging wieder in seine Wohnung und rief Eve an.

«Ich bin es, Liebling. Ich habe eben die Zeitungen gelesen ... Tatsächlich, Florence hat gewonnen ... Aber du hast nicht verloren.»

Er hörte Eve heftig atmen.

«Man zieht keine Vergleiche zwischen euch», fuhr er fort. «Ich versetze mich in deine Lage; ich gebe zu, daß es peinlich ist. Aber ich glaube, daß wir dazu neigen zu ...»

«Zu übertreiben?»

«Ja, vielleicht. Willst du mit mir essen? Wir müssen das alles besprechen.»

«Gut», sagte sie ohne Begeisterung.

«Soll ich dich abholen oder kommst du mir entgegen?»

«Ich komme dir entgegen. Vor dem Figaro.»

«Bis nachher, Liebste.»

Er kleidete sich um. Der Erfolg von Florence beunruhigte ihn nicht. Im Gegenteil, er fühlte sich sicher: Faugères hatte diesen Erfolg gewünscht, er hatte ihn schon lange vorbereitet. Jetzt mußte Faugères befriedigt sein. Bestürzt unterbrach Leprat seine Toilette. Nun urteilte er schon so, als wenn Faugères hätte voraussehen können... Aber was hatte er tatsächlich vorausgesehen... gewollt... kombiniert? Leprat beendete seine Toilette. Er wurde verrückt. Faugères hatte gar nichts kombiniert. Er hatte einfach Eve zu zwingen versucht, das Lied zu singen, um sie zu quälen. Der Plan war fehlgeschlagen. Faugères gehörte der Vergangenheit an! Leprat verließ die Wohnung und stieg in den Fahrstuhl. Jetzt mußte man an die Zukunft denken. Es gab keine anderen Probleme mehr. Er ging zur Portierloge.

«Wenn jemand nach mir fragt...»

Das Radio spielte gedämpft, und eine weibliche Stimme sang.

«Was ist das für eine Sendung?» fragte Leprat.

«Ach», sagte die Concierge, «ich habe nicht aufgepaßt... Hauptsache, daß ich etwas Musik höre, wissen Sie...»

Leprat schloß die Tür langsam, mit fast ängstlicher Sorgfalt. Er hätte darauf gefaßt sein müssen. Es war schließlich nicht schwerwiegend. Und doch... Halt, langsam. Bin ich etwa eifersüchtig auf Faugères? Nein. Das Lied ist schön, und schon gefällt es. Das ist normal... Also? Habe ich Angst? Nein. Wovor sollte ich übrigens Angst haben? Also was... lieber Gott!

Nie war der Herbst so mild, sein Licht so süß gewesen. Die Mittagsstunde auf dem Boulevard war wie ein Fest. Ein Fest für die andern. Leprat hatte plötzlich das Gefühl, auf der Flucht zu sein. Merkwürdig, wie dieses Lied, das er auswendig kannte, und das auf ihn keine Schockwirkung mehr ausübte, ein eigenes Leben annahm, wenn man ihm so durch Zufall begegnete... Aber das würde nicht andauern, es konnte nicht andauern. Die Gewohnheit würde kommen. Man gewöhnt sich auch an ein Gift... Leprat zog es aber doch vor, die rue Cambon zu meiden. Und in Zukunft würde er bestimmte Straßen meiden, deren Verzeichnis er im Geiste bereits aufstellte... Wegen der Musikgeschäfte... Nicht aus Aberglauben, nein. Aber es war unangenehm, Faugères' Bild zu begegnen. Außerdem hört man beim Vorbeigehen vor diesen Geschäften meist eine Melodie, einen Refrain, die Wiedergabe einer Schallplatte... Leprat erreichte die Place de la Concorde. Er atmete freier unter den Bäumen und nahm den Faden seiner Gedanken wieder auf. Sich um die Zukunft kümmern... Wenn Eve darauf verzichtete zu singen, war der Weg vorgeschrieben: Konzerte. Aber Konzerte bedeuten Tourneen, Reisen, Entfernung... Leprat begann, mit Geldstücken in seiner Tasche zu klimpern. Die Entfernung! Gewiß hatte Faugères das vorausgesehen. ‹Du versprichst mir, ihn nicht mehr zu sehen.› Das hatte er drunten, in der Villa bei La Baule, gesagt. Der Tote war stärker als der Lebende!

«Nein», sagte Leprat mit lauter Stimme.

Nein! Er würde niemals bereit sein, sich von Eve zu trennen. Eher wollte er wieder seinen Platz im Orchester eines Bierhauses einnehmen. Aber dann würde Eve sich schämen, mit ihm auszugehen ... Der Klatsch, die Zeitungsglossen, die geflüsterten Scherze ... er kannte diese Waffen, die sicherer töten als Dolche. Mit mir ist's vielleicht vorbei, dachte Leprat. Oder ich müßte aufhören, sie zu lieben! Dieses Mal war er darauf bedacht, dem Problem wirklich auf den Grund zu gehen. Auf Eve zielte man, und auf ihn durch sie. Sie glaubten beide noch die Freiheit zur Verteidigung zu haben, aber es war zu spät. Gegen wen sollte man sich verteidigen? Gegen einen Toten? Gegen was? Gegen den blinden Druck der öffentlichen Meinung? Konnte man wirklich nichts mehr versuchen? Vielleicht war es noch nicht zu spät, bei den Verdächtigen etwas zu unternehmen. Aber wie? Sollte man einen nach dem anderen fragen: ‹Haben Sie mir eine Schallplatte geschickt?› Lächerlich. Und dann hätte Eve das Lied kreieren können. Méliot hatte doch darauf bestanden. Niemand konnte voraussehen, daß sie ablehnen würde Niemand ... Außer Faugères!

Schluß, dachte Leprat, ich schwöre, daß ich an etwas anderes denken werde. Von jetzt ab verbiete ich mir, an Faugères zu denken. Eve blieb ihm. Eve, die zu ihm zurückkehren würde, weil sie niemand mehr hatte, dem sie sich anvertrauen konnte. In der Mitschuld würden sie sich mehr gehören als in der Liebe. Und das war fast ein Trost.

Eve war noch nicht an der vereinbarten Stelle. Leprat sah auf die Uhr und las zerstreut die angeschlagenen Seiten des *Figaro Littéraire*. Da war einmal der elegante, selbstsichere Leprat, der umherflanierte; und dann ein anderer Leprat, dem unklare Überlegungen durch den Kopf gingen: Ich werde mir eine andere Wohnung suchen müssen ... ich werde sparen müssen ... das ist der Absturz ... sie hat Geld ... ich nicht ...

Plötzlich war Eve da. Sie lief fast. Leprat mußte sie mit den Armen auffangen.

«Geh mit mir, wohin du willst», sagte sie. «Ich habe mich etwas verspätet. Entschuldige bitte. Ich bin ein Stück gegangen, habe eine Taxe genommen und ...»

«Und?»

«Wie ich dir sage. Es ist zu dumm!»

«Aber Liebling, sprich doch.»

«Der Chauffeur pfiff ...»

«Ich kann mir schon denken ...», sagte Leprat.

«Da bin ich unter einem Vorwand ausgestiegen und zu Fuß gekommen.»

Sie standen sich unbeweglich, fast ängstlich gegenüber.

«Dasselbe ist mir eben passiert», berichtete Leprat. «Es ist unangenehm, aber ich glaube, daß wir uns daran gewöhnen werden. Wir müssen es. Magst du in den Elysée-Club gehen? Es ist noch früh, und wir werden dort ungestört sein.»

«Hoffentlich kann ich essen!» sagte Eve.

Sie überschritten den Rond-Point.

«Bist du sicher, daß wir dort keine Musik hören?» fragte sie.

«Sind wir schon so weit?» murmelte Leprat.

«Wie würde ich vor den Leuten dastehen?» sagte Eve.

Am Eingang des Clubs war Bewegung, aber im Saal gab es noch ruhige Ecken. Sie setzten sich in den Hintergrund, Leprat studierte die Speisekarte und streichelte dabei Eves Hand. Ohne besondere Veranlassung war er plötzlich wieder zuversichtlich, und auch Eve lächelte.

«Verzeih mir, mein kleiner Jean. Ich drehe allmählich durch und erkenne mich gar nicht mehr wieder. Bestelle mir Fisch, ganz gleich, welchen ... Das wird genug sein ... Ich habe eine gute Nachricht für dich.»

«Masqueret?»

«Nein. Masqueret drückt sich, was nebenbei gesagt, bedeutet, daß ich im Kurs gefallen bin. Aber Blèche. Er wird alles vorbereiten, und in drei Wochen ... Er soll mich heute abend anrufen. Aber es ist so gut wie abgeschlossen ... Sie hatten einen ungarischen Pianisten engagiert, der plötzlich krank geworden ist.»

«Also bin ich gut genug, Csardas zu hämmern!»

«Ich bitte dich, fang nicht an zu meckern. Ich habe ihm gesagt, daß du natürlich einverstanden bist. Achtung! Sieh nicht zur Treppe ... Der Mann, der herunterkommt, ist Gamard.»

«Gamard? Der auf unserer Liste steht?»

«Ja.»

Gamard hatte sie gesehen. Er grüßte, zögerte, näherte sich dann ihrem Tisch, und Eve machte ihn mit Leprat bekannt, als wäre er ein sehr lieber, alter Freund. Sie war gar nicht unaufrichtig, sondern einfach neugierig und zum Kampf bereit. Gamard setzte sich ihnen gegenüber.

«Ich freue mich sehr, Sie zu treffen», sagte er zu Eve. «Ich fahre gleich nach Italien und bin eilig wie immer... Hat Faugères Ihnen von unserem letzten Gespräch berichtet? Sie sehen, ich mache keine Umschweife.»

Eve beobachtete ihn mit so scharfer Aufmerksamkeit, daß Leprat diesen allzu ungezwungenen Mann von vornherein haßte. Ob er der Feind war?

«Nein», sagte Eve. «Mein Mann sprach nicht mit mir über seine Geschäfte.»

«Aber es handelte sich gerade um ein Geschäft, das Sie betraf», rief Gamard aus. «Das wird ein richtiges Labyrinth.»

«Er hat es immer verstanden, alles zu verwirren», sagte Eve.

«Ich ging zu ihm mit dem Vorschlag, einen Film zu drehen, dessen Star Sie sein sollten. Und davon hat er Ihnen nichts gesagt?»

«Nein.»

«Das ist merkwürdig. Er hatte mir versprochen, sich die Sache zu überlegen und Sie zu fragen...»

«Schien er für diesen Plan eingenommen zu sein?»

«Ehrlich gesagt: nein.»

«Das wundert mich nicht. Er hätte nie geduldet, daß ich mich ohne ihn durchsetzte, verstehen Sie? Ohne seine Erlaubnis...»

Gamard richtete seine grauen Augen auf Eve.

«Das sieht ihm ähnlich», murmelte er.

Eve warf einen kurzen Blick zu Leprat und beugte sich über den Tisch.

«Herr Gamard, unter uns... empfanden Sie Sympathie für ihn?»

«In meinem Beruf», sagte er, «ist man nicht gewohnt, sein Herz mitsprechen zu lassen.»

Er lächelte undurchsichtig und erhob sich.

«Schade», meinte er. «Wir haben den Plan aufgegeben, aber wir könnten ihn vielleicht eines Tages wieder aufgreifen.»

«Ich bezweifle es», sagte Eve.

Er verneigte sich, ohne zu widersprechen, und suchte sich einen Tisch am anderen Ende des Saales. Eve aß nichts mehr.

«Er ist es nicht», sagte Leprat.

«Nein, er nicht. Übrigens, je mehr ich darüber nachdenke, um so sicherer bin ich, daß Maurice sich keinem Menschen anvertraut hat. Einen Augenblick lang hatte ich geglaubt, daß er vielleicht einen Freund unterrichtet haben könnte. Aber du siehst... Gamard liebte ihn nicht, und trotzdem waren die beiden eng verbunden. Wir verlieren unsere Zeit mit diesem Suchen.»

Sie zuckte mit den Schultern.

«Ich gebe es auf.»

«Was?»

«Alles. Es ist würdiger. Ich will nicht, daß man erzählt, ich klammere mich an etwas.»

«Eve!»

Sie beobachtete die Leute, die jetzt zahlreicher eintraten: Schriftsteller, Regisseure, Schauspieler ... und sie setzte ein gleichgültiges Gesicht auf. Die Hauptsache war für sie, daß sie sich von sich aus entschieden und damit allen Kommentaren den Wind aus den Segeln genommen hatte.

«Es wird sich nichts ändern», meinte sie. «Ich werde mich nicht ins Kloster zurückziehen. Es wird gut tun, weißt du, wie andere Menschen zu leben, ein wenig umherzubummeln, und nicht mehr von Konzerten zu Soireen zu jagen ... Von jeher habe ich wie ein Mann gearbeitet. Nun gut, jetzt bin ich müde.»

«Ausgerechnet du!»

«Ja. Ich bedauere nichts, was ich gemacht habe, aber ich bin nicht böse, wenn ich ausspannen kann.»

«Aber, aber! Du willst nur gegen deinen Mann recht behalten!»

Leprat verlangte die Rechnung und nahm Eves Hand.

«Nur», meinte er abschließend, «will dein Mann auch gegen uns recht behalten.»

Sie gingen hinaus. Wo sie vorbeigingen, stoppte die Konversation an den Tischen und begann flüsternd wieder hinter ihnen. Sie wußten genau, daß man von der Galavorstellung sprach, von dem Lied, und sie beeilten sich, allein zu sein. Bis zum Arc de Triomphe sprachen sie kein Wort. Sie hatten plötzlich das Gefühl, aus der Bahn geworfen, überflüssig zu sein, und sie wußten, daß der erste, der den Mund öffnete, Anspielungen auf Faugères machen würde.

«Ich möchte einen Kaffee trinken», bat Eve.

Leprat wählte die Bar de l'Automobile. Auf der Schwelle trafen sie Virieux.

«Ah, ich freue mich, euch zu sehen», rief Virieux. «Na, mein Liebling, was treibst du so? Ich habe gehört ... mit deinem Mann. Mein Beileid ... Und du, alter Junge, immer noch am Klavier?»

Er bewegte die Finger, als spiele er Klavier, und lachte sehr laut.

«Was wollt ihr trinken ... Aber sicher, kein Widerspruch ...»

Er schob sie in die Bar.

«Drei Whisky! Unter uns, ich tränke genauso gern einen Likör, aber das ist was für kleine Mädchen. Sag mal, Süße, du siehst nicht gerade gut aus. Ist es wahr, was man erzählt? Du gibst auf?»

«Im Augenblick ruhe ich mich aus. Das ist alles.»

«In Ordnung! Ich habe sie nämlich gesehen, diese Florence. Die Zeitung hat mich hingeschickt. Ich muß mich sogar beeilen, mein Papier zu beschmieren. Zugegeben, sie hat einiges hier und da . . .»

Er deutete mit den Händen ihre Rundungen an.

«Aber im übrigen: eine Null. Ein Lied von Faugères, das geht doch direkt in die Eingeweide, was? Da braucht man sich doch nicht verrenken und tiefen Sinn reinlegen. Kannst du dir vorstellen, mein Engel, tiefen Sinn . . . Aber die hättest du sehen müssen, wie sie das Mikrophon mißhandelte, Augen verdrehte, Hände am Busen . . . Ich weiß noch den Refrain, hör zu . . .»

Er begann mit fürchterlicher Stimme zu singen, so daß die Gäste an der Bar in lautes Gelächter ausbrachen.

«Ich freß'n Besen», schloß er, «aber ich glaube, man könnte es besser machen. Das heißt doch *A cœur perdu*, dieses Dingsda . . . Und da gehört doch Schwung und Schmalz dazu . . . Eine Zumutung, daß ich mich an dich wende, was? Du hast mich zwar betrogen, aber ich verzeihe dir großmütig . . . Also das darf man doch kaum singen . . . nur so andeuten . . . die Hände anmutig ausgestreckt: Weil man im Leben immer neu anfängt . . ., wie einst im Mai. . . So ungefähr, nicht wahr? . . . Ja, wenn du dieses Lied gesungen hättest . . . los, tu es für uns, hier . . .»

«Es geht Frau Faugères nicht gut», wandte Leprat ein.

«Oh», sagte der Journalist, «dann bitte ich um Vergebung.»

«Es tut mir leid», sagte Eve. «Vielen Dank, mein guter Virieux . . . Sie haben recht, ich hätte so gesungen, wie Sie es eben angedeutet haben . . . Genau so!»

Sie streckte ihm die Hand entgegen. Virieux strahlte.

«Kann ich in meiner Zeitung dementieren? Mitteilen, daß Sie bald wiederkommen?»

«Lieber nicht.»

«Und sie, soll ich sie herunterreißen?»

«Aber Virieux, Sie sind doch nicht so gemein.»

Virieux begleitete sie bis zur Tür.

«Kopf hoch, mein Schatz», rief er ihr nach. «Man wartet auf dich.»

«Ich kann nicht mehr», sagte Eve. «Gehen wir nach Hause.»

Sie gingen langsam die Avenue Marceau hinunter.

«Blöder Kerl!» brummte Leprat.

«Bald werden wir überhaupt nicht mehr ausgehen können», sagte Eve. «Ich weiß nicht, wie dieses Lied auf dich wirkt, aber ich . . . ich habe mich für stärker gehalten! Wenn du nicht da wärst, würde ich irgendwohin fahren . . . Ich würde nach Spanien zurückkehren . . . oder auf die Canarischen Inseln.»

Leprat schwieg. Wenn sie sich in diese Idee verrannte, war alles verloren. Sie würde gehen und von Hotel zu Hotel vagabundieren. Abends würde sie sich mit leerem Herzen von dem erstbesten zum Diner einladen lassen; um sich ihre Freiheit zu beweisen, wäre sie fähig . . .

«Eve, Liebste, paß auf . . . Wenn du gehst, hat er gewonnen . . . Du hast es vorhin selbst erkannt, und nichts hat sich geändert.»

Nichts geändert! Er wußte nur zu gut, daß sich im Gegenteil alles geändert hatte. Sogar Eves Schweigen war nicht mehr das gleiche. Sie suchte in der Liebe eine Übersteigerung, dank deren jedes Gesicht und jede Äußerung seltsame Gestalt annehmen und das Leben einem Weihnachtsabend gleicht. Eine Alltagsliebe zu verteidigen, die man wie eine Last tragen muß, dazu würde sie nicht die Kraft aufbringen.

«Ich will dich nicht allein lassen», sagte Leprat. «Ich mach dir droben einen Kaffee. Ich habe verborgene Talente.»

Sein Lachen klang gekünstelt. Als sie das Haus betraten, lief die Concierge hinter ihnen her.

«Ihre Post, Frau Faugères . . . und dann dieses kleine Paket.»

«Geben Sie her», sagte Leprat.

Er war blaß geworden und öffnete nervös die Fahrstuhltür. Auch Eve hatte das Paket erkannt.

«Glaubst du, daß es . . .»

«Ich fürchte, ja», antwortete er. «Dasselbe Papier. Dieselbe Schrift . . . und derselbe Stempel . . . Avenue de Wagram . . .»

Er tastete das Paket ab; fühlte die Umrisse der Pappschachtel. Seidenweich glitt der Fahrstuhl empor, und das Licht auf den Treppenabsätzen beleuchtete blitzartig Eves verkrampftes Gesicht, ihre entsetzten Augen.

«Nein», sagte Leprat, «nein. Man darf keine Angst haben. Die Absicht ist zu deutlich. Es ist einfach die Platte von Florence. Man will uns mürbe machen.»

«Die ist es nur?»

«Ich weiß es nicht ... noch nicht. Wir werden ja sehen.»

Eve holte schon ihre Schlüssel hervor. Sie eilten in die Wohnung, und Eve schloß ab.

«Geh ...» murmelte sie, «geh vor ... ich habe keine Beine mehr.»

Sie folgte ihm, indem sie sich auf die Möbel stützte. Leprat riß mit einem Brieföffner die Verpackung auf und löste den Deckel von dem Karton. Zum Vorschein kam eine Schallplatte.

«Kein Etikett! Setz dich hin. Es ist vielleicht die gleiche Platte.»

Er hob den Arm des Plattenspielers und senkte ihn auf die rotierende Platte. Sofort erkannten sie Faugères Spiel, seinen zögernden Anschlag.

«Siehst du», sagte Leprat, «es ist die gleiche Platte, genau.»

«Das ist mir auch lieber», seufzte Eve.

Sie hörten Faugères, erkannten seine Pausen, das heisere Geräusch seines Atems.

«Genug?» schlug Leprat vor.

«Warte ... damit wir beruhigt sein können.»

«Ach, wozu? Legst du Wert darauf, seine Ansprache zu hören?»

Die Musik entwickelte sich ohne Überraschung; sie war ihnen schon vertraut. Allmählich überwanden sie ihre Furcht.

«Er wird dieselben Worte sprechen», kündigte Leprat an. ‹Nicht schlecht, wie?› usw. usw. ... Was mich betrifft, ich habe genug davon. Ich breche ab.»

«Warte doch!»

Das Klavier schwieg. Die etwas gewellte Schallplatte hob regelmäßig, mit leichtem Geräusch, den weißen Arm des Tonabnehmers etwas an. Auch Faugères schwieg, und Eves Gesicht wurde wieder angstvoll. Leprat verzog den Mund.

«Eine neue Platte», flüsterte er.

Plötzlich erhob sich Faugères' Stimme. Obwohl sie es erwartet hatten, sprangen sie auf und rückten zusammen.

«Eve, du bist da, nicht wahr? Entschuldige, daß ich zu dir rede, als wenn ich blind wäre ... aber es ist schlimmer ... ich bin gar nichts mehr ... Du weißt es ... ich bin nur noch eine Stimme ...»

Faugères deutete mit zerstreuter Hand den Refrain des Liedes an. Eve biß auf ihr Taschentuch. Die Platte drehte sich spiegelnd in einem unmenschlichen Schweigen.

«Ich bin nur noch eine Stimme», sprach Faugères weiter, «aber ich errate viele Dinge. Ich weiß zum Beispiel, daß du an mich denkst, mehr, als du es jemals getan hast ... Und das ist erst der Anfang ...»

Er spielte einen kurzen Satz, und Leprat hatte Lust, ihm zuzurufen: ‹Genug! ... Aufhören! ...›

«Glaubst du, daß ich dich verfolgen will? Nein ... Ich verteidige mich ... Du wunderst dich darüber! Und dein kleiner Freund wundert sich auch ... Ich wette, daß er da ist ... Sollte er nicht da sein, so wirst du es ihm erzählen ... Ich verteidige mich. Denn ich muß sagen: du hast mich gequält, gepeinigt, geplagt ... Ich werde niemals von dir befreit werden ...»

«Nein», flüsterte Eve, «nein ... Das ist nicht wahr.»

Sie starrte auf die Schallplatte, als wenn sie darauf plötzlich das Spiegelbild von Faugères gesehen hätte.

«Was ich gelitten habe», sagte Faugères, «das müßt ihr jetzt beide leiden. Gerechtigkeit? Ich glaube nicht daran ... oder zum mindesten, ich glaube, daß man ihr helfen muß ... Also helfe ich ihr, wie du siehst ... Diese Schallplatte ist nicht die letzte ... Und in Zukunft werde ich mich nicht mehr an dich wenden ... Lebe wohl, meine kleine Eve, ich hätte dich gern weniger geliebt ... Ich vergesse dich nicht ... Ich werde dich niemals vergessen.»

Mit einem Klicken schaltete die Platte sich aus. Leprat kniete vor Eve nieder. Sie war zusammengebrochen, das Gesicht in die Hände vergraben.

«Eve ... Eve ... Liebste», sagte Leprat.

Er fühlte, daß seine Stimme zitterte und ging auf den Zehenspitzen in die Küche. Aus einer kaum angebrochenen Flasche Armagnac füllte er ein Glas und kam damit zurück.

«Eve ... trink ... trink schnell.»

Eve streckte die Hand aus.

«Er wird mich noch wahnsinnig machen ... Es ist entsetzlich!»

Sie tauchte die Lippen in den Alkohol, hustete, und Leprat leerte das Glas mit einem Zuge.

«*In Zukunft werde ich mich nicht mehr an dich wenden*», wiederholte sie. «Verstehst du, was er damit sagen will?»

«Nein.»

Von neuem betrachtete sie die Platte.

«Konnte ich wissen, daß er mich so liebte!» sagte sie mit ihrer tiefen Stimme.

Leprat faßte sie an den Schultern und schüttelte sie.

«Eve ... wach auf ... Ich bin da ... Wir werden uns verteidigen, wir auch. Das geht nicht mehr so weiter.»

«Was sollen wir machen? Können wir verhindern, daß die Platten kommen?»

«Nein, aber wir sind nicht verpflichtet, sie anzuhören.»

Über Eves Züge ging ein blasses, herzzerreißendes Lächeln.

«Würdest du die Kraft haben, sie nicht auszupacken? Sei ehrlich ... Siehst du. Wir werden sie alle anhören. Das ist das Verhängnis. Und es gehört zu seinem Plan. Ich weiß nicht, welches Ziel er verfolgt, aber ...»

«Das ist Unsinn», unterbrach sie Leprat. «Herrgott, schließlich ist er ja tot.»

«*Du* sprichst Unsinn, Jean», sagte Eve sanft. «Vergiß nicht, daß es jemanden gibt ... einen Freund oder einen Komplicen, wie du willst, der im Bilde ist. Jetzt kann man nicht mehr daran zweifeln.»

Leprat hob mechanisch das leere Glas an den Mund.

«Gewiß», sagte er. «Wir haben sogar den Beweis ... Der Absender hat zweifellos den ersten Erfolg des Liedes abgewartet, bevor er diese Platte abschickte ... Sonst hätte sie uns nicht so erschüttert ... nicht wahr?»

«Sprich weiter.»

«Faugères konnte die Absendetermine nicht selbst festlegen. Also hat irgend jemand sie ausgesucht ... Aber dann kann es sich nicht um eine zufällige Verbindung handeln. Es muß ein Freund von Faugères sein, jemand, der über alles im Bilde ist ... Täusche ich mich?»

«Méliot?»

«Ich sehe nur ihn ... Aber warum hat er dich angefleht, das Lied zu kreieren?»

«Halt ... ich verstehe nicht ganz.»

«Aber doch. Wenn der Freund, an den wir denken, es übernommen hat, den letzten Willen deines Mannes zu vollstrecken, oder, anders ausgedrückt, eine Rache zu vollziehen ... dann muß er sie bis zum Ende vollziehen. Unter diesen Umständen hätte Méliot dir nicht vorschlagen dürfen zu singen.»

«Dann ist es also nicht Méliot. Und doch ... Brunstein? Nein, Maurice hätte nicht den Mann seiner Geliebten zum Vertrauten gewählt.»

«Also wer? Florence? Devauchelle? Gurmières?»

«Gurmières sicher nicht. Gurmières ist ein ziemlich übler Geldraffer. Wer die Platten besitzt, brauchte nur zu mir zu kommen, um sich seine Dienste bezahlen zu lassen. Und du kannst dir denken, daß Maurice dieses Risiko berücksichtigt hat. Er hat zwangsläufig einen sehr sicheren Mann gewählt ... wahrscheinlich jemanden, der uns haßt.»

«Sein Bruder?»

«Er ist nicht einmal zum Begräbnis gekommen. Sie waren seit Jahren böse aufeinander.»

Niedergeschlagen setzte Leprat sich hin.

«Was tun?» sagte er.

«Nichts», flüsterte Eve. «Abwarten.»

«Worauf warten?»

«Auf die nächsten Platten.»

VI Eine Woche verging. Jeden Morgen um neun Uhr rief Leprat an.

«Gibt es etwas Neues?»

«Nein. Nichts. Nur Briefe.»

Mittags kam er oft bei Eve vorbei. In einer Kristallschale überreichte sie ihm die Postberge. Je mehr der Erfolg des Liedes sich bestätigte, um so zahlreicher wurden die Briefe. Freunde flehten Eve an, nicht auf ihre Karriere zu verzichten. Unbekannte beglückwünschten sie und äußerten sich begeistert über Faugères. Eve hatte abgenommen, aber sie hielt sich gut und bemühte sich, so zu leben wie vorher. Abends ließ sie sich in den Restaurants sehen, die sie früher zu besuchen pflegte. Sie lächelte, schüttelte Hände und nahm Einladungen an.

«Ich bin müde», erklärte sie. «Ich brauche Ruhe ... Nein ... Ich habe noch keine bestimmten Pläne ...»

«Sind Sie zufrieden? *A cœur perdu* wird ein Bestseller werden ...»

«Um so besser. Es ist es wert.»

Aber schon nach einer Stunde pflegte sie aufzubrechen, von Kopfschmerzen geplagt. Leprat erwartete sie und gab ihr die innere Ruhe wieder. Auch er war erschöpft. In Eves Gegenwart bemühte er sich, ruhig zu erscheinen und machte sogar gelegentlich einen Scherz.

«Weißt du, heute habe ich es elfmal gehört. Ich hab' gezählt... Heute morgen beim Friseur. Dann auf der Treppe ... irgendwer summte das Lied vor sich hin, während er auf den Fahrstuhl wartete ... zweimal in den Tuilerien, Kinder spielten es auf der Mundharmonika. Und dann mittags ...»

«Genug, genug, mein Lieber. Auch ich höre es überall ... Es ist schon eine Zwangsvorstellung!»

An der Tür hielt Leprat noch lange ihre Hand. Er fühlte, daß sie das Bedürfnis hatte, allein zu sein, und bemühte sich, ihr durch ritterliche Zurückhaltung zu dienen.

«Gute Nacht, meine kleine Eve. Versuche zu schlafen. Ich rufe dich morgen früh an.»

Unterwegs überfiel ihn die Einsamkeit. Er setzt sich in ein Café, unfähig zu überlegen und einen Plan zu fassen. Er bestellte sich einen Whisky, ließ ihn stehen, beobachtete das Kommen und Gehen der Menge. Immer wieder ließ er sich die Liste der Verdächtigen durch den Kopf gehen ... Méliot ... Florence ... Einer von beiden mußte es sein. Die anderen schieden von selbst aus. Der Musikkritiker Devauchelle, den sie einen Augenblick verdächtigt hatten, war am Tage nach der Beisetzung in die Schweiz gefahren. Eve hatte es zufällig gehört. Eine Überprüfung beseitigte jeden Zweifel. Devauchelle hatte die Platten nicht geschickt ... Also Méliot oder Florence? Aber wie sollte man sie ausfragen, ohne sich noch mehr zu kompromittieren? Leprat gab es auf. Was kann uns schließlich passieren? sagte er sich. Gar nichts. Jedenfalls nichts Bestimmtes. Die Untersuchung über Faugères' Tod war abgeschlossen. Offensichtlich abgeschlossen. In einem Monat würde niemand mehr von Faugères sprechen. Für Eve würde das Leben wieder beginnen. Ganz gewiß. Und doch befriedigten ihn diese Antworten nicht. Er wußte, daß er nichts zu befürchten hatte. Trotzdem blieb ein Alpdruck ... ein unbestimmter Alpdruck, ähnlich der Seekrankheit. Er hätte sich hinlegen und schlafen, nichts als schlafen mögen! Er ging in ein zweites Café und spitzte die Ohren. Nein, das Lied war nicht zu hören. Er war fast enttäuscht. Das Lied war eine Art Zwiesprache mit Faugères. Wenn Leprat es hörte, überkam ihn die Lust, zu sagen: Siehst du, du Dreckskerl, ich bin am Zuge, und ich werde am Zuge bleiben – bis zum Ende!

Langsam verstrich die Nacht. Der Verkehr ließ nach. Nur vereinzelte Wagen brausten von weit her in voller Fahrt heran, und mit einem Male hörte man, wie sich alle Blätter zugleich in dem nächtlichen Schweigen bewegten. Leprat ging nach Hause, aber unterwegs kehrte er noch in einem letzten Café ein. Es war fast leer um diese späte Stunde. Verschämt warf er ein Geldstück in die Musikbox und hörte, ganz für sich allein, mit zusammengebissenen Zähnen Faugères' Lied. Zu Hause sank er ins Bett, drehte sich zur Wand und erwartete den erlösenden Schlaf, immer noch von wirren Gedanken erfüllt.

Kaum erwacht, lief er ans Telephon.

«Guten Morgen, Liebste ... gut geschlafen? Nichts Neues?»

Na, also heute noch nicht. Er setzte sich ans Klavier, und schon schreckte er zurück. Er wünschte sich, Eves Stimme, vor Erregung keuchend, zu hören: Komm schnell, die Platte ist da! ... Dann wüßte man vielleicht endlich, was Faugères wollte.

Am späten Nachmittag ließ Eve sich von Leprat manchmal in eine Teestube führen. Zaghaft versuchte er, wie früher mit ihr zu plaudern. Aber Eve wurde erkannt. Die Leute sahen zu ihnen herüber. Eve fühlte sich belästigt und erhob sich bald. Sie waren dann gezwungen, in den Anlagen spazierenzugehen, sich auf eine Bank zu setzen und dem Spiel der Spatzen in dem gefallenen Laub zuzusehen. Wenn Eve sprach, so sagte sie nur etwa:

«Ich habe nachgedacht. Méliot kann es nicht sein.»

Aber am nächsten Tage versicherte sie:

«Es ist bestimmt Méliot. Er hat selbst zugegeben, daß Maurice ihm mitgeteilt hat, er komponiere ein neues Lied ... Ein Lied, das ‹den Schornstein qualmen lassen› würde ... Erinnerst du dich?»

«Sicher!» sagte Leprat. «Und ob ich mich daran erinnere!»

Schon drehten sie sich wieder in dem alten Teufelskreis von Vermutungen, Hypothesen, Verdächtigungen.

«Er kann sich rühmen, uns zu beherrschen», schloß Eve mit dem leisen Spott, der in ihren Worten lag, wenn sie recht tapfer erscheinen wollte. Oder sie legte ihre Hand auf die von Leprat.

«Welch ein Leben führst du meinetwegen!»

«Aber nein», widersprach Leprat. «Es ist meine Schuld!»

Dann flammte die Glut der Liebe zwischen ihnen einmal wieder auf. Er schlang seinen Arm um Eves Schultern.

«Eve, Geliebte, liebst du mich noch ein wenig? Fühlst du nicht, daß ich alles dafür geben würde, diesen Alpdruck von uns zu nehmen.»

«Aber ja, mein Kleiner. Weißt du, es ist nicht einmal ein Alpdruck. Wir werden schon damit fertig werden. Wollen wir spazierengehen?»

Sie gingen wieder durch die überfüllten Straßen, in denen Eve so gern untertauchte, blieben vor den Schaufenstern stehen, betrachteten Möbel, Schmuck, Stoffe. Eines Abends preßte sie ihre Hand auf den Arm ihres Gefährten, um ihn fortzuziehen. Aber er konnte auf einem Parfümfläschen noch das kleine Etikett lesen: *A cœur perdu. A cœur perdu* wurde auch der Name eines Modells von Dior ... Eve verzichtete auf diese Spaziergänge.

«Du könntest Méliot gegenüber protestieren», sagte Leprat. «Ich frage mich, ob er berechtigt ist, das zuzulassen.»

«Wozu», meinte Eve. «Wie würde es aussehen, wenn ich protestierte?»

Eve wollte nicht als Spielverderberin erscheinen, das war für sie eine Lebensregel. Schließlich stellte Leprat ihr die Frage, die ihn bedrückte:

«Liebst du deinen Mann noch?»

«Ich habe dir schon gesagt: Nein.»

«Aber warum bist du so erschüttert, wenn du das Lied hörst?»

«Und du?»

«Ich bin nicht erschüttert», protestierte Leprat.

«Das ist nicht wahr. In Wirklichkeit haben wir beide Angst, weil wir die Szene in La Baule wieder vor Augen haben.»

«Wir haben Angst, weil unsere Liebe nicht groß genug ist. Eve, Geliebte, du bist nicht mehr dieselbe ... warum?»

Sie saßen auf der Terrasse eines Bierhauses vor dem Löwen von Belfort. Hier achtete niemand auf sie.

«Dummkopf», sagte Eve. «Du findest, daß ich dich nicht genug liebe! Dabei bleibe ich nur deinetwegen hier. Es wäre so leicht für mich, nach Italien zu gehen oder nach Portugal. Keine Post mehr ... keine Schallplatte ... nur Ruhe ... Nein! Du bist nicht einverstanden?»

«Nein», sagte Leprat.

Er spürte sofort, daß Eve wütend war, aber er wünschte sich diese Wut. Er durchlebte einen jener Augenblicke, da man das verlieren möchte, was man liebt.

«Deine Anhänglichkeit brauche ich nicht», fügte er hinzu, « ... nur deine Liebe.»

Eve antwortete nicht. Sie zwang sich zur Ruhe. Immerhin setzte sie ihre Sonnenbrille auf. Da entschied sich Leprat ganz plötzlich.

«Eve», stammelte er, «heirate mich. Versprich mir endlich, daß du mich heiraten wirst, sobald wir es gesetzlich können ...»

Sie lächelte bitter.

«Dann hätte man», sagte sie, «mit einem Schlage das Recht, uns zu verdächtigen. Weißt du eigentlich, was du da sagst?»

«Mein Gott, daß ein Mann seiner ... seiner Freundin die Ehe anbietet, bedeutet das etwa einen Skandal?»

«Du bist verrückt, mein Lieber ... Das ist vollkommen verrückt!»

Leprat stieg das Blut zu Kopf. Er zitterte, von seinem Gefühl mitgerissen, wie vor dem Klavier in seinen besten Tagen, wenn die Musik sich seiner bemächtigte.

«Verstehst du nicht, daß ich so nicht mehr leben kann?» sagte er. «Ich telephoniere mit dir, gut ... ich gehe mit dir aus ... was bedeutet das? Eine einzige Stunde deiner Gegenwart! In der übrigen Zeit lebst du für dich und ich für mich. Wir sind zwei Fremde. Faugères steht zwischen uns ... mehr denn je. Und deshalb fürchte ich mich. Es gibt nur eine Möglichkeit, auf diese lächerliche Schallplatte zu antworten ... Glaube mir, ich habe viel nachgedacht ... Du mußt mich heiraten ...»

«Bestell mir noch einen Kaffee», sagte Eve.

«Wie bitte? Gut, wie du willst ... Ober, zwei Kaffee.»

Wütend nahm er eine Zigarette aus der Tasche. Eve reichte ihm freundlich Feuer.

«Entschuldige bitte», brummte er unwillig.

«Bist du fertig?» sagte sie. «Kann ich jetzt sprechen? Hör gut zu ... Ich werde nie wieder heiraten. Ich hätte auch nie heiraten dürfen. Ich liebe die Liebe zu sehr.»

«Das ist idiotisch!»

Hinter ihren dunklen Brillengläsern ahnte er das Aufblitzen der Augen.

«Ich habe viel Geduld, wenn ich will», fuhr Eve fort. «Und auch ich habe nachgedacht. Noch nie habe ich einen Mann so geliebt wie dich. Eine Frau gesteht so etwas gewöhnlich nicht leicht ein. Aber gerade deshalb kann ich nicht deine Frau werden. Was möchtest du denn? Daß wir jede Minute zusammen verleben? Daß wir den ganzen Tag im Bett verbringen? Daß ich in dir aufgehe? ... Nein, mein Geliebter. Die Liebe ist ...»

Nachdenklich trank sie ein wenig Kaffee.

«Sie ist ein Heimweh ... Ich möchte nicht literarisch werden, aber es scheint mir, daß die Liebe genau das ist ... Und weil ich dich liebe, kann es vorkommen, daß ich von Zeit zu Zeit das Bedürfnis fühle, mich von dir zu entfernen ... oder dich leiden zu lassen ... oder dich zu vergessen ... dich zu ersetzen ...»

«Eve! ... Ich flehe dich an ... Eve!»

Sie rückte ganz nah an ihn heran, bis sie ihn mit der Schulter berührte.

«Sei ganz ruhig, mein kleiner Jean. Wir wollen vernünftig reden. Ich zeige mich dir, so wie ich bin. Vielleicht bin ich eine Art Nomadin, eine Wilde, und deshalb besteht für mich die wahre Liebe darin, daß sie versuchen muß, sich selbst zu zerstören. Wenn sie widersteht... dann ...»

«Aber sie widersteht», unterbrach Leprat. «Ich versichere dir, daß meine Liebe ...»

Sie legte ihm die Hand auf die Lippen.

«Ja», sagte sie, «deine Liebe ist stark, egoistisch, eroberungssüchtig. Du liebst wie ein Mann ... Du liebst wie Maurice ...»

«Wie möchtest du denn geliebt werden?»

«Ach, weißt du! Du müßtest bereit sein zu lieben, ohne eine Rolle zu spielen, ohne eine Gegenleistung zu erwarten. Wie soll ich es ausdrücken? Du müßtest damit einverstanden sein, du selbst zu sein und nichts weiter.»

«Aber ich spiele ja gar keine Rolle.»

«Siehst du, du verstehst mich nicht.»

«Aber gerade du ...»

«Nein, nein. Du spielst deine Rolle, indem du dir etwas einredest, was du brauchst, um dich zu exaltieren. Und sobald ich dir sage, wer ich wirklich bin, lehnst du mich ab, und es tut dir weh.»

«Du bist schon kompliziert, weißt du!»

Ein Blinder mit einer Geige unter dem Arm betrat das Lokal.

«Wir wollen gehen», sagte Eve.

Der Blinde setzte die Geige ans Kinn und begann, tremolierend und schluchzend Faugères' Lied zu spielen.

«Das wird allmählich widerwärtig», brummte Leprat.

Er zahlte und geleitete Eve am Arm bis auf den Bürgersteig.

«Jetzt soll ich dich sicher allein lassen, nicht wahr?»

«Willst du nicht zu mir kommen?» sagte Eve.

Leprat war unsicher und immer noch wütend, aber schon halb getröstet sah er sie an. Sie nahm langsam die Brille ab und lächelte ihm zu.

«Da, siehst du, wie du bist!» sagte Leprat.

«Sei lieb», flüsterte sie. «Ruf ein Taxi.»

Im Wagen zog er sie an sich, und sie bewegten sich nicht mehr, während die Stadt unwirklich und schillernd wie ein Film auf der spiegelnden Windschutzscheibe vorbeiglitt. Ich halte sie, dachte Leprat, und dennoch sind meine Hände leer. Sie gehört mir und ist doch nicht mein eigen. Und ich bin glücklich ... schrecklich glücklich.

Eve schien die Gedanken ihres Geliebten zu erraten. Sie sagte, ohne den Kopf zu heben:

«Siehst du, Liebster, so ist die Liebe: man kann es wagen, miteinander zu sprechen. Versprich mir, daß du es immer wagen wirst, zu mir zu sprechen!»

Er küßte ihr Haar, ihre Schläfen ... Ganz kleine Fältchen zitterten unter seinen Lippen. Er fühlte Tränen in seinen Augen und hörte auf, an sich zu denken. Er bestand nur noch aus Sanftmut, Zärtlichkeit und Gram ...

Vor der Portierloge zögerte Eve:

«Willst du fragen, ob Post gekommen ist?»

Es war der peinlichste Augenblick des Tages. Leprat machte gute Miene und öffnete die Tür. Die Concierge war nicht da, aber die Post lag geordnet im Fach. Er nahm ein Dutzend Briefe, steckte sie in die Tasche und warf einen mißtrauischen Blick auf den Tisch und auf das Büfett. Kein Paket. Sie hatten noch eine Frist.

«Nur Briefe», stellte er fest.

Eve erwartete ihn vor dem Fahrstuhl. Ihre Züge hellten sich auf. Sie hatte plötzlich ihr Jungmädchengesicht, und ein sehr reines Gefühl erfüllte Leprat: der Wunsch, sie zu beruhigen und zu beschützen. Er öffnete die Tür zum Fahrstuhl und zog hinter ihnen das Gitter zu.

«Allmählich fange ich an zu glauben, daß gar keine Platten mehr kommen werden. Dein Mann war nicht so dumm. Er mußte wissen, daß eine Drohung wirkungslos wird, wenn man sie zu oft wiederholt.»

«Ich verlasse mich nicht darauf», meinte Eve.

Aber in ihrer Stimme schwang ein heller Ton. Leprat nahm sie in seine Arme und suchte ihren Mund. Eve befreite sich lachend.

«Man könnte uns sehen, du großes Kind!»

Die Etagenflure huschten vorüber und versanken wieder. Welch eine Freude, sich leidenschaftlich zu küssen und gleichzeitig bei Annäherung des nächsten Stockwerks mit einem raschen Blick festzustellen, ob kein unbefugter Beobachter die feierliche Leere der Nacht störe. Der Fahrstuhl hielt.

«Gib mir deine Schlüssel», sagte Leprat. «Dieses eine Mal möchte ich aufschließen. Gönne mir die Illusion, daß ich hier zu Hause bin.»

Er ließ ihr den Vortritt und riß sie dann wieder an sich, bevor sie sich umwenden konnte.

«Eve, Geliebte, ich danke dir für alles, was du mir vorhin gesagt hast. Wohlgemerkt: ich bin nicht deiner Ansicht. Aber ich will versuchen, dich besser zu lieben.»

Sie wandte ihm ihr Gesicht zu. Er nahm es in beide Hände und hob es zu sich empor wie eine Schale mit frischem Quellwasser.

«Ich schwöre dir», stammelte er, «dich zu verteidigen ... gegen ihn, gegen dich, gegen mich, ja, auch gegen mich. Und als erstes wollen wir diese Wohnung ‹desinfizieren›. Ich küsse dich hier im Flur ...»

Er küßte ihre Stirn, ihre Augen und zog sie sanft in den Salon.

«Hier küsse ich dich, weil du hier unter ihm gelitten hast ...»

Er berührte ihre Wangen und die Nase mit brennenden Lippen. Er fühlte ihre Erregung, ihre Zustimmung. Langsam führte er sie ins Schlafzimmer.

«Und hier küsse ich dich, weil er dich geliebt hat ...»

Eves offene Lippen kamen ihm entgegen und fanden sich mit seinen. Eve konnte ein leises Stöhnen nicht unterdrücken. Er mußte sie stützen. Seine Hand streichelte ihre Hüfte und glitt bis unter ihre Achselhöhle, wo er spürte, wie ihre Brust sich hob und senkte. Aber er beherrschte sich und zog sie von Zimmer zu Zimmer, überall seine Besitzergeste wiederholend.

«Jean», stöhnte sie, «hör auf ... Ich kann nicht mehr ...»

Er führte sie in den Salon zurück und setzte sie in einen Sessel, aber sie umklammerte seinen Hals und barg ihren Kopf an seiner Brust.

«Ich habe Sehnsucht nach dir», sagte sie und biß in den Stoff seiner Jacke. Er spürte ihre Zähne auf seiner Haut.

«Jetzt nicht», flüsterte er. «Auch ich muß mich vielleicht von dir entfernen und dich leiden lassen ... Ich habe mir die Lektion aufgespart ...»

Sie löste sich aus der Umarmung und hielt ihn auf Armeslänge von sich.

«Du Ungeheuer», sagte sie heiter. «Du bist mir ein richtiger Mann!»

Beide mußten lachen.

«So liebe ich dich», sagte Leprat. «Verspielt und spontan in deinen Gefühlen. Sag noch einmal ‹Ungeheuer› zu mir!»

«Ungeheuer!»

«Geliebte Eve. Ist es wahr? Willst du?»

Er riß sich die Jacke vom Leibe und warf sie auf einen Stuhl. Die Briefe flogen heraus und lagen verstreut am Boden. «Laß fahren dahin! Deine Bewunderer!»

Aber dann sammelte er sie doch auf. Bei dem letzten verzog er das Gesicht. Langsam hob er ihn auf.

«Nanu, was ist denn das?»

«Gib her», sagte Eve.

Aber er hielt den Umschlag fest. Da trat sie hinter ihn und las über seine Schulter hinweg:

DIREKTION DER KRIMINALPOLIZEI

«Mein Gott!»

«Das ist doch nicht möglich!» flüsterte er.

«Er hat uns angezeigt.»

«Rede keinen Unsinn. Wie soll er uns angezeigt haben?»

Mit dem Daumen versuchte Leprat, eine Ecke des Umschlags zu lösen, wurde ungeduldig, stieß mit dem Fuß auf, zerfetzte schließlich den Umschlag und riß den Brief heraus. Es waren nur zwei Zeilen in Maschinenschrift:

MADAME,
IN EINER DRINGENDEN, SIE BETREFFENDEN ANGELEGENHEIT BITTE ICH SIE, IN MEINEM BÜRO VORZUSPRECHEN.
BOREL, KRIMINALKOMMISSAR

«In einer Sie betreffenden Angelegenheit? Das verstehe ich nicht», sagte Eve.

«Ich auch nicht», gestand Leprat.

Mit dem Brief in der Hand ließ er sich in einen Sessel fallen und las noch einmal den Text des amtlichen Schreibens: ... Sie betreffenden Angelegenheit ... Kriminalkommissar Borel.

«Sie wissen die Wahrheit», sagte sie. «Sie haben einen Brief bekommen.»

«Aber nein», schrie Leprat. «Denk doch einmal nach ... Dein Mann konnte, solange er noch lebte, wirklich nicht erklären, wie er getötet werden würde. Niemand hatte die Absicht, ihn zu töten. Was dann passierte, war reiner Zufall.»

Faugères' Porträt stand noch immer auf dem Klavier; seine lebhaften Augen schienen unter etwas geschwollenen Lidern die Szene mit versteckter Ironie zu verfolgen.

«Warum werde ich vorgeladen?» bemerkte Eve. «Vielleicht haben sie irgendeine Einzelheit entdeckt ... ich weiß es wirklich nicht.»

«Welche Einzelheit? Der Amtsarzt hat seinen Befund abgegeben ... Die Versicherungsgesellschaft hat den Fall untersucht ... Die Sachverständigen haben den Unfall bestätigt ... Wo könnte bei alledem noch eine verdächtige Einzelheit verborgen sein?»

Leprat bemühte sich, die Panik zu überwinden, die sich seiner bemächtigte. Aber er wußte, daß seine Argumente auf schwachen Füßen standen.

«Nimm an», fuhr Eve fort, «sie hätten einen Brief erhalten. Darin erklärt Maurice ihnen, daß wir daran gedacht haben, ihn umzubringen. Er fordert, daß man die näheren Umstände seines

Todes sehr genau untersucht, falls er auf eine unerwartete ... dramatische Weise umkommen sollte ... Nun? Glaubst du, daß die Polizei dann untätig bleiben würde?»

«Sie werden denken, daß sich jemand einen schlechten Scherz mit ihnen macht.»

«Vielleicht. Aber sie werden sich unterrichten wollen ... Sie werden prüfen, ob die Schrift wirklich die meines Mannes ist. Und wenn sich herausstellt, daß die Anklage gegen uns tatsächlich von ihm kommt, dann wird sie Gewicht haben!»

«Sie werden nichts finden. Denn es gibt ja nichts zu finden.»

«Aber die Zeitungen, Jean. Stell dir die Schlagzeilen vor:

WURDE MAURICE FAUGERES ERMORDET?»

Sie barg ihren Kopf in seinen Händen und sprang dann mit einem Satz auf.

«Ich gehe hin.»

«Wohin?»

«Zu dem Kommissar. Es ist besser, sofort ein Ende zu machen. Es ist gerade vier Uhr. In einer Stunde werden wir erlöst sein. Soll er mich verhaften, wenn er will. Am Ende ist mir das noch lieber.»

«Du willst also alles zugeben?»

Eve nahm ihre Tasche, ihre Handschuhe, und steckte die Vorladung ein. Aber Leprats Verzweiflung rührte sie.

«Was würdest du an meiner Stelle tun?»

«Ich würde alles leugnen ... ohne zu zögern. Eve, Liebling, es gibt doch keinen Beweis, verstehst du? Unsere Stellung ist sehr stark.»

«Deine vielleicht. Aber ich ...»

Mechanisch lehnte er sich an den Kamin. Dabei kam ihm zum Bewußtsein, daß er damals in der Villa genauso gestanden hatte. Er wurde rot. Die gleiche Szene fing wieder an. Sie überfiel ihn übrigens Tag für Tag, seitdem sie auf die Platten warteten. Er hatte das Gefühl, Faugères jeden Tag zu töten. Er breitete die Arme aus.

«Wie du willst», stöhnte er.

«Enttäusche ich dich?»

«O nein!»

«Doch. Man sieht es. Also, mein kleiner Jean, es tut mir leid, aber ich habe genug von diesem Spiel, von diesem gehetzten Leben. Es war falsch, daß ich dir nachgab, statt die Polizei zu rufen. Ich bin nicht dazu geschaffen, dauernd zu lügen wie eine wirklich Schuldige ... Nur weil wir gelogen haben, sind wir so weit gekommen.»

«Du vergißt, daß dein Mann uns einer vorsätzlichen Tat beschuldigt.»

Eve strich mit der Hand über seine Augen. Ihre Lippen zitterten. Dann fiel ihr Blick auf die Photographie von Faugères, und sie fegte sie mit einer Handbewegung hinunter. Mit hellem Klang zerbrach das Glas.

«Ihr seid zu allem fähig», sagte sie.

«Aber ich bitte dich!»

«Zu allem. Du wie alle andern.»

Sie war totenblaß, aber es gelang ihr, die Tränen zurückzuhalten. Sie zog die Puderdose aus ihrer Handtasche und schminkte sich im Stehen. Dabei sah sie ununterbrochen Leprat an, und ihre Augen wurden allmählich wieder grau, mit einem tanzenden, hellen Fleck.

«Küsse mich», sagte sie, «bevor ich Rot auflege ... Wenn ich schweigen kann, werde ich schweigen ... deinetwegen, mein großer Dummkopf!»

Sie legte den Kopf zurück, und er beugte sich lange über sie und wiegte sie in seinen Armen. Als sie sich wieder von ihm löste, war sie heiter und voller Schwung.

«Ich weiß nicht, warum ich mich so aufrege. Im Grunde gehe ich ganz gern zu diesem Kommissar. Wenn er glaubt, daß ich singe ...»

Das Wort war beiden peinlich. Eve brachte ihre Frisur in Ordnung. Leprat zog einen Handschuh an. Von neuem stand die Angst zwischen ihnen.

«Gut», sagte Eve. «Kommst du mit mir?»

Sie gingen hinaus, aber diesmal schloß Eve die Tür ab. Auf der Straße hätte Leprat sich am liebsten verkrochen. Er schämte sich, sie allein der Gefahr entgegentreten zu lassen. Eve versuchte, sorglos zu erscheinen.

«Ich werde mir wieder einen Wagen kaufen», sagte sie. «Was rätst du mir? Einen Peugeot? Einen Simca?»

Er drückte ihren Arm, um zu zeigen, daß er ihren Mut bewunderte.

«Einen Simca», meinte er zerstreut und rief ein Taxi heran.

«Pont au Change ... und bitte, kein Radio für uns. Danke.»

Sie blieben still bis zum Ende der Fahrt. Leprat ging neben Eve an der grauen Mauer entlang. Vor dem Torbogen hielten sie an. Beide hatten angespannte Züge. Eve hob ihr Gesicht zu Leprat, strich ihm mit den Fingerspitzen über die Haare an den Schläfen. Sie wußte, daß er mehr leiden würde als sie.

«Vernünftig sein», hauchte sie.

«Ja», versprach Leprat.

Er rang nach Luft. Sie ging durch den Torbogen und überschritt den Hof, ohne sich umzuwenden. Er sah nach der Uhr. Dann überquerte er den Kai, kraftlos, wie ein Kranker. Heute abend würde er vielleicht schon verhaftet sein. Das grüne Wasser flimmerte und verzerrte die Spiegelbilder der Schiffe. An der Ecke vom Pont Neuf arbeitete ein Maler, ohne sich durch die Neugierigen stören zu lassen. Leprat, auf die steinerne Brüstung gestützt, lebte in einer anderen Welt. Wenn ich verhaftet wäre, dachte er, würde ich sie dann immer noch lieben? Wenn ich von ihr getrennt wäre? Wenn sie sterben würde? ... Sie hat vielleicht recht. Ich rede mir überspannte Dinge ein. Ich will Wunder erleben. Und doch friere ich in diesem Augenblick und habe Angst, weil sie dort oben ist, ganz allein ... Musikfetzen gingen ihm durch den Sinn, Passagen aus der *Appassionata*, eine Stelle aus dem Schumannschen Klavierkonzert. Wie gern hätte er gespielt, für sie, um ihr zu helfen, um an ihrem Kampf teilzunehmen. Es wäre schön, dachte er weiter, jetzt ein Lied zu komponieren und es ihr nachher zu schenken. Faugères hätte das gekonnt. Zum ersten Mal dachte er an Faugères ohne Bitterkeit. Ein Schlepper zog vorbei, drei bis ans Deck eingesunkene Kähne hinter sich. Der Wind spielte auf dem Wasser und wirbelte die Blätter umher. Leprat gestand sich ein, daß er Faugères hatte töten wollen, und es erleichterte ihn. Ja, er hatte ihn beneidet und mit aller Kraft gehaßt. Faugères hatte das Richtige erraten, als er ihn beschuldigte, gierig wie ein Wolf zu sein. Der Vorsatz ist nicht unbedingt eine Angelegenheit von Tagen oder Wochen. Es kann die Angelegenheit von Sekunden sein. Es genügt, das verzweifelt zu wollen, was man zu tun schon im Begriff ist. Aber das könnte er Eve nie, niemals eingestehen. Liebte er sie also nicht genug? Kann man sich bis auf den Grund ausliefern, sich dem Urteil der Frau unterwerfen, die einen bewundert und glauben läßt, man sei ein Ausnahmewesen? Faugères hatte nichts von sich verheimlicht, und er hatte Eves Liebe verloren. Dabei war er, Faugères, jemand! Und ich, ich bin nur ein armer Teufel, der kaum drei Noten auf die Beine stellen kann. Anders betrachtet war das alles falsch. Leprat fühlte sich bedrückt, weil ihm dieses magische Mittel fehlte, Eve dazu zu bringen, daß sie sich widersetzte, daß sie leugnete, daß sie log. Ja, er hoffte, daß sie sich in eben diesem

Augenblick, in der Gewalt dieses Polizisten, zur Wehr setzte, daß sie ihr dummes Ehrgefühl vergäße. Lügen! Was liegt schon daran! Er wünschte fast, die Polizei möge ihr so zusetzen, daß sie lügen müßte, immer wieder lügen.

Er sah nach der Uhr. Es war noch keine Viertelstunde vergangen, seit er sich so quälte. Ein Fischer zog etwas Glänzendes, Zappelndes aus dem Wasser. Leprat stieg einige Stufen hinab, ging am Kai entlang und stellte sich neben den Mann, der seine Hände am Taschentuch abwischte. Der Mann pfiff Faugères Lied.

«Nehmen Sie bitte Platz, Madame.»

Kommissar Borel ging einmal durch den Raum und lehnte sich dann auf die Rückenlehne seines Sessels. Mit einem Blick hatte sie sich ein Bild gemacht: Intelligenter Mann, ein wenig zu selbstsicher, gute Erscheinung, aber schlechtgestellte Zähne, alles in allem eine gewisse Haltung, die den Beamten nicht verleugnete. Er könnte seine Hosen mal zum Bügeln geben ... Sie lächelte, den Kopf leicht geneigt, mit verschleiertem Blick, aber hellwachem Verstand.

«Ich bin wirklich sehr glücklich, Sie hier zu sehen, Madame», sagte Borel. «Das ist eine Gunst, die ich zu schätzen weiß. Ich bewundere Sie außerordentlich ...»

«Soll ich das so auffassen», sagte Eve, «daß Sie mich hierher bestellt haben, um mir private Komplimente zu machen?»

Der Kommissar schloß die Augen halb und hob eine schwerfällige Hand, an der ein Siegelring glänzte.

«Nein. Sicher nicht. Aber ich bin ein Mensch wie alle andern ... Ich träume ein wenig, wenn ich Ihre Lieder höre. Und nun sitzen Sie heute vor mir ...»

« ... aus Fleisch und Blut», ergänzte Eve.

«Aus Fleisch und Blut ... ja, das ist ein Augenblick, den ich auskoste, wenn Sie gestatten ...»

Er versuchte, den scherzhaften Kavalier zu spielen, es wirkte aber etwas unnatürlich. Seine Augen blieben ernst. Sie waren ein wenig zu blau, von diesem scharfen, stechenden Blau, wie es das elektrische Licht hat.

«Ich war schmerzlich überrascht, als ich vom Tode Ihres Herrn Gemahls hörte», fuhr er fort.

«Mein Mann war etwas unvorsichtig.»

«Das weiß ich.»

Borel setzte sich und schlug mit der Hand auf ein Aktenstück.

«Ich habe hier einen Durchschlag des Berichtes. Man kann

sich übrigens fragen, ob es sich um eine Unvorsichtigkeit gehandelt hat ... Er hatte ein wenig getrunken; er fuhr schnell; aber schließlich machen das viele Autofahrer, vor allem in den Ferienmonaten ... Ein sehr bedauerlicher Verlust ... Doppelt bedauerlich, da Sie, wie ich ... zufällig ... erfahren habe, daran denken, Ihre Laufbahn aufzugeben.»

«Sie sind gut unterrichtet!»

Borel verneigte sich lächelnd.

«Das ist mein Beruf, Madame ... Darf ich eine Frage an Sie richten? Glauben Sie wirklich, daß Ihr Gatte durch einen Unglücksfall ums Leben gekommen ist?»

Eve erwartete diesen Angriff. Dennoch fiel es ihr schwer, den Blick des Kommissars auszuhalten.

«Mein Gott, ja», sagte sie. «Ich habe keinen Augenblick angenommen, daß ... Haben Sie denn irgend etwas entdeckt?»

«Entdeckt ... nein. An dem Unfall scheint kein Zweifel zu bestehen.»

Er öffnete den Aktendeckel und überlegte einen Augenblick. Eve dachte an Leprat. Armer, großer Junge! Er würde in das Unglück mit hineingerissen werden. Nie würde er verstehen, warum sie gestanden hatte. Denn sie wollte die ganze Wahrheit sagen. Wenn der Polizist den Beweis in den Händen hatte, daß Maurice ... nein, sie wollte sich nicht in flagranti der Lüge überführen und verachten lassen.

«Herr Faugères hatte Feinde wie wir alle, nehme ich an», sagte Borel. «Ist Ihnen während der letzten Wochen nichts Außergewöhnliches aufgefallen? Schien Ihr Gatte durch irgend etwas beunruhigt? Hat er Ihnen nichts anvertraut, was ...»

«Nichts.»

«Das ist merkwürdig. Lebten Sie gut zusammen?»

«Nein.»

Borel hob den Kopf und lächelte.

«Alle Achtung! Sie sind offen.»

Er zog aus dem Aktendeckel einen Brief und las ihn durch. Eve saß zu weit ab, um die Schrift zu erkennen, aber sie fühlte, daß es das Ende war. Faugères hatte Wort gehalten.

«Ich habe einen Liebhaber», sagte sie. «Sie werden es schon wissen. Und da sie alles wissen wollen ...»

Borel beugte sich vor und gab ihr den Brief.

«Lesen Sie erst», sagte er. «Ich dürfte Ihnen dieses Schriftstück eigentlich nicht zeigen, aber ich verlasse mich auf Ihre Diskretion.»

Es war nicht die Schrift von Faugères. Diese runden, dünnen Buchstaben ... wo hatte sie sie doch schon gesehen?

Alle Freunde von Maurice Faugères sind peinlich überrascht von der Untätigkeit der Polizei. Die Untersuchung hat einen Unfall festgestellt, und das ist absurd. Faugères fuhr sehr gut. Außerdem benutzte er gewöhnlich einen Umweg, um die Kurven bei Ancenis zu umgehen ...

Eve kreuzte die Beine und legte den Brief auf ihre Knie. Borels Blick half ihr, Haltung zu bewahren. Sie würde bis zum Schluß lesen, ohne zusammenzubrechen ...

... Maurice Faugères Tod wirft also eine Frage auf. Warum ist er nicht seinen gewohnten Weg gefahren? Weil er die Absicht hatte, sich zu töten ... Er hat seinen Selbstmord sehr elegant als Unfall frisiert, um allen Kommentaren die Spitze abzubrechen. Aber wenn er, ein Mann, der so gern lebte, Selbstmord beging, so hat man ihn dazu getrieben ...

Und plötzlich erkannte Eve die Schrift von Florence. Zu Hause würde sie in ihrem Scheibtisch suchen ... Sie würde sicher alte Ansichtskarten finden, aus Dänemark oder Schweden, von früher, als Florence noch nicht seine ... Es war sicher ihre Schrift, eine dumme und gewöhnliche Schrift ...

... Und die, die einen Menschen zum Selbstmord treiben, sind Verbrecher. Die Polizei sollte sich ruhig einmal fragen, ob Eve Faugères nicht etwas mit dem Tode ihres Mannes zu tun hat. Mein Name würde Ihnen nichts sagen. Ich begnüge mich damit, Gerechtigkeit zu fordern.

Eve faltete den Brief.

«Wir bekommen ähnliche Briefe zu Dutzenden», sagte Borel, als wenn er sich entschuldigen wollte. «Verrückte, Eifersüchtige, Querulanten. Immerhin ...»

«Immerhin?» sagte Eve.

«Nun, das gehört zu unserer Routinearbeit: wir müssen nachprüfen ...»

«Sie glauben, daß ich für den Tod meines Mannes verantwortlich bin?»

«Aber nicht im geringsten, Madame. In Ihrem Falle ... Zunächst habe ich dem Wunsch nachgegeben, Sie kennenzulernen ... Und dann habe ich vor allem Sie warnen wollen ... Es ist sicher, daß jemand Ihnen etwas zufügen will ... Vermuten Sie nicht, wer es sein könnte?»

Eve legte den Brief mit Widerwillen auf die Ecke des Schreibtisches.

«O ja!» sagte sie. «Aber Sie können mir nicht helfen.»

«Doch, wenn jemand versuchen würde, Sie zu beunruhigen, zu verfolgen, dann wäre es meine Aufgabe . . .»

«Danke», sagte Eve leise. «Sie sind sehr liebenswürdig, aber ich werde schon allein damit fertig werden.»

Borel nickte beifällig.

«Auf alle Fälle habe ich Sie gewarnt. Zögern Sie nicht, mich zu benachrichtigen, wenn man versucht, einen Skandal zu provozieren ... Sie wissen natürlich nicht, ob Ihr Gatte gewöhnlich diesen Umweg benutzte, von dem in dem Brief die Rede ist?»

«Ich weiß es nicht. Wenn ich nach La Baule fuhr, habe ich immer den Zug benutzt.»

«Im übrigen», schloß Borel, «Unfall oder Selbstmord, das ändert nichts an der Sache.»

Er begleitete Eve bis zur Treppe.

«Zögern Sie nicht», wiederholte er. «Ich bin da. Verlassen Sie sich auf mich.»

Eve ging die Treppe hinunter, ohne sich zu beeilen. Sie hätte darauf geschworen, daß er immer noch auf dem Absatz stand und ihr nachblickte ... Als sie sicher war, daß er fortgegangen war, beeilte sie sich ohne Grund. Fast im Laufschritt erreichte sie den Torbogen. Leprat stand an der Brüstung gegenüber.

«Du siehst», sagte sie, «sie haben mich nicht verhaftet.»

«Hast du gesprochen?»

«Nein. Es war nicht nötig. Ich brauche eine Tasse Tee.»

Aber als sie dann entspannt und lächelnd an dem kleinen Tisch eines Bistrots saß, da überlegte sie es sich anders und bestellte einen Weißwein.

«Wie die Maurer», sagte sie.

«Erzähle.»

«Ganz einfach. In zwei Worten: der Kommissar hat einen anonymen Brief erhalten. Ich habe die Schrift erkannt: er ist von Florence.»

«Na sowas!»

«Florence beschuldigt mich, Maurice zum Selbstmord getrieben zu haben.»

«Das verstehe ich nicht», sagte Leprat.

«Ich habe es zuerst auch nicht verstanden. Ich war gefaßt auf ... nein, lassen wir das. Also Florence ahnt nichts. Sie versucht einfach, mir zu schaden. Sie hofft vielleicht, daß die Zeitungen unterrichtet werden, daß sie Stellung nehmen ...»

«Und deshalb hat er dich kommen lassen?»

«Ja, deshalb ... und zweifellos auch wegen einer anderen Sache. Florence teilt in ihrem Brief mit, daß Maurice gewöhnlich einen Umweg fuhr, um gerade die Kurven bei Ancenis zu vermeiden.»

«Au!»

«Dieser Kommissar ist nicht dumm. Er weiß nichts. Er hat keinen Verdacht. Aber diese Geschichte mit dem Umweg bereitet ihm sichtlich Kopfschmerzen. Auf dein Wohl, mein kleiner Jean. Wir können ruhig anstoßen.»

Sie berührte mit ihrem Glas das von Leprat und trank mit Behagen den leichten Wein. Leprat probierte ihn mißtrauisch.

«Alles in allem, dein Eindruck?» sagte er.

«Daß wir vorläufig beruhigt sein können.»

«Aber da fällt mir ein», rief Leprat, «daß also Florence nicht die Absenderin der Platten sein kann. Wenn sie die Wahrheit wüßte, wäre sie nur zu glücklich, sie dem Kommissar mitzuteilen. Sie würde uns ganz konkret beschuldigen.»

«Wirklich, das ist wahr», meinte sie. «Daran hatte ich nicht gedacht. Ich war so überrascht.»

«In gewissem Sinne gibt uns dieser Brief Gewißheit», fuhr Leprat fort. «Florence ist ausgeschaltet, bleibt Méliot.»

Eve leerte ihr Glas.

«Gib mir eine Zigarette», bat sie. «Es ist halb sechs ... Ich möchte ihn anrufen.»

«Méliot?»

«Ja.»

«Wozu?»

Eve nahm ihren Hut ab, putzte sich die Nase und schob sich mit einem behaglichen Seufzer in die Ecke.

«Wir sind jetzt sicher, daß es Méliot ist, nicht wahr?»

«Ja, verhältnismäßig sicher. Jedenfalls rangiert er an erster Stelle. Er war sein Freund und Verleger.»

«Gut. Man muß jetzt einen großen Schlag führen. Ich möchte ihn um ein Rendezvous bitten und ihn vor die Entscheidung stellen. Warte! Du kannst nachher die Stirn runzeln ... Wenn Borel — das ist der Kommissar, er heißt Borel — eine Schallplatte erhält, wird er sofort erraten, was geschehen ist ... Ich habe ihn mir angesehen, verstehst du, ich weiß, was für ein Mann er ist ... Andrerseits ist Méliot vielleicht nicht sehr stolz auf die Rolle, die zu spielen er sich verpflichtet fühlt ... Wenn man ihn beim Gefühl packt, müßte es möglich sein, ihn umzudrehen.»

«Unter der Bedingung», warf Leprat ein, «daß man ihm alles sagt.»

«Gut, ich werde ihm alles sagen.»

«Und er wird uns anzeigen.»

«Nein. Das wird er nicht wagen. Mich wird er nicht denunzieren. Weil man so etwas nicht macht. Méliot ist trotz allem kein hergelaufener Mensch.»

Leprat kreuzte die Arme über dem Tischchen und vertiefte sich in die Betrachtung der Untertassen.

«Bist du nicht meiner Ansicht?» fragte Eve.

«Nein. Ganz und gar nicht.»

«Ziehst du es vor, dich nicht zu rühren und zu warten bis Borel kommt, um uns zu verhaften? Denn jetzt ist es der eine oder der andere. Es ist Méliot oder Borel ... Komm, raff Dich auf, Jean.»

Sie schob ihre Hand unter Leprats Arm und gab ihrer Stimme einen warmen Ton.

«Wir haben mit Méliot niemals wirklich diskutiert ... Ich werde mich entschuldigen.»

«Du? Wirst du zugeben, daß du im Unrecht warst?»

«Warum nicht? Zunächst stimmt es. Ich hätte ihn anders behandeln müssen ... Ich werde ihm mein Leben mit Maurice erklären. Er ahnt sicher nicht, wie es gewesen ist. Ich werde ihm unseren letzten Abend in La Baule erzählen. Er wird mir glauben. Es gibt eine Art, die Dinge darzustellen. Die Leute spüren sofort, wenn man sie nicht zu täuschen versucht ... Und dann ist Méliot nicht verrückt. Schließlich ist er Kaufmann. Er wird sehen, wo sein Vorteil liegt.»

Leprat zuckte müde mit den Schultern.

«Eve, mein Liebling, du bringst mich aus der Fassung. Vor einigen Stunden war Méliot zu schlecht, um ihn den Hunden vorzuwerfen. Und jetzt ist er fast ein Edelmann geworden.»

Eve erhob sich und schob das Tischchen zur Seite.

«Ich werde ihn anrufen», sagte sie. «Es gibt Augenblicke, da muß man etwas wagen. Ich fühle, daß wir verloren sind, wenn ich ihn nicht treffe.»

«Ich warne dich. Ich werde nicht hingehen.»

Sie rieb sein Ohrläppchen zwischen ihren Fingern und beugte sich zärtlich zu ihm.

«Doch. Du wirst mitkommen. Ich will nicht, daß du mir im Falle eines Mißerfolges Ungeschicklichkeit vorwirfst.»

«Aber schließlich bleibt doch ein Zweifel, zum Teufel! Wir sind verhältnismäßig sicher, zugegeben, aber du bist dir wohl darüber klar, daß trotz allem ein Irrtum möglich ist. Und dann? Du willst ihm so ohne weiteres die Wahrheit eingestehen?»

«So dumm bin ich nicht. Ich werde nur dann sprechen, wenn er offen ist. Du weißt, daß man mich noch nie getäuscht hat.»

Sie wand sich zwischen den Tischen durch und stieg über eine Wendeltreppe in den ersten Stock. Bevor sie verschwand, warf sie ihm durch eine kaum angedeutete Geste ihrer Finger noch einen Kuß zu. Leprat rief den Kellner, der verschlafen an der Tür lehnte.

«Zwei schwarze Kaffee.»

Méliot würde vielleicht nicht in seinem Büro sein. Leprat klammerte sich an diese Hoffnung. Das sah Eve ähnlich, diese Überstürzung, dieses Bedürfnis, so schnell wie möglich ein Ende zu machen. Wie sollte man ihr beibringen, daß der Kommissar selbst dann, wenn man ihn dazu brächte, sie zu verdächtigen, niemals Beweise haben würde, während sie dabei waren, Méliot einen zu liefern, einen endgültigen, tödlichen Beweis! Abwarten! Um jeden Preis abwarten! Selbst, wenn man jeden Tag die Qual wegen der Post erdulden mußte. Es gab keine andere Lösung.

Leprat trank seinen Kaffee und rauchte die letzte Zigarette aus seinem Päckchen. Sein Entschluß war gefaßt. Er würde nicht zu dem Verleger gehen. Eve vergaß zu leicht, daß sie bei diesem Abenteuer kein Risiko einging. Nicht sie hatte Faugères getötet. Wenn die Sache schlecht ausging, würde sie nicht verurteilt werden. Viertel vor sechs ... Méliot konnte Besprechungen haben ... Es blieb eine Chance!

Eves Beine erschienen auf der obersten Stufe, lang und attraktiv. Ist es möglich, dachte Leprat, daß ich sie in dieser Weise liebe, wie ein Tier, als wenn sie mein Weibchen wäre! Eve kam herunter, frisch geschminkt, von jugendlichem Feuer erfüllt.

«Es ist in Ordnung», sagte sie. «Er wird uns morgen abend um zehn Uhr empfangen. Oh, du hast Kaffee bestellt, das ist fein!»

«Um zehn Uhr?»

«Ja. Das wäre der einzige Augenblick, wo er Ruhe habe.»

«Schien er nicht überrascht?»

«Nein. Eher etwas verlegen ... ausweichend ... meiner Meinung nach erwartete er meinen Schritt. Jean, mein Liebling, mach nicht so ein Gesicht. Ich fühle mich in Form. Das ist zweifellos die Reaktion. Ich hatte solche Angst, als ich das Polizeigebäude betrat. Er ist zäh wie Leder, dieser Borel. Neben ihm wird Méliot nicht schwer wiegen!»

VII

Gegen acht Uhr hatte es geregnet. Ein rascher, warmer Guß, der plötzlich einen Hafengeruch über die Stadt gebreitet hatte. Jetzt glänzte ein zunehmender Mond tief über dem Horizont. Eve hatte die Scheibe der Taxe geöffnet und atmete den Wind ein, ihren Regenmantel bis zum Hals geschlossen. Paris war für sie wie ein großer vertrauter Wald. Sie liebte die Mädchen an der Schwelle der Bars, den Blick durch die Gitter der Schaufenster, den flackernden Schein der Leuchtreklamen auf den alten Fassaden. Die Rue Cambon war leer. Eve war die erste am Treffpunkt. Sie ging vor dem Geschäft auf und ab und sah bald Leprats hohe Silhouette an der Ecke des Boulevards auftauchen. Er trug einen Regenmantel mit hochgeschlagenem Kragen, und sie fühlte ihre Liebe als bebende Schauer wie ein Kind unter ihrem Herzen.

«Entschuldige bitte», keuchte Leprat atemlos. «Ich bin so langsam bedient worden.»

«Hast du gut gespeist? Erzähl mir, was du gegessen hast.»

«Ein verschmortes Steak . . . Und du? Erzähle!»

«Also, Blèche war reizend. Er ist sehr gut aufgelegt. Ich glaube, daß dein Konzert gesichert ist. Ich habe ihm gesagt, daß du ihn in einigen Tagen aufsuchen wirst . . . Wir besprechen das alles morgen, wenn es dir recht ist.»

Leprat blieb im Hausflur stehen.

«Bleibst du bei deinem Entschluß?»

«Ja.»

«Ich nicht. Wir sind dabei, eine große Dummheit zu machen, Eve.»

«Fang nicht wieder an.»

«Doch, gerade. Seit gestern habe ich Zeit zum Überlegen gehabt.» Er führte Eve auf den Bürgersteig, vor das Schaufenster mit den geschlossenen Läden zurück.

«Hör mich an ... Zum letzten Mal ... Wenn Méliot es nicht ist, so kannst du dir denken, welchen Verdacht wir in ihm erwekken werden ... Und wenn er es ist, so ist er durch sein Versprechen an deinen Mann gebunden. Er wird dann bis zum Ende gehen. In beiden Fällen sind wir die Verlierer.»

«Mein kleiner Jean, wenn man anfängt zu sagen: eins von beiden, dann will man die Hände in den Schoß legen. Méliot erwartet uns. Gehen wir!»

Sie ging zurück und wartete auf Leprat.

«Also überläßt du mir das Ausmisten?»

Er steckte die Hände in die Taschen und ging zu ihr.

«Nein, *ich* werde sprechen», sagte sie. «Du brauchst keine Angst zu haben.»

Die Treppe lag rechts. Das Geländer war feucht. Die Treppenbeleuchtung spiegelte sich in dem Messingschild an der Tür.

Meliot-Verlag. Bitte eintreten, ohne zu klopfen.

Eve drückte den Türgriff hinunter und stieß die Tür auf. Eine Neonröhre strahlte von der Decke.

«Man sieht dir an, daß du nicht auf Draht bist», flüsterte Eve. «Ich auch nicht. Ich habe mein Lampenfieber!»

Sie gingen durch den Flur, blieben noch einmal vor der Tür von Méliot stehen und wechselten einen kurzen Blick. Eve setzte ein lächelndes Gesicht auf, klopfte und trat ein. Leprat schloß hinter ihr die Tür. Das Büro war leer. Enttäuscht ging Eve langsam durch den Raum.

«Er hatte mir doch gesagt ...», fing sie an.

Auch Leprat trat vor. Und plötzlich sahen sie ihn und blieben wie angewurzelt stehen. Eve griff nach Leprats Arm. Méliot lag hinter seinem Sessel. Die Deckenbeleuchtung strahlte auf sein kreideweißes Gesicht. Der Mund war weit geöffnet. Der Tote schien noch zu schreien. Sein Kragen war zerrissen, der Knoten seiner Krawatte auseinandergezogen. Er ballte die Fäuste. Ein Auge war starr, etwas vorgequollen, das andere weiß.

Eve ließ Leprat los und ging ein paar Schritte auf Zehenspitzen.

«Er ist erwürgt worden», sagte sie.

In der beklemmenden Stille klang ihre Stimme sonderbar.

«Er ist tot», fügte sie hinzu.

Unbeweglich blieben sie schweigend noch einen Augenblick stehen. Dann sagte Leprat:

«Wir können hier nicht bleiben. Wenn man uns überraschen würde ...»

«Warte!» sagte Eve. «Schließ die Tür ab.»

Sie betrachtete den Schreibtisch und nagte an ihrem Daumen.

«Wenn man wüßte, warum er umgebracht worden ist», flüsterte sie. «Vielleicht ist es ein zufälliges Zusammentreffen. Aber das würde mich wundern.»

Ohne zu zögern, ging sie um die Leiche herum und begann, die Schubladen des Schreibtisches zu öffnen und eifrig zu durchsuchen. Dann trat sie an die Bibliothek und fand auf einem Regal einige Schallplatten. Sie las die Beschriftung.

«Nichts?» fragte Leprat.

«Nein. Aber er hätte belastende Dinge auch nicht hier versteckt.»

«In seiner Wohnung?»

Sie setzte sich auf die Armlehne eines Sessels.

«Gewiß.»

«Morgen», sagte sie, «wird die Polizei hier sein. Man wird alles versiegeln ... auch drüben in seiner Wohnung ... Dann ist es zu spät ... Wir müssen jetzt an die Arbeit gehen ... Wieviel Uhr ist es?»

«Viertel nach zehn.»

«Mit etwas Glück ...»

Sie schwankte und stützte sich auf die Kante des Schreibtisches.

«Nein», sagte sie, «man darf jetzt nicht schwach werden! Vorwärts!»

Sie kniete neben der Leiche nieder und untersuchte alle Taschen mit den Fingerspitzen.

«Soll ich dir helfen?» fragte Leprat.

«Nein ... Sei still ... Wenn du nichts sagst, werde ich es schaffen.»

Der Schlüsselbund war in der Hosentasche. Eve schüttelte ihn heraus und hielt Leprat die Hand hin. Sie war außerstande, allein aufzustehen.

«Nimm die Schlüssel», flüsterte sie.

Er stützte sie bis zum Sessel und sie sank mit geschlossenen Augen nach hinten.

«Es ist nichts», stammelte sie schließlich. «Aber es ist so gemein, einen Toten zu plündern.»

Auf die Armlehnen gestützt, richtete sie sich auf und sah den Toten an.

«Armer Alter! Man muß es teuer bezahlen, der Freund von Maurice zu sein ...»

Sie ging rückwärts hinaus, hinter Leprat, und schloß langsam die Tür. Auf Zehenspitzen stiegen sie die Treppe hinunter, überschritten die Straße und verlangsamten ihre Schritte erst als sie sich dem Boulevard näherten. Schwer hing Eve an Leprats Arm.

«Es ist nicht weit», sagte sie. «Rue Saint-Augustin. Im zweiten Stock. Ich war einige Male dort, mit meinem Mann. Gib mir eine Zigarette. Wenn ich auch wie eine Hure aussehe, was macht das schon ...»

Er gab ihr zwischen den hohlen Händen Feuer und sah unter der Schminke ihre winzigen Sommersprossen blinken. Aber er war gar nicht zum Küssen aufgelegt. Sie nahm wieder seinen Arm.

«Wer hatte ein Interesse daran, ihn zu töten?» fragte sie. «Er war unser letzter Verdächtiger.»

«Ich verstehe es auch nicht. Nachdem er tot ist, weiß niemand von dieser Plattengeschichte.»

«Vielleicht täuschen wir uns. Vielleicht hat der Mörder Gründe gehabt, die wir nicht kennen. Und wir werden die Platten bei ihm finden.»

Sie sprachen ganz mechanisch, um nicht von der nächtlichen Stille der Straße erdrückt zu werden, um die Angst zu bändigen, die sie in sich spürten; aber sie zitterte in ihren Stimmen, sie verzögerte ihre Schritte. Sie gingen, als ob sie getrunken hätten. Eve hielt Leprat ihre Zigarette hin.

«Rauch sie zu Ende. Sie ist mir zuwider ... Du hast doch die Schlüssel?»

«Ja.»

«Es ist das letzte Haus, an der Ecke.»

Sie gingen an dem Haus vorbei, beobachteten die Umgebung und gingen wieder zurück. Die Portierloge war beleuchtet und schien leer zu sein. Man sah eine offene Tür, die wohl zur Küche führte.

«Ich gehe vor», sagte Leprat.

Er trat schnell ein und durchschritt den Lichtkegel des Hausflurs. Mit der Hand gab er Eve ein Zeichen. Sie kam nach.

«Ganz nach hinten», flüsterte Eve.

Leprat tastete mit dem Fuß in der Dunkelheit und fand die Treppe.

«Im zweiten Stock», wiederholte Eve. «In jedem Stockwerk ist nur eine Wohnung.»

Auf dem Treppenabsatz knipste Leprat sein Feuerzeug an.

«Versuch es mit dem flachen Schlüssel», sagte Eve.

Die Tür ging gleich auf. Sie schlossen sie leise wieder zu, und Eve schaltete das Licht an. Schmiedeeiserne Wandleuchter flammten auf.

«Drunten sind Leute», sagte sie. «Sie dürfen uns nicht hören.»

Sie zog ihre Schuhe aus. Leprat tat das gleiche und sah dann auf seine Uhr.

«Es ist gleich elf Uhr», sagte er.

Eve streckte die Hand aus.

«Das Arbeitszimmer ist dort drüben.»

Sie gingen durch den riesigen Salon und sahen ihre Schatten in einem venetianischen Spiegel vorbeigleiten. Leprat stieß an ein Möbelstück, und Rosen entblätterten sich. Das Licht aus dem Vorzimmer drang kaum bis hierher. Eve tastete sich weiter.

«Hier ist es», sagte sie. «Ich hoffe, die Fensterläden sind geschlossen.»

Sie glitt ins Nebenzimmer. Eine Parkettplatte knirschte, dann eine zweite.

«Du kannst kommen.»

Leprat trat ein. Eine Schreibtischlampe zeichnete einen hellen Kreis auf einen großen antiken Tisch. Eves Gesicht war nur halb beleuchtet und wirkte wie eine Maske.

«Kümmere dich um die Bibliothek», sagte sie. «Ich nehme die Schubladen.»

Sie arbeiteten geräuschlos. Leprat räumte die Bücher fort, Eve durchstöberte die Papiere.

«Hier ist nichts», sagte Leprat.

«Hier auch nicht.»

Er nahm sich ein Fach vor, das Mappen mit Schallplatten enthielt. Strawinsky, Schostakowitsch, Gershwin, Bela Bartok ... und entzifferte die Beschriftung. Er beugte jede Platte unter das Licht. Faugères' Platten trugen nur einen dünnen, eingravierten Ring; sie waren leicht zu erkennen.

«Wir wissen nicht mal, was wir suchen», bemerkte er. «Dein Mann hat hier vielleicht Briefe hinterlegt.»

«Dann würde man sie finden», sagte Eve.

«Méliot hat vielleicht ein Safe gemietet.»

«Das würde mich wundern!»

Mit einem Blick überflog sie das Zimmer.

«Der Plattenschrank.»

Von neuem prüfte Leprat jede einzelne Platte.

«Eine liegt auf», sagte Eve.

Leprat hielt die Platte schräg und untersuchte sie genau.

«Nun?» fragte Eve.

«Das könnte sie sein.»

«Hast du die Beschriftung gelesen?»

«Es ist keine da.»

Eve zögerte.

«Was riskieren wir schon?» meinte sie schließlich.

Sie legte die Platte auf den Spieler und stellte das Radio an.

«Du bist verrückt!»

«Still.»

Auf den Knien schaltete sie den Apparat ein. Mit den Fingerspitzen streifte sie den Diamanten und benutzte das Geräusch, um die geringste Lautstärke einzustellen. Dann senkte sie den Arm des Tonabnehmers, und die Platte knisterte ... Sie erkannten die Stimme von Florence, so schwach, daß sie ganz fern, ganz unwirklich klang. Kopf an Kopf über die Platte gebeugt, hörten sie das Lied und warteten auf *die Stimme* ... Aber nein, sie hörten keine Stimme. Es war ja auch unmöglich, denn er war tot, als Florence die Platte mit *A cœur perdu* besungen hatte. Die Worte, von Florence gesungen, waren ergreifend ... Sie richteten sich an sie allein, als wenn Faugères hätte ahnen können, daß sie beide, Seite an Seite, eines Abends mit klopfendem Herzen ihr Ohr dieser gedämpften Musik, die ihr Verbrechen erzählte, entgegenhalten würden. Leprat fühlte etwas Warmes auf seiner Hand. Eve weinte. Er wollte sie an sich ziehen. Sie schob ihn sanft zurück. Das Lied ging zu Ende ... Noch einmal der Refrain ... Mit einem Knacken hielt die Platte an. Sie horchten immer noch.

In der einsamen Straße hielt ein Wagen, Türen schlugen zu. Leprat schaltete den Apparat ab und richtete sich auf. Er fuhr sich mit den Händen über die Wangen, als wollte er sie hindern zu erbleichen. Die Leute auf der Straße sprachen. Der Türöffner schnarrte, und im Hausflur dröhnten die Stimmen stärker. Es waren mindestens drei Personen. Eve lief ins Vorzimmer und knipste das Licht aus. Leprat hätte fast auch die Schreibtischlampe ausgemacht, aber er scheute sich vor der Dunkelheit. Irgend jemand lachte auf der Treppe. Die Stimmen stiegen hoch. Sie waren ganz nah. Eves Silhouette erschien am Eingang zum Arbeitszimmer.

«Scht!»

Die Leute gingen über den Treppenabsatz.

«Wie er den Betrübten spielte», sagte eine Stimme.

«Und wie das Mädchen die Flasche umwarf...»

Die Worte wurden undeutlich. Ein Fuß stieß an eine Stufe.

«Es ist Sonnabend», flüsterte Eve. «Sie kommen aus dem Theater.»

In der Wohnung über ihnen hörte man Schritte. Sie übertönten das gedämpfte Geräusch des Türschließens. Leprat lehnte sich an die Bibliothek.

«Wir hätten ihnen begegnen können», sagte er, und er hatte das Gefühl, daß ein Fremder an seiner Stelle sprach.

Sie warteten noch ein wenig.

«Ist der Wagen auch fortgefahren?» fragte Eve.

«Ich habe nicht darauf geachtet.»

«Machen wir weiter! Das Speisezimmer ist nebenan.»

Leprat folgte ihr geschlagen, aber er hatte nicht mehr genug Energie zu stöbern. Er war über die Angst, die Müdigkeit, den Widerwillen hinaus. Er hatte nur den einen Wunsch, daß diese Nacht zu Ende ginge. Eve hatte den Kronleuchter angemacht. Schnell öffnete sie die Schubladen. Ein Blick: und sie schloß sie wieder und eilte weiter.

«Die Küche», sagte sie.

Leprat setzte sich und griff sich an den Kopf. Das war zuviel. Wenn er wenigstens rauchen könnte. Er hatte Durst und fühlte sich hohl wie eine alte Baumrinde. Der Geruch der Rosen war fade und süßlich. Irgendwo hörte man Eve mit dem feinen Scharren eines Nagetieres hartnäckig weitersuchen. Aber sie fand nichts. Das alles bedeutete nichts. Méliot war umsonst gestorben. Wieder hob Leprat seinen Arm, um nach der Uhr zu sehen. Aber er konnte in der Dunkelheit die Zeiger nicht erkennen. Leprat hielt die Uhr ans Ohr. Sie ging. Die Bewegung war übrigens idiotisch. Alles war idiotisch!

Eine Hand auf seiner Schulter ließ ihn hochfahren.

«Gehen wir.»

«Nichts, natürlich?»

«Nichts.»

Man durfte nicht versuchen, etwas zu verstehen. Auf keinen Fall. Schwerfällig stand Leprat auf. Eve kam in das Arbeitszimmer zurück und prüfte, ob sie keine Unordnung hinterlassen hatten.

«Mach bitte im Vorzimmer Licht.»

Leprat ging durch den dunklen Salon. Rechts stand ein offenes Klavier. Die Tasten bildeten einen langen, fahlen Streifen. Leprat suchte lange nach dem Knopf. Als er angeknipst hatte, stand Eve neben ihm.

«Hast du im Salon und im Schlafzimmer gesucht?» fragte er.

«Ja, jetzt eben.»

Sie zog ihre Schuhe wieder an und balancierte dabei erst auf dem einen, dann auf dem anderen Bein. Leprat mußte dazu niederknien. Seine Schuhe drückten ihn, als wenn er sehr lange marschiert wäre.

«Bist du fertig?» fragte Eve.

Sie hob sein Kinn hoch.

«Laß dich einmal ansehen.»

Der Ton war so mütterlich, so besorgt, daß eine heftige Rührung Leprat packte und seine Lippen zitterten. Er wandte sich ab und öffnete die Tür zum Treppenhaus. Das Haus ruhte in einem tiefen, kalten Schweigen. Eve ging zuerst hinaus. Leprat schaltete das Licht aus, zog die Tür vorsichtig heran, bis er einen Widerstand spürte. Eve fiel ihm in den Arm, und durch diese Bewegung sprang die Tür ins Schloß. Sie war zu.

«Die Schlüssel!» stammelte Eve.

«Was?»

«Die Schlüssel, hast du sie?»

Leprats Schläfen wurden feucht.

«Warst du es nicht, die . . .»

Es würgte ihn. Lieber Gott, die Schlüssel waren in der Wohnung geblieben. Er rüttelte an der Tür. Aber umsonst. Eve stampfte neben ihm mit den Füßen. Er atmete heftig. Die Polizei würde kommen . . . sie würde fragen, warum die Schlüssel . . . Die Nacht stand wie eine Wand zwischen ihnen. Seine Finger tasteten, bis er den Stoff ihres Mantels fühlte.

«Verzeih», flüsterte er. «Verzeih . . .»

«Such in deinen Taschen.»

Wozu? Er hatte den Schlüsselbund auf das Garderobentischchen gelegt, als er seine Schuhe auszog, darauf besann er sich genau. Und er hatte vergessen, sie wieder einzustecken. Noch einmal rüttelte er an der Tür.

«Nun?»

«Sie sind drin.»

Eve bewegte sich nicht mehr, und es war plötzlich, als wenn sie aufgehört hätte zu existieren.

«Eve!»

Sie schwieg immer noch. Als sie ihn an der Hand faßte, hätte er fast geschrien.

«Wir wollen gehen!»

Sie bewegten sich über die dunkle Treppe hinunter, verkrampft, mit steifen Beinen, als wenn sie über Glatteis liefen. Leprat zählte mechanisch die Stufen. Der Treppenabsatz im ersten Stock erschien ihnen endlos. Eve hielt Leprats Hand fest in der ihrigen, und wenn das Holz knackte, dann drückte sie seine Hand ganz stark. Endlich spürten sie Zement unter den Füßen. Das Licht in der Portierloge war erloschen.

«Die Tür ist zu», flüsterte Eve. «Dein Feuerzeug!»

Die Flamme beleuchtete ein Stück Mauer, und sie fanden den Knopf vom Türöffner. Es gab ein kurzes Geräusch, und schon waren sie draußen.

«Nicht so schnell, nicht so schnell!» sagte Eve.

Aber sie selbst rannte fast. Sie verlangsamten ihren Schritt, als sie die Avenue de l'Opéra erreichten.

«Wieviel Uhr?»

«Zehn Minuten vor zwölf», sagte Leprat. «Willst du zu mir kommen?»

Leprat wohnte in der Rue d'Aumale. Sie gingen, ohne zu sprechen. Unwillkürlich eilten sie. In Gedanken sah Leprat den Schlüsselbund auf dem Garderobentischchen. Das Bild war so deutlich, daß er diesen verlorenen Schlüsselbund hätte malen können; fast fühlte er das Gewicht in der Hand ... Nach und nach wurden ihm winzige Einzelheiten bewußt, die er gar nicht beachtet hatte ... Es waren fünf Schlüssel ... Sie waren der Größe nach in einem Lederetui geordnet ... und das Etui wurde mit zwei Druckknöpfen geschlossen ... Vielleicht, wenn Eve nicht seinen Arm berührt hätte ... in dem Augenblick war es noch nicht zu spät ... und dann war das Schloß eingeschnappt wie ein Abzugshebel. Wir sind tot, dachte er. Wir gehen, aber wir sind tot ...

Er rief seinen Namen in die verschlafene Portierloge und schaltete die Treppenbeleuchtung ein. Immer dieselben Bewegungen. Noch eine Treppe. Wie in einem Traum fing dieselbe Szene noch einmal an ... Vielleicht würde er beim Erwachen die Schlüssel wiederhaben ... Eine Tür ... Ein Vorraum ... Noch ein Klavier ... Leprat schloß die Augen und öffnete sie wieder, um sich zu überzeugen, daß er angekommen war, zu Hause, in Sicherheit ... Eve hatte ihren Regenmantel ausgezogen und holte einen Kamm aus ihrer Tasche, mit dem sie ihre Frisur in Ordnung brachte.

«Wir sehen furchterregend aus», sagte sie.

«Was willst du trinken?»

«Das ist mir gleich ... Alkohol mit viel Wasser.»

Sie setzte sich auf das Bett und schleuderte ihre Schuhe fort. Als Leprat mit einem Tablett zurückkam, dachte sie immer noch nach, während sie ihre Füße leicht gegeneinander rieb. Leprat füllte die Gläser, bot ihr eins an und ließ sich tief in einen Sessel sinken. Er war so müde, daß sein Körper ihn sogar in ausgestrecktem Zustand schmerzte.

«Ich bin verzweifelt», sagte er. «Das ist ein unverzeihlicher Fehler.»

«Was?»

«Die Schlüssel.»

Eve sah ihn an, mit den verlorenen Augen eines Menschen, den man aufgescheucht hat.

«Ach ja, die Schlüssel.»

«Du scheinst nicht zu verstehen», sagte Leprat. «Aber die Schlüssel verraten uns.»

Eve setzte sich mit verschränkten Beinen auf den Rand des Bettes.

«Die Schlüssel», fuhr sie fort, «wenn du wüßtest, wie gleichgültig sie mir sind.»

«Aber . . . die Polizei . . .»

«Was, die Polizei? Sie wird den Schlüsselbund finden, gut, und dann? Zwischen dem Tod von Méliot und uns gibt es nicht die geringste Beziehung . . . Solange die Polizei nicht eine Schallplatte oder einen Brief erhält, wird sie auch keine Beziehung herstellen . . .»

«Und was quält dich dann?»

Eve antwortete nicht. Sie sah Leprat an, wie so oft, mit einer Art verzweifelter Zärtlichkeit. So gab es Augenblicke, in denen sie gar nicht mehr zu zählen schien, wo es aussah, als beträfe das Leben nicht mehr sie, sondern nur noch diesen großen, zerbrechlichen Jungen, den sie dann wild liebte, wie ein Wanderer, der sich für immer entfernt.

«Die Polizei wird nichts erhalten», sagte Leprat, «weil wir nichts gefunden haben.»

Je mehr er trank, desto größer wurde sein Durst. Er füllte sein Glas mit klarem Wasser und setzte sich neben Eve, die ihn nicht aus den Augen ließ. Nach Art eines Magnetiseurs strich er mit ausgestreckten Fingern langsam über die Stirn seiner Geliebten.

«Was quält dich?» wiederholte er

«Ich möchte wissen, warum man Méliot getötet hat», sagte sie.

Leprat trank nachdenklich.

«Ich auch, sicher . . . Aber es ist vor allem dein Kommissar, der mich beunruhigt. Schon der Tod deines Mannes hat ihm zu denken gegeben. Jetzt ist der Verleger deines Mannes verschwunden. Er wird einen Zusammenhang zwischen beiden Fällen suchen.»

«Und er wird ihn nicht finden.»

Leprat seufzte.

«Ich wünschte, daß du recht behältst. In dem Falle hätten wir nichts mehr zu befürchten.»

«Sag mal ehrlich», meinte Eve, «wirft Méliots Tod dir denn keine Fragen auf?»

«Doch, zwangsläufig. Aber, je mehr ich darüber nachdenke, um so mehr glaube ich, daß dieser Tod mit den Platten nichts zu tun hat. Du wirst mich gleich verstehen ... Dieser Gedanke war mir schon früher gekommen, aber jetzt erscheint er mir zwingend ... Wir nahmen doch an, daß Méliot uns die Platten schickte, um deinen Mann zu rächen ... Nicht wahr?»

«Ja.»

«Warum hätte man dann Méliot getötet, der doch seine Arbeit so gut verrichtete? Warum hätte man versuchen sollen, ihn durch einen anderen zu ersetzen, obwohl er sich schon so unerbittlich gezeigt hatte? Niemals hätte jemand es riskiert, einen Menschen zu töten, um nachher dasselbe zu tun wie er.»

Eve lächelte traurig.

«Wie geschickt du kombinierst», stellte sie fest.

«Nein. Ich versuche nur, Schlüsse zu ziehen. Und ich behaupte, daß man Méliot nicht getötet hat, um sich der letzten Platten zu bemächtigen. Und ich gehe noch weiter: da wir bei Méliot nichts gefunden haben, und da Méliot zwangsläufig derjenige war, der dir die Platten schickte, so heißt das ganz einfach, daß er keine mehr hatte.»

Eve strich ihm mit den Fingerspitzen über den Mund und zeichnete seine geschwungenen Lippen nach.

«Du Kind!» sagte sie.

Er zuckte mit den Schultern und leerte sein Glas.

«Dein Mann hätte nicht den Mut gehabt, uns anzuzeigen. Er liebte dich zu sehr. Daß er zwei Platten besprochen hat, um dich leiden zu lassen, mag noch hingehen. Aber er konnte dieses Spiel nicht lange fortsetzen.»

«Ich an seiner Stelle», sagte Eve, «wäre bis zum äußersten gegangen ... Die enttäuschte Liebe, mein Schatz ... du weißt nicht, was das ist.»

«Aber darum geht es ja nicht», wandte Leprat ein. «Nach meiner Ansicht ist der Tod von Méliot nur ein zufälliges Zusammentreffen. Irgend jemand hat ihn getötet ... Nebensache wer. Das betrifft uns nicht. Mich interessiert nur, daß Méliot unser einziger Verdächtiger war. Da er verschwunden ist, und da keine Platten mehr übrig sind, können wir beruhigt sein, sofern nicht dein Kommissar auf uns stößt ... und du hast recht, wie sollte er auf uns kommen, nachdem es keine Platten mehr gibt? Einen Augenblick hatte ich Angst wegen der Schlüssel. Aber diese Schlüssel beweisen augenscheinlich nichts.»

«Und du bist beruhigt», sagte Eve. «Einige Argumente aneinandergereiht, das genügt. Méliots Tod ist ausgewischt. Das Leben geht weiter.»

«Ja, natürlich.»

Eve richtete sich auf und stützte sich auf einen Ellbogen.

«Ich bin weniger optimistisch», meinte sie und goß sich etwas Schnaps ein.

«Hör zu», fuhr Leprat fort, «es ist immerhin klar ...»

Die Übermüdung, die Anregung durch den Kognak, Eves Gegenwart — all das verschmolz in ihm zu einem plötzlichen Rausch, der ihn schlagartig von seinen Ängsten befreite. Er hatte Lust zu sprechen, Wort auf Wort zu legen, wie man Reisighölzer aufs Feuer wirft, um die Flamme zu beleben.

«Ich bleibe dabei», argumentierte er weiter, «daß der Mörder uns nicht verdächtigt. Aber unterstellen wir einmal, daß er uns doch verdächtigt. Oder, daß er die Platten schon besaß und Méliot gar nicht zu töten brauchte. Oder auch, daß er sie nicht hatte, Méliot aber ebensowenig zu töten brauchte, weil dieser sie ja pünktlich abschickte. Da findet man keinen Ausweg mehr. Folglich ist die Hypothese nicht stichhaltig. Für mich ist Méliot aus irgendeinem Grunde getötet worden, den wir nicht kennen, und von irgend jemandem, der sein Feind war ... er muß sicher viele Feinde gehabt haben!»

«Glaubst du das wirklich?» sagte Eve. «Versuchst du jetzt nicht, dich zu betäuben?»

«Gewiß nicht.»

«Ist dir ein so außergewöhnliches Zusammentreffen nicht verdächtig?»

«Ein solches Zusammentreffen ist keine Seltenheit. Wenn du es so nimmst, ist alles Zufall. Unsere Begegnung ... und sogar der Tod deines Mannes.»

Leprat stellte sein Glas auf den Tisch zurück und streckte sich neben Eve aus.

«Trotz allem muß ich zugeben, daß ich alles tue, um mich zu betäuben», flüsterte er. «Ich bin unglücklich.»

Sie wandte sich ihm zu, und er kam mit dem Kopf näher an ihren Kopf heran. Sie sahen sich ganz nahe, die Goldkörnchen in Leprats Augen ... Eves kaum wahrnehmbare Sommersprossen. Ihr Atem vermischte sich.

«Sag mir, warum du unglücklich bist?» fragte sie leise.

Er suchte an der Wand über sich nach dem Schalter, um die Deckenbeleuchtung auszumachen. Sie hielt seine Hand fest und führte sie auf ihre Brust.

«Ich will dich ansehen», sagte sie. «Warum bist du unglücklich?»

Er schloß die Augen und zog die Brauen zusammen. Sie fühlte, daß er die Faust ballte und sich reckte.

«Ich fürchte, dich zu verlieren», sagte er. «Was heute abend geschehen ist, weiß ich nicht. Aber ich habe von Anfang an, seit La Baule, den Eindruck, daß ich dich jeden Tag ein wenig verliere. Eve, geliebte Eve, wenn ich dich verlieren würde, wäre ich ein gebrochener Mann ...»

Sein Gesicht hatte einen pathetischen Ausdruck knabenhaften Schmerzes, und Eve machte das Licht aus.

«Ich erkenne mich nicht mehr», sprach Leprat noch in das nächtliche Zimmer hinein. «Dein Mann hat mich richtig beurteilt ...»

Er stockte.

«Sprich weiter», sagte Eve. «Ich bin deine Frau. Das habe ich noch nie gesagt ... Sprich weiter ...»

Aber Leprat schmiegte sich an sie und schwieg.

«Hast du kein Vertrauen?» fuhr Eve fort. «Bist du meiner nicht sicher? Dann werde ich dir ein Geständnis machen. Es hat viele Männer in meinem Leben gegeben ... Das weißt du. Ich habe sie leiden lassen, ohne es zu wollen. Ich wollte, daß sie sich lieben lassen, wie Gegenstände sich lieben lassen. Man sieht sie an, man berührt sie, man geht weiter. Ich wollte, daß die Männer wie große, stumme Landschaften wären. So habe ich Maurice geliebt. Ich habe lange Zeit gewünscht, daß die Liebe niemals gegenseitig sei, daß sie niemals zur Falle würde ...»

Leprat war unbeweglich, wie zu Eis erstarrt, aber er hörte zu, mit allen Fasern seines Wesens.

«Bei dir ist es nicht das gleiche», fuhr Eve fort. «Ich habe aufgehört zu wandern. Ich liebe dich. Und ich wünsche mir, daß du mich lange Zeit liebst, immer, wenn es dir lieber ist, aber das ist ein sinnloses Wort. Ich liebe dich im Guten und im Bösen, hörst du, auch im Bösen ... Also, hast du jetzt Vertrauen?»

«Danke», hauchte Leprat.

«Warum bist du unglücklich?»

«Ich bin nicht mehr unglücklich.»

Eve schaltete die Deckenbeleuchtung wieder ein. Leprat lächelte entspannt.

«Mein armer Kleiner», sagte sie.

Er suchte ihre Lippen; sie wandte den Kopf ab.

«Nein, ich bin zu müde.»

Erschöpft lagen sie beisammen, und der Morgen war noch weit. Drüben lag Méliots Körper wie ein vergessener Gegenstand. Wann würde man ihn finden? Es war Sonntag, niemand würde kommen. Am Montag vielleicht. Der Kommissar würde sie sicher vernehmen ... Leprat versank in eine Erstarrung, aus der er immer wieder plötzlich aufschreckte. Wenn er zu sich kam, sah er Eve mit weit offenen Augen, in Gedanken versunken. An was dachte sie? An wen? An welche Vergangenheit oder an welche Zukunft? Schließlich schlief er ein, träumte, stöhnte, beruhigte sich wieder, und war dann auch nur ein Körper, der auf den dunklen Gewässern des Vergessens dahintrieb.

Als er wieder zu sich kam, war Eve nicht mehr da. Er stand auf, warf einen Blick ins Badezimmer, in die Küche. Sie war fort. Es blieb von ihr nur noch ein Hauch ihres Parfüms um das Bett herum und eine eingedrückte Stelle im Laken. Die Uhr schlug halb neun. Er hatte Lust, den Telephonhörer abzunehmen, sie zu rufen, ihr zu sagen, daß er sie liebte. Geliebte Eve ... geliebte Eve ... Er summte vor sich hin, und war doch nicht im geringsten heiter gestimmt. Er wußte zu gut, welche Gefahren sie erwarteten ...

Um neun Uhr stürmte ein kleiner Junge in die Polizeiwache in der Rue des Bons-Enfants ...

«Meine Mutter hat gesagt, daß Sie sofort kommen sollen. Sie hat einen gefunden, der tot ist.»

Mittags kniete Kriminalkommissar Borel neben der Leiche von Méliot.

VIII

Gegen Mittag rief Eve ihn an.

«Komm, ich bitte dich! Ich werde verrückt.»

Leprat wollte sprechen. Sie hatte aber schon aufgelegt. Höchst beunruhigt stieg Leprat in ein Taxi. Sie war keine Frau, die so leicht den Kopf verlor. Irgend etwas war also passiert ... Ob man die Leiche schon entdeckt hatte? Auf alle Fälle würde man sie entdecken. Diese Prüfung war also unvermeidlich. Hatte der Kommissar etwa einen Zusammenhang kombiniert ... zwischen dem Tod von Méliot und ...? Unmöglich! Vollkommen unmöglich. Das mußte man Eve zu verstehen geben.

Da der Fahrstuhl besetzt war, sprang er die Treppen hinauf und kam ganz atemlos an. Er umarmte Eve.

«Nun?»

«Nichts», sagte Eve. «Du brauchtest nicht so zu laufen!»

Sie löste sich von ihm, ruhig, kühl und etwas zurückhaltend.

«Ich hatte Angst», sagte Leprat. «Deine Stimme klang so ...»

«Nett von dir.»

Leprat ging in den Salon.

«Du bist doch nicht krank», fragte er.

«Aber nein.»

«Und auch nicht schlechter Laune?»

«Ach, fang nicht an», antwortete sie ärgerlich. «Findest du das etwa komisch, was wir erleben?»

Sie setzte sich abseits, und nun bemerkte er, daß sie noch im Morgenrock war, Ihre nackten Füße staken in Pantoffeln, das Gesicht war grau von durchwachter Nacht. Sie sah ihn lange an.

«Was gedenkst du zu tun?» fuhr sie fort.

«Ich?» sagte Leprat betroffen, «was soll ich denn machen? Wir müssen abwarten.»

«Abwarten, abwarten!» stöhnte Eve. «Bist du dir eigentlich über die Lage klar? Die Polizei wird ihn entdecken.»

«Nicht heute.»

«Doch heute.»

Plötzlich brauste sie auf, als wenn Leprat an allem schuld wäre.

«Du bildest dir doch nicht ein, daß Méliot seine Sonntage ganz allein verbrachte. Er war dauernd eingeladen. Ich bin sicher, daß ihn in diesem Augenblick irgend jemand erwartet, ihn telephonisch zu erreichen sucht und sich wundert, daß er sich nicht meldet.»

Ihre Augen starrten über Leprat hinweg ins Leere. Er ging verlegen zur Seite und lehnte sich an einen Sessel.

«In einer Stunde», fuhr Eve fort, «wird man bei Méliot anklopfen. Man wird sich beunruhigen und die Tür öffnen ... Borel wird benachrichtigt werden ... Er wird in das Arbeitszimmer gehen ... er wird sehen, daß die Möbel durchwühlt worden sind ...»

«Jedenfalls wird er keine Fingerabdrücke von uns finden», wandte Leprat ein. «Wir haben unsere Handschuhe anbehalten.»

Sie schloß die Augen, holte tief Atem und zog fröstelnd den Morgenrock über die Knie.

«Das ist sicher», bekräftigte Leprat. «Unsere einzige Unterlassung war vielleicht, daß wir seine Brieftasche nicht mitgenommen haben, um den Verdacht abzulenken.»

Sie sah ihn scharf an.

«Hättest du das gekonnt?»

«Ich weiß nicht», gab Leprat zu. «Ich habe nicht daran gedacht.»

«Aber wenn du daran gedacht hättest?»

«Wenn man sich verteidigen will, muß man schon aufs Ganze gehen ... Aber ich versichere dir, wir riskieren nicht viel. Méliot stand mit allen möglichen Leuten in Verbindung. Warum sollte Borel also ausgerechnet uns verdächtigen?»

Eve zuckte ungeduldig mit den Schultern.

«Wir wollen nicht streiten», sagte sie. «Wozu auch! Nur noch eins: Du wirst Borel nicht hindern, das zu denken, was morgen ganz Paris denken wird. Da stirbt ein berühmter Komponist auf etwas geheimnisvolle Art ... und nun wird ein berühmter Verleger – sein Freund – ermordet. Gibt es da keinen Zusammenhang zwischen diesen beiden Tatsachen. Glaubst du nicht, daß man so denken und daß der Kreis der Verdächtigen sich auf einzelne Personen verengen wird?»

Leprat wich einer Antwort aus. Tatsachen! Tatsachen... Eve bediente sich so oft dieses Wortes. Dieses Wortes, das den Horizont verengt und die Phantasie fesselt, das einen unter das Gesetz des wirklichen Lebens beugt. Leprat mochte keine Tatsachen.

«Nehmen wir an», sagte er schließlich, «wir gehören zum Kreise der Verdächtigen. Aber wir haben doch mit Méliots Tod beileibe nichts zu tun. Also warum wir? Warum sollte man uns behelligen?»

«Warum?» sagte Eve müde. «Weil es jemand gibt, der die Wahrheit kennt und die Fäden in der Hand hat.»

«Aber wer ist es?» schrie Leprat. «Wer?»

In ohnmächtiger Wut rannte er durch das Zimmer und blieb vor Eve stehen.

«Wer?»

«Ich würde viel dafür geben, es zu wissen», sagte Eve.

Ihre Stimme wurde rauh. Sie senkte den Kopf. Leprat kniete vor ihr nieder, und sie streichelte sein Haar mit verhaltener Zärtlichkeit.

«Jetzt», flüsterte sie, «genügt ein Indiz, und wir sind verloren. Ein Indiz verstehst du? Und wir können nichts machen... Wenn ich die Wahrheit gesagt hätte... in La Baule... dann wäre es nicht so weit gekommen... Wir sitzen auf unseren Lügen fest... Sobald man lügt, ist man... ist man...»

Ihr Kinn zitterte.

«Ist man was?»

Mit einem sonderbaren Lächeln der Verzweiflung sprach sie es aus.

«Eine Kanaille.»

Mit einem Satz sprang Leprat auf. Er schlug sich mehrmals mit voller Kraft die geballte Faust in die hohle Hand.

«Mein Gott», rief er. «Man könnte glauben, daß du das bewußt machst! Noch nie warst du so...»

Sie bot ihm das Wort an.

«So außer mir?»

«Ja, so außer dir. Du fühlst dich also schuldig?»

«Und du?»

Leprat stützte die Hände in die Hüften und beobachtete sie.

«Dort steht das Telephon», bemerkte er. «Wir können uns ausliefern... Aber niemand wird uns glauben. Man wird uns beide Sachen anhängen.»

«Du bist also auch überzeugt, daß es zu spät ist», meinte Eve.

«Vollkommen.»

«Gut! Das wollte ich von dir hören ... Hast du wenigstens gefrühstückt?»

«Was? Ob ich ...»

Schon ging sie zum Büfett und hatte plötzlich ihre jugendliche Spannkraft wiedergewonnen.

«Und so etwas will sich durchsetzen», bemerkte sie im Hinausgehen. «Deck lieber den Tisch!»

Sie frühstückten. Dann wanderten sie in den Parc du Luxembourg. Sie unterhielten sich friedlich über das nächste Konzert von Leprat. Blèche würde sich um die Plakatierung kümmern. Eve erzählte sehr komische Weibergeschichten von Blèche. Hatte sie Méliot plötzlich vergessen? Oder setzte sie ihren Stolz darein, auf elegante Weise unbesorgt zu erscheinen? Leprat dagegen konnte sich nicht von seiner Angst befreien. Aber als Gefangener seiner Rolle antwortete er ihr so gut er konnte. Gegen Abend ließen sie sich auf den Champs-Elysées sehen. Eve traf Freunde, die sie in ein frequentiertes Restaurant zum Essen einluden. Eve nahm begeistert an.

«Sei nicht so verkrampft!» flüsterte sie ihm zu. «Morgen wird Borel Erkundigungen einziehen. Er muß zu hören bekommen, daß wir heiter waren.»

Leprat trank so viel, bis er wußte, daß der Kommissar nicht mehr zu fürchten war. Das kam ihm wie eine Erleuchtung. Er hörte den Tischgenossen, die gerade vertrauliche Dinge auf englisch erzählten, aufmerksamer zu und fand, daß sie sympathisch waren. Auch der Saal war sympathisch. Und das Leben war, alles in allem, erst recht sympathisch. Und Eve ... warum grübeln! Er würde niemals wissen, ob er sie liebte oder ob er sie haßte. Er haßte sie, wenn sie stärker, intelligenter und mutiger war als er. In diesem Augenblick, ja, da haßte er sie ein wenig, weil sie unter der Beleuchtung sehr schön war, weil er auf den Gesichtern der Männer, die sich zu ihr wandten, ein Aufleuchten sah, einen Schauer, ein knisterndes Begehren, und weil sie das mit heiterem Behagen genoß ... Er war doch recht dumm gewesen, in La Baule ... Aber er wurde auch mit diesem unbequemen Gedanken schnell fertig. Wenn Eve eines Tages aus seinem Leben verschwunden wäre, dann würde diese Vergangenheit nicht mehr zählen. Er war durch die Liebe zum Verbrecher geworden. Also genügte es, nicht mehr zu lieben ... Es war ein gefälliger Gedanke, der sein Selbstvertrauen vollends wieder herstellte und ihm ein sehr delikates, sehr ergreifendes Glück verschaffte, das ihn fast zu Tränen rührte. Arme, kleine Eve, du bist schließlich doch nur eine Frau wie alle andern!

Man ging in ein Nachtlokal, dann in ein anderes. Man trennte sich spät. Das Händedrücken nahm kein Ende. Man schwamm in einem Meer von Herzlichkeit. Eve nahm Leprats Arm.

«Mir dreht sich der Kopf. Willst du mich nach Hause bringen?»

«Wer sind diese Leute?» fragte Leprat.

«Oh, irgendwelche Bekannte. Der Große besitzt ein Theater in Mailand, und der Kleine fabriziert, soviel ich weiß, Autos. Und das Mädchen ... interessiert dich das?»

«Nein.»

«Mich auch nicht.»

Sie preßte sich an Leprat.

«Man mußte schon so etwas machen», murmelte sie. «Das alles wird in unseren Akten stehen.»

Schweigend gingen sie nach Hause. Vor der Tür beugte sich Leprat über Eves Hand.

«Bleib», sagte sie. «Hier, nimm den Schlüssel. Du kannst ihn behalten.»

Er folgte ihr in den Fahrstuhl. Er war so bewegt, daß er ihr nicht zu danken wagte. Sie sah nach der Uhr.

«Schon vier Uhr ... Die Zeitungen kommen bald heraus. Weißt du, was wir machen sollten?»

Der Fahrstuhl hielt an ihrer Wohnung. Sie drückte auf den Abwärts-Knopf.

«Wir warten, bis die Kioske öffnen. Dann werden wir als erste die Neuigkeiten lesen.»

«Du bist wirklich verrückt!»

«Aber doch. Das wird sehr unterhaltsam sein!»

Sie sah Leprat an. Aus ihrem Gesicht hatte die Erregung alle Müdigkeit vertrieben. Sie war entzückt, sich eine neue Sensation ausgedacht zu haben.

«Dieser Kommissar ...», bemerkte Leprat, «gib zu, daß du viel an ihn denkst! Es wäre dir wohl gar nicht so unangenehm, wenn er dich verfolgte.»

«Vielleicht», sagte Eve.

Sie gingen lange und erreichten schließlich den Bahnhof Saint-Lazare. Leprat konnte nicht mehr, aber Eve genoß diesen Spaziergang.

«Von hier aus bin ich so oft abgereist», erklärte sie. «Jetzt sind die Tourneen zu Ende. Aber die Dinge, die zu Ende gehen, haben ihren Charme.»

Die Gitter wurden gerade geöffnet. Sie gingen über den Vorplatz und die lange Treppe hinauf. Die Kandelaber beleuchteten das einsame Paar. Eve hielt Leprats Hand. Sie hatte den Kopf etwas nach hinten geneigt und witterte den Hauch der Morgendämmerung.

«Hier», sagte sie, «hier traf ich ...»

Sie beendete den Satz nicht. Sie wußte nicht einmal, daß Leprat wieder anfing zu leiden. Die Halle war leer. Hie und da erkannte man hinter der Scheibe eines Schalters den hellen Fleck einer Bluse. Eve zog Leprat vorwärts, ging langsam durch die Halle, blieb ein paar Mal vor einem Plakat wie vor einem Gemälde stehen. Vielleicht war dieser Bahnhof das Museum ihrer verflossenen Lieben. Sie wollte auf die Bahnsteige gehen. Züge standen verloren in der Finsternis.

«Du», sagte sie leise, «du wirst diesen Bahnhof bald kennenlernen. Freunde werden dich hinbegleiten ... Freunde werden dich erwarten ... Andere Frauen ...»

«Sei still.»

Sie gingen am Wartesaal entlang, wo die Stühle noch mit den Beinen nach oben zusammengestellt waren. Ein Clochard schlief zusammengekauert in einer Ecke, und Leprat glaubte, Méliot wieder zu sehen.

«Gehen wir», bat er.

In einer Bar erwarteten sie bei einer Tasse Kaffee den Anbruch des Tages. Die ersten Taxen kamen an, die ersten Reisenden, die ersten Zeitungswagen. Eve war plötzlich abgespannt und legte ihre Hand auf Leprats.

«Geh», sagte sie. «Kauf mehrere Blätter.»

Leprat rannte über die Straße. Jetzt hatte er es eilig, Bescheid zu wissen. Und er wußte Bescheid, noch bevor er die erste Zeitung entfaltet hatte. Die riesigen Schlagzeilen erkannte man von weitem. Während er sein Geld suchte, entzifferte er sie mit einem Blick:

Ermordung eines Musikverlegers ... Serge Meliots tragisches Ende ... Ein geheimnisvolles Verbrechen ...

Mit einem dicken Zeitungsbündel unter dem Arm mußte er sich an das Gitter stützen. Er suchte die Uhr. Viertel nach sechs. Um Viertel nach sechs, an diesem Montag, fing also eine Sache an, die schrecklich werden würde. Angst preßte ihm die Lippen zusammen. Er kehrte in die Bar zurück und warf die Zeitungen auf den Tisch.

Eve entfaltete sie ruhig und überflog die Berichte, während Leprat seine feuchten Hände abwischte. Sie sprach leise:

«Sie haben ihn gestern gefunden ... Die Concierge hat Licht in seinem Büro gesehen.»

«Ist es Borel, der ...»

«Ja, es ist Borel. Der Gerichtsarzt hat die Zeit bestimmt ... zwischen zwanzig und vierundzwanzig Uhr, am Sonnabend ... Hier, die letzte Seite ... ah! da ist es ... Sie haben Méliots Wohnung untersucht. Sie ist durchwühlt worden; ja, das konnte jeder merken ... Sie haben den Schlüsselbund entdeckt ...»

«Ja ... Und dann?»

«Nichts weiter. Borel nimmt an, daß der Mörder einen Gegenstand suchte, der nicht in der Rue Combon verwahrt wurde. Deshalb ist er in die Rue Saint-Augustin gegangen ... Lies doch selbst.»

«Oh, es ist nicht der Mühe wert.»

«Im ganzen genommen haben sie nichts erfahren», schloß Eve. «Viel Geschwätz, die Biographie von Méliot, Worte des Bedauerns ...»

«Das ist also ziemlich günstig?»

Eve lächelte traurig.

«Ja, es ist ziemlich günstig, wie du sagst. Wenigstens für den Augenblick.»

Sie blieben noch sitzen und überschlugen ihre Chancen.

«Seitdem es keine Platten mehr gibt», bemerkte Leprat.

«Ja, ja ... Fahr fort.»

«Nun, ich weiß nicht, warum wir nicht leben sollten wie vorher.»

«Du hast vielleicht Vorstellungen!» meinte Eve.

Sie trennten sich vor dem Bahnhof, und Leprat ging nach Hause, um zu arbeiten. Die Abendzeitungen enthielten einige zusätzliche Informationen. Leprat rief sofort Eve an.

«Hast du die letzten Ausgaben gelesen?»

«Noch nicht. Gibt es etwas Neues?»

«Ein wenig. Die Polizisten haben festgestellt, daß nichts gestohlen worden ist, und sie fragen sich, ob es sich nicht um ein Täuschungsmanöver handelt. Man weist darauf hin, daß Méliot Beziehungen zu zahlreichen Leuten aus den verschiedensten Kreisen unterhielt, und man gibt zu verstehen, daß die Untersuchung wahrscheinlich sehr langwierig sein wird.»

«Ist das alles?»

«So ungefähr ... Wohlgemerkt, man erinnert an das Ende deines Mannes, aber nur nebenbei ... Sehe ich dich gleich?»

«Wenn du willst.»

An diesem Abend gingen sie wieder aus. Sie blieben so lange wie möglich fort, um den Augenblick der Rückkehr, der Stille, der verborgenen Gedanken möglichst hinauszuzögern. Am nächsten Morgen zog Leprat sich eilig an und lief zur nächsten Buchhandlung.

NEUES IM FALL MELIOT ... AUF DER SPUR DES MÖRDERS ...

Die Überschriften versperrten die Seite, sie versperrten auch den Weg. Plötzlich gab es keine Zukunft mehr. Auf dem Rückweg war Leprat durch das Lesen so in Anspruch genommen, daß er an dem Hause vorbeiging und, als er dann aufsah, den Eindruck hatte, er habe sich verirrt. Als Eve ihn sah, erfaßte sie sofort, daß etwas Ernstes geschehen war.

«Lies selbst», sagte er. «Es ist mir lieber.»

Der Bericht war kurz.

Die Polizei hat in der vergangenen Nacht einen Taxifahrer vernommen, dessen Aussage die Untersuchung in eine unerwartete Richtung lenken wird. Am Abend des Verbrechens hat er eine elegant gekleidete Dame aus der Gegend des Rond-Point an den Champs-Elysées in die Rue Cambon vor das Schallplattengeschäft gefahren. Es war etwa zweiundzwanzig Uhr. Der Chauffeur hat seinen Fahrgast nicht besonders beachtet, er war aber unwillkürlich von dem Tonfall ihrer Stimme beeindruckt. ‹Eine tiefe Stimme›, hat er mit Bestimmtheit erklärt, ‹so, wie gewisse Sängerinnen im Radio sie haben.› Kommissar Borel hat auf Befragen jede weitere Erklärung abgelehnt.

Eve lehnte sich langsam auf das Kopfkissen zurück. Ihre Hand griff nach der Zigarettendose.

«Dieses Mal», sagte sie, «ist es ernst.»

«Vielleicht doch nicht», protestierte Leprat schwach.

«Nun, was brauchst du mehr!»

Sie rauchte, den Blick zur Decke gerichtet.

«Wie häßlich kann das Leben doch sein», sagte sie ohne Zorn. «Wegen dieser Taxe wird man mich sicher verhaften. Man wird mir alles zur Last legen ...»

Leprat schwieg.

«. . . Borel wird mir vorwerfen, daß ich von Anfang an gelogen habe. Er wird mir schmutzige Absichten unterstellen . . .»

«Sängerinnen mit tiefer Stimme», wandte Leprat ein, «gibt es zu Dutzenden.»

«Also empfiehlst du mir zu leugnen, wenn er mich verhört?»

«Sicher.»

«Ist das alles, was du vorschlägst?»

«Gewiß doch . . . Ich sehe nicht . . .»

«Streng dich nicht an.»

Mit einem Fußtritt schleuderte sie die Decken fort und ging zur Frisiertoilette.

«Eve, ich möchte . . .», begann Leprat.

«Wie? Was möchtest du?»

Ihr Ton war so aggressiv, daß Leprats guter Wille mit einem Schlage verschwand. Er war wie zugemauert vor dieser Frau, die ihn ansah, als wenn sie ihn zum ersten Male erblickte.

«Verliere nicht deine Zeit», fuhr sie mit ruhiger Stimme fort. «Du mußt arbeiten . . . Laß mich . . . Sei nett, setz dich in den Salon und spiele die *Préludes*, um mir eine Freude zu machen . . . Der Rest . . . ist meine Sache.»

Und sie gab ihrer Bitte Nachdruck, indem sie ihn auf die Schläfe küßte.

«Es sieht fast aus, als ob man mir verzeihen müßte», brummte er.

«Wer weiß!»

Sie gab ihm einen Klaps auf die Schulter und schloß die Tür. Leprat begann zu spielen, zuerst mechanisch; dann aber gab er sein Bestes. Wenn die Musik sich seiner bemächtigt hatte, dann fühlte, er, daß er nicht schlecht war . . . er wußte, daß nichts durch seine Schuld geschehen war, und daß im Grunde, ja . . . der Rest Eve betraf. Seine Aufgabe war zu spielen, und nicht in Vernehmungen Rede und Antwort zu stehen. Schließlich vergaß er sogar Eve und fuhr hoch, als sie ihm die Hand auf den Arm legte.

«Du bist wunderbar», flüsterte sie ihm ins Ohr. «Man muß dich schon lieben.»

«Ja, leider!» scherzte er.

«Ja, leider!» wiederholte sie ernst. «Spiel weiter. Ich gehe zum Friseur. Wir treffen uns im Marignan zum Mittagessen.»

Sie ging fort, und er war nicht böse, allein zu sein. Er improvisierte mit einer Hand . . . und sofort mußte er an Faugères denken. Vielleicht hatte Faugères sogar in diesem Zimmer die Platten bespielt? Sollte dieser Alpdruck denn niemals von ihm weichen? Er steckte sich eine Zigarette in den Mund. Da klingelte es. Die Post? Ja. Es war die Zeit der Post. Man brauchte nur aufzumachen. Warum fühlte er diesen plötzlichen Krampf, diese aufsteigende Hitze in den Wangen? Er warf seine Zigarette fort und ging durch das Vorzimmer. Die Concierge übergab ihm einen Stoß Briefe und Zeitungen.

«Warten Sie . . . Da ist auch noch ein Paket.»

Leprat erkannte sofort das Papier, die Schrift, den Poststempel . . . Sieh mal an! Es war eine Farce, denn Méliot war ja tot. Das Paket an die Brust gedrückt, mit langsamen Schritten, wie ein Mann, dem man den Bauch aufgeschlitzt hat, kam Leprat in den Salon zurück. Die Wände drehten sich. Er lud seine Last auf dem Tisch ab und setzte sich. Sein Atem machte in der Stille ein rauhes Geräusch, das seine Panik verstärkte. Nein, das war nicht möglich . . . oder irgend etwas war in der Welt aus den Gleisen geraten. Méliot war tot. Er wußte es genau, daß er tot war . . . Das Paket war identisch mit den anderen, ebenso harmlos, ebenso friedlich, und Leprat wagte kaum, sich zu bewegen. Wenn Eve da wäre . . . Aber er war allein. Allein mit Faugères!

Er holte sich ein Messer aus der Küche, und stand dann zögernd, in Abwehrstellung vor dem Paket, als wenn er sein Leben verteidigen müßte. Endlich riß er mit einem heftigen Schnitt Schnur und Papier auseinander. Er zog die Schallplatte aus dem Karton. Seine Knie wurden weich, und der Schweiß brannte ihm auf den Augenlidern. Faugères tot. Méliot tot. Und dann diese Platte . . . Er legte sie auf den Plattenspieler, ergriff den Arm des Tonabnehmers, gönnte sich aber eine Gnadenfrist von einer Minute, um eine Zigarette anzuzünden und einen tiefen Lungenzug zu machen. Er bemühte sich um eine würdigere, männlichere Haltung. Er hatte den Eindruck, daß er mit kritischem Blick betrachtet wurde. Er schaltete den Apparat ein und wartete stehend, die geballten Fäuste in der Tasche.

Dieses Mal ging Faugères aufs Ganze.

«Geliebte Eve . . . Du hast mehrere Tage zum Nachdenken gehabt . . . und ich bin sicher, daß du nachgedacht hast . . . Zweifellos bist du in diesem Augenblick nicht allein . . . Ihr hört mich alle beide . . . Aber der kleine Leprat zählt nicht . . . Ich wende mich an dich . . . Ich habe soeben einen Brief an den Staatsanwalt geschrieben.»

Die Stimme schwieg. Mit gesenktem Kopf erwartete Leprat den Schlag, der ihn zerschmettern würde, Faugères hustete. Er rauchte wohl eine seiner starken kleinen Zigarren und streifte gerade die Asche ab.

«Ich hätte diesen Brief abschicken können, ohne dich zu benachrichtigen», fuhr er fort. «Aber du hast mir oft genug Mangel an Offenheit vorgeworfen. Ich lege also Wert darauf, dir nichts zu verheimlichen. Hier ist dieser Brief:

Sehr geehrter Herr Staatsanwalt,
wenn Sie diese Zeilen lesen, bin ich tot. Ich klage meine Frau dieses Todes an. Vielleicht hat sie ihn gewollt. Vielleicht hat sie ihn einfach geduldet. Aber sie wünschte ihn seit langem. Wenn Sie sie vernehmen, wird sie Ihnen alles erklären. Ich kenne sie gut. Sie wird diese Gelegenheit gern ergreifen, um Sie in Erstaunen zu versetzen. Sie würde sich foltern lassen, wenn es nur im Rampenlicht der Öffentlichkeit geschieht. Unglücklicherweise überrascht sie mich seit langer Zeit nicht mehr, und gerade das läßt sich nicht wieder gutmachen. Wenn ich Gerechtigkeit fordere, so geschieht es, um das letzte Wort zu haben. Das ist kleinlich, ich weiß es. Aber ich liebe sie immer noch, und ich würde sie beleidigen, wenn ich Mitleid mit ihr hätte.
Mit vorzüglicher Hochachtung verbleibe ich

Ihr . . .»

Faugères machte eine kurze Pause. Mit angehaltenem Atem starrte Leprat auf die glänzende Platte. Das Schlimmste war noch nicht gekommen.

«Dieser Brief», fuhr Faugères fort, «wird in acht Tagen zur Post gegeben. Du hast noch acht Tage, um zu leben, dich der Liebe zu widmen oder deine Verteidigung vorzubereiten, ganz, wie du willst. Ich weiß, daß du eine elegante Lösung finden wirst. Schade, meine kleine Eve, daß wir uns nicht verstanden haben. Aber ich bin dir nicht böse . . . hörst du . . . Ich bin dir nicht mehr böse . . . Lebe wohl . . . Eve . . .»

Leprat lauschte immer noch. Dann begriff er, daß es zu Ende war, daß Faugères nie mehr sprechen würde. Trotzdem hielt er den Apparat nicht an. Die Platte lief zum Schluß immer langsamer, die Spiegelungen erstarrten. Das Zimmer schien sich um Leprat wieder aufzubauen. Er betrachtete den Flügel, die Blumen in der Vase, die Sessel, die Asche seiner Zigarette auf dem Teppich, und noch einmal die Schallplatte, die sich nicht mehr bewegte. Ein Schluchzen saß ihm in der Kehle. Er setzte sich schwerfällig auf einen Schemel und faltete die Hände. Warum bin ich zwischen sie getreten, dachte er ... Acht Tage ... Acht Tage ... Und dann? ...

Plötzlich fühlte er das Bedürfnis, die Sonne zu sehen, das brausende Leben der anderen Menschen zu hören. Er lief in Eves Schlafzimmer, dessen Luft noch von Wollust und Schlaf erfüllt war, wusch sich das Gesicht, fuhr mit dem Kamm durch die Haare und ging in den Salon zurück. Die glänzende, schwarze Schallplatte erinnerte an eine zusammengerollte giftige Schlange. Ohne Geräusch erreichte Leprat den Flur und schloß die Tür mit dem Schlüssel ab. Einmal, zweimal. Aber die Gefahr hatte mit ihm zugleich das Haus verlassen und würde ihn von nun an überall hin begleiten. Die Terrassen der Cafés waren überfüllt. Die Männer betrachteten die Frauen; die Frauen betrachteten die Männer. Alle waren Beute. Leprat ging auf der Sonnenseite der Straße. Er hatte gar keine Lust, Eve wiederzusehen. Er beneidete den schlafenden Clochard in der Bahnhofshalle. Ziellos, gedankenlos, fast ohne Bewußtsein seines Kummers, ging er an den Geschäften entlang, und sein Schatten glitt neben ihm über die Schaufensterscheiben. Als er das Plakat sah, war er nicht einmal überrascht. In lockenden Buchstaben sprang ihm sein Name entgegen. *Jean Leprat*. Es folgten die Namen der Komponisten, die er interpretierte: *Beethoven, Chopin, Liszt* ... Blèche hatte gut gearbeitet. Leprat blieb lange vor dem Plakat stehen. Das Konzert würde niemals stattfinden. Die Zeitungen würden niemals von ihm sprechen. Oder vielmehr doch ... Aber auf der ersten Seite. Mit einem Schlage hatte er alles verloren. Es war noch nicht sehr schmerzhaft. Die Zuckungen würden später kommen. Um zwölf Uhr betrat er das Marignan. Eve erwartete ihn. Von weitem winkte sie ihm grüßend zu. Er setzte sich ihr gegenüber.

«Du siehst nicht sehr gut aus», bemerkte sie mit einem schwungvollen Unterton. «Du hast zu viel gearbeitet!»

Leprat bemühte sich, die Speisekarte zu lesen, aber die Buchstaben tanzten vor seinen Augen, und die Worte erschienen ihm sinnlos: Tournedos ... Cassoulet du chef ... Cœur de Charolais ...

«Ein Hühnchen», sagte er mechanisch.

Eve nahm ihm die Karte aus den Händen.

«Jean, was hast du?»

«Nichts ... Ich habe nichts ... Nehmen wir an, daß ich ein wenig müde bin.»

Sie beobachtete ihn, und ihre Augen waren nie so klar, so strahlend verliebt gewesen.

«Du bist ein komischer Junge», begann sie wieder mit ihrer ein wenig rauhen Altstimme, die so gut von zerbrochener Liebe und schmerzlicher Trennung zu singen verstand.

«Du bist voll von Heimlichkeiten, von Rätseln ... Kannst du dich nicht davon befreien, kannst du nicht offen mit mir reden?»

«Aber was soll ich dir schließlich sagen?»

«Bist du sicher, daß du mir nichts zu sagen hast?»

Er griff nach der Karaffe, füllte sein Glas mit Wasser und trank, ohne seinen Durst zu löschen. Dann sah er Eve durchdringend an; er bereitete seinen Schlag vor.

«Du hast recht», murmelte er. «Ich habe dir etwas zu sagen.»

Er hatte den Eindruck, daß Eves Gesicht sich zusammenzog ... erstarrte ... einer Maske ähnlich wurde.

«Eben ist die letzte Platte angekommen», schloß er.

Der Geschäftsführer beugte sich beflissen über den Tisch.

«Haben Sie schon gewählt?»

Eve vertrieb ihn mit einer Handbewegung.

«Mein armer Kleiner!» sagte sie.

IX

Die Platte war zum Stehen gekommen. Eve saß schweigend mit dem Kinn in den Händen. Leprat ging auf und ab, vom Flügel zur Tür, von der Tür zum Flügel. Ich gewöhne mir schon den Gefangenenschritt an, dachte er. Noch eine kleine Anstrengung, und ich lebe auch in den Gedanken eines Gefangenen. Erschöpft blieb er hinter Eve stehen und stützte sich einen Augenblick auf die Sessellehne.

«Na ... deine Meinung?»

«Er war ein sehr eigenartiger Mensch», sagte sie.

«Ein Verrückter», schrie Leprat. «Ein Verrückter! Man muß vollkommen verrückt sein, um sich solche verdrehten Kunstgriffe auszudenken! Eve ...»

Sie lehnte den Kopf zurück und sah ihn an.

«Eve glaubst du, daß dieses Manöver bis zum Ende gehen wird?»

«Méliot ist tot», sagte sie, «und dennoch ist die Platte angekommen. Ich sehe nicht ein, warum der Brief den Staatsanwalt nicht erreichen sollte.»

Dieser schmale Mund, der sich oberhalb der Augen bewegte, dieses umgekehrte Gesicht, das plötzlich ungeheuerlich und rätselhaft erschien ... Leprat trat zurück.

«Jetzt fühle auch ich», stöhnte er, «daß ich entgleise ... Du scheinst dich wohl damit abzufinden ... Ich verstehe dich nicht.»

«Was soll ich denn tun? Mich auf der Erde wälzen? Oder mir die Haare ausraufen? Er hat gewonnen. Gut. Das ist eine Tatsache, an der wir nichts mehr ändern können.»

«Er hat gewonnen», höhnte Leprat. «Er! Er ... Was soll das heißen: er? Er ist tot, oder nicht? Du sprichst von ihm, als wenn er immer noch lebte.»

Eve zuckte die Schultern, zeigte auf den Plattenspieler.

«Er ist da ... Du hast ihn so gut gehört wie ich.»

«Also gibst du auf?»

«Ich warte ab», sagte Eve. «Du hast es selbst zugegeben ... Man muß abwarten.»

«Ich aber, ich werde nicht abwarten. Ich werde meinen Koffer packen und morgen in Sicherheit sein.»

«Und ich?» fragte Eve.

«Du wirst mich begleiten.»

«Er hätte genauso gesprochen wie du», bemerkte Eve bitter. «Es hat sogar alles so angefangen. Ich begleite dich, gut. Und was dann?»

«Ich bitte dich», sagte Leprat. «Ich kann nicht mehr den Mund aufmachen, ohne daß du wütend wirst.»

«Ich ärgere mich nicht. Ich sage nur: und was dann? Wenn wir in der Schweiz, in Deutschland oder sonstwo sind, was wird dann geschehen? Wir werden den Namen wechseln. Einverstanden. Nehmen wir an, daß man uns nicht erkennt. Und dann? Glaubst du, daß du noch Konzerte geben kannst? Du wärst arbeitslos und ich könnte Dienstmädchen spielen ... Nein. Wenn du fährst, wirst du allein fahren.»

Auge in Auge beobachteten sie sich. Sie dachten nicht mehr an Faugères. Sie sahen sich plötzlich in ihrer nackten Wirklichkeit.

«Willst du lieber, daß man uns verhaftet?» wandte Leprat ein. «Du weißt, was mich erwartet!»

«Was *uns* erwartet», berichtigte Eve. «Auf alle Fälle werde ich teurer bezahlen als du. Dein Name ist in dem Brief nicht einmal erwähnt.»

Niedergeschlagen sank Leprat Eve gegenüber in einen Sessel.

«Dann kann man sich auch gleich umbringen», sagte er.

«Könntest du es wirklich?»

Leprat ließ seine Fäuste auf die Sessellehnen niederfallen.

«Hör zu, Eve. Ich habe genug davon. Du machst dir ein Vergnügen daraus, mir zu widersprechen. Was schlägst du denn vor?»

«Nichts. Wir sind verloren, das ist klar.»

Leprat verschränkte die Arme über den Knien und verbarg seinen Kopf, um sie nicht mehr zu sehen, um nichts mehr zu sehen.

«Wenn man wenigstens wüßte, woher diese Platten kommen», sagte er mit erstickter Stimme.

Wie ein Echo hörte er ihre Antwort.

«Wenn man wüßte, wer Méliot getötet hat!»

Ein so tiefes Schweigen breitete sich aus, daß man das ferne

Gleiten des Fahrstuhls hören konnte. Als Leprat den Kopf hob, weinte Eve, mit unbewegtem Gesicht und geschlossenen Augen.

«Eve.»

Mit einem Satz lag er auf den Knien und umschlang ihre Taille.

«Eve, Geliebte ... Weinst du meinetwegen? Ich bitte dich, meine kleine Eve ... du, die mutige, die starke, die unerschütterliche ... Vor allem: Wir sind vielleicht noch nicht verloren.»

Sie drehte den Kopf auf der Lehne, von rechts nach links, wie von unerträglichen Schmerzen gequält.

«Diese Schallplatte ist kein Beweis», versteifte sich Leprat.

«Jean», erwiderte sie, «du hast das Recht, schwach zu sein, aber nicht dumm. Wenn der Brief Borel übermittelt ist, wird er mich dem Taxichauffeur gegenüberstellen, und er wird den Beweis haben.»

Das Argument war nicht zu widerlegen. Die Falle war zugeschlagen. Sie zog Leprats Gesicht in ihren Schoß und drückte es sehr stark.

«Ich möchte, daß du jetzt ein Mann wirst», fuhr sie fort, «damit dieses ganze Grauen wenigstens zu etwas gut ist.» Sie wartete. Leprat, in ihre Wärme gekauert, schwieg.

«Hörst du?» drängte sie.

Leprat zog sich langsam zurück und stand auf.

«Ein ganzes Leben in acht Tage drängen ...» sagte er. «Das ist schwer. Denn das ist doch dein Wunsch?»

«Das hängt von dir ab.»

«Bist du bereit, für acht Tage meine Frau zu sein?»

Sie zwang sich zu einem Lächeln.

«Wenn du glaubst, daß das die einzige Lösung ist.»

«Siehst du eine andere?»

«Es ist nicht an mir, Vorschläge zu machen.»

«Betrachtest du mich als allein verantwortlich?»

«Suche bitte keine Ausflucht vor dir selbst.»

Leprat machte eine Runde um das Zimmer. Er überlegte. Dann umarmte er Eve.

«Versuchen wir es!» sagte er.

Der erste Tag begann. Leprat führte Eve in die Cascade. Er bestellte ein auserlesenes Essen, war heiter und stellte fest, wie schwer es ist, heiter zu sein, wenn man nicht von der Zukunft sprechen darf. Seit Monaten, vielleicht seit Jahren, hatte seine natürliche Heiterkeit sich von Plänen genährt, und jetzt gab es keine Pläne mehr. Er trank so lange, bis Eve die Flasche fortstellte.

«Das ist nicht sehr würdig», bemerkte sie.

Er mußte eine Anwandlung von Haß unterdrücken.

«Entschuldige. Ich bin es noch nicht gewohnt, von einem Tag auf den andern zu leben.»

«Ich weiß», gab sie zu. «Man muß dazu sehr unglücklich gewesen sein.»

Sie gingen unter Bäumen, deren Wipfel sich bereits rot färbten. Um das Schweigen in Schach zu halten, erzählte Leprat von seiner Kindheit. Lange zurückgedrängte Erinnerungen strömten auf ihn zu: das Konservatorium, die hartnäckige Arbeit, die fixe Idee, eines Tages ein Meister zu sein, einer dieser Prinzen des Klaviers, die man in der Ferne sieht, auf einer Bühne, in unwirklicher Beleuchtung, an der Grenze einer anderen Welt.

«Ich habe das wahre Leben immer auf später verschoben», gestand er ein.

«Du hast noch nie so zu mir gesprochen», sagte Eve. «Sprich, mein Kleiner.»

«Bist du sicher, daß es dich interessiert?»

«Du kannst nicht wissen, wie sehr.»

Er faßte sich ein Herz und wagte Anspielungen auf seine Armut: Die Jahre im Bierhaus, die Gelegenheiten, sich durchzusetzen, die kommen und vorübergehen, die verzweifelten Abende, das verpfuschte Talent, die flüchtigen Liebschaften, und endlich Faugères! Faugères, der eines Tages das Trinken unterbrochen, mit dem Finger geschnalzt und durch den Kellner diesen unbekannten Pianisten herbeigerufen hatte. ‹Setz dich hin . . . Wie heißt du? . . . Leprat? . . . Du machst dich nicht schlecht . . . Könntest du mir irgendein einfaches kleines Dings spielen . . . nur für mich allein . . . was du willst, Hauptsache, daß es etwas ausdrückt. Verstehst du, was ich sagen will?›

Und Leprat hatte ein Nocturno von Fauré gespielt. Der Lärm der Unterhaltungen war allmählich leiser geworden. Und zum Schluß blickten alle Gesichter zum Podium, und lauter Beifall — der erste ernstzunehmende Beifall — war durch den Saal gerauscht.

«Möchtest du für mich arbeiten?» hatte Faugères gefragt.

«Und dann hast du mich getroffen», sagte Eve.

«Ja. Dich in deiner Berühmtheit. Ich, dürftig und unbekannt. Ich war fast tot vor Schüchternheit, Angst und Bewunderung, als du mir die Hand reichtest. Und, siehst du, ich kann es ruhig sagen, in dem Augenblick habe ich angefangen, Faugères zu hassen. Ich beneidete ihn, weil er alles hatte. Ich hatte das Gefühl, daß er mir alles genommen hatte. Ich täuschte mich gar nicht so sehr. In einem gewissen Sinne hat er mir alles genommen.»

Eve fühlte, daß er sich von ihr entfernte, daß eine Tür, die einen Augenblick offen war, sich wieder schloß. Sie hielten eine Taxe an.

«Gare du Nord», befahl Leprat.

Sie hütete sich, ihn zu fragen. Nach und nach würde er sich schon aus eigenem Antrieb aussprechen. Die Männer sind nicht für die Einsamkeit geschaffen, das wußte sie aus Erfahrung. Leprat blieb längere Zeit im Auskunftsbüro und notierte sich Züge. Er dachte zweifellos noch an Flucht. Er kam zurück, mit einem gezwungenen Lächeln auf den Lippen und gab keine Erklärung ab.

«Wo willst du essen?» fragte er in einem barschen Ton.

«Wo du willst, Liebling.»

Von neuem lastete eine Gezwungenheit auf ihnen, die sehr schnell unerträglich werden würde. Er führte sie in ein Restaurant an der Place des Vosges, wo die diskrete Bedienung geflüsterte Unterhaltungen nicht störte. Trotz seiner Anstrengungen stahl sich das Schweigen zwischen ihre Pläne und unterstrich deren Nichtigkeit.

«Erinnerst du dich», sagte Eve, «noch an unsere ersten, gemeinsamen Ausgänge? Du sprachst ohne Unterlaß, und wenn wir uns trennten, wiederholtest du dauernd: ‹Ich bitte Sie, mein Geschwätz zu entschuldigen, aber ich habe Ihnen so viel zu sagen!›»

«Soll das ein Vorwurf sein?»

«Aber nein. Es ist nur eine Aufforderung.»

«Ich habe alles gesagt.»

Er begann wieder zu trinken, und dieses Mal nahm sie die Flasche nicht fort. Sie sah, wie die Trunkenheit ihm in die Augen stieg.

«Ich bin nicht schön», brummte er. «Man sieht mir wohl an, daß ich schuldig bin, was? Man muß es mir ansehen, weil ich es spüre.»

Er wischte sich die Finger an der Serviette ab.

«Ich klebe. Ich bin schmierig. Im Grunde hattest du recht. Man hätte in La Baule die Polizei benachrichtigen müssen. Bist du mir deswegen böse?»

«Du bist, wie du bist.»

«Auf jeden Fall geht das nur mich an.»

Er machte den Mund nicht mehr auf, winkte den Ober heran und zählte mürrisch die Scheine und die Geldstücke. Es war Nacht geworden. Auf der Straße zögerte Leprat. Sollte man ins Theater gehen? Noch einen Abend verlieren? Er griff nach Eves Arm, und sie verstand diesen stummen Appell.

«Gehen wir nach Hause», entschied sie.

Die Rückkehr war trübselig. Leprat ließ Eves Arm nicht mehr los. Er klammerte sich fest. Seine ganze Angst strömte durch die Finger. Im Fahrstuhl sah sie, daß er bleich und in Schweiß gebadet war. An der Wohnungsschwelle flüsterte er:

«Mach kein Licht.»

Er tastete sich zu Eves Zimmer durch und sank auf das Bett. Der Schmerz saß ihm im Magen und bohrte in seiner Brust. Er schluckte ohne Tränen und erstickte sein Stöhnen in den hohlen Händen. Eve entkleidete sich im Badezimmer. Er roch ihr Parfüm und fühlte, daß sie durch das Zimmer ging und neben ihm stehenblieb.

«Rühr mich nicht an», schrie er.

Das Bett knirschte leise. Sie setzte sich und wartete geduldig, bis er sich gefangen hatte. Er machte sich nichts mehr daraus, daß er sich so schwach, so leicht verwundbar gezeigt hatte, aber das Gefühl seiner Niederlage trieb ihm die Galle in den Mund.

«Eve?»

«Ja?»

«Sag mir noch einmal ihre Namen ... Da war sein Bruder, Gamard, Brunstein, Blèche, Méliot, wer noch?»

«Aber was willst du denn damit?»

«Wer noch?»

«Gurmières.»

«Ach ja! Gurmières.»

Mit leiser Stimme wiederholte er die Liste, einmal, zweimal ... und vergegenwärtigte sich von Fall zu Fall ihre Gesichter. Nein, Gurmières nicht! Gamard nicht! Brunstein nicht! Noch weniger Bléche! Und am wenigsten der Bruder, der nicht mal hergekommen war! Während Méliot ...

Er kroch zu Eve, wie ein verwundetes Tier zu seinem Lager, suchte mit der Stirn ihre warme Hüfte ... die nackte Haut; dann warf er sie mit einem Schwung nach hinten und drückte sie so stark, wie wenn er versuchen wolle, dieses niemals gestillte Begehren zu einem Ende zu führen. Er beschimpfte sie, stieß sie heftig mit dem Kinn, mit der Wange ... ihr Gesicht verschwand in der Nacht. Er schluckte Tränen und knirschte mit den Zähnen, Leib an Leib mit diesem stöhnenden Gegner, der gleich wieder aufmerksam und verschwiegen sein würde. Ja, ich bin, wie ich bin, dachte er in einem Taumel von Zorn und Verzweiflung. Wie ich bin ... Wie ich bin ... Er schrie, er fieberte, er war außer sich selbst. Ach! sterben ...

Er wälzte sich auf die Seite, aber er war nicht tot. Das war nicht so leicht. Ja, eine schändliche Freude erfüllte ihn sogar und strömte durch seine Glieder wie eine Welle süßer Genüsse. Es blieben noch sieben Tage! Sieben Tage der Umarmungen, des berauschenden Vergessens, des stolzen Überlebens und des Ekels. Mißmutig stand er auf und schloß sich auf der Toilette ein, um unbeobachtet in der Hausapotheke zu wühlen. Er schluckte zwei Veronaltabletten, in der Hoffnung, sofort einzuschlafen. Aber der Schlaf ließ noch lange auf sich warten. Eve lag schweigend neben ihm und bemühte sich, ihn nicht zu stören. Er dämmerte dann einige Stunden dahin, und als er die Augen wieder öffnete, war sie mütterlich besorgt über ihn gebeugt und streichelte seine Stirn.

«Wie spät ist es?»

«Zehn Uhr.»

Der Morgen war schon vorbei.

«Nichts bei der Post?»

«Nein. Nur Zeitungen.»

«Bringen sie etwas über ...?»

«Ja. Nach dem Ergebnis der Obduktion ist er an einer Herzlähmung gestorben. Er ist nicht durch Erwürgen, sondern durch die Aufregung getötet worden.»

«Das kommt auf das gleiche hinaus.»

«Vielleicht nicht. Dem Mörder kann nur zur Last gelegt werden, daß die Schläge und anderen Gewalttätigkeiten seinen Tod zur Folge gehabt haben. Wenigstens sehe ich die Sache so.»

«Für uns ändert das nichts», schloß Leprat.

«Willst du mir nicht guten Morgen sagen?» fragte Eve.

«Aber sicher. Guten Morgen.»

Sie nahmen das Frühstück in der Küche ein. Sie konnten sich nicht dazu aufraffen, Tassen und Gedeck in das Speisezimmer zu schaffen.

«Jetzt sind wir schon ein altes Ehepaar», sagte Eve. «Stell dir diese Szene jeden Morgen wiederholt vor, zwanzig oder dreißig Jahre lang. Könntest du das?»

«Warum nicht?»

«Nein, mein kleiner Jean. Zwinge dich nicht. Warum weichst du immer den Tatsachen aus. Mein Mann war wie du. Er begehrte jede Frau, die vorbeiging, und gleichzeitig warf er mir Untreue vor. An der Logik geht ihr nicht zugrunde.»

Zerstreut hörte Leprat zu und unterdrückte mühsam ein Gähnen. Eve war ihm an diesem Morgen fast fremd. Zum erstenmal dachte er an eine Möglichkeit der Verteidigung, die ihm größere Chancen geben würde. Auf eine Affekthandlung und ihre Folgen plädieren, darauf kam es an. Eine Affekthandlung ist ein Verhängnis, das von selbst zum Äußersten führt. Der Täter ist immer nur ein verirrter Unschuldiger.

«Eve», flüsterte er, «... ich möchte eine etwas heikle Frage an dich richten. Versprich mir, daß du ruhig antwortest ... Ohne zornig zu werden ... Gut! Erinnerst du dich noch an diesen Satz auf der letzten Platte: ‹Wenn Sie sie vernehmen, wird sie Ihnen alles erklären›?»

«Ja und?»

«Ist das wahr? Würdest du wirklich alles erklären?»

Eve setzte ihre Tasse nieder.

«Natürlich», sagte sie. «Alles. Warum? Erschreckt dich das?»

«Man wird uns getrennt vernehmen. Wenn unsere Erklärungen nicht übereinstimmen ...»

«Warum sollten sie nicht übereinstimmen? Hast du die Absicht zu lügen?»

Er wich ihrem Blick aus und senkte die Augen.

«Nein, gewiß nicht.»

«Übrigens wird man uns einander gegenüberstellen, da brauchst du keine Angst zu haben», fügte Eve hinzu.

Leprat trank seinen Kaffee, den er zu zuckern vergessen hatte. Er wagte noch nicht, sich einzugestehen, daß er Faugères verstand, daß er fast einer Meinung mit ihm war.

«Wie kompliziert du bist», sagte Eve. «Wie schlecht kennen wir uns im Grunde! Ich dagegen bin sehr einfach.»

«Ich weiß», sagte Leprat ungeduldig. «Du hast alle Tugenden.»

Er erwartete einen Ausbruch. Sie sah ihn lange an. Lieber hätte er eine Ohrfeige bekommen.

«Wenn du leidest», sagte sie, «wer ist daran schuld? Gib mir eine Zigarette.»

Er warf das Paket auf den Tisch zwischen ihnen und ging in den Salon. Herausfordernd spielte er, vor dem Flügel stehend, mit den Fingerspitzen das Lied von Faugères. Dann verließ er das Zimmer, um sich zu rasieren. Trotz des brummenden Rasierapparates hörte er Eve hin- und hergehen. Sie summte aus alten Erfolgsliedern. Auch sie spielte ihre Rolle, aber mit viel mehr Selbstbeherrschung. Er kleidete sich sorgfältig an, kam zurück und setzte sich an den Flügel. Dort drüben würde man ihm kaum gestatten zu spielen ... dort drüben, das heißt im Gefängnis ... und er würde viel schwerer bestraft werden als sie. Sie konnte gut behaupten, daß sie teurer bezahlte als er. Das war falsch. Es war eine neue, hinterhältige Art, ihre Stellung zu stärken und ihn zu beherrschen. Die beiden lagen miteinander im Kriege, dachte er, und ich diente als Geisel, ich Trottel! Unversehens entstand unter seinen Fingern ein Motiv, und er hörte plötzlich auf zu spielen.

«Spiel weiter», sagte Eve hinter ihm. «Was ist das?»

«Das frage ich mich auch. Es ist ganz von selbst gekommen.»

Er versuchte, die Melodie wieder zu finden, aber jetzt floh sie ihn, brach ab, schmückte sich mit verwirrenden Reminiszenzen.

«Versuch es noch einmal!»

Er spielte einige Takte. Vergebliche Mühe. Das werdende Lied würde nicht mehr wiederkehren. Denn es war wirklich ein Lied. Beide hatten es im gleichen Augenblick gefühlt. Ein neues, anmutiges Lied, in dem Leprat sich noch nicht erkannte. Aber eine freudige Bewegung trieb ihn zu Eve.

«Ich bitte dich um Verzeihung, meine kleine Eve», sagte er. «Es ist wahr! Ich bin unmöglich. Ich möchte so sein wie du, unmittelbar ... spontan ...»

Er klopfte mit kleinen Schlägen an seine Brust.

«Da ist es, eingeschlossen ... es kann nicht heraus ... alles, was ich dir sagen möchte ... alles, was ich dir sagen müßte ...»

Er schloß sie in die Arme und drückte sie herzhaft und warm an sich.

«Ich will dich nicht verlieren», flüsterte er. «Ich fühle mich wohl mit dir!»

Er ließ sie aber doch los und beugte sich wieder über den Flügel. Er berührte auf gut Glück eine Taste, wie Faugères es tat, und horchte auf den langsam abklingenden Ton. Eve kam zu ihm und lehnte sich an seine Schulter, aber er wäre lieber allein gewesen. Nein, er war nicht einfach!

«Was machen wir?» sagte sie.

Offensichtlich mußte man etwas tun, um zu fühlen, daß man lebte. Man mußte durchhalten, man durfte das Gesicht nicht verlieren, man mußte das gräßliche Spiel bis zu der Sekunde spielen, in der Borel auf die Klingel drückte. Was kann man machen, wenn sich am Ende der Woche, wie am Ende einer dunklen Straße, eine Mauer, eine hohe Mauer erhebt? Leprat war nicht reich, aber er würde gern noch die paar tausend Franc ausgeben, die er besaß. In dieser Geste läge wenigstens noch Haltung!

«Ich werde einen Wagen mieten», schlug er vor.

Eine Stunde später brachte der Garagenwärter ihnen einen Aston-Martin, einen kleinen roten Sportwagen, der beim leisesten Druck auf das Gaspedal vorwärtsschoß. Ohne viel zu überlegen, wählte Leprat die Strecke zum Meer. Es tat gut, sich in das Getümmel wechselnder Bilder zu stürzen, zu fahren, ohne sich vorzusehen, zwei Leben aufs Spiel zu setzen, die bereits dem Unheil preisgegeben waren. Eve nahm dieses neue Spiel mit einer bitteren Fröhlichkeit an. Vielleicht wünschte sie sich sogar eine Ungeschicklichkeit, ein Versehen, einen unglücklichen Druck auf die Bremse . . . Erst in Le Havre hielten sie an. Sie taumelten beide beim Aussteigen. Eve hängte sich an Leprats Arm.

«Das ist beinah besser, als die Liebe», sagte sie.

Und wieder hatten sie kein Ziel. Sie wanderten im Hafen, an abfahrbereiten Schiffen vorbei.

«Gib zu, daß du ohne mich an Bord gehen würdest», sagte Eve. «Sei wenigstens einmal offen!»

«Es gibt Augenblicke, da möchte ich es.»

«Dann möchte ich, daß du fährst. Man soll das tun, wozu man Lust hat.»

Er zog es vor, nicht zu diskutieren. Wußte er denn, was er wünschte? Leben! Leben! Ein Ende machen mit dieser verzweifelten Quälerei. Ja, das war es, was er mit aller Kraft wünschte. Und dann die vergessene Melodie wiederfinden. Und allein sein. Und auf den Rest pfeifen wie Faugères.

«Ich spreche mit dir», sagte Eve.

Leprat betrachtete ein Frachtschiff, das Autos verlud, und er beneidete den Mann, der den Kran bediente und die schweren Lasten nach Gutdünken durch den Raum schweben ließ.

«Wollen wir nicht ein wenig schweigen?» schlug er vor. «Ich liebe dich sehr, meine kleine Eve, aber du ermüdest mich.»

Das Wort kam so unerwartet, der Ton war so neu, daß er ihre aufsteigende Erregung spürte und sich auf eine scharfe Erwiderung vorbereitete. Aber Eve begnügte sich damit, seinen Arm loszulassen, und sie gingen nebeneinander weiter. Dann überholte sie ihn, der langsam dahinschlenderte und ging ein, zwei Meter vor Leprat, so daß sie hintereinander marschierten. Es sah aus, als ob sie sich nicht mehr kannten. Sie ging zum Wagen zurück, ohne sich umzudrehen. Er bummelte noch eine Weile umher und kaufte sich eine Zeitung und ein paar Zigarren. Er überließ sich überraschenden Einfällen, die ihm ein bitteres Vergnügen bereiteten.

«Fahren wir nach Hause?» fragte Eve, als er sie wieder einholte.

«Nein. Hier gefällt es mir.»

«Dann bringe mich zum Bahnhof.»

«Wie du willst.»

Er fuhr behutsam und suchte in langsamer Fahrt den Bahnhof. Eve hatte sich so dicht an die Tür gesetzt, daß zwischen ihnen noch ein dritter Fahrgast Platz gefunden hätte. Leprat fuhr auf den Parkplatz und ging um den Wagen herum, um Eve beim Aussteigen behilflich zu sein. Aber sie war schon ausgestiegen und suchte nervös Handschuhe und Tasche zusammen. Leprat lief zum Fahrkartenschalter.

«Der Zug fährt in einer Stunde», sagte er und gab ihr die Fahrkarte.

Sie nahm sie entgegen, ohne zu antworten und ging in den Wartesaal. Leprat folgte ihr und setzte sich neben sie. Jeder spürte, wie der andere neben ihm lebte. Sie errieten ihre Gedanken, und Leprat hatte noch nie ein so erregendes Gefühl empfunden. Er stand bald auf, um sich eine Zigarre anzustecken und schlug die Zeitung auf. Der Fall Méliot stand noch immer im Vordergrund. Man teilte mit, daß Kommissar Borel eine interessante Spur verfolge, aber die Nachricht erschütterte Leprat nicht. In ihm spielten sich ernstere Dinge ab! Er bemerkte Eve, die gerade versuchte, sich auf den Bahnsteig durchzuschlängeln. Er folgte ihr bis in den Zug und suchte eine freie Ecke in einem Abteil.

«Hier», sagte er.

Sie ging weiter und suchte sich selbst einen Platz.

«Also dann, gute Heimfahrt», sagte Leprat.

Sie übersah seine Hand.

«Du machst Fortschritte», flüsterte sie mit einer Stimme, die er noch nie gehört hatte.

Er sprang auf den Bahnsteig und wartete bis zur Abfahrt. Als der Zug sich in Bewegung setzte, öffnete Eve ihre Tasche und puderte sich. Leprat ging anstandshalber winkend neben dem Waggon her. Dann steckte er die Hände in die Taschen und begab sich zu seinem Wagen zurück. Und nun? Der Abend war frei. Er konnte fahren oder im Hafen umherirren oder ins Kino gehen ... Er brauchte niemandem Rechenschaft abzulegen. Seine Angst gehörte ihm allein. Er suchte sich ein Hotel und schrieb einen erdachten Namen auf den Meldezettel. Er war nicht mehr Leprat. In einer Bar trank er einen Whisky, einen zweiten ... und plötzlich fiel ihm der letzte Abend mit Faugères ein. Der Alkohol heizte die Erinnerungen an und verlieh ihnen ein trügerisches Leben. Nein, Faugères war ihm niemals böse gewesen. Er war im Gegenteil immer nachsichtig, zum Schluß sicher eifersüchtig gewesen, aber ohne wirkliche Bosheit. Armer, alter Faugères! Dieser Erinnerung mußte er den Abend widmen. Er mußte an Faugères denken. Was hätte er, Faugères, gemacht, wenn ...? Leprat steckte eine zweite Zigarre an. Auch der Zigarrenduft begünstigte die Beschwörung der Vergangenheit. Sonderbar, daß Faugères einen so gewaltigen Raum in seinem Leben einnahm! Vergessene Worte tauchten wieder auf, Ratschläge ... ‹Du siehst zu viel in den Spiegel›, hatte Faugères gesagt oder auch: ‹Je mehr du die anderen anstänkerst, um so mehr fressen sie dir aus der Hand.› Und Fetzen der Melodie, die er für einen Augenblick eingefangen hatte, vermengten sich mit den Bildern. Quer auf seinem Barschemel hockend, das Kinn zwischen den Fäusten, betrachtete Leprat sein Glas. ‹Wir andern›, hatte Faugères gesagt, ‹wir stehen abseits, verstehst du, Kleiner! Wenn du willst, daß die Musik zu dir kommt, muß sie zuerst dich in ihrer Macht spüren!› Die Bar hatte sich allmählich geleert. Der Barmixer ging dauernd mit einem Lappen um Leprats Glas herum. Leprat sah nach der Uhr. Schon so spät! Er zahlte, ging hinaus und war glücklich, daß ihn die Nacht umgab. Der Traum setzte sich fort. Faugères ging neben ihm. Leprat kam wieder zum Hafen. Ein großer Frachter, der von Schleppern gezogen wurde, machte ein Ausweichmanöver, und das Brüllen einer Sirene wurde durch scharf dröhnende Echos verlängert. Schüchtern begann die Melodie zu leben. Leprat ließ sie in Ruhe und kümmerte sich um andere Dinge. Er betrachtete die hohen Kandelaber, die als Lichterkette über dem Wasser der Hafenbecken schwebten. Güterwaggons rollten durch die Dunkelheit. Kräne rasselten und ließen fremdartige Kollis, die im Scheinwerferlicht hin und her schwangen, senkrecht in gähnende Laderäume gleiten. Etwas befreite sich leise singend in ihm, und er war weiter nichts mehr als ein begeisterter Zuschauer, der nicht zählte. ‹Leprat zählt nicht!› Das war noch so ein Wort von Faugères, das plötzlich seinen wahren Sinn bekam. Ein kurzer Regenguß netzte das Pflaster und die Schienen. Leprat fröstelte. Er merkte, daß er fieberte, aber das alles war ihm gleichgültig! In einer kleinen Gasse kreuzte er ein Mädchen. Sie blieb stehen, lächelte ihm zu und ließ dabei eine Tasche an einem langen Riemen pendeln. Leprat hielt auch an. Sie griff nach seinem Handgelenk, und er ließ sich von ihr durch einen dunklen Hausflur und eine Treppe hinaufziehen. Faugères hätte es gebilligt. Das Mädchen trat in ein Zimmer und machte Licht.

«Du bist nicht von hier», sagte sie. «Das merkt man.»

«Hör zu», sagte Leprat.

Er pfiff die Melodie, die er gerade erfunden hatte. Sie sah ihm verdutzt zu und vergaß sich auszuziehen.

«Mensch», sagte sie, «ich hab' schon komische Leute gesehen, aber solche wie dich noch nicht oft!»

X

«Ah! Da bist du ja!» sagte Eve.

«Ja, da bin ich. Ich bitte um Entschuldigung», sagte Leprat.

«Du hast deine Unabhängigkeitskrise durchgemacht. Und du kommst, um mich wieder einzufangen. Du bildest dir wohl ein, daß . . .»

«O, ich bitte dich!» unterbrach er sie.

Er ging an ihr vorbei, setzte sich an den Flügel und spielte das Lied, lässig und wie zu seinem eigenen Vergnügen, ohne überflüssiges Beiwerk und phantasievolle Ausschmückung. Seine Augen waren auf Faugères Porträt gerichtet.

«Was hältst du davon?» fragte er, ohne sich umzudrehen. «Für einen Versuch finde ich es nicht übel. Nur der Refrain macht mir noch zu schaffen.»

Er suchte einen Augenblick, probierte mehrere Motive und wählte das, was sich am leichtesten summen ließ. Dann spielte er das Ganze, Strophe und Refrain, in einem Zuge.

«Das ist es», sagte er. «Ich schenke es dir.»

Er lachte und war glücklich.

«Du bist nicht bei Bewußtsein», flüsterte Eve. «Du bist verrückt.»

«Was? Ist es nicht schön?»

«Im Gegenteil. Es ist . . . Ich möchte dich nicht kränken, aber ich habe nicht geglaubt, daß du dazu fähig wärest.»

«Na?»

«Da ist noch das übrige.»

Leprat zog die Augenbrauen zusammen.

«Ach! Das übrige . . . Die Untersuchung! Der Brief!»

Er faßte Eve an den Schultern und schüttelte sie sanft.

«Ich glaube nicht daran, stell dir vor. Ich glaube nicht mehr daran. Das sieht deinem Mann nicht ähnlich, dieser Brief. Weißt du, ich habe in der letzten Nacht lange an ihn gedacht. Ich fange an, ihn zu verstehen, ich meine, Faugères zu verstehen.»

Eve setzte sich. Sie war sehr blaß geworden. Ihre Augen wurden grau, starr und unnatürlich groß.

«Du machtst mir Angst», sagte sie.

«Angst? Weil ich Faugères verstehe? Das ist zum Lachen. Nein, er hat nie die Absicht gehabt, diesen Brief abzuschicken. Ich wiederhole dir: das sieht ihm nicht ähnlich. Er hat dich nur auf die Probe stellen wollen. Wenn du dich anzeigst, gibst du ihm recht. Und wenn du dich nicht anzeigst, gibst du ihm auch recht. Sehr stark, dieser Faugères. Ich bewundere ihn, den Guten!»

«Und du hast nicht daran gedacht, daß Méliots Tod alles kompliziert.»

«Ich spreche nicht von Méliot», beharrte Leprat. «Ich sage, daß Faugères nicht der Mann war, einen solchen Brief abzuschicken. Er hat ihn vielleicht geschrieben, das will ich nicht bestreiten. Aber ich möchte wetten, daß Méliot ihn vernichten oder sich wenigstens seiner nicht bedienen sollte.»

«Und du glaubst, daß der Mörder von Méliot dieselben Bedenken haben wird?»

«Aber da doch . . .»

Mit einer plötzlichen Bewegung wandte sich Leprat zum Fenster und trommelte ungeduldig an die Scheibe.

«Der Mörder hat vielleicht den Brief nicht gefunden.»

«Auf alle Fälle hat er die Platte gefunden. Und er hätte sich von der Platte nicht getrennt, wenn er den Brief nicht in der Hand gehabt hätte. Das ist offenkundig . . . Du bist wie mein Mann, die Dinge, die ihn störten, leugnete er lieber. Das ist bequemer.»

Das Telephon läutete, und Leprat wandte sich lebhaft um.

«Ich bin nicht da», sagte Eve.

Aber derselbe Gedanke durchfuhr sie beide. Vielleicht war es . . .

«Antworte du», flüsterte sie.

Leprat ging auf Zehenspitzen durch den Salon. Er nahm den Hörer ab. Eve hatte den zweiten Hörer ergriffen.

«Bleiben Sie am Apparat», sagte eine weibliche Stimme. Fast im gleichen Augenblick erklang eine Männerstimme.

«Hallo . . . Hallo? Frau Faugères?»

Eve beugte sich vor und flüsterte:

«Es ist Borel.»

«Hallo», sagte Leprat. «Frau Faugères ist nicht da.»
«Wer ist am Apparat?»
«Jean Leprat.»
«Ah! Das freut mich sehr, Herr Leprat ... Hier Kommissar Borel ... Ich hatte oft das Vergnügen, Sie zu hören ... Ich bin überzeugt, daß Frau Faugères Ihnen viel verdankt ... Ist sie für längere Zeit abwesend?»
«Ich weiß es nicht.»
«Das ist ärgerlich. Werden Sie sie heute noch sehen?»
«Ich denke, ja.»
«Wollen Sie ihr sagen, daß ich sie in meinem Büro erwarte ... Eine kleine Formalität, nichts von Bedeutung. Ich wollte ihr nicht einmal eine Vorladung schicken ... Wenn Sie mitkämen, würde ich mich freuen, Ihnen die Hand zu drücken.»
«Einverstanden.»
«Auf Wiedersehen, Herr Leprat. Auf sehr bald.»
Leprat legte behutsam den Hörer auf.
«Dieser falsche Fuffziger», sagte Eve.
«Er kann dich doch noch nicht mit dem Chauffeur konfrontieren», bemerkte Leprat. «Das käme darauf hinaus, dich zu beschuldigen, und ich habe den Eindruck, daß er sich das zweimal überlegen würde.»
«Er will dich auch sehen», sagte Eve.
«Ja, aber ich bin nicht verpflichtet ...»
«Ist es dir lieber, wenn ich allein gehe?»
«Gut. Gehen wir!» seufzte Leprat. «Wenn er einen Schuldigen braucht, werde ich gestehen. Das ist es doch, was du willst?»
«Was willst du gestehen?»
«Ich werde gestehen ... das mit Faugères.»
«Und du wirst es hinnehmen, daß man dich des Todes von Méliot beschuldigt?»
«Nein.»
«Oder daß man mich beschuldigt?»
«Das ist teuflisch», brummte Leprat. «Heute morgen hatte ich das alles fast vergessen und jetzt ...»
Eve zog sich im Schlafzimmer um. Leprat wälzte zum tausendsten Male das Problem. Borel hatte sich sicher gesagt: Und wenn Faugères ermordet worden wäre wie Méliot ... Von da an mußte Borel ganz nahe an der Wahrheit sein. Unter diesen Umständen zur Polizei zu gehen, das hieße, sich dem Wolf in den Rachen werfen. Leprat tastete durch den Rock nach seiner Brieftasche. Die Abfahrtzeiten der Züge nach Belgien waren da über-

sichtlich notiert. Vielleicht war noch Zeit. Dort drüben würde er seine Musik unter irgendeinem Namen schreiben ... Zu Beginn würde er es schwer haben, sich durchzusetzen, wie Faugères. Aber er würde sich durchsetzen, früher oder später, wie Faugères. Eve war sein totes Gewicht. Ihm dürfte an ihrem Urteil nichts liegen. Hier war seine wirkliche Schwäche, seine wirkliche Feigheit. Er, Faugères, hätte nicht gezögert.

Leprat ging bis zur Tür. Er drückte auf den Griff. Jetzt in den Fahrstuhl springen, schnell nach Hause fahren, einen Koffer packen ... zur Bahn ... über die Grenze ... Die Verlockung war so lebendig, daß er sich atemlos an die Wand lehnen mußte. Los! Noch eine Anstrengung ... Nur diese Tür öffnen und sie dann hinter der Vergangenheit wieder schließen!

«Ich bin fertig», rief Eve.

Leprat wartete. Er hätte zwanzigmal die Zeit gehabt zu fliehen. Als Eve erschien, warf er ihr einen kurzen, gekränkten Blick zu. Ja, sie war wie immer elegant, selbstsicher und unangreifbar. Wenn sie bereit wäre, Borel nicht gleich die Wahrheit an den Kopf zu werfen, hätten sie wohl noch eine Frist.

«Mir fällt ein», sagte er, «daß Borel vielleicht einen neuen anonymen Brief erhalten hat.»

«Er hat von einer Formalität gesprochen», wandte Eve ein.

«In jedem Fall lassen wir ihn auf uns zukommen.»

Er öffnete den Fahrstuhl. Eve lächelte, als sie an ihm vorbeiging.

«Mein armer Jean», sagte sie. «Manchmal machst du mir Sorgen. Wie kannst du dich so anklammern!»

Auf der Straße war keine verdächtige Erscheinung. Leprat hatte fast erwartet, einen Kriminalbeamten zu sehen, der die Schaufenster betrachtete oder so tat, als lese er eine Zeitung. Er hatte den kleinen, roten Wagen vor dem Hause geparkt, aber Eve wollte lieber eine Taxe nehmen. Sie zog die Trennungsscheibe zum Chauffeur zu.

«Sei beruhigt», sagte sie. «Ich habe keine Lust mehr zu sprechen. Wenn die Sache mit Méliot nicht passiert wäre, ja, dann wäre es die beste Lösung. Ich hätte Borel die Schallplatte gegeben. Auch er wäre bald darauf gekommen, daß mein Mann verrückt war.»

«Faugères verrückt?»

«Gewiß. Er wußte selbst genau, daß er trank und daß er zu schnell fuhr. Er wußte, daß er sich auf jeder Reise das Genick brechen konnte. Der Gedanke, mich zu beschuldigen, war also die Wahnvorstellung eines Alkoholikers, oder nicht? Ich hätte mich schon zu verteidigen gewußt. Aber jetzt ...»

«Er ist nie verrückt gewesen», protestierte Leprat.

«Ja, ergreife nur seine Partei», sagte Eve heftig. «Das steht dir gut! Die Liebe! Der beste Vorwand! Ich liebe dich, und ich lege die Hand auf dich, und ich lasse dich nicht mehr los. So dachte er, und so denkt ihr alle, du an erster Stelle.»

«Ich?»

«Ja, du! Sorgst du dich denn um mich, jetzt, in diesem Augenblick?»

«Man müßte logisch denken. Du ...»

«Hör auf, du machst mich krank!»

Sie drückte sich in die Ecke und zog eine Schulter hoch, um anzudeuten, daß sie allein sein wollte. Der Wagen glitt in schneller Fahrt an der Seine entlang ... Borel war vielleicht schon dabei, die Haftbefehle auszufüllen.

Und trotzdem glaube ich nicht daran, dachte Leprat. Ich kann es mir nicht vorstellen! Die Taxe hielt vor dem Torbogen, den Leprat schon so gut kannte. Wie hatte er um Eve gezittert, als sie zum erstenmal zu Borel gegangen war. Wie liebte er sie damals! Und jetzt betrachtete er sie, wie sie vor ihm die Treppe hinaufging, und fragte sich, was er hier sollte. Der Fall Faugères-Méliot? Eine alte Geschichte, die zwischen der Witwe und dem Polizisten zu regeln war. Er hatte nichts mehr damit zu tun!

Borel empfing sie mit übertriebener Herzlichkeit. Er bedauerte unendlich, sie gestört zu haben. Im Grunde war es gar nicht dringlich. Er hatte sie nur aus übertriebener Gewissenhaftigkeit hergebeten, um nichts dem Zufall zu überlassen ... Er saß hinter seinem Schreibtisch und betrachtete sie abwechselnd, indem er sich die Hände rieb, wie jemand, dem es kalt ist. Seine Manschettenknöpfe blitzten. Er trug eine teure Krawatte. Er hatte das Auftreten eines Mannes, der gewohnt ist, Erfolg zu haben, und der sich im voraus entschuldigt, daß er der Stärkere ist.

«Der Tod von Herrn Méliot macht uns viele Scherereien», begann er. «Sie können sich das vorstellen! Sie wissen natürlich nichts, was uns weiterhelfen könnte?»

«Nichts», sagte Eve.

«Haben Sie schon daran gedacht, daß eine Beziehung zwischen diesem Tod und dem Ihres Mannes bestehen könnte?»

Eve mimte Überraschung mit Interesse gemischt.

«Besteht denn wirklich», fragte sie, «ein Zusammenhang zwischen ...»

«Das ist völlig ungewiß», verbesserte Borel. «Es ist, wenn Sie wollen, eine Arbeitshypothese. In unserem Beruf sind wir gewohnt, alle Möglichkeiten zu untersuchen, auch die unwahrscheinlichsten.»

Das Telephon summte leise. Er nahm den Hörer, und sein Gesichtsausdruck veränderte sich in einer Sekunde.

«Ich bin besetzt», sagte er abweisend.

Dann nahm er wieder seine lässige, liebenswürdige, ein wenig herablassende Pose an.

«Da ist eine Einzelheit», sagte er, «die zu denken gibt ... Das ist diese Frauenstimme ... Haben Sie die Zeitungen gelesen? Sind Sie im Bilde?»

«Ja», sagte Leprat.

«Nun», fuhr Borel fort, indem er wie ein Komplice mit den Augen zwinkerte, «habe ich immer noch diesen anonymen Brief, der von einer Frau geschrieben wurde ... Sehen Sie die Verbindung?»

«Nicht recht», sagte Eve.

Borel lächelte wie ein Lehrer, der weiß, daß er etwas zuviel verlangt.

«Einerseits, Madame, besitzen wir einen Brief, der Sie kompromittieren soll, andrerseits hat eine geheimnisvolle Frau wahrscheinlich Méliot einige Minuten vor seinem Tode besucht. Sollte das nicht die gleiche Frau sein? Verstehen Sie den Gedankengang?»

Ein Ausdruck plötzlicher Heiterkeit überzog Eves Gesicht.

«Ich verstehe», sagte sie.

«Sobald es mir gelungen ist, die Schrift dieses Briefes zu identifizieren, habe ich wahrscheinlich das Spiel gewonnen», stellte Borel fest. «Bis dahin ...»

Er stand auf, ging zu einem niedrigen Tisch und wies auf ein Aufnahmegerät.

«Ich muß Sie um Ihre Unterstützung bitten, Madame. Ich verbringe meine Zeit damit, tiefe Stimmen aufzunehmen, Stimmen, ‹wie die gewisser Rundfunk-Sängerinnen›, um mit unserem Chauffeur zu sprechen ... An sich ist das nicht unangenehm, das Unglück ist nur, daß sie sich alle ähnlich sind.»

Er ließ den Apparat laufen.

«17 b, Rue Cambon ... Ja, da ist es, danke ... 17 b, Rue Cambon ... Was bin ich Ihnen schuldig? ... 17 b, Rue Cambon ... Halten Sie ein Stück weiter ...»

Die Stimmen folgten aufeinander; es war, wie ein ungereimter, verwirrender Satz. Borel sah Eve an. War er außerordentlich intelligent oder außerordentlich dumm? Er lächelte immer noch, die Hand auf dem Schaltknopf.

«17 b, Rue Cambon ... Bitte machen Sie das Fenster zu ... 17 B, Rue Cambon ...»

Er hielt den Apparat an.

«Eigentlich», fuhr er fort, «hätte ich alle herbestellen müssen, die eine tiefe Stimme haben und im Rundfunk singen, um sie mit dem Chauffeur zu konfrontieren ... Das war natürlich unmöglich ... Aus vielen Gründen ... Einige haben Gönner ... sehr hochgestellte Gönner ... Eine solche Konfrontation hätte sicher Stoff für einen Skandal geliefert ... Nein ... Es war besser, es so zu machen ...»

Er drückte auf die Taste.

«17 b, Rue Cambon ... Ich habe es eilig ... 17 b, Rue Cambon ...»

Der Apparat schaltete sich aus, und Borel stöhnte.

«Jede», erklärte er weiter, «hat die Adresse von Georges Méliot angegeben und einige Worte hinzugefügt ... ganz gleich, was ... So haben wir jede Indignation ausgeschaltet ... Aber das Experiment wird zu nichts führen. Wie soll sich der Chauffeur darin zurechtfinden!»

«Warum machen Sie es dann?» fragte Eve.

«Es gehört zum Handwerk, Madame.»

«Ich», sagte Eve, «soll also auch sprechen: 17 b, Rue Cambon.»

«Wenn ich Sie bitten darf.»

Leprat preßte die Hände auf die Sessellehne. Er beobachtete Borel mit Mißtrauen, aber der Kommissar war niemals liebenswürdiger gewesen.

«Etwas näher», empfahl er. «So ... Ich schalte das Band ein ... Sprechen Sie leise in das Mikrophon.»

«17 b, Rue Cambon», sagte Eve. «Fahren Sie schnell!»

«Das genügt», sagte Borel. «Ich danke Ihnen.»

Von neuem rieb er sich die Hände und genierte sich fast.

«Für mich», fügte er hinzu, «hat dieses Band den Wert einer Autogramm-Sammlung ... Es ist eine unschätzbare Erinnerung.»

«Wirklich?» fragte Eve. «Dann hätten Sie von allen verlangen müssen, daß sie singen ... Warum nicht?»

Sie sah Leprat an, lächelte etwas gezwungen und nahm das winzige Mikrophon wieder in die Hand.

«Da Ihnen das Freude macht», sagte sie zu Borel. Und sie sprach den Titel des Liedes:

«A cœur perdu.»

Die weißen Spulen drehten sich. Leprat richtete sich auf.

«Eve!»

Aber Eves Augen blitzten, und sie hielt schon das Mikrophon an den Mund. Mit halber Stimme sang sie die erste Strophe und sah Leprat dabei unverwandt an. An ihn richtete sie sich. An ihn und an Florence, die sie mit ihrem Talent erdrückte. Florence war hinweggefegt. Die Herausforderung gab den Worten von Faugères einen besonderen Akzent, eine unerträgliche Traurigkeit. Dieses Abschiedslied, das er für Eve erdacht hatte, wurde jetzt, in diesem Polizeibüro, Eves Abschiedsgruß an Leprat. Allmählich belebte ein dumpfer Schmerz Eves Gesicht; ihre Stimme fand Modulationen, die aus dem Blut, aus dem Leib kamen; es war eine zerrissene, verstörte und triumphierende Stimme. Durch ihn hindurch, dachte Leprat, durch mich hindurch, immer liebt sie nur sich selbst! Sie summte den Refrain, ohne die Worte auszusprechen, wie eine wiegende Amme mit geschlossenem Mund. Das Lied schien von weither zu kommen und alle Abschiede und Trennungen in einem zu vollziehen. Borel wiegte den Kopf im Takt.

«Genug!» schrie Leprat.

Eve schwieg, alle drei waren erschüttert.

«Der Herr Kommissar verlangt nicht so viel», fuhr Leprat fort und bemühte sich, ungezwungen zu erscheinen.

«Irrtum, mein Herr», sagte Borel. «Ich hätte gern das ganze Lied gehört. Sie sind wunderbar, Madame. Was für eine Erinnerung! Ich weiß nicht, wie ich Ihnen danken soll.»

«Das ist nichts Besonderes», meinte Eve. «Kann ich mich jetzt zurückziehen?»

Ein begeisterter, ergriffener, überströmend herzlicher Borel geleitete sie bis an die Treppe.

«Wenn ich etwas Neues erfahre, können Sie mit mir rechnen, Madame. Sie wissen, daß ich Ihnen ganz verbunden bin.»

Leprat nahm Eves Arm. Sie gingen die Treppe hinab.

«In fünf Tagen wird er den Brief erhalten», sagte Eve.

«Sei still», sagte Leprat.

Er drehte sich um, aber Borel war verschwunden. Als sie auf der Straße waren, fuhr Leprat fort:

«Du bist verrückt. Vollkommen verrückt!»

«Oh», sagte sie. «In unserer Lage!»

«Verzeihung. Aber ich habe die Absicht zu leben.»

Eve blieb stehen.

«Geh», sagte sie. «Fahr fort ... Es scheint, daß du mir unsere Lage zum Vorwurf machst. Aber ich halte dich nicht. Du bist frei.»

Er wollte protestieren. Sie schnitt ihm das Wort ab.

«Hör zu, mein kleiner Jean, wir wollen einmal die Dinge beim Namen nennen.»

«Nicht hier.»

«Warum nicht?»

Er zog es vor, sich auf die Brüstung zu stützen, als wenn er mit Eve ein lebhaftes und herzliches Gespräch führe.

«Das geht nicht mehr mit uns», fuhr Eve fort. «Seit dem Tode von Méliot ...»

Er wollte sie unterbrechen.

«Laß mich ausreden!» sprach sie weiter. «Es geht nicht mehr. Seitdem du dich in Gefahr fühlst, denkst du nur noch daran, dich herauszufädeln. Ich bin vielleicht hart, aber das ist die Wahrheit. Vorher, ja, da hast du mich wohl geliebt. Es schmeichelte dir. Aber jetzt kompromittiere ich dich. Ich werde gefährlich ... Ich bin ansteckend.»

«Eve!»

«Und dann glaubst du, daß du mich entbehren kannst ... Weil du dieses kleine Lied ganz allein gefunden hast, und weil es dir gegen mich recht gibt. Das ist die große Sache! Du bist dabei, dir einzubilden, daß du meinen Mann ersetzen wirst. Ich wette, daß du dich schon für ihn hältst. Manchmal glaube ich ihn noch zu hören ... Es ist zu komisch! Ich, die ich dich gemacht habe!»

Sie schlug mit der Faust auf den rauhen Stein, auf dem der Schatten der Blätter spielte.

«Nicht er hat dich herausgezogen. Ich war es. Wer hat dir beigebracht, dich zu kleiden, zu leben und sogar zu lieben, ja ... Gut ... Geh! ... Ich werde schon allein fertig. Ich bin es gewohnt.»

Sehr gerade aufgerichtet blickte sie auf das Wasser, in dem sich die Stadt spiegelte. Sie bemühte sich, ihrer Bewegung Herr zu werden. Sie konnte kein einziges Wort mehr sagen. Und Leprat wußte nicht, welchen Trost er ihr bieten sollte. Er spürte, daß der geringste Satz einen falschen Ton geben würde, und er versteifte sich noch mehr. So warteten sie Seite an Seite. Endlich löste sich Eve fast widerwillig von der Brüstung. Auch Leprat setzte sich in Bewegung und ging neben ihr her.

«Eve», flüsterte er. «Eve ... Ich versichere dir, daß es ein Mißverständnis ist.»

Sie wandte nicht einmal den Kopf.

«Gut», sagte Leprat.

Sein Stolz gebot ihm, Eves Feindseligkeit zu übersehen. Er zwang sich sogar, freundlich zu plaudern wie früher. Aber er plauderte allein. Sie aßen in einem kleinen Restaurant hinter Notre-Dame. Leprat war seiner Bemühung überdrüssig geworden und schwieg nun auch. Da sie sich gegenüber saßen, mußten sie sich Mühe geben, nicht gleichzeitig den Kopf zu heben. Manchmal berührten sich ihre Hände, was ihnen einen Schlag gab, und nur der äußere Anstand veranlaßte sie, die Hände nicht allzu heftig zurückzuziehen.

«Einen Kaffee für Madame», bestellte Leprat.

«Danke, ich will keinen.»

Als Leprat die Rechnung beglich, benutzte sie den Augenblick und brach auf. Er mußte rennen, um sie wieder einzuholen.

«Das wird widerwärtig!» sagte er.

Sie antwortete nicht. Sie gingen am Kai entlang, ohne ein Wort zu wechseln. Eve war gleichgültig und schien sich am Anblick des Flusses zu freuen. Leprat war nur noch ein Schatten neben ihr. Sie überschritten die Place de la Concorde, den Rond-Point. Eve hielt vor einem Kino an, betrachtete zerstreut die Bilder und ging hinein. Leprat folgte ihr. Eve suchte sich einen Sessel zwischen zwei anderen Zuschauern. Er setzte sich zwei Reihen hinter ihr. Worauf wollte sie hinaus? War es eine Prüfung? Oder hatte sie sich plötzlich entschlossen, ihn aus ihrem Leben zu entfernen? Das alles war so dumm, daß man heulen könnte! Während dieser Zeit würde Borel seine Untersuchung geduldig fortsetzen. Sie wäre sehr zufrieden, wenn ich verschwände, dachte Leprat. Auf der Leinwand rollte eine zusammenhanglose Geschichte ab ... Der Mann ... die Frau ... Liebe ... Leid ... Leprat sah und hörte nicht mehr hin. Er überwachte Eve. Er hätte sie fast berühren können, wenn er den Arm ausstreckte. Und plötzlich trieb ein panischer Schreck ihm den Angstschweiß aus: vielleicht würde er sie nie mehr besitzen. Vielleicht war sie schon für immer verloren. Sie war noch da, ganz nah, mit dem Zauber ihres Profils, dem Grübchen in der Wange, auf dem ein wollüstiger Schatten lag ... Er betrachtete sie weniger mit den Augen als mit den Fingern. Mit halbgeschlossenen Augen streichelte er sie ... wie wenn sie ohne Bekleidung wäre, und eine namenlose Verzweiflung würgte ihm die Kehle. Er mußte sie sofort, auf der Stelle, wiedergewinnen; er mußte sich erniedrigen, sich anvertrauen, sich preisgeben, sich verlieren. Eve ... Ich liebe dich ... Ich brauche dich noch.

Er wartete auf sie in der Halle. Sie ging vorbei und wich mit einer Schulterbewegung der Hand aus, die er ihr entgegenstreckte.

«Frauenzimmer!» schimpfte Leprat.

Zitternd vor Wut nahm er seinen Platz, so natürlich wie möglich, zur Linken Eves wieder ein. Sie ging von Schaufenster zu Schaufenster, und ihre Ruhe steigerte Leprat in einen rasenden Zorn, den er nicht mehr beherrschen konnte ... Oh, wie er Faugères verstand! Denn sie hatte ihm sicher den Fußtritt gegeben. Oder sie hatte es wenigstens versucht ... Aber Faugères war von anderem Schlag ... Auf der Terrasse von Fouquets erhob sich ein Mann und begrüßte Eve.

«Sieh an, Patrick ... Wie ich mich freue!»

Der Mann verbeugte sich vor Leprat. Eve sagte, wie beiläufig:

«Jean Leprat ... mein Pianist.»

Dann fügte sie mit einem mondänen Lächeln hinzu:

«Warten Sie nicht auf mich, Jean ... Ich komme erst spät nach Hause.»

Und sie setzte sich neben diesen Patrick, der ganz bewegt und eifrig schien. Leprat hatte Lust, sich auf ihn zu stürzen. Er sah all diese Köpfe, all diese Gesichter, all diese erhobenen Augen. Er steckte sich eine Zigarette an. Wie viele hatte er schon so angesteckt, um seine Verlegenheit, seine Schüchternheit zu verbergen. Er ging allein weiter, suchte eine Bar auf, dann eine zweite. Die Nacht kam mit ihren kühnen Gedanken und ihren wilden Träumen. Leprat ging wieder bei Fouquets vorbei. Eve war nicht mehr da. Der andere hatte sie fortgeführt ... oder? Leprat rief ein Taxi, holte seinen Wagen ab und begann eine Rundfahrt durch Restaurants und Nachtlokale ... Es war selbstverständlich ein hoffnungsloses Unterfangen. Er konnte nicht einmal die Portiers fragen, ob Eve dort war. Er sah zu sehr nach einem gehörnten Ehemann aus. Der Ausdruck war unangenehm und erinnerte ihn an den letzten Abend mit dem betrunkenen, unglücklichen Faugères. O ja, mein armer Alter, wir stehen am selben Punkt. Nur ich, ich suche sie ... ich habe noch nicht verzichtet ... Sie hält mich nicht durch die Liebe. Sie hält mich durch die Geringschätzung ... Er sprach ganz allein am Steuer und fegte dabei mit einem Druck auf die Gashebel über die Kreuzungen ... Sollte ein Unfall der Posse ein Ende bereiten! ... Aus dem Halbdunkel der Straßen kam er in das grelle Licht der Festsäle. Trompetengeschmetter und Paukenschläge empfingen ihn. Mit heulendem Motor fuhr er weiter und fegte wie ein Wirbelwind die Avenuen entlang, die allmählich leerer wurden. Neuer Aufenthalt. Neuer Orkan des Vergnügens. Schwankend erreichte er wieder seinen Wagen. Und jetzt? Sollte er die Hotels absuchen? Er lachte höhnisch und betrachtete sich im Rückspiegel. Du siehst ja allerliebst aus! Du hast eine schöne Visage. Er zog das Taschentuch und wischte sein Gesicht ab, das fett vor Müdigkeit war. In der Tasche fühlte er den Wohnungsschlüssel. Ich werde sie also bei uns erwarten. Bei uns! Unbezahlbar!

In schnellem Tempo fuhr er zurück. Die Geschwindigkeit milderte ein wenig seinen Schmerz. Die Uhr am Armaturenbrett zeigte auf zwei. Sie war sicher zu Hause. Er trat stark auf die Bremsen, rutschte an die Kante des Bürgersteiges und sprang aus dem Wagen. Er jagte die Treppe hinauf, nahm vier Stufen auf einmal; so ging es schneller, als mit dem Fahrstuhl. Er schloß auf und öffnete die Tür. Nein. Sie war noch nicht zu Hause. Er schaltete das Licht an und ging langsam durch die einsame Wohnung. Ja und? Was erwartete er? War nicht auch sie frei? Aber, lieber Gott, ich habe es doch nicht geträumt, Eve. Du hast es mir doch gesagt, daß du meine Frau bist. Ich höre dich noch: ‹Ich bin deine Frau!› Er keuchte, von Verzweiflung geschüttelt weiter. Im Schlafzimmer schaltete er die Deckenbeleuchtung ein und betrachtete das ungemachte Bett. Eves Morgenrock lag auf einem Stuhl. Auf dem Bettvorleger sah er ihre Pantoffeln und starrte sie an, als wenn sie sich soeben bewegt hätten.

Der Fahrstuhl hielt mit einem weichen Geräusch. Leprat machte wie im Traum einen Schritt zum Vorraum. Und noch einen Schritt. Der Schlüssel suchte das Schloß. Die Tür öffnete sich und Eves Silhouette zeichnete sich ab.

«Eve ...»

Er sprach und ging wie ein Schlafwandler.

«Nun», sagte Eve, «was hast du?»

Sie hatte nicht die Zeit, den Arm zu heben. Er ohrfeigte sie mit voller Kraft, und sie verlor das Gleichgewicht und stieß gegen die Wand.

«Dieser Patrick! Wer ist das? ... He?»

Sie stieß ihn zurück, lief in ihr Zimmer und schlug die Tür zu. Leprat rüttelte an der Klinke, warf sich gegen die Tür.

«Mach auf! ... Mach auf! ...»

Mit einem Schlage verließen ihn die Kräfte. Er lehnte sein Gesicht gegen das Holz; seine Hände tasteten die Tür ab.

«Öffne», stöhnte er. «Ich bitte dich um Verzeihung, Eve ... Ich bin ein Vieh ... Es gibt Augenblicke, wo ich mich nicht mehr kenne ... Es war nicht recht von euch, von euch allen, mich zu provozieren ... Der kleine Leprat ... Er zählt für euch nicht ... Öffne ... Ich muß mit dir sprechen.»

Sie stand dahinter, dessen war er sicher, mit dem Ohr an der Tür. Sie hörte all seine Seufzer und flehentlichen Bitten.

«Ich wollte dich nicht schlagen, Eve ... Ich habe dich die ganze Nacht gesucht. Du mit diesem Mann, du kannst es nicht verstehen. Ich habe schließlich auch meinen Stolz ... Hörst du mich? ... Ich liebe dich, meine kleine Eve ... Ich habe mich schlecht benommen. Aber wir können noch einmal anfangen, alle beide.»

Er preßte sich an die Tür, glaubte eine Bewegung zu hören, drückte seinen Mund gegen das Holz, bis er den Lack auf den Lippen schmeckte.

«Eve ... Vergessen wir ... alles ... Betrachten wir es so, daß wir quitt sind ... Willst du? Es wird keinen Brief an die Polizei gegeben, du wirst sehen ... Laß mich machen.»

Er mußte sich beeilen, wenn er sie bis zum Schluß festhalten wollte. Mit Brust und Leib klebte er an diesen Brettern, die er nicht eindrücken konnte.

«Laß mich auf meine Art leben ... Ich verspreche dir, daß ich Erfolg haben werde ... Du wirst mir wieder helfen. Eve! Du wirst nicht aufhören, mich zu lieben, weil ... weil ...» Die Tränen stiegen ihm in die Augen.

«Ich bin nicht gemein, Eve. Ich bedauere ... alles ...»

Er sank auf die Knie, legte sich lang hin und sah Licht unter der Tür, aber keinen Schatten. Es war niemand da. Er blieb unbeweglich auf dem Fußboden liegen.

XI

Im Morgengrauen ging er wie ein Dieb fort. Er fuhr nach Hause und lief in seinem Zimmer auf und ab, bis die Müdigkeit ihn auf sein Bett warf. Aber er wollte nicht schlafen, bevor er eine Lösung gefunden hatte. Gab es eine Lösung? Faugères, der so stark war, hatte sie vergeblich gesucht. Er hatte sich nicht von Eve heilen können. Es war sie, die alles kompliziert machte. Mit ihrer Art, zu richten, zu entscheiden: das ist gut, das ist schlecht. Leprat stand auf, sah auf den Kalender. Donnerstag. Noch vier Tage, wenn man annahm, daß Eve recht hatte. Nun gut, wenn schon, sie würde sagen: «Jean ist ein armer Kerl!» Schließlich ist es besser, frei zu leben, selbst wenn man als armer Kerl gilt ... in den Augen von ... Armer Kerl, gut! Nicht ganz so armer Kerl übrigens ... Er spielte sein Lied noch einmal, um sich zu vergewissern. Es war vorzüglich, dieses Lied! Und er würde später noch andere Lieder machen. Leprat holte seinen Koffer aus der Rumpelkammer. Er war nicht stärker durch Güter belastet als ein Soldat. Der Koffer wäre schnell gepackt. Er hatte es plötzlich eilig, zum Schluß zu kommen, um nicht mehr zu denken, um der düsteren Zauberkraft des Zweifels zu entfliehen. Da noch, der Wecker, die Bürste ... Dann mußte er ein Wort an Blèche schreiben, um ihm mitzuteilen, daß er krank sei ... Er schrieb den Brief in einem Zuge und unterzeichnete ihn. Na also! Aus, das Konzert. Eine Seite abgeschlossen. Das ist es, der Bruch. So einfach wie zu niesen, um die Nase wieder frei zu bekommen. Ein letzter Blick ins Zimmer. Kein Bedauern? Nein, kein Bedauern.

Leprat ergriff seinen Koffer und stieg die Treppe hinab. Er benutzte den kleinen Wagen für seine letzte Fahrt. Schade! Auf der Bank hob er sein Konto ab, faltete die Banknoten zusammen. Er würde mit einer so bescheidenen Summe nicht sehr weit kommen, aber er war an Schwierigkeiten gegen Monatsende gewöhnt. Und jetzt zur Bahn! Der Zug nach Brüssel fuhr in fünfundvierzig Minuten. Er parkte den Wagen und teilte der Garage telephonisch mit, daß er auf dem Hof der Gare du Nord abgeholt werden könne. Er hätte dann fast Eves Nummer angerufen, aber er fühlte, daß er verloren war, wenn er anfing, mit ihr zu diskutieren. Er zog es vor, ihr einen Blumenstrauß zu schicken und wählte einen bescheidenen. Es war überflüssig, den Augenblick dieser Abreise besonders hervorzuheben. Blieb die letzte Handlung: Er löste eine Fahrkarte und hatte das Gefühl, dadurch ein Mann wie die anderen geworden zu sein. Er sah die Sonne, er sah die Reisenden. Das Fluidum der Abfahrt erfüllte ihn ... er zitterte heimlich, vom Kopf bis zu den Füßen. Für Eve war in ihm kein Platz mehr. Die Liebe begann, sich von ihm zu lösen wie eine Krankheit, die sich erschöpft hat. Es war ein so neuer, so ungewöhnlicher Eindruck, daß er mitten in der Bahnhofshalle stehenblieb und den Koffer absetzte. Wenn er nicht in der Öffentlichkeit gewesen wäre, hätte er sich abgetastet wie ein Mann, der sich nach einem Sturz erhebt und erstaunt feststellt, daß ihm nichts fehlt ... Eve ... Er flüsterte noch einmal: Eve ... Der Name erweckte kein Echo mehr, Eve ... Er hätte ebensogut Jeanne oder Fernande sagen können ... Die Leute sahen ihn an, weil er die Lippen bewegte, und er lachte vor sich hin; dann folgte er dem Menschenstrom zur Sperre.

Welche Freude, am Zug entlangzugehen, sich eine Ecke auszusuchen, die Mitreisenden zu beobachten! Welche Freude, die Scheibe herunterzulassen, den Geruch von Metall, Dampf und Rauch zu riechen! Der Zeiger da drüben sprang munter von Minute zu Minute. Bald würde der Zug sich in Bewegung setzen. Jetzt ist es soweit, er gleitet und läßt die Welt der Gefangenen hinter sich. Schon streicht ein lebhafter Fahrtwind über sein Gesicht. Adieu, Eve!

Leichtes Herzklopfen an der Grenze. Aber Borel ist noch nicht auf der Spur. Der Zug rollt jetzt auf fremdem Boden. Man atmet eine andere Luft. Was sie wohl in diesem Augenblick macht? Sie streichelt wohl den Blumenstrauß. Sicher hat sie mit den Schultern gezuckt und gedacht: Wie er mich liebt! Und nun erwartet sie einen Anruf. Morgen wird sie anfangen, sich zu beunruhigen. Sollte der Sklave etwa aufsässig werden? Sonnabend wird sie es sein, die telephoniert. Am Sonntag wird sie ihrerseits quer durch Paris suchen. Und am Montag wird Borel, sobald die Post verteilt ist, zwei Inspektoren in Marsch setzen ... Aber sie wird es leicht haben zu antworten: der Schuldige hat die Flucht ergriffen.

Leprat, der sich nicht recht wohl fühlte, versuchte, seine Stimmung zu beleben. Er interessierte sich für die Landschaft und horchte auf den Ansatz einer Melodie, die sich im Rhythmus der Räder zu einem anmutigen Motiv entwickelte. Aber seine Gedanken kehrten gegen seinen Willen immer wieder zu diesen letzten vier Tagen zurück. Er sah sie vor sich aufgebaut wie die Hindernisse auf einem Rennplatz. Und er mußte vier Mal springen, immer weiter und immer höher. Bilder! Bilder! Seit Monaten quälte er sich mit Bildern. Dabei war die Wahrheit so einfach! Wenn seine Liebe wirklich tot war, war dann Eves Verachtung noch wichtig? Er wälzte das Problem bis Brüssel, ohne etwas zu entscheiden. Übrigens entschied jede Minute für ihn. Er nahm ein Zimmer in einem bescheidenen Hotel. Sofort nach Arbeit zu suchen, kam nicht in Frage. Nicht vor Montag. Im Augenblick war es am besten, die Stadt zu entdecken.

Nachdem ihn am Nachmittag die Erinnerungen geplagt hatten, kehrte am Abend die gute Laune wieder. Sie war plötzlich da, als wenn er aus einer Nebelbank auftauchte und mit einem Male freie Luft atmete. Vor ihm ging eine junge Frau. Er hatte gar keine Lust, ihr zu folgen, aber es machte ihm Spaß, sie anzusehen. Seine Augen waren von Eve befreit. Allmählich würde sein Körper neu werden. Ein anderer Leprat würde leben. Er lebte schon. Er vermählte sich mit der Bewegung der Straße; er empfing dadurch tausend leichte und melodische Anregungen. Die Lichter der Schaufenster glühten sanft in ihm, und jedes neue Gesicht blieb im Kielwasser der Gleichgültigkeit zurück. Das Diner wurde zu einem kleinen Fest. Leprat fand sich wieder in Gesellschaft mit sich selbst, befreit von allen Angstgefühlen. Seine Gesellschaft war ihm äußerst angenehm, und im Unterbewußtsein jedes Gedankens bewegte sich diese Musik, die hartnäckig ihren Ausgang suchte. Die unbekannte Nacht lächelte ihm zu. Leprat ging lange spazieren. Zum ersten Mal schlief er traumlos, in einer glückseligen Bewußtlosigkeit. Und dies war der Freitag. Ein Freitag in den Ferien, leicht, fast sorglos. Trotz einer Art von dumpfem Gewissen, das die Stunden zählte. Leprat gab sich dem Tagesablauf hin, flanierte umher, ohne sich etwas zu versagen. Er gönnte sich ein Konzert und hörte dem Pianisten mit einem von keiner Eifersucht getrübten Vergnügen zu. Das Klavier gehörte nicht mehr zu seiner Existenz. Er beschloß den Abend in einem Bierhaus, wo das Orchester ein Potpourri von Faugères' Erfolgsliedern spielte! Faugères! Das war früher einmal! So weit fort, was die Zeit betraf! Leprat trank Bier und schälte dazu Erdnüsse. Kein Begehren war in ihm. Eve hatte, indem sie aus seinem Leben verschwand, auch die letzten Liebesanwandlungen mitgenommen. Er sah mit freundlichen Gefühlen die Frauen vorbeigehen. Nicht mehr. Er war ihnen dankbar, daß sie hübsch waren. Sie waren die Tiere der Nacht, seidig und süß. Aber man durfte sie nicht anrühren. Auf dem Rückweg ins Hotel verlief er sich, und er hatte dadurch ein neues Vergnügen. Es gab dort Ecken, ähnlich denen in den kleinen, französischen Städten, einsam, wohlgefällig, sicher geborgen unter dem Mond, mit ein wenig Grün in weiten Abständen, einem Zweig, der aus einem Gärtchen hervorlugte ... Es würde gut tun, sich hier niederzulassen und ein geregeltes Leben zu beginnen. Warum sollte er nicht Klavierstunden geben. Leprat träumte von einer winzigen Wohnung mit flämischer Sauberkeit. Er würde sich Monsieur Jean nennen lassen, sich schwarz kleiden und als Witwer gelten. Gegen zwei Uhr früh ging er schlafen. Der Sonnabend begann, und Leprat wußte, daß dieser neue Tag eine Anstrengung verlangen würde. Er nahm ein Schlafmittel, um ihm einige Stunden zu stehlen. Als er aufwachte, übermannte es ihn, er lief und kaufte Zeitungen. Aber die Presse sprach nicht mehr von Méliot. Die Schlagzeile gehörte einem Flugzeug, das einen Weltrekord gebrochen hatte. Leprat kleidete sich sorgfältig an und fragte sich dann unschlüssig: Wohin heute morgen? Keine Freunde, die man treffen, keine flüchtigen Bekannten, die man grüßen konnte. Nicht einmal ein Barmixer, um ein wenig zu scherzen. Und Eve? ... Sie wußte jetzt, daß er geflohen war, und er war für sie tot ... ausgelöscht; sein Andenken verdiente nicht mehr als ein wenig Mitleid. Sie würde zu irgendeinem Patrick sagen: Leprat? Im Grunde war es ein vulgärer Bursche. Ich habe mich gründlich in ihm getäuscht ... Gut! Sie würde niemals die Wahrheit wissen. Das war der Gedanke, an den man sich klammern mußte.

Leprat hielt die Mittagessenszeit peinlich ein. Anschließend zog er sich in ein Kino zurück. Dann ließ er sich in dem Bierlokal nieder, wo er am Vorabend einige so friedliche Augenblicke verbracht hatte. Er aß dort Sauerkraut. Schwer von Bier, gemästet mit Musik, saß er im Halbschlaf auf seiner Bank. Die Gäste um ihn herum waren nicht mehr dieselben. Zuerst waren welche gekommen, die ihren Apéritif genommen hatten, dann welche, die vor der Abfahrt ihres Zuges noch etwas essen wollten, dann welche, die mit ihrem Abend nichts anzufangen wußten, und jetzt kamen die Leute aus dem Theater. Leprat ging als letzter und dachte sich einen komplizierten Weg aus, um möglichst spät nach Haus zu kommen. Er würde durchhalten! Er schwor sich durchzuhalten! Er hatte seine Freiheit teuer genug bezahlt. Im Hotel nahm er ein starkes Betäubungsmittel. Er tat es nicht, um sich selbst auszuschalten, sondern um den Sonntag im voraus zu annullieren. Aber er hatte die Dosis falsch berechnet; gegen Mittag wachte er aus seiner Betäubung auf. Er öffnete die Fensterläden, sah einen leeren Platz, und die trauerumschattete Langeweile eines toten Tages überfiel ihn. Schon die Sonntage in Paris waren eine Prüfung. Und dann hier ... Was sie wohl machte? Mit wem vergaß sie diese letzten Stunden? Sie war schon fähig zu ... Leprat setzte sich auf sein Bett. Nein, trotz allem würde sie nicht so idiotisch sein, den Gashahn zu öffnen oder eine Röhre Veronal zu schlucken. Um ihn zu bestrafen, vielleicht. Denn sie war eine Frau, der man irgendeine hochmütige Rache schon zutrauen konnte. Sie mußte sich verhöhnt und getäuscht vorkommen. Und er hatte geglaubt, daß es genügen würde, in einen Zug zu springen, um ihrer Rachsucht zu entgehen ... Aber nein. Sie würde sich damit begnügen, ihn zu beschuldigen, und man würde seine Auslieferung fordern. Sollte dieses kleine Spiel lange dauern? Er ließ kaltes Wasser in das Waschbecken fließen und steckte den Kopf hinein. Ich bleibe ... Ich bleibe ... Ich bleibe ... Er sagte es schließlich ganz laut, während er sich, triefend wie ein Ertrunkener, im Spiegel betrachtete. Ich bleibe! Lieber Gott! Ich bin doch frei!

Die verlassene, menschenleere Stadt machte den Eindruck, als sei sie einem unsichtbaren Feind ausgeliefert. Leprat fühlte sich genötigt, schnell zu gehen, aber wohin? Niemand verfolgte ihn. Ich hätte weiter flüchten sollen, dachte er. Vielleicht nach Antwerpen. In Antwerpen hätte es mehr Auswege gegeben ... Antwerpen, sicher! Das Heil lag in Antwerpen. Er ging zum Bahnhof und kaufte einen Führer. Dann las er auf einer Bank in den Anlagen die Geschichte von Antwerpen und studierte den Stadtplan. Der Hafen regte seine Phantasie an. Für einen Komponisten gab es nichts Erregenderes als einen Hafen. Schon in der Nacht von Le Havre hatte er so viel über sich selber erfahren! Es gab zahlreiche Bahnverbindungen, vor allem einen Schnellzug um zweiundzwanzig Uhr. Jetzt war es sechzehn Uhr. Die Wartezeit würde also erträglich sein ...

Er ging in sein Hotel zurück, packte seinen Koffer und bezahlte die Rechnung. Fertig für das große Abenteuer! Aber die Freude kam nicht wieder. Er brachte den Koffer zur Aufbewahrung.

Wenn die Sache schiefging, würde er sich nach England verdrükken oder nach irgendeinem weiter entfernten Land einschiffen. Aber Eve würde nicht so unerbittlich sein ... Er hätte ihr erklären müssen ... vor der Abreise. In Gedanken rechtfertigte er sich noch einmal. Er fand genau die Sätze, die er hätte sagen müssen. Vielleicht hatte er noch Zeit, sie zu schreiben. In einem Café quälte er sich auf einem abscheulichen Papier mit Titelkopf ab. Aber die Sätze erstarrten, wurden furchtbar konventionell oder sie ließen ein unerträglich schlechtes Gewissen durchblicken. Hatte er wirklich ein schlechtes Gewissen? Wo war die Wahrheit, diese Wahrheit, für die Eve angeblich alles geopfert hatte. Er zerriß den Brief in winzige Fetzen, die er über die Schulter hinter sich verstreute. Los! Die Zeit rückte vor. Er aß im Bahnhof ein Sandwich und holte seinen Koffer ab. Eine riesige Tafel gab in roten Buchstaben die Abfahrtszeiten an. Berlin ... Genf ... Paris ... Die Leute drängten sich an den Schaltern ...

Leprat stellte den Koffer hin und holte seine Brieftasche hervor. Mit gesenktem Kopf, langsamen Schrittes, schloß er sich der Menschenschlange an. Er dachte an nichts mehr. In seinem Kopf war wie in einer Muschel, ein verworrenes Sausen, ein Geräusch von Wind und Meer, das Geräusch der verlorenen Freiheit. Er beugte sich über den Schalter:

«Einmal zweiter Paris.»

Eine sommerprossige Hand schob ihm Fahrkarte und Geld hin. Der nachfolgende Reisende hustete diskret. Leprat ging weiter. Er sah sich mit einer Gelöstheit handeln, die stärker war als alle Freude. Die Unterführung ... der Bahnsteig ... der die beiden Züge trennte ... Links Antwerpen. Rechts Paris. Er stieg in den Zug nach Paris, setzte sich in das erstbeste Abteil und schloß die Augen. Der Schlaf kam sehr schnell. Er bemerkte kaum mehr, daß der Waggon rollte. Ein Grenzbeamter klopfte ihm auf die Schulter. Er kramte seine Sachen vor, murmelte einige undeutliche Worte und versank wieder in Schlaf. Er schlief mit Bewußtsein und hatte sich niemals so wohl gefühlt, so fern von allem. Manchmal führte ihn ein Stoß ins Leben zurück, und er sah die Nachtbeleuchtung an der Decke des Abteils, die draußen vorbeihuschenden Lichter, um dann wieder genießerisch in diesen seligen Schlummer zu versinken. Als der Zug seine Fahrt verlangsamte, stöhnte er und suchte nach einer bequemeren Lage, aber um ihn herum entstand Bewegung; im Gang liefen die Leute auf und ab. Er richtete sich auf und erkannte die Außenbezirke von Paris, noch im Dunkel der Nacht umhüllt. Mit einem

Ruck stand er auf den Füßen ... Welcher Tag war es doch? ... Es war Montag. Er fror. Eine scheußliche Müdigkeit drückte wie ein Sack auf seinen Rücken. Der Zug fuhr ganz langsam an einem endlosen Bahnsteig entlang, über den aneinandergekoppelte Gepäckkarren rollten. Und jetzt mußte er mit diesem lächerlichen Koffer aussteigen, und niemand erwartete den verschämten Reisenden. Die Morgendämmerung war noch nicht angebrochen. Es war zu spät, um noch ein Zimmer zu mieten. Oder zu früh. Er konnte nur umherlaufen, nachdem er wieder einmal den Koffer bei der Aufbewahrung abgegeben hatte. Dichte Nebelschwaden zogen durch die leeren Straßen. Eve war vielleicht nicht zu Hause. Oder dort nicht allein. Aber das schmerzte nicht mehr. Es kam nur darauf an zu kapitulieren, ohne allzusehr das Gesicht zu verlieren. Es war wieder eine weite, weite Reise durch die Schatten eines herbstlichen Morgens. Leprat rechnete sich aus, daß er gegen sieben Uhr ankommen würde, wenn er unterwegs irgendwo einkehrte, um einen Kaffee zu trinken und ein Brötchen zu essen. Ob er sich telephonisch anmelden sollte? Aber sie würde es wahrscheinlich ablehnen, ihn zu empfangen. Es war besser, sich ehrlich vorzustellen, wie man war, zerknittert und schmutzig. Der Nebel wurde so dicht, daß er Mühe hatte, sich zurechtzufinden. Er kehrte dann in einer Bar ein und blieb lange in einem warmen Hinterzimmer sitzen, wo ein gelangweilter Kellner das Tapetenmuster studierte. Eine tiefe Traurigkeit bemächtigte sich seiner und lag so schwer auf seiner Brust, daß er nicht mehr frei atmen konnte. Er konnte sein Brötchen nicht mehr aufessen, und es wurde ihm klar, daß die letzte Etappe nun begann.

Um halb acht Uhr betrat er das Haus und stieg in den Fahrstuhl. Die schlafenden Etagen versanken unter seinen Füßen. Er hustete, um seinen Hals frei zu machen. Mit einem weichen Stoß hielt der Fahrstuhl. Leprat stieg aus und schob das Gitter wieder zu. Jetzt hatte er es eilig. Schnell! Sie sollte kommen! Sie sollte wissen!

Er läutete lange und hörte gleich das Klappern der Pantoffeln im Inneren der Wohnung. Eine kurze Stille hinter der Tür, dann öffnete Eve.

«Ich bin es», sagte Leprat.

Eve trat zurück und wartete.

«Na gut, komm herein.»

Er ging an ihr vorbei und tastete unwillkürlich sein unrasiertes Gesicht ab.

«Leg deinen Mantel ab.»

Er reichte ihr den Mantel, und sie hängte ihn an den Kleiderhaken. Er sah sie an. Sie war im Nachthemd, ihre kurzen Haare waren zerzaust. Er breitete die Arme aus und ließ sie wieder fallen.

«Eve», murmelte er. «Ich habe Méliot getötet.»

Sie sah ihm fest in die Augen. Er hielt ihren Blick nicht aus, wandte sich ab und ging auf das Schlafzimmer zu.

«Das ist alles», sagte er.

Hinter ihm zog sie den Morgenrock über.

«Ich wußte es», sagte sie. «Ich habe es immer gewußt.»

Sie war nicht zornig. Wie er, so schien auch sie am Ende ihrer Kräfte zu sein.

«Hast du mich erwartet?» fragte er.

«Ich hoffte, daß du kommen würdest. Ich hatte Vertrauen, trotz allem.»

«Ich bin verzweifelt. Ich glaube, ich bin ein . . .»

«Setz dich hin. Ich mache einen Kaffee.»

Er setzte sich auf den Rand des ungemachten Bettes. Er hatte sich so zusammengerissen, seine Kräfte so angespannt, um sich zum Sprechen zu zwingen, daß ihm jetzt schwindlig wurde und er schwankte. Er zog seine Schuhe aus und legte sich mit ausgestreckten Händen auf den Rücken, gleich einem Toten. Das Klappern der Tassen riß ihn nicht aus seiner Apathie heraus. Eve schaltete die Deckenbeleuchtung aus. Das Tageslicht schlich sich durch die Vorhänge ins Zimmer, und als sie es wieder wagten, sich anzusehen, waren sie nur noch zwei dunkle Gesichter. Sie hielt ihm die Tasse an die Lippen.

«Aber warum bist du zu ihm gegangen?»

«Es war falsch, ich weiß es. Deine Offenheit ist so . . . so aggressiv . . . Verstehst du . . . ich wollte mich mit ihm von Mann zu Mann aussprechen.»

«Du glaubst immer, daß man alles regeln kann, wenn man nur recht geschmeidig und liebenswürdig ist!»

«Zugegeben», meinte Leprat. «Ich habe falsch gehandelt, einmal mehr. Und doch . . . wenn er mich angehört hätte . . . Aber er hat mich zum Äußersten getrieben. Und da habe ich den Kopf verloren. Er sah mich so böse an . . . Ich habe ihn bedroht. Er hat versucht, um Hilfe zu rufen . . . Ich habe ihm den Hals zusammengedrückt . . . und ich habe gemerkt, daß er nicht mehr lebte . . . Danach, ja, da hätte ich es dir eingestehen müssen . . . sofort . . . ich habe es nicht gewagt . . . und je mehr Zeit verging, um so weniger war ich imstande zu sprechen.»

«Warum?»

«Ich hätte dich angeekelt. Ich ekelte mich selbst schon genug.»

«Noch etwas Kaffee?»

Sie füllte die beiden Tassen mit freundlichen Bewegungen, die ein wenig von dem Vertrauen wiederherstellten, das einst zwischen ihnen bestanden hatte.

«Bei Méliot», sagte sie, «habe ich begriffen, daß du es warst ... Wer hätte es auch sein können, denk doch einmal nach! Ich habe dich gefragt, als wir zurückkamen ... Erinnere dich.»

«Du wolltest, daß ich mich anklage?»

«Ja. Ich wollte, daß du die Wahrheit sagtest. Sie war nicht schön, aber eben deshalb.»

Leprat ließ sich in das Kopfkissen sinken.

«Versteh mich», flüsterte er. «Es geschah, um uns zu verteidigen.»

«Darum geht es nicht. Du hättest Vertrauen haben müssen ... Ich hätte dann entschieden.»

«Gut», sagte er, «lassen wir es gelten. Wir wollen uns nicht streiten ... Wenn es dir Spaß macht, dann habe ich eben falsch gehandelt ... Du hättest uns aber wenigstens diese abscheuliche Woche ersparen können.»

«Ich habe gewartet.»

«Du hast mich belauert. Ich mußte mich dir zu Füßen werfen. Ich litt noch nicht genug. Es will dir also nicht in den Kopf, daß der Fall Méliot nur mich allein angeht.»

Sie erhob sich und zog die Vorhänge auf. Sie sahen sich gegenseitig; er mit wirrem Haar, eingefallen, blaß; sie ungeschminkt, mit Säcken unter den Augen und blutleeren Lippen. Es war der erste Augenblick einer wirklichen Intimität zwischen ihnen. Eve sah nach der Uhr.

«Es geht mich an», sagte sie, «denn mich wird man verhaften.»

«Lächerlich!» brummte Leprat.

Er bückte sich, zog seine Schuhe wieder an und suchte seinen Kamm.

«Lächerlich, weil es niemals einen Brief gegeben hat. Jetzt weiß ich es genau ... Dein Mann hätte so etwas nicht gemacht!»

«Du hast eine Ahnung!»

«Vielleicht ... Ich hatte mehrere Tage Zeit zum Nachdenken. Und ich bin zurückgekommen, damit du aufhörst, dich zu ängstigen.»

«Danke», sagte Eve trocken. «Aber ich habe keine Angst. Ich

habe alle Vorbereitungen getroffen. Mein Koffer ist gepackt. Du hast ihn vielleicht im Flur gesehen.»

Es lag Bitterkeit in ihren Stimmen. Das Duzen fiel ihnen schwer und hatte etwas Gezwungenes, ja Förmliches an sich. Eve ging ins Badezimmer. Leprat sprach durch die offene Tür.

«Ich wiederhole dir, daß es niemals einen Brief gegeben hat. Andernfalls hätten wir ihn bei Méliot gefunden.»

«Warum hast du dich dann vier Tage lang versteckt?»

«Hör zu ...», sagte Leprat bedrückt. «Glaube mir. Versteh mich doch. Ich habe mich nicht versteckt . . . Ich war in Belgien.»

«Warum?»

«Das fragst du mich! Weißt du nicht, was Eifersucht ist?»

«Mein armer Junge!»

«Aber ich bitte dich.»

Eve erschien wieder auf der Schwelle des Badezimmers, eine Haarbürste in der Hand.

«Aber ja, mein armer Junge! Hältst du mich denn für blöd? Du bist abgefahren, weil du von mir genug hast . . . Und du hast genug von mir seit dem Abend mit Méliot, das ist ganz einfach.»

Sie wandte sich zum Spiegel und sprach weiter, während sie sich frisierte.

«Wir kommen immer wieder auf das gleiche zurück... Du weißt, daß ich dir keine Vorwürfe mache. Du hast dich zum Narren gemacht... aus Schwäche. Du bist ein Schwächling, Jean. Erkenne das wenigstens einmal. Aber du willst es unter keinen Umständen zugeben.»

«Und weiter?»

«Weiter, daß es nicht für mich geschah, wenn ich dir das Rückgrat stärken wollte . . . Es geschah für dich.»

«Gut, es ist geschehen. Bist du zufrieden?»

«Zufrieden . . . Eine Liebe, die zu Ende geht, das ist nie schön.»

Leprat fühlte sich in die Enge getrieben und suchte eine beruhigende Antwort. Er klammerte sich an die Ausrede, die er sich zurechtgelegt hatte.

«Du mußt doch merken, Eve, daß ich zurückgekommen bin, weil ich dich liebe. Du weißt jetzt, daß wir nichts mehr zu fürchten haben.»

Dem Ton fehlte die Überzeugungskraft, und das Schweigen wurde bedrückend.

«Ich ersticke», sagte Leprat.

Er öffnete das Fenster und sprang sofort zurück. Vor dem Hause war gerade ein schwarzer Wagen vorgefahren, und Borel, den zwei Männer begleiteten, betrachtete das Haus.

«Die Polizei!» schrie Leprat. «Borel steht unten.»

Eve streifte ein Kleid über den Kopf und zog es sorgfältig über die Hüften.

«Die Polizei!» wiederholte Leprat. «Was hat das zu bedeuten?»

«Du fragst auch noch!» sagte Eve ein wenig verächtlich.

Sie schwieg, um mit sicherer Hand ihr Lippenrot aufzutragen und fuhr dann fort:

«Während du im Salon bei Méliot auf mich wartetest, du erinnerst dich daran ... da habe ich die Schallplatte und den Brief an mich genommen.»

Leprat bewegte sich nicht mehr. Er hatte Angst zu begreifen.

«Die Platte», sagte Eve, «brauchte ich nur unter meinem Regenmantel zu verstecken. Ich habe sie am Montag zur Post gegeben.»

«Aber warum?» stöhnte Leprat.

«Um zu sehen, was du im Leibe hast.»

Sie sprach absichtlich sehr leise und mit kleinen Pausen, um ihre Lippen sorgfältig nachzuziehen.

«Ich habe es gesehen», fügte sie hinzu. «Es wäre mir lieber gewesen, es nicht zu sehen ... Ich zögerte noch, den Brief abzuschicken. Und dann bist du geflohen.»

«Das ist nicht wahr.»

«Da habe ich ihn abgeschickt», schloß Eve. «Geh und schließ die Tür ab.»

Gehorsam ging Leprat zur Eingangstür und drehte den Schlüssel um. Man hörte den Fahrstuhl steigen; er brachte ohne Zweifel die drei Männer mit. Eve war fertig. Sie suchte noch ein paar Ohrringe heraus und legte sie sorgsam an. Dann nahm sie ein Paar Schuhe mit hohen Absätzen aus einer Schachtel. Es läutete.

«Beweg dich nicht», flüsterte sie.

Es läutete wieder. Man hörte Tuscheln hinter der Tür.

«Sie wissen, daß wir da sind», flüsterte Eve. «Die Concierge hat sie unterrichet. Sie werden einen Schlosser holen. Wir haben noch etwas Zeit.»

«Eve», sagte Leprat. «Geht dein Haß gegen mich so weit?»

«Mein Haß? Muß man dir denn alles erklären! ... Du brauchst mich jetzt nicht mehr. Du wirst dein Leben beginnen, es nach deinem Geschmack einrichten. Du hast nicht das Format meines Mannes, aber ich weiß noch immer nicht ... In dir ist etwas Ungestümes, das mich in letzter Zeit oft überrascht hat. Wenn du die

Fünfzig erreicht hast, dann wirst du vielleicht der Mann geworden sein, der er war.»

Ein eisernes Werkzeug stieß gegen das Schloß. Ein leichtes Scharren verriet, daß man mit Geduld an dem Schlüssel arbeitete.

«Sie haben das Nötige mitgebracht», stellte Eve mit stets gleichmäßiger Stimme fest. «Borel hat wohl geglaubt, daß ich Selbstmord begangen hätte. Der Dummkopf!»

Vom Schlafzimmer aus sahen sie durch den Salon und den Vorraum die Tür, den blinkenden Schlüssel. Leprat suchte Eves Hand und drückte sie heftig.

«Wenn du dich mir anvertraut hättest ...» begann er.

«Sei still», entgegnete sie. «Du willst dummes Zeug reden ... Was jetzt geschieht, betrifft dich nicht. Es ist eine Angelegenheit zwischen meinem Mann und mir ... Man wird über uns urteilen. Man wird uns auf die Waagschale legen. Man wird sehen, wer von uns beiden das Opfer des anderen war.»

Ihre Stimme zitterte, aber sie beherrschte ihre Erregung.

«Es ist grausam von mir, so zu dir zu sprechen», fuhr sie fort. «Du hast einen großen Raum in meinem Leben innegehabt, das versichere ich dir. Schließlich ist es nicht deine Schuld, daß du zu leicht befunden wurdest ... Ich habe mit dir wie mit ihm versucht, das Spiel erbarmungslos bis zum Ende durchzuspielen. Jetzt bin ich allein.»

Leprat zuckte mit den Schultern.

«Das hast du ja immer erstrebt», sagte er.

Sie sah ihn einen Augenblick mit zornigem Gesicht an.

«War ich nicht allein, gestern? Und vorgestern? Wo warst du während dieser Zeit? Hättest du nicht hier sein müssen, bei mir?»

Der Schlüssel bewegte sich. Ein Werkzeug tastete das Schloß ab, suchte einen Ansatzpunkt.

«Du bist wie alle Leute», sagte Leprat. «Du auch, du machst dir etwas vor. Du hast es nötig, uns zu demütigen, Faugères, mich, alle ... damit es um so schöner erscheint!»

«Du lügst!» schrie sie.

Der ausgestoßene Schlüssel fiel mit einem hellen Klang auf den Boden. Fast im gleichen Augenblick öffnete sich die Tür. Borel trat zuerst ein. Er zog seinen Hut und ging durch den Salon. Seine beiden Inspektoren warteten im Vorraum.

«Madame», begann er von weitem. «Sie wissen, warum ich hier bin.»

Er war verlegen und unruhig. Die Redensarten, die er vorbereitet hatte, paßten nicht mehr in die Situation.

«Ich habe einen gewissen Brief erhalten», fuhr er fort. «Ich muß Sie bitten, mir zu folgen. Es ist mir schmerzlich.»

Seine Augen gingen von Eve zu Leprat. Eve ging auf ihn zu.

«Ich gestehe», sagte sie. «Ich habe meinen Mann getötet. Unser Leben war zur Hölle geworden ... durch seine Schuld. Am Abend seines Todes war er betrunken. Er kam zurück ... und es gab zwischen uns eine abscheuliche Szene ... Um Ruhe zu haben, erklärte ich mich bereit, ihn nach Paris zu begleiten. Unterwegs mußte ich mich ans Steuer setzen, weil er nicht mehr wußte, was er tat. Und da begriff ich, daß es an der Zeit war, ein Ende zu machen. Er war eingeschlafen. Da habe ich den Unfall herbeigeführt ... Und später habe ich Méliot getötet. Ich werde beweisen, daß er sich zum Komplicen meines Mannes gemacht hatte, um sich auf eine widerwärtige Weise an mir zu rächen.»

Mit einer Stimme, in der etwas Triumphierendes lag, fügte sie hinzu:

«Herr Leprat hat nichts gewußt. Er muß außerhalb dieser ganzen Sache bleiben.»

Und jetzt beobachtete sie ihn. Er senkte die Augen. Sie hatte recht. Er war erleichtert. Das war entsetzlich, und es war wunderbar. Es war, als wenn man ihm das Leben geschenkt hätte.

«Ich stehe zu ihrer Verfügung», sagte Eve.

Sie ging an Borel vorbei. Die beiden Inspektoren machten Platz. Einer von ihnen wollte den Koffer nehmen.

«Lassen Sie!» sagte sie lebhaft. «Ich will ihn selbst tragen.»

Sie wandte sich um, sah Leprat an. Er hatte die Fäuste zusammengepreßt, den Kopf gesenkt, und zwang sich mit aller Kraft zu schweigen. Sie lächelte leicht. Jetzt war er gezeichnet; er gehörte ihr für immer.

«Adieu», flüsterte sie und schritt durch die Tür. Sie hatte das Spiel gewonnen.

Mario Lacruz

Steckbrief für einen Unschuldigen

Deutsch von
Elisabeth Heinermann

Zu diesem Buch

«... Sie hatten ihm keine Handschellen angelegt. Sie waren höflich, aber bestimmt gewesen ... Der Besuch der beiden Polizeibeamten hatte ihn nicht überrascht. Er war am Morgen mit einer Vorahnung drohenden Unheils erwacht, die er nicht hatte abschütteln können. Oder eigentlich war es mehr als eine Vorahnung gewesen; er hatte gewußt, daß er nicht lange würde warten müssen. Er war sich nur nicht klar darüber, warum er diesen Besuch erwartete ...»

Die Festnahme von Virgilio Delise ist das letzte Glied einer Kette von Ereignissen, die zurückreicht bis zum rätselhaften Tod seines Stiefvaters. Und zwei Gründe führen zu dieser Verhaftung: Man hat Delises Wagen in der Nacht, in der Montevidei gestorben ist, vor dem Haus des Toten gesehen, und ein junger Polizeioffizier ist ehrgeizig.

Aber der Ehrgeizige hat die Rechnung ohne den Wirt gemacht: Es gelingt Delise, zu fliehen. Und nun beginnt die Jagd auf einen Menschen, der von seiner Unschuld überzeugt ist – zu Anfang jedenfalls.

Die Hauptpersonen

Montevidei	Ein Toter mit dunkler Vergangenheit
Delise	Ein Unschuldiger mit einem Schuldkomplex
Fioreya	Eine wehmütige Erinnerung
Costa	Ein Anwalt mit guten Verbindungen
Muoli	Ein Journalist ohne gute Verbindungen
Breschi	Ein Schulmeister mit den falschen Verbindungen
Olina	Eine Barfrau mit Nebeneinkünften
Dr. Dominicu	Ein Arzt mit schwachem Charakter
Der junge Polizist	Ein verhinderter Sportler mit Hemmungen
Inspektor Doria	Ein ehrgeiziger Monokelträger ohne Hemmungen
Selbi	Ein Polizist und nichts weiter

Unbewußt empfand ich ein Gefühl der Schuld an etwas, das ich vergessen hatte, an einem Verbrechen, das nicht leichter wog, nur weil es aus meinem Bewußtsein verdrängt war. Und dies war ohne Zweifel der Grund, weshalb ich von Anfang an und bis zum Ende mein Schicksal nicht zu beklagen, geschweige mich dagegen aufzulehnen vermochte.

Frigyes Karinthy

Andante

1

Er seufzte tief, lehnte sich in den Sitz zurück und strich mit der Hand über die Kante seines Mantels. Die Fingerspitzen befühlten mechanisch das Gewebe des Kleidungsstückes, das in diskret gedämpftem Ton gehalten war; es war sein bester Übergangsmantel.

Er liebte die dunklen Töne, und, wie Sebastián, sein Schneider, zu sagen pflegte, ‹ein ruhiges, dezentes Dessin›. Manchmal hatten die Überlegungen, die Sebastián und er vor einem Ballen Stoff anstellten, etwas von dem Gespräch zweier Kunstexperten vor dem Werk eines alten Meisters. Auf jeden Fall genügte ein Blick auf seine Person, um sicher zu sein, daß er überall mit den Worten angekündigt werden würde: *Ein Caballero möchte Sie sprechen.*

Sebastián nahm mit professioneller Bescheidenheit für sich in Anspruch, daß er sich darauf beschränkte, die Kleidung auf den Kunden abzustimmen – *auf seine Psychologie, verstehen Sie? Das Gleichgewicht der Persönlichkeit muß doch erhalten bleiben! Erinnern Sie sich an Valentin, den Bariton? Natürlich, mein Herr, erinnern Sie sich! Der gefeierte Valentin ... Er gab mir die Ehre, seine Anzüge zu schneidern. Ich muß sagen, er war einer meiner wenigen Kunden, die auffallende Kleidung zu tragen wußten. Sie wissen schon, was ich meine! Valentins feuriges Temperament machte ihn zu einer Ausnahme ...* An dem Tag, an dem der Mantel fertig wurde, hatte Sebastián den ersten Zuschneider gerufen, und beide hatten das Resultat betrachtet. *Wissen Sie, daß es ein verteufelt schöner Mantel ist?* hatte Sebastián mit einer überschwenglichen Geste gesagt, die sich in dem dreiteiligen Spiegel vervielfachte.

Er seufzte abermals und betrachtete die Bäume, die am Wagenfenster vorüberhuschten. Die beiden anderen Insassen verhielten sich ruhig. Vielleicht war Valentin ein Mann mit ungestümem Temperament, dachte er in dem Bemühen, seine Gedanken zu zerstreuen, aber ich glaube nicht, daß er jemals in einem Polizeiwagen unter Bewachung von zwei Polizisten zum Polizeipräsidium gebracht worden ist ...

Er hatte es gewußt, schon bevor alles begann; wie in einem Albtraum hatte er es vorausgesehen, daß dort zwei Polizisten sein würden. Auch das Auto hatte er bereits einkalkuliert gehabt. Nur das Gesicht des Mannes, der neben ihm saß, paßte nicht in das Bild. Ein kindliches Gesicht, das durchaus nicht der riesenhaften Statur und der außerordentlichen Körperkraft entsprach. Der andere Polizist, der den Wagen lenkte, war ein älterer Mann. Delise konnte einen Teil der Stirn, der Nase und der Augen des Fahrers im Rückspiegel sehen.

Sie hatten ihm keine Handschellen angelegt. Sie waren sehr bestimmt und höflich gewesen; und als er zurückgeblieben war, um seinen Hut und Stock zu holen, hatten sie keinen Einwand erhoben. Nein, der Besuch der beiden Polizisten hatte ihn nicht überrascht. Er war am Morgen mit einem Gefühl drohenden Unheils aufgewacht, das sich nicht abschütteln ließ und gegen das man nicht ankämpfen konnte. Es war mehr als eine Vorahnung gewesen; er hatte im voraus *gewußt*, daß er nicht lange würde warten müssen. Den Grund, weshalb er auf jenen Besuch wartete, hätte er jedoch nicht angeben können.

Ihm kamen die Hotelangestellten in den Sinn, die ihn neugierig angesehen hatten, als er in Begleitung der beiden Polizisten die Treppe hinabgekommen war, und er dachte an die Verwirrung des Besitzers, als er seine Rechnung bezahlen wollte.

Sie haben sie bereits heute mittag bezahlt, Señor Delise; erinnern Sie sich nicht? Als Ihr Diener mit dem Gepäck fortging ...

Ja, natürlich, hatte er geantwortet, aber es war zu spät gewesen, das Versehen zu berichtigen.

Das Auto machte einen plötzlichen Ruck, als es über eine Unebenheit auf der Straße fuhr. Virgilio Delise hörte, wie der Polizist am Steuer etwas vor sich hinmurmelte. Er beobachtete nochmals die Gesichtshälfte, die im Rückspiegel zu sehen war. Es war dumm, an Valentin und Sebastián zu denken, jetzt, wo alles gerade begonnen hatte... Oder war alles zu Ende?

Er fürchtete sich davor, die Stadt zu erreichen. Ob er in der Lage sein würde, die Fragen der Polizei richtig zu beantworten? Er schob seinen Mantel zurecht, den er wie ein Cape um seine Schultern geworfen hatte.

Warum bin ich nicht geflohen? fragte er sich. Ich habe doch geahnt, daß man mich verhaften wird... Seine Gedanken kehrten zu Sebastián, dem Schneider, und zu Valentin zurück – wie in eine Sackgasse, aus der es galt, einen Ausweg zu finden. Er erinnerte sich an die Stelle eines Buches, das er als Kind gelesen hatte. Es war die Bibel. Er sah genau den Garten seines Elternhauses vor sich und die Ecke, in der er gehockt hatte.

Nein, dachte er; nein ... Sein Gehirn war wie ein Kaleidoskop, das seine Gedanken durcheinanderwirbelte, bei der leichtesten Bewegung zu einem neuen Bild zusammensetzte. Er bemühte sich von neuem, sich zu konzentrieren.

Es war um einen Besuch gegangen, der auf jeden Fall eintreffen mußte. Zwei Männer. Er hatte die Hotelrechnung beglichen und sein Gepäck fortschaffen lassen. Hut und Spazierstock hatten auf dem Bett gelegen, und im Schrank hatte nur noch sein bester Übergangsmantel gehangen. Am Fenster hatte er auf sie gewartet.

Sie waren recht höflich gewesen und hatten ihm nicht einmal Handschellen angelegt. Nur wenige konventionelle Worte waren gewechselt worden. Stillschweigend war er ihnen zum Auto gefolgt . . . Alles drehte sich wie ein Kreisel. Sebastián, Valentin . . . plötzlich wurde ihm klar, daß er Valentin gar nicht persönlich gekannt hatte, daß er nur Schallplatten mit seiner Stimme besaß . . . Und dann konnte er nicht mehr weiterdenken. Das völlige Entweichen aller Bilder und Vorstellungen rief in seinem Hirn und in seinem Magen eine Leere hervor. Jetzt ist alles zu Ende, dachte er.

«Fühlen Sie sich nicht wohl?» fragte der Beamte neben ihm.

Delise dachte: Oh, meine kleine Fioreya . . . und wandte dem anderen langsam den Blick zu. «Entschuldigung, was sagten Sie?»

«Ob Sie sich nicht wohl fühlen.»

«Doch, doch.»

«Wenn Sie krank sind . . .»

«O nein.»

Delise versuchte zu lächeln. Der Polizist war sehr höflich und aufmerksam. Unter diesen Umständen hatte er jedoch zum erstenmal mit einem Polizisten zu tun und konnte deshalb keine Vergleiche ziehen. Seine Angst würde geringer werden, wenn er aufhören könnte, über die Antworten nachzudenken, die ihm nicht einfallen wollten. Delise war sich darüber vollkommen im klaren und brachte mit großer Anstrengung ein Lächeln zustande.

Das Auto fuhr nun mit großer Geschwindigkeit, und die Bäume, die auf beiden Seiten die Landstraße säumten, huschten an den offenen Fenstern mit einem Rauschen vorüber, das dem Winde glich. Delises Stirn war feucht und sein Körper naß von kaltem Schweiß.

«Ich glaube, ich habe Sie bei einer anderen Gelegenheit schon einmal gesehen», sagte er schließlich zu dem jungen Polizisten. «Ich hatte es bisher noch gar nicht bemerkt.»

«Schon möglich», entgegnete der ältere der beiden Polizisten, der den Wagen fuhr. «Interessieren Sie sich für Sport, Delise? Vor zwei Jahren veröffentlichten sämtliche Sportzeitungen das Foto dieses jungen Mannes auf der ersten Seite.»

Beim Sprechen hatte er sich umgedreht, und Delise konnte ihm nun direkt ins Gesicht sehen. Es hatte einen leicht spöttischen Ausdruck; es war das Gesicht eines Mannes, der offenbar damit zufrieden ist, die Dinge so zu nehmen, wie sie sind. Seine Augen jedoch waren hart. Der Mann im Übergangsmantel fühlte sich gedemütigt, weil man ihn nur kurz *Delise* genannt hatte; es schien ihm, als ob alles für ihn verloren sei. Am Ziel werde ich aussteigen, dachte er, und alles wird zu Ende sein – wie man ein Buch zuklappt, nachdem man es ausgelesen hat... Es bekümmerte ihn, daß der Polizist ihn *Delise* genannt hatte, statt *Señor Delise* zu sagen, als ob Höflichkeit überflüssig wäre zwischen Jäger und Beute! Vielleicht sollte es ein Kompliment sein, dachte er und erinnerte sich daran, daß man berühmte Männer nur kurz mit ihrem Familiennamen anredet. Im Geiste versuchte er: *Haben Sie Interesse am Sport, Strawinsky? Und Sie, Schopenhauer?* Lächerlich! Und außerdem war er kein berühmter Mann.

«In den Sportzeitungen?» fragte er.

«Rugby», entgegnete der ältere der beiden Polizisten und wandte seine Augen wieder von der Landstraße ab. «Ein wirklicher Champion; Verteidiger, nicht wahr?»

«Hm hm ... *full back*», verbesserte der Jüngere.

«Ach ja?» Delise hob die Augenbrauen.

Der junge Polizist konnte nicht umhin, einen raschen Blick auf sein Bein zu werfen, dorthin, wo ein kleines Silberplättchen ein Stück Knochen ersetzte. Ich verrate mich immer, dachte der junge Polizist ärgerlich. Im Präsidium werden sie es eines Tages noch entdecken ... Nur wenige wußten, daß ein Silberplättchen in seinem Knie steckte; er ging so aufrecht, daß niemand es erraten konnte. Aber er hatte den Sport aufgeben müssen; und als er sich um Aufnahme in die Polizei bewarb, hatte er gefürchtet, die ärztliche Untersuchung nicht zu bestehen.

«Aber nicht auf der ersten Seite der Zeitungen», sagte der junge Polizist, «sondern in der Mitte. Gewiß wäre ich auf der ersten Seite erschienen, wenn ... Der Trainer dachte, daß ...»

Delise beachtete ihn nicht. Voll dunkler Vorahnungen richtete er seine Augen fest auf den Tachometer und beobachtete das Schwanken der Nadel. Das Tempo wurde immer schneller. Sie kamen zur Hauptstraße, die eben und gerade verlief und einen rechten Winkel mit dem Horizont bildete. Der ältere Polizist hätte nun nicht mehr ohne Gefahr die Augen von der Straße abwenden können.

Delise dachte daran, wie er als Kind sonntags morgens im Vergnügungspark Berg- und Talbahn gefahren war, und an den Schrecken, der ihn stets überfallen hatte, wenn er den Tunneleingang näher und näher kommen sah. Er hatte sich auf seinem zerbrechlichen Sitz möglichst weit zurückgelehnt und beim Anblick der dunklen Höhle gewimmert; er hatte es nicht gewagt, seinen Vater anzuschauen, der mit arroganter Überlegenheit des Erwachsenen der Gefahr trotzte.

Eigentlich war es nicht sein Vater gewesen, sondern sein Stiefvater. Man hatte Delise gezwungen, ihn Vater zu nennen; an seinen richtigen Vater, Matías Delise, konnte er sich kaum erinnern. Jener arrogante Mensch hieß Loreto Montevidei (sein Vorname war eigentlich ein Mädchenname, was Delise komisch vorgekommen war), und er war der Vater der kleinen Fioreya. Er hatte gelacht, als der kleine Virgilio sich auf der Berg- und Talbahn ängstigte. Er hatte ihn gezwungen, immer wieder zu fahren, ohne seinen Widerspruch gelten zu lassen. Nach seiner Meinung war dies das beste Mittel, die Angst zu überwinden. Einmal hatte er jedoch das Kind festhalten müssen, damit es sich nicht bei rasender Fahrt ins Nichts stürzte.

Allmählich wurde es dunkel, und die vorüberhuschenden Bäume draußen waren kaum noch zu sehen. Die Umrisse der Hügel hoben sich von einem ruhigen und bewölkten Himmel ab. Die Wolken standen sehr hoch; regnen würde es nicht. Die Landstraße verwandelte sich in eine farblose Piste; sie fuhren immer schneller. Delise fühlte wiederum, daß seine Stirn feucht wurde, und als er aus seiner Tasche ein Tuch hervorholte, um sie abzuwischen, bemerkte er, daß sich der junge Polizist gespannt aufrichtete. Vage kam ihm zum erstenmal der Gedanke, herauszuspringen.

Der andere Polizist summte leise vor sich hin. Ab und zu zündete er sich eine neue Zigarette an dem Stummel der alten an, ohne die Straße aus den Augen zu lassen.

Delise versuchte, an etwas Schönes zu denken, aber seine Gedanken kehrten zurück zu Sebastián und der bezahlten Hotelrechnung. Auch die Fragen, die er dem jungen Polizisten gern gestellt hätte, entglitten ihm, ehe er sie aussprechen konnte. In seiner ausweglosen Situation fühlte er, daß er jetzt weder nach Erklärungen suchen noch klagen noch nachdenken dürfte, sondern – da er sich ohne Verwunderung mit der Lage abgefunden hatte – mit seiner ganzen Energie sich darauf konzentrieren müsse, den Aufruhr in seinem Innern zu überwinden. Er versank in einer Welt, in der nur das Gefühl herrschte und der Verstand so unwirksam war wie die eigene Sprache in einem fremden Land.

Autos mit bereits eingeschalteten Scheinwerfern fuhren an ihnen vorbei, und das Gesicht des älteren Polizisten war dann und wann im Rückspiegel zu sehen. Er warf die Stummel seiner Zigaretten durch das Seitenfenster; sie beschrieben elegante Kurven, die sich nach hinten verloren.

Die drei Insassen bildeten eine eigenartige Gesellschaft: Der Fahrer, der eine unerschütterliche Haltung zeigte; der junge Polizist mit seiner prachtvollen Naturhaftigkeit, der im Gegensatz zu Delises Eleganz unordentlich wirkte, und Delise selbst, der sich auf dem Wege zu irgendeiner Gesellschaft hätte befinden können.

Neben der Landstraße gähnte ein tiefer Abgrund, der durch kein Schutzgitter gesichert war. Von einer Kurve aus konnte man verschwommen das Meer sehen, das unter einer dichten Nebeldecke lag. Die Brise, eine künstliche Brise, die durch die Schnelligkeit des Wagens hervorgerufen wurde, trug den Teergeruch von Booten heran.

Bald sind wir da, sagte sich Delise, es sind nur noch wenige Minuten.

Die beiden Polizisten unterhielten sich, aber Delise hörte nicht zu. Er spähte durch die Windschutzscheibe und glaubte jeden Augenblick, die ersten Lichter der Stadt auftauchen zu sehen.

Aber alles war dunkel wie die Tunnelhöhlen, die ihm auf der Berg- und Talbahn so unvermeidlich entgegengegähnt hatten. Angst und Schwindel überkamen ihn; er befürchtete, daß seine Nerven versagen könnten. Er atmete schwer, und der junge Polizist wandte sich ihm zu. Der Ältere beobachtete ihn ständig. Eine Hälfte seines Gesichts war im Rückspiegel zu sehen.

«Was ist los, Delise?» fragte er.

Es entstand ein langes Schweigen; Delise sah die beiden Beamten abwechselnd an, dann wandte er den Blick ab, als ob er aufmerksam einem schwachen, noch weit entfernten Geräusch lausche.

«Sie sehen schlecht aus», erklärte der junge Polizist. «Sie sind blaß, und der Schweiß bricht Ihnen aus. Sie schwitzen schon während der ganzen Fahrt, und Ihr Atem geht schwer ... Was ist mit Ihnen los? Sag mal, Selbi – ist es so heiß, daß man schwitzen muß?»

Der ältere Polizist suchte in seinen Taschen herum, fand aber das Gesuchte nicht. Er streckte die Hand nach hinten aus, ohne die Straße aus den Augen zu lassen und wartete auf die Zigarette, die der junge Polizist ihm reichte.

«Unser Trainer hat uns immer zum Schwitzen gebracht, aber ... Hör mal, Selbi, ich möchte mal wissen, wie du Geld sparen willst, wenn du soviel rauchst.»

Der ältere Polizist lachte herzlich. Sein Kamerad fuhr verdrießlich fort: «An dem Tage, an dem du Geld sparst, bekommen die Frösche einen Pelz ... Fühlen Sie sich nicht gut, Delise? Sie schwitzen und keuchen ja schon seit unserer Abfahrt. Mir war vor dem Spiel auch immer ein wenig schwindlig ... Aber sobald ich den Ball erwischte, verging der Schwindel sofort, und ich überblickte das Feld um so klarer.»

«Ich fühle mich recht gut», sagte Delise.

Er schob seine Hand über das Polster nach dem Fenster hin. Seine

Lippen waren fest aufeinandergepreßt, und durch die halbgeöffneten Augenlider maß er die Entfernung, die ihn vom Türgriff trennte. Nur ein Gedanke nahm ihn gefangen: *In wenigen Augenblicken sind wir am Ziel, und dann ist es zu spät* ... Der Kopf schmerzte ihn furchtbar. Er hätte weit fort sein mögen: in Sebastiáns Vorzimmer etwa, um einen Stoff auszusuchen, oder auf einem Strandspaziergang mit seinem jungen Dobermann, der auch aussah wie ein Spielzeughund. Er erinnerte sich an den Hochzeitstag von Fioreya und Lucius Costa. Damals hätte er sterben, sein Leben auslöschen mögen, um den unerträglichen Schmerz zu beenden.

Seine Hand glitt einige Zentimeter näher an die Tür heran. In Stirnhöhe hing ein kurzer, geflochtener Ledergriff, nicht dicker als der Knauf eines Spazierstockes, an dem man sich in den Kurven festhalten konnte. Langsam und vorsichtig umfaßte Delises Hand die Quaste.

Der junge Polizist beobachtete, daß sich der Verhaftete auf die Lippen biß; er achtete jedoch nicht auf seine Hände.

Delise dachte: Ich darf ihn nicht ansehen; er wartet darauf, daß ich mich umdrehe; er weiß, daß ich vermeide, ihn anzuschauen ... Er entspannte die Armmuskeln.

Delise konnte die Augen nicht von dem Türgriff abwenden. Noch drei oder vier Zentimeter ... Vor dem Auto tauchte der ferne Glanz der abendlich erleuchteten Stadt auf.

«Wir werden bald da sein», sagte Selbi. «In knapp eineinhalb Stunden haben wir es geschafft. Was sagst du dazu?»

Delises Finger hatten den Türgriff erreicht. Er lehnte sich vornüber, um seine Hand zu verdecken, und tat so, als ob er sich für den Lichterglanz vor ihnen interessiere.

Der Wagen fuhr ruhig, und die Scheinwerfer beleuchteten die Kurven. Delise kannte die Gegend gut. Er begann, den Griff herunterzudrücken. Es würde ganz einfach sein. Ein rascher Druck und ein Sprung ins Leere ... Das Tempo würde ein übriges tun. Ihn schwindelte, und seine Gedanken verschwammen. Diesmal würde Loreto Montevidei nicht da sein, um sein Vorhaben zu vereiteln. «Adios, meine kleine Fioreya», flüsterte er.

Das Auto machte plötzlich einen Satz, als die Scheinwerfer eines Lastwagens direkt vor ihnen aufleuchteten. Der Lkw kam noch eben vorbei und schrammte die Kotflügel. Delise und der junge Polizist wurden auf dem Rücksitz durcheinandergeworfen; Selbi hatte das Steuer herumgerissen, ohne die Geschwindigkeit zu verringern. Er gestikulierte heftig und schimpfte.

«Dieser Narr! Um ein Haar ...»

Delise betrachtete seine Hand, die noch immer den Türgriff festhielt.

Er atmete tief und dachte: O mein Gott, ich habe mich töten wollen... Ich habe mich töten wollen!

«Sind Sie erschrocken, Delise?» fragte Selbi.

Delise betrachtete noch immer seine Hand. Es war dieselbe Hand, die das Glas gehalten hatte – in der Hotelbar, am Mittag – ehe es seinen Fingern entglitten und auf dem Boden in tausend Stücke zersprungen war.

Es tut mir so leid, hatte Delise gesagt.

Das macht doch nichts. Sind Sie abergläubisch, Señor Delise? Der gelangweilte Kellner hatte gelacht. *Was kann ein zerbrochenes Glas bedeuten? Glück oder Unglück? Was glauben Sie?*

Während man Delise ein neues Glas besorgte, hatte er den öden Raum mit dem erloschenen Kamin und dem abseits stehenden Klavier betrachtet. Als er zum erstenmal den Raum betreten hatte, hatte er des Klaviers wegen Gefallen daran gefunden. Im Herbst und Frühjahr hatte er hier gewöhnlich die Wochenenden verbracht. Damals war das Hotel fast leer gewesen, und niemand hatte ihn daran gehindert, seinen Diener mitzubringen und das Klavier, so oft er wollte, zu benutzen, da er es ja stimmen ließ. *Dieser Herr ist wohlhabend,* hatte er den Besitzer einmal sagen hören, *reich, müßig und vielleicht nicht ganz gesund...* Delise hatte an dem Ort Gefallen gefunden, weil er nicht allzu weit von der Stadt entfernt war und er die ruhige, ländliche Umgebung als wohltuend empfand.

Er war an das Klavier herangetreten und hatte mit einem Finger der Hand, die das Glas hielt, einzelne Töne gespielt. Dann hatte er das Glas abgestellt. Der Kellner, der für einen Augenblick fortgegangen war, hatte es von der Küche aus gehört und war lautlos zurückgekommen. Er hatte sich neben die Tür gesetzt, den Ellbogen auf den Tisch gestützt und das Kinn auf die Hände gepreßt. Delise hatte seine Anwesenheit nicht bemerkt. Er hatte sich plötzlich erhoben, das Getränk heruntergestürzt, ein Geldstück hingelegt, und war, ohne auf das Wechselgeld zu warten, zur Treppe gegangen.

Reisen Sie ab? hatte der Portier gefragt und von einem Buch aufgeblickt.

Noch nicht.

In seinem Zimmer hatte er sich an das Fenster gesetzt und die Straße betrachtet. Ein kleiner Junge, den Schulranzen auf dem Rücken, war an der Hand einer Frau vorbeigegangen. Auch ein alter Mann war auf der Straße gewesen mit einem primitiven Roulettspiel, das auf einem kleinen Faß befestigt war – er kam wohl von einem Jahrmarkt –, und zwei Jungen, die das Spiel drehten, unterhielten sich eifrig. Das Kind hatte stehenbleiben wollen, und die Mutter hatte ihm einen Klaps versetzt.

Katzen waren durch die Straße gestrichen und ungeniert auf die Stühle gesprungen, die auf dem Bürgersteig vor dem Hotel standen; Delises Dobermann war ja fort; er hatte seinen Herrn vom Auto aus ganz vorwurfsvoll angeblickt.

Delise hatte den Kopf auf das Sofa zurückfallen lassen und war mehr als eine Stunde, ohne sich zu bewegen, in dieser Haltung verblieben.

Wenn seine Augen nicht offen gewesen wären, hätte man meinen können, er schlafe tief. Seine Augen waren starr und durchsichtig gewesen, kein Lid hatte gezuckt. Sein Kopf war voller Musik gewesen; ruhige, monotone Takte, unterbrochen durch lange Pausen. Es war so, als ob sich ein Motiv angekündigt hätte und bereits ganz nahe gewesen wäre; ein dumpfer Kontrapunkt der Schlaginstrumente. Dann hatte er das Geräusch eines Autos vernommen, das Zufallen einer Tür.

Er hatte die beiden Polizisten beobachtet, wie sie vor das Gebäude traten, um es von oben bis unten zu betrachten. Er hatte sie mit dem Portier sprechen sehen und erraten, daß sie dann in die Vorhalle eintraten. Er hatte sich den Mantel um die Schultern geworfen und im gleichen Augenblick die Tür geöffnet, als der Polizist Selbi die Hand erhob, um zu klopfen.

O lieber Gott, ich habe mich töten wollen, erinnerte sich Delise abermals und verbarg das Gesicht in den Händen. Er hatte diese phantastische Situation nicht länger ertragen können: Erst das Warten auf die beiden Polizisten, dann die Fahrt im Polizeiwagen; die Überzeugung, daß er seine Freiheit nicht wiedererlangen würde, sobald er das Portal des Polizeipräsidiums durchschritten hätte.

Er hatte sterben wollen, wie damals im Vergnügungspark. Er konnte noch das Vibrieren des schlittenartigen Gefährts in seinem Hirn spüren; es war wie ein schriller Ton, der aus einem metallischen Gewölbe aufsteigt ... Oder war es vielleicht das Geräusch des sich entfernenden Lastwagens? Er verbarg sein Gesicht in den Händen und verblieb in dieser Haltung, bis der junge Polizist ihn schließlich aufforderte, geradezusitzen.

Sie erreichten die Peripherie der Stadt, und durch die Fenster erblickte man die ersten Häuserblocks. Sie fuhren langsamer.

«Vergiß nicht, daß ich um acht ein Rendezvous habe, Selbi», sagte der junge Polizist. «Du kannst dir denken, daß ich keine Auseinandersetzung mit ihr haben möchte, nicht wahr?»

Der Polizeiwagen bog in eine Straße ein, die in das Stadtzentrum führte. Selbi versuchte, dem dichtesten Verkehrsgewühl auszuweichen. Er bog in eine weniger verkehrsreiche Straße ein. Vor einer roten Ampel trat er auf die Bremse.

Delise sah die Lichter wechseln, und plötzlich schien es ihm, als sei irgend etwas anders geworden. Die Falle wollte zuschlagen. Aber noch gab es die Möglichkeit, zu entkommen.

Als der Wagen anfuhr, öffnete er die Tür mit einer Selbstverständlichkeit, die ihm selber nicht zum Bewußtsein kam, und sprang hinaus.

2

Selbi sah, wie Delise verzweifelt durch das Verkehrsgewühl rannte und inmitten des Lärms und der quietschenden Reifen seinen Hut festhielt. Es schien irgendwie grotesk, daß Delise sich so an seinen Hut klammerte. Der junge Polizist, der zu groß und zu breit war, um leicht aus dem Wagen springen zu können, bemühte sich, das Auto durch die hintere Tür zu verlassen. Er hielt Delises Mantel noch in der Hand, das einzige, was er von ihm hatte halten können. Endlich sprang der junge Polizist aus dem Auto – es wirkte, als streife er den Wagen ab.

Selbi begann zu fluchen. «Schieß doch hinterher!» schrie er. «Ziel tief, auf die Beine ... Schieß doch endlich!»

Der junge Polizist hielt die Waffe in der Hand und zögerte. Noch nie hatte er auf einen Menschen geschossen. Er war noch sehr jung; er brachte es nicht fertig, auf einen Menschen zu schießen. Er hatte sich schon oft vorgestellt, wie es sein würde, wenn er eines Tages von der Waffe würde Gebrauch machen müssen, und gehofft, dann nicht zu versagen. Er war ein guter Schütze, er erreichte ausgezeichnete Ergebnisse bei den Schießübungen auf bewegliche Ziele. Aber nun konnte er jene einfache Bewegung, die er bei einem imaginären Flüchtling so oft geübt hatte, einfach nicht ausführen; nicht Nervosität hinderte ihn daran, sondern die Erkenntnis, daß seine Handlung nicht wiedergutzumachen sein würde.

Selbi riß seine Waffe heraus und zielte.

«Weg, du Idiot!» schrie er, als der junge Polizist hinter Delise herzulaufen begann und ihm dabei in die Schußlinie kam.

Ein Omnibus schob sich zwischen Delise und den jungen Polizisten. Menschen begannen zusammenzulaufen; eine Frau kreischte hysterisch. Der Omnibus fuhr vorüber, und Selbi sah, wie Delise, der beinahe den gegenüberliegenden Bürgersteig erreicht hatte, den Autos auswich. Der Hut war ihm vom Kopf geflogen und lag mitten auf der Fahrbahn. Selbi nahm seine Signalpfeife, pfiff laut und sprang aus dem Wagen. Er blieb an der Tür hängen und zerriß sich die Jackentasche. «Verdammt!» knurrte er.

Der junge Polizist lief hinter Delise her. Er hatte den Revolver in die Tasche gesteckt; er verfolgte Delise in der Menge, die ganz verdutzt

Platz machte. Die Entfernung zwischen den beiden Männern verringerte sich. Der junge Polizist bewegte sich wie eine Lokomotive vorwärts und näherte sich der Straßenkreuzung, die Delise soeben erreicht hatte. Ganz plötzlich jedoch und völlig überraschend knickte sein verletztes Bein ein. Er stolperte und schlug der Länge nach hin.

Delise lief weiter, ohne den Kopf zurückzuwenden, und stieß mit den zögernden Fußgängern zusammen. Er hatte kein festes Ziel vor Augen, er wollte nur fort von hier. Er hörte Selbis Alarmpfiff und rannte weiter. Er bog um eine Ecke, aber die Menschenmenge, die aus einem U-Bahnausgang strömte, ließ ihn unentschlossen stehenbleiben. Er drehte sich um und lief geradeaus; er bemerkte ein freies Taxi, rief es, aber es hielt nicht an. Er rannte weiter, dann ging er langsamer, um nicht aufzufallen. Er erreichte eine der weniger verkehrsreichen Straßen und blieb vor einem Café stehen. Er keuchte.

Ein untersetzter Mann trat aus dem Café, knöpfte seinen Mantel zu und musterte ihn erstaunt. Delise gab der noch pendelnden Tür einen Stoß und trat in das Café, das von ruhigem Stimmengemurmel erfüllt war, und ging an die Bar.

«Was darf ich Ihnen geben?» fragte jemand. «Señor, womit kann ich dienen?»

Er schob sich an der Bar entlang und suchte schwer atmend das Schild mit der Aufschrift Toiletten.

Er öffnete die Tür. Ein Herr trocknete sich gerade die Hände.

«Bitte», sagte Delise, «gibt es hier einen zweiten Ausgang?»

«Wie?» fragte der andere jovial. «Kein Geld?»

«Was sagten Sie?»

«Es gibt einen Hinterausgang. Ich hoffe aber, daß Sie gezahlt haben.»

«Das ist es nicht», antwortete Delise.

Er trat auf eine schlecht beleuchtete Straße hinaus und begann wieder zu laufen. Seitenstechen quälte ihn, und er wußte, daß er nicht mehr weit kommen würde. Plötzlich vernahm er wieder die Trillerpfeife des Polizisten; aber jetzt kam der Laut von der entgegengesetzten Seite und war noch weit entfernt. Sie umzingeln mich, sagte sich Delise. Hier werde ich nicht herauskommen.

Er verließ die Straße und kam auf ein leeres Grundstück, einen Bauplatz offenbar. Er stolperte über umherliegende Eisenteile, beschmutzte sich seine Kleidung und schwankte. Ein Hund begann zu kläffen. Delise tappte weiter, schob den Schutt mit seinem Spazierstock, den er als Verlängerung seines Armes geradeaus hielt, zur Seite und tastete sich wie ein Blinder vorwärts. Seine Füße versanken in etwas Weichem, er glitt aus und fiel hin. Ein Schmerz schoß durch seine Hand. Er richtete sich sofort wieder auf, ergriff den Spazierstock, der glücklicherweise unbeschädigt geblieben war, und stapfte vorwärts. Über einem Schutthaufen sah er ein Licht; er ging darauf zu und kam zu einem gepflasterten Durchgang; zu beiden Seiten standen niedrige Häuser, die mit Eisengittern umgeben waren. Diesen Teil der Stadt kannte er nicht; er hatte völlig die Richtung verloren und wußte nicht einmal, ob er in einer bestimmten Richtung vorwärts lief oder sich im Kreise bewegte.

Jeder Schritt kostete ihn mehr Anstrengung. Unter einer Straßenlampe stellte er fest, daß seine Schuhe weiß waren vom Kalk des Bauplatzes. Das erinnerte ihn daran, wie er damals mit Fioreya zum Schilaufen gefahren war. Sie waren zu Fuß durch den Schnee gerannt, er war naß gewesen und hatte an den Stiefeln geklebt wie jetzt der Kalk an seinen Schuhen. Er hatte nicht mehr weiterlaufen können, und sie hatte gelacht; ihr Atem war in der eisigen Luft ein kleines Wölkchen gewesen... Delises Blick war weich, als er die Schuhsohlen mit der Eisenspitze seines Spazierstockes abschabte. Am Ende der Straße erklang wieder der Polizeipfiff, und er nahm seine Flucht wieder auf.

Er sprang eine breite Treppe hinab, nahm zwei Stufen auf einmal, und fand sich in einer leeren Gasse wieder. Er war im Industrieviertel der Stadt.

Die Stadt setzte sich aus drei fest abgegrenzten Teilen zusammen: dem industriellen Bezirk, dem modernen Zentrum, das dem einer jeden Stadt glich, und dem dritten und größten Distrikt, der den Rest beherrschte, majestätisch, düster, mit Monumenten überladen, mit breiten Straßen und alten Gebäuden, ein offizielles Fluidum ausstrahlend.

Zum erstenmal blieb er stehen und sah sich um. Er bemerkte zwei Männer, die eine Drehorgel schoben, aber niemand schien ihn zu verfolgen.

Im gleichen Augenblick stritten der junge Polizist und Selbi erzürnt miteinander.

«Wenn die Frösche einen Pelz bekommen!» hatte Selbi sarkastisch gesagt.

In der Hand hielt er Delises Hut, den er aufgehoben hatte, als der junge Polizist sich mühsam aufrichtete und das verletzte Knie betastete. Er war auf dem Boden sitzen geblieben und schaute ungläubig auf die Ecke, um die Delise verschwunden war. Eine neugierige und erschreckte Menge umgab die beiden Beamten.

«Herzlichen Glückwunsch», knurrte Selbi und lachte grimmig. «Die öffentliche Ordnung ist bei dir in guten Händen.»

Zornig gab er den uniformierten Polizisten, die sich irrtümlich auf ihn gestürzt hatten, als sie ihn mit der Pistole sahen, Befehle. Sie stürzten in der Richtung davon, die ihnen die Umstehenden heftig gestikulierend wiesen und erreichten bald das Café mit den beiden Eingängen.

«Ich sag's ja», meinte der Herr, der sich die Hände abtrocknete, überschwenglich. «Ich sag's ja, so was Aufregendes ist mir noch nie passiert!»

Sie hörten den Hund auf dem Baugrundstück bellen. Selbi gab neue Anweisungen und übermittelte mit seiner Trillerpfeife gebieterische Befehle.

Die Silhouette eines Polizisten, der mit dem Arm winkte, wurde am anderen Ende der Straße sichtbar. Von überall kamen Beamte herbeigeeilt. Selbi befahl, den Häuserblock zu umzingeln.

Er sah den jungen Polizisten hilflos an. «Er hat zuviel Vorsprung», sagte er; «es ist möglich, daß er sich ein Auto genommen hat, sich irgendwo versteckt hält oder zurückgelaufen ist ... Das ist deine Schuld!»

«Es tut mir leid, Selbi. Ich könnte mir selber eine reinhauen. Aber ich hab einfach nicht an mein Knie gedacht ... Bitte, sag's niemand!»

Vom Bauplatz kam ein Polizist gerannt und schrie, er habe eine Spur gefunden. Die anderen stürmten wie eine Meute vor; instinktiv spürten sie, daß sich der Flüchtige in ihrer unmittelbaren Nähe befand. Taschenlampen leuchteten auf, und die Fußtritte hallten von den Kellerwänden des Rohbaus wider.

«Hier, sehen Sie ...» Der Polizist zeigte auf die Fußspuren in dem frischen Kalk.

«Was läßt Sie vermuten, daß es Delises Fußspuren sind? Sie können von heute nachmittag oder gestern sein. Es kann sich sogar um Ihre oder meine handeln!»

«Der Kalk ist noch feucht. Sehen Sie mal, man kann die Spuren bis hintenhin verfolgen!»

Die Lichter der Taschenlampen verschwanden, und die Straße begann von Polizisten zu wimmeln. Selbi sagte etwas zu dem Mann, der Delises Fußspuren entdeckt hatte, und die Beamten schwärmten in alle Richtungen aus.

«Noch feucht», sagte Selbi zu dem jungen Polizisten und wies mit der Hand auf die Fußspuren.

«Ich kann nichts dafür, Selbi; es war nur das mit meinem Knie.»

Sie liefen am Eisengitter entlang, zwei Polizisten folgten ihnen. Von ferne hörte man das Brausen des Verkehrs; hier war alles ruhig. Sie konnten die zahlreichen Geräusche vernehmen, die aus den Vorstadtwohnungen hervorquollen: das Rauschen eines Abflußrohrs, ein Familienstreit, ein Lachen, das Weinen eines Kindes.

Die zwei Männer mit der Drehorgel kamen aus einer Seitenstraße; sie sahen die vier Polizisten neben einem erleuchteten Fenster stehen; ihre phantastisch verlängerten Schatten wurden weit über die Straße geworfen. Selbi wandte sich an sie:

«Haben Sie jemand gesehen, der in diese Richtung lief?»

Der Mann, der die Drehorgel schob, schüttelte verneinend den Kopf.

«Mordkommission», sagte Selbi kurz, öffnete und schloß seinen Ausweis vor dem Drehorgelmann, ohne ihm Zeit zum Lesen zu lassen.

«Nein, Señor. Ich habe niemand gesehen ...» Er schaute zurück. «Keinen, der rannte, meine ich. Hinter uns kam bloß ein Pärchen; sie hatten sich umarmt ... Du hast es doch auch gesehen, nicht wahr, Julio?»

Der andere Drehorgelmann lachte, aber zu laut und zu lange. «Es ist die Polizei, Julio. Julio, hast du einen Mann laufen sehen? Nein, du hast keinen gesehen, nicht wahr? Er hat keinen gesehen, Señor. Sie hören ja, was er sagt. Da war nur das Pärchen, das ...»

Der andere begann wieder zu lachen. «Mordkommission, sagen Sie? Jemand ermordet worden, Señor?»

«Aus dem Weg», sagte Selbi und schob den Mann beiseite.

«Zu Befehl, Herr Oberst», entgegnete der Straßenmusikant und hob die Hand an seine Mütze.

Die Drehorgel stimmte eine lustige Melodie an, und der Klang drang bis zu Delises unsicherem Versteck, aus dem er durch einen Türspalt lugte. Die Tür ging nach innen auf, und er war in den Winkel zwischen Tür und Wand geschlüpft. Ihm schien dieser Platz das beste und natürlichste Versteck der Welt. Er zuckte zusammen, als er Schritte auf dem Bürgersteig vernahm. Er sah zwei Schatten vor der Tür stehenbleiben und hörte Stimmen.

«Jetzt nicht!» widersprach die Frau.

Die Schatten bewegten sich ein wenig.

«Sei doch nicht so!» beharrte der Mann. «Du hast mir versprochen ...»

«Unmöglich, Liebling; morgen ...»

Sie stiegen die Haustürstufen hinauf und blieben am hinteren Ende des dunklen Ganges stehen. Delise drückte sich gegen die Wand und hielt den Atem an; er konnte nicht sehen, was am Fuß der Treppe geschah. Er hörte ein unbestimmtes Geräusch und dann wiederum die Stimme der Frau: «Nein ... Nicht. Morgen, hab ich gesagt.»

«Ach, morgen ... Das sagst du immer!»

Die Stimme des Mannes klang erbittert. Der Widerstand der Frau schien nachzulassen. Delise erriet, daß das Paar sich leidenschaftlich küßte und empfand Widerwillen. Meine kleine Fioreya, dachte er und erinnerte sich an die Schipiste, die sie mit solcher Anmut hinabgeglitten war ... Damals war alles sauber und schön. Warum ist es nicht immer so geblieben? Warum ist nicht alles in meinem Leben sauber und schön geblieben?

Der Leierkasten hörte auf zu spielen, und Delise spürte die Gefahr, noch bevor die beiden Polizisten sich näherten. Als er sie sprechen hörte, glaubte er, die Stimme Selbis wiederzuerkennen. Jetzt, da der Leierkasten zu spielen aufgehört hatte, schien die Straße ungewöhnlich ruhig zu sein.

«Hast du nicht gehört?» flüsterte die Frau hinten auf dem dunklen Gang. «Geh jetzt . . . Bitte! Laß mich allein!»

Die Stimmen der Polizisten drangen laut in den Torgang. Sie standen nur wenige Schritte von Delises Versteck entfernt, aber er konnte ihre Gesichter nicht durch den Türspalt sehen, durch den ein kalter Luftzug in sein improvisiertes Versteck hineinwehte. Er trocknete sich den Schweiß von der Stirn und fröstelte. Ich hätte in der Menschenmenge bleiben sollen, dachte er. Es war ein Fehler, hierherzukommen . . .

«Du nimmst diese Straßenseite», ordnete Selbi an; «fang ganz unten an und geh bis zum anderen Ende.»

«Hör mal, Selbi», begann der junge Polizist, «ich . . .»

Sie gingen weiter. Delise fühlte eine plötzliche Schwäche in den Beinen und lehnte sich an die Wand. Ich bin für solche Dinge nicht geeignet, dachte er, dazu bin ich nicht der Typ . . . Der Spazierstock hing noch an seinem Arm wie ein ironisches Symbol.

Das Pärchen begann wieder zu flüstern.

«Hast du gehört, Liebling? Die Polizei. Du mußt gehen!»

«Was? Gerade jetzt, wo . . .»

«Los, geh doch! Merkst du denn nicht, daß das ganze Haus schon . . .»

Eine Tür im dritten Stockwerk hatte sich geöffnet, und ein Lichtdreieck erschien auf der Treppe.

«María!» schrie eine Frau. «Bist du es, María?»

«Gute Nacht, bis morgen . . . Ja, Mama, ich komm schon.»

«Was machst du im Hausflur, María? Warum kommst du nicht rauf?» Mit der Stimme drang ein starker Kohlgeruch nach unten. «Was ist das überhaupt für ein Krach auf der Straße?»

«Versprichst du's mir?» flüsterte er.

«Adiós! Sei vorsichtig!» Sie küßten sich wieder. «Ja, Mama, ich komme.»

«Da ist doch einer bei dir . . .»

Das Mädchen lief eilig die Stufen hinauf. «Nein, nein, Mama . . . Ich komme ja schon.»

Die obere Tür wurde geschlossen, und alles war wieder ruhig. Aber an der Haustür lauschte noch der Mann. Delise hörte ihn die Stufen zum Bürgersteig hinuntergehen und sich schließlich entfernen.

Eine Minute verstrich, und wiederum hörte er die Polizeipfeifen am anderen Ende der Straße. Delise sah vorsichtig nach draußen. Die Straße lag verlassen da. Wenn ich hier bleibe, dachte er, werden sie mich entdecken, falls sie wieder zurückkommen... In der Ferne sah er einen Polizisten eine Querstraße entlanglaufen, und er erriet, daß der Mann verfolgt wurde, der gerade das Haus verlassen hatte. Er wartete voller Angst und fürchtete, jeden Augenblick Schüsse zu hören; aber alles blieb ruhig. Er trat hervor und schüttelte sich den Staub von der Hose. Er rieb seine Schuhsohlen an der Mauer ab und reinigte die Schuhe mit dem Taschentuch. Aus dem Leierkasten quollen lärmende Melodien hervor.

Delise warf sein schmutziges Taschentuch fort und stieß es mit dem Fuß in den Rinnstein. Er schritt kräftig aus und brachte Kragen und Krawatte in Ordnung; er ging geradewegs auf die Drehorgel zu. Als er daran vorbeischritt, streckte ihm einer der Wandermusikanten einen kleinen Metallteller entgegen und schüttelte die Kupfermünzen darauf.

Delise übersah ihn und ging weiter.

«Caballero», hörte er die Stimme neben sich. «Caballero, bitte...»

Delise machte eine abweisende Geste, aber der Mann war hartnäckig. Er schritt neben ihm her und schüttelte noch immer den Teller.

«Als die Polizei mich fragte, hab ich nichts gesagt. Sie stellen immer Fragen, aber ich sag nie was.»

Delise blieb stehen und starrte den Mann an.

«Ein lustiges Stück, nicht wahr? Aber wenn Sie wollen, sag ich meinem Freund, er soll was anderes spielen.» Er schüttelte den Teller.

Delise zog eine gefaltete Banknote aus der Tasche, warf sie auf den Teller und ging weiter. Der andere kehrte zu seinem Kameraden, der den Leierkasten drehte, zurück und entfaltete zärtlich den Geldschein. Plötzlich pfiff er.

«Schau mal!»

Der Drehorgelmann warf einen Blick über die Schulter. Sein Gesicht war starr vor Staunen, und der Arm, der die Kurbel bediente, erstarrte mitten in der Bewegung. Mit einem schrillen Mißton brach die Melodie ab. «Allmächtiger Gott!» rief er. Er schaute hinter Delise her und legte ehrfurchtsvoll die Hand an die Mütze.

Selbis Gesicht war ganz rot, als er die Telefonkabine verließ. Er hatte mit dem Kommissar gesprochen.

«Gehen wir», sagte er zum jungen Polizisten. «Der Trainer möchte auch mit dir ein Wörtchen sprechen.»

«Na schön», seufzte der Junge gottergeben.

«Ich hab das Gefühl, wir dürfen bald wieder Streifendienst schieben, du und ich.»

«Kann schon sein.»

«Hoffentlich haben sie uns nicht inzwischen den Wagen geklaut ... Das ist das einzige, was mir noch fehlt zu meinem Glück.»

«Selbi, ich ...»

Auf der Fahrt zum Präsidium sagte Selbi: «Ich an deiner Stelle würde das Rendezvous vergessen, das du für acht Uhr vereinbart hast.»

«Natürlich, Selbi. Klar.»

Der Ältere schien ein wenig weicher zu werden und lächelte, während seine Hände das Steuer umfaßten. «Wer ist es denn? Valeria?»

«Nein, ein anderes Mädchen.»

«Ich verstehe nicht, was die Frauen an einem Burschen wie dir finden ... Es muß die Größe sein. Mensch, wenn du so gescheit wärst, wie du lang bist ...»

Der junge Polizist war so niedergeschmettert, daß Selbi Mitleid mit ihm hatte. Mitleid war ein Gefühl, das Selbi sonst fremd war.

«Sag mal, du warst doch ein guter Verteidiger. Was ist da eigentlich passiert?»

«Ich wollte es dir ja vorhin erzählen. Ich hab's dir schon oft erzählen wollen. Dieses verfluchte Bein ... Ich hab mich mal bei einem Spiel verletzt, und deswegen mußte ich das Rugbyspielen aufgeben ... Halt bloß den Mund, Selbi! Du hast ja gesehen, was passiert ist: Ich kann keine fünfzig Meter laufen mit dem verdammten Silberplättchen im Bein, und ... Na ja. Im entscheidenden Moment hab ich nicht dran gedacht.»

Im Büro des Kommissars nahm das Gespräch dann aber einen besseren Verlauf, als zu erwarten gewesen war.

«Es ist sogar möglich, daß dadurch für uns alles leichter wird», meinte der Kommissar geheimnisvoll, ohne den jungen Polizisten anzuschauen. «Es ist hundertmal schlimmer, wenn Rechtsanwälte in die Affäre hineingezogen werden ... Ein Mann von seinem Einfluß ... Sein Schwager – Lucius Costa, wissen Sie ... das ist eine der einflußreichsten Persönlichkeiten der Stadt. Er wird entsetzt sein, wenn er davon hört. Eine höchst unerfreuliche Überraschung für ihn. Delise wäre schließlich bestimmt nicht fortgelaufen, wenn er nicht gute Gründe gehabt hätte!»

Der Kommissar zeichnete geometrische Figuren auf ein Stück Papier und ließ den Blick durch das kleine Fenster wandern, das auf die Dächer der Nachbarhäuser ging. Er war guter Laune, weil ein Vetter seiner Frau für einen wichtigen politischen Posten vorgeschlagen worden war. Er setzte große Hoffnung auf den Vetter seiner Frau; er würde ihm gewiß behilflich sein, Karriere zu machen. Aber das war noch nicht alles! Es gibt Tage, an denen sich das Leben von der besten Seite zeigt und alles auf der Haben-Seite verbucht werden kann: Das Ergebnis der letzten Blutdruckuntersuchung war zufriedenstellend; bald würde er wieder ein wenig Alkohol trinken dürfen – hin und wieder und natürlich mit

Maß! Er klingelte und verdeckte die Pyramide, die er gezeichnet hatte. Wenn er guter Laune war, zeichnete er immer Pyramiden. Wenn er Pyramiden zeichnete, war er geneigt, die Dinge wohlwollend zu betrachten.

Der junge Polizist ahnte nichts von alledem; aber er erriet, daß der Tadel nicht so ernst sein würde. Er entspannte seine breiten Schultern. Er wünschte, daß Selbi jetzt bei ihm wäre, um die Verantwortung zu teilen.

«Er kann noch nicht sehr weit gekommen sein», wagte er zu sagen. «Delise, meine ich.»

«Alles ist leichter geworden», entschied der Kommissar. «Doria hatte recht, nach allem. Alles, was Doria über ihn berichtete ... Eine peinliche Angelegenheit für Delises Schwager.»

Ohne anzuklopfen trat ein kahlköpfiger Mann ein und legte eine Akte auf den Tisch des Kommissars. Obwohl der junge Polizist sie nicht lesen konnte, erriet er sofort, daß es seine eigene Personalakte war. Er stand vor dem Tisch und vermied es geflissentlich, das Körpergewicht auf das kranke Bein zu verlagern.

«Schließen Sie das Fenster», sagte der Kommissar.

Der Kahlköpfige gehorchte schweigend; bevor er den Raum verließ, hob er ein Dokument auf, das auf den Boden geflattert war, und legte es zurück auf den Tisch. Das Blatt war mit lauter Pyramiden bedeckt.

«Er kann die Stadt nicht verlassen», beharrte der junge Polizist. «Es wäre angebracht, sein Haus überwachen zu lassen, obwohl er es wahrscheinlich nicht aufsuchen wird.»

Der Kommissar glotzte ihn an; er war wütend, weil der Kahlköpfige seine Pyramiden entdeckt hatte. «Behalten Sie gefälligst Ihre Ratschläge für sich!» schrie er. Vetter und Blutdruck waren vergessen. «Führen Sie lieber dienstliche Aufträge etwas sorgfältiger aus!» Er zögerte. «Es kann sein, daß die Affäre einfacher ist, als sie aussieht; aber das ist nicht Ihr Verdienst, weiß Gott ... Haben Sie sich eigentlich schon mal überlegt, welche Folgen das haben kann, was heute abend passiert ist? Stellen Sie sich mal die Nachricht vor, die ich jetzt eigentlich an die Presse geben müßte! Ich werde es natürlich nicht tun. Ich selbst werde die Pressemeldung abfassen ... Aber glauben Sie nicht, daß ich es Ihretwegen tue! Nur wegen des Ansehens der Polizei!» Er erinnerte sich, daß er in seiner letzten Jahresansprache auf den Ruf des Polizeikorps aufmerksam gemacht hatte, und er winkte mit der Hand ab. «Natürlich kann Delise nicht weit kommen. Aber nicht dank Ihnen oder Selbi!»

Er griff nach der Personalakte des jungen Polizisten, erhob sich und studierte sie eingehend.

«Na ja ... Da steht ja allerhand Erfreuliches über Sie ... Also gut.

Das rettet Sie für den Augenblick. Sie können sich gratulieren. Sie haben Glück. Aber ich warne Sie; das nächste Mal können Sie wählen zwischen Telefondienst und Ihrer Entlassung. Ist das klar?» Der Kommissar sah verzweifelt zur Decke. «Läßt der Mensch einen gefährlichen Verbrecher laufen! Es ist doch nicht zu fassen!»

Der junge Polizist lächelte schwach. «Sie haben ihn nicht gesehen, Señor Comisario. Der hat keinen umgebracht ... Dieser Mann wäre nicht fähig, die Hand gegen jemand zu erheben. Ich versichere ...»

«Schweigen Sie! Sie könnten wenigstens Ihren Mund halten! Sie kriegen einen Vermerk in Ihre Personalakte – einen sehr ungünstigen Vermerk ... Raus!»

Der junge Polizist blieb stehen und räusperte sich ...

«Was wollen Sie noch?»

«Wenn Sie nichts dagegen haben, möchte ich, daß ... daß Sie mir erlauben ... Nun, ich selbst möchte gern den Fall weiter in die Hand nehmen.»

«Sind Sie zu nichts anderem eingeteilt? Na schön – ich werde Sie gegebenenfalls benachrichtigen.»

«Beim zweitenmal werde ich nicht versagen, Señor Comisario.»

«Gegebenenfalls, sagte ich.»

«Ja, Señor Comisario.»

«Schicken Sie Selbi herein.»

Selbi unterhielt sich mit dem Mann, der die Telefonzentrale bediente. Beide schienen die Tür zum Büro des Kommissars erwartungsvoll zu beobachten. Der junge Polizist winkte, und Selbi drückte seine Zigarette an der Wand aus. Er zog seine Jacke gerade, und bevor er anklopfte, sagte er zum jungen Polizisten:

«Seit einiger Zeit erwarte ich eine Beförderung.» Er zwinkerte ihm zu. «Jetzt kommt sie!»

«Selbi, es tut mir leid», entgegnete der junge Polizist.

Bevor die Tür geschlossen war, konnte er die tiefe Stimme des Kommissars vernehmen: «Nun, Selbi, was bedeutet diese skandalöse Affäre?»

Der junge Polizist ging weiter, ohne auf die Frotzeleien seines Kollegen Alvera zu antworten, der gerade in der Telefonzentrale saß.

Oben erwartete ihn eine Liste gestohlener Gegenstände, die er zu identifizieren hatte. Es war ein staubiger Raum, vollgepackt mit Handbüchern und Akten; im Winter ungeheizt und im Sommer zu heiß. Er setzte sich an den Tisch, an dem er Butterbrote verzehrte, wenn er Überstunden zu machen hatte.

Es war nicht so geworden, wie er es sich vorgestellt hatte, als der Trainer in ihm einen kommenden Verteidiger der Nationalmannschaft sah. Es war auch nicht so geworden, wie er es sich beim Polizeikorps gedacht hatte. Über zwei Jahre lang hatten sie ihn bedeutungslose Fälle bearbeiten lassen – und immer hatte er auf die Chance gewartet, seine Fähigkeiten bei einer größeren Aufgabe unter Beweis zu stellen. Und heute, als die Chance gekommen war ... Nun, am besten war, alles zu vergessen. Wenn sie ihn nur hier ließen!

Er warf einen Blick in die anderen Büroräume mit ihren leicht angeschmutzten Wänden und dem Bodenbelag aus Linoleum. Das Gebäude war früher das Museum für Alte Kunst gewesen. In der ehemaligen Eingangshalle saßen nun zwei zerlumpte Individuen auf Holzbänken und warteten darauf, aufgerufen zu werden: ein Polizeispitzel und eine Frau, die die Absicht hatte, ihren Mann anzuzeigen. In der Nähe der neu angebrachten Lautsprecher hatte man durch Glasscheiben getrennte Räume eingerichtet, in denen die weniger wichtigen Zeugen verhört wurden.

Das Schlimmste, dachte er, war nicht der Anpfiff vom Kommissar; noch nicht einmal die Tatsache, daß Delise ihm entwichen war ... Was ihn ärgerte, war seine Unentschlossenheit im entscheidenden Augenblick, als er auf den fliehenden Mann schießen sollte. Furcht und Zweifel stiegen in ihm auf, daß sich beim nächstenmal alles wieder genauso abspielen könnte. Sogar jetzt war er sich nicht sicher, ob er es fertigbringen würde, auf einen Menschen zu schießen. Er hatte auf Delise gezielt, aber ein innerer Widerstand, der aus der Tiefe seines Wesens hervorgebrochen war, hatte ihm die Hand gelähmt.

Er konnte nicht töten. Aber früher oder später würde sein Beruf es von ihm verlangen, so wie Töten im Kriege oder im Dschungel notwendig ist. Töten, dachte er; ich kann nicht töten ... Er hatte Mühe, den inneren Widerstand auf Gewissensbisse zurückzuführen. Der junge Polizist hatte die Worte des Bruders seiner Mutter noch nicht vergessen, der Pfarrer an der Kirche St. Adria war und mit dem er, als er Waise wurde, zusammenlebte; aber er erinnerte sich daran wie an etwas Ermüdendes, das in weiter Vergangenheit lag. Sein Gewissen hatte damit nichts zu tun. Es war ein niederschmetterndes Gefühl, das er bisher noch nicht gekannt hatte – vielleicht, weil die Notwendigkeit zu töten bis zu jenem Abend noch nie an ihn herangetreten war.

Er warf seinen Hut auf das Durcheinander der Papiere, das den Tisch bedeckte, und stützte die Ellbogen auf die Liste der gestohlenen Sachen. Nachdenklich rauchte er eine Zigarette. Im allgemeinen war er ein fröhlicher, geselliger junger Mann, der manchmal ein wenig aufschnitt und gern mal eine Wette abschloß. Selbi hielt ihn für zerknirscht, aber in Wirklichkeit war er nur verwirrt. Wenn der Omnibus nicht dazwischengekommen wäre, hätte er Delise gefaßt, bevor er den gegenüberliegenden Bürgersteig erreichte. Delise wäre ihm nicht entkommen, wenn sein Bein in Ordnung gewesen wäre.

«Na, Champion? Jetzt haben sie dich in die Reservemannschaft gesteckt, was?» sagte Alvera, als er an der Tür vorbeikam.

Alvera trug ein Aktenbündel und schaute den jungen Polizisten nicht an. Aber plötzlich fühlte er einen festen Griff auf seiner Schulter, der ihn zwang, sich umzudrehen. Das Gesicht des jungen Polizisten, das gewöhnlich freundlich war, verzerrte sich; es schien, als ob er in einem Augenblick alt geworden wäre.

«Schön zu wissen, daß ich so gute Freunde habe. Das ist eine große Hilfe!»

Alvera riß sich los. Er war ein kräftiger Mann, aber nun grunzte er nur: «Verstehst du denn keinen Spaß?»

Eine Stimme erklang aus dem Lautsprecher, und Alvera verschwand in einer der Kabinen, um sich um den Polizeispitzel zu kümmern. Der junge Polizist kehrte in seinen Arbeitsraum zurück und zog die Lampe niedriger, die von der Decke herabhing. Während er den Bleistift anspitzte, wanderten seine Gedanken zu dem Mädchen, mit dem er sich um acht Uhr verabredet hatte. Sie würde verärgert sein. Sie war nicht wie Valeria, die an sein Zuspätkommen gewöhnt war. Valeria war mit einem Telefonanruf und irgendeiner Entschuldigung zufrieden. Valeria fragte auch nie nach Gründen. Valeria vertraute ihm blind, obwohl er sie in letzter Zeit nur sehr selten getroffen hatte. Aber die von heute abend ... Wie sollte er ihr erklären, daß seine Pistole ihm Unbehagen einflößte?

Er hob den Kopf und schaute durch das Fenster nach draußen in die Dunkelheit ... Wo mag Delise nun sein? Wo kann er sich versteckt halten? Die Stadt ist unendlich groß. Er kann sich tagelang verbergen ... Wo würde ich mich an seiner Stelle verstecken?

Es fiel ihm keine Antwort ein. Er drehte den Papierberg um, und ein Formular, das er vermißt hatte, kam zu Vorschein. Ein Verbrechergesicht, das in die Kamera starrte, darunter die Fingerabdrücke.

«Scheißberuf», sagte der junge Polizist. Er sagte es laut und mit Inbrunst.

3

Als Delise aus dem Taxi stieg, hatte er seine Selbstbeherrschung wiedergewonnen.

In gewisser Weise fühlte er sich in der anonymen Menge auf den lauten Straßen sicherer. Er hatte jetzt nicht die Absicht, sie zu verlassen, obwohl er nicht wußte, wohin er sich wenden sollte. Ein elementares Gefühl der Vorsicht warnte ihn davor, nach Hause zu gehen. Inmitten der fremden Menschen, die ihn umgaben, faßte er den Entschluß, morgen die Stadt zu verlassen.

Er hatte ein Taxi genommen; als der Chauffeur ihn jedoch nach der Adresse fragte, hatte er nicht zu antworten gewußt. Schließlich hatte er gesagt: «Fahren Sie mich spazieren.» Aber er konnte nicht die Nacht damit verbringen, in einem Taxi spazierenzufahren. Der Chauffeur würde wahrscheinlich Verdacht schöpfen. Er verwarf den Gedanken, in einem Hotel zu übernachten; er hatte kein Gepäck, und auch im Hotel würden sie mißtrauisch werden. Er könnte natürlich in einem Stundenhotel absteigen und im voraus zahlen; aber hier bestand die Möglichkeit, bei einer routinemäßigen Razzia aufgegriffen zu werden – er hatte vage Vorstellungen, daß solche Dinge häufig geschahen. Seinem Tun und Lassen waren also Grenzen gesetzt.

Zweifellos wußte inzwischen jeder Polizist in der Stadt, wie er aussah. Sein Bild war in der vorletzten Ausgabe des *Suplemento Artístico* auf der Musik- und Theaterseite abgedruckt. Es war kein schlechtes Foto; man schätzte ihn darauf nicht älter als fünfunddreißig Jahre, und es ließ ihn fälschlicherweise kraftvoll und energisch erscheinen. Muoli, ein mit ihm befreundeter Journalist, hatte es veröffentlichen lassen. *Virgilio Delise, der bekannte Musikwissenschaftler.* Eine unverbindliche Beschreibung. Delise hatte gelächelt, als er es las; er hatte gedacht, daß dort ebensogut hätte stehen können: *ein ausgezeichneter Dilettant.*

Er säuberte seine verletzte Hand – es war nur ein Kratzer – und ging in eine Bar mit der Absicht, seinen Diener anzurufen. Um am nächsten Tag die Stadt zu verlassen, würde er das Auto und etwas Handgepäck benötigten. Oder nein, dachte er, das Auto lieber nicht ... Es war ein Wagen, der überall Aufmerksamkeit erregte. Er zögerte, die Telefonmarke in der Hand, und entschloß sich, seinen Diener nicht anzurufen. Er hatte irgendwo gehört, daß die Polizei Telefongespräche abhöre. Wie dumm, daß ich so wenig über diese Tricks weiß, dachte er. Sie werden mich erwischen, weil ich irgendeine ganz primitive Dummheit mache, über die sich jeder Ganove kaputtlachen würde ...

Er schob die Marke in den Schlitz des Telefons und rief bei der Redaktion einer Morgenzeitung an. Muoli würde ihm, ohne zu zögern, helfen.

«Ich will sehen, ob er da ist», sagte die Stimme am anderen Ende. «Mit wem spreche ich, bitte?»

«Deli ... Virgilio. Señor Virgilio. Sagen Sie ihm, daß es sich um etwas sehr Wichtiges handelt.»

Durch den Hörer drang Stimmengewirr an sein Ohr, dann und wann unterbrochen durch den Laut einer Klingel. Er wartete ungeduldig. Die Tür der Telefonzelle schloß nicht, so daß er sie zuhalten mußte. Durch das Fenster in der oberen Türhälfte konnte er die Kellner hin- und hergehen sehen; auf der Oberfläche der Scheibe spiegelten sich – als ob ein Bild darübergeschoben wäre – die vorbeifahrenden Autos auf der Straße draußen und das Aufblitzen der Leuchtreklame.

Dann wieder die Stimme. «Tut mir leid – er ist noch nicht da. Er kommt so gegen ein, zwei Uhr, um die Frühausgabe fertigzumachen.»

Delise setzte sich an einen Tisch nahe der Telefonzelle, ohne zu denken, ohne einen Entschluß zu fassen; nur darauf bedacht, in der hintersten Ecke des Lokals zu sitzen, so weit wie möglich vom Eingang entfernt. Er bestellte nichts. Er bemerkte weder die Anwesenheit des Kellners, der ihm eine stumme Frage zu stellen schien, noch war er sich klar darüber, welchen Ort er sich für sein Telefongespräch ausgesucht hatte.

Die Bar war schmutzig. Der Dreck auf den Sitzen hatte sich dort im Laufe vieler Jahre angesammelt. Einige Stammkunden spielten Domino und tranken Pernod.

Als er seine Hand aus der Tasche nahm, um die Telefonmünze zu bezahlen, fiel ein Bündel Banknoten auf die Erde. Er bückte sich, um sie aufzusammeln, und sah, wie der Kellner ihn starr vor Staunen beobachtete.

Der Kellner zögerte, den Geldschein zu nehmen, den Delise ihm hinreichte. «Nur ein Telefongespräch geht ab?»

Der Kellner entfernte sich und faltete den Geldschein zusammen.

Wahrscheinlich holt er den Besitzer, dachte Delise. Oder die Polizei ... Aber warum soll er die Polizei rufen? Der Kellner hat sicherlich keine Ahnung. An dem Geldschein war nichts Besonderes. Man sitzt in einer Bar und zahlt mit einer Banknote ... Kein Grund zur Beunruhigung.

Der Kellner kam zurück. «Haben Sie's nicht kleiner?»

Delise griff in die Tasche, in der er Kleingeld hatte, und seine Finger stießen auf ein anderes Bündel Banknoten. Es waren ganz neue Banknoten, sorgfältig zusammengefaltet. Er zog die Hand zurück, als ob er sich verbrannt hätte.

Als er das Geld am vorigen Freitag von seinem Konto abgehoben hatte, hatte der Kassierer gesagt: *Wenn Sie den ganzen Betrag mitnehmen wollen, ist es wohl besser, wenn ich es Ihnen in großen Scheinen gebe.*

Es war die für Félix Marcelu bestimmte Summe gewesen. Marcelu wartete an der Eingangstür der Bank; Delise konnte ihn sehen, wie er ruhig auf und ab spazierte. Er würde ihm das Geld aushändigen und nie wieder etwas von Marcelu hören; so war es vereinbart. Er würde seine Hilfe und sein Schweigen bezahlen. In diesem Augenblick wurde Delise zum erstenmal klar, daß Marcelu habgierig war, und als der Kassierer mit den Banknoten zurückkam, hatte Delise gesagt:

Ich hab mir's anders überlegt. Ich hebe mein ganzes Guthaben ab.

Alles?

Und später hatte der Direktor mit schwachem Lächeln wiederholt:

Alles? Ihr ganzes Guthaben? Wenn viele Kunden Ihrer ... eh ... Größenordnung Ihrem Beispiele folgen würden, kämen wir in eine heikle Lage ... Soll Sie jemand begleiten? Es ist eine Riesensumme, Señor Delise.

Es war wirklich eine Riesensumme. Es war nicht das ganze Vermögen, das Helena Delise ihm hinterlassen hatte; jenes Vermögen – Delise zerknitterte die Scheine in seiner Tasche –, hinter dem so viele hergewesen waren ... Aber Marcelu wußte nur von diesem einen Konto.

«Nein», antwortete er dem Kellner, «ich fürchte, ich habe es nicht kleiner.»

Natürlich ... Das Wechselgeld. Er würde darauf warten müssen. Was sollte er tun? Alle schauten ihn an. Er mußte die Ruhe bewahren. In einem Spiegel sah er sein Gesicht. Es war fiebrig. Er strich mit der Hand über die Stirn; er fühlte sich unbehaglich. Und was wollte der Kerl mit dem roten Gesicht, der mit einem Lächeln, als ob sie alte Freunde wären, an den Tisch trat.

«Hallo, wie wär's mit einem Gläschen?»

Delise zuckte zusammen, als der andere ihm die Hand auf die Schulter legte und sich schwer atmend zu ihm beugte. Sein Atem roch nach Alkohol, und seine Krawatte war an der Stelle, wo der Knoten gebunden wird, stark zerschlissen.

«Bitte lassen Sie mich in Ruhe», sagte Delise. «Sie sind betrunken.»

«Betrunken? Was sagen Sie da?» In seiner Stimme lag ein eigenartiges dunkles Glucksen. «Ich betrunken? Noch nicht! Hörst du, was der Señor sagt, Fausto? Du bist betrunken, hat er gesagt ... Ich heiße Fausto», fügte er erklärend hinzu. «Und wie heißen Sie?»

«Was tut das zur Sache?»

Der Betrunkene lüftete seinen Hut und schwankte ein wenig hin und her. «Laß uns irgendwas trinken, Señor Miguel, nicht wahr? Vielen Dank.» Er hob den Finger, um den Kellner zu rufen. «'n Martini», bestellte er und blickte grinsend in die Runde.

«Trinken Sie, was Sie wollen», sagte Delise und stand auf.

«Was? Sie gehen schon?» Der Betrunkene legte den Arm um seine Schulter. «Das kann ich nicht dulden! Du mußt ... Sie müssen auch was trinken! Mein Vater sagte immer: Erlaube niemals, daß ... ich weiß nicht mehr, wie's weitergeht ... O Pardon ... Ach du lieber Himmel – 'tschuldigen Sie vielmals!»

Er hatte sich umgedreht und dabei mit dem Ellbogen ein Glas auf dem

Nebentisch umgeworfen. Der Inhalt ergoß sich über eine Frau, die dort saß.

«Ich bitte tausendmal um Entschuldigung, Señora», murmelte er und zog den Hut.

Hilfsbereit wischte er den Mantel der Frau ab. Plötzlich verlor er das Gleichgewicht und mußte sich an ihr festhalten. Sie drohte ihm Ohrfeigen an.

«Na so was ... Eine Dame!» bemerkte der Betrunkene. Er sagte es zu niemand besonderem.

«Was soll das heißen? Soll das eine Anspielung sein?»

«Keine Anspielung, Señora! Bitte nehmen Sie es sich nicht zu Herzen! Glauben Sie nicht einen Augenblick lang an eine Anspielung! Keineswegs, Señora; ich versichere es Ihnen! Dieser Mann hier, mein Freund, Señor ... Wie heißen Sie doch gleich? Ach ja, natürlich – jetzt erinnere ich mich wieder, was mein Vater immer sagte: Komisch, nicht? Er sagte stets: Laß niemals zu, unter gar keinen Umständen, daß man dich einlädt ... Wo wollen Sie denn hin?»

Delise ging zur Tür. An der Theke begann ein Streit auszubrechen; plötzlich hatte er den Wunsch, hinauszugehen und die kalte Nachtluft einzuatmen.

«Ihr Wechselgeld!» rief der Kellner ihm nach.

Delise kam zurück. Es war besser, nicht den Verdacht des Kellners zu wecken. Er streckte die Hand aus, in die der Kellner langsam, mit angefeuchtetem Daumen, einen Geldschein nach dem anderen zählte. Delise schnippte mit den Fingern, um ihm anzudeuten, daß er es eilig hatte.

«Wenn mein Mann hier wäre», sagte die Frau zornig, während sie ihren Mantel mit einem Taschentuch säuberte, «könnten Sie was erleben!»

Der Kellner, plötzlich gesprächig, sagte zu Delise: «Vergessen Sie öfters soviel Geld?»

Delise hätte ihn fast angefahren: Kümmern Sie sich gefälligst um Ihren Dreck! Was geht Sie das an? Er beherrschte sich jedoch. Die Nerven ... Seine verfluchten Nerven. Er schielte zur Tür.

Die Frau schimpfte über das grobe Benehmen der Männer. Jemand mischte sich in das Gespräch, und alle fingen an zu lachen.

Endlich die Straße. Es war beruhigend, den Wind im Gesicht zu spüren und die Geräusche und Bewegungen wahrzunehmen, die vorbeiglitten wie der Prospekt einer Drehbühne in einer Szene, in der er nicht auftreten brauchte. Die große Gleichgültigkeit der Menschen, die sich abhetzten, sich nur um die eigenen Angelegenheiten kümmerten, warf einen schützenden Mantel um ihn. Vor dem beleuchteten Schaufenster eines Lederwarengeschäfts blieb er stehen. Wie viele Tiere mochten ihre

Haut gelassen haben, um diesen Laden mit Handtaschen, Koffern und Aktentaschen zu versorgen? Koffer. Reisen. Auch er mußte verreisen.

Er hatte das äußerste Ende des alten Stadtteils erreicht. Drüben hoben sich die großen Hochhäuser mit Mietswohnungen gegen einen dunstigen, mondlosen, aber sanft glühenden Himmel ab. Riesige kompakte Betonbauten, die durch schreiende Neonreklame jeder Art gekrönt wurden. Er sah die Leuchtbuchstaben aufblitzen: ein V, ein E...

Jemand sagte: «Passen Sie doch auf, wohin Sie gehen!»

... ein R, ein M... VERMOUTH. Phosphoreszierende Buchstaben in lebhaften Farben, von einer unsichtbaren Hand ins Leere geschrieben. Im allgemeinen nimmt man diese Leuchtreklame nicht wahr; aber wenn man so müßig durch die Stadt schlendert, wird man durch den plötzlichen Wechsel der Farben fasziniert. Schaufensterdekoration, Reklame... In gewisser Weise kann das auch Kunst sein. Ziemlich anspruchslose Kunst freilich – es gehört mehr dazu, ein Quartett zu komponieren oder *Schuld und Sühne* zu schreiben.

In *Schuld und Sühne* hat Raskolnikov die alte Frau ermordet, die Geldverleiherin, und am Ende verrät er sich aus Achtlosigkeit – oder nein, in Wirklichkeit hat er andere, tiefere Gründe dazu. Außerdem hat Raskolnikov seine Nerven nicht unter Kontrolle... Aber ich... Ich kann an diesem Polizisten vorbeigehen, ohne die geringste Unsicherheit zu zeigen. Er kann ja nicht wissen, was ich denke... So ist es richtig, ruhig Blut... Nicht zu hastig... Wenn ich ihn nicht ansehe, wird er mich auch nicht ansehen...

Er blieb vor einem Kiosk stehen, der mit zahlreichen Plakaten beklebt war; große Lettern, die von neueren überklebt waren. Kinoprogramme, Waschmittel, Schönheitsmittel. Ein Plakat war abgerissen: CONCERTO GRO... GROSSO, vervollständigte er das Wort im Geiste. Vivaldi.

Delises eigener Name hätte auf der abgerissenen Ecke stehen können. Vor Jahren stellte er sich immer vor, daß sein Name an den Wänden der Konzerthallen und auf den Programmen stünde. Ja. Vor langen Jahren – der junge Virgilio. War es möglich? Ja, es war möglich; denn er war noch er selbst. Seit jener Zeit war viel Wasser den Fluß hinuntergelaufen. Solche Dinge haben weniger Bedeutung, als man angenommen hatte... Gar keine Bedeutung haben sie.

«Schuhe putzen, Señor?»

Die Schuhe? Nein, nein, auf keinen Fall... Ich darf keine Zeit verlieren. Oder vielmehr... Er warf einen Blick auf seine Schuhe; sie trugen noch Kalkspuren von dem Bauplatz.

Er lehnte sich mit dem Rücken an den Kiosk und kaufte eine Zeitung, um sich gegen neugierige Blicke zu schützen. Er lief ja Gefahr, erkannt zu werden, wenn er hier so stand ... Wieso eigentlich? Von wem? *Qualifizierter Kaufmann, im Vertrieb erfahren, sucht verantwortliche Stellung in der Verwaltung ... Bitte Abschnitt ausfüllen und Briefmarken beilegen ... Von Ihnen hängt das Glück Ihres Heimes ab ... Der neue Botschafter erklärte, er sehe seine Aufgabe vor allem darin, die Freundschaft zwischen den beiden Ländern zu stärken sowie die wirtschaftlichen, politischen und kulturellen Beziehungen zu fördern ...* Er faltete die Zeitung zusammen und bezahlte den Schuhputzer. Vor allem muß ich Lucius aufsuchen, dachte er; jetzt sofort. Keiner könnte mir einen besseren Rat geben als er, und unter diesen Umständen wird er mir gewiß helfen. Ganz bestimmt ...

Er hielt ein Taxi an, stieg ein und gab die Adresse von Lucius Costa an. Aber das Taxi bewegte sich nicht von der Stelle.

«Was ist los?» fragte Delise.

Der Fahrer zeigte nur auf das rote Licht der Ampel. Und Delise mußte daran denken, wie er vorhin aus dem Polizeiwagen gesprungen war. Zum erstenmal begriff er die Bedeutung dessen, was er getan, die Gefahr, der er sich ausgesetzt hatte. Vorhin hatte er keine Angst gehabt. Aber jetzt, da die unmittelbare Gefahr vorbei war, überkam ihn nachträglich die Furcht wie ein Widerhall: Was wäre geschehen, wenn der junge Polizist nicht gezögert hätte?

Delise zitterte noch vor Angst, als er an der soliden, schmucklosen Tür mit der Aufschrift *Dr. Lucius Costa,* schellte.

Arzt? hatte Fioreya gefragt, als sie ihn zum erstenmal traf.

Doktor der Rechte, Señorita. Enttäuscht?

Sie hatte gelacht. *Sie sind noch sehr jung. Man stellt sich immer vor, daß ein Doktor so ... soviel älter ist.*

Und Costa hatte auch gelacht.

4

Warmes Licht strahlte von dem Kronleuchter unter der hohen Decke der Empfangshalle des alten Hauses, als der Diener die Tür halb öffnete.

«Ich weiß nicht, Señor, ob ...»

«Melden Sie mich an», entgegnete Delise und sah sich unwillkürlich interessiert in dem Raum um. «Sagen Sie Doktor Costa, daß sein Schwager ihn sprechen möchte.»

«Sein Schwager; natürlich. Wollen Sie bitte hereinkommen, Señor?» Der alte Diener trat steif zur Seite und gab den Eingang frei.

Im gleichen Augenblick erschien Lucius Costa. Er trug einen wollenen

Hausmantel über dem weißen Hemd und der dunklen, dezenten Krawatte. Selbst zu Hause legte Costa nie die Krawatte ab. Delise übrigens auch nicht. Costa sah seinen Schwager nicht eher, als der Diener sich räusperte.

«Virgilio! Wie ist es möglich! Es ist ja kaum zu glauben ... Schon gut», fügte er hinzu und schickte den Diener fort.

«Ich bin gekommen ...» begann Delise.

«Komm mit.» Costa wartete, bis der Diener fortgegangen war. «Hier hinein, bitte.»

Sie sprachen leise, wie man sich unterhält, wenn jemand schwer krank ist. Delise folgte seinem Schwager und dachte: Er hat sich seit damals nicht im geringsten verändert ... Steht die Zeit für ihn still?

Delise betrachtete dieses Haus, das er nie besucht hatte. Seit Jahren hatte er den pflichtmäßigen Höflichkeitsbesuch schon aufgeschoben. Dikke Teppiche dämpften ihre Schritte. Das Zimmer war mit streng wirkenden Möbeln ausgestattet. An den Wänden hingen einige Bilder, die von weniger bekannten Künstlern signiert waren, jedoch nur Originale. Die Möbel waren alt, bequem und düster. Das Zimmer strahlte eine ehrfurchtgebietende Atmosphäre aus, wie sie nur Tradition hervorbringt. Man spürte, hier hatte seit Generationen ein *Mayordomo* geflüstert. Es erinnerte ihn an das Haus seiner Mutter, bevor Montevidei gekommen war.

Lucius Costa knipste im Vorbeigehen Lampen an und wieder aus. Er blieb vor einer Tür stehen, um Delise den Vortritt zu lassen.

«Hier hinein, Virgilio.»

Auch dieser Raum, der durch ein Kaminfeuer erwärmt wurde, schien die gleiche solide Atmosphäre auszustrahlen. Als Costa die Deckenbeleuchtung einschaltete, sah Delise die Bücher: Sie standen in Regalen und waren über die Tische verstreut, übereinander gestapelt; einige geöffnet, Randnotizen auf jeder Seite; dazwischen juristische Fachzeitschriften. Und trotzdem empfing man den Eindruck absoluter Ordnung – jener sterilen Ordnung, die man auch angesichts peinlich sauberer und millimetergenau an ihrem Platz stehender Aschenbecher empfindet.

«Versuchst du noch immer, dein Wissen zu vertiefen?» fragte Delise und wärmte sich die Hände am Kaminfeuer. «Ich erinnere mich, daß du schon immer den Gesetzen auf den Grund gehen wolltest.»

«Nimmst du's mir übel, wenn ich dir keinen Kaffee anbiete? Abends trinke ich keinen. Ich gehe immer früh zu Bett.»

Delise lächelte matt. «Nein», sagte er, «ich bin nicht gekommen, um mit dir Kaffee zu trinken. Oder um mit dir über deine juristischen Studien zu sprechen.»

«Das dachte ich mir. Frierst du? Es ist aber gar nicht kalt. Ich ließ den

Kamin nur anzünden, damit der Raum gemütlicher wird ... Ich habe Besuch gehabt. Der Polizeichef war hier.»

Costa bedachte sich eines anderen und schaltete die Deckenbeleuchtung aus. Als er an den Kamin zurücktrat und die Stehlampe anknipste, traten seine kantigen Gesichtszüge hervor.

Delise fühlte sich wieder krank. Er ließ sich in einen Sessel fallen, aber er setzte sich nur auf den Rand. Er stützte den Kopf auf die Hände und wiegte ihn hin und her. Als er schließlich Costas fragendem Blick begegnete, bedauerte er, hierhergekommen zu sein. Costa sah ihn voller Erwartung an.

Costas Humorlosigkeit, sein elementares Unverständnis für alles Extravagante zeigte sich in seinem Blick durch einen ständigen Ausdruck von Ungläubigkeit, den kein Ereignis je hatte beseitigen können. Sein Beruf brachte ihn täglich mit Menschen zusammen, die gegen die Gesetze verstoßen hatten, aber seine eigene unbewußte Integrität und sein Gefühl für das rechte Maß veranlaßten ihn, sie ungläubig, aber ohne Überraschung zu betrachten. Er würde es auch ohne Überraschung hingenommen haben, wenn plötzlich die Schwerkraft aufgehoben wäre.

Delise las in den Augen seines Schwagers eine Frage: *Wie konnte dir so etwas Absurdes passieren, Virgilio?* Und plötzlich überraschte er sich dabei, wie er alles erzählte, wie es aus ihm heraussprudelte. Er berichtete von seiner Festnahme im Hotel, von der Fahrt im Auto, von seiner Flucht.

«Ich konnte mich doch nicht einfach einsperren lassen, ohne vorher alles versucht zu haben!» suchte er sich zu rechtfertigen. «Ich weiß, daß ich großes Glück hatte. Eine Sekunde noch, dann wäre es schon zu spät gewesen, weißt du. Es wäre ohnehin beinahe schiefgegangen. Er war im Begriff, mich zu schnappen, und ... ich lief immer weiter ... Du mußt mir helfen! Ich habe nicht gelernt, wie man sich in einer solchen Situation ...»

«Was sagst du da?» Costa unterbrach ihn. «Man ‹lernt› nicht, sich um das Gesetz herumzudrücken, Virgilio ... Du hast wie ein Dummkopf gehandelt. Ich kann dir nicht verhehlen, daß ...»

«Aber verstehst du nicht? Ich muß aus dieser Klemme herauskommen!»

«Schrei bitte nicht so. Du weckst die Kinder auf. Sie sind schon zu Bett.»

Costa hatte den Wortschwall der Erklärungen seines Schwagers aufmerksam angehört, ohne einen Kommentar zu geben und ohne eine einzige Geste zu machen. Auch jetzt sprach er ohne Erregung, unerschütterlich, als ob er einen Gesetzestext zitiere. Er wollte freundlich zu Virgilio sein, wollte ihm zeigen, daß er keinen Groll fühlte, aber er wußte nicht, wie er es bekunden sollte.

Die beiden Männer lauschten aufmerksam, aber das Haus war ruhig. Als Delise an die schlafenden Kinder dachte, erinnerte er sich auch an Fioreya, und sein Gesicht wurde düster.

«Virgilio, fühlst du dich nicht gut?»

«Ach ja, die Kinder . . . Entschuldige.» Seine Stimme wurde ganz leise. «Es war durchaus nicht meine Absicht, in dein Haus zu kommen und eine Szene zu machen. Wie geht es den Kindern? Sie sind gewiß schon sechs oder sieben Jahre alt, nicht wahr? Und sie kennen ihren Onkel Virgilio nicht!»

«Der älteste ist acht», sagte Costa. Er legte seine Hand auf Delises Arm. «Du hast deine Lage sehr verschlechtert durch deine Handlungsweise. Sie haben keine Beweise gegen dich. Dieser Polizist, dieser Doria – Inspektor ist er, glaube ich . . .»

«Keine Beweise!» platzte Delise heraus und sprang auf. «Keine Beweise gegen mich – und dieser Polizist, dieser Kerl wie ein Kleiderschrank, läßt mich nicht aus den Augen, beobachtet mich wie eine Katze, zieht schließlich einen Revolver . . .» Er brach ab.

Das Feuer knisterte ruhig und friedlich. Er hätte Costa gern von dem seltsamen Gefühl erzählt, von der dunklen Vorahnung eines Unheils, mit der er aufgewacht war, und auch davon, daß ihn das Ganze dann nicht mehr sonderlich überrascht hatte! Er hätte gern sein befremdendes Benehmen im Hotel gerechtfertigt und dem anderen erklärt, daß er sich beinahe glücklich gefühlt hatte, während er die Polizei erwartete. Aber das war alles viel zu verworren, man konnte es einfach nicht erklären. Schließlich sagte er nur:

«Ich muß wissen, wo und wie ich mich jetzt verstecken kann!»

«Komm, Virgilio, sei nicht kindisch! Glaubst du, daß alles damit abgetan ist, wenn du für eine Weile untertauchst?»

«Ich muß mich verstecken», beharrte Delise starrköpfig.

«Ich weiß, daß ich dir nie sympathisch war, Virgilio. Aber ich bitte dich, alles zu vergessen und meinem Rat zu folgen. Nimm einen Rechtsanwalt oder laß mich einen für dich suchen. Ich kann dir sehr behilflich sein, du weißt es. Laß mich etwas für dich tun!»

«Du verstehst mich nicht . . .» Delise ging zur Tür.

«Wohin gehst du?»

Er zuckte die Achseln. «Ich gehe. Keiner, aber auch keiner kann etwas für mich tun.»

Costa hob hilflos die Hände; es war die zweite Geste, die er sich während der ganzen Unterhaltung erlaubt hatte. «Du bist verrückt», sagte er. «Soll ich nicht doch lieber die Sache in die Hand nehmen?»

«Ich muß mich verstecken.»

«Warte einen Augenblick! Begehe keine zweite Dummheit!»

Delise ging hinaus, gefolgt von Costa.

«Ich möchte die Stadt verlassen und . . .»

«Sei still!» Costa schnitt ihm das Wort ab. «Sag mir nicht, wohin du gehst! Erzähl mir nicht, was du zu tun gedenkst jetzt, morgen oder sonst wann. Ich möchte, daß du dir über eines ganz klar bist – obwohl ich bezweifle, daß du es verstehen wirst: In dem Augenblick, in dem du mein Haus verlassen hast, rufe ich die Polizei an, um über deinen Besuch Bericht zu erstatten . . . Bitte, verstehe mich doch, Virgilio! Ich muß es tun, es ist meine Pflicht. Ich muß nach den ethischen Grundsätzen meines Berufes handeln; ich bin kein Privatmann.» Er preßte die Lippen hart aufeinander und öffnete die Tür mit fester Hand. «Denk stets daran, ich habe nichts gegen dich, im Gegenteil. Aber es ist meine Pflicht, die Polizei zu benachrichtigen.»

Delise sagte nichts.

«Such dir einen Rechtsanwalt», drängte Costa.

«Ich werde es mir überlegen. Auf Wiedersehen!» Er blieb auf der Türschwelle stehen und schwenkte seinen Spazierstock. «Warum läßt du mich fortgehen? Du bist stärker als ich. Für dich wäre es ein leichtes, mich hier festzuhalten, bis die Polizei kommt.»

Costa räusperte sich. «Ich gehöre nicht der Polizei an. Meine Aufgabe ist es nicht . . .»

«Ja, ich verstehe schon. Sache der Ethik.»

«Wenn du ein wenig darüber nachdenkst, wirst du verstehen, daß ich keine andere Wahl habe.» Für ihn selbst war die Sache ganz klar. Warum konnte Delise es nicht begreifen? «Ich wünsche dir viel Glück!»

«Danke.»

«Ich meine es nicht ironisch, Virgilio.»

«Ich auch nicht, Lucius.»

«Ich bin froh, daß du so darüber denkst. Ich möchte dir so gern helfen . . . Sie hätte auch gewollt, daß ich dir helfe.»

Die Erinnerung an Fioreya hing in der Luft. Delise schaute seinen Schwager mit einem leeren, fast zärtlichen Ausdruck an. Schließlich sagte er:

«Du hast es also gewußt?»

Costa nickte.

«Danke», sagte Delise sanft.

«Ich wünsche dir Glück. Wenn du mich mal besuchen willst, wenn alles vorbei ist, würde ich mich sehr freuen.» Er sprach völlig aufrichtig.

«Ich danke dir nochmals.»

Sie verabschiedeten sich, ohne sich die Hand zu geben. Costa schloß die Tür und rief die Polizei an. Er sprach mit dem Kommissar. Dann ging er zu Bett.

Es waren jetzt nur noch wenige Menschen auf der Straße. Die Lichter wurden spärlicher, und hier und da schlich ein Vagabund verstohlen hinter eine Parkbank, um einen Schlafplatz für die Nacht zu suchen. Die Bürgersteige waren mit Abfällen übersät; streunende Hunde schnüffelten und scharrten darin in der Hoffnung, etwas Freßbares zu finden. Gelegentlich fuhr ein fast leerer Omnibus vorbei; aus seinen Fenstern fiel Licht auf die Straße; es wurde nicht mehr gehupt.

In einer Bar in der Nähe der Redaktion versuchte Delise, sich mit Muoli in Verbindung zu setzen. Diesmal hatte er mehr Glück. Die Stimme des Journalisten überschlug sich am Telefon, so daß die Hörmuschel vibrierte.

«Bist du es, Virgilio? Hast du vorhin schon mal angerufen?»

«Ich muß dich sprechen.»

«Wann du willst. Paßt es dir morgen früh?»

«Du verstehst mich falsch! Ich muß dich sofort sprechen. Jetzt!»

Muoli zögerte einige Augenblicke, ehe er antwortete: «Dann komm in mein Büro. Ich kann jetzt nicht fort.»

«Nein, nicht in deinem Büro ... Das geht nicht.»

«Ja, also dann ... Wo bist du jetzt? Zu Hause?»

Delise begann den Namen der Bar zu buchstabieren, der draußen auf den Scheiben stand. Von seinem Standort aus sah er die Buchstaben umgekehrt. Muoli ließ ihm keine Zeit, sie zu entziffern.

«Warum schaust du nicht ins *Carthago* hinein? So um Viertel nach zwei, da hab ich eine halbe Stunde Zeit.»

«*Carthago?*»

«Ach so, die Kneipe kennst du nicht ... Es ist eines von diesen Lokalen, wo man die Zeit damit verbringen kann, einen Artikel zu schreiben, während man die Summe vertrinkt, die man dafür bekommt. Das wollte ich sowieso vorschlagen ... Trinken, meine ich, nicht schreiben. Leise Musik, nicht überfüllt, nette Mädchen ... Alles ganz korrekt, natürlich.»

«Bitte, es ist kein Scherz!»

«In Ordnung. Im *Carthago* dann, um zwei Uhr fünfzehn ... Ich weiß nicht, weshalb es *Carthago* heißt; vielleicht, weil dort eine Negerkapelle spielt ... In Geschichte war ich noch nie gut.»

Fotos eines lachenden Negers in verschiedenen Haltungen prangten an der Drehtür. Delise stieß sie auf. Er dachte nun nicht mehr an Costa. Auch nicht an Fioreya. Nur dann und wann erinnerte er sich noch an sie, unbewußt und flüchtig. Wenn er an etwas ganz anderes dachte, hörte er plötzlich ihre Stimme hinter sich, oder er meinte, eine ihrer Gesten bei einer anderen Person wiederzuerkennen. Sie war recht hübsch gewesen. Nun war sie tot.

Er trat in das Lokal.

Diese Nachtclubs sind sich überall gleich, dachte er, mit ihrer kleinen Tanzfläche im Halbdunkel, den zusammengedrängten Tischen und dem auffallend gekleideten Orchester. Delise besuchte derartige Lokale nicht; er hatte sich noch nie amüsiert bei dem, was die anderen Amüsement nennen; und deswegen hatte er auch keine Angst, erkannt zu werden. Eine Gefahr kam ihm kaum zum Bewußtsein ... Seine Gedanken waren an einem toten Punkt angelangt; er befand sich in einer Art von Lethargie, die schwer abzuschütteln war. Es ist alles in Ordnung, sagte er sich immer wieder. Nur der Gedanke verfolgte ihn, daß er sich unbedingt irgendwo ein Plätzchen zum Schlafen suchen mußte. Er vertraute darauf, daß der morgige Tag eine Lösung bringen werde, eine einfache, spontane Lösung; der Albtraum würde sich auflösen, wie er entstanden war. Aber zunächst mußte er mit Muoli sprechen.

Er nahm die Marke, die er an der Garderobe für die Aufbewahrung seines Spazierstockes erhalten hatte, und schritt wie ein Automat durch das Lokal. Es kam ihm seltsamerweise so vor, als ob die Besucher, die im Halbdunkel verstreut saßen, die nachlässigen Kellner und die Musiker im Orchester, die nicht wie üblich Uniform trugen, irgendwie nichts miteinander zu tun hatten, als ob sie sich nur gleichsam versehentlich hier aufhielten. Man hatte das Gefühl, jeden Augenblick könnten die Putzfrauen kommen, um mit der Arbeit zu beginnen, ohne daß jemand protestieren werde. Nur fünf Musiker der Band waren Neger; die anderen verließen häufig ihre Sitze auf der Plattform, um sich unter die Besucher zu mischen. Die Neger spielten ununterbrochen, und am Ende eines Stückes leiteten sie ohne Atempause zur nächsten Nummer über. Einige unermüdliche Pärchen bewegten sich auf der Tanzfläche. D-Moll, dachte Delise mechanisch. B-Moll ... Instinktiv folgte er den Modulationen der Musik. Es war eine Reflexhandlung, die nichts mit bewußten Überlegungen zu tun hatte.

Unter den Saxophonisten bemerkte er einen kleinen Mann, der seinen Schuh am Schienbein auf und ab rieb, als ob er ganz allein wäre. Auch das war eine Reflexhandlung; er kratzte sich am Bein, während er fortfuhr, in das Mundstück seines Saxophons zu blasen und dabei vielleicht an etwas ganz anderes zu denken. Der kleine Mann sah Delise forschend an; er hob die Augenbrauen, als ob er ihn grüßte; und als er das Saxophon vom Mund nahm, lächelte er ihm zu. Delise senkte schnell den Kopf – man konnte diese Bewegung als Gegengruß auslegen, als nervöse Geste oder als Zufall – und trat hastig an die Bar.

Olina, eine Frau mit kurzem kastanienfarbigem Haar und etwas müdem Ausdruck unter ihrem Make-up, näherte sich Delise mit leicht geziertem Gang; im Gehen strich sie ihr Cocktailkleid mechanisch über den Hüften glatt wie ein Schauspieler, der sich räuspert, bevor er die Bühne betritt.

«Hallo», sagte sie und betrachtete ihn abschätzend.

Sie sah einen gut gekleideten Mann, der mit dem Rücken zum Orchester saß. Mittelgroß, um die Vierzig herum ... nein, jünger, dachte sie, aber tief in Gedanken versunken und vornübergebeugt, als ob seine Schultern – schmale Schultern – ein viel zu schweres Gewicht trügen ... Olina trat im Rhythmus der Musik von einem Fuß auf den anderen, ohne jede Ungeduld – als ob sie eigentlich nur zufällig da stünde.

«Hallooo», wiederholte sie und zog die Vokale in die Länge.

Seine feinen Gesichtszüge – Olina bemerkte jedoch die tiefliegenden Augen und die Tränensäcke, die sich darunter zu bilden begannen – veränderten sich bei ihren Worten nicht. Sein Kopf war zur Seite geneigt, und sein Blick war düster.

B-Moll, dachte er. Von Vivaldi und seinem Concerto Grosso ... Ich muß weg von hier, raus aus der Stadt. Gleich morgen ... Nein, heute ... kommen wir zum Höhepunkt einer Epoche in der europäischen Musik ... Ein eigenartiger Mann, dieser junge Polizist ... Wie heißt doch gleich der ältere? Der mich im Spiegel beobachtete? Ja, natürlich – Selbi ...

Olina trat – wie zufällig – ein wenig zur Seite, um ihren Mißerfolg zu vertuschen. Sie stützte die Hände auf die Messingstange an der Bar und drehte sich, als ob ihre Bewegungen Teil einer Tanzfigur wären, die sie zerstreut ausführte. Sie winkte mit der Hand zu einem Tisch hinüber, an dem ein Herr im Abendanzug saß, und ließ sich auf einem Barhocker nicht weit von Delise nieder. So ein Trottel, dachte sie. Olina hatte bei besseren, das hieß wohlhabenden Herren fast immer Erfolg. Sie gefiel ihnen; wenn sie sich Mühe gab, konnte sie bei der Unterhaltung eine gewisse Intelligenz entfalten, und sie verstand es, sich geschmackvoll zu kleiden. Selten entschlüpften ihr vulgäre Ausdrücke, an denen die erschöpften Geschäftsleute Anstoß nahmen, die abends in das *Carthago* kamen, um ihre Sorgen zu vergessen. Nach dem dritten oder vierten Glas fanden alle sie interessant und waren erpicht darauf, sie näher kennenzulernen.

Trottel, dachte sie abermals. Er hat mich nicht einmal angeschaut ... Immerhin war das ein kleiner Trost.

Das Paar, das zwischen ihr und Delise saß, stand auf und ging fort. Einen Augenblick lang betrachtete sie Delise zweifelnd, und schließlich bat sie ihn um eine Zigarette. Es gefiel ihr nicht, zu solch billigen, abgenutzten Mitteln greifen zu müssen, um einen Anknüpfungspunkt zu finden, aber irgendeine mysteriöse Kraft – Olina hatte ihren eigenen unverbesserlichen Aberglauben – fand Gefallen daran, ihr immer die falschen Männer auf den Weg zu schicken und die richtigen, bei denen es sich lohnt, fernzuhalten. Vor Jahren hatte sie den Gedanken an eine Ehe aufgegeben, aber sie hegte weiterhin die Hoffnung, eines Tages die Rolle der ‹geistigen Gefährtin› – wo hatte sie nur diesen Ausdruck gelesen? – eines bedeutenden Mannes zu spielen.

«Ich muß meine vergessen haben», fügte sie hinzu, voller Angst, daß Delise sie auch dieses Mal unbeachtet lassen konnte.

Der Barmixer verfolgte sie mit den Blicken, während er den Mixbecher schwenkte. Er machte ihr den Hof, aber ohne Erfolg. Später würde er einige unflätige Kommentare zum besten geben.

«O... ja, natürlich», sagte Delise plötzlich, zur Erde zurückkehrend. «Hatten Sie sich an mich gewandt?»

Er bot ihr aus dem Zigarettenetui an, das er, der Nichtraucher, überflüssigerweise bei sich trug. Er schien betreten, als sie bewundernd die Goldschmiedearbeit betrachtete. Sie lächelte ihn an und streichelte dabei das Etui mit einer Geste, die keine Frau erst von einer anderen zu lernen braucht und die doch allen gemeinsam ist, wenn ihre Hand einen Wertgegenstand liebkost.

Delise wußte nicht, was er sagen sollte. «Ich hab's mal geschenkt bekommen...» murmelte er. «Das ist schon lange her.»

«Kriegen Sie oft solche Geschenke?» fragte Olina und gab ihm zögernd das Etui zurück.

Der Barmixer eilte mit einem brennenden Streichholz auf sie zu. Sie dankte ihm, ohne ihn anzublicken, und blies den Rauch nachdenklich in die Luft. Sie versuchte dabei, ihrem Gesicht jenen rätselhaften und verträumten Ausdruck zu geben, der nie seine Wirkung verfehlte. Sie hatte den ersten konventionellen Schritt getan, und nun stand es Delise zu, die Initiative zu ergreifen.

«Ja, also...» Er stand auf. «Bitte, entschuldigen Sie.» Damit ging er an einen leeren Tisch.

«Pech, Kindchen», sagte der Barmixer spöttisch.

«Laß mich in Ruhe!» entgegnete sie.

Ein Teil der Musiker verließ das Orchester, und die fünf zurückbleibenden Neger wechselten ihre Plätze. Man hörte nur spärlichen Applaus. Der kleine Saxophonist, der Delise vorhin gegrüßt hatte, näherte sich Olina.

«Was hast du mit Virgilio Delise zu tun?» fragte er.

«Wer ist das? Kennst du ihn?»

«Du nicht?»

Olina machte mit der Hand eine vage Geste. Der Saxophonist brummte: «Tut so, als ob er mich nicht gesehen hätte... Dieser Affe! Einen alten Kollegen so zu schneiden! Ist es vielleicht meine Schuld, wenn ich in einem Nachtlokal spielen muß, weil die Bezahlung bei der Philharmonie nicht ausreicht?»

Olina wurde neugierig. «Was ist er denn für einer?»

«Delise?» Der Saxophonist sprach mit unterdrücktem Sarkasmus. «Er ist so etwas wie ein Maestro ohne Schüler. Er hat künstlerische Ambitionen und zuviel Geld, um irgend etwas daraus zu machen. Mit einem Wort, er ist ein Musikwissenschaftler.»

«Musikwissenschaftler?» wiederholte sie unsicher. «Oh, du meinst, er arbeitete mit dir zusammen beim Philharmonischen Orchester?»

«Der und arbeiten!» sagte er bitter. «Musikwissenschaftler arbeiten nicht. Wenn ich sein Geld hätte, wäre ich auch Musikwissenschaftler ... Am liebsten ginge ich rüber zu ihm und sagte ihm mal durch dick und dünn die Meinung!»

Die Musik, die bis zu diesem Augenblick langweilig und monoton gewesen war, wechselte plötzlich, als die Neger jetzt die Noten beiseite legten und zu improvisieren begannen. Die Pärchen hörten auf zu tanzen. Auf den Barhockern und an den Tischen schlugen die Gäste, angesteckt vom Rhythmus, den Takt mit Händen, Füßen und dem ganzen Körper. Die Musik wurde langsamer, leiser, schwoll wieder an; eine tiefe und uralte Melancholie schwang darin mit. Delise spürte deutlich die ursprüngliche Sehnsucht dieser Melodie ... Dann fiel die Band plötzlich in die frühere langweilige Monotonie zurück.

Ohne weiteres setzte sich Olina an Delises Tisch und schlug die Knie übereinander. Als er eine Bewegung machte, sagte sie rasch: «Nein, stehen Sie nicht auf.»

Sie schauten einander an.

«Was ist mit dir, Liebling? Was ist nicht in Ordnung?» Sie war jünger als Delise, aber sie sprach vertraulich, ein wenig mütterlich. «Betrügt dich deine Frau?»

Es störte Delise, daß sie ihn duzte. «Ich bin nicht verheiratet.»

«Erwartest du jemand?»

«Nein», entgegnete er. Er hatte Muoli vergessen.

Olina sah zur Tanzfläche hinüber und schob ihren Stuhl ein wenig zurück. Delise war sich klar darüber, daß sie etwas von ihm erwartete.

«Tanzen wir?» fragte sie schließlich.

«Ich kann nicht gut tanzen ...» Sie zog ihn bereits zur Tanzfläche. «Ich habe nie viel getanzt, und ...»

Plötzlich kam ihm ein vernichtender Gedanke: Wenn ihn die Polizei hier fände? Nein, das war Unsinn. Alles war unsinnig ... Mitten auf der überfüllten Tanzfläche fühlte er sich durch die körperliche Berührung mit Olina gehemmt. Wieder brach ihm der Schweiß aus; seine Füße bewegten sich schwerfällig; er wurde von den anderen Paaren angestoßen, und ständig wurde Olinas Arm auf seinem schwerer und drückender.

«Du bist ein netter Junge», schnurrte sie. «Ich wette, daß du bisher noch nie eine . . .»

Ihre Finger streichelten seinen Nacken. Delise wurde tiefrot und war froh, daß sie sein Gesicht nicht sehen konnte.

«Die Naht an deiner Jacke ist etwas aufgegangen, Liebling», sagte Olina und steckte ihre Finger in die offene Naht auf seiner Schulter.

Er mußte an die Szene auf dem Bauplatz denken. Der Ton der Polizeipfeifen gellte in seinem Ohr und die Rufe der Menschen, als der junge Polizist ihn verfolgte. «Wir wollen uns wieder setzen», sagte er matt.

Sie drückte seine Hand, als sie zum Tisch zurückgingen. «Ich heiße Olina.»

Delise schaute unruhig zur Tür. Wo blieb nur Muoli? Dringender als je mußte er mit ihm sprechen; er mußte hier herauskommen, fort von der Stadt, fort von allem . . . Der Journalist ließ lange auf sich warten. War ihm etwas dazwischengekommen, so daß er nicht kommen konnte? Alles hat sich gegen mich verschworen, dachte er.

«Um wieviel Uhr wird hier geschlossen?» fragte er.

«Soll ich dir deine Jacke flicken, Liebling? Ich kann nämlich gut nähen, weißt du . . . Wir können zu mir nach Hause gehen. Ich habe eine eigene Wohnung.»

Delise wurde verlegen; er wußte nicht, wie er sie loswerden sollte. Er war nach dem Prinzip erzogen worden, daß man unter gar keinen Umständen eine Frau unhöflich behandeln darf. Und er hatte gar keine Erfahrung mit Frauen wie Olina . . . Ich muß hier raus, dachte er.

Gerade in dem Augenblick lief ein Page durch das Lokal und rief: «Señor Muoli – Señor Muoli, bitte ans Telefon . . . Señor Muoli . . .»

Nach und nach begriff Delise trotz seiner abgestumpften Sinne. Wer konnte wissen, daß Muoli ins *Carthago* kommen wollte? Die Verabredung war ohne Zeugen getroffen worden. Nur er und Muoli wußten davon . . . Er trat in die Telefonzelle und bewunderte die Geistesgegenwart Muolis.

«Virgilio?» Die Stimme des Journalisten klang gepreßt.

«Ja; klug von dir, mich . . .»

«Bist du verrückt geworden? Wie konntest du um Himmels willen ins *Carthago* gehen?»

«Aber du hast doch gesagt . . .»

«Wie konntest du dich überhaupt so in aller Offenheit an mich wenden?»

«Ach so . . . Du hast gehört, was geschehen ist, ja?»

«Mach um Himmels willen, daß du rauskommst! Geh langsam und bleib unter den Straßenlaternen weg. Ich werde mich mit dir treffen. Von hier aus, wo ich telefoniere, kann ich den Bürgersteig bis zum *Carthago* überblicken.»

«Gut, Muoli.» Delise fingerte an der geplatzten Naht auf seiner Schulter.

Olina sah, wie er seinen Spazierstock an der Garderobe abholte. Sie fing ihn an der Tür ab und fragte direkt:

«Gehst du fort?»

«Ich ... ich habe etwas zu erledigen», antwortete er verwirrt.

«Kommst du zurück?»

«Ob ich ...» murmelte er abwesend und gab der Tür einen Stoß.

In diesem Augenblick gingen die Lichter in der Bar aus. Zwei oder drei verborgene Scheinwerfer flammten auf und erhellten die Tanzfläche. Ein lachender Neger sprang mitten in den Lichtkreis. Die Band verstummte für einen kurzen Augenblick.

«Das gibt uns Amerika – im Austausch für Scarlatti», bemerkte der kleine Saxophonist, der Delise vorher gegrüßt hatte, zu dem Barmixer.

«Vergessen Sie Cimarosa nicht!»

«O nein. Und Debussy.»

«Klar, Debussy», stimmte der Mixer zu.

«Ich hab dich gefragt, ob du zurückkommen wirst», drängte Olina ungeduldig.

«Nein», antwortete Delise.

5

In dem Korridor, der zum ehemaligen Saal für Romanische Kunst führte, saß ein Polizist und streckte die Beine von sich. Er drehte sich um, als er den Inspektor mit raschen Schritten auf sich zueilen sah. Er sprang auf, um Befehle in Empfang zu nehmen, aber es wurde ihm keine Anweisung erteilt. Seine Augen füllten sich langsam mit Tränen, denn die Anstrengung, mit geschlossenem Munde zu gähnen, war eine Qual.

Der Inspektor schritt vorbei, ohne ihm Aufmerksamkeit zu schenken. Dann ging Selbi vorbei und kam kurz darauf hinter dem Inspektor wieder zurück. Im Erdgeschoß des Präsidiums herrschte große Verwirrung. Zwei Verhaftete protestierten laut. Der junge Polizist trat schläfrig aus einer Tür und stieß mit Selbi zusammen, der wieder zum Erdgeschoß zurücklief.

«He, Selbi! Was ist los? Handelt es sich um Delise?»

Selbi erzählte es ihm. «Gott sei Dank haben sie die beiden gleich aufs nächste Revier gezerrt... Der Kneipenwirt war überzeugt davon, daß der Geldschein falsch sein müsse; er hat dem Drehorgelmann zugesetzt, woher er ihn habe und so weiter. Da riß ihm der Begleiter des Orgelmanns den Schein aus der Hand und rannte los. Sein Kumpan hinterher. Der Wirt ging den beiden nach und fand sie an der nächsten Straßenecke, wo sie sich gegenseitig an die Gurgel sprangen... Es gab einen Volksauflauf.»

Rein zufällig hatte ein Polizist, der vorher an Delises Verfolgung beteiligt gewesen war, die beiden Drehorgelmänner wiedererkannt und sie ins Präsidium gebracht. Sie keiften noch immer miteinander und beschimpften sich gegenseitig.

«Aber er hat das Geld doch mir gegeben!» jammerte der Drehorgelmann, der Julio hieß. «Und wenn nicht dieser Lump hier...»

«Schnauze!» unterbrach ihn der Beamte, der ihn festhielt. «Das ist aber ein schöner Batzen Geld!»

«Sag mal, wie sah der Mann aus, der dir das Geld gab?» stieß Selbi hervor. «Wann war das, als er es dir gab? Es war der Mann, hinter dem wir her waren, nicht wahr? Los, Antwort!»

«Sie können uns nicht einsperren, bloß weil wir Geld haben», bemerkte der ältere Drehorgelmann. «Bisher haben Sie mich immer eingesperrt, weil ich keins hatte. Aber jetzt...»

«Jetzt willst du deinen Anwalt sprechen, was?» sagte der Polizist sarkastisch.

«War es der, den wir suchten?» drängte Selbi.

«Wie soll ich das wissen!»

«Es war schon sehr dunkel», erklärte Julio, um seinem Kameraden beizustehen.

«Halt's Maul, du Armleuchter!» keifte der andere Orgelmann.

«Na», sagte Selbi, «ich bin sicher, daß dir der Mann aufgefallen ist, weil er dir soviel Geld geschenkt hat... Wie um Gottes willen hast du es nur fertiggebracht, ihm soviel aus den Rippen zu schlagen?»

«Ich hab's ihm nicht aus den Rippen geschlagen. Er hat's mir gegeben, fertig. Und ich seh mir die Leute nie so genau an.»

«Laß ihn seinen Rechtsanwalt anrufen», knurrte der Polizist. «Oder auch seinen Bankier.»

Selbi gab ein Zeichen, und die beiden Verhafteten wurden in eine kahle Zelle abgeführt. Der Polizist, der von Bankiers und Rechtsanwälten gesprochen hatte, legte die Hand auf die Schulter des Drehorgelmannes und stieß ihn vorwärts.

«Das können Sie mit uns nicht machen!» protestierte Julio.

«Ich kann nicht, eh?»

«Was werfen Sie mir denn überhaupt vor?» fragte Julio schwach.

Selbi starrte ihn eisig an und knöpfte langsam seine Jacke zu. Die beherrschte Bewegung wirkte bedrohlich, und das beabsichtigte er auch.

«Ich will dir sagen, was ich dir vorwerfe . . .» Er stieß die beiden in die Zelle, folgte ihnen und schlug die Tür hinter sich zu.

«Es war bestimmt Delise, Señor», erklärte Selbi später, als er dem diensthabenden Inspektor Bericht erstattete. «Da wette ich ein Monatsgehalt. Nur ein Typ wie Delise kann in solch eine Mausefalle hineintappen und sie mitsamt seinem Spazierstock in aller Ruhe heil wieder verlassen . . .» Er zündete die Zigarette an, die bei der Vernehmung Julios ausgegangen war. «Gauner!» murmelte er. «Sie sind alle gleich, diese kleinen Ganoven vom Schlag dieser Drehorgelmänner . . . Sie wollen ihn decken. Man könnte beinahe annehmen, daß etwas für sie dabei herausspringt . . . Oder daß sie nichts Besseres zu tun haben, als uns Knüppel zwischen die Beine zu werfen.» Damit verließ er das Büro des Inspektors.

Draußen stand der junge Polizist; er zeigte Selbi die Banknote und meinte: «Sie ist noch ganz neu . . . Ich überlege gerade, ob das von Belang sein könnte – ich meine, sie ist vielleicht erst kürzlich von einer Bank abgehoben worden.»

Selbi hob den Kopf. Für einen Augenblick stand er unbeweglich, dann machte er auf dem Absatz kehrt und stürzte zurück in das Büro des Inspektors.

Der Inspektor entschied, daß es zu solch später Nachtstunde nicht angebracht wäre, den Kommissar zu stören, um seine Ermächtigung einzuholen. Es war besser, Lucius Costa direkt anzurufen. Er hob den Telefonhörer ab, starrte gedankenvoll an die Decke und spielte mit seiner Schildpattbrille. Als die schläfrige Stimme des Rechtsanwalts im Hörer erklang, entschuldigte sich der Inspektor umständlich.

«Es wäre für uns von großem Nutzen, Delises Konto sperren zu lassen, falls er ein Konto hat. Wissen Sie, bei welcher Bank . . .?»

«Ich bin nicht verpflichtet, Ihnen diese Auskunft zu geben», unterbrach Costa trocken. «Aber Sie werden es ja auf jeden Fall herausbekommen. Mein Schwager und ich haben unsere Konten bei derselben Bank.»

Costa hatte das Gefühl, Delise gegenüber nicht ganz fair zu sein. Den Besuch seines Schwagers hatte er der Polizei gemeldet – schön und gut; das war seine Pflicht gewesen. Aber Informationen dieser Art mußte er nicht unbedingt geben.

«Vielen Dank, Señor . . .» Der Inspektor notierte sich den Namen der Bank. «Es tut mir außerordentlich leid, daß ich Sie aus dem Bett klingeln mußte . . . Haben Sie vielen Dank.»

Der Kommissar spielte gerade mit dem Vetter seiner Frau eine Partie

Schach, und Unterbrechungen ärgerten ihn. «Lassen Sie es bis morgen», schnarrte er ins Telefon. «Glauben Sie, daß es um Leben und Tod geht?»

Der Inspektor erklärte dem Kommissar in aller Ruhe, daß Delise unter Umständen eine größere Summe von seinem Konto abgehoben haben könnte und die Bank, da es sich um große Banknoten handelte, vielleicht die Nummern notiert hätte.

Der Kommissar betrachtete das Schachbrett und schaute dann den Vetter seiner Frau an. «Ich werde Sie in Kürze wieder anrufen», sagte er. «Ich werde mich persönlich um diese ... eh ... diese kleine Sache kümmern. Wir müssen mit aller Diskretion vorgehen.»

Die Uhr im Polizeipräsidium zeigte 1.30 Uhr, als das Telefon auf dem Schreibtisch des Inspektors klingelte. Die tiefe Stimme des Kommissars hatte einen versöhnlichen Klang. Er sprach, als ob er selbst von Anfang an die Notwendigkeit erkannt hätte, diese Nachforschung anzustellen.

«Delises Konto brauchen wir nicht extra sperren zu lassen», sagte er. «In der vorigen Woche hat er sein gesamtes Guthaben abgehoben. Wahrscheinlich hatte er seine Flucht bereits geplant, als wir ihn verhafteten. Wir müssen die Überwachung auf dem Flughafen und an den Kais verstärken.»

«Überwachung? Señor Comisario ...»

«Natürlich», unterbrach ihn der Kommissar. «Hat denn nicht einer von Ihnen soviel Initiative?» Ehe der Telefonhörer am anderen Ende in die Gabel fiel, hörte der Inspektor noch: «Ja, gibt's denn bei dem ganzen Haufen nur Idio ...» Klack.

Als Selbi heimging, nahm er die Akte über den Fall Delise mit.

Um 5.30 Uhr rief eine Frau namens Olina bei der Polizei an, um zu berichten, daß ein Mann namens Delise versucht habe, in ihre Wohnung einzudringen.

«Wenn es Ihnen recht ist, möchte ich gern mitgehen, Señor Inspektor», sagte der junge Polizist, als er hörte, daß zwei Polizisten aufbrachen, um zur Wohnung Olinas zu gehen und den Fall zu untersuchen.

«Sie sind doch schon eingeteilt, oder?»

«Ja, aber ich dachte, ich könnte ...»

«Nein, nein ... Sie sind eingeteilt», wiederholte der Inspektor und rückte seine Brille zurecht.

Adagio

1

«Ja, ja, schon gut. Nehmen Sie die Akte Delise nur mit, wenn Sie wollen.»

Selbi nahm sie und ging heim. Er breitete die Schriftstücke auf dem kleinen Tisch in seinem Schlafzimmer aus, und während er sich auszog, warf er hin und wieder einen Blick darauf. Im Geiste wiederholte er die wichtigsten Punkte. Alles lag auf dem Tisch vor ihm: der Bericht von der Polizeistation in Escala – ‹unsere Filiale› nannte er sie bei sich –, die Erklärung der Zeugen, Fotografien von der Leiche Montevideis und vom Haus des Toten sowie Berichte von Inspektor Doria.

Formalitätenkram, dachte er ärgerlich. Aber notwendig, ermahnte er sich. Er nahm eine der Fotografien und betrachtete sie zum drittenmal. Gut; ich erinnere mich an die Straße und an das Haus ...

Selbi war wie Delise aus Escala gebürtig. Er hatte den größten Teil seiner Kindheit in der kleinen Provinzstadt verbracht, und es war leicht für ihn, sich Einzelheiten vorzustellen, die in der offiziellen Akte nicht enthalten waren, jene Einzelheiten, die solche Dokumente nie aufweisen: die Atmosphäre eines Ortes, wo niemals etwas geschieht; das Gefühl banger Erwartung; die Haltung derer, die Montevideis Haus aufsuchten, um zu kondolieren. Viele von ihnen hatte Selbi vor vielen Jahren gekannt.

Er zündete sich eine Zigarette mit dem Rest der alten an und legte sich ins Bett, ein maschinengeschriebenes Blatt in der Hand.

Aussage von V. Remi ...

Selbi konnte sich die Szene lebhaft vorstellen. Er sah den Apotheker Remi vor sich, wie er mit kleinen Schritten vorwärts stapfte und vor dem Hause des Toten stehenblieb. Es war ein altes Haus mit zwei Stockwerken, das zwischen anderen alten, ebenso hohen Häusern stand.

Señor Remi stieg die Haustürtreppe hinauf und stieß die angelehnte Tür auf, hinter der im Halbdunkel der Eingangshalle verschiedene Herren in schwarzen, feierlichen Anzügen zu erkennen waren. Señor Remi zog langsam den rechten Handschuh aus und legte seine Visitenkarte auf das mit schwarzem Samt bezogene Tablett. Er legte sie sorgfältig zu den anderen Karten und zählte sie unauffällig. Dann drückte er den Leuten, die er kannte, wortlos die Hand und stieß einen schwachen Seufzer der Befriedigung aus.

«Hier hinein, bitte», sagte jemand.

Selbi schnippte die Asche seiner Zigarette auf den Boden und dachte: Ich habe Montevidei nie kennengelernt, auch nie irgendwelchen Dorfklatsch über ihn gehört; und doch kenne ich alle diese Montevideis und Remis in den kleinen Provinzstädten.

Señor Remi wurde in das Zimmer des Toten geführt. Loreto Montevidei lag in einem Sarg mit Glasdeckel. Wenn er in jenem Augenblick ins Leben zurückgekehrt wäre, hätte er ein halbes Dutzend forschender Gesichter erschreckt, die über ihn und über die Chrysanthemen gebeugt waren, die den Sarg umgaben, und die ihn alle über ihren gestärkten weißen Kragen fest anschauten.

«Wir warten noch auf *ihn*», sagte jemand leise.

«Delise ist nicht sein eigener Sohn, sondern sein Stiefsohn. Ein Künstler; lebt irgendwo in der Stadt.»

Rundum war Geflüster, und die Schritte wurden von ziemlich abgenutzten Teppichen gedämpft. Die Gardinen sahen aus, als bedürften sie der Pflege einer weiblichen Hand. Die Kerzen hatten Wachsspuren in dem Staub des Klaviers hinterlassen.

«Ja, aber ...» begann Señor Remi vorsichtig.

«Natürlich, natürlich.»

«Immerhin, in einer Stunde wie dieser ...»

«Ruhig, Señor Remi, ruhig!»

Man hörte draußen ein Auto anhalten, und Virgilio Delise trat ein; er neigte feierlich den Kopf. Das Hutband seines schwarzen Homburg hatte einen dünnen Druckstreifen auf der Stirn hinterlassen. Er reichte verschiedenen Herren die Hand, schnell, aber ohne Wärme, formell und feindlich gegen die überflüssige Beileidsbezeugung.

Es war ein Delise, der sich sehr von dem Mann, den Selbi kannte, unterschied.

Lucius Costa trat zu ihm. «Virgilio, in deiner Abwesenheit habe ich alle Vorbereitungen getroffen.»

«Danke dir, Lucius.»

Costa räusperte sich, als ob er vor Gericht ein Plädoyer halten sollte. «Ich bedaure, daß wir uns ausgerechnet unter diesen Umständen wiedersehen, Virgilio.»

«Da ist nichts zu bedauern.»

Delise trug einen der von Sebastián erstklassig geschnittenen Anzüge. In der Hand hielt er seinen schwarzen Hut und sah sich in dem Kreis neugieriger Gesichter um, die auf ihn gerichtet waren.

«Es ist der Stiefsohn», flüsterte jemand Remi ins Ohr. «Eine Art Künstler ... lebt in der Stadt.»

«Ein Künstler?»

«Musiker oder so.»

«Musiker? Was für Musik? Was ...?»

Delise wandte sich ihnen zu.

«Oh», sagte Remi und lächelte verwirrt. «Wir erörterten gerade, was für ein Musikinstrument Sie ...»

«Das ist doch unwichtig», entgegnete Delise.

Unten sagte ein hochgewachsener Mann: «Heute morgen fand ihn Señora Verdi – genau hier, auf diesem Fleck. Schauen Sie ...»

AUSSAGE VON MARÍA VERDI, REINMACHEFRAU ...

Reinmachefrauen finden sicher allerhand bei ihrer täglichen Arbeit, dachte Selbi; aber diese María Verdi hat hier mal etwas gefunden, was sie denn doch nicht einfach wegfegen mochte ...

In der Stadt Escala fand Señora María Verdi am Freitag, dem neunten Oktober, um 11.15 Uhr vormittags die Leiche Loreto Montevideis am Fuß der Treppe seines Hauses, in dem sie einmal wöchentlich putzte. María Verdi besaß einen Schlüssel für die Hintertür, so daß sie nicht an der Vordertür klingelte. Loreto Montevidei hatte einen Schädelbruch, was María Verdi auf den ersten Blick nicht sehen konnte; sie erkannte nur, daß er tot war und daß bereits ein unangenehmer Geruch von ihm ausging. Später erklärte eine Nachbarin, daß sie Mittwoch morgen in aller Frühe – zwei Tage zuvor – Lärm im Hause Montevideis gehört habe; aber María Verdi war es, die die Leiche entdeckte.

Montevidei war ein alter Mann und lebte allein. Er aß im Restaurant und schickte seine Wäsche in eine Wäscherei. María Verdi gab sie ab und holte sie wieder; und jeden Freitag kam sie, um das Haus zu putzen. Das tat sie schon seit dem Tode von Helena Montevidei, verwitwete Delise. Der Tod Helenas und die Hochzeit der Tochter Montevideis mit Lucius Costa waren Ereignisse, die zeitlich fast zusammenfielen. Auf Virgilio Delise entfiel die gesamte Erbschaft seiner Mutter; er zog in die Stadt. Loreto Montevidei lebte während der letzten fünfzehn Jahre allein.

An jenem Freitag morgen wurde er am Fuße der inneren Haustreppe mit einem Schädelbruch aufgefunden. Er pflegte selten Besuch zu empfangen und stattete selbst kaum Besuche ab. Seine Einkommensquellen waren unbekannt. Als er Helena Delise heiratete, munkelte man viel über ihr Vermögen. Montevidei hatte eine Tochter, damals ein entzückendes Kind von acht Jahren; er war Witwer. Er war ein hochgewachsener Mann, ein Sanguiniker, der oft zweifelhafte Lokale besuchte; man sah ihn dort ab und zu in Gesellschaft der beiden Kinder, jedoch nie in Begleitung seiner Frau. Die Kinder gingen immer vor ihm her, und er machte an jeder Bar halt, während die Kinder draußen warteten. Es war nach Meinung aller verheirateten Frauen ein skandalöses Schauspiel. Dieses schlechte Beispiel beeinflußte den Knaben Virgilio nicht, der eine ausgesprochene Begabung für die Musik sowie eine Berufung für das Religiöse zeigte. Seine Mutter bezahlte seine Musikausbildung. Nach einiger Zeit sprach Virgilio nicht mehr von seinem Wunsch, Priester zu werden. Er las noch immer im Schatten der hinteren Gartenmauer die Bibel. Er studierte Mathematik und befaßte sich mit dem Leben der großen Komponisten. Er ging nicht zur Schule. Er hatte wenige Freunde.

Das kleine Mädchen war bezaubernd. Als die Mutter starb, erbte Virgilio ihr ganzes Vermögen; er zog in die Stadt, um dort zu leben. Er war damals fünfundzwanzig Jahre alt. Das Mädchen hatte Lucius Costa geheiratet, einen berühmten Rechtsanwalt, Sohn eines berühmten Rechtsanwaltes, Enkel eines berühmten Rechtsanwaltes.

Fünfzehn Jahre später, als Virgilio Delise bereits vierzig Jahre alt war, wurde Loreto Montevidei am Fuße seiner Haustreppe mit einem Schädelbruch gefunden. Der Gerichtsarzt war nach einer genauen Untersuchung der Leiche der Meinung, daß der Tod vor mehr als achtundvierzig Stunden eingetreten sein mußte. *In den ersten Morgenstunden am Mittwoch oder Dienstag abend spät*, schätzte er. Es wurde aber keine Autopsie vorgenommen. Die gesetzlichen Formalitäten wurden mit einer Schnelligkeit erledigt, die ohne Zweifel auf den Einfluß Lucius Costas, des Schwiegersohns Montevideis, zurückzuführen waren.

Das frühere Leben Montevideis lag im dunkeln. Er war mit seiner Tochter und einem einzigen kleinen Koffer in die Stadt gekommen, ohne irgendeine Empfehlung, abgesehen von seinen eigenen Worten. Als María Verdi jedoch geistesgegenwärtig ihre makabre Entdeckung sofort laut verkündete, verband niemand Montevideis Tod mit den Umständen, unter denen er in der Stadt aufgetaucht war. Seit damals waren fünfunddreißig Jahre vergangen, und es dachte niemand mehr daran. Man fand ihn am Fuß der Treppe; er hatte einen Schädelbruch. Er mußte also unglücklich gefallen sein. Er war ein alter Mann. Er hatte den Aufprall nicht überlebt.

«Ich möchte auf keinen Fall schlecht von dem Toten sprechen», sagte der Apotheker im Café zu seinen Freunden. «Aber ich muß zugeben, wir alle müssen zugeben ... nun, daß wir durch seinen Tod nicht gerade einen vorbildlichen Bürger verloren haben. Meinen Sie nicht auch?»

Der Apotheker hatte Loreto Montevidei nicht geschätzt, aber niemand wußte den Grund.

«Er möge in Frieden ruhen, Señor Remi.»

«Ja, natürlich», sagte Remi schnell. «Sie dürfen mich um Gottes willen nicht falsch verstehen!»

Es ist möglich, daß die Angelegenheit hier zu Ende gewesen wäre, wenn nicht Inspektor Doria sich ihrer angenommen hätte.

Inspektor Doria war außerordentlich jung für seine Stellung; er wirkte überdies wenig imponierend. Es gelang ihm nie, Respekt einzuflößen; nicht einmal, wenn er sein Monokel vor das schlechte Auge klemmte, das Auge, das nach und nach die Sehkraft verlor. Aber jedermann prophezeite ihm eine große Karriere.

Inspektor Doria war ehrgeizig. Er wußte, daß er keine Beförderung erreichen konnte, wenn er Fingerabdrücke prüfte oder kleine Diebe ins Gefängnis brachte. Er befolgte die Befehle, wenn er Gehorsam für richtig erachtete, aber er kümmerte sich nicht um sie, wenn er sie absurd oder falsch fand. In solchen Fällen handelte er auf eigene Verantwortung, so wie es nach seiner Meinung richtig war; und wenn er recht behielt, ließ er es zu, daß seine Vorgesetzten den Erfolg für sich buchten. Frauen gegenüber war er recht höflich und unterhaltend. Er vergaß niemals, einen entsprechenden Kondolenz- oder Glückwunschbrief an einen wichtigen Beamten zu schicken. Er verabscheute solche Kunstgriffe, aber er wandte sie mit dem kalten Opportunismus eines Politikers an. Da er intelligent war, wußte er zweierlei: daß er klüger war als seine Vorgesetzten und daß er es verbergen mußte. Es fiel ihm nicht leicht, seine Handlungen darauf abzustimmen. Er war nicht bescheiden. Er trug ein Monokel, während ein anderer an seiner Stelle eine Brille getragen hätte, und seine Kollegen lästerten eifrig darüber. Er galt als ruhig und ausgeglichen, war es aber tatsächlich nicht.

Als er zur kleinen Provinz-*Comisaría* in Escala abbeordert wurde, nahm er die Versetzungsnachricht auf, ohne ein Wort darüber zu verlieren; aber als er nach Hause zurückkam, ergriff er die erste beste Blumenvase und zerschmetterte sie wütend an der Wand. Dann setzte er sich hin und schrieb sein Entlassungsgesuch. Er zerriß den Bogen. Er verfaßte ein neues Gesuch und zerriß auch dieses. Endlich gelang es ihm, sich zu beherrschen. Er sammelte die Porzellanstücke auf und ließ sie fortbringen. Damit sie wieder gekittet würden.

Von seiner neuen *Comisaría* schrieb er einen pathetischen Brief an seinen Bruder:

... sind alle Chancen für eine Beförderung für mich zunichte geworden. Ich muß stillschweigend zusehen, wie ein Dummkopf nach dem an-

deren die besten Positionen erhält, während ich keine Chancen habe. Bald wird es dahin kommen, daß ich Befehle von denen erhalte, die jetzt noch unter mir arbeiten. Wenn man nicht einen sensationellen Fall erwischt, besteht keine Hoffnung, daß man ins Blickfeld rückt und befördert wird; und hier gibt es keine sensationellen Fälle. Man wird mich vergessen. Ich werde wohl nie die Lichter der Großstadt wiedersehen. Und wofür das alles? Ich dachte nie, daß es mir so ergehen könnte ...

«Die Statistiken», hatte der älteste Beamte des Bezirkes gesagt, während er einen Stoß Papiere auf Dorias Tisch legte, «die Statistiken zeigen, daß wir in den letzten fünf Jahren außer drei Selbstmorden und ein paar Schlägereien nur eine kleine Schwarzmarktaffäre hatten – das war alles.»

«Also wenig Arbeit?»

«Praktisch überhaupt keine...» Der Polizist legte ein Bein auf die Rücklehne eines Stuhles. «Die wissen schon, was sie wollen, wenn sie einen hierher versetzen. Wenn sie einen loswerden wollen...»

«Jetzt hören Sie mal zu!» Doria hatte ihm das Wort abgeschnitten. «Ich möchte da etwas klarstellen: Ich verbitte mir dieses dumme Gerede. Ich dulde das nicht. Und noch etwas: Stehen Sie gefälligst auf, wenn Sie mit mir sprechen. Hier ist schließlich kein Altersheim.»

«Jawohl, Señor.»

Als der Fall Montevidei in Dorias Hände gelangte, klammerte er sich verzweifelt daran.

Um 11.15 Uhr morgens fand María Verdi Montevideis Leiche. Schon zwanzig Minuten später befand sich Doria mit einem Fotografen und einem Polizeiarzt im Hause des Toten. Um 1.30 Uhr erhielt er einen Telefonanruf von seiner vorgesetzten Dienststelle, der ihm die Ankunft Lucius Costas ankündigte und ihn anwies, die Wünsche Dr. Costas zu erfüllen.

Die Wünsche Lucius Costas waren einfach: Alles Sensationelle ist zu vermeiden. Es wurde keine Obduktion vorgenommen, keine Zeugen wurden verhört; es gab niemand zu verhören. Gegen drei Uhr nachmittags ruhte die Leiche Montevideis in einem teuren Sarg. Eine Frau hatte das Haar des Toten gebürstet und gekämmt. Die Brillantine glänzte matt.

Und doch, grübelte Inspektor Doria, als er das Trauergefolge vom Erkerfenster der *Comisaría* betrachtete, und doch...

Er fühlte sich tief gedemütigt durch das Einschreiten Costas. Er hatte den Telefonhörer ergriffen, um bei der vorgesetzten Dienststelle zu protestieren, aber sich dann eines Besseren besonnen.

Nun betrachtete er den Leichenzug, der langsamen Schrittes dem von Pferden gezogenen Leichenwagen folgte. Der Zug schritt so nahe an ihm vorbei, daß er die gleichgültige Unterhaltung der Nachzügler fast verstehen konnte. Der Leichenwagen fuhr gemächlich um die Ecke, und die hinteren Räder streiften die Bordsteinkante. Von seinem Fenster aus sah Doria das schweißbedeckte Gesicht des Kutschers, der die Pferde in die Mitte der Straße lenkte. Allmählich verschwanden die Trauergäste aus seinem Blickfeld, und er trat vom Erker zurück. Auf der Straße nahmen die Kinder ihre unterbrochenen Spiele wieder auf.

«Und doch . . .» murmelte Doria nachdenklich.

«Jawohl, Señor», sagte der dienstälteste Polizist und setzte sich vorsichtshalber sehr gerade.

Gegen vier Uhr nachmittags – Costa war sofort nach der Trauerfeier abgefahren – verließ Doria die *Comisaría* und war zwei Stunden lang abwesend. Als er zurückkam, spielte er heiter mit seinem Monokel. Er hatte einige Dinge herausgefunden; keine sehr wichtigen Dinge, aber sehr seltsame. Am vergangenen Dienstag morgen hatte Montevidei versucht, einige Möbel seines Hauses zu verkaufen, aber der Interessent war mit dem Preis nicht einverstanden gewesen. Soweit Doria erfahren konnte, hatte Montevidei sein Glück anderweitig versucht, aber mit demselben Ergebnis.

«Erkundigen Sie sich mal nach der finanziellen Lage Montevideis», sagte er zu dem Dienstältesten. «Montevidei war nicht wohlhabend, nicht wahr? Wovon lebte er?»

«Keine Ahnung. So genau weiß das niemand. Aber er gab eine Menge Geld aus.»

«Ich bin gespannt, wer sein Erbe sein wird. Aber er scheint nicht zu den Menschen zu gehören, die ein Testament machen.»

«Na, sein Sohn wahrscheinlich.» Der Polizist zuckte die Achseln.

«Ach ja . . . Sein Sohn. Er ist nicht sein wirklicher Sohn, nicht wahr? Gehörte das Haus dem alten Mann?»

«Ich nehme an.»

«Also los; sehen Sie, was Sie rauskriegen können.»

Nach dem Abendessen meldete sich der alte Beamte bei Doria in dessen Pension. Er traf seinen Vorgesetzten in Hemdsärmeln vor dem Spiegel. Mit der rechten Hand bedeckte Doria ein Auge, während er das andere rhythmisch rollen ließ. Er zog die Jacke an, als der Polizist hereinkam. Auf dem Bett spielte ein Koffergrammophon.

«Was gibt es?» fragte er.

«Ein Apotheker namens Remi schuldete ihm früher Geld», erklärte der Polizist und stocherte mit einer Nadel in den Zähnen. «Vielleicht ist er zu dem gegangen . . . Ach, übrigens – ich mußte jemand zum Essen einladen, um das herauszubekommen . . . Wer bezahlt mir die Spesen?»

«Remi?» fragte Doria und schaltete das Grammophon aus. «Wo wohnt er?»

«Remi? Sie, aus dem kriegen Sie so leicht nichts raus.»

«Das lassen Sie mal meine Sorge sein!» Doria war schon im Aufbruch. «Und das Haus? Konnten Sie ausfindig machen, wer ...?»

«Ja. Es gehörte ihm nicht. Es ist auf Virgilio Delises Namen eingetragen. Montevidei besaß gar nichts. Es gibt nichts zu erben.»

«Aha», sagte Doria und klemmte sein Monokel ein.

Am folgenden Morgen fuhr Doria in die Stadt und ging ins Polizeipräsidium. Seine Gesichtszüge, die gemacht schienen, um Ungeduld, Zorn und Arroganz auszudrücken – und im Privatleben taten sie es –, enthüllten nun nichts. Er stieg die Treppe hinauf, die früher zum Saal für Romanische Skulptur führte. Der Kommissar machte kein sehr freundliches Gesicht, als er ihn erblickte.

«Was wollen denn Sie hier?» fragte er.

Selbi las noch einmal die Zeugenaussagen Remis, die in den Akten aufgezeichnet waren.

Der Apotheker gab zu, daß er früher Montevidei Geld geschuldet hatte.

Frage: Was waren das für Schulden?

Remi: Montevidei hatte mir ein Darlehen gegeben.

Frage: Können Sie die Quittung vorlegen?

Remi: Es wurde keine Quittung ausgestellt; es war ein Abkommen unter *Caballeros*.

Frage: Aber Dienstag bat er Sie um Geld. Lügen Sie nicht! Wir wissen es.

Remi (zögernd)*:* Ja.

Frage: Sagte er Ihnen, wozu er das Geld benötigte?

Remi: Er sagte nur, daß er es dringend brauche.

Frage: Gaben Sie es ihm?

Remi (zögernd)*:* Ich bot ihm eine bestimmte Summe, aber er lachte mich aus und sagte, das sei zuwenig.

Frage: Warum hat er sich an Sie gewandt?

Remi: Ich weiß es nicht. Vielleicht, weil er mir bei einer früheren Gelegenheit Geld geliehen hatte. Aber damals handelte es sich nur um eine geringe Summe.

Frage: Versuchen Sie nicht, etwas zu verheimlichen, Remi. Bis jetzt ist noch nicht erwiesen, daß Montevideis Tod tatsächlich nur ein Unfall war. Sie können da in Teufels Küche kommen! Sagen Sie uns, wozu Montevidei das Geld benötigte.

Remi (erregt)*:* Ich war nicht der einzige, den er aufsuchte. Er erzählte mir, daß er sich schon an andere gewandt hätte. Er sagte, ich wäre seine letzte Hoffnung. Aber er schien mir eigentlich nicht in wirklich großer Verlegenheit zu sein.

Frage: Nannte er Ihnen die Namen der anderen?

Remi: Nein. Er sagte nur, er habe schon mehrere Leute gefragt.

«Was meinen Sie mit der Bemerkung, daß der Tod Montevideis vielleicht kein Unfall war?» fragte der Kommissar barsch.

Es kostete Doria große Mühe, sich zu beherrschen; er war schlechter Laune. «Es ist schließlich nicht erwiesen, Señor Comisario», entgegnete er ruhig.

«Und?»

«Wenn Montevidei Geld brauchte, wäre es das Natürlichste auf der Welt gewesen, wenn er Delise darum gebeten hätte.»

«Und was weiter?»

«Vielleicht tat er es.»

«Und?»

«Ich glaube, es wäre ratsam, mit Delise zu sprechen.»

Der Kommissar überlegte einen Augenblick lang; dieser Augenblick der Stille genügte Doria jedoch, um spitz zu bemerken:

«Es ist meine Pflicht, die Angelegenheit nach besten Kräften zu prüfen.» Und noch spitzer fügte er hinzu: «Natürlich übernehme ich die volle Verantwortung.»

«Ja, ja – schon gut», knurrte sein Vorgesetzter.

Wenn der Polizeichef dagewesen wäre, hätte sich der Kommissar die ganze Angelegenheit vom Halse gehalten. Aber der Polizeichef hatte die Stadt wie an jedem Wochenende verlassen, und zweifellos würde er nicht begeistert sein von erfolgreichen Alleingängen seines Untergebenen. Aber andererseits würde er ihm auch kein Versagen verzeihen.

«Es wäre vielleicht angebracht, zunächst mit Doktor Costa zu sprechen», entschied der Kommissar. «Warten Sie mal ... Sonnabends ißt er meistens im Club zu Mittag. Er ist der Schwager von ... Aber darüber sind Sie ja hoffentlich orientiert.»

Der Kommissar hatte Lucius Costa einmal im Club kennengelernt. Der Vetter seiner Frau hatte sie miteinander bekannt gemacht. Der Vetter seiner Frau lud ihn häufig zum Essen im Club ein, und der Kommissar träumte davon, diesem Club eines Tages als Mitglied anzugehören. Es wurden vorübergehend keine neuen Mitglieder aufgenommen. *Es ist keine Geldfrage,* hatte ihm der Vetter seiner Frau erklärt. *Aber ich kann dich dort als Gast einführen, wenn du Wert darauf legst.*

Auf dem Weg zum Club sagte Doria: «Montevideis Haus hat zwei

Eingänge. Auf der Rückseite befindet sich ein kleiner Garten mit einem Tor, das auf eine abschüssige Straße führt. Die Türschlösser weisen ausnahmslos keinerlei Zeichen von Gewaltanwendung auf; auch die Fenster nicht. Wenn jemand das Haus betreten hat, muß Montevidei davon gewußt haben.»

«Hören Sie auf, Schlußfolgerungen zu ziehen», knurrte der Kommissar.

Der Club, in dem Costa gewöhnlich sonnabends zu Mittag aß, befand sich in einem dreistöckigen Haus mit feuchten grauen Wänden; die Clubräume nahmen das Erdgeschoß und den ersten Stock ein. Von außen machte das Haus keinen besonders sauberen Eindruck, und es lag auch nicht in einer Nachbarschaft, in der man einen luxuriösen Club vermutet hätte. An den Balkonen des zweiten Stocks war das Schild einer Schiffsversicherungsgesellschaft befestigt. Obwohl Doria den gleichen Namen trug wie ein Admiral aus Genua, wußte er nicht, daß es die älteste Versicherungsgesellschaft der Stadt war und zugleich eine der ältesten und angesehensten am Mittelmeer.

«Müssen wir unbedingt mit Costa sprechen?» fragte er. Noch hatte er nichts gegen Costa einzuwenden; er fürchtete nur, daß er ihm wiederum Schwierigkeiten bereiten würde.

«Ein Ratschlag, Doria!» sagte der Kommissar. «Im Laufe der Zeit werden Sie auch noch Probleme kennenlernen, die erst auftauchen, wenn man einen gewissen Dienstgrad erreicht hat.»

Ein Portier in galonierter Livree nahm ihre Hüte in Empfang, und alle Straßengeräusche blieben hinter ihnen zurück. Die Innenausstattung des Clubs war nicht luxuriös, ja nicht einmal komfortabel; aber als Doria in die Bibliothek trat, hatte er das Gefühl, der imposante Portier draußen halte alle Unruhe und alle Widerwärtigkeiten des täglichen Lebens von hier ab. Ein halbes Dutzend großer Porträts ehemaliger Clubpräsidenten hing an den Wänden. Die Herren, die in den Ledersesseln saßen und sich nur halblaut unterhielten, unterschieden sich kaum von den Porträts. Doria warf einen Seitenblick auf den Kommissar. Der ist hier Mitglied, dachte er bitter, und mich hat er in das elende Provinznest abgeschoben...

Der Kommissar hielt einen Pagen an und sprach leise mit ihm. «Kommen Sie, Doria», sagte er dann. «Er ist im Speisesaal.»

Sie fanden Lucius Costa allein am Tisch; er machte sich Notizen auf den Rand einer Zeitung, während er eine Tasse Kaffee trank. Er befand sich in seiner gewohnten Umgebung.

«Sieh da, Costa!» rief der Kommissar und entfaltete eine freundliche, unformelle Art, die seinem Untergebenen völlig neu war.

Lucius Costa erhob sich und betupfte die Lippen mit der Serviette. «Eh... Ach ja; was gibt's, Comisario?»

Der Kommissar schien ein wenig verwirrt. «Sie kennen bereits Inspektor Doria, nicht wahr?»

«Natürlich. Ist in dieser betrüblichen Angelegenheit irgendeine Komplikation eingetreten, Inspektor?»

Sehr nahe scheint's ihm nicht zu gehen, dachte Doria. ‹Betrübliche Angelegenheit›, mehr nicht? Er schüttelte Costas Hand und erriet, ohne ihn anzusehen, daß die Verwirrung des Kommissars wuchs. Obwohl Costa die Worte nicht aussprach, standen sie in seinem Gesicht zu lesen: *Soll das eine Vernehmung sein, Kommissar? Zufällig haben wir uns hier wohl kaum getroffen* . . . Laut sagte er:

«Nehmen Sie doch Platz! Natürlich essen Sie mit mir . . . Sie wollen zweifellos einige Fragen an mich richten?»

«Ja, Costa . . .» Der Kommissar setzte sich. «Ich will ganz offen sein. Es betrifft nicht Sie. Wir würden uns gern einmal mit Ihrem Schwager unterhalten, und ich dachte, daß . . . eh . . .»

«Was dachten Sie?»

«Ich dachte . . . Ich meine, vielleicht ist es Ihnen lieber, wenn Sie Gelegenheit haben, vor der . . . eh . . . Vernehmung . . .»

«Ich bedauere, Ihnen mitteilen zu müssen, daß meine Beziehungen zu Delise nie sehr herzlich waren. Würde es Sie überraschen, wenn ich Ihnen sage, daß seit meiner Hochzeit mit seiner Schwester . . . Nun, in Wirklichkeit waren sie nicht Bruder und Schwester . . . Also, warum halten Sie es für notwendig, mit ihm zu sprechen?»

«Wiederholen Sie bitte, was Sie mir sagten, Doria!»

Doria kam dem Wunsche nach. Costa hörte aufmerksam und höflich zu. Als Doria geendet hatte, sagte er:

«Na, hören Sie mal . . . Nach meiner Meinung ist da kein . . .»

Doria fühlte Zorn und Ärger in sich aufsteigen. Er versuchte, es zu verbergen, aber die Anstrengung vergrößerte nur noch seinen Zorn. Costa merkte es und sah ihn überrascht an.

«Vielleicht habe ich mich ungeschickt ausgedrückt, Inspektor; entschuldigen Sie. Vermuten Sie, daß der Tod meines Schwiegervaters im Zusammenhang mit seinem Besuch bei diesem Apotheker steht?»

«Ich vermute gar nichts . . .» entgegnete Doria steif.

«Dein Glück», murmelte der Kommissar und verkroch sich hinter der Speisekarte.

Doria hatte noch nicht erkannt, daß der Rechtsanwalt nicht zu Sarkasmen fähig war. Seine Stimme war schneidend scharf, als er fortfuhr: «Ich sagte nur, daß es das Natürlichste für ihn gewesen wäre, sich an seine Familie zu wenden, wenn er dringend Geld brauchte.»

Costa war zu sehr Rechtsanwalt, um diese Anspielung unbeachtet zu lassen. «Ich muß annehmen, daß Sie eben von mir gesprochen haben», sagte er ruhig, beinahe uninteressiert. «Aber wenn mein Schwiegervater tatsächlich eine größere Geldsumme gebraucht hätte, wäre es für ihn naheliegender gewesen, sich an Delise zu wenden. Mein Vermögen ist ziemlich bescheiden ... Ich glaube jedoch nicht, daß er es getan hat. Sie verstanden sich nicht besonders gut.»

Die Buchstaben verschwammen vor Selbis Augen; er drohte einzuschlafen, aber er begann noch einmal die Aussage Delises zu lesen. Gähnend hielt er das Blatt; nur die Hand sah unter der Bettdecke hervor.

Aussage von Virgilio Delise

Die Aussage hatte zu dem Zeitpunkt, zu dem sie zu Protokoll gegeben wurde, nur geringe Bedeutung gehabt, aber Selbi grinste, als er daran dachte, wie aufgeregt der Kommissar an jenem Abend gewesen war, als Doria seinen Mann ins Kreuzverhör nahm. *Wo waren Sie am Dienstag abend? ... Gibt es einen Zeugen, der Ihre Aussagen bestätigen kann?*

Der Kommissar hielt Dorias Fragen für unfair. Und Selbi versuchte, sich die Reaktion dieses Mannes vorzustellen, der Mathematiker und Priester hatte werden wollen, der nur wenigen als passionierter Dilettant auf verschiedenen musikalischen Gebieten bekannt war und der nun nach seiner Flucht unter Mordverdacht stand.

«Ich hatte die Absicht, die Stadt zu verlassen und ein bißchen auszuspannen», antwortete Delise. «Die letzten Tage sind für mich sehr anstrengend gewesen. Glauben Sie, daß ich die Reise aufschieben muß?»

«Nein, nein, auf keinen Fall», sagte der Kommissar. «Ich wäre Ihnen jedoch dankbar, wenn Sie uns Ihre Adresse hinterlassen könnten, falls ... eh ... falls etwas Unvorhergesehenes geschehen sollte.»

«Natürlich», entgegnete Delise.

Als sie das Haus verließen, machte der Kommissar dem Inspektor Vorhaltungen und fragte ihn, was er sich eigentlich dabei gedacht habe, Delise auf diese Weise zu verhören.

«Es besteht noch kein Grund zu der Annahme, daß überhaupt ein Verbrechen geschehen ist, und Sie versuchen bereits ... Was haben Sie vor?»

«Nichts», entgegnete Doria. «Ich habe gar nichts vor.»

Aufmerksam beobachtete er das Auto, das gegenüber dem Hause parkte: es war ein großer schwarzer Wagen, ein altes Modell mit Heckmotor. Delises Diener trat mit einigen Koffern aus dem Haus und verstaute sie im Auto. Aus dem Fenster des Wagens lugten die Pfoten und die ungeduldige Schnauze eines Hundes hervor, der wie ein Spielzeughund aussah.

«Wochenende», bemerkte Doria.

«Ich nehme an, daß wenigstens Delises Alibi Sie zufriedengestellt hat», fuhr der Kommissar fort. «Also wenn Sie wieder mal was Verdächtiges suchen, so tun Sie's in Zukunft gefälligst in Ihrem eigenen Bezirk!»

«Jawohl, Señor Comisario.»

Doria war mit dem Verhör nicht zufrieden. Der Ton, in dem Delise abstritt, von Montevidei um Geld angegangen worden zu sein, hatte seine Aufmerksamkeit geweckt, obwohl er dazu geschwiegen hatte. Der Kommissar befahl ihm, sofort nach Escala zurückzukehren. Diesmal würde er die Reisekosten noch nicht von Dorias Gehalt abziehen, aber beim nächstenmal würde er es tun, denn niemand hatte ihn aufgefordert, zu kommen, und darüber hinaus hatte sich die Reise als völlig sinnlos erwiesen.

«Von jetzt an begnügen Sie sich mit dem Telefon», schloß er.

Doria fuhr am gleichen Abend noch nach Escala zurück. Er war ein guter Polizist – ein zu guter Polizist, um nicht zu wissen, daß Zähigkeit die erste Voraussetzung für seinen Beruf ist.

Am Sonntag um die Mittagszeit betrat Doria sein kleines Büro in der *Comisaría* von Escala; er setzte sich, um das Resultat der Untersuchung abzuwarten, die er am Morgen veranlaßt hatte. Er hatte bereits Montevideis Vergangenheit überprüft. Ihm waren alle Einzelheiten der letzten dreißig Jahre bekannt; er wußte von seinem Erscheinen in Escala und der Hochzeit mit Helena Delise, aber nichts von seinem früheren Leben. Er hoffte, in einigen Stunden etwas mehr zu erfahren.

Es war schade, daß Doria vom anfangs eingeschlagenen Weg der Nachforschung abwich, aber es geschah etwas, das seine Aufmerksamkeit in eine völlig andere Richtung lenkte.

Der Polizeiarzt betrat das Büro, um mitzuteilen, daß er jetzt auf die Wachteljagd gehe und vor Montag nicht zurück sein werde. In diesem Augenblick schrillte das Telefon. Der Polizeiarzt hörte nur die eine Seite der Unterhaltung, konnte aber den Rest erraten.

«Ein Wagen an der hinteren Tür? Ach nee ... War es ein großer, schwarzer Wagen?»

Dorias Augen blitzten, aufgeregt wartete er auf die Antwort.

«Ja, ja, stimmt genau!» schrie er. «Mit Heckmotor, ja ... Kommen Sie heute nachmittag ... Nein, nein; *heute* nachmittag. Es ist dringend!» Er lauschte, und der Polizeiarzt bemerkte, daß Dorias Aufregung allmählich abklang, bis sie völlig erstarb. Er hörte ihn sagen: «Das kann nicht sein ... Nein, es muß Dienstag nacht gewesen sein ... das heißt, um die

Morgendämmerung am Mittwoch... Wie? Nein. Sie müssen sich irren...» Und er wiederholte noch einmal: «Nein... Gut. Auf jeden Fall kommen Sie zu mir!»

Er legte auf und ließ die Hand auf dem Hörer liegen. Er war nachdenklich. Plötzlich drehte er sich um und sah den Doktor an, dessen Anwesenheit er völlig vergessen hatte. Er dachte: Delise hat ein Alibi für Dienstag nacht, aber ich bezweifle, ob er auch für den Mittwoch eines hat... Laut sagte er:

«Sind Sie sicher, Doktor, daß Montevidei Dienstag nacht gestorben ist? Fällt es nicht in den Bereich des Möglichen, daß es vierundzwanzig Stunden später war?»

Der Arzt ließ seine Fingergelenke knacken, was er immer tat, wenn er nervös war. «Also, *rigor mortis*...» begann er.

«Lassen Sie die Fachausdrücke! Ich frage: Kann er auch Mittwoch nacht gestorben sein?»

Der Arzt hörte auf, eine Hand gegen die andere zu pressen und begann mit dem, was stets unweigerlich darauf folgte: er zog an allen Fingern, einem nach dem anderen, als ob er sie aus den Gelenken reißen wollte.

«Es ist möglich», entgegnete er. Er wich Dorias Blick aus. Er mochte den Inspektor nicht. Er fühlte sich von ihm beherrscht. Um des lieben Friedens willen gab er ihm immer recht. «Ja, es ist möglich.»

«Aha!» rief Doria befriedigt aus. Er klemmte das Monokel vor das schwache Auge. «Na, sehen Sie... Ich würde sagen, es ist mehr als möglich, Doktor. Wir werden Ihren ersten Befund nicht beachten. Da haben Sie mich auf eine völlig falsche Spur gebracht, mein Lieber!»

Der dienstälteste Polizist des Distriktes trat ein, und Doria sagte ihm, daß er jeden verhören wolle, der in irgendeiner Beziehung zu Montevidei oder zu seinen Nachbarn gestanden hatte.

«Nehmen Sie einen Fotografen mit. Ich komme sofort nach. Halten Sie mich nicht für einen Pedanten, Doktor, aber...»

«Sie wollen doch nicht etwa rekonstruieren...?»

«Was haben denn Sie gedacht?» knurrte Doria und brach eilig auf.

Der Polizeiarzt öffnete die Balkonfenster. Es war frischer geworden – ideales Wetter zum Wachtelnschießen. Er würde eine neue Methode probieren. Er hatte bisher immer zu groben Schrot verwendet... Vielleicht würde er bis Montag nacht fortbleiben. Doria machte ihn nervös. Er sah ihn die *Comisaría* verlassen und die Straße eilig hinaufschreiten. Er ist ein Mann, der weiß, was er will, dachte er, als Doria nun völlig seinen Blicken entschwand.

Es gab Leute, die sich schon gefragt hatten, ob Doria nicht zuviel wolle.

Die Warnung kam direkt aus dem Polizeipräsidium, aus dem Munde des Kommissars. Doria hielt den Hörer ein wenig vom Ohr entfernt und stand steif wie ein junger Beamter, der getadelt wird, während die Stimme des Kommissars voller Zorn durch die Leitung drang.

«... und seien Sie gefälligst etwas vorsichtiger! Ich habe hier Tausende von Protesten auf meinem Tisch liegen. Soll ich sie Ihnen vorlesen?»

«Es ist nicht notwendig, Señor.»

«Ich habe Sie gewarnt, Doria! Sie bringen uns in eine unmögliche Situation. Und was die Rekonstruktion des Verbrechens angeht ... Was soll das, Inspektor? Von welchem Verbrechen reden Sie überhaupt? Müssen Sie denn unbedingt alles dramatisieren – wir sind doch nicht beim Theater, Mensch! Das kann ich Ihnen sagen: Wenn der Chef auf die Idee kommt, daß Sie sich da ein rotes Röckchen verdienen wollen ...»

«Durchaus nicht, Señor Comisario ...» Doria, rot vor Zorn, beherrschte sich mühsam.

Selbi legte die Dokumente auf den Nachttisch.

Aussage von G. Gini

Der Zeuge erklärt, ein Auto gesehen zu haben, das der unten angegebenen Beschreibung entspricht und das neben dem Haus parkte, in dem Loreto Montevidei wohnte. Zeit: gegen 4.00 Uhr am Donnerstag morgen. In der Vernehmung durch Inspektor Doria identifizierte er, ohne zu zögern, auf einer Fotografie den Wagen von Virgilio Delise.

Frage: Erinnern Sie sich an die Zulassungsnummer?
Gini: Nein.
Frage: Aber Sie sind sicher, das Auto wiederzuerkennen?
Gini: Ja.
Frage: Ohne Zweifel?
Gini: Ich bin davon überzeugt.

Aussage eines Angestellten der Mercurio-Garage

Am Mittwoch abend telefonierte Señor Delise nach seinem Auto. Er bat uns, es vor seine Haustür zu fahren. Am folgenden Morgen rief er wieder an und bat uns, es abzuholen. Señor Delises Chauffeur war bei seiner Rückkehr sehr überrascht, den Benzintank fast leer vorzufinden. Ich erinnere mich daran, weil er daraufhin grinste und meinte, sein Herr sei also offenbar doch nicht der Säulenheilige, für den er ihn gehalten habe.

Frage: Erkannten Sie Delises Stimme am Telefon?
Antwort: Ja.

Die Zeugin erklärt, am 8. des Monats, am Donnerstag morgen, im Hause Montevideis ein lautes Gespräch gehört zu haben. Zeit: Etwa 4.00 Uhr (vgl. Angaben des Zeugen Gini). Das Geräusch weckte sie auf.

Emma Rivet: Ich schlafe an der Wand zum Nachbarhaus, und ich habe einen leichten Schlaf.

Frage: Was war das für ein Geräusch? Klang es wie ein Streit?

Emma Rivet: Nein. Eher das Geräusch eines fallenden Möbelstückes.

Frage: Aber Sie sprachen zuerst nicht von *einem Geräusch*, nicht wahr? Wenn es sich wiederholt hat, kann nicht ein einmaliger Sturz die Ursache gewesen sein.

Emma Rivet (zögernd)*:* Nein. Vielleicht... vielleicht war es ein Handgemenge? Ja, natürlich; es muß ein Handgemenge gewesen sein.»

Der Schlaf überwältigte Selbi. Sein Gehirn funktionierte nicht mehr. Er fragte sich weder, wie es möglich war, daß Doria so viele Dinge vom Garagenangestellten erfahren hatte, noch wie er an eine Fotografie von Delises Wagen gelangt war. Er dachte nur, daß Delise so gar nicht der Typ war, den man mit einer Gewalttat in Verbindung zu bringen geneigt ist; er konnte sich einfach nicht vorstellen, daß er einen Menschen umgebracht haben sollte. Aber immerhin spricht einiges gegen ihn, grübelte er schläfrig, und dann noch seine Flucht...

Selbi erinnerte sich daran, wie ihm der Kommissar einen Haftbefehl auf den Namen Virgilio Delise ausgehändigt hatte, zusammen mit einer Zeitung, in der ein Foto von Delise abgedruckt war. Das Bild war mit Rotstift umrändert. Sie fuhren also zu der angegebenen Adresse – ein Hotel außerhalb der Stadt – und parkten vor dem Hotel.

«Hier ist es», sagte der junge Polizist, der ihn begleitete. «Wir wollen's kurz machen; um acht hab ich ein Rendezvous.»

Der junge Mann war ein guter Rugby-Spieler gewesen; alle mochten ihn gern, obwohl er manchmal ein bißchen angab.

Sie sprachen mit dem Geschäftsführer des Hotels, der sie inständig bat, einen Skandal zu vermeiden; er sagte, daß Delises Diener am Mittag mit dem Gepäck und dem Hund, der die Katzen auf der Straße zu verfolgen pflegte, abgereist sei. Selbi dachte: Also ist er allein... Vorsicht! und fingerte an seiner Dienstwaffe, als sie nach oben zu Delises Zimmer gingen. Er bedeutete dem jungen Polizisten, neben die Tür zu treten und wollte gerade anklopfen; seine Hand lag am Revolver.

In diesem Augenblick ging die Tür auf, und Delise stand auf der Schwelle, bleich und gefaßt. Sein Gesicht drückte eine gewisse Gleichgültigkeit aus – die Gleichgültigkeit, mit der man die allerletzte Chance zurückweist, ein Unternehmen vielleicht doch noch zu Ende zu führen, obgleich man es bereits als zu schwierig erkannt hat. Selbi war beinahe überrascht, als er sah, daß Delise keine Waffe hatte und auch keinen Fluchtversuch machte.

Delise sagte nur: «Darf ich meine Sachen mitnehmen?»

Der junge Polizist flüsterte Selbi ins Ohr: «Als ob er uns erwartet hätte, nicht wahr?»

Delise stieg mit ihnen ins Auto. Während der Fahrt schien er unruhig zu sein. Als sie in die Stadt kamen, sprang er plötzlich aus dem Wagen und floh. Man wußte, daß er am folgenden Tag einen Zug in der Richtung nach Escala genommen hatte. Aber er war nicht in Escala angekommen. Man fand heraus, daß er sich in einem kleinen Dorf namens Fonte-Lidia aufhielt. Er hatte eine Spur hinterlassen, deren Verfolgung nicht schwer war.

Doria, der den Fall übernommen hatte, hielt ihn unter ständiger Bewachung. Selbi war abkommandiert worden, mit ihm zusammenzuarbeiten.

Aber in jener Nacht, als Selbi die Akte mit den Zeugenaussagen schloß, das Licht ausmachte und einschlief, wußte er noch nichts davon.

2

Delises Nerven waren zum Zerreißen gespannt. Er wußte, daß Muoli hinter ihm herging, aber obwohl er sich mehrfach umschaute, konnte er ihn nicht entdecken. Er vermied es sorgfältig, in das Licht der Straßenlampen und der beleuchteten Schaufenster zu treten; er begriff, daß der Journalist sich ihm nicht nähern würde, solange sie auf der verkehrsreichen Straße waren. Die Vorsichtsmaßnahme schien ihm übertrieben. Er hätte gern auf Muoli gewartet, um es ihm zu sagen, besann sich dann aber eines anderen. Er ging weiter, ganz nahe an den Häuserwänden entlang, wie man es macht, um einem Regenschauer auszuweichen.

Die Scheinwerfer eines um die Ecke biegenden Autos blendeten ihn; er blieb wie angewurzelt stehen. Über ihm öffnete sich ein Fenster und ließ eine Lichtflut, laute Rufe und ausgelassene Freude hinausströmen. Es dauerte nur eine Sekunde. Das Auto fuhr weiter, und das rote Rücklicht entfernte sich; das Fenster wurde wieder geschlossen, der Lärm erstarb, und er stand wieder im Halbdunkel. Delise nahm seine Schritte wieder auf. Er grub seine Nägel in die Handfläche. Früher einmal, vor langer Zeit, hatte Montevidei eine große Ratte mit dem Lichtkegel einer Taschenlampe geblendet. Er hatte eben genauso reagiert wie damals das Tier.

Komm, sagte Montevidei. *Wir wollen die Ratte fangen.*

Aber Virgilio bewegte sich nicht.

Was ist mit dir? Hast du Angst?

Er schüttelte verneinend den Kopf, aber es war schwer, Montevidei zu täuschen.

Na, komm! Ein großer Junge von neun Jahren, ängstlich wie ein kleines Mädchen! Warum springst du nicht auf einen Stuhl und schreist? Schau, das kleine Mädchen fürchtet sich nicht ... Komm her, mein Liebling, du hast keine Angst vor Mäusen, nicht wahr?

Fioreya sammelte alle möglichen Insekten und Tiere, aber sie stellte sich auf die Seite Virgilios. *Doch, ich habe Angst,* sagte sie.

Was bist du für ein loyales kleines Mädchen! sagte Montevidei. *Aber du schwindelst ...* Er wandte sich an den Jungen. *Ich hätte gern deinen Vater gekannt.*

Der Junge hörte, wie Montevidei zu seiner Mutter sagte:

Weißt du, Helena, dein Sohn kommt mir ein bißchen zurückgeblieben vor.

Das kleine Mädchen fragte: *Du bist nicht zurückgeblieben, nicht wahr? Nicht richtig zurückgeblieben ... Warum schaust du mich so an?*

Der Junge antwortete nicht. Er fühlte, wie ihre Arme sich um seinen Hals schlangen und fragte bestürzt: *Was tust du?*

Ich will dich küssen, sagte sie; *das darf ich doch, wo ich jetzt deine Schwester bin, nicht wahr?*

Er horchte angestrengt und versuchte, die Schritte Muolis auf der verlassenen Straße wahrzunehmen, während er im Schatten einer doppelten Baumreihe weiterging.

«Psst!»

Er sah die Silhouette des Journalisten einige Schritte entfernt, aber er schrak nicht zusammen.

«Laß die Scherze!» sagte er. «Mir hängt das Räuber- und Gendarmspielen schon zum Hals heraus, obgleich es erst angefangen hat ... Du kennst mich doch, Muoli: ich bin denkbar ungeeignet für ... für ... Es ist schrecklich, ganz schrecklich. Die sinnlosesten Sachen geschehen einem plötzlich. Du bist wie ein seltenes Tier. Du weißt nicht, wie dir geschieht, schon haben sie dich in ein Polizeiauto gesteckt, und du rennst weg, versteckst dich in den Türeingängen und weißt genau, daß sie schießen werden, wenn du die Deckung aufgibst und wieder zu laufen beginnst ... Solche Dinge geschehen nur in den Träumen. Aber dieser Traum dauert schon zu lange ... Weißt du, bis jetzt habe ich noch nie das Gefühl gehabt, daß mir die Füße im Boden versinken und ich nicht mehr weglaufen kann – obwohl ich vor kurzer Zeit in einen Kalkhaufen getreten bin und ...» Er stockte. Plötzlich überfiel ihn ein Verdacht: «Muoli! Sag was! Du bist es doch, nicht wahr?»

Die Silhouette kam näher, und eine Gesichtshälfte des Journalisten wurde für einen Augenblick im Licht einer Straßenlaterne sichtbar.

«Reg dich doch nicht so auf! Geh weiter, als wenn wir einen Spaziergang machten ... Los, geh schon!»

«Muoli! Gott sei Dank!»

Der Journalist knurrte: «Hat dich der Teufel geritten, oder warum bist du in diese Kneipe gegangen? Manchmal glaub ich, weiß Gott, daß es einen Schutzengel für Leute wie dich gibt – wie für Betrunkene und Kinder, die mitten auf der Straße Fußball spielen.»

«Ja ...» Delise begann plötzlich zu zittern.

«Als ich die Redaktion verließ, war das hier gerade aus der Setzerei gekommen.» Er faltete einen noch feuchten Bürstenabzug auseinander. «Ich glaube, es wird dich interessieren ... Dein Foto fehlt natürlich noch; wenn ich kann, werde ich die Veröffentlichung verhindern.»

Delise blieb stehen und starrte auf die Druckfahne; er versuchte vergeblich, den Inhalt auf einen Blick zu erfassen, als ob es sich um eine Zeichnung handelte, die man mit einem Blick in sich aufnehmen kann.

Muoli fuhr fort: «Ich glaube, daß die Nachricht ...»

«Ja, ja, ich weiß schon», unterbrach ihn Delise. «Würdest du es mir vorlesen? Ich kann kaum eine Zeile erfassen.»

«Ich werde dir diese ganze Literatur ersparen», sagte er und faltete das Blatt zusammen. «Was geschah nach dem Begräbnis deines Vaters?»

«Wozu das, Muoli? Fang du nicht auch noch an, mir Fragen zu stellen! Ich bin im Begriff ...»

«Na schön – wie du willst ... Also, nach der offiziellen Version ...»

«Ja, ja», stotterte Delise. «Ich erinnere mich, daß ich bei dem Begräbnis war; alle haben mir ihr Beileid ausgesprochen und sind ins Nebenzimmer gegangen, um den Toten zu sehen ... Warum wollen die Leute immer unbedingt den Toten sehen?»

Muoli ließ seinen Arm los und ging einige Schritte weiter; dann wandte er sich nach Delise um, der unbeweglich stehengeblieben war.

Delise sah, wie Muoli eine Hand hob, als ob er in der Dunkelheit nach einem Gedanken suche. Er gestikulierte vor jedem Satz, als ob die Worte eine Sekunde verspätet auf seine Lippen kämen.

«Also, du erinnerst dich, daß du auf der Beerdigung ... Allmächtiger Gott! Na, das kannst du ja wohl schwerlich vergessen haben!»

Delise schaute seinen Freund an, als versuche er, die Existenz eines anderen hinter der sichtbaren Person zu entdecken. Er räusperte sich. Er dachte an einen Vergnügungspark; er sah ganz klar und deutlich die Berg- und Talbahn vor sich. Dann gab er sich einen Ruck.

«Muoli, sei so gut! Mach nicht solch ein Gesicht! Ich weiß, es scheint ... Costa sah genauso aus wie du.»

«Hast du deinen Schwager gesehen? Wann?»

«Ja; ich habe vorhin mit ihm gesprochen. Bei ihm zu Hause. Er sagte mir, daß er die Polizei anrufen müsse.»

Muoli fing an zu gestikulieren wie ein Schauspieler im Rampenlicht. Es war, als sei die Bühne weit entfernt; die Worte kamen später als die Gesten. Wie bei einem fernen Schuß, dachte Delise: erst sieht man das Aufblitzen, dann folgt der Knall ...

«Du sagst, daß Costa die Polizei ...? Gerechter Gott! Manchmal bin ich froh und dankbar, daß ich außer meiner Frau keine Familie habe!»

«Nein, nein, Muoli», unterbrach er. «Du irrst dich. Das ist es nicht. Er machte mir klar, daß er es tun müßte, daß er dazu verpflichtet sei, die Polizei zu rufen.»

«Schon gut, schon gut!» Der Journalist legte Delise beide Hände auf die Schultern. «Nun hör mal zu! Wie tief steckst du drin im Schlamassel? Du bist unfähig, eine Gewalttat zu begehen; ich könnte dir nicht einmal glauben, wenn du schwören würdest, sie begangen zu haben.»

«Ja», sagte Delise, «du hast recht; aber als ich aufwachte, hatte ich die Vorahnung, daß sie kommen würden, um mich zu holen ... Es war furchtbar. Ich war sicher, daß sie kommen würden, und doch konnte ich einfach nicht fortlaufen.»

Er versuchte, dem anderen zu erklären, was er empfunden hatte, aber er verhaspelte sich in einem Wirrwarr von Worten.

Muoli hatte gar nicht mehr zugehört. «Still!» sagte er plötzlich. «Es ist jemand hinter uns ... los, weitergehen!»

Sie näherten sich einem Brunnen, der eine Reiterstatue aus Bronze trug. In der Nähe sahen sie den Schatten eines Mannes, und sie gingen weiter wie zwei schweigende Spaziergänger. In Abständen säumten Skulpturen die Allee. Sie schritten unter den Bäumen dahin, deren Laub sich schon herbstlich gefärbt hatte; sie gingen unter den dunklen Wipfeln der verlassenen Allee hindurch, in der es nur dann und wann, weit voneinander entfernt, Straßenlaternen gab. Morgens wimmelte es hier von Kindern, Dreirädern und Kindermädchen; am Abend hatten Pärchen in der warmen Dunkelheit auf den Steinbänken gesessen und sich ohne Scheu umarmt. Jetzt lag die Allee leer ... Verzagt ließ Delise seinen Spazierstock hinter sich herschleifen. Sie erreichten das Ende der Allee und kehrten um. Als sie wieder am Brunnen ankamen, war der Unbekannte fort.

«Weißt du, in meinem Kopf geht alles ziemlich durcheinander», sagte Delise. «Ist dir das noch nie passiert? Du denkst an irgend etwas – die

Adresse eines Bekannten oder die Strophe eines Gedichtes – und du bleibst bei einem Wort stecken und kannst nicht fortfahren. Und doch bist du sicher, daß du den Rest fließend zitieren könntest – wenn dir nur dieses eine Wort einfiele.»

«Eines ist mir unklar», meinte Muoli. «Wieso hat sich die Polizei entschlossen, gegen dich vorzugehen, da sie doch keine schlüssigen Beweise haben kann... Hast du einen Feind im Polizeipräsidium? Man erlebt ja so manches als Journalist; aber was du mir über den Besuch deines Vaters erzählst... entschuldige, ich meine Montevidei...» Er brach ab, um einem Taxi zu winken. «Wir können hier nicht weitersprechen. Mein Gott, ich bin auch schon nervös. Du hast mich angesteckt!»

«Wohin?» fragte der Taxichauffeur und drehte sich um.

Delise schaute hilflos auf seinen Freund. Er hörte Muoli sagen: «Fahren Sie nur los. Ich sag's Ihnen dann schon.»

Der Himmel war bewölkt und die Luft schwül. Ein Gewitter zog herauf. Der Wind wirbelte Blätter auf, fegte sie zusammen mit zerrissenen Zeitungen die Straße entlang. Durch das offene Fenster drang ein undefinierbarer Geruch, feucht und muffig, der Geruch eines staubigen Zimmers, das lange nicht bewohnt worden ist. Delise begriff erst langsam, daß der Geruch nur in seiner Einbildung existierte. Es war der matte Duft der welkenden Chrysanthemen neben dem Katafalk im Musikzimmer. Dabei riechen sie eigentlich überhaupt nicht, dachte er; sie sind leblos wie imitierte Früchte...

«Du hast mich angesteckt mit deiner Nervosität», wiederholte Muoli und rutschte auf dem Polster hin und her. «Nun wollen wir mal überlegen: Dein Vater... Ich meine, Montevidei wurde Freitag morgen tot aufgefunden...»

Natürlich kam der Geruch nicht von Chrysanthemen.

«... und nach der Version der Polizei war er schon seit Mittwoch nacht tot.»

«Nein», sagte Delise müde. «Ich habe dir doch schon gesagt, daß er am Dienstag gestorben ist. In meiner Wohnung...» Seine Stimme versagte plötzlich.

«Sag mal, Virgilio... Bist du sicher, daß nicht dein Gedächtnis versagt? Oder bildest du dir Dinge ein, die niemals geschehen sind? Jetzt hör mir mal zu: Polizeiberichte werden nicht nur zum Spaß erfunden! Es gibt Möglichkeiten, den Zeitpunkt, zu dem der Tod eingetreten ist, ziemlich genau festzustellen. Wenn die Polizei sagt, daß es Mittwoch nacht war, dann kannst du dich darauf verlassen, daß es stimmt.»

Delise schüttelte den Kopf. Sie saßen entfernt voneinander, jeder in der äußersten Ecke des Sitzes. Es war, als errichte Delises Verhalten eine

Schranke zwischen ihnen. Der Journalist erriet Delises Haltung, ohne ihn anzusehen. Er wußte, daß er steif und aufrecht saß und auf seine polierten Schuhe starrte.

«Wo warst du Mittwoch nacht?»

«In Marcelus Haus.»

«Du mußt ganz verwirrt sein ... Und dein Diener? Wo war er? Er ist auch dein Chauffeur, nicht wahr?»

«Ich habe ihm ein paar Tage Urlaub gegeben ... Hör auf mit deiner Fragerei!»

«Ich versuche, dir zu helfen», sagte Muoli geduldig. «Deswegen hast du mich doch angerufen, nicht wahr?»

«Ist es Ihnen recht, wenn ich hier entlangfahre?» wollte der Chauffeur wissen.

«Schon gut ...» Muoli beugte sich nach vorn, um die Zwischenscheibe zu schließen. «Fahren Sie, wohin Sie wollen.» Der Fahrer trat scharf aufs Gaspedal. «So wie du's mir erzählt hast, müssen wir drei Dinge im Auge behalten», fuhr Muoli methodisch fort; ohne Begeisterung, aber mit der Zähigkeit eines Mannes, der entschlossen ist, ein Kreuzworträtsel zu lösen. «Montevidei kam Dienstag nacht in der Stadt an und starb in deinem Haus ... Ich nehme nicht an, daß du mir sagen willst, wie du die Leiche losgeworden bist ...» Er machte eine Geste, als ob er ein sorgfältig gebautes Kartenhaus umstieße. «Das Ganze klingt verworren genug ... Viel wichtiger ist, wo du Mittwoch nacht warst.»

«Ich habe es dir bereits gesagt», antwortete Delise mit der feierlichen Starrheit einer Ikone. «Ich war in Marcelus Haus.»

«Marcelu?» wiederholte Muoli und versuchte, den Namen unterzubringen. «Ist das nicht dieser Bursche, der kürzlich in eine miese Sache verwickelt war – irgendwas mit einer Untergrundbewegung ... He! Wach auf! Du wirst doch jetzt nicht schlafen wollen! Also: Wir müssen zu diesem Marcelu fahren und uns seine Aussage sichern. Welche Beziehungen hast du zu ihm?»

«Ich habe ihn damals kennengelernt, als er in die Stadt kam – vor anderthalb Jahren ungefähr», antwortete Delise monoton. «Irgend jemand hat ihn mir vorgestellt. Manchmal besuchte ich ihn zu Hause. Er gab private Roulett-Parties.»

Muoli blickte ihn aufmerksam an; er sah, wie er leicht schwankte, aber ohne den Nacken zu beugen; es sah aus, als sei der Kopf durch ein starres Verbindungsstück am Körper befestigt. Irgendwas geht in ihm vor, dachte er; irgendwas Sonderbares; ich kann da nicht mit ... Er hatte zunächst vermutet, Delise sei nicht ganz offen, aber jetzt befürchtete er, daß sein Freund nicht im vollen Besitz seiner geistigen Fähigkeiten sein könnte.

Sie hatten sich vor zwölf Jahren kennengelernt, als Muoli eines Abends den Musikkritiker der Zeitung zu vertreten hatte.

«Bitte halten Sie mich nicht für unverschämt», sagte Muoli zu ihm, «aber ... Also ich bin in schrecklicher Verlegenheit.»

Er gestand Delise, daß er musikalischer Laie und lediglich als Aushilfe in das Konzert geschickt worden sei. An jenem Abend dirigierte Blum, und der Saal war beinahe leer. Der größte Teil der Zuhörer waren Studenten vom Konservatorium.

«Und Sie möchten ein paar Tips für den Artikel, den Sie schreiben müssen, nicht wahr?» fragte Delise.

«Man sagte mir, daß Sie ...»

«Seien Sie unbesorgt! Niemand wird Ihre Kritik lesen, mit Ausnahme von Blum selbst – und der versteht nichts von Musik ... Wollen wir zur Bar gehen?»

Mit 28 Jahren unterschied sich Delise kaum von den übrigen dunkel gekleideten Studenten des ersten Semesters, bis auf die Art, sich zu kleiden und das Gerücht, daß er Geld habe. Er hatte keinen einzigen guten Freund in der Stadt. Aus diesem Grunde hatte er Muoli an die Bar eingeladen. Dort schrieb er für Muoli die Kritik für die Zeitung und redete lange und weitschweifig über die Technik der Fuge und des Kontrapunktes.

«Langweile ich Sie?» unterbrach er sich schließlich.

«Na ja ... Es geht.» Muoli grinste und zuckte die Achseln.

Und Delise lächelte, was er sehr selten tat.

Das war nun zwölf Jahre her. Sie hatten sich oft getroffen – meist bei Delise –, aber eine wirkliche Freundschaft war nicht daraus geworden. Ich weiß auch jetzt kaum etwas über sein privates Leben, dachte Muoli. Nur von einem bin ich überzeugt: Er ist unfähig, einen Menschen zu töten. Heute abend ist er es, der in der Klemme sitzt, und ich muß ihm helfen ...

«Meinst du, daß wir ihn zu dieser Zeit antreffen?» fragte er, nachdem er dem Chauffeur die Adresse von Marcelu gegeben hatte. «In zwanzig Minuten muß ich wieder in der Redaktion sein ...» Er hielt inne und fügte dann mißtrauisch hinzu: «Sag mal, Virgilio – du versuchst doch nicht etwa, jemand zu decken? Das sähe dir ähnlich!»

Delise erwiderte zerstreut: «Was?» und der Journalist begriff, daß er ihm nicht zugehört hatte. Während der Fahrt sprachen sie nicht mehr. Delise versank in düsteres Grübeln, aus dem er hin und wieder erwachte, um verzweifelt zu seufzen. Manchmal war ihm, als sei der Taxichauffeur der Polizist namens Selbi und Muoli der jüngere Beamte. Dann krümmte er sich zusammen, als ob er sich zum Sprung bereit machte; aber sobald er wieder die Kontrolle über sich zurückgewonnen hatte, nahmen die Gesichter wieder ihre wirklichen Züge an.

Das Taxi hielt vor einem einzeln stehenden Haus – ein Haus von der Art, die meist möbliert vermietet wird. Der Fahrer stellte den Motor ab.

«Ist es hier?» fragte Muoli und schaute nach der Nummer aus.

Delise nickte zustimmend und murmelte verträumt: «Als ich ihn zum ernstenmal traf, sagte er: ‹Ihr Künstler habt so ein ganz anderes Temperament als . . .›»

«Um des Himmels willen!» rief der Journalist. «Wir sind nicht hierhergekommen, um über Kunst zu diskutieren.»

Auf der gegenüberliegenden Straßenseite parkte nahe dem Randstein ein Auto mit zurückgeschlagenem Verdeck und gelöschten Scheinwerfern. Aus dem Inneren drangen laute Stimmen. Ein Mann im Gesellschaftsanzug, der an der offenen Wagentür stand, drehte sich um, als er das Taxi hörte. Sonst war die Straße leer.

«Ist er es?» fragte Muoli. «Ist das Marcelu?»

«Ich lernte ihn im Februar letzten Jahres kennen», sagte Delise und wollte aus dem Taxi steigen.

«Geh du allein; es ist besser, wenn er dich nicht in Begleitung sieht . . . Sieh zu, daß er dir ein Alibi gibt; da muß irgendwo ein Mißverständnis vorliegen.»

Der Mann im Gesellschaftsanzug sah Delise. Er drehte sich um, sagte etwas zu den Insassen des Autos und kam dann auf ihn zu.

Der Gesellschaftsanzug schien für Marcelu ein ungewohntes Kleidungsstück zu sein, so als ob er ihn nur zu außergewöhnlichen Anlässen trüge, was jedoch nicht der Fall war. Seine hohe kahle Stirn oder vielmehr das blonde Haar, das weit hinter den Schläfen ansetzte, gab ihm das Aussehen eines reifen älteren Menschen – eines Wissenschaftlers, der seine Studien für einen Abend unterbrochen hat, oder eines hochspezialisierten Technikers. Er machte den Eindruck eines Mannes, der viel am Schreibtisch sitzt, aber er war trotz seiner Breite nicht fett. Er hatte auch nicht die müden Augen, die man bei solchen Menschen oft findet; sein Blick war klar, aber es lag eine abwägende Ironie darin, die einen unwillkürlich erwarten ließ, er werde, sobald er den Mund auftat, etwas Schnoddriges sagen.

«Delise, Sie hier!» rief er, freundlich lächelnd.

Sie trafen sich in der Mitte der Straße; Delise aufrecht und verwirrt, kleiner als der andere. Marcelu faßte Delise mit einer Geste, die sowohl freundlich, ungeduldig oder auch beschützend sein konnte, am Arm. Sie sahen einander an.

«Zweifellos wollen Sie mich in einer wichtigen Angelegenheit sprechen. Ich bedaure außerordentlich, daß ...» Marcelu zeigte nicht auf seine Gefährten im Auto, aber eine Kopfbewegung wies auf den parkenden Wagen. «Ist es Ihnen recht, wenn wir's auf morgen verschieben?» fragte er. «Ich wollte gerade ...»

Im Inneren des Taxis bemühte sich der Journalist, der Unterhaltung zu folgen, aber er konnte nur Bruchteile verstehen. Vorsichtig drehte er das Wagenfenster herunter und setzte sich so zurecht, daß er, ohne gesehen zu werden, die Unterhaltung mit anhören konnte. Aber Marcelu zog Delise in diesem Augenblick beiseite, und die Worte wurden wieder unverständlich. Muoli sah den niedergeschlagenen Ausdruck seines Freundes, der hartnäckig auf etwas zu bestehen schien, und die kalte Freundlichkeit Marcelus, der schließlich ziemlich laut sagte:

«Ich weiß überhaupt nicht, wovon Sie sprechen ...» Und einen Augenblick später: «Nein, Delise, Sie müssen sich irren. Ich weiß wirklich nicht, worauf Sie sich beziehen.»

Muoli hatte plötzlich das Gefühl, Marcelu spreche absichtlich laut, damit eine dritte Person hören könne, was er sagte. Die Insassen des anderen Autos riefen ungeduldig, Marcelu solle sich beeilen.

Marcelu lächelte wieder – es war das Lächeln einer vielbegehrten Persönlichkeit – und sagte:

«Dann sehen wir uns morgen, ja? Ist Ihnen das recht? Überhaupt ...» Er kicherte: «Sie sind doch schließlich nicht verheiratet, Delise! Wem sind Sie Rechenschaft schuldig über die Nächte, die Sie nicht daheim verbringen?»

Die Leute im Auto begannen zu lachen. Eine Frauenhand kam aus dem Wagen und zog an Marcelus Jackenärmel. Er schaute Delise an, als ob er sagen wollte: Sie sehen ja selbst ... Was kann ich tun? Vor morgen geht's wirklich nicht!

In dem Wagen saßen drei oder vier Personen, die jetzt alle das Gesicht Marcelu zugewandt hatten. Irgendwas an der Szene kam Muoli seltsam vor. Da stimmt doch was nicht, dachte er. Er hätte nicht zu sagen vermocht, was es war, aber instinktiv störte ihn etwas ... Marcelu winkte zum Abschied und sprang in den Wagen, der schon langsam anfuhr.

Muoli beobachtete, wie Marcelus Gesicht verschwand. Er glaubte einen Schimmer der Besorgnis darin zu entdecken, und das beunruhigte ihn. Noch als der Wagen bereits außer Sicht war, spürte er es.

«Armleuchter!» knurrte er hinter dem verschwundenen Wagen her. «Kaum der geeignete Moment für dumme Witze ... Laß uns fahren, Virgilio. Ich muß zur Zeitung zurück.»

Er mußte Delise beinahe ins Taxi hineinzerren. Delise sah ihn stumpf an wie ein Mensch, der sich ins Unvermeidliche schickt. Nicht ein Muskel seines Gesichtes bewegte sich, aber Muoli spürte, daß er sich anstrengte, um Worte zu finden.

Als er endlich sprach, klang seine Stimme, als spreche er vom jenseitigen Ende eines Tunnels. «Er sagt, daß er sich nicht genau erinnere, ob es Dienstag oder Mittwoch war.»

Es war nicht notwendig, mehr zu sagen. Muoli sah seinen Freund an und wußte, daß er ihm nicht würde helfen können. Er begann zu fürchten, daß er selbst in eine ernste Sache verwickelt werden könnte; und er, der Costas Haltung verworfen hatte, begriff plötzlich, daß auch er sich so bald wie möglich von Delise abwenden mußte.

«Komm mit, Virgilio», sagte er.

Delise vergrub das Gesicht in den Händen. Unsicherheit und Angst ergriffen ihn.

«Virgilio!» wiederholte der Journalist.

Seine Stimme klang weich und voller Mitleid. Es war mehr als die Furcht, in diese Sache verwickelt zu werden, was ihn von Delise trennte. Delise war gebrandmarkt; er trug ein unsichtbares Mal. Er war gleichsam mit etwas befleckt, was ihn von den anderen Menschen trennte und was Hilfe oder Mitleid nutzlos machte.

«Du mußt dich stellen, Virgilio. Wir können weder über Nacht die Dinge ändern noch die Menschen bessern, nicht wahr? Dein Schwager hat recht. Obwohl», fügte er hinzu und tat einen Gedankensprung, «obwohl ich nicht daran denke, die Polizei zu rufen.»

Delise ließ die Hände sinken und hob müde den Kopf. «Ich verstehe schon», sagte er. «Du kannst ja nichts dafür ... Ich werde dich bei der Redaktion absetzen.»

Das Taxi fuhr langsam weiter. Während der Fahrt versuchte Muoli, Delise von seinem Vorhaben abzubringen, sich zu verstecken, obwohl er von vornherein wußte, daß seine Worte das Gegenteil bewirken würden. Delise war wie ein verängstigtes Kind, dem man klarmachen will, daß seine Angst unbegründet ist. *Es tut dir doch niemand etwas. Du mußt dich nicht vor der Dunkelheit fürchten ...* Das Kind hörte aufmerksam zu, aber es weigerte sich rundheraus, den dunklen Gang zu durchqueren.

Muoli zuckte die Achseln. «Warum hast du mich eigentlich angerufen?»

Delise dachte: Weil ich es jemand sagen mußte. Weil ich einen Menschen brauchte, der ... Aber jetzt weiß ich, daß die Angst einsam ist und nicht geteilt werden kann ... Laut fragte er: «Welches Datum ist heute?»

«Der zwölfte. Das heißt, es ist bereits der dreizehnte; es ist ja schon zwei Uhr durch ... Der dreizehnte Oktober.»

«Der dreizehnte Oktober», wiederholte Delise.

Als sie etwa hundert Meter vor der Redaktion hielten, sagte Muoli:

«Fahr du mit dem Taxi weiter. Ich habe sowieso kein Geld, um es zu bezahlen.»

«Ich möchte dich um einen Gefallen bitten. Ich werde die Stadt verlassen. Macht es dir etwas aus, wenn ich dich dann und wann anrufe, um zu erfahren, welche Nachrichten über mich eingegangen sind? Du kannst es doch leicht bei der Polizei erfahren.»

«Klar, mach ich ... Erinnerst du dich noch an die Zeit, als ich es war, der das Taxi bezahlte?»

«Ich werde mich mit dir in Verbindung setzen», sagte Delise.

«Ruf mich zu Hause an. Sag nicht, woher du telefonierst, wenn es nicht unbedingt notwendig ist. Falls sie mich vernehmen, möchte ich nicht mehr lügen als unbedingt nötig.»

«Natürlich; mach dir keine Gedanken.»

«Außerdem pflege ich im Traum zu sprechen.»

«Sieh zu, was du rauskriegen kannst», sagte Delise.

Um seine Gewissenbisse zu beruhigen, entgegnete Muoli: «Wenn es nicht wegen meiner Frau wäre, könntest du die Nacht bei mir zu Hause ... Aber sie kann den Mund nicht halten, und dahinterkommen würde sie bestimmt.»

Sie gaben sich die Hand. Delises Hand war kalt und zitterte.

«Ich verstehe», sagte er.

Das Taxi fuhr weiter; Muolis Silhouette wurde im Rückfenster kleiner und verlor sich zwischen den anderen Menschen. Die Fußgänger auf den Bürgersteigen stemmten sich gegen den Sturm, der sich mit aller Macht entfesselte. Delise erkannte Olina in der Drehtür des *Carthago* und bat den Chauffeur, anzuhalten.

Er sah sie in ihrem kleinen Abendkleid zur anderen Straßenseite hinübergehen; das leichte Auf und Ab ihrer Hüften war unmißverständlich. Er überquerte die Straße und erreichte sie gerade in dem Augenblick, als sie sich umdrehte, da sie eilige Schritte hinter sich vernahm.

«Oh, Sie sind zurückgekommen!» sagte sie.

Sie schlenderte langsam weiter. Sie glaubte, Oberwasser zu haben. Delise folgte ihr jedoch nicht. Ohne ein Wort zu sagen, ließ er sie fortgehen und drehte sich um.

Er sah die Scheinwerfer zu spät.

Die Reifen schrien erbärmlich, und den Bruchteil einer Sekunde später stießen sie ihn beiseite. Am Boden liegend erkannte er die Gefahr und warf sich instinktiv zur Seite ... Und vor ein paar Stunden wäre er noch bereit gewesen, Selbstmord zu begehen, schoß es ihm durch den Kopf.

Vom Aufprall halb betäubt lag er auf der Straße und lauschte den

Millionen kleiner Schreie in seinem Hirn. Er war überrascht, gar keinen Schmerz zu spüren. Er wunderte sich noch, warum das so war, als man ihn hochhob. Man trug ihn auf die Straßenseite; man wußte nicht, ob er noch lebte oder tot war; man staute das Blut, das aus seiner Nase quoll, mit seinem eigenen Taschentuch. Der Lastwagenfahrer, bleich und erregt, erzählte einer Gruppe Schaulustiger weitschweifig den Hergang des Unglücks. Er hatte eben rechtzeitig auf die Bremsen treten können – so hart, daß es ihn vom Sitz gehoben hatte, wie er versicherte.

Immer mehr Neugierige liefen zusammen und redeten alle zur gleichen Zeit. Delise, der mitten in der Gruppe lag, versuchte zu erklären, daß es ausschließlich seine Schuld sei und daß er sehr wohl aufstehen könne.

Jemand sagte: «Mein Gott, das war was!»

«Genau vor den Kühler ist er mir gelaufen – ich war ...»

«Er muß ins Krankenhaus gebracht werden!»

«Macht ihm doch den Kragen auf, daß er Luft kriegt!»

Schließlich fand Delise die Sprache wieder. Er stand auf den Füßen, drückte das Taschentuch gegen die Nase und gab verwirrt Erklärungen.

«Sie wollen also keine Anzeige erstatten?» fragte der Lastwagenfahrer ungläubig. Er war noch ganz bleich.

Im Kreis der unbekannten Gesichter um ihn herum entdeckte Delise Olinas ängstliche Augen. Er kämpfte sich durch die Menschenmenge auf sie zu.

«Er muß in ein Hospital gebracht werden», sagte jemand.

«Nein, nein ... Ich fühle mich gut», widersprach Delise. Er wollte weg, ehe die Polizei kam oder man ihn womöglich zu einer Unfallstation brachte, wo er Namen und Adresse würde angeben müssen. Er näherte sich Olina, die ihn erstaunt ansah, und zog sie von der Gruppe fort.

«Bring mich in deine Wohnung», bat er.

«Was? In dieser Verfassung?»

Er zog sie noch weiter von den anderen fort, holte aus der Tasche eine Handvoll Banknoten und gab ihr die Scheine, ohne sie zu zählen. Er müsse die Nacht irgendwo verbringen, erklärte er ihr.

Olina betrachtete das Geld, dann sah sie Delise an. «Also gut – komm mit», entschloß sie sich.

«Einen Augenblick», sagte er, «das Taxi wartet noch.»

3

In Escala erhielt Doria die Nachricht von Delises Flucht, ohne mit der Wimper zu zucken, aber mit großer Erleichterung. An jenem Nachmittag – es war Montag, der zwölfte – hatte er doch ziemliche Bedenken gehabt.

Während der letzten Stunden hatte seine Stimmung zwischen himmelhoher Begeisterung und den schwärzesten Depressionen geschwankt. Nun atmete er auf. Auf dem Wege zu seiner Wohnung suchte er eine Rechtfertigung vor sich selbst; es war nicht sein Fehler allein gewesen. Er verfluchte den Polizeiarzt und dessen Begeisterung für die Jagd. Als er an der Apotheke vorbeikam, verfluchte er auch den Apotheker Remi.

Ihn ärgerte jedoch nicht so sehr das Resultat seines Irrtums als die Tatsache, daß er sich geirrt hatte. Er ging hart mit sich selbst ins Gericht, wenn er einen Fehler beging. Als er in seinem Zimmer ankam, war er entschlossen, sich einstweilen keine Gedanken mehr zu machen, sondern die Entwicklung der Ereignisse abzuwarten. Er knipste das Licht an und stellte sich vor den Spiegel, um seine täglichen Übungen zu beginnen. Sein schwaches Auge besserte sich nicht so schnell, wie er gehofft hatte, aber dank jener Übungen ließ die Sehkraft nicht weiter nach. Doria wußte, daß sein Monokel Anlaß zu vielen Sticheleien gab, aber trotz allem war er entschlossen, keine Brille zu tragen. Er meinte, daß eine Brille seiner Karriere hinderlich sein könnte. Er legte eine Hand vor das gesunde Auge und ließ das andere langsam kreisen. Ja, das ist es, dachte er; langsam, nichts überstürzen ... In Zukunft würde er mit größerer Gelassenheit handeln. Im Fall Delise hatte er sich nicht so verhalten und war darum Gefahr gelaufen, in ernste Unannehmlichkeiten zu kommen.

Eine schrille Frauenstimme kündigte an, das Abendessen sei fertig, er könne herunterkommen.

«Ich komme sofort.»

Von fern hörte man den Widerhall des Jahrmarktes, der gerade begann. Ländliche Jahrmärkte ... langweilig und albern. Er knipste das Licht aus und trat auf den Flur; beim Anblick der Krankenschwester klemmte er das Monokel ein. Sie war in Schwesterntracht und lächelte, als sie Doria sah.

«Gehen Sie nicht zum Fest?» fragte Doria.

Sie schüttelte den Kopf. «Ich kann nicht weg.»

«Ein schwerer Fall?»

«Na, schwer ... Nein. Aber immerhin ...»

«Es soll ja ein großes Ereignis sein für die Leute hier, dieses Fest.»

«... und außerdem hat mich niemand eingeladen», fügte sie hinzu.

Dorias strenge Amtsmiene wurde freundlicher. «Seien Sie versichert, daß ich es gern täte», sagte er gespreizt.

Die Krankenschwester lachte und erkundigte sich, was er tun würde, wenn sie seine Einladung ausschlüge. «Würden Sie mich wohl von einem Ihrer Männer in Handschellen hinschleppen lassen?»

Doria verzog den Mund zu einem gequälten Lächeln. Ziege, dachte er.

Nicht im Traum käme ich auf die Idee ... Dann schaute er auf die Hüften der Frau.

«Gehen Sie hin?» fragte sie.

«Vielleicht.»

Aber als Doria auf die Straße trat, nachdem er ohne Appetit zu Abend gegessen hatte, richteten sich seine Schritte wie von selbst zur *Comisaría*. Vielleicht kam etwas Neues über Delise, und er wollte da sein, um den Bericht in Empfang zu nehmen. Er traute seinen Untergebenen so wenig zu wie seinen Vorgesetzten. Er erledigte am liebsten alles selbst.

«Guten Abend, Inspektor.»

Doria musterte die Gruppe, die zum Fest ging, und versuchte vergeblich, sich an den Namen des Mannes zu erinnern, der ihn gegrüßt hatte. In der Stadt wäre ihm das nie passiert. Dort würde er nie einen Namen oder ein Gesicht vergessen haben – schon gar nicht, wenn es jemand Wichtiges war, und dieser Mann mochte sehr wohl einer von den Leuten sein, die gestern im Hause Montevideis verhört worden waren.

«Können Sie bezeugen, daß es Mittwoch war, Señora?»

«Wie?»

«Sind Sie sicher, daß es Mittwoch nacht war, als Sie Geräusche im Haus hörten? Oder vielmehr, Donnerstag früh?»

«Ja, natürlich bin ich sicher», hatte Emma Rivet, die Nachbarin mit dem leichten Schlaf, geantwortet.

«Könnte es nicht einen Tag früher gewesen sein? Ich meine, eine Nacht früher?»

«Na, hör'n Sie mal ...» begann sie gekränkt.

«Schön, lassen wir das», hatte Doria gesagt. Alles stimmte mit den Angaben des Mannes überein, der Delises Wagen gegenüber dem Hause hatte parken sehen. Oder doch, genauer gesagt, den Wagen, der Delise offenbar gehörte. Doria sah keine besonderen Schwierigkeiten, diesen Punkt zu klären.

So unternahm Doria an jenem Nachmittag seine zweite inoffizielle Fahrt in die Stadt.

Er hatte diesmal nicht die Absicht, den Kommissar davon in Kenntnis zu setzen. Als unmittelbar vor ihm ein Polizist auf seiner Runde unsicher stehenblieb und ihn zu erkennen schien, bog Doria schnell um die nächste Ecke und trat in eine Drogerie ein. Er wünschte nicht, erkannt zu werden; er wollte nur genügend Beweise gegen Delise sammeln und dann nach Escala zurückkehren. Auf diese Weise würde die Wiederherstellung seines Rufes um so einzigartiger sein und sein Triumph um so persönlicher. Wer immer ihn aus der Stadt versetzt hatte – er sollte es bereuen!

Auf jeden Fall würde es das beste sein, den Kommissar zu umgehen.

Der würde ihn nur davon abhalten, mit seiner Arbeit weiterzukommen. Er würde ihm zweifellos vorschlagen, noch einmal mit Costa zu sprechen. Und falls Dorias Mutmaßungen sich als falsch herausstellen sollten, würde der Verweis des Kommissars vernichtend sein.

«Wir schließen gerade», sagte der Drogist.

Doria verließ vorsichtig den Laden. Der Polizist war nicht mehr zu sehen. Doria wandte sich dem Stadtviertel zu, in dem Delise wohnte. Ohne Zweifel würde Delise die Stadt verlassen haben, wie er es Sonnabend angekündigt hatte, und sein Diener würde mit ihm gegangen sein. Es blieb nur eines zu tun übrig. Doria spazierte langsam durch das Viertel und machte sich Notizen über die Garagen, die sich in der Nähe von Delises Haus befanden. Er wagte es nicht, geradeheraus zu fragen, in welcher Garage Delise seinen Wagen abstellte. Um keinen Verdacht zu erregen, mußte er indirekte Methoden anwenden.

Sein erster Versuch verlief ergebnislos. Aber in der zweiten Garage, die er besuchte, hatte er Glück.

«Ein großer, schwarzer Wagen mit Heckmotor. Es ist ein ...»

«Stimmt», unterbrach der Garagenbesitzer. «Sie meinen den Wagen von Señor Delise ... Man sieht den Typ heutzutage nicht mehr oft. Ja, vor dem Krieg ...»

«Ich interessiere mich für den Wagen», behauptete Doria. «Ich würde ihn eventuell gern kaufen.»

«Sind Sie mit Señor Delise befreundet?»

«Wir kennen uns.» Doria trug seinen besten Anzug, und das Monokel im linken Auge verlieh ihm ein distinguiertes Aussehen. «Er ist nicht in der Stadt. Ich möchte gern einige Daten erfahren.»

«Wir haben den Wagen seinerzeit überholt. Der Motor ist einzigartig. Solche Motoren bauen sie heute einfach nicht mehr.»

«Da haben Sie recht», pflichtete Doria bei.

«Herr Delise kaufte den Wagen vor drei Jahren. Wir überholten ihn, und in der ganzen Zeit ist nichts schiefgegangen ... Hier, schauen Sie mal!»

Der Garagenbesitzer zog hinter einem Spiegel, der in seinem Büro hing, einige Fotografien hervor. Doria betrachtete mehrere Aufnahmen von Delises Auto vor und nach der Überholung.

«Wir führten die Überholung selbst aus», wiederholte der Mann. «Ein schönes Stück Arbeit. Fragen Sie meinen Mechaniker – er kann's bestätigen.»

«Wo ist Ihr Mechaniker? Ist er es, der Nachtdienst macht?»

Der Garagenbesitzer schaute überrascht auf. «Ja. Warum?»

Der Mechaniker, der den Nachtdienst versah, lag auf dem Rücken unter einem Auto und hantierte mit einem Schraubenschlüssel. Er rutschte unter der Karosserie hervor und blieb auf dem Rücken liegen, das Gesicht Doria zugewandt.

«Señor Delise will seinen Wagen verkaufen? Sein Chauffeur hat nie etwas davon gesagt.»

Doria sagte aufs Geratewohl: «Wahrscheinlich hat er noch nichts davon erfahren. Delise erwähnte erst vor kurzem, daß er den Wagen verkaufen will – Mittwoch nacht war das.»

«Ach, dann waren Sie es, mit dem er Mittwoch nacht die Probefahrt gemacht hat?»

Doria hielt den Atem an. Der Mechaniker betrachtete ihn vom Boden aus und sein Gesicht von unten her. Plötzlich begann er zu lachen.

«Dann war es nur das? Wir dachten schon, Señor Delise hat eine Dame zu einer Spazierfahrt eingeladen ... Als wir nachher das Auto bei ihm zu Hause abholten, war kaum noch Benzin im Tank.»

«Stehen Sie mal auf», forderte Doria; «und dann erzählen Sie mir alles noch einmal, ja?»

Der Mechaniker sah ihn voller Zweifel an. «Wer sind Sie denn überhaupt?»

«Stehen Sie auf», wiederholte Doria. «Ich will Ihnen sagen, wer ich bin.»

Doria vernahm deutlicher den Klang des Festes, als er sich dem kleinen Gebäude der *Comisaría* näherte. Er dachte an die Krankenschwester. Vielleicht würde er sie trotz allem bei einer anderen Gelegenheit einladen ... Es ärgerte ihn, daß er bei Frauen so wenig Glück hatte, obwohl ihm im Moment andere Dinge durch den Kopf gingen. Er dachte zurück an den Augenblick, als er die Aussagen des Mechanikers der Mercurio-Garage aufnahm: Wieviel Benzin fehlte nach Angaben von Delises Chauffeur? Wie viele Kilometer konnte er damit fahren? War es möglich, nach Escala zu fahren und zurückzukommen?

Alles stimmte zusammen. Schließlich fragte Doria den Garagenbesitzer: «Haben Sie eine Schreibmaschine?»

«Was haben Sie vor?» erkundigte sich der Mechaniker.

«Sie werden alles zu Protokoll geben, was Sie eben erzählt haben, und es unterschreiben ...» Er wandte sich an den Garagenbesitzer: «Sie auch, als Zeuge.»

Bevor er die Garage verließ, steckte er die Fotos von Delises Wagen in die Tasche. «Die nehme ich mit», sagte er.

Noch am gleichen Abend zeigte er in Escala die Fotos Señor Gini, dem Mann, der sich erinnerte, in der Nacht zum Donnerstag ein Auto vor Montevideis Haus gesehen zu haben. Voller Eifer hielt er ihm die Bilder vor die Nase.

«Ich ... Ich weiß nicht recht ...» Gini schüttelte unsicher den Kopf.

«Warten Sie», befahl Doria dem Polizisten, der die Aussagen in Kurzschrift aufnahm. «Schreiben Sie noch nichts.»

«Ich weiß nicht», wiederholte der Zeuge.

«Was bedeutet das: ich weiß nicht? Sie werden mir doch nicht absichtlich etwas verschweigen! Sie haben ausgesagt, daß ...»

«Ich bin nicht sicher, daß es das gleiche Auto ist.»

«Aber es könnte dieses Auto gewesen sein, nicht wahr?»

«Nun ja ...»

Doria befahl dem Polizisten, der bisher noch keine Aufzeichnungen gemacht hatte:

«Schreiben Sie ... Frage: Erkennen Sie den Wagen wieder? Antwort: Ja, ohne Zweifel.»

Der Schreiber nahm es zu Protokoll.

Von seinem Büro in der verlassenen *Comisaría* hörte Doria das Zischen der Raketen, die den Beginn des Tanzes ankündigten. Er öffnete die Balkontür. Die Wolken, die den Himmel bedeckt hatten, segelten davon, von einer heißen Brise geschoben.

In diesem Augenblick trat drinnen in der Stadt Delise aus Costas Haus.

Morgen wird es sicherlich wieder heiß werden, dachte Doria.

Er machte Licht und griff nach dem Telefonhörer. Er verlangte eine Verbindung mit dem Polizeipräsidium, und eine halbe Stunde später sprach er mit einem ehemaligen Kollegen, einem Inspektor, der eine Brille aus Schildpatt trug. Doria fragte, ob Nachrichten über Delise eingegangen wären.

«Nein, nichts. Nur daß er in der vergangenen Woche sein gesamtes Geld bei der Bank abgehoben hat. Offensichtlich hatte er die Absicht, zu fliehen ... Ich kann mir nicht denken, warum er seine Festnahme abgewartet hat. Hast du eine Ahnung?»

«Nein», sagte Doria überrascht.

«Er muß übergeschnappt sein. Einer der Polizisten sagt, daß er sich auf der Fahrt sehr seltsam benommen hat.»

«Hm ... Hat sein Diener etwas gewußt?»

«Allerdings; es wird dir aber nicht in den Kram passen: Delise kann nicht Auto fahren.»

Als Doria den Hörer auflegte, dachte er: Jetzt ist es einerlei. Ich habe eine Menge Einzelheiten übersehen, und die Tatsache, daß Delise nicht Auto fahren kann, ist wirklich nicht die wichtigste.

Der Polizeiarzt hatte nachmittags die Obduktion vorgenommen. Nach seiner Rückkehr aus der Stadt und seiner Entdeckung in der Mercurio-Garage hatte Doria die Nacht schlaflos verbracht und darauf gewartet, daß der Polizeiarzt von der Wachteljagd heimkehre, bei der er doch nie etwas traf.

«Er ist noch nicht zurück», sagte man ihm im Hause des Polizeiarztes. «Er hat gesagt, es kann spät werden.»

Er wartete die ganze Nacht und sogar noch den ganzen folgenden Vormittag, aber Dr. Dominicu ließ nichts von sich hören. Hingegen rief der Kommissar mittags an.

«Was haben Sie gestern nachmittag in der Stadt zu tun gehabt?» fragte er ohne Umschweife.

Da beging Doria einen schwerwiegenden Fehler. Er hätte seine Information für sich behalten, hätte schweigen sollen, bis das Ergebnis der Obduktion vorlag. Statt dessen erzählte er in epischer Breite dem Kommissar ausführlich von den Aussagen Emma Rivets, von Gini und vom Angestellten der Mercurio-Garage; er erwähnte, daß Delise kein Alibi für Mittwoch nacht habe. Während Doria sprach, genoß er seinen Triumph.

Der Kommissar wandte ein: «Aber es ist doch absurd, anzunehmen, daß Delise um Mitternacht nach Escala fahren wollte, um sich mit einem Menschen zu treffen, den er etwa fünfzehn Jahre lang nicht mehr gesehen hatte ...»

Da kam Doria ein brillanter Einfall. Nicht einmal er selbst wußte, wieviel Wahrheit seine Behauptung enthielt, als er sagte: «Nichts beweist, daß es so war. Montevidei kann in der Stadt gestorben sein; und dann hat man die Leiche mit dem Auto nach Escala gebracht ...» Er war selber überrascht von seinem Scharfsinn. «Und was werden Sie jetzt unternehmen?» fragte er den Kommissar.

«Einen Haftbefehl ausstellen», knurrte sein Vorgesetzter.

Und nun hatte Doria erfahren, daß Delise nicht Auto fahren konnte. Das macht nichts, dachte er. Nach dem, was der Polizeiarzt heute nachmittag gesagt hat, ist das nicht mehr von Belang.

Dr. Dominicu war am Spätnachmittag zurückgekommen. Er erwähnte nicht, daß die Jagd auch diesmal erfolglos verlaufen war.

Doria war so ungeduldig, daß er ganz vergaß, dem Arzt seine Verspätung vorzuwerfen. Er sagte nur:

«Kommen Sie mit mir, Doktor. Sie sollen die Obduktion an Montevideis Leiche vornehmen.»

«Dazu brauche ich einen gerichtlichen Auftrag», protestierte der Arzt. «Ohne Ermächtigung kann ich keine Obduktion vornehmen.»

«Dazu fehlt die Zeit. Sie werden es ohne Autorisierung tun müssen. Wenn die Obduktion das bestätigt, was ich vermute, wird Ihnen niemand etwas vorwerfen.»

«Ich darf es nicht tun.»

Es war eine schwere Arbeit, den Arzt zu überreden, aber Doria brachte es schließlich zuwege. Der Arzt erhob noch einen letzten Einwand:

«Aber der Friedhofswärter wird die Exhumierung nicht erlauben.»

«Den Friedhofswärter überlassen Sie mir. Holen Sie Ihre Instrumente; ich erwarte Sie auf dem Friedhof.»

Als der Arzt dort ankam, lehnte Doria bereits an der dunkelrot gestrichenen Eisentür.

«Der Wärter ist fortgegangen», sagte er, ohne zu lächeln. «Vor heute abend wird er nicht zurück sein. Können Sie Ihre Arbeit bis dahin beendet haben?»

«Sie müssen mir helfen, den Sarg zur Friedhofshalle zu befördern.»

Doria tat es. Er half auch, Montevideis Leiche aus dem Sarg zu heben und auf einen Marmortisch zu legen. Dabei wurde ihm plötzlich schlecht, und er stürzte, grün im Gesicht, zur Tür.

«Ja, wollen Sie denn nicht bei der Obduktion anwesend sein, Inspektor?» rief der Arzt hinterher. Er grinste.

«Ach was ... Rufen Sie mich, wenn Sie fertig sind.» Doria machte, daß er an die frische Luft kam und spazierte zwischen den Grabsteinen hin und her. Zerstreut las er dabei die in Marmor und Bronze eingravierten Inschriften mit ihrem wohlklingenden und verlogenen Wortlaut.

Die Grabstätten waren mit pausbäckigen Engeln geschmückt, die keinen Gedanken an die Vergänglichkeit des Fleisches aufkommen ließen. Sämtliche Ornamente strömten große Sentimentalität aus.

In einer Stunde wird es dunkel, dachte Doria. Er wußte nicht, daß Delise gerade von den beiden Beamten festgenommen worden war. Die Friedhofshalle lag versteckt unter alten Kastanienbäumen.

Kastanien, dachte Doria, komisch ... Im Zusammenhang mit Friedhöfen stelle ich mir immer Zypressen vor.

Aber seine Gedanken waren in Wirklichkeit schon mit anderen Dingen beschäftigt. Er schaute auf die Uhr. Delise würde mittlerweile festgenommen worden sein. Wie mochte er reagiert haben? Er würde natürlich alles ableugnen. Aber er, Doria, hatte klug gehandelt, und nun würde er einen wichtigen Beweis in Händen haben. Es wäre gescheiter gewesen zu warten, bis er den Beweis tatsächlich in Händen hatte, aber der Kommissar hatte ihm keine Zeit gelassen. Der Kommissar ... Doria war der Dummheit seiner Vorgesetzten so überdrüssig wie der Notwendigkeit, sich ihnen ständig in schweigender Opposition widersetzen zu müssen ... Welche Folgen würde die Aufklärung dieses Falles für ihn haben? Sein Beruf bot nicht jeden Tag die Chance, sich hervorzutun. Gewiß würde er in die Stadt zurückversetzt, vielleicht auch befördert werden. Eine Beförderung; das wäre nicht schlecht. Er war noch sehr jung. Dies konnte der Anfang einer vielversprechenden Karriere werden.

Er warf eine Münze in die Luft. «Bring mir Glück», murmelte er halblaut. Allmählich fühlte er sich besser, so daß er in der Lage war, einen Blick auf Montevideis Leiche zu werfen, um dem Arzt gegenüber keine Schwäche einzugestehen. Als er zur Leichenhalle zurückkam, erschien zuerst der kahle Kopf des Arztes am Fenster, dann sah er auch seine Unterarme.

«Inspektor», rief Dominicu, während er seine Gummihandschuhe auszog. «Ich muß Ihnen etwas Interessantes erzählen!»

4

Als die Morgendämmerung hereinbrach, saß der junge Polizist noch immer an seinem Arbeitstisch. Seine Augen waren rot, weniger von der langen Nacht, die er im Dienst verbracht hatte, als von den deprimierenden Gedanken, die ihn überfielen. Er sah verwildert und ungepflegt aus wie jemand, der ständig in den Haaren wühlt und noch nicht rasiert ist.

Aber auch nachdem er abgelöst worden war, ging er nicht sofort nach Hause. Mit dem Hut auf dem Kopf schritt er im Raum auf und ab; er zündete sich eine Zigarette an, zog heftig daran und betrachtete das Durcheinander auf seinem Schreibtisch, der aussah wie der Tisch eines unordentlichen Schuljungen. Er fühlte sich wie ein Stück Papier, das jemand erst zusammenknüllt und dann erfolglos wieder zu glätten versucht hat. Er hinkte beträchtlich und begann, seinen Sturz während der vergangenen Nacht zu spüren.

«Ich hab mich gestoßen», erklärte er dem Polizisten, dem er an der Tür begegnete; «bin irgendwo angestoßen mit dem Knie, aber es ist ohne Belang.»

Er hatte noch nicht die Absicht, zu Bett zu gehen; vorher mußte er unbedingt noch Valeria sehen. Er wollte sie bis zum Warenhaus begleiten und sich unterwegs bei ihr entschuldigen, weil er sie so lange vernachlässigt hatte. Er wollte mit ihr sprechen, nur um sie in seiner Nähe zu fühlen. Valeria war die Frau, die er in seiner augenblicklichen Stimmung brauchte; sie war sanft, verständnisvoll und besaß einen ausgesprochenen Sinn für Loyalität. Im Geiste verglich er sie mit Rita und gelangte zu dem Schluß, daß die beiden einander in jeder Hinsicht diametral entgegengesetzt waren. Rita war wie ein Gegner, mit dem man gern den Kampf aufnimmt, wenn man sich seiner sicher fühlte und gut in Form ist. Sie war zu gerissen und lebhaft für ihn. Sie war eine Trophäe. Aber im jetzigen Augenblick verdiente der junge Polizist keine Trophäe.

Überrascht stellte er fest, daß der Morgen klar, sonnig und warm war. Verdammt, dachte er, das gibt wieder eine Hitzewelle . . . erst dieser plötzliche Kälteeinbruch und jetzt wieder die Hitze... Er fühlte sich abgespannt und lustlos. Vielleicht steckt mir noch das Gewitter von gestern in den Knochen, dachte er. Er hatte so lange unter dem grünen Lampenschirm gesessen, daß er sich keine Welt vorstellen konnte, die nicht grün und bleich war. Es ist noch zu früh, sie zu treffen, überlegte er.

Er ging durch die leere Straße, in die um diese Zeit noch kein Sonnenstrahl fiel. Ein Telegrammbote klapperte auf seinem Fahrrad über das Katzenkopfpflaster und verschwand hinter einem Denkmal; die Straße war wieder leer. Der junge Polizist fühlte sich erleichtert, als er langsam zwischen Springbrunnen und Skulpturen dahinschritt. Die Büroangestellten betrachteten zu dieser Zeit noch ihre eingeseiften Gesichter im Rasierspiegel. Er sah ein mit Bindfaden zusammengebundenes Paket Zeitungen vor einem Kiosk liegen, der noch geschlossen war. Die Schlagzeilen brachten Nachrichten aus der internationalen Politik. Wenn die Presse Delises Flucht überhaupt erwähnte, dann höchstens in ein oder zwei Zeilen unter *Letzte Nachrichten.* Der junge Polizist legte eine Münze oben auf das Zeitungspaket und steckte eine Zeitung ein, ohne erst einen Blick hineinzuwerfen.

Plötzlich sah er vor sich das Eisengitter, das die Kirche St. Adria umgab; er stand in der Straße, die seine ersten Fußballspiele gesehen hatte – nicht der angrenzende Park, denn obwohl der grüne Rasen zweifellos mehr zum Fußballspiel reizte, war er doppelt verboten: durch einen uniformierten Polizisten und durch seinen Onkel, den Pfarrgeistlichen. Der Onkel hätte es gern gesehen, wenn er Priester geworden wäre wie er; statt dessen war er Polizist geworden wie jener . . .

Er schritt die Stufen hinauf und trat in die Kirche. Ein halbes Dutzend Gläubige knieten im Halbdunkel. Unter der Kanzel entdeckte er seinen Onkel in seiner frommen, andächtigen und dennoch geschäftigen Art; er legte das Meßgewand ab.

Der junge Polizist folgte dem Priester in dessen Wohnung; als Kind hatte er hier gelebt. Er begrüßte seinen Onkel, als er gerade die Stola zusammenfaltete.

«Du stehst aber früh auf», sagte der Priester. «Jetzt bist du ein richtiger Polizist geworden!»

«Ich habe noch gar nicht geschlafen, Onkel», antwortete der junge Mann. «Ich will mich noch mit jemand treffen, ehe ich zu Bett gehe. Aber dazu ist es noch zu früh.»

Draußen, hinter der kleinen Glastür, fegte eine alte Frau das Pflaster. Er konnte sie durch die Fenstervorhänge sehen, die durch die Sonne weiß gebleicht waren. Sie jagte eine Katze fort, die ihren Einkaufskorb beschnüffelte ... Wie viele Katzen mochten in dieser Stadt herumstreunen? Der junge Polizist hatte sich noch nie Gedanken darüber gemacht. Ob sie je die Stadt verlassen, dachte er, und eine andere aufsuchen? Reisen Katzen? Er hatte noch nie eine Katze auf der Landstraße gesehen.

«Du hast gewiß noch nicht gefrühstückt», sagte der Priester, und ohne auf Antwort zu warten, brachte er ein Tablett mit einer großen Tasse und Toast herein, den er selbst zubereitet hatte; er bot seinem Neffen einen Stuhl an.

«Nein, danke», sagte der junge Polizist und wies die Milch ab. «Schwarzer Kaffee, wenn es dir recht ist.»

Sie sprachen nicht, während er aß. Der Priester setzte sich zu ihm. Aus der Kirche klangen Harmoniumtöne herüber. Jemand schien zu üben; er hielt mehrere Male an der gleichen Stelle inne, um dann wieder von vorn zu beginnen. Der junge Polizist schob den Teller zur Seite und lehnte sich weit im Stuhl zurück, bis dieser nur auf den hinteren Beinen stand. In fünfzehn Jahren hatte sich nichts verändert.

Es hätte ihn nicht überrascht, wenn der Priester plötzlich aufgestanden wäre, um ihn wegen einer zerbrochenen Fensterscheibe zu schelten oder mit einer jener Fragen auf ihn loszuschießen: *Tschechoslowakei: Wie heißt die Hauptstadt?* Damals pflegte er ihn immerfort mit solchen Fragen zu überfallen. *Und die höchste Gebirgskette in Amerika?* Nur an den Festtagen verschonte er ihn mit diesen Fragen; dann machte er kleine Witze und Wortspiele. Dann forderte er ihn zum Beispiel auf, ein Substantiv zu konjugieren oder fragte nach den Flüssen einer Wüste. *Oslo: Wie heißt die Hauptstadt von Oslo?* Und wenn das Kind für einige Augenblicke mit offenem Mund dastand, wollte sich der Onkel ausschütten vor Lachen, und das bedeutete, daß Sonntag oder Festtag und alles gut war.

«Ach, Onkel ... lies mir doch vor, ja?» bat der junge Polizist mit schläfriger Stimme. «Wie du es früher immer getan hast ... aus den Episteln oder so. Da ist irgendwo die Rede davon, daß die Verfolger gesegnet sind oder so ähnlich.»

Der Priester stand auf und ging zum Bücherschrank; er nahm ein in Leder gebundenes Buch mit Goldschnitt heraus. Der junge Polizist schloß die Augen und lauschte.

«Die Liebe sei nicht falsch. Hasset das Arge, hanget dem Guten an. Die brüderliche Liebe untereinander sei herzlich ... Segnet, die euch verfolgen, segnet und fluchet nicht ... Ist das die Stelle, die du meinst?»

Der junge Polizist nickte und lauschte weiter. Ein kritischer Ausdruck war in sein Gesicht getreten.

«Freuet euch mit den Fröhlichen und weinet mit den Weinenden. Habt einerlei Sinn untereinander ...» Der alte Priester sah kaum in das

Buch; er wiederholte die Sätze aus dem Gedächtnis und warf nur dann und wann einen Blick auf den Text.

Als die Stimme schwieg, herrschte völlige Stille. Einige Minuten lang schauten sie sich über den Tisch hin an; der junge Polizist gedankenvoll und der Priester mit dem Daumen zwischen den Seiten des geschlossenen Buches.

«Hasset das Arge und hanget dem Guten an...» wiederholte der junge Polizist langsam. «Aber wie kann man immer absolut sicher wissen, was gut und was böse ist?»

«Sag mir», fragte der Priester, «kann ich dir helfen? Bedrückt dich etwas?»

«Nein. Wie kommst du darauf?» Er hielt inne, dann wechselte er abrupt das Thema. «Ich möchte gern ein wenig schlafen. Hast du was dagegen, wenn ich mich aufs Sofa lege – nur für eine Stunde?»

«Warum gehst du nicht zu Bett? Du brauchst Ruhe. Du siehst schlecht aus.»

«Nein, ich fühle mich ausgezeichnet... Bitte, weck mich in einer Stunde. Ich muß jemand treffen. Dann geh ich nach Hause und schlafe mich aus.»

Der junge Polizist zog seine Jacke aus und legte sich auf das schmale Sofa in der Ecke; er wußte nicht so recht, wo er mit seinen langen Beinen hin sollte. Er schlang die Jacke um sich, während der Priester die Gardinen zuzog. Gleich darauf schlief er tief und traumlos.

Es schien ihm nur eine Minute vergangen zu sein, als ihn jemand an den Schultern rüttelte. Er schlug die Augen auf. Der Priester blätterte in der Zeitung, die der junge Polizist unterwegs gekauft und ungeöffnet in seine Jackentasche gesteckt hatte.

«Wach auf, eine Stunde ist vergangen», sagte der alte Mann. «Wachet, denn ihr wißt nicht den Tag noch die Stunde!»

Er las weiter, während sein Neffe sich rekelte, gähnte und sich stöhnend aufsetzte. Er betastete sein verletztes Knie und schnitt eine Grimasse.

«Wie eigenartig ist die Welt!» sann der Priester nach.

Der junge Polizist stützte das Kinn auf die Faust. «Wieso?»

«Ein außergewöhnlicher Zufall», sagte der Priester und zeigte auf die Zeitung.

«Was ist außergewöhnlich?»

«Was weißt du über die Sache?» fragte er und reichte seinem Neffen die Zeitung, indem er mit dem Finger auf die Fotografie von Virgilio Delise wies.

5

Ich hätte gern erniedrigende Sünden zu beichten gehabt, und ich glaube, daß nur der natürliche Respekt vor der Wahrheit mich daran gehindert hat, sie zu erfinden.

JULIAN GREEN

Es geschah, als er auf dem Weg zur U-Bahnstation war, in großer Eile und den Weg durch Seitenstraßen abschneidend: Zum erstenmal stand er bewegungslos, fasziniert durch ein Fenster im sechsten Stock, das die Sonnenstrahlen reflektierte. Er erstarrte mitten in einer halbvollendeten Bewegung, als ob er und alles um ihn herum gelähmt wäre durch das Leuchten des Fensters. Dann setzte er seinen Weg fort. Er ging durch eine enge Straße mit kleinen Läden und einfachen Häusern. Seine Arme schwangen im Takt seiner schnellen Schritte – ohne Spazierstock. Er hatte ihn in Olinas Wohnung vergessen.

Kurz vor der U-Bahnstation geschah es wieder. Diesmal war es der metallische Widerschein eines Daches, dessen glatte Fläche das Licht der Morgendämmerung widerspiegelte. Delise hielt im Gehen inne und preßte die Lippen hart aufeinander. Er dachte an den Mann mit dem blinkenden Helm. Vor Jahren, vor vielen, vielen Jahren, war der Mann mit dem blitzenden Helm sein wirklicher Vater gewesen: Matías Delise.

Helena Delise, seine Mutter, sagte: *Papa hat einen blitzenden Helm. Er ist ein tapferer Krieger.*

Er war ein tapferer Krieger wie der in der Bibel.

Er hat einen blitzenden Helm. Er ist ein tapferer Krieger. Er war Hals-, Nasen- und Ohrenspezialist. Die genaue Bezeichnung seines Berufes war schwer auszusprechen. *Oto-Rhino-Laryngologe,* sagte Mama. *Otinogologe,* sagte der kleine Virgilio, und Mama lachte. Papa hatte einen blitzenden Helm. Ein Lederriemen befestigte die kleine Lampe an seiner Stirn. Der kleine Virgilio Delise mußte die Augen vor dem blendenden Licht schließen.

Mach den Mund auf und sag: A-ah . . . laut, ja; so ist es richtig; sag's ganz laut!

Er setzte viele Kinder auf seine Knie; aber sein Sohn, sein Kind, war Virgilio, der kleine Virgilio. *Virgilio ist das Kind,* pflegte Papa zu sagen.

Er war ein tapferer Krieger. Von seinen gütigen Augen ging eine warme Freundlichkeit aus, die seinem Herzen zu entströmen schien und auf seine Hände übergriff, die sensitiven, wohlgeformten Künstlerhände.

Virgilio ist das Kind, nicht wahr?

Papas Freunde pflegten zu sagen: *Doktor Delise ist ein Genie.*

Als Mutter jedoch Loreto Montevidei heiratete, sagte dieser, als er Matías Delises Jacken anprobierte:

Er war kein Herkules, dein erster Mann. Ich werde keinen seiner Anzüge tragen können ... Schade. Ich habe nie besser geschnittene Anzüge gesehen!

Er riß sich aus seiner Starre heraus und ging den U-Bahneingang hinunter. Und später, als er aus einem anderen Schacht wieder an die Oberfläche kam, nahe dem Hauptbahnhof, dachte er nicht mehr an den blitzenden Helm. Er rannte beinahe, als er das Bahnhofsportal durchschritt. Es standen nur wenige Leute an den Schaltern. Wiederum wurde er von dem Gefühl überwältigt, den Blicken Fremder nicht begegnen zu können. Ich werde mich nie daran gewöhnen, dachte er. Ich werde mich nie daran gewöhnen, verfolgt zu werden.

Er kaufte eine Fahrkarte.

Der Schalterbeamte hielt die Banknote gegen das Licht, um sie zu prüfen. Delise bedauerte, daß er Olina alle kleineren Scheine gegeben hatte; er hatte seine Taschen mit der Freigebigkeit und Unbesonnenheit eines reichen Mannes geleert, der weiß, daß er die Menschen bestechen muß, damit sie ihm gefällig sind.

Er erinnerte sich daran, wie Olina sich ihm zuwandte, nachdem sie dem Taxichauffeur die Adresse ihrer Wohnung angegeben hatte; sie entfernte das Taschentuch, das Delise gegen seine verletzte Nase preßte. Ein schweres, süßliches Parfüm entströmte ihrem Haar, ihrem Kleid; er versuchte, die Berührung mit ihr zu vermeiden und rückte immer weiter in die Ecke. Er studierte ihren hingebungsvollen Blick und das verlogene Lächeln. Sie, vertraut mit der Situation, mit dem Vorspiel im Taxi, dachte: Komischer Kerl.

Er dachte: Sie ist noch ordinärer, als ich annahm.

Als sie ausstiegen und sie voranging und den Hausschlüssel in ihrer Handtasche suchte, schloß er seine Überlegungen mit dem Gedanken: Nicht nur ordinär ... sie ist diesen Dingen erbärmlich verfallen.

Während sie die Treppe hinaufstiegen, sagte sie: «Ich glaube nicht, daß er mir folgen konnte. Obwohl er immer ...»

«Er? Wen meinen Sie?»

«Den hinter der Bar. Er ist nur Kellner, aber er bildet sich ein, daß ich mit ihm ins Bett gehen würde.»

Sie rief Delise von der Tür aus, während er einen Blick ins Treppenhaus zurückwarf. Er beherrschte sich und hatte noch genügend Geistesgegenwart, um zu sagen: «Ach, wie gemütlich!», als sie die Lampe im Wohnzimmer anknipste.

Aber später, als sie sich Delise näherte, zitterten seine Nerven in steigender Hysterie. Ihre Rollen schienen sich in grotesker Weise vertauscht zu haben. Er reagierte wie eine Frau, nervös und voller Spannung; während sie, nachdem sie sich von ihrem Staunen erholt hatte, mit professioneller Gelassenheit erklärte, sie werde ihm auf keinen Fall sein Geld zurückgeben.

«Olina . . .» Er stockte. «Sie sagten doch, daß Sie Olina heißen, nicht wahr?»

«Willst du . . . Wollen Sie sich über mich lustig machen?» stotterte sie.

Es war ihr Gesichtsausdruck, der Delise irritierte. Er deutete ihr Zögern als Gewissensbisse oder als weibliche Einfühlungsgabe. Vielleicht vergaß er, wer sie war und dachte an eine andere Frau; vielleicht war es die unwiderrufliche Entscheidung, in Zukunft nur auf sich selbst zu vertrauen.

«Sie sind hinter mir her», sagte er. «Ich möchte mich heute nacht hier verstecken.»

«Hinter Ihnen her?» Sie hatte das Du aufgegeben. Ihre Stimme klang auch nicht mehr zärtlich und vertraut. «Wer ist hinter Ihnen her?»

Er erinnerte sich an die peinliche Szene, die dann folgte. Sie schloß sich in ihr Schlafzimmer ein, als er sie daran hinderte, zum Telefon zu greifen; er legte sich in der Nähe der Tür auf den Boden und war darauf bedacht, ein paar Stunden zu schlafen. Gegen fünf Uhr versuchte Olina, aus der Wohnung zu entkommen. Sie stolperte über Delise, der auf der Türschwelle schlief. Delise schreckte auf und hörte Olina schreien. Er stürzte eilig die Treppen hinunter, vorbei an einer Anzahl Türen, die zu spät aufgerissen wurden. Die Nachbarn bekamen ihn nicht mehr zu Gesicht.

Ohne zu wissen, wie er dort hingekommen war, befand er sich in der Morgendämmerung vor einer Kirche. Er trat ein, als die Messe gerade endete. Er kniete nieder. Er versuchte zu beten, aber er war zu verwirrt, um sich zu konzentrieren.

Er erinnerte sich, daß er nach und nach ruhiger wurde, bis er beinahe im rückwärtigen Teil des Kirchenschiffes einschlief. Er überließ sich der einlullenden Atmosphäre des Murmelns und der Kerzen an den Wänden, die ihr mittelalterliches Privileg wiedergewonnen zu haben schienen, Zuflucht zu sein. Er hörte die Musik des Harmoniums. Dann bemerkte er den Priester und ging zu ihm. «Ich möchte beichten», sagte er drängend. «Jetzt, sofort.»

Die kleine Gemeinde verließ die Kirche, und bald darauf war sie leer. Die Gläubigen gingen einer nach dem anderen hinaus in das neblige

Morgengrauen eines Tages, der brennend heiß zu werden versprach. Sie gingen zu ihrer Arbeit, Schattenfiguren im grauen Licht. Der Tag brach an; es war der Augenblick, in dem die Thermometer die niedrigsten Temperaturen anzeigen. Der letzte Kirchgänger setzte seine Mütze auf, ergriff sein Rad, das an der Mauer lehnte, und radelte schnell davon. In der Kirche war Delise mit dem Priester allein.

«Ich habe nicht lange Zeit», erklärte er.

Es war eine außergewöhnliche Beichte, an die sich der Priester noch lange danach erinnern würde. Ein eigenartiger Anfang und ein eigenartiger Schluß.

«Seit wann haben Sie nicht mehr gebeichtet?»

«Das ist doch einerlei», sagte Delise. «Ich möchte etwas beichten, das vor kurzem geschah. Es handelt sich um eine Frau.»

Er erzählte seine Begegnung mit Olina und das, was in ihrer Wohnung geschehen war; er sprach mit leiser Stimme, verwirrt und unzusammenhängend. Er klagte sich einer Sünde an, die er nicht begangen hatte, übertrieb sie, als ob er auf diese Weise der Befleckung entgehen könnte. Der Priester war verwirrt. Schließlich sagte er: «Ich weiß nicht, ob ich Sie richtig verstanden habe; aus Ihren Worten glaube ich entnehmen zu können, daß keine Sünde vorgefallen ist, denn Ihre Absicht ...»

«Was?» murmelte Delise. «Warum sagen Sie das?»

«Ich meine ...» Der Priester zögerte. «Meine Frage ist einfach ... Vielleicht meinen Sie eine Sünde des Begehrens?»

«Nein, nein. Natürlich nicht. Nein. Die Art, wie sie schaute, wie sie sich näherte, das war ... war abstoßend. Und sie schien an diese Art Dinge so gewöhnt zu sein. Man konnte sie gar nicht begehren.»

Für einen Augenblick dachte der Priester, daß er es mit einem Spaßmacher zu tun habe, der einen schlechten Witz machte, oder mit einem Verrückten, mit einem Menschen, der nicht weiß, was er redet. Aber die Angst in Delises Stimme verriet ihm, daß er eine Seele in höchster Bedrängnis vor sich hatte. Er wußte nicht, wie er helfen sollte. Er sagte:

«Gibt es noch eine andere Sünde, die Sie zu beichten haben?»

«Nein», antwortete Delise apathisch und entfernte seinen Kopf vom Gitter des Beichtstuhles. «Das heißt, ich bin nicht sicher. Vielleicht habe ich auch noch eine andere begangen.»

Er stand auf und tat einige Schritte. Das Licht des neuen Tages strahlte durch die oberen Fenster und fiel durch die bunten, in Blei gefaßten Glasscheiben. Der Priester erhob sich ebenfalls und öffnete ein Fenster nach dem anderen, indem er an verborgenen Schnüren zog. Mit Daumen und Zeigefinger löschte er die Kerzen aus, die auf den Seitenaltären brannten. Er hörte Delise, der ihm leise gefolgt war, sagen:

«Glauben Sie, daß es ausreicht, die Sünden zu bekennen und um

Verzeihung zu bitten, damit sie vergeben werden? Oder muß der Preis gezahlt werden?»

Der Priester drehte sich nicht um. Er setzte seinen Weg fort und blies die Kerzen aus, die er nicht mit der Hand erreichen konnte. Delise folgte ihm auf dem Fuße.

«Es genügt, mein Sohn, um Verzeihung zu bitten, wenn man demütig ist.»

«Demütig?» fragte Delise. «Wie kann man demütig sein und zur gleichen Zeit für sich selbst einstehen? Ich meine, wie kann man sich wehren und dabei demütig bleiben? Ich drücke mich wohl unklar aus; ich bin verwirrt ... Warum vermeiden Sie, mich anzuschauen? Sie raten mir, demütig zu sein. Glauben Sie, daß meine Verfolger von mir erwarten, daß ich demütig bin?»

«Aber ...» der Priester zeigte sich interessiert. «Ich dachte, daß jene Frau, die Frau, von der Sie zu mir sprachen, eh ... nicht verheiratet ist. Wer verfolgt Sie also?»

Delise ergriff den Arm des Priesters, der im Begriff war, die letzte Kerze auszulöschen. Er faßte ihn am Ellbogen und starrte in die Flamme.

«Löschen Sie diese Lampe nicht aus», bat er leise.

«Es ist keine Lampe», erklärte der Priester; «es ist eine Kerze.»

Delises Gesichtsausdruck ließ ihn erschauern, obwohl er nicht den Grund hätte angeben können. Er beobachtete, wie er zum Hochaltar schritt und dort niederkniete. Das Gesicht des Bußfertigen war verstört.

«Sind Sie krank?» fragte der Priester. «Sie müssen einen Arzt aufsuchen.»

Er neigte sich zu Delise hinunter, der nicht zuhörte, und wiederholte: «Glauben Sie nicht, daß es besser wäre, einen Arzt ...»

Delise hielt die Augen fest geschlossen. Ein Arzt. Ja, er dachte an einen Arzt: An das geliebte Gesicht, an das er sich nicht genau erinnern konnte. Das Gesicht von Matías Delise wollte wie immer seinem Gedächtnis entfliehen; es verbarg sich hinter der Lampe, die an der Stirn angebracht war ... Jenes Licht war eines Tages erloschen, und das geliebte Gesicht hatte sich verdunkelt. Es existierten keine Fotografien mehr von Matías Delise; es gab keine oder besser, es hatte welche gegeben, aber Montevidei hatte sie zerrissen. Delise seufzte müde. Sein Kopf war voller Musik. Traurige und schöne Musik; schön vielleicht, weil sie traurig war. Das Feld war mit weißen Blumen bedeckt, von so strahlendem Weiß, daß die Augen schmerzten. Darüber ging ein Mann, der ein Kind an der Hand führte. Alle Dinge um sie herum trugen einen goldenen Schimmer. Das Gras, das dem Kind bis zur Hüfte reichte, dehnte sich über die große Fläche aus, und die Luft hatte die Transparenz eines impressionistischen Gemäldes. «O mein Vater», sagte Delise laut. «Warum habe ich nicht eher an dich gedacht?»

Nun wußte er, wohin er gehen mußte. Welche Hilfe konnte von Costa kommen, von Muoli oder wem auch immer ... Er wünschte nur, heimzugehen, heim zu Matías Delise, in dessen Garten er immer die Bibel las und studierte, als er keinen Freund hatte – denn sein einziger Freund war gestorben, der Freund mit dem blitzenden Helm, der ihn nie im Stich gelassen hätte. Heim ... Das Wort füllte seine Seele und nahm voll und ganz Besitz von ihm. Daheim würde er sicher sein. Die häuslichen Wände würden ihn gegen die Welt draußen schützen, die voll von Gefahren war und in der er sich nie wohl gefühlt hatte. Jetzt, da Montevidei nicht mehr da war, würde alles sein wie früher. Er würde wieder *das Kind* sein. *Virgilio ist das Kind, nicht wahr? Sieh mal, Helena, er kann die Klaviernoten nach ihrem Klang unterscheiden*... Die vertraute Welt. Klein, freundlich und sicher. Die Welt, in der Matías Delise ihm gehörte, wo Helena Delise ihm gehörte. Auch Fioreya hatte ihm für einige Zeit gehört... Er wollte heimgehen; dorthin, wo ihm die Schuld abgenommen werden würde. Er wollte zurückkehren zu seinem Ursprung.

Als er die Augen öffnete, war sein Gesicht verklärt.

Der alte Priester, der ihn an den Schultern rütteln wollte, hielt inne; seine Hand schwebte in der Luft. Er sah, wie der Kniende aufstand, die Arme ganz leicht, kaum wahrnehmbar hob, sich umdrehte und, ohne ein Wort zu sagen, fortging. Im Vorbeigehen stieß er gegen die Kirchenstühle. Der Klang seiner Schritte entfernte sich und erstarb, als er die Tür erreicht hatte.

Die Schlange vor dem Fahrkartenschalter trat zur Seite, um ihn durchzulassen. Man sah ihn zum Bahnsteig gehen und zwischen den mit Gepäckstücken beladenen Trägern verschwinden. Er blieb vor einem Zeitungsstand stehen und schien die Zeitschriften mit Interesse zu studieren; aber in Wirklichkeit wollte er nur sein Gesicht verbergen.

Als der Zug majestätisch hereinbrauste, war Delise nur noch eine schwarze Silhouette in dem dichten weißen Rauch, den die Lokomotive ausstieß. Er stand da, den Oberkörper in Schatten gehüllt, halb abgeschnitten von der Sonne des strahlenden Morgens, der nach einer Woche schlechten Wetters wie der Wiederbeginn des Sommers war.

Im gleichen Augenblick stieg der junge Polizist die Stufen der Kirche St. Adria hinauf.

Delise wartete auf dem Trittbrett des Wagens und beobachtete, wie die Leute den Bahnsteig verließen – wie Loreto Montevidei sie vor einigen Tagen unter ähnlichen Umständen beobachtet hatte –, bis der Zug sich in Bewegung setzte.

Der Wagen war fast leer. Delise wählte eine sonnige Ecke, lehnte den Kopf gegen das Fenster und war sofort fest eingeschlafen. Gegen 8.30 Uhr wurde er sanft vom Fahrkartenkontrolleur geweckt ...

Im gleichen Augenblick schüttelte der Pfarrer von St. Adria seinen Neffen an den Schultern, um ihn zu wecken.

... Delise öffnete die Augen und sah das Gesicht des Schaffners über sich gebeugt; sein eigenes Gesicht spiegelte sich in den Pupillen des Beamten wider.

«Die Fahrkarte, bitte.»

Delise suchte in seinen Taschen, während er sich bemühte, vollständig wach zu werden. Und im gleichen Augenblick sah er sein eigenes Foto in der Zeitung, die der gegenüber sitzende Fahrgast las. Die Fotografie und die Schlagzeilen standen auf dem Kopf, aber es bestand kein Zweifel: Es war sein Bild ...

In diesem Augenblick betrachtete der junge Polizist, über die Schulter seines Onkels gebeugt, das gleiche Foto.

«Die Fahrkarte, bitte.»

Die Sonne brannte herein. Alle Plätze waren nun besetzt; im Abteil war es sehr heiß. Delises Ecke war wie ein Ofen, der durch das leise Schwanken des Zuges geschüttelt wurde.

Ohne den Blick von der Zeitung zu wenden, die der gegenüber sitzende Fahrgast las, reichte Delise dem Kontrolleur seine Fahrkarte. Von einemmal zum anderen fiel ihm die Selbstbeherrschung leichter, so als ob die Lehrzeit zu Ende ginge und er aus Erfahrung handelte. Sein erster Impuls war gewesen, das Abteil so schnell wie möglich zu verlassen; jetzt überlegte er, wie er auf irgendeine Art und Weise die Zeitung verschwinden lassen könnte. Er hatte noch nicht wahrgenommen, daß er sich in einem Postzug befand, dessen Wagen, während er schlief, von der Morgenausgabe überschwemmt worden waren. Er starrte auf die Zeitung und folgte jeder Bewegung seines Gegenübers; er wartete auf die erste Gelegenheit, sie ihm fortzunehmen.

«Die Fahrkarte ist verfallen», sagte der Schaffner. «Und sie wurde in Fonte-Lidia ausgestellt. Sie galt für die entgegengesetzte Strecke.»

Delise kramte in seinen Taschen und fand die richtige Fahrkarte.

«Die ist richtig», sagte der Schaffner und lächelte, während er die Karte lochte. «Die Fahrkarten müssen am Ankunftsbahnhof abgegeben werden. Das gilt auch für Sie, verstehen Sie?»

Delise beachtete ihn nicht, stand auf und lehnte sich mit den Ellbogen auf den Fensterrahmen. Er drehte dem Herrn mit der Zeitung den Rükken zu und beobachtete ihn aus den Augenwinkeln. Er sah ihn die Zeitung zusammenfalten – die Fotografie blieb obenauf – und neben sich auf den Sitz legen.

«Darf ich mal reinschauen?» fragte Delise.

Der Herr reichte ihm die Zeitung herüber; Delise nahm sie und hielt sie so, daß eine Hand das Foto bedeckte. Der Luftzug des Fensters ließ die Seiten hin- und herflattern.

«Eines Tages werden wir noch den Namen Virgilio Delise in den Zeitungen lesen.»

«Delise?» fragte einer der Studenten. «Das glaube ich nicht.» Er klimperte auf dem Klavier, während die anderen ein und aus gingen. «Was ist an Delise so Besonderes, Herr Professor? Er wird nie ein großer Pianist werden. Sie haben es ein dutzendmal gesagt.»

«Man braucht nichts Besonderes zu haben», meinte ein Mädchen. «Sieh dir doch Blum an!»

«Blum? Blum? Den Namen hab ich doch schon mal gehört . . .»

Der Witz war alt, hatte aber immer Erfolg. Die beiden teilten sich darein.

«Ich meine nicht Delise als Pianisten», sagte der Professor, «nicht gerade als Pianisten. Aber Sie werden seinen Namen in den Zeitungen lesen, meine jungen Revolutionäre.»

«Er hat viel Geld», warf der Revolutionär ein und klimperte weiter.

Julia trat in den Vorlesungsraum und gab allen männlichen Studenten der Reihe nach einen Kuß. Dann hob sie den Deckel des Klaviers und zeigte ihre wohlgeformten Beine. Der Professor ging hinaus.

«Worüber sprach der Professor?» fragte sie.

«Über Delise. Er meint, an dem sei was Besonderes. Siehst du es?»

«Nein», antwortete Julia.

«Julia, ich bin dir dankbar, daß du schöne Beine hast. Man muß dir einfach dankbar sein.»

«Ist es wahr, Julia, daß Delise dich hat sitzenlassen?»

«Was verstehst du unter sitzenlassen?»

«Hört mal, ich habe eine Information aus erster Quelle. Delise hat sich in seine Schwester verliebt!»

«Was sagst du, du Luder?»

«Stiefschwester», verbesserte sich der Informant.

«Woher weißt du es?»

«Aah . . .»

«Delise ist ein komischer Kerl. Hat ihn jemand von euch jemals von sich selbst sprechen hören? Nein, er spricht nie von sich selbst. Er hat überhaupt kein Selbstbewußtsein.»

«Selbstbewußtsein ist etwas Unerläßliches. Man muß es haben, um ein großer Künstler zu werden.»

Julia wirbelte inmitten des Hörsaales in einer Pirouette. «So etwas wie ein verwundetes Herz gibt es nicht, wenn man Künstler ist», stellte sie fest.

«Du meinst nicht verwundet, sondern gebrochen.»

«Gib dir keine Mühe, Julia. Warum gestehst du's nicht ein? Welchen Rat würdest du einem unglücklich Verliebten geben?»

«Die Klassiker zu studieren. Es ist nichts so gut wie das Studium der Klassiker für ein schmerzendes ... ja, schon recht: gebrochenes Herz.»

«Mozart, nehme ich an.»

«Mozart!» schrie der Revolutionär und schlug den Klavierdeckel zu. «Was weißt du von Mozart!»

«Ich weiß, daß ihr alle Barbaren und Dummköpfe seid. Mozart auch. Gib mir noch einen Kuß, Julia. Es macht mir nichts aus, eine Barbarin zu küssen, aber es verdrießt mich, mit langweiligen Menschen zu diskutieren.»

Das Rütteln des Zuges erschütterte Delises Arme auf dem Fensterrahmen. Der Eigentümer der Zeitung schaute auf die andere Seite. Delise hielt die mittleren Seiten fest und ließ die äußere Seite, die ihn verraten konnte, los. Das Blatt flog bis zum Ende des Zuges. Nach kurzer Zeit faltete er die restliche Zeitung wieder zusammen und gab sie dem Eigentümer zurück.

«Vielen Dank», sagte er.

Er verließ das Abteil mit der zerstreuten Miene eines Menschen, der sich im Korridor Bewegung machen will. Er sah einen anderen Reisenden, der dieselbe Zeitung las, und ging schnell weiter. Er schaute sich um und sah eine dritte Zeitung. Er lief durch den Gang mit der Halluzination von Zeitungen und Fotos, die sich in seiner Einbildung fieberhaft verdoppelten. Er erwartete fast, daß alle Reisenden sich plötzlich erheben, auf ihn zeigen und laut schreien würden. Er schlüpfte in den Waschraum, schloß sich ein und lehnte sich gegen die Tür. Vom Winde festgehalten flatterte dort an der Fensterscheibe das Zeitungsblatt, das er aus dem Zug geworfen hatte. Es war der Artikel, den Muoli ihm in der vergangenen Nacht gezeigt hatte. Offensichtlich hatte er nicht verhindern können, daß die Fotografie veröffentlicht wurde.

Er vernichtete die Zeitung ohne Zorn, ganz mechanisch, und warf sie in die Toilette. Es ist unnütz, dachte er. Auf diese oder jene Weise werden sie mich schließlich finden ... Vielleicht würden sie in Escala auf ihn warten, um ihn zu ergreifen. Er konnte sich die Polizisten vorstellen, wie sie geduldig den Bahnsteig auf und ab gingen, auf ihre Uhren schauten, den besten Platz aussuchten, um den Ausgang überwachen zu können – das alles mit der kühlen Präzision eines Chirurgen, der vor der Operation die bereitliegenden Instrumente mustert. Vielleicht saß im Zug jemand, der den Auftrag hatte, ihn zu überwachen. Er durfte seine Reise nicht bis zur Endstation fortsetzen; er mußte den Zug verlassen, ehe es zu spät war, um zu versuchen, seine Verfolger irrezuführen ...

Wirre Gedanken jagten sich in seinem Kopf, aber nicht ein einziges Mal dachte er daran, Lucius Costas Rat zu befolgen und sich zu stellen. Er begann, dem dunklen Schicksal zu trauen, das ihn am gestrigen Abend gerettet hatte, als er aus dem Polizeiauto gesprungen war. Er würde wiederum fliehen. Sie würden ihn nicht erwischen ... Er dachte an *sie* wie an etwas Abstraktes; eine widrige Macht, die, mit Fangarmen versehen, zur feindlichen Welt gehörte und ihn daran hinderte, endlich heimzugehen. Er würde sich verbergen, bis niemand sich mehr seiner erinnerte, und dann würde er ausruhen ... Ausruhen! Es war wie in seiner Kindheit, wenn er den dunklen Gang durchschreiten mußte. Er rannte dann, bis er sein Schlafzimmer erreicht und das Licht angeknipst hatte – bis die vertrauten Gegenstände ihm seine Ruhe zurückgaben.

Virgilio flitzt durch den Flur wie eine Eidechse.

Fioreya besaß eine große Sammlung kleiner Tiere und taufte sie alle nach Personen, wie es ihr gerade einfiel. Damals, als sie erkältet war, beschloß sie, ihre Eidechse Virgilio zu nennen. Sie steckte sie unter die Bettdecke, und das kleine Tier schlüpfte bis zum Fußende des Bettes mit dem Instinkt aller wehrlosen Wesen für die Dunkelheit. Der Junge, der auf dem Bette saß, beobachtete seine Schwester, und entgegen seiner Art beteiligte er sich an dem Spiel, das kleine Wesen, das unter der Bettdecke einherlief, zu verfolgen.

Jemand wollte in den Waschraum. Delise sah, wie sich die Türklinke bewegte, durch eine energische Hand heruntergedrückt; er hielt den Atem an. Die Klinke bewegte sich nicht mehr, und die Schritte entfernten sich. Delise beschloß, auf der nächsten Station auszusteigen. Nach ein paar Minuten kamen die Schritte zurück, und er hörte ungeduldiges Klopfen an der Tür. Er lehnte sich aus dem Fenster.

«Ist jemand drinnen?» fragte die Stimme eines Mannes. «Ist dort jemand, frage ich!»

Es fiel ihm nicht ein, daß es das Vernünftigste gewesen wäre, sofort zu antworten und hinauszugehen, als ob der Vorfall ohne Bedeutung wäre. Er dachte: Nun wird er den Schaffner rufen, und sie werden mit dem Nachschlüssel ...

Er schaute nach draußen und suchte Anzeichen der nächsten Station. Nur zwei Minuten verstrichen, bis der Zug die Geschwindigkeit verringerte, aber die Zeitspanne genügte, um Delise vor Augen zu führen, daß die Zeit nicht nur durch Chronometer gemessen wird. Die Telegrafenmasten entschwanden immer langsamer, und schließlich standen sie still. Er riß die Tür auf, ohne sich Zeit zu nehmen, festzustellen, ob der Gang frei war; er setzte einen Fuß nach draußen auf die Stufen und sprang heraus, bevor der Zug mit einem Ruck anhielt.

Die Lokomotive stieß Rauchwolken in einen klaren Himmel, der frisch und sauber war nach der stickigen Luft im Innern des Zuges. Delise ging den offenen Bahnsteig entlang und sah prüfend fünf oder sechs Reisende an, die ebenfalls ausgestiegen waren und ihr Gepäck ergriffen. Gut, dachte er und wurde ruhiger; ich weiß nicht viel darüber, aber ich kann mir keinen Polizisten vorstellen, der mit Koffern und Handtaschen reist.

Bis zu diesem Augenblick hatte er nicht mehr an die Fahrkarte gedacht, die der Schaffner zurückgewiesen hatte. Die Fahrkarte ist verfallen ... Er hatte kaum die Worte des Mannes zur Kenntnis genommen, da er so mit dem Gedanken beschäftigt war, wie er seinem Mitreisenden die Zeitung fortnehmen könnte. Es war jedoch offenbar, daß ihm die Fahrkarte nicht gehörte, denn seit Jahren war er nicht mehr mit dem Zug gefahren. Ein Gedanke nahm Gestalt an. Er suchte in seinen Hosentaschen nach der verfallenen Fahrkarte, dann mit ängstlicher Hast in seinen Jackentaschen. Der Schaffner mußte sie wohl behalten haben.

Aber natürlich, dachte er. Jetzt verstehe ich.

«Das ist alles», hatte Marcelu gesagt. «Es ist besser, alles wieder in seine Taschen zu stecken. Es ist nichts dabei, was Verdacht erwecken könnte, bis auf die Fahrkarte.»

Delises Augen folgten Marcelus Bewegungen; er sagte nichts. Auf dem Boden, neben dem erloschenen Kaminfeuer, lag Montevideis Leiche. Marcelu hatte den gesamten Inhalt aus den Taschen entfernt. Marcelu hatte nicht den Kopf verloren. Er berührte alles nur mit dem Taschentuch.

«Nur die Fahrkarte», wiederholte Marcelu. «Es ist besser, alles andere zurückzustecken.»

Er füllte wiederum die Taschen des Toten. Delise lehnte sich an den Kaminsims, als ob er außerstande wäre, sich ohne fremde Hilfe auf den Füßen zu halten.

«Sie haben gute Arbeit geleistet», sagte Marcelu und zeigte auf die Leiche. «Na, na – Kommen Sie! Schauen Sie nicht so entsetzt! Denken Sie daran, daß es ihm schlechter geht als Ihnen. Er ist schon in der Hölle!»

So muß es gewesen sein, dachte Delise. Ich habe die Fahrkarte in der Tasche behalten ... Jetzt verstehe ich, weshalb Montevidei mir sagte, daß niemand von seiner Reise wisse. Aus irgendeinem Grunde verließ er Escala, ohne es jemand zu sagen, und stieg in Fonte-Lidia in den Zug ...

Die Reisenden verließen die Station mit ihrem Gepäck. Delise blieb auf dem ruhigen, sonnigen Bahnsteig stehen und betrachtete das Puffen der Lokomotive. Er mußte nun irgend etwas unternehmen, aber es war recht schwierig, zu entscheiden, wie er vorgehen sollte.

Am Ende der hölzernen Schranke, die den Bahnsteig abtrennte, sah er den Beamten, der seine Fahrkarte einsammeln mußte. Demselben Impuls gehorchend, der ihn veranlaßt hatte, aus dem Polizeiauto zu springen, ging er geradewegs auf ihn zu.

«Fonte-Lidia?» fragte der Mann. «Das ist die nächste Station. Etwa zehn Kilometer von hier entfernt. Sie können wieder einsteigen, wenn Sie sich beeilen.»

Aber das wollte Delise auf keinen Fall. Er erinnerte sich an die angstvollen Minuten im Waschraum.

«Es gibt auch einen Bus. Den Bus nach Escala; der fährt über Fonte-Lidia. Die Haltestelle ist gegenüber der Konditorei, die zweite Straße dort geradeaus.»

Delise dankte ihm und folgte seinen Angaben. Es war eigentlich keine richtige Konditorei; auf dem Bürgersteig standen Tischchen, und im Schaufenster befanden sich allerhand verschiedene Konserven. Delise sprach mit dem Inhaber, der auch die Konzession für die Buslinie hatte. Er stand dort in Hemdsärmeln und schien über den Wetterwechsel recht überrascht zu sein.

«Das ist die Höhe!» brummte er. «Eine Hitzewelle ... Der nächste Bus fährt erst am Spätnachmittag; der Frühbus ist schon fort.»

«Am Spätnachmittag? Dann gehe ich zu Fuß. Können Sie mir den Weg beschreiben?»

«Von mir aus ... Aber ich warne Sie. Es sind über zwanzig Kilometer.»

«Zwanzig Kilometer? Ich dachte ...»

«Ja, wenn Sie den direkten Weg gehen ... Am Strand entlang sind's bloß zehn.»

Im Fenster neben den Konservenbüchsen stand eine Auswahl unappetitlich aussehender Kuchen. Durch die Scheibe sah Delise eine Art Theke. Er trat ein und bestellte eine Tasse Kaffee. Er trank ihn in kleinen Zügen. Dann griff er hastig nach einem Sandwich, als ob das Getränk ein Loch in seinem vor Angst abgeschnürten Magen gefressen hätte. Er verschlang es fast.

Es gibt etwas noch Mächtigeres als die Furcht, überlegte er, etwas, was uns niemals den Mechanismus vergessen läßt, den wir Körper nennen, der weint, lacht und leidet: Wir müssen unseren Hunger stillen, bevor wir den Tränen freien Lauf lassen können.

Scherzo

1

Als er seinen Fuß auf das Trittbrett des Zuges setzte, erkannte Loreto Montevidei, daß er alt wurde. Er war zweiundsiebzig, aber bis jetzt hatte er nie das Gefühl der Gleichgültigkeit gegenüber jener Müdigkeit gespürt, die ihn plötzlich das Resultat seiner Bemühungen als nebensächlich ansehen ließ. Das Wort *Resultat* spielte bei ihm eine große Rolle, ebenso *Dinge.*

Er schaute sich auf dem Bahnsteig nach der Silhouette des Mannes mit dem grauen Hut um, aber es war niemand auf dem einsamen kleinen Bahnhof von Fonte-Lidia an jenem Dienstag; es war der 6. Oktober und der letzte Tag seines Lebens. Er hielt die Fahrkarte in der Hand, die der Schulmeister für ihn gekauft hatte.

Ein guter Freund, der Schulmeister; aber bitter arm. Montevidei hatte ihm vor einigen Stunden gestanden:

«Wenn ich das Geld bekomme, werde ich morgen das Land verlassen haben.»

Ein paar Stunden zuvor hatte er sich noch nicht alt gefühlt, obwohl er Grund genug dazu gehabt hätte; er hatte sich beunruhigt gefühlt, ja. Der Mann mit dem grauen Hut und seine beiden Begleiter waren unerwartet eingetroffen, um ihn an eine Schuld zu erinnern, die so alt war, daß man fast nicht glauben konnte, daß sie noch existierte. Jetzt fürchtete er, daß sie wieder auf dem einsamen Bahnsteig zu Fonte-Lidia erscheinen würden, an jenem 6. Oktober, dem letzten Tag seines Lebens. Aber davon ahnte Montevidei nichts.

Er hatte oft an den Tod gedacht, obwohl niemand ihn solcher Überlegungen für fähig gehalten hätte. Weder die, die ihn unter dem Namen Loreto Montevidei kannten, Ehemann Helena Delises und Vater eines entzückenden kleinen Mädchens; noch diejenigen, denen er unter dem Namen bekannt war, den er vor vielen Jahren jenseits des Gebirges bei den Guerilla-Kämpfern getragen hatte. Er dachte an den Tod mit einer Beharrlichkeit und Neugierde, als ob es etwas wäre, was ihn persönlich nicht beträfe. Er sagte sich selbst, daß sein Tod auf jeden Fall nicht mehr sei als die Summe des halben Sterbens um ihn herum; der Tod aller *Dinge.* Im Laufe der Jahre hatte er nahe Freunde verloren und

Überzeugungen, Ziele und Zuneigung verblassen sehen. Das war gewissermaßen eine Probe, ein Gleichnis des Todes. Er hatte diesen *Dingen* seine Zuneigung geschenkt, und darum machte es ihn traurig, an sein eigenes Sterben zu denken. Das Alter beunruhigte ihn nicht; wohl aber der Tod. Das heißt, der Tod, der eintritt, solange die Sinne noch fähig sind, etwas zu empfinden. Das war der wirkliche Tod: das plötzliche Verschwinden der sinnlich wahrnehmbaren Welt. Er war gespannt auf das Nachher, aber er wagte keine Vermutung anzustellen. Es fiel ihm schwer, abstrakte Gedanken zu formulieren und Begriffe zu verstehen, die nichts mit Gefühlen und *Dingen* zu tun hatten. Aus diesem Grunde war sein Temperament immer heiter gewesen, vielleicht ein wenig brutal in seiner Jugend; diejenigen, die nun die drei Männer zu ihm geschickt hatten, um ihn zur Rede zu stellen, hatten ihn als den verwegensten Waffenkameraden in einem aussichtslosen Kampf kennengelernt. In jenen Tagen kannte er keine Furcht, denn er hatte nichts zu verlieren.

Jetzt fürchtete er, sie auf dem einsamen Bahnsteig zu treffen. Er sah niemand. Weder den mit dem grauen Hut, dessen Namen er nicht kannte, noch den ältesten von ihnen, der Octavio hieß, noch den dritten, dessen Namen er vergessen hatte. Er ging die Stufen hinauf und dachte: Wirklich, das Alter hat eine direkte Beziehung zum Tode. Eine natürliche Beziehung, die ich auch weiterhin zu akzeptieren mich weigere.

Vorgestern abend hatte er zu dem, der Octavio hieß, gesagt: «Es scheint, als ob die Jahre nichts verändert hätten, nicht wahr?»

«Und doch sind Veränderungen eingetreten», antwortete Octavio. «Die Dinge sind nicht mehr so wie früher.»

Sie saßen in einem Café in Escala an dem Tisch, der am weitesten vom Eingang entfernt war. Der jüngste, der mit dem grauen Hut, war stehen geblieben und betrachtete Montevidei mit Interesse. Octavio saß auf einem Stuhl, und der dritte, der den Kragen seiner Lederjacke hochgeschlagen hatte, starrte aus dem Fenster. Zweifellos waren sie noch nicht lange bei der Partei und wußten noch nicht Bescheid.

«Wie heißt du jetzt?» fragte Octavio.

«Montevidei. So nenne ich mich seit mehr als dreißig Jahren. Ich habe mich fast daran gewöhnt. Und mein Vorname ist Loreto ... Von Unserer Lieben Frau von Loreto offenbar. Man hat mir anscheinend einen Mädchennamen gegeben.»

«Du hast deinen Sinn für Humor nicht verloren, nicht wahr?»

Montevidei nickte und lachte herzlich, als er dem anderen auf den Rücken klopfte. Niemand fiel in sein Lachen ein, nur der älteste der drei Männer lächelte höflich.

«Also, wenn ich recht verstehe», sagte Montevidei langsam, «werdet ihr keine Gewalt anwenden . . .»

«Nein. Ich habe dir bereits erklärt, daß sich die Methoden geändert haben. Ich möchte nicht sagen, ob sie besser oder schlechter geworden sind; sie sind nur heute anders.»

«Dann gib mir eine Frist von ein paar Tagen.»

Der Mann namens Octavio schüttelte den Kopf und zeigte auf den Mann, der am Fenster stand. «Ich habe nichts mehr zu entscheiden . . . Ich sag dir doch, es ist alles anders geworden.»

Der Mann mit dem grauen Hut sagte einfach: «Auch ich gebe nicht immer die Anweisungen. Nur in diesem Fall.»

«Sie trauen dir nicht, was, Octavio?» fragte Montevidei.

«Sie wissen, daß ich dich gut leiden mochte.»

Montevidei nutzte die Gelegenheit, eine Frist von zwei Tagen zu erbitten.

Der Mann mit dem grauen Hut zögerte. «Vierundzwanzig Stunden», entschied er schließlich.

«Ich muß wenigstens zwei Tage haben, um soviel Geld zusammenzubekommen.»

«Einen.»

Der Älteste redete leise auf die beiden anderen ein.

«Gut», sagte der mit dem Hut endlich. «Aber nicht mehr als zwei Tage.»

«Weit komme ich in der Zeit sowieso nicht», grinste Montevidei.

«Allerdings.»

Bevor die Frist von achtundvierzig Stunden abgelaufen war, erreichte Montevidei jedoch Fonte-Lidia in einem Lastwagen, der Gemüse transportierte – er hatte niemand mitgeteilt, daß er Escala verließ –, und besuchte seinen Freund Breschi, den Schulmeister.

«Wenn ich das Geld bekomme, werde ich morgen das Land verlassen haben», erzählte er ihm. «Kannst du es mir nicht leihen?»

«Aber . . . aber kannst du nicht Polizeischutz fordern?»

Montevidei fing an zu lachen; es war jenes Lachen, das Virgilio Delise so irritiert hatte. Er sagte, daß Polizeischutz das letzte wäre, was in Frage komme, und erklärte ihm die Gründe. Als Breschi ihm etwas Geld anbot, lachte er wieder. Er lachte noch lauter, als ihm das lächerliche Angebot einfiel, das ihm der Händler für seine Möbel gemacht hatte.

«Aber ich konnte nichts anderes verkaufen», sagte er, «denn nicht einmal die Eintragung des Hauses lautet auf meinen Namen. Ich wußte nicht, daß man so wenig Geld für ein Haus voll gut erhaltener Möbel erhält . . . Allerdings hatte ich auch noch nie ein Haus zu möblieren, so bin ich nicht auf dem laufenden über die Preise. Nun ja. Ich muß heute abend noch bis zur Stadt kommen. Dort ist jemand, der mir soviel geben kann, wie ich brauche. Ich habe ihn fünfzehn Jahre lang nicht mehr gesehen. Er wird sich aber auf jeden Fall an mich erinnern. Obwohl ich nicht ganz sicher bin, ob er sich freuen wird, mich wiederzusehen.»

Als Loreto Montevidei sich erheben wollte, bekam er plötzlich keine Luft und schien zu ersticken. Der Schulmeister sah ihn in den Sessel zurücksinken, mit blauen Lippen und schmerzverkrümmt. Breschi schlug vor, den Arzt zu rufen.

«Nein, nein ... es geht schon ... Ich habe ein Medikament ... Tabletten ... Würdest du mir ein Glas Wasser reichen ... Hörst du, niemand darf erfahren, daß ich hier war. Auch nicht, daß ich in die Stadt fahren will ... Natürlich werden sie's am Ende herausbekommen. Sie bekommen es immer heraus. Aber wenn ich das Geld zusammenkriege. . . Früher wäre es völlig sinnlos gewesen, aber die Methoden sollen sich geändert haben.»

«Bist du sicher, daß man dir nicht gefolgt ist?»

«Himmel, wer weiß! Ihre Methoden haben sich geändert.»

Als er in den Zug stieg, begann er zu fühlen, daß er mit ein wenig Glück dem Mann mit dem grauen Hut und seinen beiden Gefährten entkommen könnte. Es war schon dunkel auf dem einsamen kleinen Bahnhof von Fonte-Lidia. Er spähte wieder in den Schatten, sah aber niemand.

Die Schornsteine einer nahe gelegenen Fabrik erinnerten ihn an seine Kindheit, an den Rauch, der ständig in dichten Wolken über die hölzernen Baracken neben den Bahngeleisen zog. Das war bei einem Bahnhof gewesen, der auf der anderen Seite der Berge lag. Er wohnte in einer jener Baracken, und sein Vater stellte die Weichen. Während der Nacht sah man auf den Abstellgeleisen Soldaten mit aufgeknöpftem Waffenrock und Jungen, die Kohlensäcke schleppten. Aber noch genauer erinnerte er sich an den Rauch, an die Farbe und den Geschmack des Rauches, der ununterbrochen aufstieg, dicht und beißend, um in alle Winkel und Ecken zu kriechen, bis sogar das Essen den gleichen Geschmack hatte und alle Gegenstände in der Welt schließlich seinen Geruch annahmen ... Er war fortgegangen, geflüchtet vor dem Rauch, vor den Baracken neben den Abstellgeleisen. Er hatte ein Gewehr genommen und war fortgegangen, um sich den Guerilla-Kämpfern auf der anderen Seite des Gebirges anzuschließen.

Aber es gelang ihm niemals, jenen Rauch loszuwerden. Und als Fioreya geboren wurde, war es keine Freude für ihn, sondern die Geburtsstunde seiner Furcht. Furcht, weil er nun etwas verlieren konnte. Aus dieser Furcht heraus hatte er Helena geheiratet. Es war nicht ihr Geld, sondern der Wunsch, für sich und das Kind eine Bescheinigung der Ehrbarkeit zu erlangen. Das war ihm jedoch nur halb gelungen.

Der Zug setzte sich in Bewegung, und er sagte sich wieder: Das Alter hat etwas mit dem Tod zu tun. Wenigstens mit jenem Tod, der mit dem Verschwinden der *Dinge* eintritt ... Ja, der Tod hat etwas damit zu tun: Mit dem Alter, mit dem Verschwinden der *Dinge*; das *Resultat* nicht mehr ... Wenn das *Resultat* uninteressant zu werden begann, war man alt. Er fühlte wieder den scharfen Stich in der Schulter; der Schmerz dehnte sich schnell über die ganze Brust aus, als er die Abteiltür mit einer Hand, die plötzlich schwach wurde, zu öffnen versuchte. Bevor er auf die Knie sank, lehnte er das Gewicht seines schweren Körpers gegen die Tür. Sein Gesicht mit den groben und strengen Zügen glitt am Glas der Fensterscheibe entlang.

Er fühlte, wie man ihm unter die Arme griff; er war von Reisenden umgeben, die durcheinanderredeten und dabei versuchten, ihn in das Abteil zu heben und auf einen Sitz hinzulegen. Jemand sagte: «Augenblick mal ...» und hob Montevideis Kopf an, um einen zusammengefalteten Regenmantel darunterzuschieben. Sie öffneten seinen Kragen. Eine weibliche Stimme fragte ängstlich: «Ist er tot?»

Ich bin nicht tot, versuchte Montevidei zu sagen; ich sehe, höre, fühle noch; die *Dinge* sind noch da ... Es gelang ihm jedoch nur, einen stokkenden Atemzug zu tun.

Plötzlich gewann er die Fähigkeit zurück, sich zu bewegen. Er setzte sich beinahe brüsk auf und suchte in der oberen Jackentasche nach dem Tablettenröhrchen. Er bat um Wasser. Die Frau, die sich so beunruhigt hatte, bot ihm heißen Kaffee aus der Thermosflasche an.

«Das ist ebensogut. Danke ...» Montevidei schluckte eine Tablette. Er überlegte und steckte noch eine Tablette in den Mund.

«Können wir Ihnen irgendwie behilflich sein? Vielleicht ein Arzt ...»

«Nein, danke. Das passiert mir oft. Ich kenne meine Krankheit. Sorgen Sie sich nicht!»

Durch das Fenster sah er, daß sie Fonte-Lidia weit hinter sich gelassen hatten ... Zu weit, um den Mann im grauen Hut zu erkennen, der unbeweglich mit gleichgültiger Miene auf dem Bahnsteig im Schatten stand. Er war Montevidei gefolgt, ohne den Versuch zu machen, ihn aufzuhalten; und als der Zug sich langsam in Bewegung setzte, trat er aus dem Schatten heraus. Sein ausdrucksloser Blick folgte dem Zuge, als ob der Mann ganz sicher sein wollte, daß Montevidei tatsächlich noch darin war. Dann drehte er sich um und ging ohne Eile zum Büro des Stationsvorstehers. Er sprach mit dem Mann am Schalter. Als er die

Station verließ, stießen Octavio und der Mann in der Lederjacke zu ihm.

«Genau was du vermutetest, Octavio», sagte er. «Nur daß er jemand anders nach der Fahrkarte geschickt hat.»

Die drei gingen zu einer Telefonzelle.

Als der Zug in der Stadt ankam, seufzten die Reisenden in Montevideis Abteil erleichtert auf. Er hatte auf der Reise eine zweite Attacke erlitten und sich wiederum geweigert, einen Arzt holen zu lassen.

Im Bahnhofsrestaurant bat er um ein Glas Wasser und löste darin zwei Tabletten aus dem Glasröhrchen auf. Seine Hand zitterte, als er trank. Dann verlor er sich in der Menge, die die Bahnhofshalle wie eine schwellende Woge erfüllte, leicht schäumend an den Ausgängen. Auf dem Weg zu Virgilios Wohnung fühlte er im Taxi eine neue Attacke herannahen. Der Schmerz stellte sich ein, aber verging wieder vor dem Erstickungsgefühl, das gewöhnlich dem ersten Symptom folgte. Montevidei erschrak. Die Attacken waren noch nie so schnell aufeinander gefolgt.

Er stieg die Treppe hinauf wie ein alter Mann; aber bevor er schellte, warf er die Schultern zurück, und mit der Hand glättete er sein noch immer dichtes Haar. Die Tür öffnete sich.

«Wie geht's, Virgilio?» grüßte er. Er versuchte, es ein wenig sorglos zu sagen, aber nicht zu sorglos. «Sicher bist du über meinen Besuch überrascht... Es muß jetzt fünfzehn Jahre her sein... oder noch länger. Darf ich hereinkommen?»

Was ist denn los mit mir? fragte sich Montevidei und stützte den Kopf an die Sessellehne. Ist es etwa schon soweit?

Der Schmerz kroch durch die linke Schulter und dehnte sich auf Arm und Brust aus, wie sonst auch. Aber diesmal war es noch anders als sonst.

Er versuchte, seine Gedanken und Empfindungen zu ordnen. Er dachte: Zuerst kommt das Stechen in der Schulter. Es kommt ohne Warnung; es ist wie dünne, mitleidslose Finger, die an den feinsten Nerven des Körpers reißen... Er versuchte, diesen Schmerz mit anderen Schmerzempfindungen zu vergleichen und stellte sich zwei Serien von parallellaufenden Bildern vor; er sah den Rauch senkrecht in den windstillen Himmel steigen, und er sah zugleich den Ausdruck in den Augen jenes verwundeten Kameraden, dessen Gesicht durch eine Handgranate zerstört war und den die anderen im Kreis umstanden, fasziniert und hilflos starrend. Octavio hatte gesagt: *Wir müssen was tun... Jemand muß es tun! Der arme Junge kann nicht... Er kann doch nicht...* Alle wußten, was er meinte; aber nur Montevidei – damals trug er einen anderen Namen – hatte den Mut, die Waffe zu heben. Er erinnerte sich an den dankbaren Blick in den Augen des Verwundeten, als er das Gewehr auf den Kopf ohne Gesicht richtete.

Er dachte weiter: Nach den Stichen das Erstickungsgefühl ... Dieses Erstickungsgefühl rief die verschiedensten Erinnerungen in ihm wach. Seine Hochzeit mit Helena. Er hatte den Gehrock vor dem Spiegel probiert. Die Gäste hatten ihn mißtrauisch betrachtet, als er mit Helena am Arm durch das Kirchenschiff schritt. Das Kind ... *Was für ein süßes Kind!* hatte Helena gerufen, als sie es zum erstenmal sah. *Es hat keine Mutter,* hatte er entgegnet; *kleine Mädchen müssen eine Mutter haben.*

Jetzt dachte er an Virgilio, der gerade den Raum verlassen hatte. Warum hatte Virgilio sich so hartnäckig geweigert, ihm Geld zu geben?

Niemand weiß, daß ich gekommen bin, Virgilio.

Ja, und?

Können wir unsere Differenzen nicht begraben? Das ist alles so lange her ... Wenn wir einmal Differenzen hatten ...

Ein Radio spielte im Nachbarhaus oder sonst irgendwo in der Nähe. Der Klang drang durch das offene Fenster. Delise, der nur halb angekleidet war, zog sich weiter an und sagte, er müsse ausgehen. Während er sich fertig machte, betrachtete Montevidei die Bibliothek und trat dann ans Fenster.

Dort unten stand ein Mann.

Der Mann machte ein paar Schritte vorwärts und hob den Kopf. Montevidei zog sich instinktiv zurück. Es war keine Illusion. Der Mann dort unten beobachtete ihn. Lächerlich, überlegte er; wie konnte ich mir einbilden, daß andere Methoden auch andere Resultate zeitigen würden ... Man kann einem Agenten der Partei entkommen oder auch dreien, aber nicht allen ...

Er sank in den Sessel. Sein Herz schlug dumpf. Er fühlte eine neue Attacke herannahen. Nur wenige Tabletten befanden sich noch im Röhrchen; vielleicht hatte er zuviel von dem Zeug geschluckt; es wirkte offenbar nicht mehr.

Delise trat in die Bibliothek.

«Ich will hier warten, bis du zurückkommst, Virgilio, wenn du nichts dagegen hast. Ich bin sehr müde.»

Ja, er war müde. Ein alter Mann blieb im Sessel sitzen, als Delise, ohne ein Wort zu sagen, fortging. Der alte Mann dachte: Das *Resultat* ... die *Dinge* ... die Indifferenz gegenüber der Lösung ... Der Schmerz packte ihn übermächtig; er stöhnte auf. Er schluckte die letzten beiden Tabletten ohne Wasser. Sie waren zu Ende. Er brauchte nicht aus dem Fenster zu schauen, um zu wissen, daß der Unbekannte noch dort unten wartete. Es schien ihm, als ob er die Schritte des Mannes dicht neben seinem Kopf hören könnte. Er hatte Angst; nicht vor seinen Verfolgern, sondern vor dem Zusammenhang, den er zwischen Alter und Tod erkannt hatte. Dem Tod, der kommt, während man sich noch der eigenen Existenz bewußt ist ... Er konnte sich nicht aufrecht setzen, nicht um Hilfe rufen ... Er konnte sich nicht wehren.

Wieviel Uhr ist es? dachte er mühsam. Das Stechen in der Schulter brachte die doppelte Kette der Erinnerungen zurück – den Rauch und das zertrümmerte Gesicht; das Erstickungsgefühl ließ ihn an seine Hochzeit mit Helena denken. Die Schritte des Unbekannten, der auf der Straße wartete, wurden lauter. Montevideis Nasenflügel zuckten, als er den beißenden Geruch des Rauches wahrnahm, der über den Baracken aufstieg. Plötzlich hörte der unerträgliche Schmerz auf. Ein Zittern lief durch Montevideis Glieder. Das Blut dröhnte in seinen Ohren; es erinnerte ihn an eine Operation, an die Narkose. Er atmete nicht. Die Bilder folgten schnell aufeinander, so daß er sie nicht mehr zu unterscheiden vermochte.

Es war Sommer, und es war heiß. Die Männer im Boot zogen ein schmutziges Netz ein; sie waren dem Ufer so nahe, daß er das Klatschen der Ruder hörte. Ein strahlender Morgen; die Sonne auf dem See, die Kinder ... Aber er muß drinnen bleiben und sich verstecken. Die Augen der Partei sind überall ... Einer von den Fischern machte das Ende des Netzes mit einem Seil fest und stapfte am Ufer entlang. Das Ufer war mit Unrat übersät. Er sah kaum wie ein Fischer aus; er trug eine offene Weste und ein gestreiftes Hemd. Sein schwarzer Hut war einmal elegant gewesen. Die Kinder, fünfzehn oder zwanzig, umgaben ihn, als er das Netz einzog. Aber der Fang war nicht gut: ein Haufen Tang und ein paar kleine Fische, hübsch anzusehen mit ihren schimmernden Schuppen, aber wertlos. Fioreya trug eine Badehose für Jungen, die ihr zu groß war. Sie hielt zwei winzige Fische in der Hand, und von Zeit zu Zeit legte sie sie ins Wasser, ohne sie loszulassen. Das Kind sagte zu einem der Fische: *Ich lasse dich ein wenig atmen.*

Montevidei brauchte nicht viel zu atmen.

Es war Sommer, und es war heiß. Sie betraten ein Landhaus mit der Absicht, sich große Mengen Fleisch und Wein servieren zu lassen. *Keine Mißverständnisse, ja – wir denken nicht daran, dafür zu bezahlen. Wir ‹organisieren› das Zeug bloß.* Sie trugen alle breite Ledergürtel, um möglichst militärisch auszusehen und nicht wie einfache Banditen. Sie gaben sich untereinander Dienstgrade. Er war Major. Er trug ein Paar fast neue Reitstiefel, und mit ihnen trat er gegen die Tür, bis das rostige Schloß aufbrach.

Jemand sagte: *Da wird einer vorsichtig ... Er war noch nie ein Feigling.*

Ja, in Zukunft würde er vorsichtig sein und sich um einen anderen Menschen kümmern müssen. In der Vergangenheit hatte er nichts zu verlieren gehabt, und sein Tod wäre für niemand ein Verlust gewesen.

Wer wird vorsichtig? Wen meinst du denn, he?

«Dreh das Radio ab», sagte Montevidei laut. «Mach es aus. Mach es doch aus!»

Er verlor das Gefühl für seine eigene Identität. Manchmal glaubte er, der Mann mit dem grauen Hut zu sein; dann war er Octavio, und schließlich der Mann, dessen Gesicht die Handgranate zerstört hatte. Manchmal war er überhaupt kein Mensch, sondern ein kleiner Fisch, den Fioreya in der Hand hielt... Nein, es war die Hitze an der Küste.

Die Methoden haben sich geändert.

Wie wird Virgilio reagieren, wenn er mich tot hier findet? dachte er – plötzlich konnte er wieder klar denken. Das Ganze kam ihm vor wie ein boshafter Streich, den er – nicht gerade absichtlich – Virgilio zu spielen im Begriff stand. Tot... Die Vorstellung gewann die Herrschaft über ihn. Er versuchte, aufzustehen. Es gelang ihm nicht, weil er bereits stand; es war, als habe ihn etwas an unsichtbaren Fäden hochgezogen wie eine Marionette. Aber er hatte es nicht gemerkt, und so versuchte er angestrengt, sich aufrecht zu setzen und um Hilfe zu rufen. Virgilios Diener war fort... Was wird Delise tun, wenn er zurückkommt? Ein Mordsspaß! Wenn ich bloß sein Gesicht sehen könnte, wenn er mich hier so... Diesen Ausdruck von entsetztem Abscheu...

Er fiel langsam; seine Glieder gaben nach, als ob ein Faden nach dem anderen abgeschnitten würde. Sein Kopf sank sanft auf den Teppich.

Bei seiner Rückkehr würde Delise ihn in dieser Lage finden und mehrere Male seinen Namen rufen – erfolglos.

Bin ich schon tot? fragte sich Montevidei. Wirklich tot? Er hatte den zweiten Tod noch nicht erfahren, wohl aber den ersten Tod, der das Verschwinden der *Dinge* mit sich bringt. Er wartete geduldig, bis der zweite Tod das Werk des ersten vollende, und dachte: Alles ist in einem einzigen Augenblick geschehen, weil die Ewigkeit keine Verlängerung der Zeit ist, sondern die Gesamtsumme aller Zeit, zusammengefaßt in einem einzigen Augenblick...

Aber er hatte diesen Augenblick noch nicht erreicht. Worauf wartete er? Seine Ohren übermittelten ihm keine Botschaft, ebensowenig seine Augen. Im Fallen hatte er ein genaues Bild des Raumes in sich aufgenommen; wie ein letztes Foto hatten seine Augen alles festgehalten, bevor das Objekt zerbrach. Und nun nichts mehr. Er dachte an den Rauch; an dessen Farbe und Geschmack – er selber war der Rauch. Nicht der Rauch, der zum wolkenschweren Himmel aufsteigt und sich wieder auf die Baracken niedersenkt, sondern ein völlig körperloser Rauch, der sich verflüchtigt, ohne eine Spur zu hinterlassen.

Der zweite Tod kam sanft. Loreto Montevidei und all die anderen Namen, die er getragen hatte, wurden mit einem Male trägerlos. Die *Dinge* hatten aufgehört, sich voneinander zu unterscheiden. Alles war ein und dasselbe geworden.

2

Sie sahen ihn herankommen; er ging langsam am hitzedunstverschleierten Strand entlang. Er trug die Jacke über dem Arm, und die Manschetten seines Hemdes flatterten.

Zuerst war es nur ein dunkler Punkt am Horizont gewesen. Er stapfte durch den feuchten, festen Sand und achtete nicht auf den Gischt der sich brechenden Wellen. Ringförmige Salzkrusten hatten sich an seinen Hosenbeinen gebildet. Ein Fischer, hatten die beiden dicken Frauen und der Mann zuerst gedacht; dann sahen sie, daß seine Schuhe aus feinem Leder und nicht für den Strand gemacht waren; sein Hemd konnte nur aus einem teuren Wäschegeschäft stammen; die Krawatte, die er wegen der Hitze abgenommen hatte, war aus Seide.

Sie bemerkten diese Einzelheiten erst, als er neben den Booten auftauchte, die vor der Terrasse des verlassen daliegenden Strandclubs im Sand lagen. Nachdem er vergeblich an die Tür des Clubs geklopft hatte, sahen sie ihn hinter dem Schuppen herauskommen, in dem die Ruderboote und die Wasserschi während der Badesaison aufbewahrt wurden. Er stand einen Augenblick lang ratlos auf der Terrasse und sah über den Strand hin; dann entdeckte er den uralten Ford, in dem die beiden dicken Frauen und der Mann gekommen waren.

Es war heiß an diesem Nachmittag – dem Nachmittag nach der stürmischen Nacht –, sonnig, heiß und still. Es war kaum zu glauben, daß es schon Mitte Oktober war, wenn man die glatte blaue Oberfläche des Meeres, den glühenden baumlosen Strand und die Sandhügel betrachtete, die den Dünen in der Wüste gleichen. Man konnte sich leicht bunte Sonnenschirme auf der Terrasse des Strandclubs vorstellen; Kinder, die im Sande buddelten; Rettungsschwimmer, die Anfangsunterricht im Schwimmen gaben, und Pärchen, die sich in der Sonne aalten.

Aber im Oktober war alles verlassen; die Ruderboote lagen, hoch auf den Strand gezogen, mit dem Boden nach oben in Reih und Glied, und das Gebäude war geschlossen. Wasser und Strom waren abgestellt worden, und ein Wärter schlief fest im Schatten eines Fischerbootes.

Die beiden dicken Frauen und der Mann beendeten gerade ihr Mittagessen. Sie falteten das Tischtuch zusammen und schlossen die Picknickkörbe aus Weidengeflecht. Eine der Frauen stand auf, um das Grammophon aufzuziehen, und die andere sagte:

«Leg mal *Melancholie* auf, ja?»

Dann sahen sie den Unbekannten ganz in ihrer Nähe hinter den auf dem Strand gezogenen Booten herauskommen. Sittsam bedeckten sie ihre Beine mit den Kleidern, die wie die Überbleibsel nach einem Schiffbruch über dem Kiel eines der Boote hingen. Die Frauen standen im mittleren Alter und sahen so aus, als würden sie laut über einen zweideutigen Witz lachen; sie hatten lange blaue Wollbadeanzüge an. Der Mann schob seinen Strohhut in den Nacken und starrte den Fremden kurzsichtig an.

«Der Strandclub hat zu», sagte er.

«Ja, ich sehe es. Ich habe geklopft, aber es hat niemand aufgemacht...»

«Bis zum Dorf sind es drei Kilometer», bemerkte eine der Frauen.

«Ja, ich muß etwa sieben Kilometer gegangen sein.»

Melonenschalen lagen im Sand. Der Fremde bat höflich um ein Glas Wasser.

«Sieben Kilometer, so», sagte der Kurzsichtige. «Na, wir kommen noch von weiter her. Mit dem Wagen geht das, nicht wahr... ein herrlicher Tag.»

«Vielen Dank.» Der Fremde gab das Glas zurück und trocknete sich die Stirn mit dem Taschentuch. Sie boten ihm zu essen an. «Nein, danke vielmals», sagte er. «Ich habe schon zu Mittag gegessen. Ich brauchte nur einen Schluck Wasser.»

«Sie sollten was auf dem Kopf tragen bei dieser Hitze.»

Der Kurzsichtige war verstummt. Er starrte den Fremden an und musterte ihn von oben bis unten. Er antwortete nicht auf den Gruß, mit dem sich der andere verabschiedete; seine kurzsichtigen Augen blickten noch gedankenvoll, als er in der Ferne im Schatten der Felsen verschwand.

«Jetzt hab ich's!» rief der Kurzsichtige plötzlich. «Ich weiß jetzt, wer das ist. Ich könnte schwören, daß es dieser... Ich gehe doch immer ins Konzert, und ich bin sicher, daß er es war!»

«Wer denn? Was hast du denn?»

«Mein Bruder hat's mir heute morgen erzählt... Er weiß, daß ich immer ins Konzert gehe, und da hat er mir das Foto in der Zeitung gezeigt und gefragt, ob ich ihn kenne... Stellt euch vor, man kauft sich eine Eintrittskarte für den Konzertsaal, und dann sitzt man für sein gutes Geld Schulter an Schulter mit Leuten wie diesem Virgilio Delise!»

«Delise? Wer ist denn das?»

«Es ist meine Pflicht, es der Polizei mitzuteilen», fuhr der Kurzsichtige mit wachsender Erregung fort. «Es ist meine bürgerliche Pflicht.»

Es folgte eine heiße Diskussion, während der sie das Grammophon, die Körbe und die Bademäntel in den alten Ford trugen. Eine der Frauen war dafür, den Dingen ihren Lauf zu lassen, die andere hatte keine feste Meinung. Der Mann warf den Motor mit einer Handkurbel an. Sie mußten lauter sprechen, um sich bei dem Lärm verständigen zu können.

«Emilia», sagte die unparteiische Frau schaudernd, «glaubst du wirklich, daß wir mit einem Mörder gesprochen haben?»

«Es ist meine Pflicht, meine bürgerliche Pflicht», beharrte der Mann und schwang sich hastig hinter das Steuerrad, ehe der Motor wieder stehenblieb.

Sie fuhren langsam in die Richtung, aus der der Fremde gekommen war.

«Misch dich nicht in Dinge ein, die dich nichts angehen», riet die Frau namens Emilia nach einer kurzen Stille.

«Aber es ist meine bürgerliche Pflicht ... Ach, Weiber!»

«Immerhin, Emilia – wir waren schließlich in Gefahr, nicht wahr? Er hätte uns alle mit seinem Revolver über den Haufen schießen können ... Vielleicht hat er's bloß nicht gemacht, weil er ein Caballero ist ... Er sah aus wie ein Caballero.»

«Unsinn ...» Emilia hielt sich hastig fest, als das alte Auto durch ein paar besonders tiefe Löcher rumpelte. «Was hat ein Caballero an diesem einsamen Strand verloren?» Sie wandte sich dem Mann zu und wiederholte: «Und du, steck du deine Nase nicht in Sachen, die dich nichts angehen! Dein Bruder kann sich ja auch geirrt haben.»

«Mein Bruder? Hast du 'ne Ahnung! Mein Bruder liest alle Zeitungen und ist immer auf dem laufenden.»

«Vielleicht kriegst du eine Belohnung.» Die unparteiische Frau hörte plötzlich auf, unparteiisch zu sein. «Manchmal kriegt man doch Geld, wenn man Angaben macht, die zur Festnahme ...»

«Sei nicht albern», sagte Emilia so würdevoll, wie es ihre in schreiende Farben verpackten neunzig Kilo zuließen. «Sie geben dir nicht einmal das Geld für das Telefon zurück.»

«Das ist mir egal; es *ist* meine bürgerliche Pflicht. Und außerdem kommt man in die Zeitung, und ...»

Sie mußten an einer Tankstelle halten, um Kühlwasser nachzufüllen. Der Kurzsichtige entschloß sich, die Sache nicht länger aufzuschieben.

«Ich ruf mal eben an.»

«Wen denn?»

«Das Polizeipräsidium. Am besten gleich im Präsidium.»

«Vielleicht gibt's doch eine Belohnung», meinte die unparteiische Frau träumerisch.

«Kümmere dich lieber um deinen Kram. Es geht uns doch gar nichts an.»

Aber beide Frauen kletterten aus dem Auto und begleiteten den Kurzsichtigen zum Telefon. Die drei Ausflügler und der Tankstellenbesitzer drängten sich eng zusammen und hielten den Atem an, als sich schließlich am anderen Ende eine Stimme meldete: «Präsidium . . .»

Die anderen lauschten gespannt der Schilderung des Kurzsichtigen und nickten von Zeit zu Zeit zustimmend; sie errieten die Antworten, die sie nicht hören konnten. Von seiner Aufregung angesteckt, halfen sie ihm, eine ausführliche Beschreibung des Fremden zu geben.

«Augenblick mal bitte», unterbrach der Kommissar; der Kurzsichtige hörte ihn rufen: «Selbi, kommen Sie mal her . . . Schauen Sie mal: Trifft die Beschreibung zu?»

«. . . ein einfacher grauer Anzug», sagte der Kurzsichtige. «Ich konnte nicht sehen, ob die Jacke ein- oder zweireihig war . . . Dunkelbraune Schuhe . . .»

«Frag sie nach der Belohnung!» zischelte die Unparteiische.

Der Kurzsichtige hielt die Hand auf die Sprechmuschel. «Was sagst du?»

«Die Belohnung, du Blödmann!»

«Ach, halt doch den Mund . . . Nein, nicht Sie! Meine Frau . . . Also es schien, als ob er nach Fonte-Lidia wollte. Wissen Sie, ich hatte ihn gleich im Verdacht – ein so wohlhabend aussehender Mann . . . Was? Ja natürlich.» Pause. «Eh . . . hören Sie; da ist noch . . . Ich meine, nur aus Neugierde, verstehen Sie . . . Natürlich kenne ich meine Pflicht als Bürger, aber gibt es nicht in solchen Fällen eine . . . eine Art Belohnung? . . . Was sagten Sie? Mein Name? . . . In welcher Zeitung?» Ein Lächeln glitt über sein Gesicht; ein Lächeln, das besagte: *Aber ich bitte Sie – das war doch selbstverständlich! Meine Pflicht als* . . . Dann wurde sein Gesicht langsam rot, und plötzlich machte es klick im Hörer. Als der Kurzsichtige merkte, daß Selbi aufgelegt hatte, brüllte er plötzlich los: «Idiot! Du unverschämter Idiot, du . . .»

«Was sagte er? Was hat er denn gesagt?» drängte Emilia, als der Mann das Telefongespräch bezahlte.

Er ging stumm zum Wagen und kurbelte den Motor an.

«Was hat er denn gesagt? Na sag schon!»

«Dieser Idiot, dieser verdammte!»

Als der Wagen sich in Bewegung setzte, fügte er hinzu: «Der Kerl hat leise gesprochen, damit der Comisario ihn nicht hörte, aber . . .»

«Was?»

«Als ich die Belohnung erwähnte, wozu ich schließlich ein Recht habe, sagte er: ‹Geben Sie mir Ihren Namen. Es ist wegen der Zeitung . . .› Er hält sich bestimmt für furchtbar witzig. ‹Welche Zeitung?› frag ich. Sagt doch der Armleuchter: ‹Für unsere Hauszeitung – so nennen wir den Aushang am schwarzen Brett mit den Fotos und den Fingerabdrücken von unseren Kunden.›»

«Dann haben sie auf ihn gewartet», erklärte der junge Polizist. Er kickte einen kleinen Stein vor sich her, als sie den Park durchquerten. «Den ganzen Morgen haben sie auf dem Bahnhof von Escala gestanden und auf Delise gewartet, aber er kam nicht. Da hat Doria die Geduld verloren – das ist der Inspektor mit dem Monokel, weißt du – und ist hier ins Präsidium gekommen. Ich weiß nicht, was er will.»

Sie gingen schnell. Sie sagte nichts; die Füße taten ihr weh. Wenn sie mittags nach Hause ging, taten ihr immer die Füße weh. Im Kaufhaus mußte sie den ganzen Vormittag stehen. Sie versuchte, ihren Schritt dem seinen anzupassen – dem Schritt des großen jungen Mannes, der noch ein paar Stunden zuvor geweint hatte.

«Valeria», hatte er unsicher gesagt, als er in der Tür stand, die sie offen hielt.

«Du stehst sehr früh auf», hatte Valeria entgegnet. «Du läßt dich selten sehen, aber wenn du's mal tust, kommst du früh ... Komm rein. Ich bin dir nicht böse, obwohl ich Grund dazu hätte.»

Um ihm zu beweisen, daß ihre Worte aufrichtig waren, stellte sie sich auf die Zehenspitzen und gab ihm einen Kuß. Da war er in Tränen ausgebrochen. Teils, weil er es bereute, Valeria so lange vernachlässigt zu haben, teils weil er fühlte, daß er als Polizist versagt hatte.

In diesem Augenblick war Delise im Waschraum des Zuges eingeschlossen.

Er erzählte ihr alles: von Delises Flucht und seinem Zögern, als er hätte schießen sollen; vom Tadel des Kommissars und dem Sarkasmus Selbis und Alveras. Valeria schimpfte ihn aus und sagte, er dürfe nicht so mutlos sein, das müsse er ihr versprechen; und er, entmutigt wie er war, versprach es ihr.

Valeria war erstaunt, ihn zur Mittagszeit am Personalausgang des Kaufhauses zu finden. Er schien wieder ganz vergnügt zu sein.

«Ich kam gerade vorbei», sagte er; «da dachte ich, ich hol dich ab – wir haben ja denselben Weg.»

So ging Valeria an seiner Seite, obwohl ihre Füße entsetzlich schmerzten.

«Er ist im Präsidium», fuhr der junge Polizist fort, «mitsamt seinem Monokel, ohne Zweifel ... Er behauptet, er trägt es, weil er auf dem rechten Auge schlecht sieht; aber es gibt Leute, die schwören, daß er sich manchmal irrt und es vor das linke klemmt.»

«Du mußt unbedingt schlafen», sagte Valeria.

«Selbi ist ein feiner Kerl», fuhr er fort. «Er hat mich gleich angerufen, als er hörte, daß Delise den Postzug genommen hatte ... Er ist dem Mann am Zeitungskiosk aufgefallen, weil er so lange dort stand und die Zeitungen und Bücher anstarrte. Gekauft hat er nichts, aber er stand da und hatte ein Bündel Banknoten in der Hand ... Es muß eine ganze Menge Geld gewesen sein, meint der Mann vom Kiosk, und er soll es angeschaut haben, als ob er sich davor ekelt. Offenbar hat er genug von dem Zeug ... Wenn ich dran denke, wieviel er dem Drehorgelmann gegeben hat ...»

«Du hast ja kaum geschlafen», sagte Valeria.

«Ich habe Schlaf genug gehabt. Vier Stunden ... Dann hat Selbi angerufen, um mir das von Delise zu erzählen. Der Mann vom Zeitungsstand sah ihn in den Postzug einsteigen. Alle dachten, er will nach Escala; deshalb haben sie Doria alarmiert. Aber Delise kam weder mit dem Postzug noch mit dem nächsten Zug. Und jetzt müssen sie was Neues erfahren haben, denn Selbi hat gesagt, ich soll sofort kommen. Doria übernimmt den Fall persönlich, und er braucht zwei oder drei Beamte zusätzlich. Selbi sagt, er will den Comisario bitten, daß ich mitdarf ... Das wär doch prima, nicht?»

Dann hatten sie das Präsidium erreicht, und Valeria ging allein weiter.

Im Büro des Polizeichefs berieten der Kommissar, Doria und Selbi. Delises Anwesenheit in Fonte-Lidia war vom Dorfpolizisten bestätigt worden; aber Doria hatte es fertiggebracht, den Chef zu überreden, seine, Dorias, Maßnahmen zu akzeptieren. Als Selbi das Büro verließ, sah er den jungen Polizisten ungeduldig draußen warten.

«Wart mal einen Augenblick», sagte er im Vorübergehen.

Dorias Monokel funkelte aggressiv vor dem rechten Auge. Aber er war nicht zufrieden, trotz der Worte des Chefs: *Wie Sie wollen, Doria. Dieser Mann gehört Ihnen.*

Der Kommissar schaute noch einmal auf den Korridor hinaus. «Sie wissen Bescheid, Doria. Überstürzen Sie nichts ... Und Sie, Selbi – ich möchte diesmal keine Panne erleben!»

«Nein, Señor», sagte Selbi. «Kann ich übrigens den jungen Mann hier mitnehmen? Es wäre gut, wenn ...»

Den Rest konnte der junge Polizist nicht verstehen. Der Kommissar schien Einwände zu erheben. Selbi sagte etwas. Der Kommissar schielte zu dem jungen Polizisten hinüber und gab Selbi eine Anweisung.

«Jawohl, Señor Comisario», sagte Selbi. Er wartete, bis der Kommissar sich in sein Büro zurückgezogen hatte, dann gab er dem jungen Polizisten ein Zeichen. Sie gingen die Treppe hinunter. Das Auto, das Delise am Tag zuvor in die Stadt gebracht hatte, stand auf der rückwärtigen Straße bereit. Selbi stellte Doria den jungen Polizisten vor.

«Ich freue mich, daß ich unter Ihnen arbeiten darf», sagte der junge Mann, als sie sich die Hände schüttelten.

Selbi zwinkerte ihm zu. «Hast du Alvera gesehen?»

«Ich denke, er ist im Archiv . . . Nein, da drüben geht er.»

«Ich sehe ihn nicht», sagte Selbi. «Ich sehe keine Seele, die wie Alvera aussieht. Der Comisario hat gesagt, wenn ich Alvera sehe, soll ich ihn an deiner Stelle mitnehmen. Aber da ich ihn nicht sehe, mußt du schon mitkommen.»

«Danke dir, Selbi.»

Selbi nahm keine Notiz davon und stieg in den Wagen.

«Danke», wiederholte der junge Polizist leise, so daß Doria es nicht hören konnte.

Oben im Büro, das ehemals das Büro des Museumsdirektors gewesen war, rief der Polizeichef bei Costa an. Er hatte Costa versprochen, ihn über die Ereignisse auf dem laufenden zu halten, und er hatte seine Gründe, dem Anwalt entgegenzukommen.

«Doktor Costa ist ausgegangen», sagte der Diener. «Ist es etwas Dringendes, Señor?»

«Nein, nein . . . Ich werde heute nachmittag wieder anrufen.»

Am Nachmittag kam Lucius Costa nach Hause. Er parkte seinen kleinen, wenig repräsentativen Wagen und stieg, die Aktentasche in der Hand, die Treppe zum Haus hinauf. Der jüngste seiner beiden Söhne öffnete ihm die Tür.

«Warst du artig?» fragte Costa und legte eine Hand auf den Kopf des Kindes. Der Junge bejahte und warf einen scheuen Blick auf seinen Vater.

«Waren sie artig?» fragte Costa den Diener. Der Diener bestätigte die Antwort des Kindes und nahm Costas Hut, der ebenso unauffällig war wie sein Auto.

«Der Polizeichef hat angerufen, Señor.»

«Der Polizeichef?» Costa zögerte. «Sagte er, ob es sich um etwas Wichtiges handelt?»

«Er sagte, es sei nicht wichtig. Er will wieder anrufen.»

«Falls er das tut, sag ihm, daß ich nicht zu Hause bin und daß ich zum Abendessen auch nicht daheim sein werde . . . Hier, bring die Mappe ins Arbeitszimmer.»

Der andere Junge sagte seinem Vater guten Tag.

«Hallo, mein Sohn», antwortete Costa und verließ die Diele. Er wußte nie, was er mit den Kindern sprechen sollte.

«Werden Sie zu Hause zu Abend essen, Señor?»

«Nein. Sieh zu, daß die Kinder früh zu Bett gehen.»

Er trat in sein Zimmer und vertauschte die Jacke mit einem Hausrock. Es wäre besser, wenn der Polizeichef nicht noch einmal anrufen würde. Er hatte versprochen, einem Abendessen im humanistischen Gymnasium St. Gregorio beizuwohnen. Am nächsten Tag sollte im Gymnasium eine Zusammenkunft der alten Schüler stattfinden, aber jemand hatte die Idee gehabt, schon am Vorabend ein festliches Essen zu geben.

Costa machte sich nichts aus Veranstaltungen dieser Art; er machte sich überhaupt nichts aus Gedenkfeiern. Aber nun hatte er zugesagt ... Es paßte ihm auch nicht, daß ihn der Polizeichef so oft zum Abendessen einlud. Der Tag rückte näher, an dem der Polizeichef in seinem Amt bestätigt werden mußte, und der Polizeichef überließ nichts dem Zufall. Costa hielt gesellschaftliche Beziehungen und offizielle Geschäfte streng auseinander, was ihn zum unbestechlichen Diener der Öffentlichkeit gemacht hatte.

Als Costa auf dem Bett saß, das er mit der Tochter Montevideis geteilt hatte, dachte er an seine Studententage, an seine Schulkameraden von St. Gregorio und schließlich an Fioreya.

Es war keine glückliche Ehe gewesen. Es hatte immer zuviel Reserviertheit zwischen ihnen gestanden. Fioreya war ihm immer ein wenig verrückt vorgekommen. Während ihrer ersten Ehejahre hatte Costa sogar vermutet, daß sie Delise liebte, da sie so voller Zuneigung von ihm sprach. Costa wußte jetzt, daß dieser Verdacht nicht begründet gewesen war. Er war zu gerecht – sein Gerechtigkeitssinn war der unverrückbare Grundstein seiner Existenz –, um nicht anzuerkennen, daß die Schuld zum größten Teil auf seiner Seite lag.

Er erhob sich vom Bett, zog eine Schublade auf und betrachtete die Dinge, die Fioreya gehört hatten. Sie war immer unordentlich gewesen; Fotografien, leere Parfumflaschen, eine billige Brosche, alte Münzen, eine hölzerne Flöte, wie man sie auf dem Jahrmarkt an der Glücksbude gewinnt – alles lag kunterbunt durcheinander. Die Flöte war ein Geschenk von Virgilio Delise. Sie hatte es ihm gesagt; ein Geschenk aus den Tagen, als sie noch Kinder waren.

Er hob die Flöte an den Mund, als ob er auf ihr blasen wollte, aber dann änderte er seine Meinung. Er starrte hilflos auf den Inhalt der Lade und versuchte, ihre Botschaft zu entziffern. Aber er sah nur Flitterkram.

Er trat auf den Korridor. Sein Ältester – er war jetzt acht Jahre alt –

lief hinter dem Diener her. Costa überwand sich, ging zu dem Jungen und fragte: «Was habt ihr heute in der Schule gelernt?»

Das Kind drehte den Kopf zur Seite. «Ach . . . so Sachen.»

«Gut. Was für Sachen?»

Der Junge wandte sich hastig ab. «Na ja . . . alles mögliche halt», gab er zur Antwort, rannte hinter dem Diener her und versuchte, ihm ein Bein zu stellen.

Costa richtete sich auf, und seine wohlproportionierten, in ihrer Weise distinguiert wirkenden Gesichtszüge erlangten ihren normalen Ausdruck zurück. Er war wiederum der unbestechliche Gesetzeshüter. Er ging in sein Arbeitszimmer.

Sein Sohn erschien wieder. «Ein Herr», meldete er. «Am Telefon», fügte er hinzu und trat auf den Kopf des Bären, dessen Fell eine abgetretene Vorlage ergab. Costas Haus war nicht luxuriös.

Costa erhob sich. Es mußte der Polizeichef mit einer Einladung zum Abendessen sein.

«Warst du selber am Telefon? Wer fragte nach mir?»

«Ein Herr.»

«Sagte er seinen Namen?»

«Nein . . .» Der Junge starrte fasziniert in die Glasaugen des Bären.

«Hör mal – willst du mir einen Gefallen tun? Geh ans Telefon und sage . . . Oder nein; laß nur.» Er rief den Diener. «Sag ihm, ich sei noch nicht heimgekommen, und ich würde außerhalb zu Abend essen.» Er blieb nachdenklich stehen. Bevor der Diener das Zimmer verließ, sagte er: «Manchmal denke ich, es müßte schön sein, einmal etwas ganz Ausgefallenes zu tun . . . Nicht daß ich so etwas tun wollte, aber . . . Es wäre ein interessantes Experiment.»

Der Diener zog die Schultern hoch und ging aus dem Zimmer. Er war seit seiner Jugend im Haus und der Diener vieler Generationen berühmter Rechtsanwälte gewesen. Die Scherze seines Herrn machten ihm nichts aus.

Costa betrachtete die alten Möbel, die Bücherregale, den Tisch. Es war nicht der Rahmen, den man bei einem berühmten Mann erwartet. Costa war nicht geizig, aber er lebte entsprechend seinem Verdienst, und er begrenzte sein Einkommen auf das, was er als gerecht betrachtete.

Aber es gab einen Ausgleich: Sicherheit, Kontinuität und eine Gelassenheit, wie man sie sonst nur in klassischen Texten oder im Römischen Recht fand. Vielleicht konnte er sich nicht als glücklich betrachten; aber auf der anderen Seite würde er nie überwältigenden Schmerz oder große Gefühlsschwankungen erleiden. Er schloß sich ein und arbeitete vier Stunden lang.

Dann kleidete er sich zum Abendessen um.

3

Wie wohl fühle ich mich! Dies ist ein Abend und nichts weiter. Wäre ich krank, ja müßte ich jetzt sterben – es würde den Abend so wenig berühren, wie mich die Empfindungen des menschlichen Wesens, das an den Folgen des Geborenseins leiden wird.

F. KARINTHY

Delise lag angekleidet auf dem Bett, die Sonnenbrille in der Hand, und starrte an die Decke.

Es klopfte an der Tür, und der Page trat mit einer Flasche Mineralwasser und einem Glas ein.

«Eis war nicht da», sagte er. «Wir lassen welches holen.»

Er befand sich in einem niedrigen Raum, dessen Möbel einen Geschmack verrieten, der ihn mit Schaudern an das Abendessen denken ließ, das die Tochter des Eigentümers zubereiten würde. In einem Fenster des Erdgeschosses stand ein Schild FREMDENZIMMER – GUTBÜRGERLICHE KÜCHE. Delise war vor einer Stunde vor diesem Schild stehengeblieben. Er trug die dunkle Brille, die er bei seiner Ankunft in Fonte-Lidia gekauft hatte. Gläser, die ihn verbergen sollten, die aber nur die Aufmerksamkeit auf ihn lenkten. Er trug den Koffer, den er gekauft hatte, nachdem er Breschis, des Schulmeisters Haus, gefunden hatte. Auf sein Klopfen an der Tür hatte niemand geantwortet.

«Er ist nicht da», hatte eine Frau gerufen, die sich über den Balkon des Hauses von nebenan lehnte. «Er wird wohl später zurückkommen. Ich habe keine Ahnung wann ... Später.»

Das war alles. Delise ging die staubige Straße zurück. Irgendwo spielte jemand mit unsicherer Hand Tonleitern auf einem Klavier. Er ging in ein Café, um sich nach dem Schulmeister zu erkundigen.

«In der Schule, nehme ich an», sagte der Besitzer. Aber er erwähnte nicht, daß an jenem Nachmittag die Schule geschlossen war, weil morgen irgendeine Abschlußfeier stattfinden sollte, verbunden mit der Verteilung von Preisen für gutes Lernen und so weiter. Die Kinder hatten frei. Es war nicht so, daß er es zu sagen vergessen hätte ... er wußte es nicht. Was nicht mit seiner Kneipe zusammenhing, interessierte ihn nicht. Ja, wenn die Kinder Bier trinken würden! Aber so ...

Delise ging zu dem Laden zurück, in dem er die Sonnenbrille gekauft hatte, erstand einen Koffer und schlenderte weiter bis zu dem Schild FREMDENZIMMER – GUTBÜRGERLICHE KÜCHE. Er stand vor der Tür, die dunkle Brille auf der Nase, die einzig und allein dazu diente, ihm ein

Gefühl der Sicherheit zu vermitteln. In der Hand trug er den leeren Koffer.

«Haben Sie viele Gäste?» fragte er.

«Nicht viele. Vier.»

Er trat mit dem leichten Koffer ein. Zu leicht, dachte er, als der Page ihm den Koffer abnehmen und in sein Zimmer bringen wollte; ich hätte ihn mit irgend etwas füllen sollen, damit er schwerer ist ...

«Bemühen Sie sich nicht!» wehrte er ab. «Ich nehme ihn selbst ... Ich hatte eine Panne am Wagen hier in der Nähe. Ich werde ein oder zwei Tage bleiben.»

Der Besitzer stellte seine Tochter vor und begleitete ihn bis zu seinem Zimmer. Er zog die Gardinen zurück und versuchte, Delise in ein Gespräch zu verwickeln, aber der neue Gast zeigte sich sehr verschlossen. Der Besitzer erzählte ihm von den anderen Gästen; einem Amerikaner, einem Ehepaar, das ... Delise unterbrach ihn und bat, die Vorhänge wieder vorzuziehen. Als der Mann fort war, fiel Delise aufs Bett. Der Lampenschirm war aus Stoff.

«Das Eis ist gerade gekommen ... Es ist wieder heiß geworden, nicht wahr?»

«Ja», sagte Delise, ohne sich vom Bett zu erheben.

«Wünschen Sie sonst noch etwas?»

«Nein, danke.»

Sein Kopf begann zu schmerzen. Er stand auf, um sich im Spiegel zu betrachten, und sah, daß sein Gesicht ganz rot war. Seine Stirn brannte. Die Frau am Strand hatte recht gehabt; er hätte einen Hut aufsetzen sollen. Er sank auf das Bett zurück und blieb ungefähr zwei Stunden mit geschlossenen Augen liegen. Dann stand er auf und trat ans Fenster. Unten saß ein Mann auf einer Bank und las eine Illustrierte. Die Temperatur war nun angenehmer geworden, da die Sonne unterging. Er öffnete Tür und Fenster. Auf dem Flur war niemand. Er legte sich wieder aufs Bett. Als der Page mit dem Eis kam, setzte er die Sonnenbrille auf, gab ihm ein Trinkgeld und schickte ihn weg. Er setzte sich auf, um zu trinken. Er hielt das Eis an seine Stirn. Die Gardinen flatterten leicht im Luftzug.

Er lehnte sich wieder aus dem Fenster und betrachtete den Mann mit der Illustrierten. Der Mann sah nicht ein einziges Mal von seiner Lektüre auf. Delise zog seine Jacke an und ging fort, um Muoli anzurufen. Er wollte ihn fragen, ob neue Nachrichten eingegangen wären. Er wußte, daß es unwahrscheinlich war, den Journalisten zu dieser Zeit zu Hause anzutreffen, aber er konnte das Zimmer keine Sekunde länger ertragen. Der Besitzer war in ein Buch vertieft, in das er komplizierte mathematische Berechnungen eintrug. Wenn er zur Hochfinanz gehört hätte, hätte er nicht fleißiger rechnen können. In der Tür zeichnete sich Delises Silhouette klar gegen das goldene Licht der Nachmittagssonne ab.

Delise sah den Mann, der auf der Bank die Illustrierte las. Er beobachtet mich, dachte er plötzlich. Absichtlich schritt er auf ihn zu, aber der Mann mit der Zeitschrift bekundete kein Interesse.

Das enttäuschte Delise in gewisser Weise. Etwas Seltsames ging in ihm vor. Er begann sich bedeutend zu fühlen, nur weil er verfolgt wurde; es war dieselbe morbide Zufriedenheit, die ein unheilbar Kranker in Gegenwart eines Gesunden empfindet, der das Leiden nicht kennt. Delise empfand seine Lage als etwas, das ihn tugendhaft machte; es war fast wie das Gefühl eines Erfolges. *Sie haben gute Arbeit geleistet,* hatte Marcelu gesagt. Delise betrachtete das Töten eines Menschen keineswegs als ‹gute Arbeit›; aber nicht jeder war dazu fähig, und wenn er Montevidei getötet hätte ... Es würde unzweifelhaft als mutige Tat gelten. Sein Erfolgsrausch schwand. Er hatte nie Erfolge erzielt; seine Unternehmungen waren nie brillant gewesen; er hatte nie die Bewunderung der anderen erlangt. Er war mittelmäßig. Nur sein Geld hielt ihn ...

Der Mann mit der Illustrierten sah von der Zeitung auf, streckte sich und erhob sich von der Bank. Mit der Zeitschrift unter dem Arm wandte er sich an den vielbeschäftigten Besitzer des Hotels. Die beiden Männer flüsterten eifrig miteinander, und schließlich wurde der Schlüssel von Delises Zimmer in die Hand des Mannes mit der Zeitschrift geschoben. Die beiden gingen nach oben. Der Mann mit der Illustrierten hob Delises Koffer auf und schlug auf den Deckel; es klang hohl.

«Sieh mal an», sagte der Hotelbesitzer. «Der will wohl abhauen, ohne zu zahlen?»

Noch ehe Delise zur Telefonzentrale kam, hatte er seinen Entschluß, Muoli anzurufen, geändert. Er war müde. Er wollte sich um nichts mehr kümmern. Hinter den dunklen Gläsern verborgen ging er ziellos weiter. Die Sonne versank flammend am Horizont. Das Dorf strahlte Ruhe und Frieden aus. Ihm widerstrebte es, nochmals zu versuchen, den Schulmeister daheim anzutreffen. Er würde heute abend gehen. Aber wohin jetzt? Ganz egal – nur nicht ins Hotel zurück!

Er spazierte durch die Umgebung und folgte dem Ufer eines Kanals, der das Dorf durchquerte und sich schließlich in den Feldern verlor. Die Felder sahen ordentlich und gepflegt aus. Er sah Landarbeiter auf ihren Traktoren und Nonnen, die auf Fahrrädern die Straße entlangkamen. Er stellte überrascht fest, daß er leise vor sich hin pfiff. Weder Freude noch Schmerz können dauern, dachte er; alles strebt der gemäßigten Lösung zu, dem Mittelweg; es wird nie so gut, wie es sein könnte, und auch nicht so schlimm, wie man es sich ausgemalt hat. Selbst die

Furcht hört an einem gewissen Punkt auf. Jenseits dieses Punktes wird man mit ihr vertraut . . .

Er war gegen ein Uhr in Fonte-Lidia angekommen, einem Dorf, in dem ein Fremder sich höchstens ein oder zwei Tage verstecken konnte, ohne entdeckt zu werden. Er war nach Fonte-Lidia gekommen, weil dieser Ort auf der Fahrkarte stand, die sie in Montevideis Tasche gefunden hatten. Er hatte keinen klaren Plan. Aber als er sich unbekannten Häusern und fremden Straßen gegenübersah, erkannte er, daß das Problem, das es zu lösen galt, schwierig war. Er durfte seine Fragen nicht allzu offen stellen.

Loreto Montevidei war in der vergangenen Woche in Fonte-Lidia gewesen. Delise mußte beweisen, daß Montevidei dort am vergangenen Dienstag den Zug bestiegen hatte und nicht, wie die Polizei behauptete, am Mittwoch. Er wäre vielleicht den ganzen Nachmittag durch das Dorf geschlendert in der vagen Hoffnung, zufällig auf etwas zu stoßen, wenn er sich nicht plötzlich vor dem Bahnhof gefunden hätte.

«Fast immer Fremde», erklärte die Schalterbeamtin bereitwillig. «Die Leute aus dem Dorf reisen wenig. Aber am vergangenen Dienstag – nein; da waren hier keine Fremden.»

Die Tatsache, daß die Frau hinter dem Schalter im mittleren Alter stand, ermutigte ihn. Er verstand sich immer gut mit Frauen im mittleren Alter. «Mein Freund muß letzten Dienstag den Zug genommen haben», beharrte er. «Er war . . . er ist ein alter Mann, um siebzig herum, mit dichtem Haar und . . .»

«Nein», sagte die Frau, «Dienstag kann es nicht gewesen sein. An jedem anderen Tag vielleicht. Letzten Dienstag habe ich nur eine einzige Fahrkarte nach der Stadt verkauft, und das war an Breschi, unseren Schulmeister.»

Delise überquerte die Brücke und schlug den Fußpfad auf der anderen Seite des Kanals ein; zwischen Gebüsch und Hecken entfernte er sich immer weiter vom Dorf, bis er auf offenes Feld kam. An einer Wegbiegung sah er eine Angelrute. Sie war zwischen zwei Steinen befestigt, und die Leine hing bewegungslos im Wasser. Niemand schien nach ihr zu sehen. Ein Vogel trillerte ein- oder zweimal und war wieder still. Dann bewegten sich die unteren Zweige des Baumes, und er sah einen Mann in schwarzer Hose und weißem Hemd; es war ein Hemd ohne Kragen, an den Handgelenken geschlossen und bis zum Halse zugeknöpft. Delise ging zu ihm hinüber.

Der Angler gähnte und zwinkerte Delise zu. «Ich muß wohl eingeschlafen sein.»

Er war jünger als Delise; er mochte Mitte Dreißig sein. Sein Lächeln war offen; er hatte das saubere, gesunde Aussehen eines Sportsmannes, und er sprach wie ein Ausländer.

«Hoffentlich sind Sie nicht der Aufseher», fuhr er fort. «Vor allem, falls das Angeln hier verboten ist. Ich habe die beste Zeit verpaßt. Man sagt, daß man sie im Zwielicht zu Dutzenden aus dem Wasser springen sieht. Die Fische, meine ich.» Er lag auf dem Rasen, und die unteren Zweige des Baumes beschatteten sein Gesicht. «Dieses Wetter macht einen schläfrig ...»

Delise setzte sich auf einen Stein.

Der Fremde zog die Leine ein und nahm die Angelrute auseinander. Die Leine verhedderte sich. «Europa gefällt mir», sagte er. «Es ist so kompliziert wie dieses Angelgerät, aber es gefällt mir. Und außerdem gibt es immer eine Gelegenheit, ein Nickerchen zu machen. Ich bin von Geburt an faul.»

Er konnte den Gesang einiger Vögel nachahmen, aber sein Versuch, das Flöten der Amsel zu imitieren, scheiterte.

«Meistens antworten sie mir», sagte er enttäuscht. «Viele sagen, daß es mit Europa zu Ende geht, aber ich denke, daß es noch eine große Zukunft hat. Und was meinen Sie?»

«Sie müssen der Amerikaner sein, von dem man mir im Hotel erzählt hat», sagte Delise.

«So sind wir Zimmernachbarn? Das ist schön. Wir können interessante Gespräche führen ... Dies ist mein erster Europaaufenthalt; ich kann fünf verschiedene Länder bereisen, da ich deren Landessprache beherrsche.» Er schien sehr stolz darauf zu sein. «Ich liebe Ihr Land sehr. Es hat so viele Ruinen. Kennen Sie das alte Kloster?» Er wies nach der anderen Seite des Kanals. «Ursprünglich ein heidnischer Tempel, der in ein Kloster verwandelt wurde. Ich habe es im Führer gelesen. Aber vielleicht mögen Sie keine Ruinen?»

Delise starrte auf das ruhig dahinfließende Wasser.

Ein Landarbeiter, der in der Nähe des Klosters ein Feld pflügte, sah sie beide eine halbe Stunde später auf einem gemieteten Fahrrad; Delise saß vorsichtig auf der Lenkstange und balancierte mit den Beinen; er lauschte dem stoßweisen Atmen des anderen, der mit großer Energie in die Pedale trat. Der Landarbeiter sah sie von der Landstraße abbiegen und einen Seitenpfad einschlagen. Der Amerikaner hatte gesagt: «Warum kommen Sie nicht mit mir? Das Kloster ist nicht weit entfernt ... Ich habe ein Fahrrad gemietet. Die beste Art, ein Land kennenzulernen, besteht darin, es mit dem Fahrrad zu durchqueren. Dabei sieht man die interessantesten Dinge.»

Es war eine improvisierte Exkursion. Sie kamen am Kloster an, als die Sonne unterging. Sie gingen durch verfallene Kreuzgänge und fühlten die Anwesenheit von Mönchen, die keine Vespern mehr beteten. Als Delise das Wasser in einem Brunnen des Innenhofes plätschern hörte, mußte er an undurchdringliche, feuchte Urwälder denken, die an den Ufern der tropischen Flüsse wuchern. Aber dieser Ort war von einer viele Generationen alten, von Menschenhand geschaffenen Schönheit. Er sehnte sich nach Ruhe. Die Schönheit glich dem *Sanctus* in einer Messe von Palestrina. Sein Kopf war voller Musik.

«Ein abgelegenes Fleckchen Erde», sagte der Amerikaner, als sie aufbrachen. «Weit ab von der Welt und ihrem Getriebe, wie man so sagt.»

Delise fiel plötzlich ein, daß er Muoli anrufen mußte, und die Angst und Bedrängnis, die er während der Spazierfahrt vergessen hatte, überfielen ihn plötzlich wieder. Von diesem Augenblick an versank er in düsteres Schweigen, aus dem der Amerikaner ihn nicht befreien konnte. Sie legten den Heimweg schnell zurück. Als sie im Dorf ankamen, brannten die Straßenlampen schon. Eine mondlose Nacht war das Finale einer langen und friedlichen Dämmerung. Der Amerikaner lehnte sein Rad unter dem Schild FREMDENZIMMER – GUTBÜRGERLICHE KÜCHE an die Hauswand.

«Kommen Sie nicht herein?» fragte er. Er und Delise kannten sich noch nicht mit Namen. «Kommen Sie! Ich werde Sie den anderen Gästen vorstellen. Interessante Leute.»

Die interessanten Leute bestanden aus einem alten Mann und einem Ehepaar. Delise verbeugte sich schnell vor der Frau und hoffte inständig, daß die Zeitung mit seinem Bild Fonte-Lidia noch nicht erreicht hatte. Er schüttelte die Hand des Mannes.

«Vorsicht!» warnte ihn der Mann und zog aus Delises Tasche einen großen Blumenstrauß. Es war einer seiner Lieblingsscherze.

«Er ist ein beachtlicher Zauberkünstler», erklärte der Amerikaner.

«Genau das. Beachtlich ist das richtige Wort – beachtlich, aber nicht beachtet... Nächsten Sonnabend gebe ich im hiesigen Theater eine Vorstellung. Wollen Sie nicht kommen?»

«Es kann sein, daß ich Sonnabend gar nicht hier bin», erklärte Delise ernsthaft.

«Vorsicht!» rief der Zauberkünstler wieder, als der alte Mann sich hinsetzen wollte. Er verjagte ein kleines Kaninchen, das gerade auf den Stuhl gesprungen war und beobachtete die Wirkung dieses Tricks bei der Tochter des Hotelbesitzers. «Los, raus mit dir!» sagte er zu dem Kaninchen. «Dort hinaus!»

«Lassen Sie mich gefälligst mit Ihren albernen Tricks in Ruhe», brummte der alte Mann.

Das Kaninchen entschlüpfte in die Küche, gefolgt von dem begeisterten Lachen des Mädchens.

Während des Abendessens verwandelte der Zauberkünstler Wein in Wasser und jonglierte mit den Tellern seiner Nachbarn. Der Amerikaner sprach ununterbrochen. Seine weiche Stimme schläferte Delise ein. Jemand schlug vor, den Kaffee auf der Veranda zu trinken. Delise stand auf; er hatte kaum etwas gegessen. Er fühlte sich deprimiert. Er war beinahe glücklich, als man ihm in Breschis Haus sagte, der Schulmeister sei noch nicht zurückgekehrt. Auch Muoli konnte er nicht erreichen. Muolis Frau antwortete am Telefon, ihr Mann sei nicht daheim; ob sie etwas ausrichten könne, und wer eigentlich am Apparat sei?

Delise war froh, daß sie seine Stimme nicht erkannt hatte. «Ich rufe morgen wieder an», sagte er. «Wollen Sie ihm bitte sagen, daß es mit einem gewissen Lucius Costa zu tun hat? Er weiß dann schon Bescheid. Vielen Dank.»

Er ging wieder auf die Straße hinaus. Er war sehr müde.

Gleich darauf sprach der Mann, der am Nachmittag vor dem Hotel die Illustrierte gelesen hatte, mit der Telefonistin. Sie gab ihm ein kleines Notizbuch, das er vorsichtig einsteckte. Er ließ Delise Zeit, die Straße hinunterzugehen, und folgte ihm ohne Eile bis zum Hotel. Er betrat das gegenüberliegende Haus, stieg zum zweiten Stock hinauf und trat, ohne anzuklopfen in einen dunklen Raum, in dem sich drei Herren aufhielten.

«Lassen Sie bitte die Jalousie herunter, Selbi», sagte einer von ihnen.

Selbi ließ die Jalousie herunter.

«Er hat gerade das Licht in seinem Zimmer eingeschaltet, Inspektor», berichtete er.

Doria wandte sich dem Eintretenden zu. Der dritte im Raum war der junge Polizist.

«Haben Sie etwas erreicht?» fragte Doria.

«Es war leicht», antwortete der Mann. «Die Telefonistin schreibt Kurzschrift. Er rief einen gewissen Muoli an, der aber nicht zu Hause war. Er sagte, er wolle wieder anrufen. Die Telefonistin sagt Bescheid, wenn's was Neues gibt.»

«Es ist alles zu leicht», murmelte Selbi und beobachtete Delises Schlafzimmer durch die Jalousienschlitze. «Als ob man ein Kind verfolgen würde... Warum nehmen wir ihn nicht einfach fest, Inspektor?»

Doria haßte Fragen und beantwortete sie nie, wenn sie von Untergebenen kamen. Aber dieser Fall lag anders; es war wichtig, diese Männer auf seiner Seite zu haben.

«Ich habe es Ihnen schon gesagt, Selbi: Er wird uns zu seinen Komplicen führen. Er konnte die Leiche nicht ohne Hilfe fortbringen, und er kann nicht Auto fahren.»

Diese Erklärung hatte dem Polizeichef und dem Kommissar genügt, aber Doria selbst war nicht zufriedengestellt. Seine ganze Zukunft stand auf dem Spiel. Er hätte natürlich Delise über den Haufen schießen und behaupten können, er habe wieder einen Fluchtversuch gemacht. Aber er war viel zu sehr Polizist, um so etwas zu tun. Doria war in jeder Hinsicht zu sehr Polizist.

«Ich habe Ihnen etwas sehr Wichtiges mitzuteilen, Inspektor», hatte der Polizeiarzt gesagt, als er die Obduktion beendet hatte.

Doria ging nicht mehr auf dem Friedhof auf und ab; er betrat die Friedhofshalle. Montevideis Leiche war mit einem Tuch zugedeckt.

«Sind Sie fertig, Doktor?»

«Ja, wenigstens für den Augenblick. Dies kann wichtig sein, sehr wichtig. Er ist nicht am Mittwoch gestorben, sondern schon am Dienstag, wie ich von Anfang an sagte. Und der Schlag auf den Kopf war nicht die Todesursache. Als er den erhielt, war er bereits tot. Das Schlüsselbein ist auch gebrochen.»

Doria hatte ein Vorgefühl drohenden Unheils. Er wartete, daß der Doktor fortfahren sollte.

«Er war schon tot, als er fiel. Und die Todesursache kann ich mit absoluter Sicherheit feststellen.»

«Nun?» Doria starrte auf das Tuch, das die Leiche bedeckte, als ob er das Geheimnis dem Toten entreißen könnte, um es nicht von den Lippen des Polizeiarztes hören zu müssen. Seine Vorahnung wurde immer stärker.

«Er ist an einer Überdosis Digitalis gestorben. Das Tablettenröhrchen, das man in seiner Tasche fand, enthielt ein Digitalispräparat. Es ist ein häufig verschriebenes Herzmittel. Der arme Kerl hat einfach zuviel von dem Zeug geschluckt. Sehr bedauerlich, aber ...»

«Sind Sie sicher?» fragte Doria. Er nahm sich zusammen, und seine Stimme klang fest, aber die Knie waren ihm weich geworden.

«Ich kann einen Kollegen zuziehen, wenn Sie es wünschen, aber ich halte es nicht für notwendig. Der Sachverhalt ist völlig klar. In der Leber, in den Nieren – überall hab ...»

«Beweisen Sie es!» schrie Doria bestürzt. «Es ist doch gar nicht möglich, daß ... Versuchen Sie es noch einmal; nein – tun Sie's nicht ... Vergessen Sie es! Packen Sie Ihre Sachen und gehen Sie heim und ... Halt! Gehen Sie nicht!» Er mußte nachdenken, bevor der Zorn ihn überwältigte. «Bleiben Sie hier!»

Der Arzt blickte erschreckt auf Dorias Augen, die wie zwei Glaskugeln hervorquollen. Instinktiv trat er zurück und warf dabei einen Stuhl um. Er fühlte sich an den Schultern gepackt, und Dorias Gesicht kam dem seinigen so nahe, daß sie sich beinahe berührten.

«Sie werden vergessen, was wir heute nachmittag getan haben», sagte der Inspektor. Sein Gehirn arbeitete schnell. Er konnte dem Kommissar gegenüber keinen Rückzieher machen. Es war Delises Aufgabe, sich zu verteidigen, nicht die seinige. «Es ist in Ihrem eigenen Interesse, verstehen Sie», fuhr er wohlüberlegt fort. «Sie hatten keine gerichtliche Anweisung für die Obduktion: Wenn das rauskommt, sind Sie Ihre Approbation los und können sich nach einem anderen Beruf umsehen ... Haben Sie keine Angst; ich halte den Mund. Aber Sie haben in eigener Verantwortung gehandelt ... Also überlegen Sie sich's!»

Der Arzt wollte protestieren, aber Dorias Hände waren nahe an seiner Kehle. Dorias Hirn arbeitete blitzschnell. Der Arzt wußte nicht, daß Delise festgenommen worden war. Wenn Doria den Arzt jetzt zum Schweigen bringen konnte, würde er automatisch sein Komplice werden. Er konnte ihn nicht auf die Dauer einschüchtern, aber das war auch nicht notwendig. Alles, was er brauchte, war ein wenig Zeit, um zu entscheiden, was getan werden mußte.

«Sie wollen Ihre Approbation nicht verlieren, und Sie werden auch nicht wollen, daß ich meine Stellung verliere, nicht wahr, Doktor?» Er sprach absichtlich eine doppelte Drohung aus.

Der Arzt stimmte mit den Augenlidern zu. Er war wie gelähmt. Doria scherzte nicht.

«Und nun gehen Sie heim», sagte der Inspektor, «und sprechen Sie mit niemand darüber ... Waren Sie nicht auf der Wachteljagd? Gehen Sie noch mehr Wachteln schießen! Machen Sie Urlaub!»

Dorias Stimme klang noch gefährlicher, wenn er sanft sprach. Er ließ den Arzt los, der schnell seinen Instrumentenkoffer zusammenpackte. Dabei widerfuhr ihm ein Mißgeschick, das ihm seit seinen Studententagen nicht mehr zugestoßen war: Er schnitt sich, als er ein Skalpell aufhob. Seit seinen Studententagen hatte er nicht mehr solche Angst gehabt. Er packte hastig die Instrumente ein und ging fort. Doria blieb allein in der Friedhofshalle zurück.

Und ich habe so viele Indizien, stöhnte Doria innerlich. Ein Auto, das dem seinen gleicht, die Angaben der Zeugen, sein Diener fort ... Montevidei in Geldnot ... Alles Indizien, die man einfach nicht übersehen konnte. Es war nicht mein Fehler ... Was kann man gegen so viele Zufälligkeiten unternehmen? Es ist nicht meine Schuld. Delise handelte, als ob er etwas zu verheimlichen hätte ... Doria ging mit großen Schritten auf und ab. Zu Ende, dachte er; ich bin verloren. Ich war so sicher, glaubte, daß ich recht hätte ... So viele Indizien ...

Er blieb stehen, und ein plötzlicher Zornesausbruch ließ jedes andere Gefühl in ihm verstummen. Er starrte auf Montevideis Leiche, die unter dem Tuch ausgestreckt lag. Der da trug die Schuld an allem. Er hob die

Marmorplatte an einer Seite hoch und schleuderte sie mit ihrer Last auf den Boden.

«Heilige Mutter Gottes!» murmelte der Wächter, der gerade hereingekommen war, und bekreuzigte sich voller Entsetzen.

«Nanu ...» Selbi spähte durch die Schlitze der Jalousie. «Es sieht so aus, als wollte er ausgehen. Er hat das Licht ausgemacht.»

«Beobachten Sie weiter! Wir wollen uns abwechseln.» Doria wandte sich dem Mann zu, der ihm das Buch mit den Notizen über Delises Telefongespräch gegeben hatte. «Ich möchte nicht, daß er Ihnen noch einmal durch die Lappen geht wie heute nachmittag», sagte er.

«Er machte eine Besichtigungsfahrt», erklärte der Mann. «Zu den Ruinen eines Klosters.» Er schnaufte. «Komischer Zeitpunkt für einen Ausflug!»

«Es ist Ihre Aufgabe, ihm auf den Fersen zu bleiben», sagte Doria. «Selbi und den jungen Kollegen hier kennt er ja leider.»

Doria war recht nachdenklich, als er den Friedhof von Escala verließ. Wenn Montevidei an einer Herzattacke gestorben war, entfielen alle Belastungsmomente, die er gegen Delise in der Hand hatte. Das Geräusch, das Emma Rivet gehört hatte, mochte zwar davon herrühren, daß Montevidei die Treppe hinuntergefallen war – aber zu diesem Zeitpunkt war er schon tot gewesen. Es hatte kein Kampf stattgefunden. Das Auto, das gegenüber dem Hause parkte, war nicht Delises Wagen. Montevidei war nicht in die Stadt gefahren. Delise hatte nichts mit seinem Tod zu tun. Es mußte einen anderen Grund für die lange nächtliche Spazierfahrt geben. Verflucht; die Indizien waren so überzeugend gewesen!

Als Doria nach langem Zögern schließlich im Präsidium anrief, hatte der Kommissar eine Überraschung für ihn.

«Delise ist geflohen ... Ja, er ist aus dem Wagen gesprungen, der ihn in die Stadt brachte. Es scheint, als ob Sie recht hätten, Inspektor.»

Der mißmutige Glückwunsch des Kommissars klang höhnisch in Dorias Ohren. Wenn der Kommissar die ganze Wahrheit wüßte! Aber er durfte nicht bei solchen Gedanken verweilen; ebensowenig bei der Frage, warum Delise, falls er unschuldig war, die Flucht ergriffen hatte. Warum sich Gedanken machen über etwas, was sich dramatisch zu seinem eigenen Vorteil gestaltet hatte? Delise half ihm, ohne es zu ahnen. In diesem Augenblick begann Doria, wieder Mut zu schöpfen.

Die Aussagen von Emma Rivet, von Gini und dem Mechaniker der Mercurio-Garage blieben sinnvoll. Delise hatte sich der Festnahme durch die Flucht entzogen. Doria brauchte nur die Fakten der neuen Situation anzupassen.

Sehen Sie, Señor Comisario, würde er sagen, Montevidei suchte Delise Mittwoch nacht auf. Wahrscheinlich hatten sie eine Meinungsverschiedenheit. Wie dem auch sein mag, Delise tötete ihn und brachte die Leiche in seinem Auto zurück...

Die Beweise würden mit dieser Theorie übereinstimmen. Da war nur ein wunder Punkt: Warum sollte Delise die Leiche nach Escala zurückgebracht haben, statt sich ihrer sonstwo zu entledigen? Im großen und ganzen war es jedoch eine gute Theorie. Er mußte nur darauf beharren, daß bei der Festsetzung des Zeitpunkts, zu dem der Tod eingetreten war, zuerst ein Irrtum unterlaufen war. Montevidei war nicht am Dienstag gestorben... Wenn der Polizeiarzt den Mund hielt, würde es niemand einfallen, das zu beweisen. Lucius Costa hatte sich geweigert, einer Obduktion zuzustimmen – dafür war Doria nicht verantwortlich.

Mit dieser Theorie komme ich durch, dachte Doria. Sie enthielt natürlich schwache Punkte, aber Doria hatte selber keine Ahnung, wie nahe er der Wahrheit gekommen war. Zweimal hatte eine brillante Intuition ihn nahe an die Wahrheit herangebracht.

«Das Licht ist noch aus, Inspektor», meldete Selbi, «aber er geht nicht fort.»

«Ich werde aufpassen.»

Delise hatte jedoch nicht die Absicht, sein Schlafzimmer zu verlassen. Es war ihm schließlich gelungen, etwas zu schlafen – unruhig, von Albträumen gequält. Doria wachte am gegenüberliegenden Fenster.

Aber er kann nicht Auto fahren, dachte er; er kann die Fahrt nicht ohne Begleitung gemacht haben. Jemand mußte fahren... Vielleicht dieser Muoli? Vielleicht hat er etwas zu verbergen... Man kann nichts tun als abwarten.

4

Die Akkorde der Orgel hallten in der Apsis der Kapelle des humanistischen Gymnasiums wider. Im Laufe der Jahrhunderte war die St. Gregorius-Kapelle dreimal restauriert worden; sie war das älteste Bauwerk der Stadt.

Costa sah gelangweilt zu den Ornamenten der Vierung hinauf. Er war Erinnerungen gegenüber immun. Er hatte nicht einmal etwas empfunden, als er heute morgen den Vorlesungssaal für Literatur betreten hatte – die Bühne seiner ersten Erfolge, als er die anderen Schüler mit seiner Logik angriff und die Lehrer mit seinen subtilen Fragen in die Enge trieb. Die staubigen Bänke waren vollgekritzelt mit den Namen ehemaliger Schüler.

Ich habe es erreicht, dachte Costa schlicht, als ob Triumph die natürliche Folge des Entschlusses sei, ihn zu erlangen; und er dachte an die anderen, die ihn nicht erreicht hatten. Die Worte des Direktors beeindruckten ihn nicht, ebensowenig die Schulhymne des Gymnasiums, die er pflichtgemäß mitgesungen hatte. Er hatte weder gute noch schlechte Erinnerungen an St. Gregorius. Es war ihm lästig, an seine Jugend zu denken. Die Lehrer waren nicht intelligent gewesen und hatten ihm nichts vorausgehabt als das Alter. Er fühlte keine Zuneigung zu ihnen. Die Zeit, die er in jenen Klassenzimmern verbracht hatte, war verloren gewesen.

Der Organist sah auf das gewandte Spiel seiner Finger. Dieses Jubiläum interessierte ihn nicht im geringsten. Die siebzehn Rücken, die die vorderen Bänke der Kapelle füllten, waren nur siebzehn ehemalige Feinde, die ihn nun nicht mehr belästigen würden. Jetzt waren sie Rechtsanwälte, Ärzte, geachtete Leute; sie würden ihn nicht mehr ärgern.

Der Organist und der Direktor waren die einzigen Lehrer, die noch lebten. Der Direktor sagte zu Lucius Costa, als sie aus der Kapelle traten:

«Wir sind sehr stolz auf Sie, Costa, obwohl Sie uns so selten besuchten. Sehr stolz, in der Tat.»

Costa sah ihn erstaunt an. Er sah keine Veranlassung, auf etwas stolz zu sein. Die einen hatten Erfolg, die anderen nicht; das war alles. Kein Grund, stolz zu sein. Aber der Erfolg war wichtig, nicht das Geld. Ja, der Erfolg. Costa betrachtete Geld als etwas, womit man den notwendigen Bedarf deckt. Er selbst war von einer soliden Grundlage der Familientradition aufgestiegen – Tradition, das zählte; nicht Geld. Aber die ererbte Sicherheit bot keinen absoluten Schutz. Obwohl Dominicu einer Familie berühmter Ärzte entstammte, bekleidete er nun die obskure Stellung eines Polizeiarztes einer kleinen Provinzstadt. Dominicu hatte der Zusammenkunft in der St.-Gregorius-Schule nicht beigewohnt.

Aber als Costa zum Mittagessen heimkam, erwartete Dominicu ihn in seinem Arbeitszimmer.

«Welche Überraschung!» rief Costa aus. «Gerade dachte ich an dich.»

«Gestern rief ich dich von Escala aus an», sagte der Arzt. «Aber man sagte mir, du seist nicht zu Hause.»

«Das warst du? Ich dachte, es sei jemand ganz anderes ... Hör mal, wenn du wegen der Schulfeier gekommen bist, hast du dich ein bißchen verspätet ...»

«Ach, die Feier! Die habe ich ja ganz vergessen ... Nein, ich bin gekommen, um dich als Rechtsanwalt zu konsultieren.»

Die vom Inspektor Doria geschmiedete Kette zerriß an ihrem schwächsten Glied.

5

Delise wachte ziemlich spät am Morgen auf und schlief wieder ein.

Als er abermals wach wurde, war es Mittag. Er hatte geträumt. Wie in all seinen Träumen waren die Bilder formlos und unlogisch, aber diesmal hatten sie einen Anflug von Realität.

Auf der Hochzeit waren keine Gäste. Lucius Costa trug einen gewöhnlichen Straßenanzug und führte Fioreya an der Hand. Helena und Loreto Montevidei waren vor die Haustür getreten, um ihnen nachzuwinken. An der Tür war ein Schild, auf dem FREMDENZIMMER – GUTBÜRGERLICHE KÜCHE stand. Sie waren hier in Fonte-Lidia. Delise protestierte, Fioreya sei zu jung, um zu heiraten. Nein, er protestierte nicht, er sagte es nur zu sich selbst. Er brachte es nicht fertig, die Worte auszusprechen. Natürlich nahm niemand Notiz von ihm. Delise beherrschte sich, um keine Szene zu machen. Fioreya verwandelte sich in ein kleines Mädchen. Der Mann, der die Illustrierte las, erhob sich von der Bank, zerriß die Zeitschrift in kleine Stücke und warf sie in die Luft. Er ging fort. Delise mühte sich noch immer vergebens, seinen Protest herauszubringen. Lucius Costa und das Mädchen kamen noch einmal zurück und winkten zum Abschied. Der Morgen war frisch; Delise atmete in großen Zügen die kühle Luft ein. Aber das Kind Virgilio wollte nicht atmen. Es wollte sterben. Die einfachste Art zu sterben war, nicht zu atmen ... Da wachte er auf.

Er kleidete sich langsam an, und noch unter dem Eindruck des Traumes ging er zur Haustür hinunter. Ihm war, als sehe er Montevidei und Helena noch an der Tür stehen und Lucius Costa mit Fioreya, die noch ein Kind war, und den Mann mit der Illustrierten – er sah jede Gestalt an ihrem richtigen Platz, so wie er sie in seinem Traum gesehen hatte, und er atmete die frische kühle Luft ein. Alles war genauso, wie er es geträumt hatte; die Vision dauerte an. Lucius Costa und Fioreya winkten zum Abschied ...

«Wem winken Sie denn da zu?» fragte der Zauberkünstler. «Da ist doch gar niemand.»

«Hm ...? Verzeihung – was sagten Sie?»

Der Zauberkünstler näherte sich ihm mit einem Paket in der Hand. Delise schaute genauer hin; die Hand hielt das Paket nicht fest. Es schwebte in der Luft und folgte seinem Meister, als ob es außer seiner Schwerelosigkeit auch noch Intelligenz besäße. Der Zauberkünstler war über Delises Staunen entzückt.

«Wirkungsvoll, nicht wahr? Mit einem Koffer würde es auf der Bühne ein großer Erfolg sein.» Er sah die Tochter des Hotelbesitzers, ließ Delise abrupt stehen und bot ihr zwei Eintrittskarten für die Vorstellung an.

«Für Sie und Ihren Freund ... Was? Sie haben keinen Freund? Gibt's denn so was ...»

Das Mädchen schielte nervös zu Delise hinüber. Ihr Vater hatte mit ihr gesprochen, und obwohl er ihr eingeschärft hatte, Delise wie jeden gewöhnlichen Gast zu behandeln, überlief es sie jedesmal, wenn sie ihn sah.

«... also das ist doch einfach unvorstellbar! Wo haben denn die jungen Männer von Escala ihre Augen?»

Die Schule war ein niedriges weißes Gebäude und von einem grünen Holzzaun umgeben. Die Stämme der Bäume auf dem Schulhof waren mit Initialen bedeckt, die Schülergenerationen hineingeschnitzt hatten, und stellenweise bröckelte die Rinde ab – eine Folge von zahllosen Fußballtreffern. Im Augenblick war der Hof leer bis auf ein paar Hühner.

Es war nicht so heiß wie gestern. Heute war ein richtiger Oktobertag; ein frischer Wind wehte, aber es war auch wieder nicht so kalt wie vor einigen Tagen. Ein Mann ging vorbei und rollte einen Reifen die Straße entlang. Hier gab es nichts, was Delise an Montevideis Tod oder an seine eigene Situation erinnerte. Die Gefahr schien für den Augenblick ausgesetzt.

Delise schritt durch einen Gang, der zu den leeren Klassenräumen führte. Durch eine halboffene Tür sah er eine Frau an einem Tisch sitzen, die einen Kittel anhatte und eine Brille mit dicken Gläsern trug.

«Ich suche Señor Breschi», sagte er.

«Die Tür am Ende des Flures», antwortete die Frau, ohne die Augen von ihrem Buch zu heben.

Delise ging weiter und zögerte, ehe er klopfte. Wie sollte er seine Fragen stellen? Vielleicht war es nicht angebracht, seine Verwandtschaft mit Montevidei zu erwähnen; der Schulmeister hatte wahrscheinlich die Zeitung gelesen. Auf keinen Fall durfte er Nervosität zeigen. Es würde das beste sein, offen zu sprechen, ohne jedoch Namen zu nennen. Er stieß die Tür auf, und starker Applaus brandete ihm entgegen.

«... als Belohnung für gutes Betragen und fleißiges Lernen. Zweiter Preis: Mario Tomasini ...»

Die Kinder applaudierten wieder. Dreißig gespannte Gesichter, die der Beurteilung ihrer Verdienste harrten, fanden den Fremden in der Tür gleich wieder uninteressant und schauten gespannt nach vorn zum Katheder. Dort wurden ihre Namen aufgerufen; dann traten sie vor, befangen in ihren Sonntagskleidern, um ihre Zeugnisse in Empfang zu nehmen.

Ein Herr mittleren Alters mit ergrauendem Schnurrbart präsidierte offenbar bei der Feier und verlas die Namen nach einer Liste. An seiner Seite saßen drei Herren und zwei Damen.

Delise hörte Kichern und Tuscheln, er fühlte die unterdrückte Erregung der Kinder, die ihre Freunde heimlich anstießen und sich nach ihren Familienangehörigen umschauten, die die hinteren Sitze einnahmen. Delise schlich sich an der Wand entlang in den rückwärtigen Teil des Klassenzimmers; er fühlte sich geborgen hinter seiner Sonnenbrille, die wie ein Fremdkörper in seinem Gesicht wirkte. Die Preisverteilung endete gerade. Die Kinder grinsten sich unsicher an und gingen, ihre Angehörigen zu suchen. Das Präsidium löste sich auf; Stühle wurden zurückgeschoben, und die stolzen Eltern standen in Gruppen beisammen und rühmten sich ihrer Sprößlinge.

«Breschi? Da steht er doch.»

Man zeigte Delise den Herrn mit dem ergrauenden Schnurrbart, der die Namen aufgerufen hatte. Er war ein gutmütig aussehender Mann; eine Wange zuckte nervös, im übrigen sah er aus wie ein Dutzendmensch. Ängstliche Väter und Mütter umringten ihn, während kleine Mädchen mit zierlichen Zöpfen im Klassenzimmer Fangen spielten.

«Ich wollte Sie gestern nachmittag aufsuchen», sagte Delise. «Aber Sie waren ausgegangen.»

«Natürlich, natürlich; gestern war unser Jahresausflug. Wir feiern nun ...»

«Ja, ich weiß», unterbrach Delise. «Ich möchte Sie gern allein sprechen.»

«Einen Augenblick, bitte ... Es tut mir leid, Señor Tomasini, aber ... Sie sehen ja, ich habe zu tun. Wir werden uns ein andermal unterhalten.»

«Kennen Sie Loreto Montevidei?» fragte Delise.

«... Später, Señor Tomasini ... Montevidei, sagen Sie? Nein ... Ich kenne niemand dieses Namens.»

Es war wirklich so. Er kannte Montevidei unter dem Namen, den er vor vielen Jahren auf der anderen Seite des Gebirges getragen hatte. Er log noch nicht.

Delise ließ alle Vorsicht beiseite. «Sie haben in der vergangenen Woche eine Eisenbahnfahrkarte für ihn gekauft.»

Diesmal reagierte der Lehrer. Sein Blick wanderte durch das Fenster zu den fernen Bergen. «Kommen Sie mit», sagte er.

Sie gingen den Gang entlang, fort von dem Geplapper der Kinderstimmen. «Sie meinen einen alten Mann – groß, ein wenig korpulent ... Ist es der? Ich erinnere mich nicht mehr genau an sein Äußeres.»

Señor Tomasini war ihnen auf den Gang gefolgt. Seine Stimme klang aggressiv.

«Ich sehe nicht ein, warum ... Das ist doch glatter Betrug, das mit dem ersten Preis. Ja, Betrug hab ich gesagt ... Vetternwirtschaft ist das!»

«Bitte, Señor Tomasini, Sie sehen doch, daß ich beschäftigt bin. Stören Sie mich jetzt nicht – ich erkläre Ihnen gleich alles ... Sie irren sich!» Es gelang Breschi, den zornigen Vater loszuwerden.

Er wandte sich wieder Delise zu. «Entschuldigen Sie bitte. Diese Komplikationen treten jedes Jahr auf. Wobei waren wir stehengeblieben? Ach ja; der alte Herr und die Fahrkarte ... Nein, ich kannte ihn nicht. Ich sage kannte, weil ... Erwähnten Sie nicht, daß er tot ist? Auf alle Fälle, ich war im Begriff, zur Bahn zu gehen, um eine nicht benutzte Fahrkarte zurückzugeben – ich hatte in die Stadt fahren wollen, aber dann kam etwas dazwischen. Da traf ich ihn. Er fragte mich nach dem Weg zum Bahnhof, und um wieviel Uhr der nächste Zug zur Stadt führe. Ich sagte, ach, wie komisch, gerade will ich eine Fahrkarte zurückgeben ... Nun, um es kurz zu machen, ich verkaufte ihm meine Fahrkarte. Und das ist alles, was ich von der Geschichte weiß.»

Es war eine grobe Lüge, aber Breschi hatte keine Zeit gehabt, eine bessere zu erfinden. Er war überzeugt, daß Delise zu der Organisation gehörte, die hinter Montevidei hergewesen war. Unwillkürlich wanderte sein Blick wieder zu den ferneren Bergen.

«Er sagte nur, er habe es eilig, in die Stadt zu kommen. Er muß von außerhalb gewesen sein – ich kenne jeden hier in Fonte-Lidia, und ...»

Aber Delise war an etwas anderem interessiert. «An welchem Tag war das?»

«Am ... Warten Sie mal. Dienstag muß das gewesen sein ... Ja, es war Dienstag. Ich erinnere mich genau, denn ich hatte die Fahrkarte gekauft, und dann mußte ich meine Reise verschieben.»

Delise machte auf dem Absatz kehrt und ging fort, ohne dem Schulmeister zu danken oder sich von ihm zu verabschieden. Na also, dachte er erregt. Es stimmt. Ich hatte recht. Die von der Polizei haben sich geirrt ... Marcelu hatte gelogen an jenem Abend, an dem er ihn mit Muoli aufgesucht hatte, und die Polizei hat auch unrecht ... Er hatte einen Beweis, wenn er ihm auch nichts helfen würde. Die Aussage des Schulmeisters war ein Beweis. So ist es – am Dienstag war es. Montevidei hatte erwähnt, daß er gerade in der Stadt angekommen sei und daß niemand über seine Abreise von Escala Bescheid wisse. Und doch wußte Marcelu davon. Wie konnte er es erfahren haben?

Heute war ein anderes Mädchen in der Telefonzentrale. Delise suchte Marcelus Nummer im Telefonbuch und meldete das Gespräch an. Er mußte eine Dreiviertelstunde warten; tief in Gedanken versunken hockte er auf einer Bank. Es war drei Uhr nachmittags, und er hatte noch nicht zu Mittag gegessen. Dann kam endlich die Verbindung zustande.

«Wer ist dort?»

«Delise.»

«Wer?»

«Delise», rief er und kümmerte sich nicht darum, wer ihn hören konnte. «Virgilio Delise.» Er drehte sich in der Telefonzelle um und umklammerte den Hörer, als halte er ein lebendes Wesen in der Hand, das sich befreien wollte. Er sah nicht, wie der Mann mit der Illustrierten eintrat. Er hätte ihn sofort erkannt – etwas, womit die Polizei nicht rechnete –, aber er stand mit dem Rücken zur Tür und sah ihn nicht. Er lauschte auf die Stimme von Marcelu.

«Delise. Was zum Teufel . . .»

«Sie müssen mir da einiges erklären, Marcelu. Als ich Sie neulich abends aufsuchte . . .»

«Ja, darüber wollte ich auch mit Ihnen sprechen», warf Marcelu ein. «Halten Sie mich für einen Idioten? Welcher Teufel hat Sie eigentlich geritten, daß Sie mit einem Polizisten zu mir kamen . . . Doch, doch; es *war* ein Polizist. Ich bin doch nicht von gestern! Er saß in dem Taxi. Ich habe gesehen, wie er das Fenster herunterdrehte.»

Delise drehte sich zur Tür. Als ob Marcelus Stimme ihn beschworen hätte, kam draußen Selbi die Straße entlang. Er ging rasch. Marcelus Stimme krächzte noch im Hörer, der schlaff in Delises Hand lag. Er ließ ihn fallen. Der Hörer hing an der Schnur und pendelte leise hin und her.

«Delise? He – Delise! Hören Sie mich?»

Delise kam langsam aus der Zelle und schritt zum Ausgang. Der Mann mit der Illustrierten ließ sich gerade von der Telefonistin die Nummer geben, die Delise angerufen hatte; so merkten beide nicht sofort, daß Delise auf die Straße trat und zu rennen begann.

Delise rannte ohne Ziel, nur von einem dunklen Instinkt getrieben. Er floh vor dem Schreckgespenst Selbi, von wahnwitziger Furcht ergriffen, wie er sie im Zug empfunden hatte oder damals, als er aus dem Auto gesprungen war. Die Menschenjagd begann von neuem. Er wäre immer weiter gelaufen, bis ihn die Kräfte verlassen hätten, wenn nicht ein Bus auf der Straße aufgetaucht wäre. Delise las die Tafel über der Windschutzscheibe: ESCALA.

Escala. Nach Hause. Seine Beichte. Der Pfarrer von St. Adria. Melancholische, schöne Musik. Matías Delise. Die feindliche Welt . . . Er winkte und fuchtelte mit den Armen und gab den Weg nicht frei, bis der Bus ihn fast überfahren hätte.

«Na, springen Sie schon auf!» schrie der Fahrer.

In diesem Augenblick raste der Mann mit der Illustrierten um die Ecke.

Delise hatte kaum Zeit, auf die Stufe zu springen und sich am Griff der Tür festzuhalten, die einer der Passagiere für ihn öffnete. Derselbe Reisende konnte ihn dann gerade noch am Arm packen, als der Bus mit einem Ruck anfuhr und Delise fast herausgestürzt wäre.

Vierter Satz

Allegro con fuoco

1

«Delise? He – Delise! Hören Sie mich?» Félix Marcelu lauschte angestrengt, aber er vernahm nichts außer dem Summen der Leitung. Die Verbindung bestand noch. «Delise», rief er, «so hören Sie doch!»

Dann meldete sich plötzlich die Telefonistin von Fonte-Lidia und gleich darauf eine männliche Stimme – die Stimme des Mannes mit der Illustrierten – und fragte nach seiner eigenen, Marcelus, Nummer.

Ein knackendes Geräusch unterbrach die Verbindung. Marcelu war klug genug, um zu erraten, was geschehen war. Er konnte nicht wissen, daß Delise im gleichen Augenblick die Hauptstraße von Fonte-Lidia entlanglief, aber er wußte, daß es nicht mehr lange dauern würde, bis die Polizei vor seiner Wohnungstür stand. Dumm, dachte er. Natürlich überwachen sie ihn und hören seine Telefongespräche ab. In zehn Minuten werden sie hier sein.

Er legte den Hörer auf. Er dachte nicht daran, den gleichen Fehler wie Delise zu begehen und fortzulaufen. Fortlaufen würde ein Eingeständnis dessen bedeuten, was die Polizei sonst erst beweisen mußte. Er hatte Erfahrung mit der Polizei. Im Geiste wiederholte er die kurze Unterhaltung, die er mit Delise geführt hatte und kam zu dem Schluß, daß nichts wirklich Kompromittierendes gesagt worden war. Er überlegte, ob es angebracht wäre, von sich aus der Polizei mitzuteilen, daß Delise ihn soeben angerufen habe, verwarf aber den Gedanken sofort wieder. Wie sollte er rechtfertigen, daß er Delises Besuch vor zwei Tagen nicht gemeldet hatte? Auch da hatte Delise unfair gehandelt und einen Zeugen mitgebracht; einen Polizisten sicherlich ... Er hatte deutlich gesehen, wie das Autofenster heruntergekurbelt wurde, und deswegen hatte er sich geweigert, mit Delise zu sprechen. Wenn er mit der Sache zur Polizei gegangen ist, um so schlimmer, dachte er. Im Falle einer Gegenüberstellung würde seine Aussage gegen die Delises stehen. Und *er* hatte ein perfektes Alibi; sie konnten ihm nichts anhängen. Allerdings – sie konnten unangenehme Fragen stellen ...

Statt die Polizei anzurufen, wählte er eine Nummer, die nur wenige Menschen kannten, und informierte die Stimme am anderen Ende. Er kannte die Stimme, aber nicht ihren Besitzer. Die Partei würde etwas für

Marcelu tun müssen; unter anderem mußte sie ihm einen guten Rechtsanwalt beschaffen.

In der Organisation hatte Marcelu eine Stellung, die man administrativ nennen könnte. Er knüpfte Verbindungen an, koordinierte sie, überbrachte Anweisungen und kümmerte sich um die Propaganda. Einmal war er verhaftet und wegen subversiver Tätigkeit angeklagt worden, aber sie hatten ihm nichts nachweisen können. Die Partei stellte gute Anwälte zur Verfügung, und es ging das Gerücht, daß gewisse hohe Staatsbeamte bestochen seien.

Marcelu hatte der Partei gute Dienste erwiesen, aber in der Sache Montevidei hatte er über das Ziel hinausgeschossen. Es war ausgerechnet Delise gewesen, der ihn unwissentlich mit Montevidei in Verbindung gebracht hatte. In Delises Haus hatte er das Foto eines kleinen Mädchens und eines korpulenten Mannes gesehen, dessen Beschreibung in einem Archiv aufbewahrt wurde, das nur wenige kannten; es befand sich im Schreibtisch eines Büros in einer Stadt, die auf der anderen Seite des Gebirges lag. Jener korpulente Mann, den das Foto zeigte, war ein früherer Revolutionär.

«Es ist ein altes Foto», sagte Delise kühl und schloß es in eine Lade seines Schreibtisches ein. «Nur eine Erinnerung.»

Es war eine schwierige und langwierige Arbeit, eine Fotokopie des Bildes zu erhalten; er lud Delise häufig zum Roulett in seine Wohnung ein; er nahm ihm die Abneigung, über sich und seinen Stiefvater zu sprechen. Marcelu war geduldig, und das Resultat war der Mühe wert.

Vergleichen Sie es, schrieb Marcelu auf die Rückseite der Fotokopie.

Die Antwort war ebenfalls kurz und bündig: *Stimmt. Da steht noch eine Rechnung offen.*

Am 6. Oktober, um neun Uhr abends, erhielt Marcelu einen Telefonanruf aus Fonte-Lidia.

«Aber so was fällt doch gar nicht in mein Ressort!» protestierte er.

«Es geht nicht darum, was dein Ressort ist und was nicht», sagte die Stimme – es war die Stimme des Mannes mit dem grauen Hut, «es geht darum, daß er überwacht werden muß. Er kommt heute abend mit dem letzten Zug.»

«Und was soll ich tun?»

«Sag ich dir doch: ihn beobachten. Und zwar so, daß er's nicht merkt!»

«Also gut», sagte Marcelu.

Um zehn Uhr schickte er einen Mann zum Bahnhof und machte es sich in einem Sessel neben dem Telefon bequem, um auf die Nachricht zu warten. Sein Mann rief um zehn Minuten vor elf Uhr an und berichtete, Montevidei sei in einem größeren Wohnblock verschwunden.

«Wie ist die Adresse?» fragte Marcelu. Er schrieb sie aber nicht auf; er wußte Delises Anschrift auswendig. «Ich komme dorthin. Wenn er das Haus verläßt, laß ihn nicht aus den Augen.»

Als Marcelu ankam, informierte ihn der Mann, daß Montevidei das Haus noch nicht verlassen habe.

«Das ist die Wohnung ...» Er wies nach oben. «Vor einem Augenblick schaute er noch aus dem Fenster.»

«Hm hm ...» Marcelu wußte, in welchem Stockwerk sich Delises Wohnung befand. Die breiten Fenster im zweiten Stock wurden hell. «Du wartest hier. Ich werde die Sache übernehmen. Wenn du mich mit jemand herauskommen siehst, mach dich unsichtbar.»

Er ging nach oben und gratulierte sich zu seinem Glück. Montevidei wußte nicht, daß Marcelu zur Partei gehörte; als Montevidei sich selbst den Rang eines Majors verliehen hatte, war Marcelu noch ein Kind gewesen. Er konnte dem alten Mann ganz unbefangen gegenübertreten, ohne ihn mißtrauisch zu machen; vielleicht bekam er auch heraus, was Montevidei eigentlich vorhatte. Delise würde nicht überrascht sein, ihn zu sehen.

Er schellte mehrmals, aber niemand kam an die Tür. Er stand einige Minuten und lauschte; von drinnen war kein Laut zu hören. Ein Radio spielte in einer anderen Wohnung, aber bei Delise war es ganz still.

«Bist du sicher, daß er nicht weggegangen ist?» fragte er den Mann, der draußen wartete.

«Ganz sicher. Nur ein Herr hat vorhin das Haus verlassen; er war so um die Vierzig; sehr gut angezogen.»

Wenn sich Montevidei noch in der Wohnung befand, war sein Schweigen unerklärlich.

«Hm ... Glaubst du, du kannst zu dem Seitenfenster da oben hinaufklettern und mal ins Zimmer schauen?»

«Jaaa ... Doch. Das müßte gehen.»

«Los!»

Marcelu wartete einige Minuten. Dann stand der Mann wieder neben ihm. Er hatte offensichtlich Angst.

«Feierabend», sagte er. «Der Alte ist tot ... Hören Sie mal, hier wird's mulmig. Ich sollte doch bloß ... Geben Sie mir mein Geld! Ich hau ab!»

Marcelu zahlte, und der Mann ging fort. Marcelu schlenderte zu einem nahe gelegenen Café und setzte sich, um über die Dinge nachzudenken. Er verlor nicht leicht die Nerven. Sein Gesichtsausdruck war ernst, als beobachte er angestrengt etwas unter dem Mikroskop. Mit der hohen Stirn und den großen Geheimratsecken sah er aus wie ein Wissenschaftler, den es aus seinem Labor in dieses Café verschlagen hatte.

Das Pfeifen der Kaffeemaschine riß ihn aus seiner Grübelei. Er erkundigte sich bei dem Kellner, ob es hier Telefon gäbe.

«Ja, Señor – dort hinten.»

Das Telefon stand offen auf der Theke, und es war nicht möglich, dort zu sprechen. Er ging fort und fand ein anderes Café, das eine Telefonkabine hatte. Er wählte die Nummer, die nur wenige kannten.

«Schau, daß du rauskommst aus der Geschichte», sagte die Stimme. «Die Partei hat's schwer genug in diesem Land; sie braucht nicht auch noch in gemeine Verbrechen hineingezogen zu werden.»

«Aber wir müssen eines berücksichtigen», gab Marcelu zu bedenken. «Delise wird nicht so dumm sein, die Leiche in seiner Wohnung zu lassen. Er wird sie fortschaffen.»

«Das soll nicht unsere Sorge sein.»

«Da bin ich nicht so sicher ... Angenommen, sie vermuten, daß er sich verdrückt hat, verschwunden ist, was weiß ich – und sie kommen auf die Idee, seine Vergangenheit zu überprüfen? Er hat sich ja zuletzt jetzt Montevidei genannt, aber ...»

Es herrschte ein langes Schweigen auf beiden Seiten der Leitung. Schließlich:

«Was schlägst du vor?»

«Tja ... Also eine Idee hätte ich da schon ...»

Marcelu schrieb einen langen Bericht, nicht in seiner Handschrift, sondern in Druckbuchstaben. Er ließ darin nur aus, daß er von Delise eine große Summe als Gegenleistung für seine Dienste forderte. Er faltete das Blatt zusammen und steckte es in einen Umschlag. Der Brief würde nicht mit der Post befördert werden.

Um 3.30 Uhr in der folgenden Nacht oder besser am Donnerstag morgen kam Marcelu in Delises Wagen in Escala an. Mit ihm reiste auf dem rückwärtigen Sitz ein großes Bündel, das mit einem Reiseplaid bedeckt war. Der Mann namens Octavio – der älteste der drei Männer, der vor Tagen mit Montevidei gesprochen hatte – erwartete ihn am Stadtrand.

«Du hast ja ewig gebraucht», beschwerte er sich. «Ich hab schon gedacht, du kommst nicht mehr.»

«Es war gar nicht so einfach», sagte Marcelu. «Bis ich ihn endlich im Wagen hatte ... Wenn ich geahnt hätte, daß er so steif werden würde, hätte ich ihn schon letzte Nacht gebracht.»

«Warum hast du überhaupt bis heute gewartet? Ich lungere hier herum und gebe das Geld der Partei für nichts und wieder nichts aus ... Die anderen sind schon weg.»

«Ich mußte mich gestern abend überall in der Stadt sehen lassen, um mein Alibi zu sichern. Man muß vorsichtig sein.»

«Wo hast du den Wagen her?»

«Er gehört Delise. Er hat mir den Schlüssel gegeben und in der Garage angerufen ... Keine Angst: Wenn jemand reinfällt bei der Sache, dann werde ich's bestimmt nicht ... ich meine, dann wird es die Partei bestimmt nicht sein. Außerdem ist ja sowieso im Grunde Delise schuld an allem, nicht wahr?»

«Was tut er jetzt?»

«Delise? Der sitzt noch bei mir zu Hause. Er ist nicht mehr so verstört wie gestern. Ich habe versucht, aus ihm herauszubekommen, ob sein Stiefvater ihm gegenüber die Partei erwähnt hat. Ich glaube nicht, daß er etwas weiß.» Er wies auf Montevideis Leiche. «Kein Mensch wird auf die Idee kommen, daß ein Mann wie Delise fähig wäre ...»

«Na ja, aber du hättest mich nicht so lange warten lassen sollen. In meinem Alter schlägt man sich nicht gern die ganze Nacht um die Ohren.»

«Was hast du denn erwartet? Ich bin bloß froh, daß sie mich nicht angehalten haben unterwegs ... Ich hab mich nicht getraut, schneller zu fahren, sonst hätte mich die Verkehrsstreife womöglich angehalten.» Die Fahrt mit der Leiche auf dem Rücksitz hatte Marcelu Nerven gekostet, und er versuchte, es mit einem Witz zu vertuschen. «Ich hätte höchstens sagen können, ich hab's so eilig, weil ich zu einer Beerdigung muß ... Stimmt ja auch gewissermaßen.»

«Ihr jungen Leute nehmt die Dinge zu leicht», sagte der Mann namens Octavio mißbilligend. «Es muß damit zusammenhängen, daß die Methoden sich geändert haben ... Vor fünfundzwanzig Jahren, da hätten wir diese komplizierten Tricks nicht angewandt ... Wir haben nie Tricks angewandt. In den Bergen kannten sie uns überall, und wenn wir kämpften, dann immer offen ... Manchmal haben wir natürlich auch ein Landgut geplündert – wir mußten ja schließlich leben!» Er sah auf das Bündel auf dem Rücksitz. «Damals hättest du den mal sehen sollen! Er war unser Major. Weißt du, was er mal gemacht hat? Da hatte einer von uns eine Handgranate mitten ins Gesicht gekriegt und ...»

Alte Geschichten interessierten Marcelu nicht. «Was für eine Rechnung steht noch gegen ihn aus?» fragte er. «Ich weiß immer noch nicht, worum es hier eigentlich geht.»

Octavio zuckte mit den Achseln. «Das kleine Mädchen hatte die Schuld», sagte er. «Wenn ein Mann erst mal Kinder hat, taugt er nichts mehr ... Ich kann schon verstehen, daß er Schluß machen wollte, aber an die Parteikasse hätte er nicht gehen dürfen ... Langsam, hier biegen wir ab; wir fahren so, daß wir bergab vor's Haus rollen können, ohne Motor. Und wenn wir wegfahren, brauchen wir nicht erst anzulassen ...»

Das schwarze Auto glitt leise die Straße hinunter und stoppte neben einer Reihe kleiner, tiefer gelegener Gärten, die von einem niedrigen

Eisengitter umgeben waren. Octavio stieg aus und ging auf die andere Seite des Wagens, bevor er Marcelu ein Zeichen gab. Die Nervenprobe begann. Es war schwierig, die Leiche aus dem Auto herauszubekommen. Bei dem Rütteln während der Fahrt hatte sie sich in eine Ecke zwischen Sitz und Boden festgekeilt.

«Wir können ihn nicht liegend herauszerren ... Wenn uns jemand sieht ... Ich glaube zwar nicht, daß zu dieser Zeit hier jemand unterwegs ist, aber ...»

In diesem Augenblick hallten Schritte in der einsamen Straße.

«Los, stell ihn aufrecht! Schnell! Mensch, halt doch fest!»

Sie hielten die Leiche aufrecht zwischen sich und stützten sie unter den Achseln. Sie war schwer; die Augen waren nicht geschlossen. Die Gruppe mußte aussehen wie drei späte Heimkehrer, die in eine Unterhaltung vertieft waren. Marcelu hielt den Atem an. Der Tote stank bereits. Die Schritte entfernten sich.

«Ob die uns gesehen haben?»

«Ich glaube nicht. Los, weiter! Die Tür ist offen ...»

Sie zwängten sich mit der Leiche durch die Tür, die zur Küche führte, durchquerten sie und erreichten die Diele. Beide hatten Handschuhe an.

«Wir können ihn hier nicht liegenlassen.»

«Nein. Es muß wie ein Unfall aussehen», stimmte Marcelu zu.

Und das hätte es auch getan, wenn Inspektor Doria nicht gewesen wäre.

«Wir wollen ihn unten vor die Treppe legen. Oder wart mal ... Ist das zu auffallend? Es könnte ja auch gestern jemand im Haus gewesen sein.»

«Kaum. Er hat allein gelebt und nie Besuch empfangen. Die Treppe ist schon richtig. Ganz ohne Risiko geht's halt nicht.»

Sie legten die Leiche auf die unterste Treppenstufe. Marcelu betrachtete die Wirkung, als ob er ein unvollendetes Kunstwerk studiere, und schüttelte den Kopf. Er drehte die Leiche um und versuchte, einen Arm unter den Körper zu schieben, damit es natürlicher aussah. Aber der Arm ließ sich nicht biegen.

«Wir müssen ihn nach oben schaffen. Los, pack an!» sagte Marcelu. «Nimm du die Füße.»

Sie schleppten Montevideis Leiche bis zum Treppenabsatz, und dort gab Marcelu ihr einen Stoß. Der Tote fiel die Treppe hinunter; er schlug mehrfach auf. Es dröhnte dumpf.

«Nicht überzeugend genug», entschied Marcelu. «Noch einmal.»

Sie ließen die Leiche noch zweimal hinunterfallen; dann riß Octavio die Geduld.

«Ja, glaubst du vielleicht, ich mache das zum Spaß?» fragte Marcelu wütend. Sein Gesicht war schweißüberströmt.

Félix Marcelu behielt recht. Zehn Minuten nach Delises Anruf klopfte die Polizei an die Tür. Er öffnete ohne jede Erregung. Diesmal mußte die Partei etwas für ihn tun.

2

Mir schien es, als ob ich das Ende meines Lebens erreicht hätte – oder besser, an einem müden, mittelmäßigen Teil meiner Existenz angelangt sei.

JULIAN GREEN

«Ich muß vorsichtig sein», murmelte Delise vor sich hin und betrachtete die Rückseite des Hauses. «Ich muß den richtigen Moment abpassen.»

Delise führte leise ein Selbstgespräch. «Er ist nicht mehr da, Papa. Er kann uns nicht mehr belästigen. Ich komme gleich rein, aber ich muß vorsichtig sein . . .»

Es gingen noch immer Passanten an dem eisernen Gitter vorbei, das die kleinen, unter dem Niveau der Straße liegenden Gärten abgrenzte. Aber niemand achtete auf das Haus, in dem Montevidei gewohnt hatte. Niemand achtete auf Delise, der es seit gut einer halben Stunde beobachtete. In seinem Blick lag Haß gegen die feindliche Welt, die ihn daran hinderte, Zuflucht zu finden.

Er betrachtete die Fenster im Erdgeschoß und im Waschhaus. War es dort, wo er vor langer, langer Zeit die Bibel zu lesen und auf das Schellen der Patienten an der Haustür zu lauschen pflegte? Wenn Matías Delise einem Patienten die Mandeln herausnahm, zog sich Delise immer in die äußerste Ecke des Gartens zurück, um die Nähe des Schmerzes zu meiden.

Der Bürgersteig war nun frei, und er überquerte die Straße; er hielt dabei das Taschentuch gegen den Mund gepreßt, als ob er erkältet sei. Er hatte seine Sonnenbrille verloren, als er auf den anfahrenden Bus sprang. «Es könnte mich jemand erkennen, Papa. Sie werden sich nicht daran erinnern, wie ich früher aussah, aber sie haben mich am Tage des Begräbnisses gesehen.» Das Eisengitter war nur kniehoch. Er stellte einen Fuß auf die oberste Stange, beugte sich hinunter und tat so, als ob er ein Schuhband festbinden würde. Er ließ die beiden Frauen vorbeigehen, die den Bürgersteig entlangkamen, stellte das erhobene Bein auf die andere Seite des Gitters, zog das andere Bein nach und sprang hinunter in ein Beet voller verwelkter Blumen. Der Garten war verwahrlost; Gras und Büsche wucherten üppig. «Gut, daß die Tür nicht verschlossen ist», murmelte er und stieß sie auf.

Verstohlen wie ein Unbefugter trat er in sein eigenes Haus. Die Fenster waren geschlossen, die Möbel mit Schonbezügen bedeckt. «Ich hab's für dich getan, Papa ... Hier haben sie ihn gefunden, am Fuß der Treppe ... Ich bedauere nichts ... Ich hatte ein wenig Angst vor ihnen. Aber jetzt habe ich keine Angst mehr, denn ich bin ja daheim.»

Er sprach zu den Wänden und den abgedeckten Möbeln. Die Luft war kaum zu atmen, sie war verbraucht und schal wegen der hermetisch geschlossenen Fenster. Er öffnete die Hände in einer Geste der Erleichterung und wiederholte: «Zu Hause ...» Er stieg ein paar Stufen hinauf und wieder hinunter.

Sein Kopf war voller Musik. Er hörte eine Stimme, die geheimnisvoll sang, ein fremdes Lied ohne Worte, und die Stimme war wie eine große Einöde: Schneegipfel und eine weite einsame Ebene. Sie hatte das Timbre einer Altstimme und schien von einem verborgenen und geheimen Ort zu kommen. Und als er lauschte, war ihm, als ob die vertrauten Gegenstände um ihn herum das verlorene Bild seiner eigenen Unschuld reflektierten. Zeitweilig hörte das Lied auf und es trat Stille ein; dann begann es von neuem, die Melodie wiederholte sich oder rauschte auf in zügellosen Kadenzen. Eben noch sang sie klagend und sanft im verhaltenen Klang der Celli, weich und majestätisch; jetzt stieg sie an, wuchs und verwandelte sich in hundert Stimmen.

Die hundert Stimmen wehklagten unisono, es war wie der erste Laut des Menschen bei seiner Geburt. Die Harfe nahm den Schrei auf und verbreitete ihn in einer flüchtigen Folge von Arpeggios: eine Kaskade, eine Spirale, eine Wendeltreppe ins Unermeßliche, auf deren Geländer ein kleiner Junge am Sonntag morgen herabrutschte.

Was jedoch wie frohes Jauchzen begonnen hatte, wandelte sich unversehens in eine dunkle Warnung; plötzlich steigt das Pizzicato der Violinen schwindelnd an ... Jahrmarkt. Man hört die schrille Musik des Karussells, das Kreischen der Schaukel und des Riesenrades. Rund, immer rund. Die Achterbahn saust auf den Tunnel zu ... Zwei verschiedene Themen entwickeln sich parallel, streiten sich um die Vorherrschaft ... Eine süße Melancholie erfüllt plötzlich das Klanggewebe. Adagio ... Die Musik verletzt seine Hände. Eine fremde Stimme erklingt aus Mutters Bett, die Stimme des Usurpators. Er wendet sich Fioreya zu, der kleinen Fioreya ... Aber ihr Bett ... das muß zum Inzest führen ... Montevidei muß sterben ... *Con fuoco* ... «Es hat so lange gedauert, Papa», murmelte Delise laut. «Ich wollte es tun, aber ich konnte nicht. Ich konnte einfach nicht ...»

Abrupt, ohne Übergang, verwandelte sich die Musik, wurde bösartig, heiß, *staccato*. Delise ging ins Musikzimmer hinüber und stieß ein rauhes, hartes Lachen aus, als er an der Stelle vorbeikam, an der Montevideis Leiche gelegen hatte. Er schlug den Takt zu der Musik auf den Oberschenkeln. Jetzt empfand er das gleiche wie am Nachmittag im Hotel, als er die Ankunft der beiden Polizisten erwartet hatte. Jeder Widerstand war unnütz; er fühlte es stärker als je zuvor. Es blieb nur eine Lösung: Zahlen. Vielleicht war es das beste. Er hatte beinahe ein Gefühl des Triumphes, denn wenn er zahlte, würden die Feindseligkeit und die Verfolgung, das unvorhergesehene Unglück und die unüberwindliche Furcht schließlich ihre Rechtfertigung finden. Die Unschuld mußte den langen Weg durch die Schuld gehen und unterwegs Kräfte sammeln. Es kam nur darauf an, das zu bewahren, was sauber und schön in seinem Leben gewesen war. Er war schwach und träge gewesen, aber er würde gern für Montevideis Tod büßen.

Er ging zu dem alten Klavier und liebkoste die Messingleuchter, in denen noch Kerzenstummel steckten. Er betrachtete die vergilbten Tasten liebevoll, dann versuchte er, die Musik zu spielen, die seinen Kopf erfüllte.

Ein Mann, der draußen auf der Straße vorüberging, hielt an und blieb lauschend stehen.

Das Klavier war verstimmt. Erst nach einigen Minuten bemerkte es Delise, denn die Musik in ihm hinderte ihn daran, zu hören, was er spielte. Er hob die Hände, als erwache er aus einem Traum und ließ sie krachend auf die Tastatur fallen. Er hämmerte heftig auf die Tasten. Dann schlug er den Deckel zu. Unendliche Enttäuschung stand in seinem Gesicht.

Er stand auf und ging nervös durch den Raum; dann verließ er ihn und ging die Treppe hinauf. Gleich darauf kam er wieder herunter. «Es ist verstimmt», sagte er zu den Wänden. «Total verstimmt . . .» Er ging in den Raum, der Matías Delises Operationszimmer gewesen war, und sein Blick wanderte über die Instrumente in den Vitrinen; er suchte nach einer kleinen Lampe, wie sie die Ärzte an ihrer Stirn befestigen. Er lief wieder ins Obergeschoß, zog die Gardinen vor einem Fenster beiseite und sah eine Gruppe fremder Menschen vor der Tür stehen.

Sie kamen von allen Seiten. Die Neuankömmlinge fragten neugierig nach dem Grund des Auflaufs und blieben stehen, stießen und schubsten sich zur Tür hin. Einer trat zur Seite und rief:

«Ist das nicht Montevideis Haus? He! Sie da drinnen – machen Sie auf! Wir haben Sie Klavier spielen hören!»

Delise rannte die Treppe hinunter und verriegelte die Tür. «Sie wollen mich festnehmen, Papa . . . Aber du wirst es ihnen verbieten, nicht wahr? Ich hab's doch für dich getan; jetzt mußt du mir helfen . . .» Er lachte bitter und ging wieder in das Ordinationszimmer hinüber. «Sie sind wiedergekommen . . . Du mußt mich beschützen, hörst du? Oder willst du mich nicht beschützen?» Er riß die Schränke auf und warf die

Instrumente von den Borten auf die Erde. Der Klopfer an der Haustür dröhnte.

Delise zog den Riegel zurück und sank in einen Sessel; sein Blick verlor sich in der Ferne. «Sie können mich festnehmen, wenn es ihnen Spaß macht ... Mir ist es egal.»

In seinen Augen stand derselbe Ausdruck, der Selbi und den jungen Polizisten so überrascht hatte, als sie ihn im Hotel festnahmen – nicht ein Ausdruck der Niedergeschlagenheit, nicht einmal der Gleichgültigkeit, eher ein Ausdruck des Verzichts auf eine mittelmäßige Welt und der Ergebung in ein tragisches Schicksal. Er hatte vergeblich Zuflucht bei seiner Kindheit gesucht; die alte, vertraute Welt gehörte zu einer Zeit, die längst vergangen und bedeutungslos geworden war. Möbel und Wände und die in seinem Gedächtnis bewahrten Bilder konnten ihm nicht mehr helfen. Die Festung war brüchig wie ein altes Klavier, das nur noch falsche Töne hervorbringt. Mit vierzig Jahren hatte er aufgehört, *das Kind* zu sein. Dieser Abschnitt seines Lebens war abgeschlossen, und er fühlte sich plötzlich frei.

Es vergingen einige Minuten – Delise hätte nicht sagen können, wie viele. Warum kamen sie nicht herein, um ihn festzunehmen? Er ging zur Haustür und öffnete sie in dem gleichen Augenblick, in dem sich Selbi und der junge Polizist durch die Menge drängten, gefolgt von dem Polizeichef, Costa und dem Journalisten. Sie schritten ruhig durch die Menge, aber Delise sah sie noch nicht.

Der dienstälteste Polizist des Distriktes sagte zu Doria: «Es war nur, weil ... Die alte Frau von nebenan hat nämlich angerufen – wie heißt sie doch gleich ... Frau Rivet, ja. Sie hat gesagt, in Montevideis Haus spielt jemand Klavier.»

«Schon gut», knurrte Doria. «Lassen Sie mich in Frieden. Wir brauchen Sie nicht.»

Sie waren in die Diele getreten. Delise erkannte seinen Schwager und murmelte:

«Sagtest du nicht, du hättest nichts mit der Polizei zu tun?»

«Das stimmt, Virgilio. Ich bin kein Polizist. Ich bin gekommen, um dir zu helfen ... Sie hätte es so gewollt.»

3

«Nein, nein», sagte Costa müde. «Unzurechnungsfähigkeit ... das ist ein Begriff, mit dem man oft operiert in solchen Fällen, aber ich kann ihn so nicht akzeptieren. Ich würde eher sagen, daß mein Schwager leicht zu beeinflussen ist, leichter als ein normaler Mensch ... Vielleicht kann ich's Ihnen mit einem Vergleich aus dem Bereich der Fotografie erklären: Das Negativ eines Bildes zeigt nicht die Realität, obgleich es mit ihr übereinstimmt – ihr äquivalent ist, besser.»

Costa chauffierte. Sein Blick war starr auf die Straße gerichtet, und er bemühte sich, mit dem stärkeren Wagen Schritt zu halten, den Selbi fuhr. Sie kehrten zur Stadt zurück.

«In solchen Fällen ist es nur eine Frage der suggestiven Kraft – man kann dem Betreffenden praktisch alles einreden.»

Seine Stimme war müde und ein wenig bitter. Wer weiß schon, was im Kopf eines anderen vorgeht? dachte er. Im Umgang mit Menschen kann man niemals sicher sein, daß dieselben Ursachen dieselben Wirkungen erzielen ... Menschen sind nicht wie juristische Dokumente. Ein Vertrag, ein Schriftsatz – das ändert sich nicht jeden Augenblick; das paßt sich nicht den persönlichen Umständen an. Das Gesetz ist klar und macht keine Ausnahmen ... Und Costa liebte die Klarheit des Allgemeingültigen.

«Doktor Dominicu ist nun bei mir zu Hause», sagte er.

Außer dem Polizeichef fuhren noch Doria und der Journalist in Costas Wagen mit. Doria war still; er hatte sein Monokel in die Tasche gesteckt und überlegte, ob er sich nicht doch eine Brille kaufen sollte. Als Costa den Namen des Arztes erwähnte, zeigte er keine Unruhe; im Gegenteil, er seufzte erleichtert auf. Seit Costas Ankunft wartete er darauf; und das Warten dauerte schon zu lange.

Costa fuhr weiter, und keiner sagte etwas. Der Polizeichef sah zu Costa hinüber, dann drehte er sich um zu Muoli und Doria. Sein würdiger Gesichtsausdruck erinnerte an Kügelgens Porträt Goethes; da der Polizeichef jedoch nicht die Intelligenz Goethes besaß, erfüllte ihn nicht olympische Klarheit. Er war völlig verwirrt, und das hatte gute Gründe. An jenem Nachmittag hatte er Costa angerufen, um ihm zu sagen, daß der Journalist Muoli festgenommen worden sei.

«Sie holen ihn zum Verhör. Gestern abend hat Delise bei ihm angerufen.»

«Ich komme sofort», sagte Costa.

Der Rechtsanwalt benahm sich recht sonderbar. Er bat, allein mit Muoli sprechen zu dürfen, und der Polizeichef genehmigte es sofort. Er wollte Costa keine Knüppel zwischen die Beine werfen, und er hatte im Laufe des Nachmittags noch weitere Gelegenheit, sich dem Anwalt entgegenkommend zu zeigen. Nachdem Costa mit dem Journalisten gesprochen hatte, schleppte er den Polizeichef ohne viele Umstände in seinen Wagen.

«Wir fahren auch nach Fonte-Lidia», sagte er. Aber er erwähnte nicht, daß er vor kurzem mit Dr. Dominicu, dem Polizeiarzt, gesprochen hatte.

Der Polizeichef entgegnete: «Hören Sie, Costa, ich habe das Gefühl, Sie schulden mir eine Erklärung.»

«Sie haben recht . . . Es wird nicht mehr lange dauern.»

Das war alles, was er aus dem Rechtsanwalt herausholen konnte. Sie fuhren nach Fonte-Lidia; Muoli saß auf dem Rücksitz, der Polizeichef vorn neben Costa.

«Ich lehne jede Verantwortung ab, Costa. Offen gesagt verstehe ich Ihr Verhalten nicht.»

Sie sprachen sehr wenig während der Fahrt. Costa holte alles aus dem Motor heraus.

«Ich lach mich kaputt, wenn sie uns wegen Überschreitung der Geschwindigkeitsgrenze anhalten», sagte der Journalist zu dem Polizeichef. «Sind Sie schon mal deswegen bestraft worden?»

«Es besteht kein gesetzlicher Grund, weshalb ein hoher Polizeibeamter nicht deswegen bestraft werden sollte», bemerkte Costa. Sein Sinn für Humor war recht beschränkt.

Der Polizeichef klagte, daß er noch nicht zu Mittag gegessen habe, aber Costa hielt erst an, als sie Fonte-Lidia erreicht hatten, und da war es schon recht spät.

«Wir müssen uns sofort mit Inspektor Doria in Verbindung setzen», sagte er. «Haben Sie eine Ahnung, wo wir ihn finden können?»

«Wir könnten nach dem Polizeiauto suchen», schlug Muoli vor.

Sie verloren fünfzehn Minuten, bis sie den Dienstwagen in einer Scheune außerhalb des Dorfes versteckt fanden. Selbi war gerade erst in der Scheune angekommen – auf seinem Weg hierher hatte ihn Delise von der Telefonzelle aus gesehen – und bastelte am Motor herum, wobei er einen Apfel aß. Als er den Polizeichef erblickte, schmiß er ihn hastig weg und stand stramm.

«Wo ist Delise?» fragte Costa.

«Das weiß ich nicht, Señor. Inspektor Doria hat einen Mann eingeteilt, der ihn überwacht. Es besteht kein Grund zur Eile; Delise wohnt im . . .»

«Wo ist Doria?»

«Wahrscheinlich in dem Zimmer, das wir im gegenüberliegenden Haus gemietet haben. Soll ich ihm Bescheid sagen?»

«Fahren Sie den Wagen heraus.»

«Wir mußten ihn verstecken, Señor. Wir wollten nicht das Risiko eingehen, daß Delise ihn womöglich in der Garage sieht.»

«Gut. Und jetzt fahren Sie ihn raus.»

In zwei Wagen fuhren sie durch das Dorf und parkten gegenüber dem Schild FREMDENZIMMER – GUTBÜRGERLICHE KÜCHE. Doria hielt sich nicht in dem gemieteten Zimmer auf. Sie trafen dort nur den jungen Polizisten, der die Neuangekommenen überrascht ansah.

«Der Inspektor wird sofort zurück sein», meldete er. Dann leise zu Selbi: «Was ist denn los?»

Selbi zuckte mit den Achseln. Doria kam gleich darauf zurück; er sah Costas Auto und beeilte sich. Automatisch dachte er an den Doktor. Nicht Ärger war seine erste Reaktion, wie es charakteristisch für ihn gewesen wäre; es schien, als ob sich seine Fähigkeit, gegen Widrigkeiten zu protestieren, erschöpft hätte. Das Warten hatte an seinen Nerven gerissen. Einerlei wie die Sache enden würde – wenn sie nur endete! Zum erstenmal fügte er sich widerstandslos in die Gegebenheiten. Er war so in sich selbst versunken, daß er nicht einmal an Delise dachte.

«Wo ist Delise?» fragte Costa.

«Ein Beamter beobachtet ihn ständig», begann Doria, «und . . .»

«Schon gut, schon gut. Wir wollen es hier und jetzt zu Ende bringen, Inspektor.»

Aber dazu kam es dann nicht. Eine Minute später traf schweißgebadet der Mann mit der Illustrierten ein. «Ich suche Sie überall, Inspektor . . . Delise ist im letzten Moment auf den Bus nach Escala gesprungen. Ich konnte ihn nicht mehr rechtzeitig erreichen. Er telefonierte mit einem . . .» Er fischte einen Zettel aus der Tasche . . . «einem gewissen Félix Marcelu, aber er brach mitten im Gespräch ab.»

Der Journalist war im Begriff, etwas über Marcelu zu sagen, aber Costa ließ ihn nicht zu Wort kommen.

«Haben Sie Marcelus Adresse an das Polizeipräsidium durchgegeben?»

«Ja, natürlich, Señor. Genau wie gestern bei dem anderen Gespräch.»

«Bei dem Gespräch mit mir», präzisierte Muoli.

«Wer sind denn die beiden?» erkundigte sich der Mann mit der Illustrierten leise bei Selbi.

«Einer von ihnen ist der Polizeichef.»

«Oh . . .» Der Mann mit der Illustrierten verstummte.

«Escala?» fragte Costa. «Da sind wir also zu spät gekommen.»

«Ich kann den Bus noch einholen», erbot sich Selbi.

«Nicht notwendig», unterbrach Costa, «wir fahren hinterher.»

Aber dann wollte sein Wagen nicht anspringen. Costa fragte ohne Hast und Eile:

«Verstehen Sie was von Motoren, Selbi? Wollen Sie mal nachsehen, weshalb er bockt?»

Selbi brauchte eine Viertelstunde, um die Ursache festzustellen.

«Da muß irgendein Kabel durchgeschmort sein. Das finde ich so nicht; der Wagen muß in die Werkstatt. Sollen wir mit dem Dienstwagen vorausfahren?»

«Nein. Es eilt nicht mehr.»

Der Polizeichef wollte wissen, warum es jetzt keine Eile mehr habe, nachdem es vorher so brandeilig gewesen sei, aber er erhielt keine Antwort. Daraufhin hüllte er sich in würdevolles Schweigen. Er ärgerte sich über den Rechtsanwalt. Er war wirklich sehr ärgerlich. Gnade dir Gott, Costa, wenn das schiefgeht, dachte er.

Die Reparatur dauerte eine Stunde und fünfzehn Minuten. Als sie in Escala ankamen, war es sechs Uhr abends. Eine Menschenmenge umstand das Haus, das vor vielen Jahren Matías Delise gehört hatte.

«Ich glaube, daß Sie sich in gewisser Hinsicht gratulieren können, Inspektor Doria», fuhr Costa fort; es lag keine Ironie in seinen Worten. «Ihre Logik bei der Rekonstruktion der Ereignisse ist bewundernswert. Sie trafen den Nagel auf den Kopf: Montevidei hatte Delise tatsächlich aufgesucht, und Sie haben die Aussagen der Zeugen damit in Einklang gebracht. Nur war es nicht Delise, der die Leiche nach Escala zurückbrachte. Hier ist noch etwas offen, und da wird uns zweifellos dieser Marcelu weiterhelfen können, meinen Sie nicht, Señor Muoli?»

«Ganz gewiß», stimmte der Journalist zu. «Aber als mir Virgilio zuerst von ihm erzählte, konnte ich ihm kaum glauben.»

«Es ist aber trotzdem alles logisch. Alles, was er getan hat, ist von seinem eigenen verdrehten Standpunkt aus logisch. Montevidei lebte noch, als Delise das Haus verließ; als er heimkam, fand er ihn tot. Er fühlte sich in gewisser Weise verantwortlich für den Tod, und schließlich akzeptierte er alles, was daraus folgte, beinahe als natürliche Konsequenz. Seine Verhaftung und seine Flucht lösten diese Reaktion in ihm aus. Deswegen protestierte er auch nicht, als er zum zweitenmal verhaftet wurde. Deswegen beteuerte er nicht seine Unschuld. Ist er darum aber unzurechnungsfähig? Er sieht gleichsam nur das Negativ des Bildes und müht sich mit allen Mitteln, die weißen Stellen zu füllen. Alles scheint ihm für seine Verantwortlichkeit im Sinne des Gesetzes zu sprechen. Und wenn Doktor Dominicu nicht die Obduktion vorgenommen hätte, würden wir das auch glauben.»

«Obduktion?» wiederholte der Polizeichef. Langsam drangen die Erklärungen Costas in sein Hirn. Er begann vage die Vorsichtsmaßnahmen zu verstehen, die der Anwalt ergriffen hatte, und auch seine Haltung gegenüber Doria.

«Doktor Dominicu wird den Totenschein ausstellen», sagte der Anwalt. «Selbstverständlich wird er von seinem Posten als Polizeiarzt zurücktreten. Wußten Sie das, Doria?»

Doria zuckte mit den Achseln. «Ich habe mich zu tief in die Sache verrannt», sagte er stumpf. «Es war zu spät zum Umkehren.» Er entschuldigte sich nicht. Er stellte die Tatsache fest und beugte sich ihr.

«Obduktion?» wiederholte der Polizeichef abermals. Plötzlich fiel ihm ein, daß Muoli Journalist war und wandte sich an ihn. «Ich hoffe, daß Sie alles, was Sie hören, als vertraulich ansehen! Sie verstehen, daß eine Veröffentlichung...»

«Doktor Costa hat bereits mein Wort, daß ich nichts veröffentlichen werde», entgegnete Muoli.

«Sehr gut!» Der Polizeichef seufzte erleichtert. «Sehr gut. Und was haben Sie mir zu sagen, Doria?»

«Nichts», antwortete Doria.

«Obduktion!» murmelte der Polizeichef zum drittenmal, als ob allein der Klang des Wortes ihn bedrücke. «Eh... Costa...» Er räusperte sich: «Wollen Sie Delise nicht alles erklären? Der arme Mann muß noch immer denken, daß man ihn beschuldigt wegen...»

«Er würde mir nicht glauben. Er würde nur denken, daß ich lüge, um ihn zu beruhigen. Sein Schuldkomplex ist zu stark.»

Delise saß in dem anderen Wagen. Selbi saß am Steuer. Delise mußte an den Schneider Sebastián denken und daran, was Sebastián über den Bariton Valentin gesagt hatte. *Valentin hatte ein feuriges Temperament. Er verstand es, auffallende Kleidung zu tragen... Sie erinnern sich doch an Valentin? Natürlich erinnern Sie sich an ihn!* Delise besaß Schallplatten mit seiner Stimme, aber er kannte Valentin nicht persönlich. Der junge Polizist saß neben ihm. Selbi chauffierte. Delise sah Selbis Gesicht im Rückspiegel und dachte, daß ihm dies alles irgendwann schon einmal begegnet sein müsse; in einem früheren Leben oder vielleicht am Rande der jetzt vergessenen Zeit.

Selbi fuhr schnell, und Costas kleiner, unauffälliger Wagen konnte kaum folgen. Die Bäume huschten an den Fenstern mit einem Rauschen vorüber, das dem Rauschen des Windes glich. Wolken zogen sich am Horizont zusammen, und der Himmel zeigte das gelbliche Leuchten, das einem heraufziehenden Gewitter vorangeht. Selbi zündete sich eine Zigarette mit dem Rest der alten an. Bald würde es dunkel sein.

Bald, dachte Delise. Bald wird alles dunkel sein. Wir werden im Präsidium ankommen, und alles wird sich über mir schließen wie der Deckel eines Buches, das man zu Ende gelesen hat... Er starrte auf die Tachometernadel; er begann zu schwitzen. In seinem Gedächtnis schwammen lose, unzusammenhängende Sätze aus der Bibel, und er hörte das Geräusch der Berg- und Talbahn. Nein, nein, sagte er zu sich selbst, daran darf ich nicht denken!

Der Geruch des Meeres drang zu ihm. Sie näherten sich der Stadt;

ihre Umrisse tauchten vor ihnen auf und hoben sich vom letzten Dämmerlicht ab. Selbi hatte die Scheinwerfer noch nicht eingeschaltet, aber er würde es bald tun müssen. Die Landstraße hatte sich in ein farbloses Band verwandelt, über das sie schnell dahinrollten. Delise spürte, daß ihn Schwindel überkam; er tappte nach dem Türgriff. Der junge Polizist schaute aus dem rückwärtigen Fenster und sagte:

«Ich sehe sie nicht, Selbi. Du mußt langsamer fahren.»

Warum sagt er das, dachte Delise; hat er nicht eine Verabredung um acht?

«Ach, sie werden schon nachkommen», entgegnete Selbi.

«Ich sehe sie nicht. Vielleicht hatten sie noch eine Panne.»

Selbi hielt an, stieg aus und schaute die Straße zurück.

Im selben Augenblick öffnete Delise die Tür an seiner Seite, sprang hinaus und begann zu laufen. Es war kein plötzlich gefaßter Entschluß, sondern die rein mechanische Wiederholung einer Bewegung, die er bei einer gleichen Gelegenheit schon einmal ausgeführt hatte.

«Ich sehe sie auch nicht», sagte Selbi und kletterte die Böschung hinauf. «Doch – das müssen sie sein . . . Ja. Da hinten kommen sie.»

Niemand antwortete ihm. Der junge Polizist stand neben dem Auto, aber er rannte nicht.

Er hatte darauf gewartet, daß dies geschähe. Er hatte es in Delises Gesicht gelesen, daß er wieder hinausspringen und fliehen würde. Er hatte ihn nicht daran gehindert; er hatte etwas Wichtigeres zu tun. Er mußte sein Selbstvertrauen wiedergewinnen.

Und so ließ der junge Polizist Delise rennen; er gab ihm einen Vorsprung – einen größeren sogar als beim erstenmal; dann jagte er hinter ihm her. Da fiel ihm plötzlich sein verletztes Bein wieder ein, und vor lauter Angst, es könne ihn wieder im Stich lassen, hatte er augenblicklich das lähmende Gefühl, das gleiche Mißgeschick müsse ihm abermals widerfahren. Er riß seinen Dienstrevolver heraus.

Costas Auto erschien in der Kurve, und Delise, der die Straße entlanggerannt war, wich seitlich auf ein Feld aus. Der junge Polizist sah, wie sie ihm aus dem Inneren des Autos Zeichen machten, aber er begriff den Sinn nicht richtig. Er zielte auf Delise. Diesmal durfte er nicht versagen.

Er hatte fieberhaft gehofft, daß die Situation sich wiederholen möchte; in gewisser Weise hatte er sie hervorgerufen. In seinen Augen leuchtete ein mitleidloses Licht – weniger mitleidlos gegen Delise als gegen sich selbst. Er wußte, daß es nicht seine Hand war, die schwanken konnte, sondern sein Wille.

Die Insassen des zweiten Wagens fuchtelten noch immer heftig mit den Armen. Sie wollen, daß ich schieße, dachte er.

Er erschrak noch vor den anderen über den Knall des Schusses. Er sah Delise vornüberstürzen und war sicher, daß er tot war, daß er ihn in die Brust getroffen hatte. Er stand wie angewurzelt, während die anderen zu dem Gestürzten liefen. Jetzt, da das Resultat seiner Handlung nicht mehr gutzumachen war, fürchtete er die Bestätigung.

Muoli erreichte Delise als erster und drehte den Körper seines Freundes um. Auf dem Boden neben Delises Kopf erschienen die Schuhe Selbis, Costas, des Polizeichefs und Dorias. Sie standen im Kreis um ihn herum, schweigend und ernst: Das ausdruckslose Gesicht des Anwalts; die entsetzten Augen des Polizeichefs, die an Kügelgens Porträt erinnerten; der Journalist in seinem nach einer schlaflosen Nacht zerknitterten Anzug; der junge Inspektor mit dem Monokel in der Hand; Selbi, die Haare vom Wind zerzaust, der sich bald zu einem Sturm entfalten würde.

Vor ihnen erhob sich die Stadt als imposante architektonische Masse, in einen bleifarbenen Halbschatten getaucht und von dunklen Wolken gekrönt.

Das Beste, was geschehen konnte, dachte Costa. Er war berufen, Schuld zu tragen. Nun hat er's hinter sich.

Alle fühlten sich erleichtert.

Virgilio Delises Gesicht lag entspannt und friedlich inmitten eines Kreises von Schuhen. Der Kreis war fast vollständig; nur der junge Polizist fehlte – und vielleicht Marcelu und Montevidei.

Schließlich kam der junge Polizist näher. Er hielt noch die Waffe in der Hand, und unbewußt streichelte sein Zeigefinger den Hahn. Ein kleiner Druck mit dem Finger genügt, dachte er, um die Linie zu verwischen, die das Leben vom Tode trennt.

In der Halle, die einstmals Museum für Antike Kunst gewesen war, verabschiedete sich Costa von Selbi.

«Ich rate Ihnen nochmals, Ihrem Kollegen nichts zu sagen. Es hat ohnehin keinen Zweck mehr, ihn auf seinen Irrtum hinzuweisen.»

Er meinte den jungen Polizisten, der im Augenblick draußen telefonierte. Der junge Polizist war immer vorsichtig und rief seine Freundinnen nie von einem Dienstapparat aus an. Das hatte ihn die Erfahrung gelehrt. Jetzt hatte er mit Rita gesprochen und sich mit ihr um neun Uhr verabredet, um in einem Restaurant zu Abend zu essen. Er fühlte sich wieder selbstsicher und verspürte Lust zum Prahlen.

«Wie haben Sie es eigentlich angestellt, soviel aus dem Polizeiarzt herauszukriegen?» fragte Selbi neugierig. «Wie machen Sie das, wenn Sie Leute ausfragen?»

«Ich frage nie jemand aus», entgegnete Costa trocken. «Wenn jemand zu sprechen wünscht, lasse ich ihn sprechen. Es ist nichts damit gewonnen, einen Zeugen, der nicht sprechen will, unter Druck zu setzen. Und wenn er sprechen will, ist kein Druck notwendig.»

«Aha», sagte Selbi, da er nichts Besseres zu entgegnen wußte.

Lucius Costa setzte seinen Hut auf, seinen nüchternen, unauffälligen Hut, und schritt auf die Tür zu. Unter dem geräumigen Portal, wo zu früheren Zeiten glanzvolle Empfänge für Künstler stattgefunden hatten, blieb er einen Augenblick stehen und schaute auf die Straße, den pausenlosen Verkehr und die Lichter. Er beschloß, sich auf seine Arbeit zu konzentrieren, um Delise zu vergessen.

Er hätte gern Klage gegen Marcelu erhoben, aber man konnte ihn schlecht als Komplicen bei einem Verbrechen beschuldigen, das gar nicht stattgefunden hatte. Und Costa, der nicht fähig war, zugunsten eines Menschen eine Ausnahme zu machen, konnte auch keine Ausnahme zum Nachteil einer Person machen.

«Wenn Sie in die Innenstadt wollen, nehme ich Sie gern in meinem Wagen mit», sagte er zu Selbi. «Es wird bald regnen.»

«Vielen Dank. Aber ich möchte lieber auf den Jungen warten. Er wird mit jemand sprechen wollen, nachdem er beim Comisario war.»

Muoli gesellte sich zu ihnen. «Ich nehme das Angebot gern an, wenn Sie es auf mich ausdehnen wollen», sagte er. «Ich muß zur Zeitung zurück, und ich bin ohne eine Pesete in der Tasche weggegangen. Außerdem ist es schwer, ein Taxi zu finden, wenn es erst mal regnet.»

Unterwegs sagte Costa: «Ich bin gern früh zu Hause, um zu sehen, daß die Kinder beizeiten zu Bett gehen. Wenn ich nicht da bin, tun sie es nicht.»

Ein wenig später stürzte der junge Polizist wie ein Wirbelwind in die Halle. Er war sehr zufrieden mit sich und über die Unterhaltung mit Rita.

«Der Comisario will dich sprechen», sagte Selbi. «An deiner Stelle würde ich ihn nicht warten lassen.»

Auf der Treppe begegnete dem jungen Polizisten Marcelu. Sie kannten einander nicht und wechselten einen gleichgültigen Blick.

Félix Marcelu fühlte die Erleichterung eines Menschen, der wie durch ein Wunder einem Unglück entronnen ist. Er konnte sich nicht erklären, weshalb man ihn freigelassen hatte; aber im Augenblick war es das Wichtigste, hier herauszukommen, so rasch und so weit wie möglich. Später konnte er über alles nachdenken. Später würde er eine Nummer anrufen, die nur wenige kannten, um Bericht zu erstatten über das Geschehene. Er würde alles ein wenig übertreiben und durchblicken lassen, daß er sich trotz des scharfen Verhörs geweigert habe, der Polizei irgendwelche Auskünfte zu geben. Es war in der Partei angebracht, hin und wieder ein gutes Wort für sich selber einzulegen.

Selbi hingegen erkannte Marcelu. Es war Marcelus zweiter Besuch im Präsidium. «Auf bald», rief er ihm spöttisch nach.

«Das bezweifle ich. Ich denke jedenfalls nicht daran, Sie zu mir nach Hause einzuladen.» Félix Marcelu hatte seine Fassung wiedergewonnen.

Inspektor Doria verließ das Präsidium kurz nach dem Kommissar. Er grüßte Selbi nicht, der neben dem Ausgang wartete; er schloß sich draußen der Menge an, die vor dem Bus Schlange stand. *Gehen Sie nach Escala zurück*, hatte der Polizeichef gesagt. *Und nehmen Sie sich in Zukunft zusammen ... Sie müssen ruhiger werden! Und diese Geschichte – na, reden wir nicht mehr darüber ...* Es hätte schlimmer auslaufen können. Noch einige weitere Jahre in Escala. Vielleicht würden künftige Fälle ihm mehr Glück bringen. Er hatte ein Recht darauf, von seinem Schicksal etwas Besseres zu erwarten ... Vielleicht wäre es angebracht, Costas Bekanntschaft zu pflegen, dachte er. Costa hatte ihn zu der Bearbeitung dieses Falles beglückwünscht. Ein intelligenter Mann, der Anwalt. Mit intelligenten Leuten konnte man vorwärtskommen ... Er suchte nach dem Monokel in seiner Tasche und beschloß, daß die Anfertigung einer Brille eine unnötige Ausgabe wäre. Er richtete sich auf. Das normale Leben war auch für Inspektor Doria zurückgekehrt.

Der junge Polizist ging als letzter fort. Als er die Treppe hinunterkam, sah er weniger zufrieden mit sich aus als zuvor beim Hinaufgehen. Er sah Selbi an der Tür stehen.

«Gehen wir zusammen essen?» fragte Selbi.

«Ich kann nicht. Ich bin verabredet.»

«Mit Valeria?»

«Nein, mit der anderen.»

«Die öffentliche Ordnung ist in guten Händen, solange es deine Hände sind.» Es war einer der Lieblingsaussprüche Selbis, aber er bedauerte, ihn zitiert zu haben, als er das Gesicht des jungen Mannes sah. «Was war denn los beim Comisario?»

«Er hat mir Vorwürfe gemacht. Er sagt, daß an meiner Stelle Alvera hätte mitgehen sollen.»

Der Kommissar hatte wörtlich gesagt: *Sie waren für ganz was anderes eingeteilt – aber hier macht ja offenbar jeder, was er will ...* Der Kommissar war sehr rot im Gesicht gewesen. *Stehn Sie nicht so rum, Mann – scheren Sie sich raus!*

«Was hattest du erwartet?» fragte Selbi. «Einen Orden? Bloß wegen eines mehr oder weniger glücklichen Schusses?»

«Nee, natürlich nicht», sagte der junge Polizist. Aber es klang enttäuscht.

Dann hielt Selbi die Rede, die er während seines Wartens vorbereitet hatte. Es war die längste Rede, die er je gehalten hatte.

«Schau mal», sagte er. «Diese Arbeit ist genau wie jede andere, obwohl sie verschieden aussehen mag. Man wird Polizist, wie man Angestellter bei irgendeiner Firma wird. Am Anfang ist jeder Fall interessant, aber im Laufe der Zeit stellt man fest, daß man nicht an allen Fällen gleich stark interessiert sein kann. Die Begeisterung hält nicht vor; man verfällt der Routine. Man beginnt, an den Aufstieg zu denken, obwohl man es nicht will und man es sich selbst nicht eingesteht. Aber zufällig gerät man dann an einen Fall, der einen persönlich interessiert. Man denkt, vielleicht kannst du dir da ein Federchen an den Hut stecken; oder vielleicht will man auch einem Menschen, der in die Sache verwikkelt ist, ein wenig helfen. Dann merkt man aber, daß man gar nichts tun kann – weder für ihn noch gegen ihn. Man kann keine Ausnahme machen – man kann einfach nicht; es geht einem wider den Strich. Nicht allein der Gedanke der Pflicht – Mensch, wenn ich das Wort bloß höre! Nein, es ist etwas, das zur zweiten Natur geworden ist, eine Gewohnheit, die man nicht ablegen kann ... Routine. – Sag mal, hörst du mir eigentlich zu?»

«Wie?» murmelte der junge Polizist zerstreut.

«Wenn du schon nicht mit mir zum Abendessen kommst, dann laß uns wenigstens ein Stück zusammen gehen.»

Als sie auf die Straße traten, fielen die ersten Regentropfen als große dunkle Flecken auf das Pflaster.

«Diesmal wird's ernst», meinte Selbi.

Der Wind fegte das Papier die Straße entlang, ließ die Markisen der Cafés flattern und riß an den Fensterläden. Kellner holten eilig Stühle vom Bürgersteig in die Lokale; Wäsche, die auf den Balkonen zum Trocknen hing, wurde wieder naß. Die Fußgänger suchten in den Türeingängen Schutz, und junge Mädchen rannten mit wehenden Röcken lachend zum nächsten vorspringenden Dach. Wer schon zu Hause angekommen war, schaute aus dem Fenster und freute sich, im Trocknen zu sein. Die Stadt schien sich zu schütteln wie ein Riese, der seine Glieder streckt, gähnt und die schale Luft aus den Lungen herausstößt. Aus dem Lautsprecher in der Halle des Präsidiums dröhnte irgendeine Anweisung.

«Es ist, wie ich dir sage», beharrte Selbi. «Alles Routine.»

«Routine», murmelte der junge Polizist. «Na ja ... Da hast du wohl recht.»

Chester Himes

Schwarzes Geld für weiße Gauner

Deutsch von
Wilm W. Elwenspoek

Zu diesem Buch

Der junge Mann sah seinen Traum untergehen und griff zur Waffe. Da bellte die eine Maschinenpistole kurz, und der junge Mann fiel langsam um. Der halbe Kopf fehlte.

Der Überfall auf die Versammlung der ‹Heim nach Afrika›-Bewegung des schwarzen Predigers Deke O'Malley gelingt: Die siebenundachtzigtausend Dollar, die siebenundachtzig arme Negerfamilien aus den Slums von Harlem mühsam zusammengekratzt haben, um den Traum von der Heimkehr ins Land der Väter wahrzumachen, werden geraubt. Siebenundachtzig Familien fühlen sich betrogen.

Und noch einer fühlt sich betrogen: Deke O'Malley, der eigentlich anders heißt, hinter dem die Killer des Syndikats her sind und der von der zukünftigen Verwendung der siebenundachtzigtausend Dollar ohnehin andere Vorstellungen hatte als seine gläubigen Anhänger. Deke macht sich auf, das Geld zu suchen.

Die Polizei macht sich auch auf. ‹Grave Digger› Jones und ‹Coffin› Ed Johnson sind nicht nur hinter den Räubern her, weil sie Polizeibeamte sind, weil es ihre Pflicht ist: Grave Digger und Coffin Ed sind selber Neger; sie stammen selber aus Harlem, und sie wissen, wie lange ein Farbiger schuften muß, bis er tausend Dollar beisammen hat. Lieutenant Anderson, ihr Vorgesetzter, ist weiß; er bemüht sich, Verständnis aufzubringen für seine schwarzen Untergebenen, aber sie machen es ihm nicht leicht. Er versteht sie einfach nicht.

Colonel Calhoun ist da ganz anders: Ein Aristokrat aus den Südstaaten, der nur das Beste der armen Nigger will, wenn er sie für die Arbeit auf den Baumwollplantagen anwirbt. Colonel Calhoun versteht die guten, dummen Schwarzen ...

Grave Digger schoß ihm den Hut vom Kopf. Der Colonel nahm langsam die Zigarre aus dem Mund, sah Grave Digger kalt an und bückte sich, um den Hut aufzuheben. Grave Digger schoß ihm den Hut aus der Hand.

Schwarz und Weiß prallen hart aufeinander in dem Harlem-Roman, der mehr ist als ein Kriminalroman und zugleich spannender als die meisten. Die Grenze zwischen den Rassen ist aber nicht identisch mit der Grenze zwischen Gut und Böse.

Die Hauptpersonen

Reverend Deke O'Malley	sammelt Geld für die ‹Heim nach Afrika›-Bewegung und heißt eigentlich anders.
Iris	hat eine ziemlich helle Haut und zeigt sie gern.
Mabel	hat auch ihre Vorzüge, aber plötzlich keinen Ehemann mehr.
Onkel Bud	verkauft Schrott, Lumpen und dergleichen.
Mr. Goodman	kauft Schrott, Lumpen und dergleichen.
Josh	stirbt an Schrott, Lumpen und dergleichen.
Billie Belle	tanzt und ist nicht auf Männer angewiesen.
Barry Waterfield	schießt schnell und stirbt langsam.
Lieutenant Anderson	ist weiß und wird gelegentlich rot.
Colonel Calhoun	ist weiß und wird selten rot.
Grave Digger* Jones Coffin** Ed Johnson	sind schwarz, schießen schnell und werden nie rot.

* Totengräber
** Sarg

1

Die Stimme aus dem Lautsprecher verkündete:

«Jede Familie, gleichgültig, wie groß sie ist, wird aufgefordert, eintausend Dollar einzuzahlen. Dafür erhält sie freie Überfahrt nach Afrika, dort fünf Morgen fruchtbares Land, ein Maultier und einen Pflug und alles erforderliche Saatgut. Kühe, Schweine und Hühner müssen extra bezahlt werden, aber die Preise sind niedrig. Sie decken nur die Selbstkosten.»

Ein Meer verzückter und gespannter, dunkler Gesichter wogte vor dem langen Tisch des Sprechers.

«Isses nich wunnerbar, Schatz?» sagte eine dicke schwarze Frau. Ihre Augen strahlten wie Sterne. «Wir gehn nach Afrika zurück.»

Ihr großer, hagerer Mann schüttelte ehrfürchtig und benommen den Kopf. «Nach fast vierhundert Jahren!»

«Über dreißig Jahre lang hab ich jetzt in Küchen von Weißen gekocht. Mein Gott, kann's denn wahr sein?» Damit ließ eine gebeugte alte Frau ihre stillen Zweifel laut werden.

Der gewandte braune Sprecher mit den ehrlichen Augen und dem ernsten Gesicht hatte es gehört. «Es ist wirklich wahr», beteuerte er. «Tretet nur heran, gebt eure Personalien an und zahlt eure tausend Dollar ein, dann bekommt ihr einen Platz auf dem ersten Schiff, das rüberfährt.»

Ein mürrischer alter Mann mit einem weißen Haarschopf schlurfte nach vorn, um ein Formular auszufüllen und seine tausend Dollar zu hinterlegen. «Hat wirklich lang genug gedauert», brabbelte er vor sich hin.

Die beiden hübschen schwarzen Mädchen, die die Anträge entgegennahmen, blickten mit verwirrendem Lächeln auf.

«Wie lange brauchten die Juden, um aus Ägypten herauszukommen?» fragte die eine.

«Gottes Mühlen mahlen langsam, aber sicher», mahnte die andere.

Im Leben der farbigen Menschen, die sich hier versammelt hatten, war das ein großer Abend. Jetzt endlich, nach Monaten flammender Anklagen gegen die Ungerechtigkeit und Heuchelei der Weißen, die er von der Kanzel seiner Kirche herabgeschleudert hatte, nach Monaten der Loblieder auf das gelobte Land in Afrika, ließ der junge Reverend Deke O'Malley seinen Worten endlich Taten folgen. Heute abend nahm er die Namen der Leute auf, die mit seinen drei Schiffen zurück nach Afrika fahren sollten. Riesige Zeichnungen der Schiffe waren deutlich sichtbar hinter dem Tisch des Sprechers aufgestellt. Sie schienen von der Größe und Bauart der *Queen Elizabeth* zu sein. Davor stand, groß und elastisch, Reverend O'Malley in einem dunklen Sommeranzug. Sein frisches, hübsches Gesicht strahlte wohlwollende Autorität aus und weckte Vertrauen. Er wurde von seinen Sekretärinnen und den zwei jungen Männern flankiert, die bei der Anwerbung von Interessierten die größte Aktivität gezeigt hatten.

Ein Bauplatz im ‹Valley› von Harlem, nahe der Bahnlinie, wo Slums abgebrochen worden waren, um neuen Wohnbauten Platz zu machen, war für die Veranstaltung gemietet worden. Über tausend Menschen drängten sich auf den unebenen Betonflächen ehemaliger Fundamente, die zwischen dem ausgedörrten, verschlackten Boden übriggeblieben waren, übersät mit Steinen, Abfallhaufen, Hundeexkrementen, zerbrochenem Glas, verstreuten Lumpen und Gestrüpp.

Zuckende Blitze erleuchteten den heißen Sommerabend und kündigten Regen an. Die Luft war drückend, voller Staub, Feuchtigkeit und Benzinabgase. Gestank trieb von den umliegenden Slums herüber, die jetzt noch überfüllter waren als je zuvor, eine Folge der Aussiedlung der Familien, die dort gewohnt hatten, wo jetzt die neuen Bauten errichtet werden sollten, um die Wohnungsnot zu steuern. Doch nichts trübte die Begeisterung dieser von Glaube und Hoffnung erfüllten dunklen Menschen.

Die Versammlung war gut organisiert. Der Tisch des Sprechers stand auf einer Seite. Ein Spruchband mit der Aufschrift ZURÜCK NACH AFRIKA – DIE LETZTE CHANCE!!! schmückte ihn. Dahinter, neben den Abbildungen der Schiffe, stand mit geöffneten Hintertüren ein gepanzerter Lastwagen, von zwei bewaffneten schwarzen Posten in Khakiuniformen bewacht. Auf der anderen Seite stand der Übertragungswagen mit den trichterförmigen Lautsprechern auf dem Dach. Junge Männer in Turnhemden und engsitzenden Bluejeans schlenderten mit feierlichen, strengen Gesichtern umher, erfüllt von dem Gefühl ihrer Bedeutung und bereit, jeden Zweifler zu entfernen.

Aber für viele dieser wahrhaft Gläubigen war die Veranstaltung auch ein Picknick. Flaschen mit Wein, Bier und Whiskey machten die Runde. Hier und dort vollführte einer der Brüder im Geist ein paar Tanzschritte. Weiße Zähne blitzten in lachenden schwarzen Gesichtern. Augen sprachen, Körper verhießen, alle waren von Erwartungen geladen.

In einer Ecke des Grundstücks war eine Grube ausgehoben, in der unter einem eisernen Grill ein Holzkohlenfeuer brannte. Ganze Seiten Schweinerippen rösteten langsam auf dem Grill, ließen Fetttropfen in die glühenden Kohlen fallen, von wo sie zischend als durchdringend riechender Qualm aufstiegen. Von Zeit zu Zeit wurden sie von vier ‹Hakenmännern› mit langen, eisernen Haken gewendet. Ein weißgekleideter Küchenchef übergoß die Schweinerippen mittels einer langstieligen Kelle mit heißer Soße, während sie schmorten, überwachte das Wenden, wobei seine hohe weiße Kochmütze über seinem schwitzenden schwarzen Gesicht tanzte. Zwei matronenhafte Frauen in weißer Schwesterntracht saßen an einem Küchentisch, legte die garen Stücke auf Pappteller, fügten Brot und Kartoffelsalat hinzu und verkauften die Portion für einen Dollar.

Der verlockende, appetitanregende Geruch der gegrillten Koteletts überdeckte den Gestank in der Luft. Männer in Hemdsärmeln, leichtgekleidete Frauen und halbnackte Kinder pufften sich gutmütig, aßen das würzige Fleisch und warfen die Knochen achtlos auf den Boden.

Der Höllenlärm der Transistor-Radios, die die Übertragung der Baseballspiele des Abends empfingen, ausbrechendes Gelächter, plötzliche Schreie und laute Zurufe wurden von Reverend Deke O'Malleys blecherner Stimme aus den Lautsprechern übertönt: «Afrika ist unser Heimatland, und dorthin kehren wir zurück. Kein Baumwollpflücken mehr für Weiße, nicht länger von Maisbrot und Schmalz leben ...»

«Ja, Süßer, ja.»

«Seht dieses Schild!» dröhnte Reverend O'Malley und deutete auf eine große Holztafel am Drahtzaun, die verkündete, daß auf diesem Grundstück in zweieinhalb Jahren billige Wohnungen fertiggestellt sein würden, und nannte die Mieten, die keine der versammelten Familien aufbringen konnte. «Über zwei Jahre müßt ihr warten, um in irgendwelche Löcher einzuziehen – falls ihr in sie einziehen dürft und die hohe Miete bezahlen könnt, wenn ihr hineinkommt. Inzwischen könnt ihr in Afrika eure zweite Ernte einbringen, in warmen, sonnigen Häusern leben, wo das einzige Feuer, das ihr überhaupt braucht, zum Kochen dient, wo ihr eure eigene Regierung und eure eigenen Herrscher habt – Schwarze wie wir ...»

Wilde Begeisterung brach aus; Geld stapelte sich auf dem Tisch. Die schwarzen Menschen machten mit leuchtenden Augen ihren Einsatz auf Hoffnung. Einer nach dem anderen trat feierlich vor, zählte seine tausend Dollar auf den Tisch und unterschrieb auf der punktierten Linie des Formulars. Die bewaffneten Wachen nahmen das Geld entgegen und verstauten es sorgfältig in einem offenen Safe in dem gepanzerten Lastwagen.

«Wie viele?» fragte Reverend O'Malley flüsternd eine seiner Sekretärinnen.

«Siebenundachtzig», flüsterte sie zurück.

«Heute abend kann eure letzte Chance sein», verkündete Reverend O'Malley über den Lautsprecher. «Nächste Woche muß ich weiter, um allen unseren Brüdern eine Chance zu geben, in unser Heimatland zurückzukehren. Gott sagt, die Sanftmütigen sollen die Erde erben. Wir waren lange genug sanftmütig. Jetzt werden wir zu unserem Erbteil kommen.»

«Amen, Reverend, amen!»

Puertoricaner mit hoffnungslosen Augen aus dem nahe gelegenen Spanisch-Harlem und die verlorenen und hungrigen schwarzen Menschen aus dem schwarzen Harlem, die keine tausend Dollar hatten, um in ihr Heimatland zurückzukehren, drängten sich vor dem hohen Drahtzaun, rochen den verlockenden Geruch des bratenden Fleisches und träumten von dem Tag, an dem auch sie triumphierend und von ihren Leiden erlöst in ihre Heimat würden zurückkehren können.

«Wer ist der Mann?» fragte einer von ihnen.

«Junge, das ist ein junger kommunistischer christlicher Prediger, der unsere Leute nach Afrika zurückbringt.»

Ein Streifenwagen der Polizei parkte am Straßenrand. Die beiden weißen Polizisten auf den Vordersitzen betrachteten mit mürrischen Blicken die Menschenansammlung.

«Woher haben die wohl ihre Genehmigung für ihre Versammlung?»

«Frag mich nicht. Lieutenant Anderson hat gesagt, wir sollen sie in Ruhe lassen.»

«Das Land wird bald ganz von Negern regiert.»

Sie zündeten sich Zigaretten an und rauchten in verbissenem Schweigen.

Innerhalb des Zauns überwachten drei farbige Polizisten die Versammlung, tauschten scherzhafte Bemerkungen mit ihren Brüdern im Geist, grinsten freundschaftlich und wohlwollend.

Während die Stimme des Sprechers eine Pause machte, näherten sich zwei große Farbige in zerknitterten Anzügen dem Tisch des Versammlungsleiters. Ihre Jacken waren von den Waffen, die sie in Schulterhalftern unter dem linken Oberarm trugen, aufgebauscht. Die Wachen bei dem Panzerwagen wurden aufmerksam. Die beiden jungen Werbeagenten an den Schmalseiten des Tisches schoben ihre Stühle zurück. Aber die beiden Männer waren höflich und lächelten verbindlich.

«Wir sind Detektive von der Dienststelle des District Attorney», sagte der eine; es klang, als müsse er sich dafür entschuldigen. Beide legten ihre Ausweise vor. «Wir haben den Auftrag, Sie zu einer Vernehmung vorzuführen.»

Die beiden Anwerber sprangen erregt von ihren Stühlen. «Diese Weißen können uns einfach nie in Ruhe lassen», fluchte der eine wütend. «Jetzt setzen sie schon unsere eigenen Brüder gegen uns ein.»

Reverend O'Malley winkte sie zurück und wandte sich an die Detektive. «Haben Sie einen Haftbefehl?»

«Nein. Es würde Ihnen aber viel Ärger ersparen, wenn Sie freiwillig mitkommen.»

Der zweite Detektiv fügte hinzu: «Sie können sich Zeit lassen und Ihre Veranstaltung beenden. Ich rate Ihnen aber dringend, mit dem District Attorney zu sprechen.»

«Also gut», antwortete Reverend O'Malley gelassen. «Später dann.»

Die beiden Detektive traten zur Seite. Alle beruhigten sich wieder.

Einer der Anwerber bestellte sich eine Portion gegrillte Schweinerippen.

Für einen Augenblick richtete sich die allgemeine Aufmerksamkeit auf einen Fleischlieferwagen, der auf das Grundstück fuhr. Die freiwilligen Ordner, die eifrig das Tor bewachten, hatten ihn passieren lassen.

«Ihr kommt gerade zur rechten Zeit, Boys», rief der schwarze Küchenchef dem weißen Fahrer zu, als der Lieferwagen sich näherte. «Uns gehen die Schweinerippen aus.»

Ein aufflammender Blitz beleuchtete die grinsenden Gesichter der beiden Weißen auf den Vordersitzen. «Warte, bis wir gewendet haben», rief der Beifahrer dem Koch zu. Er sprach mit deutlichem Südstaatenakzent.

Der Lieferwagen fuhr weiter bis vor den Tisch des Versammlungsleiters, wendete, stieß zurück und bahnte sich behutsam seinen Weg durch die wogende Menge.

Reverend O'Malley ignorierte die Störung und fuhr über die Lautsprecheranlage fort: «Die verdammten Weißen im Süden haben uns jahrhundertelang wie die Hunde geschunden, und wenn wir unseren Lohn für unsere Arbeit fordern, schieben sie uns nach dem Norden ab ...»

«Das is die reine Wahrheit!» schrie eine weibliche Stimme.

«Und die verdammten Weißen im Norden wollen uns nicht...» Er brach ab und stieß einen seltsamen Laut aus: es klang, als sei ihm die Luft ausgegangen. Zwei maskierte Männer waren hinten aus dem Lieferwagen gesprungen. Sie hielten Maschinenpistolen in den Händen.

Einen kurzen Augenblick lang herrschte Stille. Die Szene erstarrte. Augen hingen an den schwarzen Mündungen der Maschinenpistolen. Muskeln waren gelähmt, Gehirne hörten auf zu denken.

Dann warnte schleppend eine rauhe Stimme, die klang, als ob sie aus den Hinterwäldern Mississippis käme: «Wer stillhält, dem passiert nichts.»

Die Neger, die den gepanzerten Lastwagen bewachten, hoben in einer Reflexbewegung die Hände. In schwarzen Gesichtern war fast nur noch das Weiße der Augen sichtbar. Reverend O'Malley ließ sich schnell unter den Tisch gleiten. Die beiden schwarzen Detektive hielten still, wie ihnen befohlen worden war.

Aber der junge Anwerber am linken Ende des Tisches, der gerade einen Bissen von seinem gebratenen Fleisch kaute, sah seinen Traum untergehen und griff nach seiner Hüfttasche. Die eine Maschinenpistole bellte kurz, und ein Gemisch von Zähnen, gegrilltem Schweinefleisch und menschlicher Gehirnsubstanz flog durch die Luft. Eine Frau kreischte auf. Der junge Mann fiel langsam um. Der halbe Kopf fehlte.

Die Stimme mit dem Mississippi-Tonfall fluchte wütend: «Gottverdammter dämlicher Mutterschänder!»

Die weichere Südstaatenstimme des Schützen verteidigte sich: «Er hat nach der Waffe ...»

«Scheiß drauf! Hol das Geld! Beeil dich!» Der große, schwere Weiße mit der schwarzen Maske ließ die Maschinenpistole langsam über die Menge wandern und warnte: «Laßt euch Zeit mit dem Sterben.»

Alles verharrte reglos, und doch wich die Menschenmasse vor den Waffen zurück – es war, als ob der Boden selbst sich bewegte. Nur ganz im Hintergrund begann Panik zu explodieren, hier und dort, wie Knallfrösche.

Jetzt stieg auch der Beifahrer aus und fuchtelte ebenfalls mit einer weiteren Maschinenpistole. Die vorderen Reihen schmolzen vor ihm.

Die beiden mürrischen Polizisten sprangen aus ihrem Streifenwagen, rannten zum Zaun und versuchten zu erkennen, was eigentlich los war. Doch es war nichts zu sehen als ein sonderbares, wogendes Durcheinander schwarzer Menschen.

Die drei farbigen Polizisten in der Umzäunung kämpften mit gezogenen Waffen gegen eine menschliche Flutwelle an, wurden aber langsam und unaufhaltsam zurückgeschwemmt.

Der zweite Mann mit der Maschinenpistole, der den Feuerstoß abgegeben hatte, warf sich die Waffe über die Schulter, lief zu dem gepanzerten Lastwagen und begann Geld in einen Sack zu stopfen.

«Barmherziger Jesus!» jammerte eine Frau.

Die schwarzen Wachen wichen zurück, die Arme hoch erhoben, und ließen den Weißen das Geld nehmen. Deke blieb unsichtbar unter dem Tisch, auf dem zwei blutige Zähne lagen. Die farbigen Detektive hatten sich nicht gerührt.

Die beiden Polizisten draußen vor dem Zaun sprangen in ihren Streifenwagen. Der Motor heulte auf. Die Sirene setzte ein, stöhnte erst und begann zu jaulen, als der Wagen in der Straße wendete und auf das Tor in der Umzäunung zufuhr.

Die farbigen Polizisten in der Umzäunung begannen in die Luft zu schießen, versuchten sich einen Weg zu bahnen, steigerten das Tohuwabohu aber nur. Eine schwarze Flutwelle wie von einem Hurrikan schwemmte über sie hinweg.

Der Weiße mit der Maschinenpistole auf der Schulter bekam das ganze Geld – 87 000 Dollar – und sprang damit hinten in den Lieferwagen. Der Motor dröhnte auf. Der andere Mann mit der Maschinenpistole folgte dem ersten und schlug die hintere Tür zu. Der Beifahrer kletterte auf seinen Platz, als der Wagen anfuhr.

Der Streifenwagen preschte mit gellender Sirene durch das Tor im Zaun, als ob der Platz leer wäre. Ein fetter Neger flog wie ein übermäßig aufgepumpter Fußball durch die Luft. Eine Stoßstange streifte eine Frau und ließ sie herumwirbeln wie ein tanzender Derwisch. Leute rannten auseinander, fuhren zur Seite, sprangen, hüpften, rasten, um dem Streifenwagen aus dem Weg zu kommen, taumelten dabei gegeneinander und warfen sich um.

Aber dem rasch beschleunigenden Lieferwagen wurde dadurch der

Weg freigemacht. Die Polizisten sahen zu dem Fahrer und seinem Beifahrer hinüber, erkannten Weiße und fuhren weiter, um nach farbigen Verbrechern zu suchen. Die Männer mit den Maschinenpistolen entkamen.

Die beiden schwarzen Wachtposten sprangen in den gepanzerten Lastwagen. Die beiden farbigen Detektive schwangen sich auf die Trittbretter, Pistolen in den Händen. Deke kam unter dem Tisch hervorgekrochen und stieg hinten zu dem Safe ein. Der Motor sprang sofort an; er klang wie eine große Cadillac-Maschine von vierhundert PS. Der Panzerwagen stieß zurück, wendete, richtete die Nase auf das Tor und blieb stehen.

«Soll ich ihnen nachfahren?» fragte der Fahrer.

«Hol sie ein, verdammt noch mal. Fahr sie zusammen!» brüllte einer der farbigen Detektive.

Der Fahrer zögerte noch einen Augenblick. «Die sind so bewaffnet, daß sie Bären jagen könnten.»

«Scheiß auf die Bären!» schrie der Detektiv. «Die hauen doch ab!»

Graue Farbe leuchtete kurz auf, als der Lieferwagen auf der Lexington Avenue, in nördlicher Richtung fahrend, ein Taxi überholte.

Der starke Motor des gepanzerten Wagens dröhnte, der Laster machte einen Satz nach vorn. Der Streifenwagen beschrieb einen scharfen Bogen, um ihm den Weg abzuschneiden, kam ins Schleudern und raste geradewegs in die Grillgrube. Dampf stieg auf, als der Inhalt des geplatzten Kühlers sich auf die glühenden Kohlen ergoß. Ein plötzlich aufzuckender Blitz beleuchtete die durcheinanderrennenden Menschen, die von Dampfwolken umhüllt waren.

«Gottallmächtiger, die Erde ist geborsten», schrie eine Stimme.

«Die Hölle is los!»

«Stehenbleiben oder ich schieße!» schrie der Polizist, während er aus der qualmenden Ruine kletterte.

Er hätte ebensogut dem Blitz damit drohen können.

Der gepanzerte Laster bahnte sich den Weg zum Tor und bog mit kreischenden Reifen in die Lexington Avenue ein. Der Detektiv auf der Außenseite stürzte vom Trittbrett, aber der Wagen hielt nicht an, um auf ihn zu warten. Donnergrollen vermischte sich mit Motordröhnen, als die starke Maschine auf Touren kam. Ein neu hinzugekommener Streifenwagen hängte sich an.

O'Malley klopfte an das Fenster, das das Führerhaus von dem Laderaum trennte, und reichte dem Wachmann ein automatisches Gewehr und eine kurzläufige Flinte nach vorn. Der übriggebliebene Detektiv auf dem anderen Trittbrett kauerte sich zusammen, klammerte sich mit der linken Hand fest und hielt in der rechten eine .45er Colt Automatic.

Der gepanzerte Laster fuhr schneller als je ein gepanzerter Lastwagen gefahren ist. An der Kreuzung mit der 125th Street stand die Ampel auf Rot, und von Westen kam ein großer Diesellaster. Der gepanzerte

Wagen überfuhr das rote Licht und kam um Haaresbreite vor dem großen Laster vorbei.

Ein Witzbold, der an der Ecke stand, schätzte die Situation falsch ein und grölte jubilierend: «Gohott verdammt, jetzt sindse im Eimer!»

Der Streifenwagen stoppte, um den Diesellaster vorbeizulassen.

«Nee, doch nich», konstatierte der Witzbold enttäuscht, als die Kreuzung wieder frei war.

Der Fahrer des Panzerautos gab noch mehr Gas. Die Polizeisirene verklang in der Ferne, aber der Lieferwagen war fast außer Sicht.

An der 137th Street bog der Lieferwagen nach links ab. In der Kurve flog die hintere Tür auf; ein Baumwollballen entglitt den krallenden Händen der beiden weißen Maschinenpistolenschützen und fiel auf die Straße. Der Lieferwagen kam mit kreischenden Bremsen und seitlich schleudernd zum Halten und begann rückwärts zu rollen. Doch in diesem Augenblick kam der gepanzerte Laster wie das hereinbrechende Schicksal um die Ecke gebraust. Der Lieferwagen wechselte die Fahrtrichtung, ohne seine Bewegung zu unterbrechen, und schoß davon. Aus seinem Innern barst eine rote Garbe Maschinenpistolenfeuer, und die kugelsichere Windschutzscheibe des gepanzerten Lasters war plötzlich von Sternen übersät, die dem Fahrer einen Teil der Sicht nahmen. Dem Baumwollballen konnte er gerade noch ausweichen. Er konnte sogar erkennen, was es war, glaubte aber, er hätte Delirium tremens.

Der Wachmann versuchte, die Mündung seines Gewehrs durch die Schießscharte in der Windschutzscheibe zu schieben, als ein zweiter Feuerstoß von dem Lieferwagen kam; dann wurde dessen rückwärtige Tür zugeschlagen. Niemand fiel auf, daß auch der Detektiv auf dem anderen Trittbrett des Panzerautos plötzlich verschwunden war.

Der Vorsprung des Lieferwagens wuchs. Es mußte wohl eine Maschine eingebaut worden sein, die Frischfleischlieferungen aus Texas ermöglichte. Weit hinten jaulte, eben noch vernehmbar, die Sirene des Streifenwagens, als wolle sie schreien: *Wartet auf mich!* Blitze zuckten auf. Noch ehe das Rollen des Donners hörbar wurde, fiel der Regen in dichten Strömen.

2

«Mensch, Jones!» Lieutenant Anderson erhob sich hinter dem Schreibtisch des Captain, um seinem Detektiv-As die Hand zu schütteln. «Schön, daß Sie wieder da sind!» Er strahlte.

Grave Digger drückte die schmale weiße Hand in seiner großen, schwieligen Pfote und grinste. «Sie sollten mal an die Sonne, Lieutenant, sonst hält Sie noch mal wer für ein Gespenst», sagte er, als ob er eine Unterhaltung vom Vorabend fortsetzte und keine sechs Monate inzwischen vergangen wären.

Der Lieutenant ließ sich auf seinem Sitz zurücksinken und sah Grave Digger abschätzend an; in dem Schein der Schreibtischlampe mit dem grünen Schirm wirkte sein blasses Gesicht kränklich. «Der alte Jones», sagte er. «Mann, ich habe Sie vermißt.»

«Unkraut vergeht nicht», murmelte Coffin Ed aus dem Hintergrund.

An diesem Abend machte Grave Digger zum erstenmal wieder Dienst, seit einer von Benny Masons Revolvermännern ihn bei einem Feuergefecht zusammengeschossen hatte, zu dem es im Zusammenhang mit dem Verschwinden einer Lieferung Heroin gekommen war. Drei Monate hatte er im Krankenhaus gelegen und anschließend drei Monate als Rekonvaleszent zu Hause verbracht. Von den Schußnarben abgesehen, die seine Kleider verdeckten, und einer fingerbreiten Narbe am Schädel, die der Haaransatz unsichtbar machte, sah er so gut wie unverändert aus. Dasselbe dunkelbraune, knorrige Gesicht, dieselben langsam aufglühenden, rötlichbraunen Augen; derselbe große, zähe, schlaksige Körper eines Hilfsarbeiters aus einem Walzwerk; derselbe dunkle, abgegriffene Filzhut, den er Sommer wie Winter auf den Hinterkopf gestülpt trug; derselbe abgetragene schwarze Alpaca-Anzug mit derselben Beule über dem Revolver, der nach den Wünschen seines Besitzers angefertigt worden war – ein überlanger Lauf, Kaliber .38, mit passender Trommel auf den Rahmen einer .45er Waffe montiert – und der in dem Halfter unter der linken Schulter steckte. Coffin Ed trug ein Duplikat dieses zum Schießen wie zum Zuschlagen gleich geeigneten Instruments. Die beiden Männer hatten überhaupt vieles gemeinsam, und seit Lieutenant Anderson mit ihnen zusammenarbeitete, hatten sie ihn immer an zwei Schweinezüchter erinnert, die übers Wochenende zu Besuch in die große Stadt gekommen sind.

«Hoffentlich hat diese Geschichte Sie nicht voreilig gemacht», sagte Lieutenant Anderson leise.

In Coffin Eds von Narben entstelltem Gesicht zuckte es; die Stellen mit der verpflanzten Haut veränderten ihre Form. «Ich verstehe, Lieutenant», sagte er rauh. «Sie meinen, so voreilig wie mich ...» Seine Kaumuskeln schwollen zu Knoten, während er schluckte. «Besser voreilig als tot.»

Der Lieutenant wandte sich ihm zu und starrte ihn an. Vor vier Jahren hatte ein Ganove Coffin Ed ein Glas Säure ins Gesicht geschüttet, und seitdem war er in den Geruch gekommen, mit der Waffe schnell bei der Hand zu sein.

«Du brauchst dich nicht zu entschuldigen», sagte Grave Digger schroff. «Du wirst nicht dafür bezahlt, dich umlegen zu lassen.»

Trotz des grünlichen Lichts lief Lieutenant Anderson rot an. «Verdammt», verteidigte er sich, «ich stehe doch auf eurer Seite. Ich weiß, was ihr hier in Harlem vor euch habt. Ich kenne euer Revier. Es ist auch meins. Aber der Commissioner meint, ihr hättet hier schon zu oft und zu schnell geschossen ...» Er hob die Hand, um jede Unterbrechung abzuwehren. «Banditen, ich weiß, gefährliche Banditen. Und in Notwehr... Aber ihr habt schon ein paarmal vor dem Untersuchungsausschuß gestanden; sie haben euch schon mal für drei Monate vom Dienst suspendiert, und die Zeitungen schreien sich heiser über die Brutalität der Polizei. Neuerdings tuten auch noch verschiedene Organisationen in das gleiche Horn, und...»

«Es sind die weißen Beamten, die sinnlose Brutalitäten begehen», knurrte Coffin Ed gereizt. «Digger und ich, wir spielen nicht die harten Burschen.»

«Wir *sind* hart», knurrte Grave Digger.

Lieutenant Anderson schob die Papiere auf dem Schreibtisch an eine andere Stelle und sah auf seine Hände. «Ja, ich weiß. Ich weiß das alles, aber... Eh, sie werden versuchen, es euch anzuhängen. Das wißt ihr so gut wie ich. Ich bitte euch nur, auf Nummer Sicher zu gehen. Riskiert nichts unnötig. Nehmt niemand fest, wenn ihr keine Beweise habt. Wendet keine Gewalt an, außer in Notwehr. Vor allem, schießt nicht, wenn es sich irgend vermeiden läßt, und...»

«... und laßt die Verbrecher laufen», ergänzte Coffin Ed.

«Der Commissioner ist der Ansicht, es müßte andere Mittel als brutale Gewalt geben, das Verbrechen zu bekämpfen», murmelte der Lieutenant. Das Rot in seinem Gesicht wurde dunkler.

«Na, dann schlagen Sie ihm doch vor, er soll mal herkommen und es uns zeigen», sagte Coffin Ed freundlich.

Die Adern traten an Grave Diggers Schläfen hervor, und seine Stimme klang trocken wie Watte. «Harlem hat die höchste Verbrechensquote auf der Welt. Und es gibt nur drei Dinge, die man dagegen tun kann. Die Verbrecher dafür bezahlen lassen – das wollt ihr nicht; die Menschen ausreichend bezahlen, daß sie anständig leben können – das werdet ihr nicht tun; bleibt also nur übrig, sie sich gegenseitig auffressen zu lassen.»

Plötzlich drang aus der Wachstube des Reviers Lärm herüber – wütend erhobene Stimmen, Schreie, Flüche, kreischende Frauen, wilde Proteste. Ein Transportwagen hatte nach einer Razzia in einem Bordell, in dem Rauschgift gehandelt wurde, seine Fracht ausgeleert.

Der Lautsprecher der Sprechanlage meldete sich plötzlich: «Lieutenant, Sie werden hier draußen gebraucht; sie haben den Zirkus von Big Liz ausgeräumt.»

Der Lieutenant schaltete sich ein. «In ein paar Minuten. Und bringt die Bande um Gottes willen zur Ruhe.»

Dann sah er von einem der Detektive zum anderen. «Verdammt noch mal, was ist heute eigentlich los? Es ist erst zehn Uhr abends, und nach den Anzeigen geht's schon seit heute früh so zu.» Er blätterte durch die Akten und las vor: «Mann erschlägt Frau mit Axt, weil sie Frühstückskotelett anbrennen ließ... Mann erschießt einen anderen, als er Schießerei demonstriert, deren Zeuge er kürzlich war... Mann ersticht jemand, der ihm Bier über seinen neuen Anzug gegossen hat... Frau sticht Mann vierzehnmal in den Leib, kein Grund angegeben... Frau verbrüht Nachbarin mit kochendem Wasser, weil sie mit ihrem Mann gesprochen hat... Mann festgenommen, weil er drohte, Untergrundbahnzug in die Luft zu sprengen, als er auf falscher Station ausstieg und Fahrgeld nicht zurückbekam...»

«Alles die lieben Mitbürger von der falschen Hautfarbe», warf Coffin Ed ein.

Anderson ignorierte es. «Mann geht mit Rasiermesser auf Fremden los, der seinen neuen Anzug trägt», las er weiter. «Als Irokese verkleideter Mann spaltet weißem Mixer mit selbstgebasteltem Tomahawk den Schädel... Fünfundzwanzig Männer festgenommen, weil sie versuchten, alle Weißen aus Harlem zu vertreiben...»

«Heute ist Unabhängigkeitstag», erinnerte Grave Digger.

«Unabhängigkeitstag!» wiederholte Lieutenant Anderson und holte langsam und tief Luft. Er schob die Meldungen beiseite und zog unter der Ecke der Schreibunterlage ein Formular heraus. «Na schön. Hier – vom Captain. Euer Auftrag.»

Grave Digger setzte sich auf die Schreibtischkante und legte den Kopf schief; Coffin Ed trat an die Wand zurück in den Schatten, um sein Gesicht zu verbergen, wie es seine Gewohnheit war, wenn er das Unerwartete erwartete.

«Ihr sollt Deke O'Hara beschatten», las Anderson vor.

Die beiden farbigen Detektive starrten ihn an, aufmerksam, aber ohne Fragen zu stellen.

«O'Hara wurde vor zehn Monaten aus dem Bundesgefängnis in Atlanta entlassen.»

«Als ob jemand in Harlem das nicht wüßte», sagte Grave Digger trocken.

«Was viele nicht wissen: Der ehemalige Sträfling Deke O'Hara ist identisch mit Reverend Deke O'Malley, dem Führer der neuen Bewegung ‹Heim nach Afrika›.»

«Na schön, übergehen wir die Dummköpfe.»

«Er sitzt in der Klemme. Das Syndikat hat beschlossen, ihn umzulegen», berichtete Anderson feierlich.

«Quatsch», erwiderte Grave Digger unverblümt. «Wenn das Syndikat ihn umgelegt sehen wollte, wäre er jetzt schon verfault.»

«Vielleicht.»

«Was heißt hier vielleicht? Sie können in Harlem ein Dutzend Ganoven finden, die ihn für einen Hunderter umlegen.»

«So leicht ist O'Malley nicht umzubringen.»

«Jeder ist leicht umzubringen», erklärte Coffin Ed. «Deshalb sind wir bei der Polizei bewaffnet.»

«Also das versteh ich nicht», sagte Grave Digger nachdenklich. «Dieser O'Hara oder von mir aus O'Malley verpfeift die Bosse vom Syndikat; bei dreizehn langt's zur Anklageerhebung – sogar einer von uns war dabei, Lieutenant Brandon aus Brooklyn drüben ...»

«Es gibt überall mal ein schwarzes Schaf», sagte Lieutenant Anderson unbeabsichtigt.

Grave Digger starrte ihn an. «Das ist verdammt wahr», stimmte er trocken zu.

Anderson errötete. «Ich habe es nicht so gemeint. Nicht, was Sie denken.»

«Ich weiß, wie Sie's gemeint haben. Aber Sie wissen nicht, was ich denke.»

«Na und? Was denken Sie?»

«Ich denke, warum hat er es wohl getan? Was meinen Sie?»

«Wegen der Belohnung», antwortete Anderson.

«Ja, deswegen. Die Welt ist voll von Menschen, die für Geld zu allem bereit sind. Er hat geglaubt, er kriegt eine halbe Million Dollar – die zehn Prozent Belohnung für die Anzeige bei Steuerhinterziehung. Um über fünf Millionen haben sie die Regierung beschissen, und O'Malley hat ausgepackt ... Sieben von den dreizehn sind hinter Gittern gelandet, darunter O'Malley. Weil er vor lauter Auspacken versehentlich auch was von seinen eigenen Steuergepflogenheiten gesagt hat. Einunddreißig Monate hat er abgesessen, und jetzt ist er wieder draußen. Ich weiß nicht, wieviel von seinem Judaslohn er bekommen hat ...»

«Ungefähr fünfzigtausend», warf Anderson ein. «Hat er aber alles in sein Unternehmen gesteckt.»

«Digger und ich, wir könnten auch fünfzigtausend brauchen. Aber bei uns ist so was ja im Gehalt inbegriffen», sagte Coffin Ed aus dem Schatten.

«Darüber wollen wir uns keine Sorgen machen», antwortete Lieutenant Anderson ungeduldig. «Jetzt kommt's darauf an, O'Malley am Leben zu erhalten.»

«Hm, ja ... Das Syndikat will ihn also umbringen, die arme kleine Ratte», sagte Grave Digger. «Das habe ich alles schon mal gehört. Das Syndikat hat gesagt: ‹O'Malley kann zwar laufen, aber verstecken kann er sich nicht.› O'Malley ist nicht gelaufen und versteckt hat er sich nur hinter einer Bibel. Und tot ist er auch noch nicht ... Ich frag mich, wieso ist er plötzlich so wichtig, daß er Polizeischutz kriegen soll – nachdem das Syndikat zehn Monate lang Zeit gehabt hat, zuzuschlagen, wenn es gewollt hätte.»

«Also, zunächst einmal glauben die Leute hier in Harlem – verantwortliche Leute: Pastoren und Negerführer und Politiker und so –, daß er eine Menge Gutes tut. Er hat die Hypothek für eine alte Kirche abgelöst, er hat diese neue Bewegung ‹Heim nach Afrika› gegründet ...»

«Die ursprüngliche Bewegung ‹Heim nach Afrika› distanziert sich von ihm», unterbrach Coffin Ed.

«... und die Leute haben dem Commissioner in den Ohren gelegen, O'Malley Polizeischutz zu geben. Wegen seiner Anhänger und... Na, weil er Einfluß hat. Die Befürworter haben den Commissioner überzeugt, daß es zu Rassenunruhen kommt, wenn O'Malley von irgendeinem weißen Berufskiller über den Haufen geschossen wird.»

«Glauben Sie das, Lieutenant? Glauben Sie, daß der Commissioner von diesem Quatsch überzeugt worden ist? Daß das Syndikat nach zehn Monaten wirklich noch darauf aus ist, O'Malley umzulegen?»

«Vielleicht haben die Leute, die jetzt für ihn eintreten, nur so lange gebraucht, um zu merken, wie nützlich er für die Gemeinde ist», antwortete Anderson.

«Das wäre eine Möglichkeit», räumte Grave Digger ein. «Welche anderen gibt es?»

«Sonst hat der Commissioner nichts gesagt. Er zieht den Captain und mich nicht immer ins Vertrauen», antwortete der Lieutenant mit leichtem Sarkasmus.

«Nee. Bloß wenn er Angst hat, ich und Digger könnten all diese armen, unschuldigen Menschen hier totschießen», knurrte Coffin Ed im Hintergrund.

«Also gut, kommen wir zur Sache», sagte Lieutenant Anderson. «O'Malley ist bereit, uns dabei zu unterstützen.»

«Klar. Ihn kostet's nichts, und es kann ihm das Leben retten. O'Malley ist zwar eine Ratte, aber kein Idiot.»

«Ich komm mir vor wie ein Kindermädchen für Vorbestrafte», meuterte Coffin Ed.

«Befehl ist Befehl», erwiderte Anderson steif. «Und vielleicht kommt es ganz anders, als Sie glauben.»

«Mir soll nur keiner mehr was erzählen von wegen ‹Verbrechen zahlt sich nicht aus›.» Grave Digger stand auf.

«Ihr kennt doch die Geschichte vom verlorenen Sohn», erinnerte Anderson.

«Ja, kennen wir. Aber kennen Sie die Geschichte von dem gemästeten Kalb?»

«Was war mit dem gemästeten Kalb?»

«Als der verlorene Sohn zurückkehrte, konnten sie das gemästete Kalb nicht finden. Sie suchten überall, aber schließlich gaben sie es auf und gingen zu dem verlorenen Sohn, um sich zu entschuldigen. Aber als sie dann sahen, wie fett der geworden war, haben sie ihn geschlachtet und an Stelle des gemästeten Kalbs gefressen.»

«Aha. Und darum sollt ihr dafür sorgen, daß unserem verlorenen Sohn das nicht passiert», erklärte Anderson todernst.

In diesem Augenblick klingelte das Telefon. Lieutenant Anderson griff nach dem Hörer.

Eine laute, fröhliche Stimme krähte: «Captain?»

«Lieutenant!»

«Egal, was Sie sind. Ich wollt bloß sagen, hier is die Erde aufgerissen un alle Teufel sin los ...» Dann gab die Stimme den Ort an, wo die Versammlung der Bewegung ‹Heim nach Afrika› stattgefunden hatte.

3

«Und dann sacht Jesus, John, sacht er, das einzige, was schlimmer is als ein betrügerisches Weib, das is 'n betrügerischer Mann.»

«Das hat Jesus gesagt? Isses denn nich die reine Wahrheit?»

Sie standen im düsteren Licht einer entfernten Straßenlaterne vor der hohen Backsteinfassade der Abyssinian Baptist Church, durch das Vordach vom Regen geschützt. Der Mann erzählte der Frau einen Traum, den er in der Nacht zuvor gehabt hatte. In diesem Traum hatte er ein langes Gespräch mit Jesus Christus geführt.

Er war ein unscheinbar aussehender Mann mit blau-weiß gestreiften Hosenträgern über einem blauen Sporthemd, die an altmodisch weitgeschnittene dunkelbraune Hosen geknöpft waren. Er sah aus wie das geborene Opfer eines betrügerischen Weibes.

Ihr sah man die Betschwester auf den ersten Blick an. Allein die Art, wie sie ständig selbstgefällig den Mund verzog ... Man konnte sofort erkennen, daß ihre Seele gerettet war. Sie trug einen langen schwarzen Rock und eine lavendelfarbene Bluse, und aus ihren aufgestülpten Lippen und ihrem glänzenden, leuchtenden Gesicht sprachen rechtschaffene Empörung, als er sagte:

«Ich faß mich also und frach Jesus, wer der größere Sünder is – meine Frau, weil sie mit dem Kerl geht, oder der Kerl, weil er mit meiner Alten geht, und Jesus sacht, wie kommt's denn, daß du mich das frachst, John? Du denkst doch nich dran, daß du ihnen was tun wills, John? Nee, sach ich, ich werdse in Ruh lassen, Jesus, aber der Mann, der is genauso verheirat wie meine Frau, un ich will nich dafür verantwortlich sein, für das, was zwischen ihm und seiner Frau passieren kann. Sacht Jesus, mach dir keine Sorgen deswegen, John, es bleiben doch immer welche übrig ...»

Ein plötzlich aufzuckender Blitz beleuchtete einen zweiten Mann, der unmittelbar hinter der faszinierten Betschwester kniete und ihr mit einer Rasierklinge den Rock hinten so vorsichtig aufschlitzte, daß sie nichts davon spürte. Dann schnitt er den Unterrock in der gleichen Weise auf. Die Klinge beschrieb einen weiten Halbkreis – einmal, zweimal; die ausgeschnittenen Bahnen von Rock und Unterrock wurden behutsam entfernt und dann achtlos gegen die Kirchenmauer geworfen. Die Operation enthüllte eine schwarze, in rosa Kunstseidenhöschen gehüllte Hinterbacke und die nackte Rückseite eines dicken schwarzen Oberschenkels über dem umgerollten Saum eines beigefarbenen Kunstseidenstrumpfs. Die Betschwester hatte nichts gemerkt.

«Jeder, wo Ehebruch begeht, bricht eins der Gebote meines Vaters, sacht Jesus, egal wie gut dasses tut», berichtete John.

«Amen», flüsterte die Betschwester. Ihr Hintern begann zu beben, als sie sich diese ungeheuerliche Sünde vor Augen hielt, was den hinter ihr Knienden zu größerer Vorsicht zwang.

«Sach ich zu Jesus, das is das Dumme am Christentum: Die guten Sachen sin immer Sünde», sagte John.

«Weiß Gott, ja. Is doch wahr!» rief die Betschwester und beugte sich vor, um John in spontan aufwallender Freude auf die Schulter zu klopfen. Die abgetrennte linke Hälfte von Rock und Unterrock fielen dem knienden Mann in die Hand.

Jetzt waren der ganze untere Teil des breiten, rosa verhüllten Hinterns und die Rückseite zweier dicker schwarzer Oberschenkel über beigefarbenen Strümpfen entblößt. Die schwarzen Oberschenkel quollen nach allen Seiten, so daß unmittelbar unter dem Schritt, dort wo der Körper begann, eine Art Tasche entstand, in der man sich das Gesäß eines Mannes vorstellen konnte, festgeklemmt wie in einem Schraubstock. Aber jetzt hing in dieser Tasche, an einem Gummiband befestigt, ein wasserdichter Geldbeutel. Das Gummiband verschwand unter dem Schlüpfer und war um die Taille der Frau geschlungen.

Mit atemberaubender Zartheit, aber mit sicherem Griff und fester Hand griff der Kniende nach dem Geldbeutel und begann das Gummiband zu durchschneiden. Er erinnerte an einen Chirurgen bei einer Gehirnoperation.

John beugte sich vor und faßte die Frau zärtlich an der Schulter; seine Stimme klang heiser:

«Da sacht Jesus, John, sacht er, begeh du soviel Ehebruch wie du willst – aaaber wunner dich nich, wenn du hinnerher in der Hölle braten mußt.» Es klang überredend.

Die Betschwester lachte schrill und klopfte ihm wieder auf die Schulter. «Er wollt dich nur aufziehn, der Heiland. Ein einziges Mal wird er uns bestimmt vergeben.» Sie zuckte einladend mit dem Hintern – zweifellos, um Jesu Barmherzigkeit zu demonstrieren.

Dabei spürte sie die Hand, die behutsam den Geldbeutel zwischen ihren Beinen herauszog. Noch ehe sie sich umgedreht hatte, schlug sie automatisch nach hinten und traf den knienden Mann mitten ins Gesicht.

«Mutterschänder, willst du mir mein Geld stehlen», keifte sie und wollte sich auf den Dieb stürzen.

Der schlug einen Haken und rannte blindlings auf die Fahrbahn. Noch ehe ihm die Betschwester folgen konnte, traf ihn mit voller Wucht ein in rasendem Tempo um die Ecke fegender Lieferwagen für Fleisch, schleuderte ihn zehn Meter weit vor sich her auf die Straße und überfuhr ihn anschließend. Dabei verlor der Fahrer die Herrschaft über den Wagen. Das Fahrzeug machte einen Satz auf den Gehsteig, riß einen Telefonmast an der Ecke der Seventh Avenue um, kam auf dem nassen

Asphalt noch mehr ins Schleudern und krachte gegen die Betonbarriere, die den Grünstreifen in der Mitte der Avenue einfaßt.

Die Betschwester rannte zu dem zerschmetterten Körper hinüber und riß den Geldbeutel an sich, den der Tote noch in der Hand hielt. Sie achtete nicht auf den strömenden Regen; sie achtete auch nicht auf die grellen Scheinwerfer des gepanzerten Lastwagens, die wie Zwillingskometen aus der Nacht auf sie zurasten.

Der Fahrer sah plötzlich mitten auf der Straße das rosa überspannte Gesäß einer großen schwarzen Frau vor sich, die sich über jemand beugte, der wie ein Toter aussah; er war endgültig davon überzeugt, Delirium tremens zu haben, versuchte aber verzweifelt auszuweichen – bremsen hatte auf dem nassen Asphalt der Seventh Avenue keinen Sinn. Der Wagen schlitterte quer zur Fahrtrichtung in die Avenue hinaus und wurde von einem großen Lastwagen voll in die Seite gerammt.

Die Betschwester rannte in entgegengesetzter Richtung davon, ihren Geldbeutel fest umklammernd. Nahe der Lexington Avenue drängten sich Neugierige um einen anderen toten Farbigen, der auf der Straße lag und vom Regen für sein Grab gewaschen wurde. Er lag in einer grotesken Stellung auf dem Bauch im Rinnstein, den einen Arm ausgestreckt, den anderen unter sich. Die nach oben gekehrte Seite seines Gesichts war weggeschossen. Von einer Waffe war nichts zu sehen.

In der Nähe hielt quer zur Fahrbahn ein Streifenwagen der Polizei. Einer der Polizisten des Wagens stand neben dem Toten im Regen, der andere saß in dem Wagen und alarmierte das Revier.

Die Betschwester eilte auf der anderen Straßenseite weiter und versuchte unbemerkt zu bleiben. Aber ein großer, farbiger Arbeiter, der noch den Overall trug, in dem er den ganzen Tag gearbeitet hatte, sah sie. Er riß Mund und Augen auf.

«Lady», rief er verschüchtert, «ihr Hintern guckt raus.»

Sie drehte sich wütend um. «Kümmernse sich um ihrn eigenen Mist!»

Er wich zurück und griff höflich an seine Mütze. «Ich wollt Ihnen nich zu nahe treten. Is ja schließlich Ihr Hintern.»

Sie eilte weiter die Straße entlang, mehr um ihre Frisur besorgt als darüber, daß ihr Hinterteil zu sehen war.

An der Ecke der Lexington Avenue kämpfte ein alter Lumpensammler von der Sorte, die nachts die Straßen Harlems nach Altpapier und verwertbarem Müll abklappern, mit einem Ballen Baumwolle und versuchte ihn auf seine Karre zu laden. Regen rann von seinem alten Schlapphut und durchweichte seinen zerfetzten Overall. Sein kleines, ausgemergeltes Gesicht war von dichtem weißen Kraushaar eingerahmt, das ihm einen gütigen Ausdruck verlieh. Sonst war niemand zu sehen. Wer bei diesem Regen überhaupt draußen auf der Straße war, stand bei der Leiche und glotzte.

Als er die große, stämmige Frau auf sich zukommen sah, unterbrach er seinen Kampf mit dem Baumwollballen und fragte höflich: «Ma'am, würdn Sie mir bitte helfen, diesen Baumwollballn auf mein Karrn ladn? Bitte, Ma'am.»

Er hatte sie nicht von hinten gesehen, darum überraschte ihn ihre unverhohlene Feindseligkeit.

«Was fürn Trick issen das nu wieder?» fuhr sie ihn an.

«Is ga kein Trick, Ma'am. Ich will ja bloß das Ding auf mein Karrn kriegn. Das issen Ballen Baumwolle is das.»

«Baumwolle!» rief sie empört und betrachtete den Baumwollballen mit feindlichem Mißtrauen. «Sie sollten sich was schämen, so alt und schlecht wie Sie sind! Mich mit so was um mein Geld bringn wollen ... Seh ich vielleicht so dumm aus?»

«Nee, Ma'am, aber wenn Sie 'ne Christin wärn, würdn Sie nich so redn, nur weil 'n alter Mann Sie fragt, ob Sie ihm nich helfn könn, 'n Balln Baumwolle hochzuhebn.»

«Ich bin Christin, du Bastard!» kreischte sie. «Deshalb versucht ihr Gauner ja auch, mir mein Geld zu stehln ... Aber ich bin nich so fromm, daß ich blöd bin; daß ich nich weiß, in New York liegen keine Baumwollballn auf der Straße rum ... Wenn mir nich meine Frisur leid täte, würd ich dir die Hucke vollhaun, du alter Gauner!»

«Rührnse mich nich an», sagte er drohend, «sonst ...» Seine Hand fuhr in die Tasche.

Sie wich vor ihm zurück, und er drehte ihr den Rücken zu und brummelte vor sich hin. Er sah nicht den nassen rosa Hintern über den glänzenden schwarzen Beinen, als sie weiter die Straße entlangeilte und in einem Hauseingang verschwand.

Vier Minuten später, als von der Lexington Avenue her der erste der Streifenwagen um die Ecke fegte, die das Viertel absperren sollten, kämpfte er immer noch im strömenden Regen mit dem Baumwollballen.

Der Streifenwagen hielt an; ein weißer Polizist drehte das Fenster herunter. «Sag mal, Onkel, ist hier jemand vorbeigekommen, der verdächtig aussah?»

«Nee. Bloß 'ne Frau. Die hat geschimpft, weil ich gesacht hab, ob se mir nich hilft.»

Der Fahrer grinste, aber der Polizist neben ihm sah den Baumwollballen neugierig an. «Was hast du denn da, Onkel? 'ne verpackte Leiche?»

«Nee. Baumwolle, Sir.»

Beide Polizisten richteten sich auf, und der Fahrer beugte sich vor, um besser sehen zu können.

«*Baumwolle?*»

«Hm, hm. Das is Baumwolle, 'n Balln Baumwolle.»

«Mann – woher hast du denn hier mitten in der Stadt einen Ballen Baumwolle?»

«Gefunnen. Der lag so rum, ja?»

«Wo lag er denn?»

«Grad hier, Sir.»

«Gerade hier?» wiederholte der Polizist ungläubig. Langsam und bedächtig stieg er aus dem Wagen. Seine Haltung war drohend. Er sah sich den Baumwollballen genau an. Er bückte sich und nahm die Baumwolle, die an den Nähten aus der Sackleinenhülle quoll, zwischen die Finger. «Bei Gott, es ist Baumwolle... Was, zum Teufel, hat ein Ballen Baumwolle hier auf der Straße zu suchen?»

«Weiß ich nich, Boss. Ich habn nur hier gefunnen, das is alles.»

«Wahrscheinlich ist er von einem Lastwagen gefallen», meinte der Fahrer des Streifenwagens. «Sollen sich andere drum kümmern; uns geht's doch nichts an.»

Der Polizist auf der Straße sagte: «Hör mal zu, Onkel: Du bringst den Ballen zum Revier und gibst ihn dort ab – klar? Der Eigentümer wird danach suchen.»

«Jaaa... Bloß ich kriegn nich auf mein Karrn.»

«Komm, ich helf dir», sagte der Polizist, und zusammen hoben sie den Ballen auf den Karren.

Der Lumpensammler setzte sich in Richtung des Reviers in Bewegung. Es goß noch immer wie aus Kannen. Der Polizist stieg wieder ein, und der Streifenwagen fuhr an.

4

Als Grave Digger und Coffin Ed zu dem Platz kamen, auf dem die Kundgebung ‹Heim nach Afrika› stattgefunden hatte, fanden sie das Gelände von einem Polizeikordon abgeriegelt. Von Polizisten umzingelt, standen die schwarzen Menschen hilflos im Regen. Der Streifenwagen qualmte noch in der Grillgrube, und die weißen Polizisten in ihren schwarzen Regenmänteln sahen niederträchtig und gefährlich aus. Auf Coffin Eds säurezernarbtem Gesicht zeigte sich ein Zucken, und die Muskeln in Grave Diggers Nacken begannen zu schwellen.

Die Leiche des jungen Anwerbers lag mit dem Gesicht nach oben im Regen und wartete darauf, vom Amtsarzt für tot erklärt zu werden, damit die Leute vom Morddezernat mit ihren Ermittlungen beginnen konnten. Aber die Leute vom Morddezernat waren noch nicht da, und nichts war bisher geschehen.

Grave Digger und Coffin Ed standen neben dem Toten und blickten auf das hinunter, was von dem jungen schwarzen Gesicht übriggeblieben war. In diesem Augenblick empfanden sie das gleiche wie all die anderen hilflosen schwarzen Menschen, die im Regen standen.

«Ein Jammer, daß es nicht O'Malley erwischt hat statt dem da», meinte Grave Digger. Das Wasser tropfte von seinem schwarzen Schlapphut auf den zerknitterten schwarzen Anzug.

«Das kommt davon, wenn man die Banditen mit Glacéhandschuhen anfaßt», knurrte Coffin Ed.

«Hm, hm. Wir wissen zwar, daß O'Malley ihn auf dem Gewissen hat; aber wir sollen rauskriegen, wen man dafür vor Gericht stellen kann.»

Sie gingen zu den zusammengetriebenen Leuten hinüber, und Grave Digger fragte: «Wer hat hier die Leitung?»

Der andere junge Anwerber trat vor. Er trug keinen Hut, und sein feierliches schwarzes Gesicht glänzte vor Nässe. «Das bin jetzt wohl ich. Die anderen sind alle fort.»

Sie führten ihn zur Seite und erfuhren von ihm, was geschehen war, so wie er es gesehen hatte. Es nützte ihnen nicht viel.

«Die ganze Organisation bestand nur aus uns», sagte der junge Mann. «Reverend O'Malley, die beiden Sekretärinnen und ich... Und John, der jetzt tot ist. Es gibt noch freiwillige Helfer, aber wir sind der feste Stab.»

«Was ist mit den Wachen?»

«Die zwei Wachen bei dem gepanzerten Lastwagen? Die waren mit dem Wagen von der Bank geschickt worden.»

«Welcher Bank?»

«Der African Bank in Washington, D. C.»

Die Detektive wechselten einen Blick, sagten aber nichts dazu.

«Wie heißen Sie, junger Mann?» fragte Grave Digger.

«Bill Davis.»

«Wie weit sind Sie in der Schule gekommen?»

«Ich hab das College besucht, Sir. In Greensboro, North Carolina.»

«Und glauben immer noch an den Teufel?» fragte Coffin Ed.

«Laß ihn in Ruhe», brummte Grave Digger. «Er sagt uns alles, was er weiß.» Er wandte sich an Davis: «Und diese beiden Detektive vom Amt des District Attorney? Kannten Sie die?»

«Ich hab sie nie im Leben gesehen. Ich war ihnen gegenüber von Anfang an mißtrauisch, aber Reverend O'Malley schien es in Ordnung zu finden – und er traf die Entscheidungen.»

«Er schien es in Ordnung zu finden, so... Und Sie sind nie auf die Idee gekommen, daß hier Theater gespielt worden sein könnte?» fragte Grave Digger.

«Wie bitte?»

«Daß die beiden mit O'Malley unter einer Decke stecken könnten? Daß sie ihm womöglich helfen, sich mit dem Geld aus dem Staub zu machen?»

Zunächst verstand der junge Mann ihn immer noch nicht. Dann war er schockiert. «Wie können Sie das annehmen, Sir? Reverend O'Malley ist absolut ehrlich. Er ist seiner Sache sehr ergeben.»

Coffin Ed seufzte.

«Haben Sie die Schiffe je gesehen, die euch angeblich nach Afrika zurückbringen sollen?» fragte Grave Digger.

«Nein. Aber wir alle haben den Schriftwechsel mit der Reederei gesehen. Mit der Afro-Asian Line. Sie haben den Vertrag bestätigt, den er ausgehandelt hat. Er läuft über ein Jahr.»

«Wieviel hat er bezahlt?»

«Die Bezahlung erfolgt pro Kopf. Reverend O'Malley wird pro Person hundert Dollar bezahlen ... Ich glaube auch nicht, daß die Schiffe ganz so groß sind, wie sie auf den Bildern da aussehen, aber wir werden sie bis an die Grenze ihrer Kapazität besetzen.»

«Wieviel Geld hatten Sie gesammelt?»

«Siebenundachtzigtausend Dollar von den ... äh ... von den Leuten, die unterschrieben haben. Aber wir hatten auch ganz schöne Einnahmen aus anderen Quellen – Veranstaltungen der Kirche und so. Na, und aus der Verpachtung des Grills hier zum Beispiel.»

«Hm, so ... Und diesen vier Weißen mit dem Lieferwagen ist alles in die Hände gefallen?»

«Die siebenundachtzigtausend Dollar, die wir heute abend eingenommen hatten, ja ... Aber es waren fünf Männer. Einer blieb die ganze Zeit in dem Lieferwagen hinter einer ... na, Barrikade.»

Die Detektive wurden plötzlich aufmerksam. «Was war das für eine Barrikade?» fragte Grave Digger.

«Tja, also ... Genau kann ich das nicht sagen. Ich konnte nicht richtig reinsehen in den Lieferwagen. Es sah aus wie eine mit Sackleinen überspannte Kiste.»

«Von welcher Großhandlung wurden Sie mit Fleisch beliefert?» fragte Coffin Ed.

«Das weiß ich nicht, Sir. Das gehört nicht zu meinen Aufgaben. Vielleicht weiß es der Küchenchef.»

Sie schickten nach dem Küchenchef. Er kam, durchnäßt und verdreckt; die weiße Chefmütze hing wie ein alter Fetzen über einem Ohr. Er war wütend auf alles – auf die Banditen, den Regen, den Streifenwagen, der in seine Grillgrube gefallen war. Die Frage nach dem Fleischlieferanten faßte er als persönliche Beleidigung auf. Beantworten konnte er sie auch nicht.

Grave Digger schrieb sich O'Malleys offizielle Adresse auf, die er bereits kannte, und stellte dann eine letzte Frage an Bill Davis: «Haben Sie Verbindungen mit der ursprünglichen ‹Heim nach Afrika›-Bewegung von Mr. Michaux?»

«Nein. Reverend O'Malley wollte mit Michaux nichts zu tun haben. Er mochte ihn nicht. Ich glaube nicht, daß er je mit ihm gesprochen hat.»

«Sind Sie noch nie auf den Gedanken gekommen, daß Michaux vielleicht nichts mit O'Malley zu tun haben wollte? Daß er vielleicht etwas über O'Malley wußte, was ihn mißtrauisch machte?»

«Das kann ich mir nicht denken», widersprach Bill. «Weshalb sollte er O'Malley mißtrauen? Ich glaube eher, daß er einfach neidisch auf ihn ist. Reverend O'Malley findet ihn zu langsam. Er sieht nicht ein, warum wir noch länger warten sollten. Wir haben schon lange genug gewartet.»

«Und Sie selbst – wollen Sie auch nach Afrika?»

«Ja, Sir. Sobald wir unser Geld wiederhaben ... Sie werden uns doch das Geld wiederbeschaffen, nicht wahr?»

«Mein Sohn, wenn wir das nicht schaffen, machen wir einen derartigen Krach, daß sie uns allesamt nach Afrika zurückschicken.»

«Kostenlos», fügte Coffin Ed grimmig hinzu.

Der junge Mann bedankte sich und ging wieder zu den anderen, um weiter mit ihnen im Regen zu stehen und zu warten.

«Na, Ed?» fragte Grave Digger.

«Eins ist sicher: Das Syndikat hat den Überfall nicht inszeniert – nicht *das* Syndikat auf alle Fälle.»

«Was gibt's sonst noch für Syndikate?»

«Frag mich nicht. Ich bin nicht das FBI.»

Einen Augenblick lang schwiegen sie. Während der Regen auf sie herabfiel, dachten sie an die siebenundachtzig Familien, die ihre mühsam zusammengekratzten tausend Dollar auf einen Traum gesetzt hatten. Für viele waren es die Ersparnisse eines Lebens.

Sie hielten diese Opfer nicht für Dummköpfe oder Einfaltspinsel. Sie verstanden sie. Diese Leute suchten eine Heimat, geradeso wie damals die Pilgerväter. Harlem ist eine Stadt der Heimatlosen. Diese Menschen hatten den Süden verlassen, der Menschen ihrer Hautfarbe nie Heimat geworden war – vertrieben von weißen Südstaatlern aus Rache wegen der neuen Bürgerrechtsgesetze oder freiwillig, weil sie glaubten, im Norden werde es ihnen besser gehen. Aber sie hatten auch im Norden keine Heimat gefunden. Darum blickten sie jetzt über den Ozean nach Afrika, wo Neger nicht nur die Beherrschten, sondern auch die Herrschenden sind. Für sie war Afrika ein freies Land, das sie stolz ihre Heimat nennen konnten; dort lagen die Gebeine ihrer Vorväter begraben, dort waren ihre Wurzeln und dort lebten Leute, die von den gleichen Vorfahren abstammten wie sie selber. Jeder Mensch muß etwas haben, woran er glauben kann, auch im Diesseits. Und die weißen Amerikaner hatten ihnen nichts gelassen, woran sie glauben konnten. Darum mußten sie ihr Geld wiederhaben – es ging ihnen nicht um das Geld allein, sondern um das große Ziel. Das Geld, das eine Heimat kaufen sollte, mußte wieder her, ob es nun schwarze oder weiße Gauner genommen hatten – Gauner gibt es in allen Hautfarben; in diesem Punkt herrscht Gleichberechtigung.

«Vor allen Dingen müssen wir Deke finden.» Grave Digger ließ seine Gedanken laut werden. «Wenn er selbst nicht dahintersteckt, wird er doch wissen, wer es war.»

«Es wäre gut für ihn, wenn er's wüßte», murmelte Coffin Ed grimmig.

Aber Deke wußte nicht mehr als sie. Er hatte lange daran gearbeitet, seine Bewegung aufzubauen, und es war kostspielig gewesen. Zunächst hatte er sich an die Kirche gehalten, um sich vor dem Syndikat zu schützen. Er hatte darauf gebaut, daß das Syndikat zögern werde, einen Diener des Herrn umzulegen, der zwar eine Belohnung kassiert, aber das Geld in die Wohlfahrtspflege gesteckt hat.

Aber das Syndikat hatte kein Interesse an ihm gezeigt. Das hatte ihn zuerst beunruhigt, bis er dann darauf kam, daß sich das Syndikat einfach nicht in Rassenprobleme verwickeln lassen wollte. Weiteren Schaden konnte er ohnedies nicht mehr anrichten.

Nachdem er eine Biographie über Marcus Garvey gelesen hatte, war ihm dann der Gedanke gekommen, eine eigene ‹Heim nach Afrika›-Bewegung zu gründen. Von Marcus Garvey, dem Neger, der die erste derartige Bewegung organisiert hatte, wurde behauptet, er habe über eine Million Dollar zusammenbekommen. Er war ins Gefängnis gekommen, aber die meisten seiner Anhänger hatten an seine Unschuld geglaubt. Das war es, was Deke daran interessierte: Schuld oder Unschuld, das war nebensächlich; entscheidend war, daß Garveys Anhänger nach wie vor an ihn glaubten. Das Genie dieses Bauernfängers lag darin begründet, daß er die Dummköpfe bei ihrem Glauben hielt.

So hatte Deke seine eigene Bewegung gegründet. Sein Plan unterschied sich nur insofern von dem seines Vorgängers, daß er zu verschwinden beabsichtigte, sobald er seine Million beieinander hatte. Vielleicht nach Afrika – so genau wußte er es noch nicht. In manchen Gegenden sollte man dort gut leben können, hieß es – wenn man Geld hatte. Nach seinem Plan sollten nach der Sammlung zwei Spießgesellen als Detektive getarnt auftreten, um das Geld zu beschlagnahmen. Auf diese Weise brauchte er es nicht bei einer Bank einzuzahlen und konnte es immer greifbar zur Hand haben.

Wo er aber diese weißen Banditen unterbringen sollte, wußte er nicht. Auf den ersten Blick hatte er sie für Handlanger des Syndikats gehalten und vorsichtshalber gleich unter dem Tisch Deckung gesucht. Aber als sie dann nur das Geld wollten, war ihm klargeworden, daß es hier um etwas anderes ging. So hatte er kurz entschlossen an der Jagd teilgenommen.

Als sie aber den Lieferwagen schließlich eingeholt hatten, waren die weißen Männer verschwunden. Vielleicht war das gut so, denn inzwischen wären sie in der Überzahl gewesen. Von Dekes eigenen Leuten war zwar keiner ernstlich verletzt worden, aber einer von seinen beiden Detektiven war unterwegs verlorengegangen. Der Fahrer des Lkw, mit dem sie zusammengestoßen waren, erhob ein großes Gezeter; es war an der Zeit, zu verschwinden. Ein Blick in die Trümmer des Fleischlieferwagens zeigte, daß er leer war; Spuren waren bestimmt keine darin zurückgelassen worden.

So hatte Deke seinen Leuten befohlen, zu verschwinden. Jeden Morgen um drei Uhr sollten sie ihn im Hinterzimmer eines Billardsalons an der Eighth Avenue treffen; mit dem anderen verlorengegangenen Detektiv wollte er selbst Verbindung aufnehmen.

«Ich muß erst mal rauskriegen, wohin der gottverdammte Hase läuft», erklärte er.

Er trug genügend Geld bei sich – über fünfhundert Dollar. Außerdem hatte er unter einem Decknamen bei einer Bank mit durchgehenden Kassenstunden im Stadtzentrum ein Konto eingerichtet, auf dem fünftausend Dollar standen. Damit konnte er im Notfall eine Flucht finanzieren.

Er wußte noch nicht, wo er mit der Suche nach den siebenundachtzigtausend Dollar beginnen sollte. Irgendeine Spur würde sich aber finden. Dies war Harlem; hier hielten alle Schwarzen gegen die Weißen zusammen, und irgend jemand würde ihm schon einen Tip geben. Am meisten beunruhigte ihn die Frage, wieviel die Polizei wußte. Er war sich darüber im klaren, daß man ihn wegen seiner Vorstrafe auf jeden Fall scharf ins Verhör nehmen würde, und er wußte auch, daß es für ihn besser war, der Polizei aus dem Weg zu gehen, wenn er sein Geld wiederbekommen wollte.

Als erstes mußte er jedoch in seine Wohnung zurück. Er brauchte seine Pistole; ferner waren dort gewisse Dokumente versteckt – die gefälschten Verträge mit der Reederei und die gefälschten Zulassungsdokumente für seine Bewegung, die ihn wieder ins Gefängnis zurückbringen würden, wenn sie in die falschen Hände gerieten.

Unter dem Vorwand, die Polizei zu alarmieren, verließ er die Unfallstelle und ging ein Stück die Seventh Avenue entlang; dann nahm er ein Taxi. Er ließ sich vor der Saint Mark's Church absetzen, bezahlte den Fahrer und stieg die Stufen hinauf. Die Kirche war abgeschlossen, wie er erwartet hatte, aber er konnte sich dort in der dunklen Türnische verbergen und den Eingang zum Dorrence Brooks-Apartmenthaus beobachten, in dem er wohnte.

Lange stand er da, ohne das Gebäude aus den Augen zu lassen. Es war ein Bau mit einem V-förmigen Grundriß an der Ecke der 138th Street und der St. Nicholas Avenue, und er konnte den Eingang und die Straße auf beiden Seiten beobachten. Er entdeckte weder fremde Wagen, die in der Nähe parkten, noch Streifenwagen, noch Limousinen des Typus, wie sie Gangster benutzen. Er sah nichts und niemand, was verdächtig aussah. Die Glastür bot ihm Einblick in die Halle, und auch dort war keine Menschenseele zu entdecken. Das einzige, was ihn störte, war, daß alles so verdammt still und einsam blieb.

Er umkreiste die Kirche, schlich sich in den Park an der St. Nicholas Avenue und näherte sich auf der anderen Straßenseite dem Gebäude. Im Park versteckte er sich neben einem Geräteschuppen, von wo er volle Sicht auf die Fenster seines Apartments im dritten Stock hatte. Hinter den Fenstern des Wohnraums und des Eßzimmers brannte Licht. Er beobachtete sie lange, aber nicht einmal wanderte ein Schatten vor den erhellten Fenstern vorbei. Der strömende Regen durchnäßte ihn völlig.

Sein sechster Sinn riet ihm, anzurufen – von einer Telefonzelle aus, damit nicht festgestellt werden konnte, woher der Anruf kam. Deshalb ging er zur 145th Street hinauf und rief von der Zelle an der Ecke aus zu Hause an.

«Hallooo», meldete sich eine weibliche Stimme. Ihr Ton kam ihm merkwürdig vor.

«Iris?» flüsterte er.

Neben Iris stand Grave Digger. Sein Griff um ihren Arm wurde zur Warnung fester. Er hatte sie bereits instruiert, was sie zu sagen habe, falls O'Malley anrief.

«Oh, Betty», schrie sie. «Die Polizei ist hier und sucht nach ...»

Grave Digger schlug so hart zu, daß sie taumelte, von dem Tisch in der Mitte des Zimmers zurückprallte und vornüber auf Hände und Knie fiel. Ihr Kleid rutschte herauf und ließ ihren schwarzen Spitzenschlüpfer und die mattgelbe Haut ihrer Schenkel sehen.

Coffin Ed war mit einem Schritt neben ihr und sah auf sie herab. In seinem Gesicht zuckte es. «Du Aas ...»

Grave Digger sprach eindringlich in das Telefon. «O'Malley, wir wollen nur ein paar Auskünfte, deshalb ...» Aber die Leitung war bereits tot.

Sein Nacken schwoll; er schlug ein paarmal auf die Gabel, um eine Verbindung mit dem Revier zu bekommen.

Im gleichen Augenblick kam Iris mit der Geschmeidigkeit einer Katze auf die Beine und schlug Coffin Ed, den sie in ihrer blinden Wut mit Grave Digger verwechselte, mitten ins Gesicht.

Sie war eine gut gewachsene Frau von ziemlich heller, gelblicher Hautfarbe. Sie trug nie einen Hüfthalter, und ihre wiegenden Hüften brachten jeden Mann auf eindeutige Gedanken. Ihr Gesicht war herzförmig, mit hohen Backenknochen und einem breiten, rotgemalten Mund. In den langbewimperten, gefleckten braunen Augen stand die Erfahrung ihrer dreiunddreißig Jahre. Und sie war stark.

Coffin Eds Hände schossen in einer Reflexbewegung vor und packten sie an der Kehle. Langsam wurde ihr Körper nach hinten gebogen.

«Laß das!» Grave Digger erkannte im gleichen Moment, daß Coffin Ed einen seiner Wutanfälle hatte und ihn nicht hörte. Er ließ den Hörer fallen, holte aus und traf seinen Freund mit der Handkante in den Nacken, gerade noch rechtzeitig.

Coffin Ed sank vornüber und begrub Iris unter sich, aber der Griff um ihre Kehle wurde schlaff. Grave Digger packte ihn unter den Armen und setzte ihn aufs Sofa, dann hob er Iris auf und ließ sie in einen Sessel fallen. Ihre Augen waren riesig geweitet und voller Angst. Ihre Kehle lief blau und schwarz an.

Grave Digger sah auf die beiden hinunter, lauschte auf das Rufzeichen im Telefon und dachte: Jetzt sitzen wir drin. Diese verdammten halbweißen Huren ... Dann nahm er den Hörer auf, ließ sich das Revier geben und verlangte, daß festgestellt werde, woher der Anruf gekommen war. Ehe er einhängen konnte, meldete sich noch Lieutenant Anderson.

«Jones, fahren Sie mit Johnson sofort zur 137th Street und Seventh Avenue. Dort stehen zwei demolierte Wagen; die Insassen sind spurlos verschwunden bis auf zwei Tote. Aber vielleicht helfen sie uns auch weiter.» Er hielt einen Augenblick inne; dann fragte er: «Alles klar bei euch?»

Grave Diggers Blick wanderte von Coffin Eds schlaffer Gestalt zu den jetzt vor Wut funkelnden Augen von Iris. «Alles klar, Lieutenant. Alles in Butter.»

«Ich habe einen Mann rübergeschickt, der auf sie aufpaßt. Er müßte jeden Augenblick kommen.»

«In Ordnung.»

«Und vergeßt nicht – keine Gewalt! Wir wollen nicht, daß jemand verletzt wird, wenn es sich irgend vermeiden läßt.»

«Keine Sorge, Lieutenant. Wir benehmen uns wie im Kindergarten.»

Der Lieutenant hängte ein.

Coffin Ed kam zu sich und sah Grave Digger verlegen an. Keiner sagte etwas.

Schließlich brach Iris das Schweigen. «Euch gottverdammte Greifer mach ich fertig. Ich sorg dafür, daß ihr rausfliegt. Und wenn's das letzte ist, was ich tu.» Es klang heiser; wahrscheinlich hatte sie Schmerzen beim Sprechen.

Coffin Ed wollte hochfahren, aber Grave Digger sagte rasch: «Wir haben uns eben alle miteinander nicht mit Ruhm bekleckert – Sie auch nicht, Miss. Am besten vergessen wir das alles und fangen von vorn an.»

«Ja, Scheiße», explodierte sie. «Ihr dringt ohne Durchsuchungsbefehl in meine Wohnung ein, behandelt mich wie eine Gefangene, greift mich tätlich an, und dann sagt ihr, vergessen wir alles ... Für wie dämlich haltet ihr mich eigentlich? Und wenn ihr mir einen Mord nachweisen könntet – damit kommt ihr nicht durch.»

«Siebenundachtzig farbige Familien – Leute wie Sie und wir ...»

«Nicht wie ich!»

«... haben bei diesem Überfall ihren letzten Nickel verloren.»

«Na und? Deswegen bringe ich euch zwei Gorillas doch um euren Job.»

«Wenn Sie mitspielen und uns helfen, das Geld wiederzubekommen, kriegen Sie eine Belohnung von zehn Prozent – achttausendsiebenhundert Dollar.»

«Sie kleiner Scheißpolyp, was soll ich mit dem Trinkgeld? Deke ist mir zehnmal soviel wert.»

«Jetzt nicht mehr. Deke ist fällig. Überlegen Sie sich, auf welcher Seite es gesünder ist für Sie.»

Sie stieß ein kurzes, schroffes Lachen aus. «Ach – und das soll wohl eure Seite sein?» Plötzlich stand sie, war mit einem Schritt bei Coffin Ed, und sie schlug ihm mit aller Kraft mitten auf die Nase.

Seine Augen füllten sich mit Tränen, und das Blut floß ihm aus den Nasenlöchern. Aber er rührte sich nicht. «Damit sind wir quitt», murmelte er und griff nach seinem Taschentuch.

Jemand klopfte laut an die Tür.

Grave Digger ließ den weißen Detektiv herein, der zu ihrer Ablösung gekommen war. Keiner sagte ein Wort; den Weißen ging das nichts an. Der Weiße wußte das. Er war nicht blind, aber er stellte keine Fragen.

«Komm, Ed», sagte Grave Digger.

5

Es hatte aufgehört zu regnen, und auf den nassen Gehsteigen schlenderten wieder Menschen ziellos umher. Grave Digger und Coffin Ed gingen die zwei Blocks bis zu der Stelle, an der ihr kleiner, abgeklapperter schwarzer Wagen mit der frisierten Maschine stand. Durch den Regen war er viel sauberer geworden.

«Du mußt dich zusammennehmen, Mann», mahnte Grave Digger. «Noch eine Sekunde und sie wäre hin gewesen.»

Coffin Ed nahm das Taschentuch vom Gesicht und stellte fest, daß seine Nase nicht mehr blutete. Ohne zu antworten, stieg er in den Wagen. Er fühlte sich schuldbewußt, weil er durch sein Verhalten Grave Digger in Schwierigkeiten hätte bringen können. Für seine Person war es ihm gleichgültig.

Grave Digger verstand. Seit Coffin Ed die Säure ins Gesicht bekommen hatte, neigte er zu diesen Wutanfällen, sobald ihm ein Krimineller verkehrt kam. In diesem Zustand war er unberechenbar und brachte sich und andere in Gefahr. ‹Keine Gewaltanwendung ...› Anderson hatte gut reden. Aber wie zum Henker sollte man sich durchsetzen? Diese farbigen Banditen bekamen erst dann Respekt vor farbigen Polizisten, wenn sie ihn eingeprügelt bekamen. Oder wenn man sie über den Haufen schoß ...

Die beiden Autowracks standen noch an der Unfallstelle. Uniformierte Polizisten bewachten sie, und ringsum drängte sich die sensationslüsterne Menge. Aber Grave Digger und Coffin Ed fuhren weiter zu den beiden Toten. Neben der Leiche des angeblichen Detektivs fanden sie Sergeant Wiley vom Morddezernat, der sich mit einem Sergeant vom Revier unterhielt und ein gelangweiltes Gesicht machte. Wiley war ein stiller, grauhaariger Mann, der wie ein Gelehrter aussah. Er trug einen dunklen Sommeranzug.

«Alles erledigt», berichtete er. «Wir warten nur auf den Wagen, um sie fortzuschaffen.» Er deutete auf die Leiche. «Kanntet ihr den?»

Sie betrachteten den Toten genau.

«Nein», sagte Grave Digger. «Muß von auswärts sein. Was meinst du, Ed?»

Coffin Ed nickte.

Sergeant Wiley informierte sie über seine Feststellungen: Keine Papiere; nur ein gefälschter Ausweis von der Dienststelle des District Attorney und eine nachgemachte Polizeimarke vom Präsidium. Der Mann war groß gewesen, aber auf der nassen Straße wirkte er jetzt klein und verloren und sehr tot.

Sie gingen weiter zu der anderen Leiche, sahen sie an und wechselten einen Blick.

Wiley bemerkte es. «Wurde von dem Lieferwagen überfahren», erläuterte er. «Was Besonderes?»

«Nein. Er war nur ein kleiner Trickdieb. Hat wohl kaum was mit der Sache zu tun; er muß dem Lieferwagen vor die Räder gelaufen sein. Early Gibson heißt er. Hat meistens mit einem Partner gearbeitet. Wir werden versuchen den Partner zu finden. Vielleicht weiß er was.»

«Scheint das einzige zu sein, was wir überhaupt machen können», knurrte Coffin Ed.

«Tun Sie das. Und lassen Sie mich wissen, was Sie herausbekommen haben», sagte Wiley.

«Dann wollen wir uns mal die beiden Wagen ansehen.»

«Na schön. Sonst gibt's hier weiter nichts. Wir haben von dem Fahrer des Lastwagens, der in den gepanzerten Wagen hineingefahren ist, eine Aussage zu Protokoll genommen und ihn dann gehen lassen. Er wußte nur, wie die drei aussehen, und das wußten wir selbst schon.»

«Sonst noch Zeugen?» fragte Grave Digger.

«Ach, Sie kennen doch die Leute hier, Jones. In solchen Fällen sind die völlig blind.»

«Wundert Sie das?» entgegnete Coffin Ed rauh.

Wiley ging nicht darauf ein. «Übrigens werden Sie feststellen, daß beide Wagen frisiert sind. Der gepanzerte Wagen hat einen Cadillac-Motor, und die Maschine des Lieferwagens stammt aus einem Chrysler 300. Ich habe mir die Nummer notiert und Nachforschungen eingeleitet. Darum brauchen Sie sich also nicht mehr zu kümmern.»

Sie verließen Sergeant Wiley, der weiter auf den Transportwagen für die Toten wartete, und gingen zu den beiden Fahrzeugen, um sie zu untersuchen. Die Karosserie des gepanzerten Wagens war auf ein altes Cadillac-Chassis montiert, aber das verriet ihnen weiter nichts. Der Chrysler-Motor in dem Lieferwagen war nachträglich eingebaut worden, und seine Herkunft war vielleicht in Erfahrung zu bringen. Sie notierten sich die Nummern der Kennzeichen und der Motoren, auf die unwahrscheinliche Möglichkeit hin, eine Werkstatt zu finden, die daran gearbeitet hatte; aber sie wußten, wie gering die Chancen waren.

Die Neugierigen, die sich angesammelt hatten, begannen sich zu verlaufen. Der Polizist, der die beiden Fahrzeuge bewachte, bis ein Abschleppwagen der Polizei sie fortbrachte, sah ungemein gelangweilt aus. Der Regen hatte die Hitze nicht gemildert; er hatte nur die Luftfeuchtigkeit erhöht.

Es war schon spät, und sie hätten lieber Dekes Spur aufgenommen; da sie aber nichts versäumen wollten, untersuchten sie den Lieferwagen mit ihren Taschenlampen von innen und außen. FREY BROS. INC., QUALITÄTSFLEISCHWAREN, 173 WEST 116TH STREET stand in verwaschenen Lettern undeutlich auf den Außenwänden. Sie wußten, daß es eine Firma dieses Namens unter dieser Adresse nicht gab. Coffin Ed leuchtete in das Innere.

«Sieh dir das mal an.»

Am Ton seiner Stimme erkannte Grave Digger, daß er auf etwas Bemerkenswertes gestoßen war. «Baumwolle», stellte er fest. Sie sahen sich an.

An einer vorstehenden Schraube an der inneren Seitenwand hingen mehrere Strähnen Baumwolle. Sie kletterten in den Wagen hinein und betrachteten die Fasern genau.

«Unverarbeitet», sagte Grave Digger. «Lange her, seit ich zum letztenmal solche Baumwolle gesehen habe.»

«Unsinn, Mann. Solche Baumwolle hast du noch nie gesehen. Du bist in New York geboren und aufgewachsen.»

«Stimmt.» Grave Digger lachte leise. «Das war, als ich noch in die Schule ging. Da lernten wir die landwirtschaftlichen Produkte Amerikas kennen.»

«Wozu braucht ein Fleischgroßhändler Baumwolle?»

«Fleischgroßhändler! Mann, schau dir mal den Motor an... Dein ‹Fleischgroßhändler› hat wohl Angst gehabt, die Ware verschimmelt auf dem Transport zur Kundschaft?»

«Baumwolle...» sagte Coffin Ed nachdenklich. «Eine Bande weißer Gauner und Baumwolle. In Harlem... Das reinste Preisrätsel.»

«Überlaß es den Fingerabdruckleuten und den anderen Spezialisten», antwortete Grave Digger und sprang auf das Pflaster hinunter. «Ich denk nicht dran, die Nacht damit zuzubringen, nach einem beschissenen Sack Baumwolle zu suchen – oder nach einem Baumwollpflücker.»

«Nehmen wir uns erst mal Early Gibsons Busenfreund vor», murmelte Coffin Ed und folgte ihm.

Grave Digger und Coffin Ed waren Realisten. Sie wußten, daß sie nicht das Zweite Gesicht besaßen, und deshalb hatten sie in allen Gesellschaftsschichten ihre Informanten: Verbrecher, anständige Leute und Einfaltspinsel. Zeit und Ort der Begegnungen mit ihnen hatten sie gut organisiert. Die Informanten kannten einander nicht und waren zumeist in ihren Kreisen nicht als Spitzel bekannt. Aber ohne sie wären viele Verbrechen unaufgeklärt geblieben.

Jetzt begannen sie ihre Quellen anzuzapfen, beschränkten sich aber auf jene, die in den Kreisen der kleinen Gauner Bescheid wußten. Deke würde auch auf diesem Weg nicht so rasch beizukommen sein, nicht mehr in dieser Nacht jedenfalls. Aber vielleicht fanden sie einen Zeugen, der den Rückzug der Weißen beobachtet hatte.

Als erstes machten sie in Big Wilt's Small's Paradise Inn Station, Ekke 135th Street und Seventh Avenue. Sie blieben einen Augenblick vorn an der kreisförmigen Bar stehen, tranken jeder zwei Whiskeys und unterhielten sich miteinander über den Raubüberfall.

Auf den Barhockern und an den Tischen in ihrer Nähe saßen auffällig gekleidete Menschen vieler Farben und Berufe, die sich den Preis für die durch eine Klimaanlage gereinigte Luft und das angelernte Lächeln der hellhäutigen, strahlenden Mädchen hinter der Bar leisten konnten. Der fette schwarze Manager winkte ab, als Grave Digger und Ed bezahlen wollten, und sie nahmen an. Im Small's Inn konnten sie sich einen Gratisdrink leisten; es war ein einwandfreies Lokal.

Anschließend schlenderten sie nach hinten, blieben neben der Kapelle stehen und beobachteten die weißen und schwarzen Paare auf der Tanzfläche. Die Trompeten führten das Wort, und die Saxophone gaben Antwort.

«Hör dir das an», sagte Grave Digger, als die Trompete ein frenetisches Solo von acht Takten hinlegte.

«Hm, hm.» Ed nickte. «Irgendwo in diesem Dschungel liegt die Erlösung der Welt», sagte Coffin Ed. «Bloß findet sie keiner... Komm, gehn wir. Sonst fang ich noch an zu suchen.»

«Ja, gehn wir», stimmte Grave Digger zu. «Sonst such ich mit.»

Sie überließen die weißen und schwarzen Paare ihren verzückten Umarmungen, in die sie der Jazz geführt hatte, und gingen zu ihrem Wagen zurück.

«Das Leben könnte großartig sein, wenn nicht so viele Gauner rumliefen», meinte Grave Digger tiefsinnig, als er sich hinter das Lenkrad setzte.

«Stimmt. Wo du hinspuckst, Gauner.»

An der 132nd Street bogen sie neben der neuen Großbaustelle ab und parkten an der dunkelsten Stelle der Straße. Sie stellten den Motor ab, schalteten die Lichter aus und warteten.

Keine zehn Minuten später kam ihr Spitzel. Es war der Zuhälter mit dem pomadeglänzenden Haar, der in der Bar mit dem Rücken zu ihnen auf dem nächsten Hocker gesessen hatte, ins Gespräch mit einer braunhäutigen Blondine vertieft. Er stieg hastig ein und schlug die Tür hinter sich zu.

Coffin Ed drehte sich um und sah ihn an. «Kennst du Early Gibson?»

«Ja. Auf Handtaschen und so spezialisiert. Aber ich hab nichts davon gehört, daß er 'n Ding gedreht hat.»

«Mit wem arbeitet er?»

«Mit wem er... Mit gar keinem. Ich hab nie was anderes gehört, als daß er allein arbeitet.»

«Denk mal gut nach», sagte Grave Digger scharf, ohne sich umzudrehen.

«Ich weiß nich, Boss. Das is die reine Wahrheit. Ich schwör es bei Gott.»

«Hast du gehört, was oben an der 137th Street los war?» fuhr Coffin Ed fort.

«Hm, hm. Ich war aber nich dort. Das Syndikat soll Deke O'Hara hunderttausend Dollar abgeknöpft haben, die er grad mit seinem ‹Heim nach Afrika›-Rummel gesammelt hatte.»

Es klang glaubwürdig. Coffin Ed sagte nur: «Na schön. Und jetzt träum mal ein bißchen von Early Gibson.»

Damit ließen sie ihn gehen.

«Versuchen wir's mal unten an der Eighth Avenue», schlug Grave Digger vor. «In der Rauschgiftgegend. Early muß nämlich...»

Coffin Ed ließ ihn nicht ausreden. «Ja, ich hab die Einstiche gesehen.»

Ihre nächste Station war eine kleine Kneipe an der Eighth Avenue. Hier war das Revier der kleinen Rauschgiftsüchtigen, der Säufer und Herumtreiber, des Abschaums von Harlem; die letzte Station für die Huren, die ständige Versuchung für den armen, ehrlichen Arbeiter und eine Brutstätte des Verbrechens. Nutten mit ausdruckslosen Augen standen an den Straßenecken und tauschten mit taumelnden Rauschgiftsüchtigen Obszönitäten aus. Handtaschenräuber und Taschendiebe lauerten in dunklen Hauseingängen und warteten auf ihre Chance. Kinder rannten über die Straße, die mit verfaultem Gemüse, nicht abgeholtem Abfall, zerbeulten Müllbehältern, Glasscherben und Hundekot übersät war. Die Kinder ohne besonderen Grund; sie rannten immer, duckten sich, wichen aus – gnade Gott dem, der sich erwischen läßt! Mürrische Mütter standen in den dunklen Eingängen der Mietskasernen, schwatzten über ihre Männer, ihre Arbeit, ihre Armut, ihren Hunger, ihre Schulden, ihre Religion, ihre Prediger, ihre Kinder, ihre Wehwehchen, ihr Pech beim Lotto und die Niedertracht der Weißen. Arbeiter schwankten die Gehsteige entlang, von dumpfem Groll erfüllt; sie wollten nicht heim in ihre stickigen Löcher und wußten nicht, wo sie sonst hin sollten.

«Mann, ich möchte mal der liebe Gott sein», sagte Grave Digger heiser. «Bloß eine einzige beschissene Sekunde lang.»

«Ich weiß schon», knurrte Coffin Ed. «Du würdest die Erdoberfläche betonieren, die Weißen in Schweine verwandeln und zuschauen, wie sie zu wühlen versuchen.»

«Ich bin aber nicht der liebe Gott», erklärte Grave Digger und stieß die Tür der Kneipe auf.

Auf den Hockern an der Theke lümmelten sich menschliche Wracks: Verwahrloste Männer, Besoffene, heruntergekommene Huren, die sich an müde Arbeiter gehängt hatten, die sich nun ihrerseits mit elendem Fusel Mut antranken. An den Tischen schliefen Betrunkene, die Köpfe auf der Platte.

Niemand erkannte die beiden Detektive. Sie sahen wohlhabend und nüchtern aus. Eine Welle stumpfer Wachsamkeit lief durch das Lokal. Jeder glaubte, neues Geld sei eingetroffen. Irgendwie übertrug sich plötzlich erwachende Gier auf die Schlafenden; sie regten sich im Schlaf, erwachten und lauerten auf den richtigen Augenblick, aufzustehen und einen Drink zu schnorren.

Grave Digger und Coffin Ed lehnten sich an die Theke. Einer der fetten, kahlköpfigen Barmänner mit Holzfällerschultern trat zu ihnen.

«Was wünschen die Gentlemen?»

Coffin Ed sah mürrisch zu ihm auf. «Mann Gottes – kommen hier auch Gentlemen her?»

Der Barmann hatte keinen Humor. «Alle meine Gäste sind Gentlemen», antwortete er.

«Zwei Bourbon on the Rocks», bestellte Grave Digger.

«Doppelte», ergänzte Coffin Ed.

Der Barmann bediente sie mit der umständlichen Höflichkeit, die er zahlungsfähigen Gästen vorbehielt. Er ließ die Kasse klingeln und klatschte das Wechselgeld auf die Theke. Bei dem Trinkgeld von fünfzig Cents funkelten seine Augen. «Vielen Dank, Gentlemen», sagte er, schlenderte gelassen zum anderen Ende der Bar und blinzelte einer vollbusigen gelben Hure in einem enganliegenden roten Kleid zu.

Gleichgültig löste sie sich von dem Mann im Asbestanzug, den sie vergebens in Feuer zu bringen versucht hatte, und schlenderte zum vorderen Ende der Theke. Ohne jede Einleitung drängte sie sich zwischen Grave Digger und Coffin Ed und drapierte jedem einen dicken, nackten gelben Arm um die Schultern. Sie roch nach ungewaschenen, mit billigem Groschenparfum behandelten Achselhöhlen und nach Bett. «Sucht ihr 'n Mädchen?» erkundigte sie sich.

«Wo ist hier ein Mädchen?» fragte Coffin Ed.

Sie nahm den Arm von seiner Schulter und wandte ihre volle Aufmerksamkeit Grave Digger zu. Jeder in dem Lokal hatte den Auftritt beobachtet und wartete begierig auf den Ausgang.

«Später», sagte Grave Digger. «Erst mal hab ich eine Nachricht für Early Gibsons Lehrling.»

Ihre Augen funkelten. «Loboy? Der is kein Lehrling. Er is der Boss.»

«Von mir aus. Ich hab eine Nachricht für ihn.»

«Komm erst mal mit zu mir, Schatz. Die Nachricht geb ich später an ihn weiter.»

«Nein, nein. Das Geschäftliche geht vor.»

«Sei doch nich so, Schatz», maulte sie und berührte ihn am Bein. «Es is nirgens so gut wie im Bett.» Ihre Finger glitten an seinem Brustkorb hinauf, verhießen Lust, erstarrten, als sie an etwas Hartes stießen, und tasteten weiter, befühlten unverhüllt den großen Revolver in dem Schulterhalfter. Ihre Hand fuhr zurück, als ob sie etwas Rotglühendes berührt hätte. Ihr ganzer Körper wurde steif. Ihre Augen weiteten sich, und ihr schlaffes Gesicht sah zwanzig Jahre älter aus. «Seid ihr vom Syndikat?» flüsterte sie mühsam.

Grave Digger zeigte ihr wortlos seine Dienstmarke.

Coffin Ed behielt die beiden Barmänner im Auge.

Alle Blicke waren auf die Gruppe an der Bar gerichtet.

Die Frau wich zurück. Ihr Mund brach auf wie eine Narbe. «Laßt mich in Ruh», kreischte sie. «Ich bin 'ne anständige Frau.»

Alle Augen blickten in kleine Schnapsgläser, als ob dort die Lösung für alle Probleme der Welt abzulesen wäre. Ohren gingen zu wie Türen von Safes. Hände erstarrten.

«Das glaub ich Ihnen, wenn Sie mir sagen, wo er ist», sagte Grave Digger.

Einer der Barmänner bewegte sich, und Coffin Ed hatte plötzlich einen Revolver in der Hand. Der Barmann bewegte sich nicht mehr.

«Wo wer is?» kreischte die Hure. «Ich weiß nich, wo wer is. Ich bin nur hier un kümmer mich um mein eignen Kram, un Sie kommen da rein un fangen an, mich zu belästigen. Ich bin keine Kriminelle, ich geh in die Kirche...» Der Fusel, den sie getrunken hatte, machte sie hysterisch.

«Gehn wir», sagte Coffin Ed.

Wenige Minuten später wachte einer der wiedereingeschlafenen Trunkenbolde auf und wankte hinaus. Er fand die beiden Detektive in ihrem Wagen, stieg schnell hinten ein und setzte sich in die dunkelste Ekke.

«Ich dachte schon, du bist ernstlich betrunken, Cousin», sagte Coffin Ed.

Cousin war ein alter Mann mit schmutzigem, von grauen Streifen durchzogenem Kraushaar und einer Haut, die Farbe und Struktur einer Backpflaume hatte. Sein irgendwo aufgelesener Sommeranzug stank nach Urin, Erbrochenem und Kot. Der Mann war schwerer Alkoholiker. Er sah harmlos aus, aber er war einer ihrer besten Quellen, weil ihm niemand genügend Verstand dafür zutraute.

«Naa, Söh. 'sch hab nua gewahtet», antwortete er. Es klang wie ein Winseln.

«Gewartet, bis du besoffen warst.»

«So isses, Boss, grad so isses.»

«Kennst du Loboy?» fragte Grave Digger.

«Ja, Söh, Boss. Den kenn isch, wenn 'sch 'n seh.»

«Weißt du, mit wem er arbeitet?»

«Early Gibson meistens. Wehnstens sin sie so zusamm, als wenn sie ahbeitn.»

«Stehlen», sagte Grave Digger schroff, «Handtaschen klauen, Frauen ausrauben.»

«Ja, Söh, Boss. Das nennense ahbeitn.»

«Worin besteht ihr Trick? Reißen sie den Frauen die Tasche weg und rennen? Oder überfallen sie sie einfach im Dunkeln?»

«'sch weiß nur, was 'sch gehört hab, Boss. Die Leute sagn, sie ahbeitn mit 'n heiligen Traum.»

«Einem heiligen Traum? Was ist denn das?»

«Die Leute sagn, sie hättn's selbs erfunnen. Sie fassen sich 'ne Betschwester, die ihr Geld zwischen die Beine trägt. Loboy verzaubert sie un erzählt ihr sein heilign Traum, un Early kniet hinner ihr und schneid ihr hinnen 's Kleid weg un holt das Geld raus... Muß funxoniern. Sinn immer bei Kasse.»

«Man lernt nie aus», murmelte Coffin Ed.

Grave Digger fragte: «Hast du einen von den beiden heute abend gesehen?»

«Hm, hm. Loboy. Vielleich vor 'ner Stunne ging er wild vor Angst zu Hijenks für 'ne Spritze, und als er wieder raus kam, ging er inne Bar für 'n Glas Wein, un dann is er schnell verschwunn.»

«Wo wohnt Loboy?»

«Weiß nich, Boss. In Sommer hier irgendwo. Hijenks musses wissn.»

«Was ist mit der Nutte, die so tut, als ob er ihr gehört?»

«Die hat nur angegebn, Boss. Die hat 'n Preis treibn wolln. Loboy hat 'ne helle Braut.»

«Na gut. Wo können wir Hijenks finden?»

«Da hinnen an der Ecke. Geht durch die Bar, un ihr kommt zu 'ner Tür mit ‹Toilette› drauf. Im Vorraum issen Wandschrank, un da drin seht ihr 'n Nagel mit 'nem Lappen dran. Drückt auf den Nagel, ers zweimal, dann einmal, dann dreimal, dann geht die Hinnerwand vom Schrank auf... Das 'ne Tür, die Hinnerwand. Dann paar Stufn rauf zu 'ner annern Tür. Da klopft dreimal, dann einmal, dann zweimal.»

«Bißchen umständlich. Er muß ein wichtiger Mann sein.»

«Hat 'n Spritzenhaus, mehr weiß ich nich.»

«Ein Spritzen... Ach so. Macht Injektionen. Spritzen... Also gut, Cousin. Hier hast du fünf Dollar. Trink dir einen an und vergiß, was wir dich gefragt haben.» Coffin Ed reichte ihm einen Geldschein.

«Gott soll Sie schützen, Boss... Gott soll Sie schützen.» Cousin fummelte im Dunkeln, verbarg das Geld in seinem Anzug und sagte dann in seinem winselnden Tonfall: «Seid vorsichtig, Boss – seid ja vorsichtig!»

«Entweder das oder tot», antwortete Grave Digger.

Cousin lachte unterdrückt, stieg aus und verschwand in der Dunkelheit.

«Das gibt ein schönes Theater», meinte Grave Digger. «Hoffentlich ist es nicht umsonst.»

6

Reverend Deke O'Malley wußte nicht, daß Grave Digger am Telefon gewesen war; ihm war nur klar, daß es ein Polizist gewesen sein mußte. Er stürzte aus der Telefonzelle, als ob sie in Flammen aufginge. Es regnete noch, aber er war bereits durchnäßt; es störte ihn nur, daß seine Sicht behindert war. Trotzdem erkannte er die Lichter des Taxis, das die St. Nicholas Avenue herabkam. Er winkte es heran, kletterte hinein und sagte: «Pennsylvania Station. Und machen Sie schnell.»

Der breitschultrige schwarze Fahrer fuhr an, daß Deke mit dem Rükken gegen das Polster geschleudert wurde und an einen Raketenstart denken mußte. Er hatte nichts dagegen. Tempo war das, was er brauchte. Er hing so weit hinter allen Beteiligten zurück, daß Geschwindigkeit ihm das Gefühl gab, er hole auf.

Auf Iris konnte er sich wohl verlassen. Es blieb ihm ohnehin keine andere Wahl. Solange sie seine Dokumente versteckt hielt, war er verhältnismäßig sicher. Aber er wußte, daß die Polizei sie scharf überwachen und er vorläufig keine Möglichkeit haben würde, sie zu erreichen. Was die Polizei gegen ihn in der Hand hatte, wußte er nicht, und das beunruhigte ihn ebenso stark wie der Verlust des Geldes.

Er mußte zugeben, daß der Raubüberfall raffiniert ausgeführt worden war, gut vorbereitet, kühn, sogar riskant. Vielleicht hatte er gerade deswegen Erfolg gehabt, weil er riskant gewesen war. Aber war die ganze Sache für eine Beute von nur 87 000 Dollar nicht zu gut organisiert gewesen? Als ob es mindestens um eine Million Dollar gegangen wäre. Es mußte zahllose viel weniger riskante Methoden geben, um zu 87 000 Dollar zu kommen. Es war natürlich denkbar, daß das Syndikat den Überfall inszeniert hatte – nicht nur, um ihn um sein Geld zu bringen, sondern auch, um ihm die Sache hinterher in die Schuhe zu schieben... Andererseits, wenn das Syndikat dahinterstand, warum hatten sie ihn dann nicht einfach über den Haufen geschossen?

Das Taxi hielt vor der Pennsylvania Station, ehe er mit seinen Überlegungen zu Ende war. Er ging zu der langen Reihe Telefonzellen und rief Mrs. John Hill an, die Frau des jungen Anwerbers, der bei dem Überfall getötet worden war. Er konnte sich nicht an sie erinnern, wußte aber, daß sie Mitglied seiner Gemeinde war.

«Sind Sie allein, Mrs. Hill?» fragte er mit verstellter Stimme.

«Ja», antwortete sie zögernd und ängstlich. «Das heißt... Wer spricht dort bitte?»

«Hier ist Reverend O'Malley», verkündete er mit seiner natürlichen Stimme.

Er hörte ihrem Ton die Erleichterung an. «Oh, Reverend O'Malley! Ich bin so froh, daß Sie mich anrufen.»

«Ich wollte Ihnen mein Mitgefühl und mein Beileid aussprechen. Mir fehlen die Worte, um meine unendliche Trauer über diesen entsetzlichen Vorfall auszudrücken, der Sie Ihres Mannes beraubt hat ...» Er wußte, das klang alles unerträglich banal, aber bei ihr würde diese geschwollene Redeweise richtig ankommen.

«Oh, Reverend, Sie ... Sie sind so gütig ...»

Er hörte, daß sie weinte. Gut! dachte er. «Kann ich Ihnen in irgendeiner Weise behilflich sein?»

«Ich möchte nur, daß Sie bei der Beerdigung die Predigt halten.»

«Selbstverständlich tue ich das, Mrs. Hill, selbstverständlich. In diesem Punkt können Sie völlig beruhigt sein. Aber etwas anderes. Verzeihen Sie mir bitte die Frage, brauchen Sie Geld?»

«Oh, Reverend O'Malley, vielen Dank, aber John hatte eine Lebensversicherung, und wir haben etwas gespart – und, nun ja, Kinder hatten wir noch keine.»

«Also, wenn Sie irgend etwas brauchen, müssen Sie es mich wissen lassen ... Sagen Sie, hat die Polizei Sie behelligt?»

«Sie war hier, ja. Sie stellten alle möglichen Fragen – wo wir arbeiten und so weiter ... Sie fragten auch nach unserer ‹Heim nach Afrika›-Bewegung. Ich war richtig stolz, daß ich ihnen alles sagen konnte, was ich weiß ...»

Das ist Gott sei Dank so gut wie nichts, dachte er.

«Und dann sind sie wieder gegangen. Sie waren ... Nun ja, es waren eben Weiße, nicht wahr? Und daß sie kein Mitgefühl mit unsereinem haben, weiß ich ja ... Ich war froh, als sie wieder gingen.»

«Ja, meine Liebe, wir müssen auf diese Haltung bei Weißen gefaßt sein. Deshalb ist ja unsere Bewegung entstanden. Aber ich muß gestehen, ich habe keine Ahnung, wer diese weißen Banditen waren, die Ihren guten ... eh ... aufrechten Mann ermordet haben. Aber ich werde sie finden, und Gott wird sie strafen. Und ich muß es selbst tun. Ich kann mich nicht auf diese weiße Polizei verlassen.»

«Ja. Ich meine nein. Nein, das können Sie nicht.»

«Die Polizei wird sogar alles tun, um mich zu behindern.»

«Warum sind die Weißen nur so?»

«Wir dürfen nicht danach fragen, warum sie so sind. Wir müssen es als Tatsache hinnehmen und dürfen uns nicht beirren lassen; müssen klüger sein als sie und sie mit ihren eigenen Waffen schlagen. Und Sie könnten mir vielleicht dabei helfen, Mrs. Hill.»

«Oh, Reverend O'Malley, ich freue mich so, daß Sie das sagen. Ich verstehe genau, was Sie meinen, und ich will alles tun, was in meinen Kräften steht.»

Gott sei für die Dummen gedankt, dachte O'Malley. Laut sagte er: «Ich habe das größte Vertrauen zu Ihnen, Mrs. Hill. Wir haben beide das gleiche Ziel vor Augen.»

«Oh, Reverend O'Malley, Ihr Vertrauen ist nicht fehlgeleitet.»

Er lächelte über ihre gespreizte Redeweise, erkannte aber, daß sie es ehrlich meinte. «Für mich ist die Hauptsache, daß ich von der Polizei unbehelligt bleibe, während wir unsere eigenen Ermittlungen anstellen. Die Polizei darf nicht wissen, wo ich mich aufhalte oder daß wir zusammenarbeiten, um diese gemeinen Mörder der Gerechtigkeit zu übergeben. Sie darf nicht wissen, daß ich mit Ihnen gesprochen habe oder daß ich Sie aufsuchen will.»

«Ich werde Ihren Namen nicht nennen», versprach sie feierlich.

«Rechnen Sie damit, heute nacht noch einmal Besuch von der Polizei zu bekommen?»

«Nein. Nein, das kann ich mir nicht vorstellen.»

«In diesem Fall werde ich etwa in einer Stunde zu Ihnen kommen. Wir wollen Ihre Wohnung zu unserem Hauptquartier machen und von dort aus mit unseren Ermittlungen beginnen. Ist Ihnen das recht?»

«Oh, Reverend, ich bin ja so glücklich, daß ich etwas tun kann, um Vergeltung zu finden ... diese weißen Mörder bestraft zu sehen ... Ich kann doch nicht nur herumsitzen und trauern!»

«Ja, Mrs. Hill, wir werden Jagd auf diese Mörder machen, damit Gott sie strafen kann ... Vielleicht schließen Sie besser Ihre Jalousien fest, ehe ich komme.»

«Ich werde auch das Licht ausschalten, damit Sie niemand sieht.»

«Das Licht ausschalten?» Für einen Augenblick war er erschrocken. Er sah sich selbst in einen Hinterhalt laufen und von Polizisten ergriffen werden. Dann wurde ihm bewußt, daß er von Mrs. Hill nichts zu befürchten hatte. «Ja, sehr gut», stimmte er zu. «Das ist ausgezeichnet. Ich rufe Sie noch einmal an, kurz bevor ich eintreffe, und wenn dann Polizei bei Ihnen ist, müssen Sie sagen: ‹Kommen Sie herauf.› Aber wenn Sie allein sind: ‹Reverend O'Malley, es ist alles in Ordnung.›»

«Ja, Reverend», versprach sie. Er konnte die Erregung in ihrer Stimme hören. «Aber ich bin überzeugt, daß niemand hier sein wird.»

«Nichts im Leben ist gewiß», antwortete er. «Vergessen Sie nicht, was Sie sagen müssen, wenn ich anrufe. In einer Stunde ungefähr.»

«Ich werde es nicht vergessen ... Auf Wiedersehen.»

Er hängte auf. Schweiß lief ihm übers Gesicht. Erst jetzt merkte er, wie heiß es in der Zelle war.

Er suchte die Waschräume auf und ließ sich eine Duschzelle geben. Dann zog er sich aus und überließ dem schwarzen Wärter seinen Anzug zum Aufbügeln, während er duschte. Er gab sich genießerisch den warmen Nadelstrahlen des Wassers hin, die Furcht und Panik wegspülten, drehte dann das kalte Wasser auf und spürte, wie seine Lebensgeister zurückkehrten ... Der unüberwindliche Deke O'Hara, dachte er prahlerisch. Was mache ich mir schon aus siebenundachtzig Tausendern, so lange es Dummköpfe gibt?

«Ihr Anzug ist fertig, Daddy», rief der Wärter und riß ihn damit aus seinen Träumen.

«Schön, mein Guter.»

Deke trocknete sich ab, zog sich an, bezahlte und gab dem Wärter ein

Trinkgeld; dann setzte er sich auf den Stand des Schuhputzers und las in der Morgenausgabe der *Daily News* den ersten Bericht über den Raub und sich selbst. Die Uhr an der Wand zeigte 2 Uhr 21.

Mrs. Hill wohnte abseits der City in den Riverton Apartments nahe am Harlem River an der Nordseite der 135th Street. Er wußte, daß sie ungeduldig warten würde. Er kannte den Typ: Diese Sorte Frauen war jung, hielt sich für gut aussehend und war von dem Ehrgeiz besessen, vorwärtszukommen; im Unterbewußtsein wollte sie weiße Männer, die sie gleichzeitig haßt, weil sie ihre Versuche, weiterzukommen, vereitelten und sich weigerten, jene Überlegenheit anzuerkennen, die sie weißen Frauen gegenüber zu haben meinte. Mehr als alles andere aber wünschte sie aus ihrem bedrückenden Milieu auszubrechen; aber wenn das nicht ging, wenn der Aufstieg in die Mittelschicht versperrt blieb – dann lieber alles aufgeben und nichts wie zurück nach Afrika! Dort *mußte* sie einfach eine bedeutende Rolle spielen, ganz *automatisch* ... Deke hatte für diesen Typ nichts übrig, wußte aber auch, daß er Mrs. Hill aus allen diesen Gründen vertrauen konnte.

Er ging hinaus, um sich ein Taxi zu nehmen. Zwei freie Taxis mit weißen Fahrern fuhren an ihm vorbei; dann ließ ein farbiger Fahrer, der seine Verlegenheit bemerkte, weiße Kundschaft stehen, um ihn aufzunehmen. Der weiße Polizist, der den Taxistand überwachte, sah nichts.

«Sie wissen ja, daß kein weißer Chauffeur Sie nach Harlem bringt, Mann», sagte der farbige Fahrer.

«Na und? Wenn sie kein schwarzes Geld wollen – bitte. Die können mich überhaupt nicht ärgern», antwortete Deke.

Der farbige Fahrer lachte verhalten.

Deke ließ ihn vor dem U-Bahnhof in der 125th Street warten, während er telefonierte. Die Luft war rein.

Sie drückte auf den automatischen Türöffner, kaum daß er die Klingel berührt hatte. Er fuhr in die siebte Etage und fand sie an der halbgeöffneten Tür warten. Das Apartment hinter ihr war pechschwarz.

«Oh, Reverend O'Malley, ich habe mir schon solche Sorgen gemacht», sagte sie. «Ich hatte schon gefürchtet, die Polizei hätte Sie gefaßt.»

Er lächelte herzlich und tätschelte ihr die Hand, als er an ihr vorbei in die Wohnung trat. Sie schloß die Tür und folgte ihm, und einen Augenblick lang standen sie in der völligen Finsternis des kleinen Vorraums. Ihre Körper berührten sich leicht.

«Etwas Licht können wir wohl machen», meinte er. «Ich bin überzeugt, daß wir sicher sind.»

Sie knipste am Schalter, und der Raum wurde hell. Die Jalousien waren heruntergezogen, die Vorhänge dicht geschlossen, und das Apartment sah genauso aus, wie er es sich vorgestellt hatte. Ein Wohnraum mit einem breiten, bogenförmigen Durchgang zu einem kleinen Eßzimmer, dahinter die geschlossene Küchentür. Auf der anderen Seite führte eine Tür zum Schlafzimmer und zum Bad. Die Möbel aus heller Eiche sollten kostspielig aussehen und standen in den Schaufenstern aller Abzahlungsgeschäfte. Auf der einen Seite stand ein breites Sofa, das zu einem Bett heruntergeklappt werden konnte. Es war bereits heruntergelassen und das Bett gemacht.

Sie bemerkte seinen Blick und sagte, als ob sie sich deswegen entschuldigen müßte: «Ich dachte, Sie würden erst mal schlafen wollen.»

«Das ist sehr aufmerksam von Ihnen», antwortete er. «Aber zuerst müssen wir uns unterhalten.»

«O ja», stimmte sie begeistert zu.

Das einzige Überraschende war sie selbst. Sie war eine wirklich schöne Frau mit einem glatten, ovalen braunen Gesicht, gekrönt von schwarzem Haar, das sich in natürlichen Ringellöckchen um ihren Kopf legte. Sie hatte Schlehenaugen, eine kleine Stubsnase und auf der Oberlippe ganz leichten, dunklen Flaum. Ihr Mund war breit und großzügig, und zwischen rosagetönten Lippen wurden ebenmäßige weiße Zähne sichtbar, wenn sie lächelte. Sie trug ein enganliegendes, leuchtendblaues Negligé, das nicht viel von ihrem Körper verbarg. Sie hatte einen sehr schönen Körper.

Er setzte sich an den kleinen, runden Tisch, den sie beiseite geschoben hatte, um das Bett zu machen, und bedeutete ihr, ihm gegenüber Platz zu nehmen. Dann begann er mit feierlicher Würde zu ihr zu sprechen.

«Haben Sie schon Vorbereitungen für Johns Beerdigung getroffen?»

«Nein, er ist noch ... Sie haben ihn noch nicht freigegeben. Aber ich hoffe, daß Mister Clay die Beerdigung übernimmt und wir die Feier in Ihrer ... in unserer Kirche veranstalten können. Und daß Sie bei der Beerdigung die Predigt halten.»

«Selbstverständlich, Mrs. Hill. Und ich hoffe, daß wir bis dahin unser Geld zurückhaben und dann aus einem Anlaß zur Trauer auch einen zur Danksagung machen können.»

«Nennen Sie mich Mabel. Das ist mein Vorname», sagte sie leise.

«Gut, Mabel, und ich möchte, daß Sie morgen zur Polizei gehen, um herauszufinden, was man da weiß, damit wir es für unsere Sache nutzen können.» Er lächelte gewinnend. «Sie werden meine Mata Hari sein, Mabel – aber eine Mata Hari, die auf der Seite des Herrn steht.»

Ihr Gesicht wurde von einem strahlenden, vertrauensvollen Lächeln erhellt. «Ja, Reverend O'Malley, das will ich gern», sagte sie verzückt und neigte sich unwillkürlich zu ihm hin.

Ihre Haltung verriet so viel Ergebenheit, daß er blinzelte. Mein Gott, dachte er, dieses Weib hat schon ihren toten Mann vergessen, obwohl er noch nicht einmal in seinem Sarg liegt.

«Das freut mich aufrichtig, Mabel», sagte er. Er griff über den Tisch und nahm eine ihrer Hände und hielt sie fest, während er ihr tief in die Augen blickte. «Sie wissen nicht, wie sehr ich von Ihnen abhänge.»

«Oh, Reverend O'Malley, ich will *alles* für Sie tun», gelobte sie.

Er mußte sich sehr zurückhalten. «Jetzt wollen wir niederknien und den Herrn um die Erlösung der Seele Ihres armen toten Mannes bitten.»

Plötzlich wurde sie nüchtern und kniete sich neben ihn auf den Boden.

«O Herr, unser Heiland und unser Meister! Nimm gnädig auf die Seele unseres Bruders John Hill, der sein Leben gab für unsere demütigen Ziele...»

«Amen», sagte sie. «Er war ein guter Ehemann.»

«Du hörst, o Herr, er war ein guter Gatte und ein treuer, ehrlicher, aufrechter Mann. Nimm ihn und halte ihn, o Herr, und hilf in Deiner Gnade und Barmherzigkeit dieser armen Frau, die in diesem Tal der Tränen länger verweilen muß ohne die Wohltat eines Ehemanns, der ihre Sehnsüchte und Wünsche erfüllt und die Flammen ihres Leibes löscht.»

«Amen», flüsterte sie.

«Und gewähre ihr eine neue Aufgabe für ihr Leben, und, ja, o Herr, einen neuen Mann, denn das Leben währet ewiglich und muß weitergehen aus der Tiefe des Todes, o Herr, und wir sind nur Menschen, wir alle, o Herr.»

«Ja!» schrie sie. «Ja!»

Deke fand, es sei an der Zeit, diesem Unsinn ein Ende zu machen, ehe er sich mit ihr im Bett wiederfand, denn er wollte die Situation nicht unnötig komplizieren – er wollte nur sein Geld zurückhaben. Deshalb schloß er: «Amen.»

«Amen», sprach sie ihm enttäuscht nach.

Sie erhoben sich, und sie fragte ihn, ob sie ihm etwas zu essen machen solle. Er sagte, gegen etwas Rührei mit Toast und Kaffee hätte er nichts einzuwenden; sie nahm ihn mit in die Küche, ließ ihn auf einem der runden, gepolsterten Stühle an dem fleckenlosen, runden Tisch mit Kunststoffplatte Platz nehmen und machte sich daran, ihm einen Imbiß zu bereiten. Die Küche paßte in allem zu der übrigen Wohnung: Herd, Kühlschrank, Küchenmaschinen – alles elektrisch, alles raumsparend angeordnet, sehr bunt und sehr hygienisch. Aber er wurde durch ihren Körper unter dem blauen Seidenneglige abgelenkt: von dem Wiegen ihrer Hüften, während sie umherging, sich bückte, um Sahne und Eier aus dem Kühlschrank zu nehmen und sich flink hierhin und dorthin wandte, um mehrere Dinge gleichzeitig zu tun.

Als sie sich ihm gegenübersetzte, war sie zu verlegen, um zu sprechen; eine leichte Röte erschien auf ihrer braunen Haut. Der Imbiß war ausgezeichnet: knuspriger Speck, schaumiges Rührei, fester brauner Toast mit einem Hauch Butter, englische Marmelade und starker schwarzer Espressokaffee mit dicker Sahne.

Deke sprach weiter von den Verdiensten ihres verschiedenen Mannes und versicherte ihr, wie sehr er der Bewegung fehlen werde, aber langsam wurde er ungeduldig. Ging sie denn noch immer nicht zu Bett? Erleichtert sah er zu, wie sie schließlich das Geschirr im Aufwaschbecken zusammenstellte und sich mit einem scheuen «Gute Nacht» in ihr Schlafzimmer zurückzog.

Er wartete, bis er annahm, daß sie fest eingeschlafen sei; dann öffnete er lautlos die Schlafzimmertür und lauschte. Ihr Atem ging gleichmäßig. Er knipste die Lampe im Wohnzimmer an, so daß er sie besser sehen konnte; falls sie aufwachte, würde er so tun, als ob er ins Bad wolle. Aber sie schlief fest, die linke Hand zwischen den Beinen und den rechten Arm über der entblößten Brust. Er ging zum Telefon und wählte eine Nummer.

«Ich möchte mit Barry Waterfield sprechen», sagte er, als sich der Teilnehmer meldete.

Eine verschlafene männliche Stimme antwortete unwillig: «Es ist verdammt spät. Ich kann keine Gäste mehr ans Telefon holen. Rufen Sie morgen an.»

«Ich bin auf der Durchreise hier», sagte Deke eindringlich. «Um 5 Uhr 45 fahre ich weiter nach Atlanta. Ich habe eine dringende Nachricht für ihn.»

«Augenblick mal», antwortete die Stimme.

Schließlich meldete sich eine andere Stimme am Apparat, schroff und voller Mißtrauen. «Wer ist da?»

«Deke.»

«Oh ...»

«Red nicht – hör zu: Die Polizei ist hinter mir her. Ich hab mich bei der Frau von John Hill versteckt. Das ist der, den es erwischt hat.» Er gab Telefonnummer und Adresse an. «Niemand außer dir weiß, daß ich hier bin. Und ruf mich nicht an, wenn es nicht unbedingt sein muß. Wenn sie am Apparat ist, sagst du, du heißt James – klar? Ich sag ihr noch Bescheid. Laß dich heute nicht auf der Straße sehen ... So, und jetzt häng ein.»

Er lauschte auf das Knacken, als der Hörer eingehängt wurde, und wartete, ob die Leitung frei blieb, weil jemand das Gespräch abgehört hatte. Beruhigt hängte er ein und sah zu der Frau hinüber. Sie schlief. Leise verließ er das Zimmer und legte sich schlafen.

Er träumte. Er rannte durch einen pechschwarzen Wald, und er hatte Angst. Dann ging der Mond zwischen den Bäumen auf, und die Bäume hatten die Formen von riesigen Frauen mit Brüsten, die wie Kokosnüsse herabhingen. Plötzlich fiel er in eine Grube; es war warm darin, und sie nahm ihn mit einer warmen, feuchten Umarmung auf, und ekstatische Verzückung überkam ihn ...

«Oh, Reverend O'Malley!» rief sie schrill. Licht aus dem Schlafzimmer fiel auf ihren Körper, der nur in ein durchscheinendes Nachthemd gehüllt war, aus dem eine volle braune Brust hervorsah. Sie zitterte heftig, und ihr Gesicht war tränenüberströmt.

Er war nach seinem Traum betroffen, sie so vor sich zu sehen; er sprang auf, legte seinen Arm um ihre zitternden Schultern und fragte sich ratlos, ob er womöglich im Traum über sie hergefallen sei. Er spürte das warme Fleisch, das unter seiner Hand bebte, während sie hysterisch schluchzte:

«Oh, Reverend O'Malley, ich hab so was Entsetzliches geträumt...»

«Aber, aber», besänftigte er sie und zog sie an sich. «Träume sind Schäume.»

Sie wich von ihm zurück und setzte sich auf sein Bett, das Gesicht in den Händen verborgen, wodurch ihre Stimme undeutlich wurde. «Ich hab geträumt, Sie sind verwundet worden, und als ich Ihnen zu Hilfe kommen wollte, da haben Sie mich angesehen, als ob Sie glaubten, ich hätte Sie verraten...»

Er setzte sich neben sie und strich ihr sanft über den Arm. «Ich würde nie denken, Sie könnten mich verraten haben», sagte er besänftigend; er zählte im Geist die sanften Striche seiner Hand über das glatte, nackte Fleisch ihres Arms und dachte, jede Frau ergibt sich innerhalb von hundert Strichen. «Ich habe das allerhöchste Vertrauen zu Ihnen. Sie werden mir nie Kummer oder Schmerz bereiten. Sie werden mir immer Freude und Glück bringen.»

«Dabei bin ich... Oh, Reverend, ich fühle mich so *unzulänglich*!» stöhnte sie.

Sanft schob er sie zurück, ohne mit dem Streicheln aufzuhören. «Legen Sie sich jetzt hin und machen Sie sich keine Vorwürfe wegen eines dummen Traums. Wenn ich zu Schaden komme, ist es Gottes Wille... Wir müssen uns alle dem Willen Gottes beugen... Und jetzt sprechen Sie mir nach: Wenn Reverend O'Malley verletzt wird, ist es der Wille Gottes.»

«Wenn Reverend O'Malley verletzt wird, ist es Gottes Wille», wiederholte sie gehorsam mit leiser Stimme.

«Wir alle müssen uns dem Willen Gottes beugen.»

«Wir alle müssen uns dem Willen Gottes beugen.»

Mit seiner freien Hand drückte er ihr die Beine auseinander. «Gottes Wille muß befolgt werden», sagte er.

«Gottes Wille muß befolgt werden», flüsterte sie.

«Dies ist Gottes Wille», murmelte er suggestiv.

«Dies ist Gottes Wille», wiederholte sie wie in Trance.

Als er in sie eindrang, glaubte sie, es sei Gottes Wille, und schrie: «Oh – oh! Du bist wunderbar!»

7

Grave Digger fuhr durch die 113th Street nach Osten zur Seventh Avenue, und Harlem zeigte ein anderes Gesicht. Wenige Blocks weiter südlich beginnt der Central Park; nördlich der 116th Street ist die Avenue von Bars und Nightclubs gesäumt, von Schönheitssalons und Restaurants; dann kommen die Bestattungsunternehmen und die Kirchen. Hier aber, bei der 113th Street, war die Seventh Avenue zu dieser späten Nachtstunde verlassen, und die alten, gut gepflegten Miethäuser aus Stein lagen dunkel.

Coffin Ed rief vom Wagen aus im Revier an und erreichte Lieutenant Anderson. «Irgendwas Neues?»

«Das Morddezernat hat einen farbigen Taxifahrer aufgegabelt, der vor Small's drei weiße Männer und eine farbige Frau aufgenommen und in die Bredford Avenue gebracht hat – weit draußen in Brooklyn. Er sagt, die Männer hätten nicht so ausgesehen wie Leute, die bei Small's verkehren, und die Frau sei offensichtlich eine gewöhnliche Prostituierte gewesen.»

«Geben Sie mir seine Adresse und die Firma, bei der er arbeitet.»

Anderson gab die gewünschte Auskunft, gab aber zu bedenken: «Das ist Sache des Morddezernats. Bei uns liegt gegen O'Hara nichts vor. Was habt ihr vor?»

«Wir gehen zu Hijenks Spritzenhaus und suchen nach einem Qualmkopf namens Loboy, der vielleicht etwas weiß.»

«Hijenks. Das ist irgendwo oben an der Edgecomb, nicht wahr?»

«Er ist runtergezogen an die Eighth. Warum räuchern die Bullen vom FBI da nicht mal aus? Wen schmiert der eigentlich?»

«Fragt mich nicht. Ich bin bloß Lieutenant in einem Revier.»

Sie fuhren los. Nahe der 112th Street kamen sie an einem altem Lumpensammler vorbei, der seinen hoch mit den Funden der Nacht beladenen Karren vor sich her schob.

«Onkel Bud», sagte Coffin Ed. «Sollen wir uns den mal vornehmen?»

«Wozu? Der hält den Mund. Der will weiterleben.»

Sie parkten den Wagen und gingen in die Bar an der Ecke der 113th Street. Ein Pärchen stand am vorderen Ende der Bar, trank Bier und schwatzte mit dem Barmann. Grave Digger durchquerte das Lokal und verschwand hinter der Tür mit der Aufschrift TOILETTE.

Coffin Ed blieb mitten in der Bar stehen. Der Barmann warf einen raschen Blick zur Toilettentür, kam dann eilig zu Coffin Ed und begann die fleckenlose Bartheke mit einem feuchten Tuch abzuwischen.

«Was wünschen Sie, Sir?» fragte er. Er war ein schlanker, großer, hellhäutiger Mann mit hängenden Schultern, dünnem Schnurrbart und glatten, schütteren Haaren. In seiner weißen Jacke und der schwarzen Krawatte sah er recht ordentlich aus. Viel zu ordentlich für diese lausige Gegend, fand Coffin Ed.

«Bourbon on the Rocks.» Der Barmann zögerte einen Augenblick, und Coffin Ed fügte hinzu: «Zwei.» Der Barmann schien erleichtert.

Grave Digger kam aus der Toilette zurück, als der Barmann die Drinks servierte.

«Die Herren sind neu hier in der Gegend, nicht wahr?» fragte der Barmann beiläufig.

«Wir nicht, aber Sie», antwortete Grave Digger.

Der Barmann lächelte unverbindlich.

«Sehen Sie das Zeichen da hinten auf der Theke?» fragte Grave Digger. «Das hab ich vor zehn Jahren gemacht.»

Der Barmann sah auf die Platte hinunter. Das Holz war mit Markierungen übersät – Namen, Zeichnungen, Signaturen. «Welches Zeichen?»

«Kommen Sie. Ich zeig's Ihnen.» Grave Digger ging ans hintere Ende der Bar.

Der Barmann folgte ihm zögernd, aber Neugier siegte über Vorsicht. Coffin Ed kam langsam nach. Grave Digger deutete auf die einzige unmarkierte Stelle auf der ganzen Platte. Der Barmann sah hin. Das Pärchen hatte seine Unterhaltung abgebrochen und starrte neugierig herüber.

«Ich sehe nichts.» Der Barmann zuckte die Achseln.

«Sehen Sie doch genau hin», sagte Grave Digger und griff unter seine Jacke.

Der Barmann beugte sich vor, um besser sehen zu können. «Ich sehe wirklich nichts.»

«Aber vielleicht sehen Sie das?»

Der Barmann blickte in die Mündung von Grave Diggers langläufigem Revolver. Seine Augen quollen aus den Höhlen und er wurde gelbgrün.

«Weiter hersehen», befahl Grave Digger.

Der Barmann schluckte, fand aber seine Stimme nicht. Das Pärchen am Vorderende der Bar glaubte, Zeuge eines Raubüberfalls geworden zu sein und löste sich in Nichts auf – es war wie Magie; eben saßen sie noch da, im nächsten Augenblick waren sie verschwunden.

Mit verhaltenem Lachen ging Coffin Ed durch die Toilettentür, öffnete den Wandschrank und gab mit dem Nagel, an dem ein schmutziger Lappen hing, das Signal. Der Nagel war ein Schalter, und in dem Vorraum oben, in dem ein Aufpasser hockte und in einem Comic-Heft las, blinkte ein Licht auf. Der Aufpasser sah zu der roten Lampe hinüber, die aufleuchten mußte, wenn der Barmann Fremde im Lokal hatte und das Warnzeichen gab. Sie leuchtete nicht auf. Der Aufpasser drückte auf einen Knopf, und die rückwärtige Tür des Wandschranks öffnete sich mit leisem Summen. Coffin Ed stieß die Tür zur Bar auf, winkte Grave Digger und hielt zugleich den geheimen Zugang nach oben offen.

«Gute Nacht», sagte Grave Digger zu dem Barmann.

Der Barmann wollte antworten, aber in seinem Kopf flammten Lichter auf, und er sah kurz die Milchstraße, ehe der Himmel schwarz wurde. Ein Qualmkopf, der von der Straße hereinkam, sah, wie Grave Digger den Barmann seitlich am Kopf traf, machte auf dem Absatz kehrt und rannte. Der Barmann sank bewußtlos hinter seiner Theke in sich zusammen. Ohne einen weiteren Blick auf ihn zu verschwenden, rannte Grave Digger in die Toilette und folgte Coffin Ed die schmale Treppe hinter der Geheimtür hinauf.

Am oberen Ende der Treppe war kein Vorplatz, und die Tür war ebenso breit wie die Treppe. Nirgends war eine Deckung.

Auf halber Höhe faßte Grave Digger Coffin Ed am Arm. «Das ist zu gefährlich für Waffen. Laß uns offen vorgehen», flüsterte er.

Coffin Ed nickte.

Sie stiegen die Treppe hinauf, und Grave Digger klopfte das Signal und stellte sich so vor den Spion, daß er gesehen werden konnte.

Hinter der Tür war ein kleiner Vorraum. Er war mit einem Tisch ausgestattet, der mit Comic-Heften bedeckt war. Darüber hing ein Regal mit zahlreichen Fächern, in dem die Rauschgiftsüchtigen ihre Waffen deponieren mußten, ehe sie das ‹Spritzenhaus› betreten durften. Ein Polstersessel war an den Tisch geschoben, an dem die Aufpasser ihre Tage verbrachten. Links von der Tür steckten verschiedene Nägel lose im Türrahmen. Der oberste Nagel war der Schalter, der im Fall einer Razzia die Signallampe im ‹Spritzenhaus› aufleuchten ließ. Der Aufpasser spähte zu Grave Digger hinaus, einen Finger am Blinkschalter. Er erkannte ihn nicht.

«Wer sind Sie?» fragte er.

Grave Digger hob seine Polizeimarke hoch. «Die Detektive Jones und Johnson vom Revier.»

«Was wollen Sie?»

«Hijenks sprechen!»

«Verschwindet, ihr Bullen. Hier gibt's keinen, der so heißt.»

«Soll ich die Tür aufschießen?» erkundigte sich Coffin Ed.

«Daß ich nicht lache», antwortete der Wächter. «Die Tür ist kugelsicher.»

«Ruhig, Ed», warnte Grave Digger; dann wandte er sich an den Wächter: «Na schön, mein Sohn, dann warten wir eben.»

«Wir halten gerade eine Betstunde ab zum Ruhme des Herrn», erklärte der Aufpasser; in seiner Stimme schwang ein besorgter Unterton mit.

«Wer ist in dem Fall der Herr?» erkundigte sich Coffin Ed bissig.

«Sie nicht», antwortete der Wächter.

Eine Weile herrschte Stille. Dann fragte eine Stimme hinter der Tür: «Was ist los, Joe?»

«Da draußen sind ein paar Niggerbullen vom Revier», berichtete der Wächter.

«Wir treffen uns schon noch mal, Joe. Dann werden wir sehen, wer der schwärzere Nigger ist», fauchte Coffin Ed.

«Du kannst mich gleich sehen ...» begann Joe prahlerisch. Die Gegenwart seines Chefs machte ihm Mut.

«Halt's Maul, Joe», befahl die andere Stimme. Dann hörten sie das leise Scharren, mit dem der Spion geöffnet wurde.

«Wir sind Jones und Johnson, Hijenks», sagte Grave Digger. «Wir wollen nur ein paar Informationen.»

«Hier gibt's keinen, der so heißt», antwortete Hijenks.

«Der Name spielt keine Rolle», sagte Grave Digger entgegenkommend. «Wir suchen Loboy.»

«Weshalb?»

«Er hat vielleicht bei dem Überfall auf Deke O'Haras ‹Heim nach Afrika›-Verein etwas gesehen.»

«Ihr glaubt doch wohl nicht, daß er daran beteiligt war?»

«Nein, beteiligt war er nicht», erklärte Grave Digger kurz und bündig, «aber er war in der Gegend der 137th Street und der Seventh Avenue, als die Wagen demoliert wurden.»

«Woher wißt ihr das?»

«Sein Partner ist von dem Wagen der Banditen überfahren worden. Er ist tot.»

«Also ...» begann Hijenks.

Aber der Wächter fiel ihm ins Wort: «Sag den Bullen da nur nichts, Boss.»

«Halt's Maul, Joe. Wenn ich deinen Rat will, frage ich danach.»

«Finden werden wir ihn auf jeden Fall, und wenn wir die Bundesbullen holen müssen, um hier einzubrechen und nach ihm zu suchen. Wenn er also hier ist, tun Sie sich selbst einen Gefallen, wenn Sie ihn rausschicken.»

«Um diese Zeit finden Sie ihn wahrscheinlich in Sarahs Kindergarten in der 105th Street in Spanisch-Harlem. Wissen Sie, wo das ist?»

«Sarah ist eine alte Freundin von uns.»

«Kann ich mir denken», knurrte Hijenks. «Jedenfalls weiß ich nicht, wo er wohnt.»

Damit endete die Unterhaltung. Niemand erwartete einen Dank für die Information. Es war alles strikt geschäftlich.

Sie folgten der 110th Street quer durch die Stadt, kamen an den gutgepflegten alten Miethäusern vorbei, von deren Fenstern man den Nordteil des Central Parks und die Lagune übersieht und in denen die bessergestellten Farbigen wohnten. Es ist eine stille Straße, die zu Ehren der Kathedrale St. John the Divine, New Yorks schönster Kirche, die dort steht, in Cathedral Parkway umbenannt worden ist. Sie war am westlichen Ende, in der Nähe der Kirche, noch von Weißen bewohnt, als wenige Blocks weiter östlich schon farbige Mieter nachzudrängen begonnen hatten.

An der Fifth Avenue erreichten sie den runden Platz, an dem Spanisch-Harlem beginnt. Plötzlich ist die Straße verwahrlost, schmutzig, schäumt über von den zahllosen Farbschattierungen der Puertoricaner – so viele Menschen sind in den halbverrotteten Slums zusammengedrängt, daß es scheint, als müßten die brüchigen Mauern vor menschlichem

Fleisch bersten. Die englische Sprache macht der spanischen Platz, farbige Amerikaner weichen farbigen Puertoricanern.

«Da reden die Leute von Harlem», sagte Grave Digger. «Die Slums hier sind viel schlimmer.»

«Ja, aber wenn ein Puertoricaner hell genug ist, wird er als Weißer anerkannt; unsereiner kann so hell sein, wie er will – er bleibt immer ein Nigger», erwiderte Coffin Ed.

«Du bist ein großer Anthropologe», sagte Grave Digger und bog in die Lexington Avenue ein, «aber jetzt haben wir was anderes zu tun – erinnerst du dich?»

Sarahs ‹Kindergarten› nahm die oberste Etage eines altmodischen Ziegelhauses ein, das bessere Tage gesehen hatte. In dem Stockwerk darunter lebte ein puertoricanischer Clan, der aus so vielen Familien bestand, daß die Apartments sie gar nicht alle aufnehmen konnten. Deshalb wurde dort im Essen, Schlafen, Kochen und Lieben abgewechselt, und alle, die gerade nicht an der Reihe waren, blieben draußen auf der Straße, bis die im Haus mit ihren jeweiligen Verrichtungen fertig waren. Radios plärrten Tag und Nacht mit höchster Lautstärke. Zusammen mit den naturgegebenen akustischen Folgen des spanischen Temperaments, dem Lachen und Streiten, übertönte dieser Höllenlärm jedes Geräusch, das von oben kommen mochte. Wie die Familien weiter unten im Haus das aushielten, danach fragte niemand.

Grave Digger und Coffin Ed parkten weiter unten an der Straße und kamen zu Fuß zurück. Niemand gönnte ihnen einen zweiten Blick. Sie waren Männer, und das war alles, was Sarah interessierte – Männer: weiße, schwarze, gelbe, braune, anständige, kriminelle, dumme. Sarah erklärte, nur Frauen kämen ihr nicht ins Haus; sie unterhalte kein Lokal für Wachteln. Alle Welt wußte, daß sie ein Spitzel war, aber sie bespitzelte auch die Polizei.

Das erste, was den Detektiven entgegenschlug, als sie unten in den schlechtbeleuchteten Hausflur traten, war der Gestank. Als nächstes nahmen sie die Bemalung der Wände wahr.

«Kein Wunder, daß sie so viele Babies machen. Das ist alles, woran sie denken», schloß Coffin Ed daraus.

Schweigend stiegen sie die Treppe hinauf. Der Gestank ließ nach, während sie die sechs Etagen emporstiegen. Die Wände waren weniger dicht tätowiert. Die Etage mit dem Bordell war sauber.

Sie klopften an eine rotlackierte Tür vorn und wurden von einem grinsenden puertoricanischen Mädchen eingelassen. «Willkommen, Senores», sagte sie. «Hier sind Sie richtig.»

Sie traten in den Vorraum. «Wir wollen Sarah sprechen», sagte Grave Digger.

Das Mädchen deutete auf eine Tür. «Gehen Sie ruhig rein. Sie brauchen nicht erst mit Madame zu sprechen.»

«Wir wollen sie aber sprechen. Sei ein braves Kind und hol sie raus.»

Das Mädchen hörte auf zu grinsen. «Wer sind Sie?»

Sie ließen ihre Marken blinken. «Polizei.»

Das Mädchen zog ein Gesicht und verschwand schnell in dem großen Vorderzimmer, ließ die Tür aber angelehnt; sie konnten in das Zimmer sehen, das Sarah ihren Empfangssalon nannte. Der Boden war mit rotem Linoleum bedeckt. Sitzgelegenheiten standen an den Wänden, Polstersessel für die Kunden, steife Holzstühle für die Mädchen. Die meiste Zeit saßen die Mädchen aber auf den Knien der Kunden oder brachten ihnen zu essen und zu trinken.

Alle Mädchen trugen das gleiche enganliegende Kleid und hochhackige Schuhe. Es waren alles hellhäutige Puertoricanerinnen, und alle waren jung. Aus der schimmernden Musikbox an der Rückwand ertönte spanische Musik, zu der zwei Paare tanzten. Die anderen saßen herum, tranken Whiskey und sparten ihre Kräfte für das Wesentliche. Neben der Musikbox begann ein schwachbeleuchteter Gang, flankiert von den ‹Geschäftsräumen›. Das Bad und die Küche befanden sich weiter hinten. Eine dunkelbraune, mütterlich wirkende Frau grillte Hähnchen, teilte Kartoffelsalat aus, mixte die Drinks und hatte ein scharfes Auge auf das Geld. Für Sarahs ‹Kindergarten› waren zwei Wohnungen zusammengelegt worden, und in der rückwärtigen lagen ihre Privaträume.

Grave Digger sagte: «Wenn unsere Leute jemals richtig loslegen könnten – mit ihrem Talent für krumme Geschäfte gäbe das in der Geschäftswelt *die* Sensation.»

Coffin Ed nickte. «Davor haben sie ja gerade Angst, die Weißen.»

Und dann kam Sarah. Sie war eine stattliche, vollbusige schwarze Frau mit schneeweißem Haar, das in enggedrehten Locken frisiert war, die wie Stahlfedern aussahen. Sie hatte ein rundes Gesicht mit einer breiten, platten Nase, dicken, dunklen, ungeschminkten Lippen, die breit lächelten und außerordentlich weiße Zähne freigaben. Sie trug ein hochgeschlossenes schwarzes Satinkleid mit langen Ärmeln. An einem Handgelenk glitzerte eine kleine Platinuhr an einem brillantenbesetzten Armband. Der Diamant an ihrem Ringfinger hatte die Größe einer Eichel. Mehrere Schlüssel hingen an einer goldenen Kette um ihren Hals.

Nur die Zähne lächelten; die dunklen Augen hinter den randlosen Brillengläsern blieben eiskalt. «Hallo, Boys ...» Sie schüttelte beiden die Hand. «Wie geht's denn?»

«Gut, Sarah, gut. Das Geschäft blüht. Bei dir auch?»

«Klar, Digger. Nur Gauner haben Geld, und hier geben sie's am liebsten aus – na, ihr wißt ja, wie das ist; eins greift ins andere: Mädchen sind gut verkäuflich, wenn die Preise für Baumwolle und Mais fallen ... Was wollt ihr denn, Boys?»

«Wir wollen Loboy, Sarah», antwortete Grave Digger schroff, den ihr Zynismus reizte.

Ihr Lächeln verschwand. «Was hat er getan, Digger?» fragte sie mit tonloser Stimme.

«Das geht dich 'n Dreck an», knurrte Coffin Ed.

Sie sah ihn streng an. «Nimm dich zusammen, Edward», warnte sie.

«Diesmal geht's nicht darum, was er getan hat», beschwichtigte Grave Digger. «Wir wollen nur wissen, was er gesehen hat. Wir wollen uns nur mit ihm unterhalten.»

«Ich weiß, was das bedeutet. Aber jetzt ist er ein bißchen nervös und verstört...»

«Du meinst, das Heroin läuft ihm aus den Kiemen raus», unterbrach Coffin Ed. «Oder was er sonst nimmt.»

Sie sah ihn wieder an. «Werd nicht unverschämt, Edward, sonst fliegst du hier raus.»

«Sei friedlich, Sarah», sagte Grave Digger. «Ich will die Karten auf den Tisch legen – es ist nicht so, wie du denkst... Du weißt, daß sie Deke O'Hara heute abend ausgenommen haben?»

«Ich hab's im Radio gehört. Aber ihr seid doch wohl nicht so dämlich, zu glauben, daß Loboy was damit zu tun hat?»

«Nein, so dämlich sind wir nicht, Sarah. Und Deke ist uns ganz egal. Aber es sind siebenundachtzigtausend Dollar geklaut worden, die sich schwarze Leute wie du und ich schwer genug verdient haben. Die wollen wir zurückbekommen.»

«Was hat Loboy damit zu tun?»

«Es besteht die Möglichkeit, daß er die Banditen gesehen hat. Er hat in der Gegend gearbeitet, in der das Auto der Räuber mit einem anderen Wagen zusammengeknallt ist... Die Gauner sind getürmt, aber vielleicht hat er sie gesehen.»

Sie studierte unbeweglich sein Gesicht. Schließlich sagte sie: «Ich verstehe...» Plötzlich leuchtete ihr Lächeln wieder auf. «Ich will alles tun, was ich kann, um unseren Leuten zu helfen.»

«Das glaub ich dir sogar», brummte Coffin Ed.

Ohne ein weiteres Wort ging sie in ihren Empfangssalon zurück und schloß die Tür hinter sich. Wenige Minuten später brachte sie Loboy heraus.

Sie nahmen ihn mit zur 137th Street und verlangten von ihm, ganz genau zu schildern, was er getan und was er gesehen hatte.

Zuerst protestierte Loboy. «Ich hab nix getan, und gesehn hab ich auch nix, und überhaupt, was wollt ihr von mir? Ich war krank. Den ganzen Tag. Ich hab zu Haus im Bett gelegen.» Er war so voller Rauschgift, daß er nicht deutlich sprechen konnte und immer wieder mitten im Satz einzuschlafen drohte.

Coffin Ed schlug ihm ein halbes dutzendmal mit der flachen Hand ins Gesicht.

Loboy traten Tränen in die Augen. «Ihr habt kein Recht, mich zu schlagen. Ich sag's Sarah, wenn ihr... Gegen mich liegt überhaupt nix vor!»

«Ich will ja nur erreichen, daß du mir deine werte Aufmerksamkeit schenkst», knurrte Coffin Ed.

Loboy schenkte ihm seine werte Aufmerksamkeit, aber das war auch alles. Er gab zu, den Fahrer des Lieferwagens, der Early Gibson überfahren hatte, kurz gesehen zu haben, erinnerte sich aber nicht daran, wie er ausgesehen hatte. «Er war weiß, mehr kann ich nicht sagen. Für mich sehn alle Weißen gleich aus.»

Er hatte die Weißen nicht gesehen, als sie den demolierten Lieferwagen verließen. Den gepanzerten Laster hatte er überhaupt nicht mehr gesehen; er hatte sich nach dem Unfall seines Partners blitzartig verdrückt.

«Wohin ist denn die Frau gegangen?» fragte Grave Digger. «In welcher Richtung?»

«Ich sag doch, ich bin geflitzt. Ich hab mich nich nach ihr umgedreht.»

«Wie hat sie ausgesehen?»

«Kann ich mich nich dran erinnern. Groß, kräftig ...»

Sie ließen ihn laufen. Inzwischen war es vier Uhr morgens. Sie fuhren zum Revier zurück, um sich vom Dienst abzumelden. Sie hatten sich die Nacht vergeblich um die Ohren geschlagen; sie waren der Lösung keinen Schritt näher gekommen. Lieutenant Anderson sagte, es liege nichts Neues vor. Dekes Privattelefon war unter Überwachung gestellt worden, aber niemand hatte dort angerufen.

«Wir hätten uns um den Taxifahrer kümmern sollen, der diese drei Weißen nach Brooklyn gebracht hat, statt unsere Zeit mit Loboy zu vergeuden», meinte Grave Digger.

«Hinterher sind wir alle gescheiter», sagte Anderson weise. «Geht nach Hause und schlaft euch aus.»

Er sah selber todmüde aus. Es war eine heiße, harte Nacht mit großen und kleinen Verbrechen gewesen. Er hatte Verbrechen und Verbrecher satt, Polizisten auch, und vor allem Harlem und Farbige ... Nein, Farbige mochte er; sie konnten ja nichts dafür, daß sie farbig waren. An seinen beiden Negerdetektiven hing er geradezu. Wahrscheinlich hing er sogar von ihnen ab; wahrscheinlich erhielten sie ihm seine Stellung. Er war der Stellvertreter des Revier-Captains, und ihm unterstand die Schicht im Nachtdienst. Er allein trug die Verantwortung, wenn der Captain nach Hause ging, und ohne seine beiden Asse hätte er es nicht immer geschafft. Harlem war ein heimtückisches, brutales Pflaster, und wenn man hier so etwas wie Ordnung aufrechterhalten wollte, mußte man noch heimtückischer und brutaler sein. Er verstand, warum Farbige heimtückisch und brutal waren; er wußte, daß er selbst auch heimtückisch und brutal geworden wäre, wenn er zufällig eine schwarze Haut mitbekommen hätte. Er verstand die Übel der Rassengrenzen, Rassentrennung, Segregation. Er sympathisierte mit den Farbigen in seinem Revier und mit den Farbigen im allgemeinen. Aber gerade jetzt hatte er sie gründlich und gottverdammt satt. Er sehnte sich nach seinem stillen Haus drüben in Queens, das in einer stillen weißen Gegend lag; er wollte seine weiße Frau küssen und seine weißen, schlafenden Kinder betrachten und zwischen zwei weiße Laken kriechen und, verdammt noch mal, schlafen.

Und als dann das Telefon klingelte und eine laute, glückliche Negerstimme sang: «... *O'where de cotton and de corn grow ...*» lief er vor Ärger dunkelrot an.

«Geh zum Theater, du Clown!» schrie er und knallte den Hörer auf die Gabel.

Die beiden Detektive grinsten mitfühlend. Sie hatten die Stimme nicht gehört, aber sie wußten, daß es irgendein besoffener Irrer gewesen sein mußte.

«Wenn Sie lange genug leben, werden Sie sich daran gewöhnen», tröstete Grave Digger.

«Das bezweifle ich», knurrte Anderson.

Grave Digger und Coffin Ed machten sich auf den Weg nach Hause. Sie wohnten weit draußen auf Long Island, in derselben Straße in Astoria, und benutzten nur einen ihrer Privatwagen, um zur Arbeit zu fahren. Ihren Dienstwagen, die kleine, verschrammte schwarze Limousine mit dem frisierten Motor, stellten sie immer in der Garage des Reviers ab.

Aber als sie auf die Straße traten und den Wagen einstellen wollten, war er gestohlen worden.

«Scheiße!» murmelte Coffin Ed.

«Eins ist sicher», sagte Grave Digger. «Ich geh nicht noch mal rein, um es zu melden ...»

«Da hast du verdammt recht», stimmte Coffin Ed zu.

8

Am nächsten Morgen um acht fuhr vor einem gerade renovierten Laden in der Seventh Avenue ein offener Lastwagen vor. Das Geschäft war früher ein Laden für Gelegenheitskäufe gewesen, kombiniert mit einem Schuhputzstand, und hatte so ganz nebenbei auch Lotteriewetten angenommen. Aber dann war ein neuer Mieter aufgetaucht, und während der Renovierungsarbeiten hatte ein hoher Bretterzaun die gesamte Fassade verdeckt.

Über das neue Geschäft war in der Nachbarschaft viel spekuliert worden. Manche hatten behauptet, dort würde eine neue Bar eröffnet, andere meinten, ein Nightclub. Gutinformierte behaupteten, sie hätten beobachtet, daß während der Nacht Büromöbel hineingeschafft worden seien, und sie wußten aus erster Hand, daß hier das Hauptquartier des politischen Ausschusses für Harlem der Republikanischen Partei eingerichtet werden sollte.

Als die Arbeiter anfingen den Zaun abzubrechen, hatte sich eine kleine Menschenmenge angesammelt, aber als sie fertig waren, überflutete eine Menschenmenge die Straße. Harlemer, große und kleine, junge und alte, starke und schwache, lahme und blinde, Männlein und Weiblein starrten verwundert und mit aufgerissenen Augen.

«Großer, allmächtiger Jesus!» murmelte der fette schwarze Friseur von weiter unten an der Straße ratlos und brachte damit die Ansicht aller zum Ausdruck.

Große Spiegelglasscheiben, in rostfreiem Stahl gerahmt, bildeten eine Fensterfront über einem Sockel aus schimmerndem Metall. Quer über der gläsernen Fassade hing ein großes Schild, glänzte von fleckenlos weißem Lack und verkündete in Riesenlettern:

Hauptquartier der Bewegung
HEIM IN DEN SÜDEN
Melde dich JETZT *an!!! Sei ein* ERSTER NEGER!
$ 1000 Prämie für die ersten Familien, die sich eintragen!

Die gesamte Fensterfront war mit farbenfrohen Bildern bepflastert: Kraushaarige schwarze Baumwollpflücker in Overalls, die an italienische Maßanzüge erinnerten, hoben behutsam riesige, schneeweiße Baumwollbälle von rosenfarbenen Samenkapseln ab, die wie große Eiskremtüten aussahen. Dabei zeigten sie heiter grinsend Zähne, die noch weißer waren als die Baumwolle. Auf anderen Bildern hackten nach der gleichen neuesten italienischen Mode gekleidete Neger fröhlich beschwingt Mais; den offenen Mündern nach zu urteilen sangen sie dabei – es konnte sich nur um ein Spiritual handeln. Eine weitere Szene zeigte glückliche Neger nach Feierabend: Auf einer Lichtung vor ländlichen Blockhütten tanzten sie, und ihre Zähne blitzten in der sinkenden Sonne; der Banjospieler trug einen bonbonfarbenen Anzug, und die Alten schauten besinnlich zu, nickten mit schlohweißen Wollköpfen und klatschten mit manikürten Händen den Takt. Gleich daneben war ein großer weißer Mann mit wallender weißer Mähne, weißem Schnauzbart und weißem Spitzbart zu sehen. Er trug einen schwarzen Gehrock mit einem schmalen, lose hängenden Binder; sein Gesicht strahlte vor brüderlicher Liebe, und er verteilte phantastische Packen Banknoten an eine Reihe dankbarer Farbiger. Darunter stand: WÖCHENTLICHE BEZAHLUNG!!!

Mitten in all diesem prächtig gemalten Jubel hing eine riesige Fotomontage mit Bildern von der Hungersnot am Kongo, von Stammesfehden, Verstümmelungen, Entbehrungen, Hunger und Krankheit. UNGLÜCKLICHES AFRIKA lautete die Unterschrift. Eine zweite Montage zeigte fette, grinsende Schwarze an überladenen Tischen, in Autos von der Größe eines Pullmanwaggons, schwarze Kinder, die moderne, mit Sportplätzen und Schwimmbädern ausgestattete Schulen besuchten, ältere Leute, die, in Maßanzügen beziehungsweise Dior-Modelle gekleidet, eine Kirche betraten, die der Peterskirche in Rom verblüffend ähnlich war. Darunter stand: DER GLÜCKLICHE SÜDEN! Ganz unten hing ein großes weißes, schwarzbeschriftetes Spruchband:

FAHRGELD WIRD ERSTATTET!
HOHE LÖHNE! GUTE UNTERKÜNFTE!
$ 1000 PRÄMIE FÜR JEDE FAMILIE MIT FÜNF
ARBEITSFÄHIGEN MITGLIEDERN!

Ein kleiner Anschlag in einer der unteren Ecken blieb unbeachtet: *Gesucht – 1 Ballen Baumwolle.*

Drinnen waren die Wände mit weiteren Werbesprüchen und ähnlichen Bildern geschmückt. Baumwollpflanzen aus Papiermaché und Maisstengel aus dünnem Bambusrohr waren im Raum verteilt; in der Mitte stand ein künstlicher Baumwollballen, an dem ein geprägtes Messingschild befestigt war: *Unsere vorderste Verteidigungslinie* stand darauf.

COLONEL ROBERT L. CALHOUN, verkündete das Namensschild auf einem großen Schreibtisch. Colonel Calhoun saß dahinter, rauchte eine lange, dünne Cheroot-Zigarre und blickte wohlwollend durch das Fenster auf das Gedränge draußen. Er sah aus, als ob er für das Porträt des Mannes mit den dicken Banknotenbündeln Modell gestanden hätte: das gleiche schmale, raubvogelartige, von der gleichen schneeweißen Haarmähne gekrönte Gesicht, den gleichen breiten, hängenden weißen Schnurrbart, den gleichen weißen Spitzbart. Damit hörte die Ähnlichkeit aber auf. Die engstehenden Augen des Colonel waren von einem eiskalten Blau und sein Rücken war steif wie ein Ladestock. Aber er trug einen ähnlichen schwarzen Gehrock und eine ähnlich schwarze, schmale Schleife wie der Mann auf dem Plakat und am Ringfinger seiner langen, bleichen Hand einen schweren goldenen Siegelring mit den Initialen CSA.

Ein junger blonder Weißer in einem leichten Sommeranzug hockte vor dem Colonel auf der Schreibtischkante und ließ ein Bein pendeln.

«Willst du zu den Leuten sprechen?» fragte er. Er sprach gepflegtes College-Englisch mit leichtem Südstaatenakzent.

Der Colonel nahm die Zigarre aus dem Mund und studierte den Aschenkegel. Seine Bewegungen waren gelassen, sein Ausdruck undurchdringlich. Er sprach schleppend und mit dem gleichen Akzent, der aber dick war wie Melasse-Sirup im Winter. «Noch nicht, mein Junge. Laß sie schmoren. Diesen Niggern muß man Zeit lassen. Sie werden von selbst kommen, wenn sie soweit sind.»

Der junge Mann spähte durch einen Spalt zwischen den Plakaten aus dem Fenster. «Wir haben nicht beliebig viel Zeit», sagte er; es klang beunruhigt.

Der Colonel sah zu ihm auf und lächelte mit künstlichen Zähnen, die so aussahen, als seien sie nicht billig gewesen; aber seine Augen blie-

Die Spargroschen der Braven ...

. . . das Strumpfgeld der Witwen, der Notpfennig der Alten, das Schmugeld der Hausfrauen – all das macht Millionen und Milliarden aus. Kein Wunder, daß auch die Bösen ans Spargeld wollen. Und solange es Leute gibt, die so grün sind, daß sie nicht rot sehen, wenn eine schwarze Seele ihnen das Blaue vom Himmel verspricht, solange wird manches Ersparte dem Falschen nützen.

ben kalt. «Weshalb die Eile, mein Junge? Hast du ein Mädchen, das auf dich wartet?»

Der junge Mann errötete und schlug mürrisch die Augen nieder. «All diese Nigger da draußen... Es macht mich nervös», gestand er.

«Nur keine Schuldgefühle», sagte der Colonel. «Vergiß nicht, daß es zu ihrem eigenen Wohl ist. Du mußt lernen, mit Liebe und Barmherzigkeit an Nigger zu denken.»

Der junge Mann lächelte sardonisch und schwieg.

An der Rückseite des Raums standen nebeneinander zwei Schreibtische mit dem Schild ANTRÄGE, hinter denen zwei junge, ordentlich aussehende Farbige saßen. Sie blätterten in Antragsformularen und taten so, als seien sie sehr beschäftigt. Von Zeit zu Zeit sah der Colonel wohlwollend zu ihnen hinüber, als ob er sagen wollte: *Seht ihr, wie weit ihr es gebracht habt?* Aber sie hatten den schuldbewußten Ausdruck von Vätern, die dabei erwischt worden sind, wie sie die Sparbüchsen ihrer Babies ausplünderten.

Draußen auf dem Gehsteig und auf der Straße ließen schwarze Menschen ihre rechtschaffene Empörung laut werden.

«Isses nich 'n Skandal! Mitten in Harlem!»

«Gott sollte sie totschlagen, das sollte er tun.»

«Diese Nußknacker wissen nich, was sie wolln. Erst schickense uns nach Norden, um uns loszukriegn, und dann komm sie her un wolln uns zurücklocken.»

«Mann, ich sollte da reingehn un diesen aalen Colonel sagn: ‹Sie wolln, daß ich zurück nach 'm Süden kommen soll, eh?›, un er sagt: ‹Richtig, Boy›, un ich sag: ‹Lassen Sie mich wählen?› un er sagt: ‹Richtig, Boy, du kanns wählen, soviel du wills, solang du bloß deine Stimme nich abgibs›, un ich sag: ‹Lassen Sie mich Ihre Tochter heiratn...›»

Brüllendes Gelächter.

Dann eine Stimme: «Da sitzt er doch. Warum gehste nich rein und sags es ihm?»

Alles hörte auf zu lachen.

Eine dicke Frau sagte: «Wartet bloß, bis Reverend O'Malley davon hört; dann könnt ihr was erleben!»

Reverend O'Malley hatte schon davon gehört. Barry Waterfield, der falsche Detektiv in seinen Diensten, hatte ihn angerufen und ihn unterrichtet. Reverend O'Malley hatte ihn daraufhin mit genauen Instruktionen zu dem Colonel geschickt.

Barry war ein großer, glattrasierter Mann mit kurzgeschorenem Haar und einer im Boxring plattgeschlagenen Nase. Sein dunkelbraunes Gesicht trug noch andere Spuren, die ihm seine Karriere als Leibwächter, Rausschmeißer, Straßenräuber und schließlich Berufskiller eingebracht hatte. Er hatte kleine braune Augen, die zum Teil von Narbengewebe verdeckt wurden, und vorn zwei Goldzähne. Er war leicht zu identifizieren, wodurch seine Nützlichkeit eingeschränkt wurde, aber Deke hatte keine andere Wahl gehabt.

Barry rasierte sich, bürstete sorgfältig sein Haar, zog einen dunklen Straßenanzug an, konnte sich aber die handgemalte Krawatte mit dem orangefarbenen Sonnenuntergang auf grünem Untergrund nicht versagen.

Als er sich durch die Menge drängte, um das Büro der Bewegung ‹Heim in den Süden› zu betreten, brach jede Unterhaltung sofort ab; die Leute starrten ihm nach. Niemand kannte ihn, aber niemand würde ihn vergessen.

Er ging geradewegs zum Schreibtisch des Colonel und stellte sich vor: «Colonel Calhoun, ich bin Mister Waterfield von der Bewegung ‹Heim nach Afrika›.»

Colonel Calhoun sah aus kalten blauen Augen zu ihm auf, schätzte ihn vom Kopf bis zu den Füßen ab und durchschaute ihn auf der Stelle. Er entfernte die Cheroot unter seinem weißen Schnurrbart, und sein Gebiß schimmerte weißlich.

«Was kann ich für Sie tun, Mr.... Eh, wie war der Name?»

«Barry Waterfield.»

«Was kann ich für Sie tun, Barry?»

«Ja, sehen Sie, wir haben da eine Gruppe netter Leute, die wir nach Afrika zurückschicken wollen.»

«Zurück nach Afrika!» rief der Colonel entsetzt aus. «Aber seid ihr denn völlig wahnsinnig! Diese Menschen aus ihrem Heimatland zu entwurzeln! Tut das nicht, Boy, tut das nicht...»

«Nun ja, Sir – es wird eine Menge kosten...» Da der Colonel ihn nicht aufforderte, Platz zu nehmen, blieb er stehen.

«Ein Vermögen, Boy!» stimmte der Colonel zu und lehnte sich in seinem Sessel zurück. «Und wer soll für diesen kostspieligen Unsinn bezahlen?»

«Nun, Sir, sehen Sie, da liegt ja die Schwierigkeit. Verstehen Sie, gestern abend hatten wir eine große Kundgebung, um die Anmeldungen der Familien anzunehmen, die zuerst abreisen sollten, und dann haben uns ein paar Banditen das Geld geraubt. Siebenundachtzigtausend Dollar.»

Der Colonel stieß einen leisen Pfiff aus.

«Sie müßten davon gehört haben, Sir.»

«Nein, kein Wort... Na so was. Diese armen, irregeführten Leute tun mir leid. Obwohl... Es könnte sein, daß sie Glück im Unglück gehabt haben. Daß alles... Eh, daß es ein Segen für sie war. Aber ich schäme mich für Sie, Barry – ein ehrlicher amerikanischer Neger wie Sie, der seine eigenen Leute in die Irre leitet! Wenn Sie wüßten, was wir wissen, dächten Sie im Traum nicht daran, Ihre Leute nach Afrika zu schicken – in fremde Länder, in denen Pest und Hungersnot auf sie warten... Der Süden, das ist der richtige Platz für sie; der gute, alte, zuverlässige Süden. Wie lieben unsere Schwarzen und sorgen für sie.»

«Ja, sehen Sie, Sir, das war es, worüber ich mit Ihnen sprechen wollte. Die armen Leute haben sich darauf vorbereitet, von hier wegzugehen, und da sie jetzt nicht nach Afrika zurück können, ist es doch das beste, sie kehren in den Süden zurück.»

«Ganz recht, Boy. Goldrichtig, was Sie da sagen. Schickt sie nur zu mir; wir werden ihnen schon helfen. Der glückliche Süden ist die einzige Heimat für Ihre Leute.»

Die beiden jungen farbigen Schreiber, die der Unterhaltung aufmerksam gelauscht hatten, waren unverkennbar schockiert, als sie Barry sagen hörten:

«Also, Sir, ich bin geneigt, Ihnen da zuzustimmen, Sir.»

Der blonde junge Mann stand vorn am Fenster und sah auf die schwarze Menge hinaus, die er jetzt in einem anderen Licht zu betrachten begann. Sie sah jetzt nicht mehr so gefährlich aus; jetzt erschien sie unschuldig und arglos und einfältig, und er konnte kaum ein Lächeln unterdrücken, als er daran dachte, wie einfach alles gehen würde. Dann runzelte er bei einer plötzlichen Erinnerung die Stirn und drehte sich um, um Barry mit aufsteigendem Verdacht zu mustern. Das klingt zu schön, um wahr zu sein, dachte er.

Aber der Colonel schien keinerlei Zweifel zu hegen. «Mir können Sie vertrauen, Boy. Ich werde schon für Ihre Leute sorgen.»

«Nun ja, Sir, ich vertraue Ihnen schon, nur ... Verstehen Sie mich nicht falsch; ich weiß, daß Sie das Richtige für uns tun werden. Aber unser Führer, Reverend O'Malley ... Also dem wird es nicht gefallen, Sir, daß ich mich Ihnen anvertraue. Er ist ein gefährlicher Mann, Sir.»

Die falschen Zähne blitzten unter dem weißen Schnurrbart des Colonel, und Barry ging flüchtig der Verdacht durch den Sinn, daß dieser mutterschänderische Weiße eigentlich zu mutterschänderisch weiß aussah. Aber der Colonel fuhr arglos fort:

«Machen Sie sich wegen Ihrem Reverend keine Sorgen, Boy. Um den werden wir uns kümmern und seiner unamerikanischen Agitation ein Ende machen.»

Barry beugte sich etwas vor und senkte die Stimme: «Verstehen Sie, Sir, der springende Punkt ist, daß da siebenundachtzig gesunde Familien sind, die alles gepackt haben und zur Abreise bereit sind ... Diesen Leuten muß ich sagen können, ob Sie ihnen die Prämie zahlen werden.»

«Die Prämie? Natürlich. Ja doch. Die Prämie für diese Leute ist so gut wie auf der Bank eingezahlt. Sagen Sie ihnen das nur.» Der Colonel rollte seine Cheroot zwischen den Zähnen, stellte fest, daß sie ausgegangen war und wählte sorgfältig eine andere aus einem silbernen Etui. Barry und der blonde junge Mann knipsten gleichzeitig ihr Feuerzeug an; der Colonel bevorzugte Barry.

Barry sagte: «Also, das ist fein von Ihnen, Sir; das ist alles, was ich wissen wollte. Wir haben über tausend Familien angeworben, und ich werde Ihnen die ganze Liste verkaufen.»

Einen Augenblick lang verharrten der Colonel und der blonde junge Mann unbeweglich. Dann zeigte der Colonel sein Gebiß.

«Sagten Sie eben *verkaufen*?»

«Na ja, Sir... Verstehen Sie, Sir, es ist doch so...» Barry wurde unsicher. Er machte seine Sache sehr gut: «Natürlich möchte ich auch eine Kleinigkeit für mich, ja, wenn ich das ganze Risiko auf mich nehme... Sir, diese Liste ist streng vertraulich, und wir haben Monate gebraucht, alle diese gesunden und kräftigen Leute auszusuchen und anzuwerben. Und wenn es rauskommt, daß ich Ihnen die Liste aushändige, könnten mir die Leute Schwierigkeiten machen – auch wenn's nur zu ihrem Besten ist. Da möchte ich in der Lage sein, für eine Weile zu verschwinden, Sir... Sie verstehen mich wohl, Sir.»

«Klar. Natürlich, Boy. Nichts könnte verständlicher sein...» Der Colonel paffte an seiner Zigarre. «Ich mag Männer, die offen reden. Wieviel wollen Sie für Ihre Liste?»

«Nun, Sir, ich dachte, fünfzig Dollar pro Familie sind angemessen und fair, Sir.»

«Sie sind ein junger Mann nach meinem Herzen, wenn Sie auch schwarz sind», sagte der Colonel. Der blonde junge Mann runzelte die Stirn und öffnete den Mund, als ob er etwas sagen wollte, aber der Colonel ignorierte ihn. «Ich verstehe Ihre Situation. Ich möchte Sie nicht in Gefahr bringen... Sie dürfen hier nicht mehr gesehen werden, Boy. Ich will Ihnen was sagen: Ich erwarte Sie heute um Mitternacht am Harlem River unter der Eisenbahnüberführung zu den Polo Grounds in meinem Wagen. Bringen Sie die Liste mit; ich bezahle Sie dort an Ort und Stelle. Um diese Zeit ist es dort dunkel und einsam; da sieht Sie keiner.»

Barry zögerte, schien zwischen Angst und Gier hin- und hergerissen. «Also, offen gesagt, Sir, ich halte das für einen guten Einfall, aber... Ich fürchte mich im Dunkeln, Sir», gestand er.

Der Colonel lachte leise. «Im Dunkeln gibt's nichts, wovor man sich fürchten muß, Boy. Das ist nur so ein Niggeraberglaube. Sie werden so sicher sein wie in Abrahams Schoß – ich gebe Ihnen mein Wort.»

Barry schien erleichtert. «Also, Sir, wenn Sie mir Ihr Wort geben, weiß ich, daß mir nichts passieren kann. Ich werde pünktlich um Mitternacht da sein.»

Ohne weitere Umstände winkte der Colonel mit der Hand und entließ ihn. Barry grüßte höflich und ging.

«Willst du dem etwa trauen, diesem...» begann der blonde junge Mann.

Zum erstenmal verriet der Colonel durch ein Stirnrunzeln Mißfallen. Der blonde junge Mann brach sofort ab.

Als Barry auf die Straße trat, bemerkte er aus dem Augenwinkel im Fenster den kleinen Anschlag: *Gesucht – 1 Ballen Baumwolle.*
Wozu? fragte er sich.

9

Niemand wußte, wo Onkel Bud schlief. Man konnte ihm jede Nacht irgendwo in Harlem begegnen, wenn er seinen Karren vor sich herschob und die Dunkelheit nach Dingen absuchte, die sich noch verkaufen ließen. Onkel Bud besaß einen ungewöhnlichen Instinkt dafür – in Harlem wirft niemand so leicht etwas weg, was sich noch verkaufen läßt. Aber Onkel Bud konnte von seinem Gewerbe leben.

Wenn der Tag anbrach, war er in der Nähe einer der verwahrlosten Schrottplätze zu finden, wo Weiße mit hageren Hälsen und kleinen Perlenaugen ein paar Cents für den Kram bezahlten, den er zusammengeschleppt hatte: Lumpen, Papier, Glas, altes Eisen, Knochen, Stoffreste...

Dann ging er erst einmal schlafen. Im Sommer zumeist auf seinem Karren: Er schob ihn an irgendeine schattige Stelle in einer Slumstraße, wo es niemand auffiel, wenn ein Lumpensammler auf seinem Karren schlief, rollte sich zusammen und entschlummerte auf den alten Säcken, die seine Ladung bedeckten, ungestört vom Lärm der Autos und Lastwagen, dem Kindergeschrei, dem Fluchen und Streiten der Männer, dem Klatsch der Frauen, dem Heulen der Polizeisirenen. Falls das Jüngste Gericht angebrochen wäre, hätte er wahrscheinlich auch weitergeschlafen.

An diesem Morgen schob er seinen Karren, der mit einem Ballen Baumwolle beladen war, zu einer Gasse nahe der Einmündung der 125th Street zur Triborough Bridge, wo er in der Nähe von Mister Goodmans Schrottplatz sein würde, wenn er erwachte.

Ein Streifenwagen mit zwei weißen Polizisten hielt neben ihm an. «Was hast du da, Alter?» fragte der eine.

Onkel Bud hielt an, kratzte sich am Kopf und überlegte. «Also, Boss, also da habsch aale Pappe und Pahpiö, un isch habn paah aale Bettfödern un Flaschn, un aale Lumpen auch, un...»

«Du hast nicht zufällig auch siebenundachtzigtausend Dollar gefunden?» witzelte der Polizist.

«Nah, Söh, aber ich tätse gern habn.»

«Ach ja? Und was würdest du mit siebenundachtzigtausend Dollar machen?»

Onkel Bud kratzte sich wieder am Kopf. «Also, Söh, ich würd mir 'n ganz neuen Karren kaufn. Un vielleich würdsch dann nach Afrika gehn», antwortete er und fügte für den Polizisten unhörbar hinzu: «Wo keine so weißn Muttaschända wie ihr mich dauernd mit dumme Fragn schikahniehn tähtn.»

Selbstverständlich hörten die Polizisten den Schluß nicht, aber sie lachten über den ersten Teil seiner Antwort und fuhren weiter. Onkel Bud fand unten am Fluß neben einem verlassenen Lastwagen eine geeignete Stelle und legte sich schlafen.

Als er erwachte, stand die Sonne schon hoch am Himmel. Zur gleichen Zeit, als Barry Waterfield in der Seventh Avenue vor Colonel Calhoun trat, näherte er sich dem Schrottplatz südlich der Brücke am Fluß.

Es war ein eingezäuntes Grundstück mit Alteisenhaufen und baufälligen Holzschuppen, in denen andere Altwaren aufgestapelt waren. Onkel Bud hielt vor einem schmalen Tor neben der Holzbaracke mit dem Büro. Ein großer schwarzer, haarloser Hund vom Format einer dänischen Dogge kam lautlos zum Tor und starrte ihn aus gelben Augen an.

«Gutes Hunchen», sprach Onkel Bud ihn durch den Drahtzaun an.

Der Hund blinzelte nicht.

Ein schäbig gekleideter, unrasierter Weißer trat aus dem Büro und kettete den Hund an. Dann kam er zurück und fragte: «Na, Onkel Bud, was hast du denn heute?»

Onkel Bud sah den Weißen aus den Augenwinkeln heraus an. «'n Ballen Baumwolle, Mistah Goodman.»

Mr. Goodman war überrascht. «Ein Ballen Baumwolle?»

«Jassöh», antwortete Onkel Bud stolz, als er den Ballen aufdeckte. «Öchte Mississippi-Baumwolle.»

Mr. Goodman schloß das Tor auf und kam heraus, um sich den Ballen anzusehen. Der größte Teil der Baumwolle war von der Sackleinwandhülle bedeckt, aber Mr. Goodman zog aus einer der Nähte ein paar Strähnen heraus und roch daran. «Woher weißt du denn, daß es Mississippi-Baumwolle ist?»

«Ich erkenn Mississippi-Baumwolle gleich, wennsch welche seh», erklärte Onkel Bud kurz und bündig. «Wo ich soviel davon gepflückt hab.»

«Kriegt man nicht oft zu sehen hier», bemerkte Mr. Goodman.

«Ich kann's riechen», sagte Onkel Bud. «Riecht nach Niggerschweiß.»

Mr. Goodman schnüffelte wieder. «Ist da was Besonderes dran?»

«Jassöh, machtse stärker.»

Zwei farbige Arbeiter in Overalls kamen dazu. «Baumwolle!» rief der eine aus. «Mein Gott!»

«Macht ein'm Heimweh, finnste nich?» meinte der andere.

Mr. Goodman wurde es zu langweilig. «Na los – bringt ihn auf die Waage!» befahl er.

Der Ballen wog vierhundertundsiebenundachtzig Pfund.

«Ich geb dir fünf Dollar dafür», sagte Mr. Goodman.

«Fünf Eier!» rief Onkel Bud empört. «Abah diesse Baumwolle ist neununddreißig Cent wert das Pfund!»

«Du verwechselst das mit dem Ersten Weltkrieg», antwortete Mr. Goodman. «Heutzutage wird Baumwolle verschenkt.»

Die beiden Arbeiter tauschten stumm einen Blick.

«Die da vahschenksch nich», erklärte Onkel Bud.

«Wo soll ich denn einen Ballen Baumwolle verkaufen?» protestierte Mr. Goodman. «Wer will schon Rohbaumwolle haben? Nicht mal mehr die Munitionsfabriken brauchen das Zeug. Heutzutage schießen sie mit Atomen.»

Onkel Bud blieb stumm.

«Also gut – zehn Dollar», sagte Mr. Goodman.

«Fünfzig Dollar», konterte Onkel Bud.

«Mein Gott, er ist übergeschnappt, Fünfzig!» Mr. Goodman wandte sich hilfesuchend an seine farbigen Arbeiter. «Das ist mehr, als ich für Messing bezahle.»

Die farbigen Arbeiter standen mit den Händen in den Taschen da, machten ausdruckslose Gesichter und schwiegen. Auch Onkel Bud verharrte in eigensinnigem Schweigen. Drei Farbige waren gegen Mr. Goodman.

Er fühlte sich in die Enge getrieben. «Also gut – weil du's bist: Fünfzehn Dollar.»

«Vierzig», murmelte Onkel Bud.

Mr. Goodman machte beredte Gesten. «Bin ich Rockefeller? Oder dein Vater, daß ich dir Geld geben soll für nichts?»

Die drei Farbigen starrten ihn anklagend an.

«Bin ich Abraham Lincoln statt Abraham Goodman?»

Die Farbigen hielten es nicht für witzig.

«Zwanzig», sagte Mr. Goodman verzweifelt und wandte sich seinem Büro zu.

«Dreißig», murmelte Onkel Bud.

Die farbigen Arbeiter griffen nach dem Baumwollballen, als ob sie fragen wollten, ob sie ihn fortbringen oder wieder auf den Karren zurückheben sollten.

«Fünfundzwanzig», knurrte Mr. Goodman wütend. «Und ich sollte mich vom Psychiater untersuchen lassen.»

«Verkauft», sagte Onkel Bud.

Um diese Zeit hatte der Colonel gerade sein Gespräch mit Barry beendet und frühstückte. Das Frühstück war ihm von einem Restaurant über die Straße gebracht worden: Eine Schüssel Grütze, die in Butter schwamm, vier Spiegeleier, sechs hausgemachte Würstchen, sechs echte ‹Biscuits›, jedes einen Zoll dick und mit einer dicken Schicht Butter zwischen den beiden Hälften, und einen Krug Sorghum-Melasse – ein richtiges, schönes Südstaatenfrühstück. Der Colonel hatte seine eigenen Lebensmittel mitgebracht und bezahlte das Restaurant lediglich für die Zubereitung. Neben seinem vollgehäuften Teller stand ein hohes Highballglas mit Bourbon Whiskey.

Die Farbigen beobachteten, wie der Colonel Grütze, Eier und Würstchen in den Mund schob und einen Brocken von einem Biscuit abbiß. Sie verspürten Hunger. Und Sehnsucht. Als sie aber sahen, wie er all die Köstlichkeiten noch mit einer dicken Schicht Sorghum-Sirup bedeckte, packte viele eindeutig Heimweh.

«Ich hätte nix dagegen, jeden Tag zum Abendessen heimzufahrn», sagte ein Witzbold. «Über Nacht bleiben wollt ich aber nich!»

Bill Davis, der aufrechte, anständige junge Mann, Reverend O'Malleys zweiter Anwerber, betrat die Geschäftsstelle der ‹Heim in den Süden›-Bewegung in dem Augenblick, als Colonel Calhoun eine übergroße Portion Grütze, Ei und Würstchen, vermischt mit Sirup, in den Mund schob. Gerade und zielbewußt blieb er vor dem Schreibtisch stehen.

«Colonel Calhoun? Ich heiße Davis», begann er. «Ich vertrete Reverend O'Malleys ‹Heim nach Afrika›-Bewegung. Ich habe mit Ihnen zu reden.»

Aus kalten blauen Augen blickte der Colonel zu Bill Davis auf und kaute langsam und gelassen weiter wie ein Kamel, das sein Futter wiederkäut. Aber er ließ sich bei seiner Einschätzung sehr viel mehr Zeit als bei Barry Waterfield. Als er mit dem Kauen fertig war, spülte er mit einem Schluck Bourbon nach, räusperte sich und sagte: «Kommen Sie in einer halben Stunde wieder, wenn ich gefrühstückt habe.»

«Was ich Ihnen zu sagen habe, sage ich Ihnen jetzt», antwortete Bill Davis.

Der Colonel blickte wieder zu ihm auf. Der blonde junge Mann, der sich im Hintergrund gehalten hatte, trat näher. Die jungen Farbigen hinter ihren Schreibtischen an der Rückwand wurden nervös.

«Nun, was kann ich für Sie tun, Mr.... Ah, wie war doch der Name?» sagte der Colonel.

«Ich heiße Davis, und ich will es kurz und bündig machen. *Verschwinden Sie aus Harlem!*»

Der blonde junge Mann kam um den Schreibtisch herum, und Bill Davis machte sich bereit, zuzuschlagen, aber der Colonel winkte den jungen Mann zurück.

«Ist das alles, was Sie mir zu sagen haben, Boy?»

«Das ist alles, und ich bin nicht Ihr Boy», antwortete Bill Davis.

«Dann haben Sie es jetzt gesagt», meinte der Colonel und wandte sich gelassen seinem Frühstück wieder zu.

Als Bill herauskam, machten die Wartenden Platz, um ihn durchzulassen. Sie wußten nicht, was er zu dem Colonel gesagt hatte, aber sie waren für ihn. Er hatte dem ollen Weißen die Stirn geboten und ihm deutlich was ins Gesicht gesagt. Sie empfanden Hochachtung für ihn.

Eine halbe Stunde später trafen die Sperrposten ein. Sie marschierten die Seventh Avenue herauf und hinunter, hielten die Fahne der ‹Heim nach Afrika›-Bewegung hoch und trugen Plakate mit der Aufschrift: *Weißer Mann* – GEH! GEH! GEH! und *Schwarzer Mann* – BLEIB! BLEIB! BLEIB! Die Zahl der Sperrposten betrug fünfundzwanzig

Mann, und dazu kamen noch zwei oder dreihundert Anhänger der Bewegung. Die Sperrposten formierten sich in einem Halbkreis vor der Geschäftsstelle Colonel Calhouns und stimmten Sprechchöre an: «Geh, weißer Mann, geh, so lang du kannst . . . Geh, weißer Mann, geh, so lang du kannst . . .» Bill Davis stand mit zwei älteren Negern auf der Seite.

Von nah und fern strömten farbige Menschen herbei, drängten sich auf den Gehsteigen und fluteten auf die Fahrbahn. Der Verkehr wurde aufgehalten. Die Atmosphäre war gespannt. Ein junger Bursche wollte einen Ziegelstein in das Schaufenster schleudern; ein älterer Mann erwischte ihn rechtzeitig und führte ihn fort. «Nicht so, Junge. Wir sind friedfertige Menschen.»

«Warum?» fragte der Junge.

Darauf wußte der ältere Mann keine Antwort.

Plötzlich war die Luft von dem Jaulen ferner Sirenen erfüllt, das anschwoll und immer näher kam. Und dann brausten die Streifenwagen heran. Der erste pflügte durch die Menschenmenge und kam mit kreischenden Bremsen auf der falschen Straßenseite zum Halten. Zwei uniformierte weiße Polizisten sprangen mit gezogener Waffe heraus und schrien:

«Alles zurück! Runter von der Fahrbahn! Straße frei!»

Dann pflügte ein zweiter Streifenwagen durch die Menge und kam gleichfalls zum Stehen. Dann ein dritter... ein vierter... ein fünfter. Weiße Polizisten schwangen ihre Revolver wie Tänzer in einem makabren Ballett.

Die Stimmung der Menge wurde gefährlich. Ein Polizist stieß einen Schwarzen zurück. Der Schwarze wollte auf den Polizisten einschlagen. Ein anderer Polizist trat schnell dazwischen.

Eine Frau fiel hin und wurde getreten. «Hilfe!» kreischte sie. «Mord!» Die Menge wogte in ihrer Richtung, riß die Polizisten mit.

«Gottverdammte Scheiße! Jetzt geht's los!» brüllte ein junger Schwarzer und riß sein Messer heraus.

Dann traf der Captain des Reviers mit einem Lautsprecherwagen ein. «Alle Polizeibeamten zu ihren Wagen zurück», befahl er. Seine Stimme kam klar und laut durch die Lautsprecher. «Zurück zu Ihren Wagen. Und Ruhe, Leute – Ruhe! Wir brauchen Ordnung!»

Die Polizisten zogen sich zu ihren Fahrzeugen zurück. Die Gefahr war gebannt. Einzelne Hochrufe ertönten. Langsam drängten die Menschen wieder auf die Gehsteige hinauf. Die Personenwagen, die sich zehn Blocks weit gestaut hatten, setzten sich in Bewegung; neugierige Gesichter spähten nach den Schwarzen, die sich auf den Gehsteigen drängten.

Der Captain kam herüber, um mit Bill Davis und den beiden Männern, die bei ihm standen, zu sprechen. «In einer Sperrpostenkette sind nach den Streikgesetzen von New York nur neun Personen zulässig», sagte er. «Würden Sie die Zahl der Posten bitte auf neun verringern.»

Davis sah die beiden älteren Männer an. Sie nickten.

«In Ordnung», sagte Davis.

Die Zahl der Plakatträger wurde auf neun verringert.

Dann ging der Captain in die Geschäftsstelle und verlangte Colonel Calhouns Lizenz zu sehen. Die Papiere waren in Ordnung. Der Colonel hatte eine Genehmigung der Stadtverwaltung, als Agent der Bewegung ‹Heim in den Süden› Farmarbeiter anzuwerben.

Der Captain kam auf die Straße zurück, postierte zehn Beamte vor der Geschäftsstelle, um für Ordnung zu sorgen, und zwei Streifenwagen, um die Straße freizuhalten, schüttelte Bill Davis dann die Hand, stieg in seinen Lautsprecherwagen und fuhr fort.

Die Menge begann sich zu zerstreuen.

«Ich hab ja gewußt, daß was passiert, sobald Reverend O'Malley was davon erfährt», verkündete die Betschwester.

Ihre Begleiterin war ratlos. «Ich frag mich bloß – ham wir jetzt gewonn oder ham wir verloren?»

In der Geschäftsstelle fragte der blonde junge Mann den Colonel: «Sind wir jetzt nicht völlig erledigt?»

Colonel Calhoun steckte sich eine neue Zigarre an und paffte. «Das ist alles nur nützliche Propaganda, mein Junge», antwortete er.

Inzwischen war es Mittag geworden, und die beiden jungen farbigen Schreiber schlichen sich zur Hintertür hinaus, um essen zu gehen.

Später am Nachmittag stand einer der farbigen Helfer von Mr. Goodman in der Menge, die sich um die Sperrposten drängte, und bewunderte die Plakatkunst in den Schaufenstern. Er hatte gebadet, sich rasiert und für einen langen Samstagabendbummel feingemacht. Und jetzt schlug er nur die Zeit tot bis zu seiner Verabredung. Plötzlich fiel sein Blick auf das kleine Schild in der Ecke: *Gesucht – 1 Ballen Baumwolle*. Er wollte hineingehen.

Ein Neger packte ihn am Arm. «Geh da nich rein, Freund. Du glaubst doch nich an den Quatsch, oder?»

«Ich denk nich daran, in 'n Süden zu gehn. Ich bin nie im Süden gewesen. Ich will nur mal mit dem Mann da reden.»

«Über was denn?»

«Ich will den Mann nur fragen, ob man wirklich 'n rosa Anzug kriegt, wenn man Banjo spielt.» Er deutete auf das Feierabendbild.

Der Mann bog sich vor Lachen. «Dann geh nur rein un frag ihn. Aber sag mir nachher, was er gesagt hat.»

Der Arbeiter ging hinein, trat vor den Schreibtisch des Colonel und nahm seine Mütze ab. «Colonel», sagte er. «Ich bin der Mann, den Sie brauchen. Ich heiße Josh.»

Die blauen Augen wanderten an Josh hinauf und wieder hinunter. «So? Was können Sie für mich tun, Josh?» fragte der Colonel. Die Zähne blitzten.

«Ich kann 'n Ballen Baumwolle beschaffn.»

Alles erstarrte. Der Colonel hielt in der Bewegung inne, mit der er die Zigarre wieder zwischen die Lippen schieben wollte. Der blonde junge Mann erinnerte an Lots Weib. Dann erwachte der Colonel wie Dornröschen nach dem Kuß des Prinzen, steckte die Zigarre in den Mund und zog daran. In seinem Gesicht hatte sich nichts verändert.

«Sie suchn doch 'n Ballen Baumwolle, oder?» fragte Josh.

«Wo wollen Sie hier einen Ballen Baumwolle herbekommen, Boy?» fragte der Colonel beiläufig.

«Wir ham einen auf dem Schrottplatz, wo ich arbeite.»

Der blonde junge Mann atmete hörbar aus. Es klang enttäuscht.

«'n Lumpensammler hat 'n uns heut morgen verkauft», fuhr Josh in der Hoffnung auf ein Angebot fort.

Der blonde junge Mann war wieder interessiert.

Aber der Colonel blieb gelassen. «Er hat ihn doch nicht etwa gestohlen? Wir wollen kein Diebesgut kaufen.»

«Nee. Onkel Bud hat 'n bestimmt nich gestohlen, da bin ich ganz sicher», antwortete Josh. «Er muß 'n irgendwo gefunden ham.»

«Einen Ballen Baumwolle? Hier?» Die Stimme des Colonel klang skeptisch.

«Hm, hm», bekräftigte Josh. «Onkel Bud fährt jede Nacht rum un sammelt Zeugs, das wer verlorn hat oder weggeschmissen... Wo wollnsen hier 'n Ballen Baumwolle klauen?»

Der Colonel überhörte das. «Und den Ballen hat er heute morgen bei Ihnen verkauft?»

«Hm, hm. Das heißt, an Mr. Goodman. Dem gehört der Schrottplatz. Ich arbeit da nur. Aber ich kann den Ballen beschaffn.»

«Wann?»

«Na ja, jetzt ist niemand da.. Samstags machen wir mittags Schluß, und Mr. Goodman fährt nach Haus. Aber ich kannen noch heut abend beschaffen, wenn Sie'n gleich ham wolln.»

«Wie?»

«Na ja... Ich hab 'n Schlüssel, un wir brauchen Mr. Goodman nich zu stören... Ich kannen Ihnen selbs verkaufn.»

Eine Pause entstand.

«Gut», sagte der Colonel schließlich und paffte an seiner Zigarre. «Um zehn Uhr heute abend holen wir Sie mit meinem Wagen am U-Bahnhof in der 125th Street ab. Können Sie dann da sein?»

«Klar...» Josh zögerte. «Was wolln Sie denn dafür zahlen?»

«Nennen Sie selbst Ihren Preis», antwortete der Colonel.

«Hundert Dollar.» Josh hielt den Atem an.

«In Ordnung», bestätigte der Colonel.

10

Iris lag in ihrem Wohnzimmer auf dem Sofa, las und aß dazu Pralinen. Seit dem Überfall war sie keinen Augenblick wirklich allein gewesen. Eine Polizeibeamtin hatte die Nacht bei ihr im Schlafzimmer verbracht, während vorn im Wohnzimmer ein Detektiv gesessen hatte. Jetzt saß dort allein ein anderer Detektiv. Er hatte Befehl, sie nicht aus den Augen zu lassen. Er war ihr von Zimmer zu Zimmer gefolgt, hatte sogar die Tür des Badezimmers beobachtet, nachdem er vorher Rasierklingen und alle anderen Gegenstände, mit denen sie sich hätte verletzen können, aus dem Raum entfernt hatte.

Ihr jetziger Bewacher saß ihr gegenüber in einem Polstersessel und blätterte in einem Buch mit dem Titel *‹Sex und Rasse›* von W. G. Rogers. Die einzigen anderen Bücher im Haus waren *‹Das Leben des Marcus Garvey›* und die Bibel. Der Mann interessierte sich weder für *‹Sex und Rasse›* noch für Garvey, und sein Bedarf an Bibel war gedeckt.

Er langweilte sich. Dieser Auftrag paßte ihm nicht. Aber der Captain war der Meinung, früher oder später würde Deke versuchen, mit Iris in Verbindung zu treten oder sie mit ihm, und der Captain hatte jede Vorsichtsmaßnahme getroffen. Das Telefon war angezapft und das Personal der Fernsprechämter angewiesen, die Herkunft jedes eingehenden Anrufs festzustellen. Unten auf der Straße stand ein mit vier Detektiven besetzter Streifenwagen mit Funktelefon bereit.

Der Captain war auf Deke so scharf wie Insassen der Hölle auf Eis.

Iris warf die Zeitschrift fort und setzte sich auf. Sie trug ein bedrucktes Seidenkleid. Der Rock war heraufgerutscht und zeigte glatte gelbe Oberschenkel über sonnenbraunen Nylonstrümpfen.

Dem Detektiv fiel das Buch aus der Hand.

«Warum verhaftet ihr mich nicht einfach?» fuhr sie ihn an. Ihre dunkle Stimme klang ordinär.

Die Stimme ging dem Detektiv auf die Nerven, und ihre vulgäre Sinnlichkeit auch. Er war ein häuslicher Mann mit einer Frau und drei Kindern, und die sexuelle Ausstrahlung dieser Negerin beleidigte seine Moral. Seine puritanische Seele fühlte sich herausgefordert, und zugleich war seine Phantasie auf ziemlich perverse Weise am Werk und erzeugte Schuldgefühle in ihm. Aber er hatte sich gut in der Hand.

«Ich habe meine Befehle, Ma'am», antwortete er friedlich. «Wenn Sie zum Revier wollen, bring ich Sie sofort hin.»

«Scheiße», sagte sie und musterte ihn angewidert.

Er war ein großer rothaariger Mann mit beginnender Glatze in den mittleren Jahren. Er hielt sich schlecht, und sein kleines, ausgetrocknetes Gesicht zwischen riesigen roten Ohren gab ihm ein affenähnliches Aussehen; die blasse Haut war mit großen braunen Sommersprossen gesprenkelt. Er war ein Revierdetektiv in Zivil und sah unterbezahlt aus.

Iris blickte ihn abschätzig an. «Wenn Sie nicht so spukhäßlich wären, dann könnten wir uns wenigstens im Bett die Zeit vertreiben.»

In ihm keimte der Verdacht, daß der Captain ihn gerade deshalb mit diesem Auftrag bedacht hatte, und das wurmte ihn. Aber er grinste nur: «Ich kann mir ja eine Tüte über den Kopf stülpen.»

Auch sie begann zu grinsen, doch plötzlich schien ihr der Gedanke zu gefallen. Ihr Gesicht verriet ihre Überlegungen. «Machen wir», sagte sie und stand auf.

«Ich hab doch nur einen Scherz gemacht», wehrte er erschrocken ab.

«Ich geh mich ausziehen, und dann kommen Sie zu mir. Sie dürfen aber nur Augen und Mund sehen lassen.»

Er grinste verschämt. «Sie wissen genau, daß ich das nicht tun werde.»

«Warum nicht?» entgegnete sie. «So was wie mich haben Sie noch nie gehabt.»

Er wurde sehr rot und sah aus wie ein kleiner Junge, der bei einer Übeltat erwischt worden ist. «Also seien Sie jetzt vernünftig. Diese Überwachung wird ja nicht ewig dauern ...»

Sie drehte sich auf ihren hohen Hacken schnell um und wandte sich zur Küche. Sie wiegte sich übertrieben in den Hüften wie eine Prostituierte, die um Kundschaft wirbt. Aber er mußte ihr folgen, und er verfluchte seine Instinkte, die sich gegen seinen Willen meldeten.

Sie kramte in der Speisekammer, ohne ihn zu beachten. Ihn überkam flüchtig die Befürchtung, sie könnte sich mit einer Waffe in der Hand wieder aufrichten. Aber sie fand, was sie gesucht hatte: eine braune Papiertüte. Sie wollte sie ihm über den Kopf stülpen, aber er sprang zurück und hielt sie sich vom Leib, als ob sie eine lebende Klapperschlange in der Hand hielte.

«Ich will doch nur die Größe probieren», sagte sie und zog sich probeweise die Tüte selbst über den Kopf. «Was ist denn mit Ihnen los? Sind Sie etwa schwul?»

Ihre Zweifel an seiner Männlichkeit machten ihn zornig, aber er tröstete sich mit dem Gedanken, daß er es unter anderen Umständen dieser gelben Hure besorgen würde, bis sie schrie, er solle aufhören.

Sie drängte sich an ihm vorbei, beobachtete ihn aus den Augenwinkeln und streifte ihn leicht mit der Hüfte. Dann ging sie mit schwingenden Hüften ins Schlafzimmer, die Tüte herausfordernd über dem Kopf wedelnd.

Er überlegte, ob er ihr folgen sollte. Diese Hure geht mir auf die Nerven, sagte er sich. Dabei war sie doch weiß Gott nicht die einzige, die im Bett was zu bieten hatte. Verdammt noch mal, seine Frau ... Er unterdrückte diesen Gedanken. Damit kam er auch nicht weiter. Er gab sich einen Ruck und ging heroisch hinter Iris her. Befehl ist Befehl.

Sie schnitt gerade Augenlöcher in die Tüte. Er spürte, daß seine Ohren brannten. Er sah sich in dem Zimmer nach einem Nebenanschluß des Telefons um, entdeckte aber keinen. Gegen seinen Willen sah er ihr zu, wie sie eine Öffnung für den Mund in die Tüte schnitt. Unwillkürlich wanderte sein Blick zu ihrem großen, verlockenden Mund. Ihre Zungenspitze spielte zwischen den Lippen.

«Schluß jetzt!» protestierte er energisch. «Das ist jetzt weit genug gegangen.»

Sie tat so, als habe sie nichts gehört und nahm mit den Augen an seinem Kopf Maß. Dann schnitt sie Schlitze für seine Ohren und murmelte: «Große Ohren – großer... Na, Sie wissen schon.» Sie hielt ihr Kunstwerk mit ausgestrecktem Arm und bewunderte es; dann schnitt sie eine Öffnung für die Nase. «Du mußt ja auch atmen, Schätzchen, was?» gurrte sie.

«Kommen Sie jetzt hier raus, setzen Sie sich hin und betragen Sie sich anständig!» Er versuchte es streng zu sagen, aber seine Stimme klang heiser.

Sie ging zum Plattenspieler, legte einen sinnlichen Blues auf und wiegte sich herausfordernd und aufreizend in den Hüften.

«Muß ich Gewalt anwenden?» drohte er.

Sie wandte sich zu ihm um, breitete die Arme aus und kam auf ihn zu. «Komm, Daddy, tu mir Gewalt an...»

Er kehrte ihr den Rücken zu und blieb unter der Tür stehen. Sie stellte sich vor den Spiegel, nahm Ohrringe und Halskette ab, fuhr sich mit den Fingern durchs Haar, pfiff leise zur Musik, beachtete ihn anscheinend überhaupt nicht. Dann zog sie ihr Kleid aus.

Er drehte sich um, um zu sehen, was sie tat, und glaubte keine Luft mehr zu bekommen. «Lassen Sie das!» schrie er sie an.

«Sie können mir doch nicht verbieten, mich in meinem eigenen Schlafzimmer auszuziehen», antwortete sie.

Er trat vor, riß den Stuhl vor dem Toilettentisch an sich und pflanzte ihn unter die Tür. Mit entschlossenem Gesicht ließ er sich darauf fallen. «Machen Sie, was Sie wollen», knurrte er und wandte ihr sein Profil zu, um sie aus den Augenwinkeln beobachten zu können – falls ihr eine Teufelei in den Sinn kam.

Sie drehte den Spiegel, so daß er ihr Spiegelbild sehen konnte, zog sich den Unterrock über den Kopf und hatte nur noch einen schwarzen, trägerlosen BH und ein winziges schwarzes, mit Spitzen besetztes Höschen über dem Strumpfhaltergürtel an.

«Geh doch heim, wenn du Angst hast», neckte sie.

Er knirschte mit den Zähnen und wandte weiter den Blick ab.

Sie nahm den Büstenhalter ab und streifte den Schlüpfer herunter, stellte sich vor den Spiegel, hob ihre Brüste mit den Händen und streichelte zärtlich ihre Brustwarzen. Nur mit Strumpfhalter und Nylonstrümpfen und hochhackigen Schuhen bekleidet, wirkte sie nackter, als wenn sie gar nichts angehabt hätte. Sie begegnete seinem Blick im Spiegel und bewegte sich wie eine Bauchtänzerin in Zeitlupe.

Er schluckte. In seinem Kopf war kalte Wut, aber sein übriger Körper stand unter Hochspannung. Sein Inneres war ein Schlachtfeld zwischen seinem Willen und seiner Gier. Er rutschte auf seinem Stuhl hin und her; seine Hose war plötzlich zu eng, seine Jacke zu klein, sein Kopf zu heiß, sein Mund zu trocken.

Mit der Geste einer Striptease-Tänzerin, die ihre letzte Hülle fallen läßt, streifte sie einen Schuh vom Fuß und warf ihn ihm in den Schoß. Er schleuderte ihn wütend zur Seite. Sie streifte den anderen Schuh ab und ließ ihn dem ersten folgen. Er hätte ihn fast gepackt und hineingebissen; er konnte sich gerade noch beherrschen. Sie streifte Strümpfe und Strumpfhaltergürtel ab und kam auf ihn zu, um sich ihm um den Hals zu schlingen.

Er fuhr hoch wie ein Kastenteufel und quäkte heiser: «Das ist jetzt weit genug gegangen!»

«Nein, noch nicht», widersprach sie.

Er wollte sie zurückstoßen, aber sie klammerte sich mit aller Kraft an ihn, drängte ihren Leib gegen ihn und schlang die Beine um seinen Körper. Ein heißer Geruch ging von ihr aus und ertränkte ihn.

«Gottverdammte Hure!» knurrte er und drängte sie zum Bett zurück. Er riß die Jacke herunter. «Jetzt werd ich dir zeigen, wer schwul ist, du scharfes Aas ...» Im letzten Augenblick hatte er noch genug Selbstbeherrschung, seine Waffe mit dem Halfter an die Türklinke zu hängen, außerhalb ihrer Reichweite. Dann wandte er sich ihr wieder zu.

«Na, du kleiner Schwuler?» murmelte sie träge. «Magst du's jetzt?» Sie lag mit gespreizten Beinen auf dem Bett, und ihre braunen Brustwarzen waren sehr groß. Sie sah aus wie die Vision der großen Hure, die in der Phantasie aller puritanischen Männer lebt.

Er riß den Reißverschluß seiner Hose auf und warf sie von sich. Die Knöpfe sprangen von seinem Hemd ab. Aber als er nackt war, wehrte sie ihn ab.

«Nein, nein – erst die Tüte!» rief sie und stülpte sie ihm über den Kopf – versehentlich verkehrt herum, mit den Sehschlitzen nach hinten. «Hoppla!» rief sie lachend.

Er war blind. Er hob die Arme, um sich die Tüte vom Kopf zu reißen, aber sie erwischte sie zuerst und rückte sie zurecht. Nur Augen, Nase, Mund und Ohren waren von ihm zu sehen.

«Jetzt, Baby ... Jetzt!» schrie sie gellend.

In diesem Augenblick klingelte das Telefon.

Er sprang vom Bett wie von Furien gejagt. Seine Gier erlosch wie ein Licht. In der Hast stolperte er über den Stuhl in der Tür, schrammte sich die Schienbeine auf und taumelte gegen den Türrahmen. Er fluchte; sein hagerer weißer Körper mit den hängenden Schultern und der rötlichen Behaarung wirkte linkisch und unbeholfen.

Mit einer schnellen, geschmeidigen Bewegung öffnete sie ein Geheimfach in dem Nachttisch, griff nach dem Hörer des Nebenapparats und schrie: «Hilfe!» Dann hängte sie schnell wieder ein.

In seiner Verwirrung hatte er nichts gemerkt. Er rannte ins Wohnzimmer, riß den Hörer von der Gabel und meldete sich atemlos: «Hier Henderson ...» Aber die Verbindung war bereits unterbrochen.

Iris hörte, wie er ungeduldig auf die Gabel klopfte, während sie einen Sportmantel überstreifte und ein Paar Schuhe an sich riß. «Hallo, hallo!» schrie er immer noch, während sie barfuß das Schlafzimmer verließ, die Tür hinter sich abschloß und den Schlüssel einsteckte, nach hinten zur Küche schlich und die Wohnung durch die Hintertür verließ.

«Der Teilnehmer hat eingehängt», meldete sich kühl die Vermittlung.

Augenblicklich war ihm klar, daß der Anruf von dem Streifenwagen gekommen sein mußte, der unten auf der Straße parkte. Panik überfiel ihn, als ihm bewußt wurde, daß er nicht einmal seine Waffe bei sich hatte. Nackt wie er war rannte er zum Schlafzimmer zurück, riß den Revolver von der Klinke und versuchte die Tür zu öffnen. Er fand sie verschlossen. Er wurde rasend vor Wut. Er konnte nicht riskieren, das Schloß zu zerschießen – womöglich verletzte er sie dabei. Die Beamten aus dem Streifenwagen mußten jeden Augenblick kommen, und dann war er in des Teufels Küche. Er *mußte* in das verdammte Zimmer. Er versuchte die Tür einzutreten, aber sie war fest und hatte ein gutes Schloß. Die Tüte über seinem Kopf hatte er vergessen.

Die Detektive aus dem Streifenwagen waren gerannt, so schnell sie konnten, und hatten die Tür mit einem Nachschlüssel geöffnet. Am Telefon hatte eine Frau um Hilfe geschrien; Gott allein wußte, was in der Wohnung vorging – sie waren auf alles gefaßt. Sie hielten die Waffen schußbereit. Und dann sahen sie etwas, worauf sie doch nicht gefaßt waren. Sie blieben stehen, als ob sie gegen eine unsichtbare Wand gerannt wären.

Am Ende des Ganges versuchte ein nackter Mann mit der Schulter die Schlafzimmertür einzurammen. Er hielt einen Dienstrevolver in der Hand und hatte eine Tüte über den Kopf gestülpt.

Iris lief barfuß die Lieferantentreppe hinunter. Der Sportmantel war ein weitgeschnittenes Modell mit Gürtel aus hellbraunem Gabardine, und niemand konnte sehen, daß sie darunter nackt war. Unten angelangt, schlüpfte sie in ihre Schuhe und spähte auf die Straße hinaus. Vor dem Eingang zum Nebenhaus stand ein Taxi mit laufendem Motor. Eine elegant angezogene Frau stieg aus und lief zur Haustür. Nachmittagsnutte oder Ehefrau beim Seitensprung, taxierte Iris. Sie sprintete und erwischte den Wagen noch.

«Fahr los, Daddy», befahl sie.

Der Neger hinter dem Lenkrad fuhr wortlos an. «Wohin?»

«Immer weiter. Ich sag's Ihnen schon.» Dann fiel ihr ein, daß sie kein Geld hatte. Sie beschloß, ihn irgendwo in der Nähe ihres Ziels warten zu lassen und zu verschwinden.

Sie fuhr mit dem Fahrstuhl in den dritten Stock des gepflegten Apartmenthauses und klingelte an einer der Türen. Ein ernst aussehender Mann in kragenlosem Hemd, schwarzen Hosenträgern und schlechtsitzender schwarzer Hose öffnete. Er nahm sich so wichtig wie der Diakon einer wohlhabenden Kirchengemeinde.

«Und was kann ich für Sie tun, junge Dame?»

«Ich möchte Barry Waterfield sprechen.»

«Aber er möchte Sie nicht sprechen. Er hat schon Besuch», antwortete er und fügte lauernd hinzu: «Wie wär's mit mir?»

«Geh weg», sagte sie und drängte an ihm vorbei. «Und guck nicht am Schlüsselloch.» Mit drei Schritten stand sie vor Barrys Zimmer, aber die Tür war verschlossen. Sie hämmerte dagegen.

«Wer ist da?» fragte eine Stimme.

«Iris. Laß mich rein, Barry.»

Die Tür wurde aufgeschlossen. Barry hatte nur einen Morgenmantel aus violetter Seide an. Eine hellgelbe Frau lag nackt auf dem Bett, über dem einzigen Stuhl im Raum hingen ihre Kleidungsstücke.

Iris ignorierte die nackte Frau und setzte sich auf die Bettkante. «Wo ist Deke?» fragte sie.

Er zögerte. «Wo ihn keiner findet. Alles in Ordnung», antwortete er schließlich.

«Schreib's auf, wenn du's nicht laut sagen willst», drängte sie.

Er sah sie voller Unbehagen an. «Wie bist du weggekommen?»

«Das geht dich nichts an», entgegnete sie schroff.

«Bist du sicher, daß dir niemand gefolgt ist?»

«Hör auf, sonst lach ich mich kaputt... Mann, wenn die Bullen hinter dir her wären, hätten sie dich schon längst, so dämlich, wie du dich anstellst... Sag mir nur, wo Deke ist, und überlaß das Denken anderen.»

«Ich ruf ihn an», murmelte er und ging zur Tür.

Sie wollte ihm folgen, aber ein Druck an ihrer Hüfte hielt sie zurück, und sie rief ihm nur nach: «Sag ihm, daß ich zu ihm komme.»

Ohne zu antworten, ging er hinaus und schloß die Tür von außen ab.

Die Frau im Bett flüsterte hastig: «Er ist bei Mabel Hill in den Riverton Apartments...» Sie nannte ihr Straße, Hausnummer und Telefonnummer. «Ich hab Barry beim Telefonieren zugehört.»

Iris sah sie verständnislos an. «Mabel Hill? Die einzige Mabel Hill, die ich kenne, ist die Frau von diesem John Hill, den es gestern erwischt hat.»

«Das ist sie.»

Iris kochte; sie konnte sich kaum beherrschen, und ihr Gesicht verzerrte sich. In diesem Augenblick kam Barry zurück und sah sie an.

«Was ist denn mit dir los?» fragte er.

«Hast du Deke erreicht?» konterte sie.

Er machte es sehr ungeschickt, und sie wußte, daß er log, als er antwortete: «Deke ist abgehauen. Hat aber hinterlassen, er ruft mich wieder an. Er wechselt sein Versteck.»

«Schönen Dank für keine Auskunft.» Iris stand auf.

Die nackte Frau sagte: «Wenn Sie 'n Augenblick warten, nehm ich Sie mit. Ich hab meinen Wagen unten stehen.»

«Nein, das tust du nicht», knurrte Barry grob und stieß sie zurück.

Iris drehte sich in der Tür um und sagte: «Von mir aus kannst du krepieren, du Armleuchter – aber langsam.» Damit knallte sie die Tür hinter sich zu.

11

Deke hatte Mabels Wohnung nicht verlassen, aber ein paarmal war er nur um ein Haar davongekommen. Um zehn Uhr waren zwei Detektive vom Morddezernat aufgetaucht, um Mabel noch einmal zu vernehmen. Im Wandschrank versteckt, hatte er sich ohne Waffe wehrlos und splitternackt gefühlt; er hatte auf jedes Wort gelauscht und vor Angst gezittert, es könnte irgend etwas herumliegen, was ihn verraten würde, oder sie könnten die Wohnung durchsuchen. Er hatte in der dumpfen Hitze Ströme von Schweiß vergossen; Staub hatte ihn in der Nase gekitzelt, und sein Kampf mit dem Niesreiz war heldenhaft gewesen.

Später war Mr. Clay gekommen, der Bestattungsunternehmer, und hätte ihn fast im Schlafzimmer überrascht – er mußte sich unter dem Bett verbergen. Mr. Clay und Mabel sprachen so unendlich lange über die Kosten, daß er anfing, sich verwundert zu fragen, ob Clay den toten John Hill eigentlich begraben oder die Leiche nur gegen Lösegeld herausrücken wollte.

Dann hatte sich Mabel wieder in die trauernde Witwe verwandelt und mit eimerweise Tränen und genug Hysterie für einen Erweckungsgottesdienst ihr Geschick beklagt, und nichts konnte sie ablenken, als eine Tröstung im Bett. Er hatte sie schon so oft im Bett trösten müssen, daß er den Verdacht hegte, wenn John Hill nicht erschossen worden wäre, hätte sie ihn zu Tode geliebt. Oder war sie so geworden, weil ihr Mann, dieser Idiot, sich hatte über den Haufen schießen lassen? Deke fragte sich, ob bei ihr ein Hurenkomplex oder etwas Ähnliches ausgebrochen war. Aber wenn sie erst zu dem kam, was sie brauchte, wenn ihr Partner tot war – mußte er dann nicht auf der Hut sein? Auf alle Fälle hatte er ihr dauerndes Drängen allmählich verdammt satt und verwünschte diesen John Hill, weil er sich hatte totschießen lassen.

Aber schließlich, als Deke schon nahe daran war, daß er nach der Feuerwehr schrie, beruhigte sie sich so weit, daß sie ihre Verabredung mit dem Bestattungsunternehmer einhielt, um Johns Leiche freigeben zu lassen.

Das gab ihm die Möglichkeit, sich mit Barry und seinen beiden anderen Revolvermännern in Verbindung zu setzen und mit ihnen die Einzelheiten der Überraschung zu verabreden, die er Colonel Calhoun in der kommenden Nacht bereiten wollte. Als Mabel bald darauf nach Hause kam, wurde sie sofort wieder hysterisch. Er hatte sich jedoch so weit erholt, daß er etwas gegen die Hysterie unternehmen konnte.

Anschließend lungerte er in der Wohnung herum, nur mit der Unterhose bekleidet, und trank Bourbon-Highballs; sie machte sich in der Küche zu schaffen – vermutlich nahm sie ein Aphrodisiakum. Da klingelte das Telefon.

Es war Barry, der ihm sagte, daß Iris der Polizei entkommen war und nach ihm suchte. Deke wollte Iris nicht sehen, denn er hatte Furcht, die Bullen könnten noch hinter ihr her sein; er instruierte Barry entsprechend. Falls die Polizei sie aufgriff, war es besser, wenn sie nicht wußte, wo er sich aufhielt; was sie nicht wußte, konnte man nicht aus ihr herausbekommen. Außerdem war sie verdammt eifersüchtig, und schließlich hielt ihn diese Mabel gerade genug in Atem.

Zu seinem Ärger bemerkte er, daß Mabel seine Seite des Gesprächs mitgehört hatte. Sie war ins Zimmer gekommen, eine Coca mit Zitrone in der Hand; jetzt setzte sie sich neben ihn aufs Sofa.

«Ich bin froh, daß sie nicht kommt», sagte sie.

«Eifersucht ist eine der sieben Todsünden», erwiderte er tadelnd. Einen Augenblick lang fürchtete er, sie würde wieder hysterisch werden.

Aber sie sah ihn nur voller Besitzerstolz an und sagte: «Oh, Reverend O'Malley, beten Sie mit mir.»

«Später», knurrte er unwirsch und stand auf, um sein Glas neu zu füllen.

Er war in der Küche und nahm Eis aus der Schale des Kühlschranks, als es an der Tür klingelte. Die Eiswürfel flogen durch die Luft wie aufgeschreckte Vögel. Er hatte keine Zeit, sie einzusammeln. Er stieß die Schale zurück, warf den Kühlschrank zu und leerte sein Glas in den Ausguß. Dann rannte er zu dem Wandschrank im hinteren Gang, gegenüber dem Bad, in dem seine Kleider hingen, und gab im Laufen Mabel ein Zeichen. Er hatte einen alten Revolver von John Hill gefunden und riß ihn jetzt aus dem Regal, in dem er ihn versteckt hatte, und hielt ihn in der zitternden Hand.

Mabel war ratlos. Sie wußte nicht, was er gemeint hatte. Sollte sie öffnen oder nicht?

Wieder klingelte es, lang und anhaltend – so, wie man klingelt, wenn man sicher ist, daß die Leute daheim sind. Mabel entschloß sich, zur Tür zu gehen. Die Tür war durch eine Vorhängekette gesichert, und überhaupt, selbst wenn die Polizei Reverend O'Malley hier erwischte – er hatte doch nichts wirklich Ungesetzliches getan, dachte sie. Er versucht doch nur das Geld zurückzubekommen.

Sie schloß die Tür auf, und jemand versuchte sie ganz aufzustoßen, aber die Kette hielt sie zurück. Dann sah sie durch den Spalt Iris' wutverzerrtes Gesicht.

«Mach die gottverdammte Tür auf!» fauchte Iris. Ihre Lippen waren naß von Speichel.

«Er ist nicht hier», sagte Mabel hochmütig. «Reverend O'Malley, meine ich.»

«Ich fang an zu schreien, bis die Polizei kommt – der könn Sie das ja mal erzählen.»

«Wenn das alles ist, was er Ihnen bedeutet...» Mabel riß die Tür weit auf. «Kommen Sie rein.» Sie verschloß die Tür hinter Iris und legte die Kette wieder vor. Iris durchsuchte bereits die Wohnung wie ein Vorstehhund, der Rebhühner aufstöbern will.

«Er hört alles, was Sie sagen», rief Mabel hinter ihr her.

«Diese mutterschänderischen Huren!» murmelte Deke grimmig und kam aus dem Wandschrank, von einer dünnen Schweißschicht bedeckt, den Revolver in der Hand. «Sag mal, du spinnst wohl, was?» fuhr er auf Iris' Rücken los, während sie ins Bad hineinsah.

Sie fuhr herum, und ihre Augen weiteten sich und wurden pechschwarz, als sie ihn in Unterhosen vor sich sah. Ihr Gesicht zuckte vor rasender Eifersucht. Sie konnte im Augenblick an nichts anderes denken, als daß er mit dieser anderen Frau ins Bett gegangen war.

«Du kleiner Scheißbetrüger...» keuchte sie, und Speichel spritzte von ihren wulstigen Lippen. «Du mieser Zuhälter...»

«Halt's Maul!» knurrte er drohend. «Ich mußte mich verstecken.»

«Verstecken? Wo? Zwischen den Beinen von der Schlampe da?»

Von der Tür zum Wohnraum her sagte Mabel: «Reverend O'Malley versucht nur, unser Geld zurückzubeschaffen. Er will nicht, daß die Polizei alles verpatzt.»

Iris fuhr herum. «Nennen sie ihn im Bett auch Reverend O'Malley?» schäumte sie. «Ich meine, wenn Sie den Mund nicht gerade voll haben...»

«Ich bin doch nicht so wie Sie», entgegnete Mabel wütend. «Ich mache es so, wie Gott es gewollt hat.»

Iris stürzte auf sie los und versuchte ihr das Gesicht zu zerkratzen. Ihr Mantel klaffte auf und ließ ihren nackten Körper sehen. Mabel packte sie bei den Handgelenken und schrie höhnend:

«Ich bekomm ein Kind von ihm – sein Kind!»

Das war das Schlimmste, was Mabel hätte sagen können. Iris konnte keine Kinder bekommen. Sie war rasend vor Wut. Sie spuckte Mabel ins Gesicht, trat ihr gegen die Schienbeine und versuchte mit aller Kraft sich loszureißen. Aber Mabel war stärker, und sie spuckte zurück. Plötzlich ließ sie Iris' Hände los und packte sie an den Haaren. Iris zerkratzte Mabel Hals und Schultern. Mabel riß Iris die Haare büschelweise mit den Wurzeln aus, und Iris traten vor Schmerz die Tränen in die Augen und blendeten sie.

Dann schritt Deke ein. Er packte Iris mit der Linken am Mantelkragen – in der rechten Hand hielt er noch den Revolver; er hatte keine Zeit gehabt, ihn fortzulegen, und fürchtete sich, ihn einfach fallen zu lassen. Iris befreite sich mit einem Ruck; der Mantel blieb in seiner Hand, und von den Schuhen abgesehen, war Iris jetzt nackt und war nicht mehr so leicht zu halten. Er versuchte Mabels Griff von den Haaren zu lösen, aber Mabel war zu wütend, um loszulassen.

«Hört auf, ihr dämlichen Nutten!» brüllte Deke, schlug mit dem Revolver nach Mabels Hand, verfehlte sie und traf statt dessen Iris' Kopf.

Iris kreischte schrill und riß ihm mit den Fingernägeln acht rote Striemen über die Rippen. Mit seiner freien Hand boxte er sie in den Magen, packte Mabel am Negligé und wollte sie zurückreißen. Aber auch diesmal blieb ihm nur das Negligé in der Hand, und Mabel war ebenfalls nackt. Sie konnte ihre Hände nicht einsetzen, drückte aber Iris den Kopf nach unten und biß sie in die Schulter. Iris, den Kopf gebeugt, schrie gellend und sah im gleichen Moment Dekes Waffe dicht vor sich. Sie riß sie ihm aus der Hand und schoß Mabel in den Leib, immer wieder, bis der Revolver leer war.

Es ging so schnell, daß Dekes Verstand es nicht erfaßte. Er hörte das Krachen der Schüsse, er sah den schmerzvoll überraschten Ausdruck auf Mabels Gesicht, während sich ihr Griff in Iris' Haar lockerte. Dann sank sie langsam in sich zusammen. Aber es war alles wie die gräßlichen Vorahnungen eines Albdrucks, ehe das Entsetzen selbst kam.

Dann explodierte die Erkenntnis wie eine Zeitbombe in seinem Gehirn. Sein Körper wurde sprunghaft aktiv, während sein Verstand noch von Panik gelähmt war. Er schlug Iris mit der linken Faust gegen die Brust, daß sie zurücktaumelte, und traf sie dann mit der rechten am Hals, wodurch sie das Gleichgewicht verlor. Er trat ihr in den Bauch, und als sie vornüber zusammenknickte, traf er sie mit der Faust in den Nakken, daß sie zu Boden stürzte und auf dem Gesicht liegen blieb.

Dann überfiel ihn Panik, wuchs wie eine Lawine, löschte ihn aus und ließ nur ein zuckendes Bündel einander widerstrebender Instinkte zurück. Er sprang über die regungslose Iris hinweg, wollte zu dem Wandschrank, um an seine Kleider zu kommen, fuhr wieder herum und riß den Revolver an sich, den Iris hatte fallen lassen. Mabel gönnte er keinen Blick; ein Rest von Verstand irgendwo tief drinnen wußte, daß sie tot war, aber er versuchte nicht daran zu denken. Es schoß ihm durch den Kopf, daß er keine Munition mehr hatte für den Revolver, der ihm nicht gehörte. Er ließ ihn fallen wie eine heiße Kartoffel.

Wieder machte er kehrt und stürzte zum Wandschrank. Seine Hand rutschte von dem Türgriff ab; er fluchte und betete wirr durcheinander und wußte nur eines: In wenigen Minuten würde die Polizei da sein. Das Geschrei war schon laut genug gewesen, um Tote aufzuwecken, und dann die Schüsse... Irgend jemand in diesem von ordnungsliebenden Niggern bewohnten Haus hatte bestimmt die Polizei alarmiert.

Seine einzige Hoffnung war Flucht; er mußte weg, ehe die Polizei eintraf. Es ging um sein Leben. Die Sekunden vertickten, aber er konnte nicht in Unterhosen fliehen, ohne sofort gestellt zu werden...

Er versuchte sich schneller anzuziehen. Schnell, schnell, schnell, drängte sein Hirn. Aber seine sämtlichen mutterschänderischen Finger waren zu Daumen geworden. Ihm schien, als brauche er siebenhundert mutterschänderische Jahre, um sein Hemd zuzuknöpfen, und noch ein paar weitere mutterschänderische Jahrhunderte, um seine Schuhe zuzuschnüren.

Er raste zum Spiegel, um seine Krawatte zu binden und nach verräterischen Kratzspuren zu suchen. Sein dunkles Gesicht war staubgrau, seine Augen quollen vor, aber Kratzer waren nirgends zu sehen. Er überlegte verzweifelt, ob er mit dem Fahrstuhl fünf Etagen hinunterfahren und für die beiden letzten die Treppe nehmen sollte oder die Feuertreppe hinaufklettern und über das Dach zu entkommen versuchen sollte. Er wußte nicht, wie diese Häuser angelegt waren, ob das Dach auf der gleichen Höhe lag wie das des Nachbarhauses und ob er von einem zum anderen gelangen konnte... Irgendwo in seinem Hirn bohrte der Gedanke, daß er noch irgend etwas vergessen hatte. Plötzlich wußte er es: Iris. Sie lebte. Sie konnte reden. Sie durfte nicht reden. Er mußte sie...

In diesem Augenblick hämmerte jemand gegen die Wohnungstür.

Er fuhr herum, lief auf Zehenspitzen zum Schlafzimmerfenster, das nach hinten hinaus auf die Feuertreppe führte. Schnell öffnete er das Fenster, schwang sich hinaus und kletterte hinunter. Es blieb ihm keine Zeit, etwas anderes zu tun. Es blieb ihm keine Wahl. Seine Füße spürten die eisernen Stufen der Leiter nicht; seine Augen suchten im Abwärtssteigen mechanisch die Fenster ab.

Die Feuertreppe endete in einer Privatstraße der Wohnblocksiedlung; er konnte nur von Leuten auf der anderen Straßenseite oder hinter den Fenstern, an denen er vorbeikam, gesehen werden. Auf halbem Weg bemerkte er den Zipfel einer Gardine, der aus einem halbgeöffneten Schlafzimmerfenster flatterte. Er zögerte nicht. Er hielt vor dem Fenster an, öffnete es ganz und stieg ein.

Die Wohnung war genauso eingeteilt wie jene, die er gerade verlassen hatte. Niemand befand sich in dem Schlafzimmer. Auf Zehenspitzen schlich er durch den Raum, betete, daß die Wohnung leer sein möge und hatte zugleich die feste Absicht, sich auch dann nicht aufhalten zu lassen, wenn sie von einer Hochzeitsgesellschaft überfüllt sein sollte. Er erreichte den rückwärtigen Korridor. In der Küche vorn neben dem Wohnzimmer sang eine Frau vor sich hin. Er erreichte die Wohnungstür; sie war verschlossen und die Sicherungskette vorgelegt. Er versuchte sie lautlos zu öffnen, hielt den Atem an, während er den Schlüssel unendlich langsam im Schloß drehte... Die Zeit ertränkte ihn in einem Strudel fliehender Sekunden. Endlich war das Schloß auf; er hakte die

Kette aus und hörte, wie das Singen abbrach. Er schlüpfte hinaus, zog die Tür schnell hinter sich zu und rannte.

«Henry? Bist du das, Henry?» rief eine gedämpfte Frauenstimme.

Wie ein Sturzbomber raste er die Lieferantentreppe hinunter. Erst im Souterrain blieb er stehen. Hinter der Tür des Treppenhauses hörte er Schritte. Sie kamen näher. Er erstarrte hinter der geschlossenen Tür, versuchte, ein gleichmütiges Gesicht zu machen, sich eine glaubwürdige Geschichte auszudenken ... Aber die Schritte gingen vor der Tür vorbei und verklangen.

Vorsichtig blickte er in das Souterrain hinaus. Niemand war zu sehen. Er wandte sich in die Richtung, aus der die Schritte gekommen waren, und fand eine Tür. Sie führte auf eine kurze Treppe. Er stieg die Stufen hinauf und stand vor einer schweren Eisentür, die mit einem Schnappschloß verschlossen war, das sich von innen öffnen ließ. Durch einen Spalt spähte er hinaus.

Er sah die 135th Street vor sich. Neger. Neger in Sommerkleidung. Zwei Männer aßen Wassermelonen von einem Handwagen. Kinder hatten sich um einen Eiskarren gesammelt und schleckten, andere spielten Ball. Frauen unterhielten sich laut. Ein Betrunkener schwankte über den Gehsteig und verfluchte laut Gott und die Welt. Ein blinder Bettler ertastete sich mit einem weißen Stock seinen Weg, klapperte mit einem Penny in seiner Blechbüchse. Ein Hund hob in einem Hauseingang das Bein. Männer hockten im Schatten auf den Stufen einer Kirche, dösten oder diskutierten ... Harlem.

Deke trat hinaus, überquerte rasch die Straße und tauchte ein in der großen, wildbewegten See aus schwarzen Menschen.

12

Als Grave Digger und Coffin Ed sich um zwanzig Uhr zum Dienst meldeten, empfing sie Lieutenant Anderson mit den Worten:

«Euer Wagen wurde oben in der 163rd Street dicht beim Edgecombe Drive verlassen aufgefunden. Warum?»

Coffin Ed wich in den Schatten an die Wand zurück, wo Anderson sein Gesicht nicht sehen konnte, und gab einen Laut von sich, der wie ein Grunzen klang.

Grave Digger hockte sich auf die Schreibtischkante und rieb sich das Kinn. Sein Rücken wölbte sich breit. «Tja ...» Dann grinste er. «Ich würde sagen, weil er geklaut worden ist – was meinst du, Ed?»

«Klingt einleuchtend.»

Anderson blickte forschend von einem zum anderen. «Also was? *Wurde* er gestohlen?»

Grave Digger lachte. «Glauben Sie, wir würden das zugeben?»

Lieutenant Anderson errötete ein wenig. Er verstand den privaten Humor seiner beiden Detektiv-Asse nicht immer, und manchmal war ihm dabei unbehaglich zumute. Aber er erkannte, daß sie diesem Diebstahl offenbar keine Bedeutung beimaßen; mithin, sie sahen keinen Zusammenhang mit dem Fall, den sie bearbeiteten. Hätten sie etwas in der Richtung gewittert, so wäre die Atmosphäre sofort spannungsgeladen gewesen – er kannte das.

Sie wurde auch sofort spannungsgeladen, als Anderson sagte: «Wir haben diese Iris festgenommen, mit der Deke O'Hara rumgezogen ist. Mordverdacht.»

Beide erstarrten zu jener Regungslosigkeit, die ihre volle Aufmerksamkeit anzeigte. Aber keiner von ihnen sprach. Sie warteten.

«Sie wurde in der Wohnung von diesem John Hill festgenommen, der bei dem Überfall auf die Versammlung erschossen worden ist. Auf Mabel Hill waren fünf Schüsse abgegeben worden. Sie war tot, als die Polizei eintraf. Beide Frauen waren nackt und übel zugerichtet – zerkratzt und zerschlagen, als ob sie vorher übereinander hergefallen wären. Hausbewohner hatten schon vor den Schüssen die Polizei alarmiert, um eine Schlägerei in der Wohnung zu melden. Auf dem Boden lag ein Revolver, Kaliber .32, mit dem kürzlich geschossen worden war – zweifelsfrei die Mordwaffe. Die Ballistiker haben sie jetzt. Am Griffstück waren Fingerabdrücke von Iris, ein verwischter auch am Abzug; sie sind aber zum Teil von anderen Abdrücken überdeckt – sehr klare Abdrücke, vermutlich von einem Mann. Das Morddezernat ist der Ansicht, daß der Mann die Waffe nach der Tat in die Hand genommen hat. Vielleicht war es Deke. Sie vergleichen sie noch; dann werden wir es erfahren.»

Grave Digger und Coffin Ed tauschten einen Blick, sagten aber nichts.

«Iris behauptet, daß Deke nicht dagewesen ist. Eine Stunde vorher war sie aus ihrer Wohnung entkommen. Sie gibt zu, daß sie in Hills Wohnung nach Deke gesucht hat, schwört aber, ihn dort nicht angetroffen zu haben. Sie gibt zu, daß sie mit Hills Frau einen Streit gehabt hat, behauptet aber, sie habe Hills Frau die Waffe abnehmen wollen, und dabei sei sie aus Versehen losgegangen. Sie sagt, der Streit zwischen ihr und der Hill sei privater Natur gewesen und habe mit dem Überfall auf Dekes Kundgebung nichts zu tun gehabt, will aber weiter keine Gründe angeben.»

Beide Detektive wandten sich ihm zu und sahen ihn an, als ob sie von dem gleichen Impuls angetrieben würden.

«Wollt ihr mit ihr sprechen?» fragte Anderson.

Sie tauschten einen Blick.

«Wie lange hat es nach den Schüssen gedauert, bis der Streifenwagen eintraf?» fragte Grave Digger.

«Zwei oder drei Minuten.»

«In welcher Etage liegt die Wohnung?»

«In der siebten. Aber der Fahrstuhl ist schnell, und Deke kann genug Zeit gehabt haben, um nach unten zu fahren und zu entkommen, ehe der Streifenwagen eintraf», antwortete Anderson, der ihre Gedanken erriet.

«Wenn sie nackt waren, nicht», widersprach Coffin Ed.

Anderson errötete. Er war nicht ausgesprochen prüde, aber die Selbstverständlichkeit, mit der die beiden derlei sagten, berührte ihn immer peinlich.

«In dieser Gegend muß er anständig angezogen sein, wenn er nicht auffallen wollte», fügte Grave Digger hinzu.

«Und vollständig», ergänzte Coffin Ed.

«An der Rückseite des Hauses stand ein Fenster zur Feuertreppe offen», fuhr Anderson fort, «es hat ihn aber niemand runterklettern sehen.» Er blätterte in den Berichten auf seinem Schreibtisch. «Eine Frau in der vierten Etage will gehört haben, wie ihre Wohnungstür ging, und tatsächlich sei dann die Sicherungskette ausgehängt gewesen. Das Morddezernat fand ihr Schlafzimmerfenster zur Feuertreppe offen; sie sagt aber, sie habe es selbst offengelassen... Falls an der Klinke der Wohnungstür Fingerabdrücke waren, sind sie verwischt worden, als ihr Sohn in die Wohnung kam und wieder fortging. Und auf der Fensterbank hat sie sinnigerweise Staub gewischt, ehe sie vernommen wurde.»

«In diesen Wohnungen legen die Leute großen Wert darauf, daß alles tadellos sauber ist», erklärte Grave Digger überflüssigerweise.

«Na schön...» Coffin Ed löste sich aus dem Schatten: «Unterhalten wir uns mal mit der Dame.»

Sie warteten in dem im Keller gelegenen Vernehmungszimmer, bis Iris aus ihrer Zelle vorgeführt wurde. Der Raum hieß in der Unterwelt Harlems ‹Die Sängerkammer›, seit irgendein mit den Gebräuchen der europäischen Musikwelt Vertrauter einmal bemerkt hatte, da drinnen lerne mancher das Singen wie ein Kammersänger.

Der Raum war schalldicht und hatte keine Fenster; in der Mitte stand ein Hocker, der am Boden festgeschraubt war. Um den Hocker herum standen genügend Scheinwerfer, um selbst den schwärzesten Mann durchsichtig zu machen.

Doch nur die Deckenlampe brannte, als der Aufseher Iris hereinführte. Sie sah Grave Digger neben dem Hocker stehen und auf sie warten. Die Tür ging hinter ihr zu und wurde abgeschlossen. Sie hatte plötzlich das Gefühl, mit diesem riesigen Neger allein auf der Welt zu sein. Dann entdeckte sie den undeutlichen Umriß von Coffin Ed, der an der Wand lehnte. Sein von Säure zerfressenes Gesicht sah im Halbschatten wie eine Fastnachtsmaske aus. Sie schauderte unwillkürlich.

Grave Digger sagte: «Setzen Sie sich, Baby, und erzählen Sie uns, wie es Ihnen geht.»

Trotzig blieb sie stehen. «In dem Loch hier sag ich nichts. Da habt ihr doch 'ne Abhöranlage drin.»

«Wozu? Ed und ich, wir erinnern uns auch so genau an alles, was Sie sagen.»

Coffin Ed trat vor; er sah aus wie die Wasserleiche in einem Krimi-nalreißer. «Setzen Sie sich trotzdem erst mal.»

Sie setzte sich. Er baute sich vor ihr auf, und Grave Digger schaltete die Scheinwerfer ein. Sie blinzelte. Coffin Ed hatte ihr zur Einstimmung erst einmal eine runterhauen wollen, aber jetzt erst sah er sie zum erstenmal richtig an und murmelte statt dessen: «Na so was ... Die sieht aber niedlich aus!»

Die gepflegte und parfümierte Haut von gestern zeigte heute alle Farben des Spektrums, von schwärzlichem Violett bis zu leuchtendem Grün; ihr Hals war geschwollen und die eine Brust war doppelt so groß wie die andere. Rote Kratzspuren verliefen ihr über Gesicht, Hals und Schultern und verschwanden unter dem Kleid.

«Es hätte schlimmer kommen können», meinte Grave Digger.

«Wieso?» Sie blinzelte in das grelle Licht. Die Schrammen und Kratzer sahen bei der harten Beleuchtung aus wie aufgemalt.

«Sie könnten tot sein.»

Sie hob leicht die Schultern. «Nennen Sie das schlimmer?»

«Na schön, jedenfalls leben Sie noch», sagte Coffin Ed. «Und Sie können sich achttausendsiebenhundert Dollar Belohnung verdienen, wenn Sie uns helfen.»

«Und was ist mit diesem albernen Mordverdacht?» Sie versuchte zu handeln.

«Albern ist gut», murmelte Grave Digger.

«Das ist Ihre Sache.» Coffin Ed zuckte die Achseln. «Wo ist Deke?»

«Wenn ich wüßte, wo der Mutterschänder ist, würd ich's euch bestimmt sagen.»

«Sie sind aber doch in die Wohnung von Mrs. Hill gegangen, um ihn zu treffen.»

Sie saß eine kurze Weile da und überlegte, dann schien sie sich zu entschließen. «Er war da», gab sie zu. «In Unterhosen ... Was glauben Sie denn, weshalb ich so 'ne Wut gekriegt hab, daß ich auf die billige, kleine Hure geschossen hab? Aber ich weiß nicht, wie er abgehauen ist; er hat mich vorher zusammengeschlagen. Ich war bewußtlos.» Sie dachte nach. «Mir ist bloß unklar, warum er mich nicht umgelegt hat.»

«Wie sind Sie dem Detektiv entkommen, der Sie bewachen sollte?» fragte Grave Digger.

Sie lachte unvermittelt auf, und die Spuren auf ihrem Gesicht bildeten plötzlich ein anderes Muster. «Mann, das war vielleicht 'n Ding! Kann man auch bloß mit 'm Weißen machen, so was.»

Grave Digger sah sie düster an. «Wenn's nichts mit dem Überfall zu tun hat, brauchen wir nicht darüber zu reden.»

«Mit dem ... Ach so. Nein, damit hat's nichts zu tun.»

«Dann erzählen Sie mal, wie Deke seinen Afrika-Zirkus aufgezogen hatte.»

«Lebt ihr auf dem Mond, daß ihr das nicht wißt?» entgegnete sie.

«Wir wissen es schon. Wir wollen es von Ihnen nur bestätigt haben.»

Sie gewann einen Teil ihrer Unverfrorenheit wieder. «Und was ist für mich dabei drin?» fragte sie.

Coffin Ed trat einen Schritt vor. «Noch so eine Bemerkung», knarrte er, «dann merkst du's!»

Sie blickte in die Richtung, aus der seine Stimme kam, konnte ihn aber gegen das blendende Licht nicht sehen. So klang es noch gefährlicher.

«Na ja, er wollte sich das Geld unter den Nagel reißen und verschwinden, ja?» begann sie. «Aber erst nachdem er auch in anderen Städten kassiert hatte. Den gepanzerten Wagen hat er extra anfertigen lassen. Die Wächter sind seine Leute. Nur die Anwerber und die freiwilligen Helfer, das sind arme Irre, die an ihn glauben ... Die Detektive sollten auftauchen und das Geld beschlagnahmen – angeblich, bis eine Untersuchung durchgeführt war; auf diese Weise hätte er begründen können, wieso sich die Abreise der Auswanderer verzögerte ... Es konnte nicht schiefgehn – die Armleuchter glauben doch an ihn, und ...»

«Es ist aber schiefgegangen», unterbrach sie Grave Digger. «Und jetzt mal ein paar Namen, hm? Und Personalbeschreibungen.»

Sie nannte ihm Namen und Adressen von Barry Waterfield alias Baby Jack Johnson alias Big Papa Domore. Sie gab an, die beiden Männer, die den Lastwagen bewacht hatten, nur als Four-Four und Freddy zu kennen; sie wisse nicht, wo die beiden wohnten. Es seien Dekes Leute; wahrscheinlich kenne er sie aus dem Gefängnis, und jetzt halte er sie wohl vor der Öffentlichkeit verborgen. Der Tote, der als der zweite Detektiv aufgetreten war, heiße Elmer Sanders. Alle stammten aus Chicago.

Es waren die Auskünfte, die sie brauchten; Coffin Eds Spannung ließ nach. Aber Grave Digger fragte:

«Wäre es nicht möglich, daß Deke seine eigenen Leute reinlegen wollte und den Überfall selbst arrangiert hat?»

Sie dachte nach. «Nein», meinte sie dann; «das glaube ich nicht, weil ... Also, er hätte sich später anders verhalten, nicht?»

«Wer steckt dann dahinter?»

«Das Syndikat ... Sonst kann ich mir niemand denken.»

«Das Syndikat scheidet aus», erwiderte Grave Digger mit Nachdruck.

«Ja, dann ...» Sie zuckte die Achseln. «Sonst hat er vor niemand Angst gehabt. Allerdings, er hat mir nicht immer alles gesagt.»

Bei diesem Understatement lächelte Grave Digger grimmig.

«Was wissen Sie über Deke?» knarrte Coffin Ed.

Sie blickte zu der Stimme hinter den Lampen hinüber und spürte, wie ein Zittern durch ihren Körper lief. Warum hab ich vor diesem Mutterschänder solche Angst, fragte sie sich. Schließlich antwortete sie einfach: «Alles.»

Beide Detektive erstarrten.
«Beweise?» fragte Grave Digger.
Sie nickte. «Beweise.»
«Sie wollen, daß wir ihn fassen, ja?»
«Faßt ihn», antwortete sie.
«Dann halten Sie sich bereit.»
«Ich bin bereit.»

Ehe sie das Revier verließen, sagten sie Lieutenant Anderson Bescheid, und er veranlaßte, daß Barry Waterfield unter Beobachtung gestellt wurde.

Dann sagte Grave Digger: «Wir setzen unsere Sänger auf Deke an; wenn sie was rauskriegen, rufen sie bei Ihnen an, und Sie geben's uns über Sprechfunk durch – okay?»

«Okay», bestätigte Anderson. «Und ich werde zwei Streifenwagen in Bereitschaft halten, falls es bei euch brennt.»

«Bei uns wird's nicht brennen», antwortete Coffin Ed; dann gingen sie.

Sie nahmen mit ihren Spitzeln Kontakt auf. Sie bekamen viele Hinweise auf unaufgeklärte Verbrechen und gesuchte Verbrecher; über Deke O'Hara erfuhren sie jedoch nichts. Sie merkten sich die Informationen für spätere Gelegenheiten und hatten für alle Spitzel nur eine Anweisung:

«Findet Deke O'Hara. Er muß in der Stadt sein. Ruft Lieutenant Anderson im Revier an, gebt ihm die Nachricht und hängt ein. Und dann verschwindet.»

Es war ein langwieriger, mühsamer Prozeß, aber es blieb ihnen nichts anderes übrig. In Harlem leben fünfhunderttausend farbige Menschen, und es gibt dort so viele Löcher, in denen man sich verstecken kann, daß man schon von Ratten gehört hat, die sich darin verirrt haben sollen.

Wie Deke es angeordnet hatte, rief Barry Punkt 22 Uhr bei Mabel an. Er telefonierte aus Bowman's Bar an der Ecke St. Nicholas Place und 155th Street. Das Rufzeichen erklang – einmal, zweimal, dreimal. Plötzlich wurde er unruhig; sein sechster Sinn meldete sich: War da die Polizei in der Wohnung und hob erst ab, wenn festgestellt worden war, woher der Anruf kam? Er schmiß den Hörer auf die Gabel, als ob es eine Schlange wäre, und eilte zum Ausgang. Das Mädchen hinter der Bar sah ihm mit hochgezogenen Augenbrauen nach, als er an ihr vorbeihastete und fünfzig Cent für sein Bier auf die Theke warf, das nur fünfunddreißig Cent kostete.

Draußen erwischte er ein Taxi, das stadteinwärts fuhr, und befahl dem Fahrer: «Setzen Sie mich Ecke 145th Street und Broadway ab.» Als sie nach Westen in die 145th Street einbogen, jaulte von fern eine Sirene heran und näherte sich Bowman's Bar... Schweißperlen traten ihm auf die Oberlippe.

Der Broadway ist eine Straße im Grenzbereich. Das schwarze Harlem ist bis auf die Westseite vorgedrungen, aber auf der Ostseite leben noch Puertoricaner und ein paar übriggebliebene Weiße. Barry stieg an der Kreuzung aus, überquerte die Fahrbahn, eilte den Broadway hinauf bis zur 149th Street und wandte sich dort zum Hudson River hinunter. Er trat in ein kleines, sauberes Apartmenthaus, das in der Mitte des Blocks lag, und stieg drei Treppen hinauf.

Die ganz-hellbraungelb-verdammt-beinahe-weiße Frau, die nackt in seinem Bett gelegen hatte, als Iris hereinplatzte, öffnete ihm die Tür. Sie fing an zu reden, noch ehe er ganz drinnen war.

«Iris hat Mabel Hill umgebracht, gleich nachdem sie von uns weg ist ... Sie sitzt im Gefängnis. Es ist gerade im Radio gekommen ...» Ihre Stimme klang schrill vor Aufregung.

«Und Deke?» fragte er verstört.

«Den haben sie nicht erwischt. Den suchen sie ... Wart, ich mix dir 'n Drink.»

Sein Blick schweifte durch die hübsche Dreizimmerwohnung, ohne wahrzunehmen, was er sah. Er überlegte, daß Deke versucht haben mußte, ihn zu erreichen, während er nicht zu Hause war.

«Fahr mich heim», verlangte er.

Sie wollte schmollen, aber ein Blick in sein Gesicht zeigte ihr, daß der Augenblick ungeeignet war.

Fünf Minuten später beobachtete der junge farbige Detektiv Paul Robinson, der mit seinem Partner Ernie Fisher beauftragt war, Barry zu beschatten, wie der vor dem Haus, in dem er wohnte, aus einem geschlossenen Cabriolet stieg und hastig die Stufen hinaufeilte. Paul saß in einem schwarzen Ford mit einer regulären Manhattan-Nummer, der in Richtung Innenstadt auf der anderen Straßenseite geparkt war. Über Sprechfunk rief er Lieutenant Anderson an und meldete: «Waterfield ist gerade nach Hause gekommen.»

«Bleiben Sie dran», befahl Anderson.

Als Barry im vierten Stock aus dem Fahrstuhl stieg, wartete auf dem Vorplatz ein junger Mann, um hinunterzufahren. Es war Ernie Fisher. Seit zwei Stunden hatte Ernie dort gestanden, auf den Fahrstuhl gewartet und etwas an seinen Schuhriemen zu richten gehabt, sobald er vor seiner Nase hielt. Diesmal fuhr er wirklich hinunter, trat auf die Straße hinaus und stieg in einen zweifarbigen Chevrolet, der vor dem Hauseingang in Richtung stadtauswärts parkte.

Paul kletterte aus seinem Ford, überquerte die Straße und betrat das Haus, ohne seinen Partner anzusehen. Er fuhr in den vierten Stock hinauf und begann auf den Fahrstuhl zu warten.

Der wie ein Diakon aussehende Vermieter berichtete, ein Mr. Bloomfield habe mehrmals dringend angerufen und hinterlassen, falls Mr.

Waterfield den Wagen nicht nehmen wolle, habe er einen anderen Käufer dafür gefunden. Barry ging sofort ans Telefon und rief Mr. Bloomfield an.

«Bloomfield», meldete sich eine Stimme.

«Ich nehme den Wagen, Mr. Bloomfield», sagte Barry. «Ich bin jetzt soweit; ich war nur unterwegs, um mir das Geld zu besorgen.»

«Kommen Sie gleich in mein Büro», antwortete Mr. Bloomfield und hängte ein.

«Sofort, Mr. Bloomfield», bestätigte Barry der toten Leitung – der Diakon lungerte in Hörweite herum.

Ehe er das Haus verließ, ging er in sein Zimmer und schnallte ein Schulterhalfter mit einer .45er Colt Automatic um. Darüber zog er ein schwarzseidenes Sportjackett, das auf die Waffe zugeschnitten war.

Als er auf den Vorplatz hinaustrat, sah er einen jungen Mann neben dem Fahrstuhl stehen, der ungeduldig auf den Knopf drückte. Er stellte sich neben ihn, und sie fuhren zusammen nach unten. Der junge Mann ging schnell vor ihm her, lief die Stufen hinunter und über die Straße hinüber, ohne sich umzusehen. Barry verschwendete keinen weiteren Gedanken an ihn.

Am Gehsteig fuhr gerade ein Chevrolet an, der dort geparkt hatte, und Barry winkte einem Taxi, das an der Stelle hielt, wo der Chevrolet gestanden hatte. Das Taxi fuhr zur Innenstadt und holte den Chevrolet fast ein; er blieb aber vorn. In einigem Abstand folgte ein schwarzer Ford den beiden Fahrzeugen. So fuhren sie die Convent Avenue hinunter.

Die Convent Avenue endet an der 125th Street. Auf gut Glück bog Ernie mit seinem Chevrolet nach links ab. Das Taxi bog nach rechts ab. Der Ford hinter ihm verringerte den Abstand.

Barry hatte den Ford durch das Rückfenster bemerkt. Er ließ das Taxi vor einer Bar plötzlich halten. Der Ford fuhr weiter; der Fahrer sah nicht zu ihm herüber und bog an der nächsten Kreuzung links ein.

Barry ließ das Taxi wenden und fuhr in entgegengesetzter Richtung davon. An dem Chevrolet, der nahe der Fifth Avenue vom Gehsteig abfuhr, fand er nichts Auffälliges. Er sah genauso aus, wie tausend andere Chevrolets in Harlem; der Chevrolet ist der Cadillac der armen Leute. Barry ließ das Taxi beim Theresa Hotel in die Seventh Avenue einbiegen und am Gehsteig halten. Der Chevrolet fuhr weiter durch die 125th Street.

Barry entlohnte das Taxi und betrat die Hotelhalle. Dann machte er plötzlich kehrt, ging wieder hinaus und ließ sich von dem Portier ein anderes Taxi rufen. Den schwarzen Ford, der nahe dem Eingang von Sugar Rays Bar parkte, bemerkte er nicht. In dieser Straße parkten die Autos immer dicht gedrängt. Das Taxi fuhr geradeaus bis zur 116th Street und bog scharf nach rechts. Der Ford fuhr geradeaus. Aus der Lenox Avenue scherte eine Anzahl Wagen in den Verkehrsstrom ein, darunter mehrere Chevrolets.

Rotes Licht hielt das Taxi an der Eighth Avenue auf, und in der Fahrzeugschlange, die nach Norden rollte, befand sich ein schwarzer Ford. Harlem ist voll von Fords; der Ford ist der Rolls-Royce der armen Leute. Barry verschwendete keinen Blick auf ihn. Als das Licht an der Ampel wechselte, ließ er das Taxi nach rechts abbiegen und mitten im Block halten. Ein schwarzer Ford war nirgends zu sehen. Ein Chevrolet, der hinterher kam, überquerte die Eighth Avenue.

Paul lenkte den Ford um die Ecke in die 117th Street, hielt neben der Reihe parkender Wagen und ging rasch zur Eighth Avenue zurück. Er sah noch, wie Barry weiter unten an der Avenue einen Billardsalon betrat. Paul überquerte die Fahrbahn, behielt den Billardsalon im Auge und blieb auf dem Gehsteig gegenüber stehen. Hunderte Samstagabendtrinker und Qualmköpfe standen herum, schwankten in Lokale hinein und wieder heraus, lärmten und johlten. Paul gab sich Mühe, auszusehen wie sie, und es gelang ihm; nur war er besser angezogen als die meisten, und darum erregte er die Aufmerksamkeit der Huren.

Es dauerte keine Minute, bis aus der 119th Street ein Chevrolet in die Eighth Avenue einbog und nahe der 116th Street hinter zwei Wagen anhielt, die neben der Reihe der Parkenden auf der Fahrbahn standen.

Paul überquerte die Straße, wollte offensichtlich in den Billardsalon und überlegte es sich im letzten Moment anders; er schlenderte ziellos auf die 117th Street zu, einen Schwarm von Huren hinter sich herziehend.

Der Chevrolet fuhr weiter, bog in die 116th Street ein und hielt außer Sicht. Ernie rief Lieutenant Anderson an und meldete: «Waterfield ist in einen Billardsalon an der Eighth Avenue gegangen ...» Er nannte den Namen des Lokals und die Hausnummer.

«Bleiben Sie dran», befahl Anderson und benachrichtigte über Sprechfunk Grave Digger und Coffin Ed.

13

Sie sprachen mit einem Blinden, als sie den Anruf erhielten.

Der Blinde sagte gerade: «In dem Wagen saßen fünf Weiße. Das genügte schon, um meinen Verdacht zu wecken. Als der Wagen dann hielt, beugte sich der spitzbärtige Weiße, der mit vorn saß, über den Fahrer hinweg und winkte einem farbigen Burschen, der sich vor dem Bahnhof herumtrieb. Dabei sprang die Tür auf und wurde gleich darauf wieder zugeschlagen. Ich drehte mich um, als ob ich erschrocken wäre, und machte ein Bild. Ich glaube, ich habe eine klare Aufnahme bekommen.»

In diesem Augenblick kam der Anruf.

Coffin Ed meldete sich und nahm Andersons Nachricht entgegen. «In einem Billardsalon an der Eighth Avenue, so ...» Er ließ sich die Hausnummer geben. «Wir fahren sofort hin, Lieutenant», sagte er dann. «Sagen Sie den beiden, sie sollen nicht leichtsinnig werden.»

«Mach ich», antwortete Anderson. «Schreit, wenn ihr Hilfe braucht.»

Grave Digger sagte zu dem Blinden: «Heben Sie das Bild für uns auf, Henry.»

«Mir pressiert es nicht», murmelte Henry, stieg aus und setzte dabei seine dunkle Brille wieder auf.

Bis zur Eighth Avenue hätten sie normalerweise fünf Minuten gebraucht, aber Grave Digger schaffte es in dreieinhalb, ohne die Hupe zu benutzen.

Sie fanden Paul in seinem Ford auf der anderen Straßenseite gegenüber dem Billardsalon. Er berichtete, Barry sei noch in dem Lokal und Ernie bewache den Hinterausgang.

«Gehen Sie zu seiner Unterstützung zu ihm», sagte Grave Digger. «Hier vorn machen wir das schon.»

Sie parkten an der Stelle, die er freigab, und warteten.

«Glaubst du, daß er da drin mit Deke Kontakt aufnimmt?» fragte Coffin Ed.

«Ich glaube gar nichts», antwortete Grave Digger.

Die Zeit verging.

«Wenn ich für jede Stunde, die ich rumsitze und auf irgendwas warte, einen Dollar hätte, würd ich mal Urlaub machen und angeln gehn», murmelte Coffin Ed.

Grave Digger lachte leise. «Du Masochist ... Das einzige, was mich am Angeln stört, ist das Warten.»

«Ja, aber beim Angeln schießt keiner.»

«Warum sattelst du nicht um, wenn's dir bei der Polizei zu gefährlich ist?»

Coffin Ed grinste. «Wozu? Du sagst doch selbst, ich bin ein Masochist.»

Sie verfielen wieder in Schweigen. Männer kamen aus dem Billardsalon heraus und andere gingen hinein. Manche kannten sie, andere nicht, aber es war niemand dabei, den sie suchten. Eine Stunde verstrich. Die Dämmerung brach an. Lichtreklamen flammten vereinzelt auf.

«Glaubst du, er ist abgehauen?» fragte Coffin Ed mißmutig.

«Woher, zum Henker, soll ich das wissen?» knurrte Grave Digger. «Vielleicht wartet er genauso wie wir.»

Ein Wagen fuhr vor dem Billardsalon vor und hielt neben der Reihe parkender Autos. Plötzlich setzten sie sich auf. Es war ein schwarzer, von einem Chauffeur gelenkter Lincoln, eine große Limousine, die in diese Gegend paßte wie ein Ordensgeistlicher in eine Stripteaseshow.

Der uniformierte farbige Chauffeur stieg aus und ging schnell in das Lokal. Innerhalb von Sekunden kam er wieder zurück, setzte sich hinter das Lenkrad und ließ den Motor an. Dann erschien Barry. Einen Augenblick lang stand er auf dem Gehsteig, blickte nach allen Richtungen und überprüfte die Straße. Coffin Ed hatte sich geduckt und war nicht zu sehen; Grave Digger suchte unter den Herumlungernden in den Hauseingängen auf ihrer Straßenseite eifrig nach einem Bekannten; Barry konnte nur seinen Hinterkopf sehen, der sich nicht wesentlich von den Hinterköpfen zahlreicher anderer großgewachsenen Neger unterschied. Befriedigt drehte Barry sich um und klopfte an die Tür; ein Mann kam heraus, ging rasch zu der Limousine und setzte sich neben den Fahrer. Dann kam Deke und stieg hinten ein, gefolgt von Barry. Die Limousine fuhr wie der Blitz ab, mußte aber wegen der Ampel an der 125th Street das Tempo verlangsamen.

Trotzdem verlor Grave Digger sie aus den Augen, weil er erst in der Straße wenden mußte.

«Wir hätten doch Unterstützung anfordern sollen», schimpfte Coffin Ed.

«Ja – einen Hellseher», schlug Grave Digger vor, gab dem frisierten Motor Vollgas und raste die Eighth Avenue hinauf nach Norden.

«Wohin fährst du eigentlich?» erkundigte sich Coffin Ed nach einer Weile.

Grave Digger zuckte die Achseln. «Keine Ahnung», gestand er.

«Verdammte Scheiße.» Coffin Ed schüttelte den Kopf. «Gestern haben wir unseren Wagen verloren, heute verlieren wir unseren Mann ...»

«Ich bin schon froh, wenn wir das Leben nicht verlieren», schrie Grave Digger, um das Dröhnen des Verkehrs zu übertönen.

«Dann fahr lieber ein bißchen langsamer», brüllte Coffin Ed zurück. «Oder wenigstens mit Licht.»

Grave Digger nahm das Gas weg, fuhr rechts an den Gehsteig und hielt auf Höhe der 145th Street. «Also gut, dann laß uns mal überlegen.»

«Was gibt's da viel zu überlegen, Sherlock?» knurrte Coffin Ed. «Sie sind uns durch die Lappen gegangen.»

«Jaaa ...» Grave Diggers Finger trommelten auf dem Lenkrad. «Also die Karre, mit der sie geflitzt sind, die war geklaut», stellte er fest. «Was bedeutet das?»

«Sie wollten weg. Fliehen. Oder ...» Coffin Ed spielte an den Ätznarben. «Oder sie haben eine Verabredung.»

«Wovor sollten sie jetzt fliehen? Wenn sie das Geld hätten, wären sie schon längst weg.»

«Also gut. Und wo würdest du dich verabreden? Ich meine, wenn du Schneid hättest?»

«Stimmt», murmelte Grave Digger. «Unter der Brücke.»

«Eben. Die Frage ist nur, ob du Schneid hast.» Er grinste.

«Wollen wir's drauf ankommen lassen?» schlug Grave Digger todernst vor.

Die beiden Revolvermänner, die schon das Panzerauto begleitet hatten, saßen vorn. Der gleiche Mann lenkte wieder. Er war Spezialist für Autodiebstähle, und den Lincoln hatte er auch gestohlen. Als sie das Ende der Bradhurst Avenue erreichten, schaltete er die Scheinwerfer aus, lenkte den großen Wagen von der Fahrbahn, die zu den Polo Grounds führte, und hielt zwischen zwei Pfeilern unter der Brücke an der 155th Street.

«Ihr zwei sucht nach dem Wagen», befahl Deke. «Wir warten hier.»

Die beiden Revolvermänner stiegen aus – vorsichtig, um nicht auf die Gewehre unter der Fußmatte zu treten – und verschwanden in der Dunkelheit.

Deke zog einen großen Briefumschlag aus der Innentasche seiner Jacke und reichte ihn Barry. «Hier ist die Liste», sagte er. Er hatte sie aus den Telefonbüchern von Manhattan, Bronx und Brooklyn zusammenstellen lassen – im Theresa Hotel gab es eine Stenotypistin, die den Gästen zur Verfügung stand. «Sag nicht viel, laß ihn reden. Wir decken dich in jedem Augenblick.»

«Mir gefällt das nicht», gestand Barry. Er hatte Angst, und er war nervös; er konnte sich auch nicht vorstellen, daß der Colonel irgend etwas ausplaudern würde. «Dafür wird er mir keine Fünfzigtausend bezahlen», sagte er, nahm die Liste aber entgegen und schob sie in die Innentasche seines Jacketts, gleich neben die Pistole.

«Selbstverständlich nicht», antwortete Deke. «Aber streite dich nicht mit ihm herum. Beantworte seine Fragen und nimm, was er dir gibt.»

«Verdammt noch mal, Deke – ich versteh das nicht!» protestierte Barry. «Was hat dieser irre Club mit unseren siebenundachtzigtausend zu tun?»

«Überlaß das Denken mir», erwiderte Deke kalt; «gib mir die Kanone.»

«Die Ka... Sag mal, willst du im Ernst, daß ich mit nacktem Hintern zu diesem Verrückten gehe? Du verlangst reichlich viel.»

«Was, zum Teufel, soll dir denn passieren? Wir decken dich doch. Zu dritt. Du wirst so sicher sein wie in Abrahams Schoß.»

Als Barry seine Waffe auslieferte, fiel es ihm wieder ein. «Das hat der Colonel auch gesagt», murmelte er.

«Er hatte recht», stimmte Deke zu. Er zog seine eigene Waffe aus dem Halfter und steckte sie in die rechte Jackentasche. «Nur waren seine Gründe falsch.»

Sie verstummten und saßen schweigend da, bis die Revolvermänner aus der Dunkelheit auftauchten und ihre Plätze auf den Vordersitzen wieder einnahmen. «Sie sind drüben bei der Hochbahn», sagte der Fahrer und lenkte den großen Wagen sicher und lautlos durch die Dunkelheit. Als ob er Katzenaugen gehabt hätte.

Die Fahrzeuge der Arbeiter, die das Stadion säuberten, fuhren in dem stichdunklen Bezirk unterhalb der Hochbahnstrecke und der Brücke herum, der tagsüber als Parkplatz benutzt wurde. Ihre hellen Lichter durchschnitten die Dunkelheit. Einmal wurde die schwarze Limousine des Colonels von einem Scheinwerfer kurz angestrahlt; sie fiel aber nicht weiter auf in diesem Gebiet, das abends von Architekten und Bankiers besucht wurde, die dort neue Gebäude planten, da das alte Stadion abgebrochen werden sollte. Der Lincoln hielt sich am Rand dieses Gebiets, mied das Licht und blieb schließlich hinter einem großen, für die Nacht abgestellten Lastwagenanhänger stehen.

Dekes Revolvermänner griffen nach den Gewehren, stiegen aus und bezogen zu beiden Seiten des Anhängers Posten. Ihre automatischen Gewehre waren mit lichtstarken Zielfernrohren ausgerüstet.

«Los jetzt», sagte Deke, «und immer mit der Ruhe.»

Barry schüttelte einmal den Kopf, als ob er eine Vorahnung abwehren wollte. «Meine Mammy hat immer gesagt, laß dich auf so was nicht ein», murrte er, während er ausstieg. Deke stieg auf der anderen Seite aus. Barry ging an dem Anhänger vorbei und geradeaus weiter. Seine schwarze Jacke und seine dunkelgraue Hose wurden von der Dunkelheit verschluckt.

Deke blieb neben einem der Revolvermänner stehen. «Wie sieht's aus?» fragte er.

Im Zielfernrohr, durch das der Revolvermann Barrys Weg in die Dunkelheit verfolgte, war Barry die Silhouette eines halben Mannes, den das Fadenkreuz mitten auf seinem Rücken sauber in Viertel teilte.

«Es geht», antwortete der Revolvermann. «Schwarz in Schwarz, aber es geht.»

«Paß gut auf, daß ihm nichts passiert», sagte Deke.

«Es wird ihm nix passieren», entgegnete der Revolvermann.

Als Barry stehenblieb, erschienen zwei weitere Silhouetten im Zielfernrohr; zusammen erinnerten sie an die drei weisen Affen.

Die Revolvermänner bekamen jetzt auch die Limousine mit ihren Insassen in ihr Blickfeld. Ihre Augen hatten sich an die Dunkelheit gewöhnt. In dem schwachen Schimmer reflektierten Lichts war auf den Vordersitzen der Colonel neben dem blonden jungen Mann hinter dem Steuer klar erkennbar. Auf beiden Seiten von Barry stand ein Weißer, und vor ihm war jetzt ein dritter aufgetaucht, der Barrys Taschen durchsuchte, ihm den Umschlag abnahm und dem Colonel in den Wagen reichte. Ohne einen Blick darauf zu werfen, steckte der Colonel den Umschlag ein. Plötzlich packten die beiden Männer Barry bei den Armen und drehten sie ihm auf den Rücken.

Der dritte trat dicht an ihn heran.

Grave Digger schaltete seine Scheinwerfer aus, als sie sich dem dunklen Gebiet unter der Brücke näherten. In dem schwachen Schimmer, der von den Lichtern der Lastwagen auf der Überführung oben heruntersickerte, sah die Umgebung wie ein Dschungel eiserner Säulen aus, die wie riesige Wächter gespenstisch im Dunkel aufragten.

Grave Digger steuerte den Wagen in den Schutz dunkler Schatten und ließ den Motor unhörbar weiterlaufen. «Wir sollten mit Leuchtspur laden», meinte er.

«Hab ich schon», antwortete Coffin Ed.

Grave Digger nickte, zog seinen langläufigen, vernickelten Revolver Kaliber .38 und ersetzte die ersten drei Patronen durch Leuchtspurmunition.

Coffin Ed zog seinen Revolver, ein Gegenstück zu der Sonderanfertigung Grave Diggers, und wirbelte die Trommel einmal herum. Dann hielt er ihn auf den Knien. Grave Digger schob seine Waffe in die Jakkentasche. Dann saßen sie in der Dunkelheit und lauschten.

«Wo ist die Baumwolle?» Der Colonel stellte die Frage so scharf, daß sie Barry wie eine Ohrfeige traf.

«Baumwolle?» wiederholte er verblüfft. Dann fiel es ihm ein. Er erinnerte sich an die kleine Suchanzeige nach einem Ballen Baumwolle im Schaufenster der Geschäftsstelle ‹Heim in den Süden›. Lieber Himmel, dachte er. Dann wußte er mit einem Schlag, daß er in Gefahr war. In höchster Gefahr. Die Erkenntnis packte ihn wie ein Schraubstock. Ihm wurde eiskalt. Er konnte nichts mehr denken. Er war ein einziger Klumpen Angst.

«Deke hat sie», platzte er heraus.

Und dann passierte alles gleichzeitig.

Der Colonel machte eine Handbewegung. Die Weißen packten Barry fester, und der Mann vor ihm zog ein Jagdmesser aus dem Gürtel. Barry warf sich zur Seite und riß den Mann, der seinen rechten Arm hielt, hinter sich. Der laute, scharfe Abschuß eines unverkennbar großkalibrigen Gewehrs explodierte in der Nacht, unmittelbar gefolgt von einem zweiten. Es klang wie ein Echo.

Der Killer neben Deke hatte den hinter Barry geratenen Weißen ins Herz geschossen und getötet. Aber die hochbrisante Ladung hatte das Geschoß durch den Körper des Weißen getrieben, und es hatte Barry oberhalb des Herzens durchbohrt und war im Brustbein steckengeblieben. Der Killer auf der anderen Seite des Anhängers hatte den Weißen aufs Korn genommen, der Barrys linken Arm gepackt hielt. Die Kugel zerriß ihm die Lunge, wurde an einer Rippe abgelenkt und blieb in der Hüfte stecken. Alle drei fielen übereinander.

Der Mann mit dem Messer machte auf dem Absatz kehrt und rannte blindlings los. Im gleichen Augenblick sprang die große Limousine vorwärts wie eine Raubkatze, warf ihn um und fuhr über seinen Körper hinweg wie über eine Unebenheit der Straßendecke.

«Den Wagen!» brüllte Deke. Er meinte: *Schießt auf den Wagen!* Seine Killer glaubten aber, sie sollten ihren Wagen holen. Sie rannten zu dem Lincoln.

«Mutterschänder!» brüllte Deke hinterdrein; dann folgte er ihnen.

Grave Digger war noch dreihundert Yards entfernt und ließ die Scheinwerfer in die Richtung schwenken, in der die Schüsse gefallen waren. Coffin Ed schrie in das Sprechfunkmikrophon: «An alle Wagen! Zu den Polo Grounds! Abriegeln!»

Der Lincoln raste auf zwei Rädern am vorderen Ende des Anhängers vorbei, als er in den Lichtstrahl von Grave Diggers Scheinwerfer kam. Coffin Ed beugte sich aus dem Fenster und schoß. Das Leuchtspurgeschoß zog einen langen, grellen Strich durch die Nacht, verfehlte das Heck des davonrasenden Lincoln und schlug wirkungslos in die unschuldige Erde ein. Dann war der Anhänger zwischen ihnen.

«Bei Barry anhalten!» schrie Deke seinem Fahrer zu.

Der Fahrer trat auf die Bremse, und der Wagen kam mit blockierenden Rädern zum Stehen. Deke sprang heraus und rannte auf den grotesken Haufen von Körpern zu. Der Weiße, der überfahren worden war, stöhnte im Todeskampf, und im Vorbeilaufen schlug Deke ihm mit der Pistole den Schädel ein. Dann versuchte er Barry unter den beiden anderen herauszuzerren.

«Neiiin!» kreischte Barry.

«Verflucht noch mal, den Schlüssel!» stieß Deke hervor.

«Baumwolle...» flüsterte Barry. Dann wurde sein großer Körper schlaff. Ein dünner Blutfaden lief aus dem linken Nasenloch.

Grave Digger kam so schnell um den Anhänger herum, daß der kleine Wagen seitlich wegrutschte, und Coffin Eds Leuchtspurgeschoß, das für den Benzintank bestimmt war, das Rückfenster des Lincoln zerschmetterte und die Stoffbespannung unter dem Dach in Brand setzte. Wie eine gezündete Rakete schoß der Lincoln davon und raste in gefährlichem Zickzack durch die Nacht. Coffin Ed schoß ein weiteres Leuchtspurgeschoß ab und durchlöcherte eine der hinteren Türen, dann war der Wagen außer Sicht.

Grave Digger bremste, sprang heraus und rannte mit erhobener Waffe auf Deke zu. Coffin Ed folgte. Deke sah die beiden auf sich zukommen. Er ließ die Pistole fallen und hob die Hände. Er wollte leben.

«Na so was!» Grave Digger ließ die Handschellen zuschnappen. «Das ist aber mal 'ne freudige Überraschung.»

«Ich will mit meinem Anwalt telefonieren», verlangte Deke.

Coffin Ed grinste breit. «Alles zu seiner Zeit, Süßer.»

14

Ein Uhr morgens. Das Morddezernat war gekommen und wieder weggefahren. Die Toten waren auf dem Weg zum Leichenschauhaus. Sowohl die Limousine des Colonel als auch der Lincoln waren entkommen; es wurde nach ihnen gefahndet. Siebzehn Streifenwagen hatten ihre Flucht nicht mehr verhindern können und ihren regulären Dienst wiederaufgenommen. Die Stadt lebte und atmete und schlief wie üblich. Menschen logen, stahlen, betrogen, mordeten; Menschen beteten, sangen, lachten, liebten und wurden geliebt; und Menschen wurden geboren und Menschen starben. Der ewige Pulsschlag von New York City änderte sich nicht.

Aber die siebenundachtzig Familien, die ihre Ersparnisse in dem großen Traum investiert hatten, lagen wach, grämten sich und grübelten, ob sie ihr Geld je zurückbekommen würden.

Deke saß in der ‹Sängerkammer›. Er hockte auf dem hölzernen, am Boden festgeschraubten Schemel und kniff die Augen schmal, weil ihn die Scheinwerfer blendeten. In dem grellen Licht sah er zerbrechlich und durchscheinend aus. Sein glattes Gesicht hatte eher die violettorange Farbe einer zu stark gepuderten Hure als das normale Grau eines verängstigten Schwarzen.

«... meinen Anwalt sprechen», wiederholte er zum hundertstenmal.

«Ihr Anwalt schläft um diese Zeit», antwortete Coffin Ed mit unbewegtem Gesicht.

«Und er könnte ärgerlich werden, wenn wir ihn jetzt wecken», fügte Grave Digger hinzu.

Lieutenant Anderson hatte Deke zuerst ihnen überlassen. Sie waren guter Laune. Sie hatten Deke dort, wo sie ihn haben wollten.

Deke war erheblich schlechterer Laune. «Paßt auf, daß ihr nicht auf den Bauch fallt», warnte er. «Ihr habt gegen mich nichts in der Hand – ihr habt einen Verdacht. Und zwar Mordverdacht. Da hab ich doch wohl das Recht, mit meinem Anwalt zu sprechen.»

Coffin Ed schlug ihm mit der flachen Hand ins Gesicht. Es war ein leichter Schlag, aber es knallte, und Dekes Kopf flog zur Seite.

«Wer spricht von Mordverdacht?» fragte Grave Digger friedlich, als ob er nichts bemerkt hätte.

«Wir wollen doch bloß wissen, wo das Geld steckt», fügte Coffin Ed hinzu.

Deke richtete sich auf und holte tief Luft.

«Damit wir es zurückholen und den armen Leuten wiedergeben können, die du beschissen hast», erklärte Grave Digger.

«Ich hab niemand be...»

Grave Digger schlug mit aller Kraft zu; Deke wäre glatt vom Schemel gefallen, wenn eine Ohrfeige von Coffin Ed ihn nicht wieder aufgerichtet hätte, weil sie von der anderen Seite kam. Die beiden schlugen noch ein paarmal zu – immer mit der flachen Hand. Dekes Verstand umnebelte sich, aber in seinem Gesicht blieben keine Spuren zurück.

Sie ließen ihn wieder zu Atem kommen; dann sagte Grave Digger: «Also, noch mal von vorn.»

An Dekes Augäpfeln waren zahlreiche rote Äderchen zu sehen; ein

Blutfaden sickerte aus dem Mundwinkel. Er leckte sich die Lippen und fuhr sich mit der Hand über den Mund. «Ihr tut mir weh», sagte er. Es klang, als ob seine Zunge geschwollen wäre. «Aber ihr bringt mich nicht um. Und nur darauf kommt's an.»

Coffin Ed holte aus, aber Grave Digger hielt seinen Arm zurück.

«Vorsicht, Ed!» warnte er.

«Wegen diesem Stück Dreck?» tobte Coffin Ed. «Wegen diesem gottverdammten miesen kleinen Gauner?»

«Wir sind Polizisten», erinnerte Grave Digger ihn, «nicht Richter.»

Coffin Ed nahm sich zusammen. «Gesetze werden gemacht, um *Unschuldige* zu schützen», sagte er.

Grave Digger lachte verhalten. «Sie haben's gehört, ja?» fragte er Deke.

Deke wollte etwas entgegnen, überlegte es sich aber anders. «Ihr vergeudet eure Zeit», sagte er statt dessen. «Meine ‹Heim nach Afrika›-Bewegung ist legal und von dieser Schießerei vorhin weiß ich überhaupt nichts. Ich kam zufällig vorbei und sah, daß der Mann lebensgefährlich verletzt war; da wollte ich ihm helfen ... Das ist alles.»

Coffin Ed drehte sich um und ging in den Schatten. Er schlug mit der Handfläche so hart gegen die Wand, daß es wie ein Schuß klang. Grave Digger mußte sich sehr zusammennehmen, um Deke nicht den Kiefer zu brechen. Sein Hals schwoll an, und wie dünne Seile standen die Adern auf seinen Schläfen.

«Laß es nicht drauf ankommen», sagte er; seine Stimme war auf einmal hell und trocken wie Watte. «Wir schlagen dich tot – aber langsam ... Sollen sie uns hinterher einsperren!»

Dekes Gesicht war es anzusehen, daß er ihm glaubte. Er antwortete nicht.

«Wir wissen, was hinter der ‹Heim nach Afrika›-Bewegung steckt», fuhr Grave Digger fort. «Wir haben die FBI-Akten über Four-Four und Freddy. Wir haben Unterlagen über Barry und Elmer aus Chicago bekommen. Wir haben auch Ihre Gefängnisakte, Deke. Wir wissen, daß Sie das Geld nicht haben; sonst wären Sie nicht mehr hier. Aber Sie haben den Schlüssel.»

«Was für 'n Schlüssel?» fragte Deke. Er sprach undeutlich.

«Den Schlüssel zu der Tür, die zu dem Geld führt.»

Deke schüttelte den Kopf. «Da hab ich nichts mit zu tun», sagte er.

«Paß auf, du Lump», sagte Grave Digger, «du gehst trotzdem hoch. Wir haben Beweise.»

«Von wem habt ihr ...»

Grave Digger ließ ihn nicht ausreden. «Von Iris.»

«Wenn sie gesagt hat, daß die Bewegung betrügerisch ist, dann lügt sie, die verdammte Hure, und das sage ich ihr ins Gesicht.»

«Das wollen wir hören», erwiderte Grave Digger.

Drei Minuten später hatten sie Iris im Raum. Lieutenant Anderson und zwei weiße Detektive waren mit ihr gekommen.

Sie stand vor Deke und sah ihm kalt in die Augen. «Er hat Mabel Hill ermordet», erklärte sie.

Dekes Gesicht verzerrte sich vor Wut. Er wollte sich auf sie stürzen, aber die weißen Detektive hielten ihn zurück.

«Mabel hat rausgekriegt, daß die ‹Heim nach Afrika›-Bewegung betrügerisch ist und wollte zur Polizei. Ihr Mann ist ermordet worden. Sie hat ihr Geld verloren. Sie wollte sich rächen.» Es klang, als glaube sie es selber.

«Du verlogene Hure!» brüllte Deke.

«Ich wollte ihm helfen», fuhr sie fort. «Ich hab mich vor ihn gestellt ... Da ist sie auf mich los. Ich mußte mich wehren. Da hat er mich von hinten gepackt und mir den Revolver in die Hand gedrückt. Und dann hat er geschossen ... Ich wollte ihm die Waffe wegnehmen, aber er hat mich zusammengeschlagen und ist getürmt.»

Grave Digger und Coffin Ed sahen einander an. Ed zuckte die Achseln. Es war eine neue Version – na und? In der ‹Sängerkammer› war schon manchem eine neue Version eingefallen. Und es war eine gute Geschichte.

Deke sah krank aus. Er wußte, daß es eine gute Geschichte war. Er wußte, wenn sie das vor Gericht aussagte, schwarz gekleidet, die Augen in Leid und Kummer niedergeschlagen und zögernd sprach ... Bei seinem Vorstrafenregister mußten die Geschworenen darauf reinfallen. Iris war nicht vorbestraft. Er sah schon den Stuhl in Sing-Sing vor sich. Er sah sich darauf sitzen.

Er starrte sie ungläubig an. «Wieviel bezahlen sie dir dafür?»

Sie ignorierte die Frage. «Die gefälschten Dokumente, die beweisen, daß die Bewegung betrügerisch ist, sind in unserer Wohnung. Sie stekken in einem Buch. Im Rückeneinband. Es heißt *‹Sex und Rasse›* ...» Sie lächelte Deke süß an. «Na, dann mach's mal gut, Scheißkerl», sagte sie und wandte sich zur Tür.

Die weißen Detektive warfen sich einen Blick zu und sahen dann Deke an. Anderson war peinlich berührt.

«Was ist das für ein Gefühl, hm?» erkundigte sich Coffin Ed bei Deke.

Grave Digger brachte Iris zur Tür. Als er sie dem Aufseher übergab, blinzelte er ihr zu. Sie schien überrascht, blinzelte dann aber zurück; der Wächter brachte sie fort.

Deke war in sich zusammengesunken. Er sah nicht verletzt oder auch nur verängstigt aus. Er sah geschlagen aus. Ein Verurteilter, der auf den elektrischen Stuhl wartet. Er brauchte nur noch einen Priester.

Anderson und die beiden weißen Detektive gingen hinaus, ohne ihn anzusehen.

Als sie wieder allein waren, sagte Grave Digger: «Gib uns den Schlüssel und wir lassen das mit dem Mord fallen.»

Deke sah zu ihm auf wie aus weiter Ferne. Er machte den Eindruck, als ob ihm alles völlig gleichgültig wäre. «Ich könnt mich mal», murmelte er.

«Oder gib uns die siebenundachtzigtausend und wir lassen die ganze Geschichte fallen», drängte Grave Digger.

«... kreuzweise», knurrte Deke.

Sie übergaben ihn dem Aufseher, damit er in seine Zelle zurückgeführt werde.

«Ich hab das Gefühl, wir übersehen da irgendwas», meinte Grave Digger.

«Hm, hm ...» Coffin Ed nickte nachdenklich. «Aber was?»

Sie sprachen über Iris. Grave Digger hockte auf der Schreibtischkante wie üblich, und Coffin Ed war an die Wand in den Schatten zurückgewichen.

«Mit der Geschichte kommt sie niemals durch», sagte Lieutenant Anderson.

«Vielleicht nicht», räumte Grave Digger ein. «Aber sie hat ihm die Hölle heiß gemacht.»

«Und was haben wir davon?»

Grave Digger verzog das Gesicht.

«Nichts», gab Coffin Ed kleinlaut zu. «Sie hat zu dick aufgetragen. Wir haben nicht damit gerechnet, daß sie ihm gleich einen Mord anhängt.»

Grave Digger lachte verhalten. «Sie hat nichts ausgelassen. Ich hab schon Angst gehabt, sie sagt, er hat sie vergewaltigt – oder die Hill, meinetwegen.»

«Ja, also ...» Anderson war rot geworden. «Wie weit seid ihr also gekommen?»

«Keinen Schritt weiter», gestand Grave Digger.

Anderson seufzte. «Mich widert es an, wenn ich zusehen muß, wie Menschen wie wilde Bestien übereinander herfallen.»

«Was erwarten Sie?» entgegnete Grave Digger; «so lange es Dschungel gibt, so lange gibt es auch wilde Bestien.»

Anderson wechselte das Thema. «Denkt ihr noch an den farbigen Taxifahrer, der die drei Weißen und die farbige Frau vor Small's Bar mitgenommen hat, gleich nachdem die beiden Wagen demoliert wurden?» fragte er.

«Ja, richtig ... Sie sind nach Brooklyn gefahren. Vielleicht sollten wir mal mit ihm reden.»

«Hat jetzt keinen Sinn mehr. Das Morddezernat hatte den Einfall, ihn ins Leichenschauhaus zu holen, und er hat die Leichen der drei Weißen identifiziert. Es waren diese Männer.»

Grave verlagerte sein Gewicht, und Coffin Ed beugte sich vor. Einen Augenblick lang schwiegen sie und dachten angestrengt nach. Dann sagte Grave Digger:

«Das sollte mir was sagen...» Dann fügte er hinzu: «Tut's aber nicht.»

«Mir sagt es, daß sie das Geld auch nicht haben», meinte Coffin Ed.

«Wer ist ‹sie›?»

«Woher soll ich das wissen? Ich hab die Leute doch nicht gesehen, die entkommen sind», antwortete Coffin Ed.

Anderson blätterte in den Berichten auf seinem Schreibtisch.

«Der Lincoln wurde verlassen am Broadway gefunden, auf Höhe der 125th Street. Die beiden Gewehre lagen noch darin», bemerkte er. «Es war klar zu sehen, wo ihr ihn getroffen habt.»

«Und weiter?»

«Die Killer sind noch auf freiem Fuß; das Morddezernat hat die Fahndung eingeleitet. Aber sie sind identifiziert worden; weit werden sie nicht kommen.»

«Machen Sie sich wegen dieser Vögel keine Sorgen. Die werden nie wieder fliegen», sagte Coffin Ed.

«O doch», widersprach Grave Digger. «Es sind doch Galgenvögel.»

Eine Pause entstand.

«Ich hab Hunger», sagte Coffin Ed plötzlich.

Grave Digger sah überrascht auf. «Mann – ich wußte doch, daß ich was vergessen hatte.»

Anderson lachte. «Dann haut mal ab, ihr beiden. Aber vergeßt die Kriminalität nicht.»

«Ich bitte Sie, Lieutenant!» sagte Coffin Ed gekränkt. «Da leben wir doch davon!»

Sie gingen zu Mammy Louise. Mammy Louise hatte ihren Schweinefleischladen mit dem winzigen Restaurant im Hinterzimmer in einen eleganten, die ganze Nacht über geöffneten Grill umgewandelt. Mr. Louise war tot, und ein junger schwarzer Beau mit glänzendem, kunstvoll entkräuseltem Haar und einer Vorliebe für extravagante Anzüge hatte seinen Platz eingenommen. Jetzt ließ er sich persönlich herbei, ihre Bestellung entgegenzunehmen. Er spielte die Rolle des Gastwirts mit gezierter Arroganz.

«Guten Abend, die Herren. Was wünschen die Herren heute abend?»

Grave Digger blickte auf. «Was haben Sie denn?»

«Schweinekotelett, Schweineschnitzel, Schweinebraten, Schweinefüßchen, Schweinenieren, Schweinskopf...»

«Was macht ihr eigentlich mit den Borsten?» erkundigte sich Grave Digger.

Der junge Mann war irritiert. Sie bestellten jeder zwei Koteletts, mit doppelter Beilage. Das Essen wurde flink serviert und beanspruchte ihre ganze Aufmerksamkeit. Es erfüllte den Chef drüben hinter dem Grill mit Befriedigung, ihnen zuzusehen.

Als sie fertig waren, kam Mammy Louise aus der Küche. Sie sah aus wie ein Wetterballon auf Beinen. Ihr rundes schwarzes Gesicht unter dem grellfarbigen Kopftuch glänzte vor Schweiß, aber trotzdem trug sie noch einen dicken Pullover über dem schwarzen Wollkleid. Sie behauptete immer, ihr sei noch nie richtig warm geworden, seit sie in den Norden gekommen war. Sie roch leicht nach Ziege.

«Wie geht's euch denn, ihr bösen Polizisten?» grüßte sie leutselig.

«Fein, Mammy Louise. Wie geht's selbst?»

«Kalt», gestand sie.

«Hält Ihre neue Liebe Sie nicht warm?» fragte Coffin Ed.

Sie warf einen Blick auf den jungen Dandy, der vor zwei Frauen an einem der vorderen Tische die Zähne bleckte. «Wennse so aussehen wie ich, dann müssense nehmen, was der liebe Gott schickt.»

«Wenn Sie nur zufrieden sind; das ist schließlich die Hauptsache», meinte Grave Digger.

Ein Mann schob seinen Kopf durch die Tür und sagte etwas zu dem geschniegelten jungen Mann. Er kam schnell an ihren Tisch und verkündete: «Das Dings da in Ihrem Wagen, das Gegensprechgerät...»

Sie sprangen auf und eilten hinaus, ohne zu bezahlen.

15

Lieutenant Anderson sagte: «Auf einem Schrottplatz unter der Zufahrt von der 125th Street zur Triborough Bridge ist ein Toter gefunden worden.»

«Na und?» erwiderte Coffin Ed.

«Na und?» schrie Anderson ihn an. «Habt ihr euch pensionieren lassen inzwischen? Fahrt gefälligst hin und seht ihn euch an!»

Grave Digger grinste und fuhr an. «Hat er dir den Arsch aufgerissen?»

«Hm, hm. Der große Boss war ungehalten.»

«Laß es dir eine Lehre sein, junger Freund!» sagte Grave Digger salbungsvoll.

«Na schön – ich bin mal wieder überstimmt», stellte Coffin Ed resigniert fest.

Am Tatort trafen sie Sergeant Wiley vom Morddezernat mit seinen Leuten. Sie gossen Fußspuren mit Gips aus, untersuchten glatte Flächen nach Fingerabdrücken und fotografierten, was nicht niet- und nagelfest war. Dann fotografierten sie, was niet- und nagelfest war. Ein junger Assistent des Polizeiarztes befestigte an der Leiche ein Schild mit der Aufschrift TOT AUFGEFUNDEN und pfiff dabei vergnügt vor sich hin.

«Na, ihr Dompteure?» begrüßte sie Wiley. «Vor dem Hund braucht ihr keine Angst zu haben. Er ist auch tot.»

Sie betrachteten den toten Hund und sahen sich dann gleichmütig um.

«Was gibt's hier sonst noch?» fragte Grave Digger.

«Nur eine Leiche», antwortete Wiley. «Meine fünfte heute nacht.»

«Ach, dann waren Sie also auch bei dem Rabatz bei den Polo Grounds?»

«Rabatz ist übertrieben. Als ich hinkam, lagen nur noch vier Leichen rum. Den einzigen Lebendigen habt ihr doch erwischt.»

«Den können Sie auch haben.»

«Wozu? Wenn *ihr* nichts mit ihm anfangen könnt...»

«Wer weiß – vielleicht mag er Sie?»

Wiley lächelte. Er sah nicht aus wie ein Detektiv-Sergeant beim Morddezernat – eher wie ein Gelehrter; aber Grave Digger und Coffin Ed kannten ihn als einen kühlen, klugen Kriminalisten.

«Sehen wir uns hier mal um», sagte Wiley und führte sie in den Schuppen, in dem der Tote gefunden worden war. «Wir haben eine Sozialversicherungskarte in seiner Brieftasche gefunden – er heißt Joshua Peavine; Adresse: Irgendwo in der West 121st Street... Messerstich; direkt ins Herz. Das ist alles, was wir wissen.»

Die Detektive sahen sich in dem mit Altmaterial aller Art angefüllten Schuppen gründlich um. Vom Hauptgang, der von der Tür her in den Raum führte, zweigten drei Nebengänge ab. Sie wurden von aufgestapeltem Altmaterial flankiert, das bis unter das Wellblechdach reichte. Der gesamte Raum war ausgefüllt, nur vor der Rückwand am Ende des Hauptganges war eine leere Stelle.

Coffin Ed wies dorthin. «Irgend jemand hat hier was gefunden.»

«Was kann er hier gesucht haben?» Wileys Hand beschrieb einen großen Bogen über die Stapel zerknautschter Pappkartons, alter Bücher und Zeitschriften, Lumpen, unbrauchbarer Rundfunkgeräte und Nähmaschinen, rostiger Werkzeuge, angeschlagener Schaufensterpuppen und unidentifizierbarer Metallbrocken.

«Der Mann muß doch aus irgendeinem Grund umgebracht worden sein, von dem Hund gar nicht zu reden», beharrte Coffin Ed eigensinnig.

«Vielleicht ein Sexualverbrechen?» gab Grave Digger zu bedenken. «Angenommen, er ist mit einem Weißen hergekommen? Hat's doch alles schon gegeben.»

«Daran hab ich auch schon gedacht», räumte Wiley ein. «Aber der tote Hund?»

«Was haben Sie gegen den toten Hund? Hier tut jeder alles, vorausgesetzt, es lohnt sich für ihn.»

«Vielleicht», gab Wiley zu. «Aber die Sache hat einen Haken. Wir haben in der Tasche des Toten einen Brocken Fleisch gefunden, der so aussieht, als ob er vergiftet ist – wir haben ihn ins Labor geschickt. Wenn es stimmt, muß der Hund, den er vergiften wollte, schon vorher von jemand anderem vergiftet worden sein... Er wird ja kaum zwei vergiftete Fleischbrocken mitgebracht haben.»

«Die leere Stelle da gibt mir zu denken», sagte Grave Digger. «Diese leere Stelle mitten in dieser Anhäufung von Altmaterial ... Haben die Banditen nach dem Raubüberfall am Freitagabend vielleicht irgendwas von ihrem Wagen verloren – bei dem Zusammenstoß etwa –, wodurch die Karre identifiziert werden könnte? Etwas, das auf einem Schrottplatz landen könnte – ein Reserverad oder so?»

Wiley schüttelte den Kopf. «Eine Waffe könnten sie vielleicht verloren haben, aber meiner Meinung nach nichts, was hier verkauft werden konnte. Jedenfalls nichts, was den leeren Platz da füllen würde ... Nein, da sind wir wohl auf einer falschen Fährte.»

«Es gibt nur eine Möglichkeit, das festzustellen», sagte Grave Digger.

Wiley nickte. Wileys Leute hatten die Tür zum Büro aufgebrochen, aber drinnen nichts gefunden, was von Interesse gewesen wäre. Die drei Männer gingen jetzt hinein, und Wiley rief Mr. Goodman in seiner Wohnung in Brooklyn an.

Mr. Goodman war entsetzt. «Das kann auch nur wieder mir passieren!» jammerte er. «Josh war ein so guter Junge, und so ehrlich war er ... Keiner Fliege hätte der was zuleide ...»

«Wir möchten Sie bitten, herzukommen und uns zu sagen, was hier fehlt», unterbrach Wiley die Litanei.

«Was fehlt?» schrie Goodman. «Sie glauben doch nicht, daß Josh getötet wurde, als er mein *Eigentum* schützte? Er war doch nicht meschugge!»

«Wir glauben überhaupt nichts. Wir wollen nur von Ihnen wissen, ob hier was fehlt.»

«Was soll denn da gestohlen worden sein?» quengelte Goodman. «Diamanten? Goldbarren? Rubinkolliers? Haben Sie sich den Müll angesehen? Nur ein Lumpensammler könnte da was haben wollen, und dann müßte er mit dem Lastwagen kommen, wenn er auch nur den Gegenwert von zehn Dollar wegschaffen will!»

«Wir möchten nur, daß Sie herkommen und es sich einmal ansehen», wiederholte Wiley geduldig.

«Mein Gott, um diese Zeit mitten in der Nacht? Sie sagen, Josh ist tot. Der arme Junge. Mir blutet das Herz. Aber kann ich ihn wieder zum Leben erwecken? Um zwei Uhr morgens? Kann ich Tote auferstehen lassen? Und wenn Altmaterial fehlt ... Glauben Sie vielleicht, ich kann meine Lumpen identifizieren? Wie soll überhaupt jemand Lumpen identifizieren? Wer klaut Lumpen? Ein Meschuggener! Und jetzt ist meine Reba wach geworden und hat Angst, weil ich mitten in der Nacht in eine Gegend soll, wo meschuggene Mörder rumlaufen. Sie ist auch schon halb meschugge, die Reba ... Schaffen Sie Josh ins Leichenschauhaus; ich komme am Montag und identifiziere ihn.»

«Es ist wichtig, Mr. Goodman ...» Wiley klopfte auf die Gabel. Die Leitung war bereits tot.

«Er hat eingehängt», stellte er fest und hängte gleichfalls ein.

«Lassen Sie ihn holen», schlug Coffin Ed vor.

Wiley sah ihn nur an. «Mit welcher Begründung? Ich brauche einen Gerichtsbeschluß, um ihn aus Brooklyn rauszuholen.»

«Na hören Sie, das kann man doch auch anders...» begann Grave Digger.

Wiley winkte ab. «Laßt mich damit in Frieden.» Er ging in den Hof hinaus und sagte noch über die Schulter: «Ich will's lieber nicht so genau wissen.»

Sie folgten ihm langsam und blieben stehen, um den Hundekadaver zu betrachten. Der Assistent des Polizeiarztes ging vorbei und sang vor sich hin: «...und dann kam die Atemnot – Sterben ist der schönste Tod...»

Grave Digger und Coffin Ed tauschten einen Blick.

Wiley bemerkte es und sagte: «Auch ein Beruf.»

Der Wagen des Leichenschauhauses kam und holte den Toten und den Hundekadaver ab. Wiley rief seine Leute zusammen und machte sich bereit, zu gehen.

«Ja, dann...» sagte er unbestimmt; «macht, was ihr wollt.»

«Machen wir», antwortete Coffin Ed. «Schlafen Sie gut.»

Dann waren sie allein.

«Fahren wir zu Goodman?» fragte Grave Digger.

Coffin Ed nickte. «Klar.»

Sie schlossen den Schuppen ab, löschten die Lichter und gingen langsam über den Hof zum Tor. Als sie die Straße zu ihrem geparkten Wagen überquerten, kam etwas Dunkles wie ein blutrünstiges Ungeheuer unter der Brücke hervorgeschossen. Sie konnten nicht erkennen, was es war, aber sie rannten – was sich im Dunkeln schnell bewegt, ist gefährlich. Als sie erkannten, daß ein Auto mit wahnwitzigem Tempo auf sie zuraste, warfen sie sich flach aufs Pflaster. Im gleichen Augenblick schnatterte eine Maschinenpistole los und spuckte helle Flämmchen in die Nacht. Die Garbe zischte über sie hinweg und prasselte knapp hinter ihnen in eine Reihe von Mülltonnen. Dann war es vorbei. In der Ferne verklang das Dröhnen eines starken Motors, dann herrschte wieder Stille.

Sie blieben noch eine Weile regungslos liegen, die Waffe in der Hand; dann standen sie vorsichtig auf und gingen zu ihrem Wagen. «Geh nach Harlem und du lachst dich kaputt», murmelte Grave Digger.

«Melden wir's?» fragte Coffin Ed, als sie eingestiegen waren.

«Melden wir's», sagte Grave Digger.

Coffin Ed rief das Revier an, ließ sich Lieutenant Anderson geben und berichtete, was sich abgespielt hatte.

«Um Gottes willen, warum nur?» murmelte Anderson.

«Ich versteh's auch nicht», sagte Coffin Ed. «Wir haben nichts – keine Beschreibung des Wagens, keine Nummer und keine Ahnung.»

«Ich weiß nicht, was ihr vorhabt, aber seid vorsichtig», warnte Anderson.

«Wir fahren jetzt nach Brooklyn, um den Besitzer des Schrottplatzes zu holen.»

«Also gut, wenn es sein muß... Aber macht um Gottes willen keinen Ärger... In Brooklyn habt ihr nichts zu suchen; ihr könnt uns alle in des Teufels Küche bringen!»

«Wir passen schon auf», antwortete Coffin Ed und trennte die Verbindung.

Sie fuhren die dunkle Straße entlang. Grave Digger runzelte nachdenklich die Stirn. «Ed, irgendwas haben wir übersehen», sagte er. «Hinter all dem Unsinn muß doch ein Sinn stecken...»

«Warum?» Coffin Ed gähnte.

«Warum, ja... Ich frag mich, warum sollte uns jemand umlegen wollen, bloß weil ein Schrottplatzarbeiter ermordet worden ist.»

«Na?»

«Was ist an diesem Mord so bedeutungsvoll? Das riecht doch irgendwie... Das riecht nach betrogenem Betrüger.»

«Das versteh ich nicht. Oder willst du die Geschichte mit dem Überfall in Verbindung bringen? Aber dann versteh ich's erst recht nicht. Was regst du dich auf? In Harlem werden immer Menschen ermordet; warum nicht du und ich?»

«Laß mich mal nachdenken», grunzte Grave Digger und gab Gas.

Goodman war noch wach, als sie kamen. Die Nachricht von dem Mord an seinem Gehilfen hatte ihn verstört. Er hatte einen Bademantel über sein Nachthemd gezogen und sah aus, als ob er die Küche ausgeplündert hätte. Er wollte immer noch nicht nach Harlem fahren, um seinen Schrottplatz zu besichtigen.

«Was kann es schon nützen? Wie kann ich Ihnen helfen? Niemand stiehlt Abfall. Den Hund halte ich nur, um Landstreicher daran zu hindern, auf dem Hof zu schlafen. Und damit die Lumpensammler nicht ihren Karren mit meinem Abfall füllen und bei der Konkurrenz verkaufen.»

«Hören Sie, Mr. Goodman: Gestern nacht haben siebenundachtzig arme farbige Familien die Ersparnisse ihres Lebens bei einem Raubüberfall verloren.»

«Ja, ja – ich hab's in der Zeitung gelesen. Nach Afrika wollten sie. Na und? Ich möchte nach Israel. Ich bin noch nie in Israel gewesen. Aber es führt zu nichts Gutem, an fremden Bäumen nach größeren Äpfeln zu suchen. Hier ist jeder frei, und...»

«Gewiß, Mr. Goodman», unterbrach Grave Digger mit erzwungener Geduld. «Aber wir sind Polizisten und keine Philosophen. Und wir müssen wissen, was auf Ihrem Schrottplatz fehlt. Und wir können nicht bis Montag morgen warten, weil sonst inzwischen noch jemand ermordet wird – vielleicht wir. Oder Sie.»

Goodman seufzte und breitete die Hände aus. «Wenn's sein muß, muß es wohl sein ...» Resigniert setzte er hinzu: «Was soll aus einer Welt werden, in der sich die Menschen schon wegen Abfall umbringen?»

Er führte sie ins Wohnzimmer, wo sie warteten, bis er sich angezogen hatte. Als er zum Mitkommen bereit zurückkehrte, sagte er: «Aber meine Reba ist dagegen.»

«Aber an dieser leeren Stelle muß doch etwas gewesen sein!» behauptete Coffin Ed hartnäckig. Goodman hatte sich überall umgesehen, verängstigt, nervös, pausenlos protestierend, und keinen Verlust feststellen können. «Wozu haben Sie den Platz freigehalten?»

«Ist es verboten? Ist das ein Verbrechen? Ich halt immer einen Platz frei für etwas, das kommen kann. Ist der arme Josh wegen einer leeren Stelle umgebracht worden? Wer bringt denn einen Menschen um wegen einer leeren ...» Er hielt inne und schlug sich mit der flachen Hand an die Stirn. «Baumwolle!» rief er. «Da stand ein Ballen Baumwolle.»

Grave Digger und Coffin Ed erstarrten. Ihre Nasenflügel bebten wie bei Bluthunden, die eine Witterung aufnehmen.

«Onkel Bud ... Also das ist ein Lumpensammler, ja? Onkel Bud brachte einen Ballen Baumwolle an», fuhr Goodman fort. «Ich hab ihn da hinstellen lassen und seitdem nicht mehr daran gedacht. Bei den Einkommensteuern, und dann die Wasserstoffbombe, nicht wahr – wer soll da noch an einen Ballen Baumwolle denken? Onkel Bud ist ein Lumpensammler ...»

«Wir kennen Onkel Bud», schnitt Coffin Ed ihm das Wort ab.

«Er muß ihn irgendwo gefunden haben.» Goodman hob die Schultern und spreizte die Hände. «Ich kann nicht von jedem Lumpensammler verlangen, daß er mir nachweist, wo er sein Zeug her hat.»

Grave Digger hatte die Luft angehalten; jetzt atmete er pfeifend aus. «Das ist alles, was wir wissen wollten, Mr. Goodman», sagte er. «Wir bringen Sie zu einem Taxi und bezahlen Sie für Ihre Zeit.»

«Bezahlung will ich keine», antwortete Goodman. «Aber ich bin neugierig. Wer bringt einen Menschen um wegen einem Ballen Baumwolle? Mein Gott – Baumwolle!»

«Das wollen wir ja herausbekommen», sagte Grave Digger und ging vor zu ihrem Wagen.

Um halb vier waren sie wieder im Revier und sprachen mit Lieutenant Anderson über den Fall. Anderson hatte bereits alle Streifenwagen alarmiert, Onkel Bud zur Vernehmung aufzugreifen.

«Seid ihr sicher, daß sich dieser Ballen Baumwolle in dem Fleischlieferwagen befand, den die Banditen benutzt haben?» fragte Anderson.

Grave Digger faßte zusammen: «Wir haben in dem Lieferwagen Fasern von Rohbaumwolle gefunden. Onkel Bud fand auf der 137th Street einen Ballen Baumwolle und verkaufte ihn an Goodman. Der Baumwollballen ist verschwunden, und einer von Goodmans Arbeitern ist ermordet worden.»

«Weshalb sollte dieser Ballen Baumwolle aber so wichtig sein?»

«Zur Identifizierung wahrscheinlich. Vielleicht weist er direkt auf die Spur der Banditen», meinte Grave Digger.

«Na schön, aber... Der Hund war doch schon tot, ehe dieser Josh und sein Mörder kamen. Vielleicht war die Baumwolle längst fort.»

«Vielleicht; das ändert aber nichts daran, daß jemand hinter der Baumwolle her war und Josh dann umgebracht hat, damit er nicht sagen konnte, ob sein Mörder oder jemand anderes vorher sie bekommen hat.»

«Raten wir nicht weiter rum; suchen wir lieber die Baumwolle», knurrte Coffin Ed.

Grave Digger sah ihn an, als ob er sagen wollte, *dann geh doch suchen, du armer Irrer.*

Das Telefon schrillte. Anderson nahm den Hörer auf. «Ja... Ja... Ja. Ich wiederhole: 119th Street und Lenox Avenue... Ja... Also, sucht weiter.» Er hängte ein.

«Sie haben Onkel Bud gefunden», sagte Grave Digger. Es war eine Feststellung, keine Frage.

Anderson schüttelte den Kopf. «Nein. Nur seinen Karren. Er war nicht dabei.»

Coffin Ed murmelte: «Weil er inzwischen im Fluß treibt.»

«Diese gottverdammte, beschissene, mutterschänderische Baumwolle!» Grave Digger hatte eine steile Falte auf der Stirn. «Früher sind die Nigger bloß unten im Süden auf der Baumwolle verreckt. Jetzt geht das hier auch los...»

«Dabei fällt mir ein», sagte Anderson hastig, «Dan Sellers von Wagen 90 hat gemeldet, daß er am Abend des Überfalls einen farbigen Lumpensammler gesehen hat, der gerade einen Ballen Baumwolle aufladen wollte. Das war in der 137th Street... Wahrscheinlich war es Onkel Bud; Sellers hat dem Alten noch beim Verladen geholfen und hat ihm gesagt, er soll den Ballen zum Revier bringen. Das hat er aber nicht getan.»

«Wie schön, daß Sie uns das wenigstens *jetzt* erzählen», murmelte Grave Digger.

Anderson errötete. «Es war mir wieder entfallen. Schließlich hat keiner von uns an Baumwolle gedacht.»

«Sie nicht, auf alle Fälle», sagte Coffin Ed trocken.

«Da wir gerade von Baumwolle sprechen – was wissen Sie von einem Colonel Calhoun, der an der Seventh Avenue ein Büro eröffnet hat, um Leute anzuwerben, die im Süden Baumwolle pflücken sollen?» sagte Grave Digger.

Anderson sah ihn seltsam an. «Finger weg!» warnte er. «Ich gebe zu, das Ganze ist furchtbar albern, aber es ist strikt legitim. Der Captain hat sich selber darum gekümmert – da ist alles in Ordnung. Und dieser Calhoun hat einflußreiche Freunde.»

«Daran zweifle ich nicht», knurrte Grave Digger trocken. «Die Sorte hat immer einflußreiche Freunde im Norden.»

Anderson senkte den Blick.

«Mitglieder von Dekes ‹Heim nach Afrika›-Bewegung haben vor dem Büro des Colonel Sperrposten aufgestellt», sagte Coffin Ed. «Sie wollen diesen Quatsch in Harlem nicht.»

«Die Black Muslin haben ihn bisher in Ruhe gelassen», antwortete Anderson abweisend.

«Die? Na, die lassen höchstens die Zügel lang.»

«Er hat sich einen schlechten Zeitpunkt ausgesucht», meinte Coffin Ed hitzig. «Gleich nach dem Überfall auf die ‹Heim nach Afrika›-Bewegung kommt er mit seinem ‹Heim in den Süden›-Club ... Wenn Sie mich fragen – der sucht Krach.»

Anderson blätterte wieder in seinen Berichten. «Gestern abend um zehn Uhr rief der Colonel an und meldete, sein Wagen sei vor seiner Geschäftsstelle in der Seventh Avenue gestohlen worden. Als Adresse gab er das Hotel Dixie in der 42nd Street an. Ein Streifenwagen fuhr sofort hin, aber die Geschäftsstelle war schon geschlossen. Um Mitternacht nahmen wir nochmals eine Routineüberprüfung vor, und der Portier in seinem Hotel sagte, der Colonel sei um 22 Uhr 35 nach Hause gekommen und habe seine Suite nicht mehr verlassen. Sein Neffe sei bei ihm.»

«Was ist das für ein Wagen?» fragte Grave Digger.

«Eine schwarze Limousine; Spezialkarosserie auf einem Ferrari-Chassis. Kennzeichen aus Birmingham, Alabama ... Und laßt ja die Finger von ihm. Wir haben so schon genug Ärger.»

«Ich denke nur daran, daß im Süden Baumwolle wächst», sagte Grave Digger langsam.

«Und in Kuba wächst Tabak», antwortete Anderson. «Geht jetzt nach Hause und schlaft euch aus. Die Geschichte ist sowieso ausgestanden.»

«Wir gehen, Boss», sagte Grave Digger. «Im Augenblick können wir sowieso nichts mehr tun. Aber was ‹die Geschichte› angeht – die hat gerade erst richtig angefangen, Lieutenant.»

16

Sechs Tage lang in jeder Woche ist in Harlem der Teufel los, doch am Sonntag beten die Menschen zu Gott. Nur die Ungläubigen nicht, aber die bleiben im Bett. Huren, Zuhälter, Spieler, Verbrecher und kleine Gauner holen ihren Schlaf oder ihre Liebe nach; die Frommen stehen auf, ziehen ihre besten Kleider an und gehen in die Kirche. Die Bars sind geschlossen. Die Geschäfte sind geschlossen. Die Straßen sind leer bis auf die Kirchgänger.

Alle Sonntagszeitungen berichteten über Reverend Deke O'Malley, den Führer der Bewegung ‹Heim nach Afrika›, der wegen Verdachts auf Betrug und Mord festgenommen worden war. Der Überfall wurde noch einmal breitgetreten, und Bilder von O'Malley, seiner Frau Iris und Mrs. Mabel Hill taten ein übriges.

Infolgedessen war Reverend O'Malleys nicht bekenntnisgebundene Kirche The Star of Ham überfüllt. Auch vereinzelte Iren waren gekommen, die die Geschichte in der *New York Times* gelesen hatten, die keine Bilder veröffentlichte; sie dachten, Reverend O'Malley sei einer der ihren.

Reverend T. Booker Washington (nicht verwandt mit dem großen Negererzieher), der Vikar der Kirche, leitete den Gottesdienst. Zuerst führte er die Gemeinde zum Gebet. Er betete für die Anhänger der Bewegung ‹Heim nach Afrika› und daß ihr Geld wiedergefunden werde. Er betete für die Sünder und für die guten Menschen, die fälschlich angeschuldigt wurden. Er betete für alle Schwarzen, denen Unrecht widerfahren war.

Dann begann er seine Predigt. Er sprach ruhig und mit Würde und Verständnis über den unglückseligen Überfall, über den tragischen Tod des jungen Ehepaars Hill, Mitglieder dieser Gemeinde und aktive Anhänger der Bewegung ‹Heim nach Afrika›. Die Gemeinde verharrte in bedrücktem Schweigen. Dann sprach Reverend Washington offen und freimütig über die unerklärliche Tragödie, die das Leben dieses nahezu heiligen Mannes, Reverend O'Malley, heimsuchte, fast als ob Gott ihn prüfen wolle.

«Es ist, als ob Gott diesem Mann die Heimsuchungen Hiobs auferlege, um sich seiner Glaubensstärke zu vergewissern, seiner Ausdauer und seines Mutes für eine große Aufgabe, die ihm bevorsteht.»

«Amen», sagte schüchtern eine Frauenstimme.

Reverend Washington ging behutsam vor und testete die Reaktionen seiner Zuhörer, ehe er sich auf ungewisses Gelände vorwagte.

«Sein ganzes Leben lang war dieser edle und selbstlose Mann dem grausamen und vorgefaßten Urteil der Weißen ausgeliefert, gegen die er sich für euch einsetzt.»

«Amen», rief die Frau, lauter diesmal und mit größerem Selbstvertrauen. Ein paar Stimmen bildeten ein schwaches Echo.

«Ich weiß, daß Reverend O'Malley keines Verbrechens schuldig ist», verkündete Reverend Washington laut und ließ in seiner feierlichen Stimme Leidenschaft aufklingen. «Ich würde ihm mein Geld anvertrauen und ich würde ihm mein Leben anvertrauen.»

«Amen», schrie die Frau ekstatisch und erhob sich von ihrem Platz. «Er ist ein guter Mann.»

Die Gemeinde wurde warm. Zustimmendes Raunen lief durch die Reihen.

«Er wird über diese verleumderischen Beschuldigungen siegen! Er wird gerächt werden», donnerte Reverend Washington.

«Gebt ihn frei», schrie eine andere Frau.

«Die Gerechtigkeit wird ihn befreien!» dröhnte Reverend Washington. «Und er wird unser Geld zurückbringen und uns aus diesem Land der Unterdrückung führen in unsere geliebte Heimat Afrika.»

Amens und Hallelujas brausten durch den Raum; er riß die Gemeinde von ihren Sitzen. Alle sahen auf einmal in O'Malley den Märtyrer, der die Ungerechtigkeit der Weißen auf sich nahm, den tapferen und edlen Führer.

«Der Allmächtige wird seine Ketten zerbrechen, wie er kommen wird, um uns zu befreien», röhrte Reverend Washington mit letzter Kraft. Die Anhänger der ‹Heim nach Afrika›-Bewegung glaubten ihm. Sie wollten ihm glauben. Sie hatten keine andere Wahl.

«Und jetzt wollen wir eine Kollekte für Reverend O'Malleys Verteidigung veranstalten», verkündete Reverend Washington etwas ruhiger. «Und wir wollen Bruder Sumners beauftragen, ihm das Geld zu bringen in seiner Stunde Gethsemane.»

Fünfhundertsiebenundneunzig Dollar wurden gesammelt, und Bruder Sumners erhielt den Auftrag, sie Reverend O'Malley zu überbringen. Das Revier, wo O'Malley in einer Zelle darauf wartete, vor Gericht gestellt zu werden, lag nur wenige Blocks entfernt. Bruder Sumners kehrte zurück, noch ehe der Gottesdienst beendet war. Er war sich seiner Bedeutung sichtlich bewußt, als er auf die Kanzel stieg, um der Gemeinde die Antwort ihres geliebten Predigers zu übermitteln.

«Reverend O'Malley verbringt in seiner Zelle den Tag im Gebet für euch, seine geliebten Anhänger – für uns alle – und für die schnelle Wiederauffindung eures Geldes und für eure sichere Abreise nach Afrika. Er sagt, daß er am Montagmorgen um zehn vor Gericht gestellt wird, um befreit zu werden und zu euch zurückzukehren und seine Arbeit fortzusetzen.»

«Herr, beschütze und behüte ihn!» schrie eine Schwester, und andere antworteten: «Amen, Amen.»

Die Gemeinde verließ die Kirche, erfüllt von dem Glauben an Reverend O'Malley, geblendet von Mitgefühl und selbstgefälliger Zufriedenheit über die stattliche Summe, die man für ihn gesammelt hatte.

An manchem Tisch gab es Huhn und Klöße oder Schweinebraten mit süßen Kartoffeln. Die Kriminalität machte Pause.

Grave Digger und Coffin Ed schliefen sonntags lange; sie standen selten vor sechs Uhr abends auf. Sonntag und Montag waren ihre freien Tage, falls sie nicht an einem Fall arbeiteten, und sie hatten beschlossen, den Überfall bis Montag auf sich beruhen zu lassen.

Grave Digger hatte geträumt, ein blinder Mann habe ihm gesagt, daß er einen Ballen Baumwolle durch die Seventh Avenue rennen und hinter einer Haustür verschwinden gesehen habe. Er erwachte aber, ehe ihm der Blinde sagen konnte, hinter *welcher* Haustür. Eine Erinnerung bohrte in seinem Kopf, versuchte sich durchzusetzen. Er wußte, daß es etwas Wichtiges war, obwohl er es zuerst nicht für wichtig gehalten hatte. Er lag eine Zeitlang da und rekonstruierte den ganzen Fall, ging in Gedanken Schritt für Schritt zurück bis zum Ausgangspunkt – es half nichts; er kam nicht darauf. Und doch war er sicher, daß er die Lösung in Händen halten würde, wenn er sich nur an diese eine Sache erinnern könnte.

Er stand auf, zog den Bademantel über und ging in die Küche. Er nahm zwei Dosen Bier aus dem Kühlschrank.

«Stella!» rief er. Aber seine Frau war ausgegangen.

Er trank die eine Dose Bier aus und schlenderte durch das Haus, die zweite in der Hand. Er blickte nach innen, forschte in seinem Gedächtnis. Ein Polizist ohne Gedächtnis ist wie Fleisch ohne Kartoffeln.

Seine beiden Töchter waren in einem Ferienlager. Das Haus kam ihm vor wie eine Gruft. Er setzte sich ins Wohnzimmer und blätterte durch die Sonnabendausgabe des *Sentinel,* Harlems Lokalzeitung. Die Geschichte des Raubüberfalls nahm den größten Teil der ersten Seite ein. Die Zeitung enthielt Bilder von O'Malley und Iris, von John und Mabel Hill; O'Malleys kriminelle Vergangenheit wurde erwähnt, seine Vorstrafen wurden aufgezählt und die Behauptung aufgestellt, das Syndikat habe ihn zum Tode verurteilt. Ein Beitrag über seine ‹Heim nach Afrika›-Bewegung war so offenherzig, daß das Blatt mit einer Verleumdungsklage rechnen konnte, falls O'Malley rehabilitiert werden sollte – es reichte auch so, aber im Moment hatte er andere Sorgen... Grave Digger blätterte um, und sein Blick fiel auf eine Anzeige des Cotton Club, die hauptsächlich aus dem Bild einer wenig bekleideten Tänzerin *bei dem phantastisch-exotischen* BAUMWOLLTANZ bestand. Ich habe schon Baumwolle im Gehirn, dachte er angewidert und warf die Zeitung beiseite.

Er ging zum Telefon in der Diele und rief das Revier an. Er sprach mit Lieutenant Bailey, der Sonntagsdienst hatte. Nein, Colonel Calhouns Wagen sei nicht gefunden worden, sagte Bailey; nein, man habe keine Spur von Onkel Bud gefunden; nein, von Dekes Revolvermännern auch nicht – «Nein auf der ganzen Linie», schloß Bailey und wünschte einen schönen Sonntag.

Dann rief Coffin Ed an und sagte, seine Frau Molly sei mit Stella fortgegangen, und er käme mal eben rüber.

«Okay! So lange du nicht anfängst zu fachsimpeln... Wir trinken ein paar Highballs, damit wir gute Laune bekommen, und dann gehn wir mit den beiden Mädchen in die Stadt», schlug Grave Digger vor.

«Ist recht. Ich hab nichts dagegen, zur Abwechslung mal gute Laune zu haben.»

Kaum hatte Coffin Ed eingehängt, da klingelte das Telefon wieder. Lieutenant Bailey. Die Organisatoren der ‹Heim in den Süden›-Bewegung versammelten vor ihrer Geschäftsstelle eine Gruppe Farbiger zu einem Propagandamarsch über die Seventh Avenue, berichtete er; es sehe so aus, als ob es Krach geben werde. «Ich glaube, es wäre gut, wenn Sie und Ed herkämen», meinte er. «Die Leute kennen Sie.»

Fünfundvierzig Minuten später schlängelten sie sich auf der Seventh Avenue durch den Sonntagsnachmittagsverkehr schnell nach Norden.

Ein von seiner inneren Stimme berufener Prediger stand an der Ecke der 125th Street auf dem Gehsteig und bedrängte die Passanten, Jesus in ihr Herz aufzunehmen.

Schräg gegenüber, jenseits der Kreuzung, veranstalteten die Black Muslim eine Massenkundgebung vor dem National Memorial Bookstore. Die Fassade des Geschäfts war mit Spruchbändern bedeckt: WEISSE FRESSEN HUNDE... ALLAH IST GROSS... SCHWARZE MENSCHEN, VEREINIGT EUCH. Auf einer Seite war ein Podium mit einer Lautsprecheranlage für die Redner errichtet. Daneben stand ein offener schwarzer Sarg mit der Aufschrift: *Die Überreste Lumumbas.* Der Sarg enthielt Bilder, die Lumumba lebend und tot zeigten; ferner einen schwarzen Anzug, den er angeblich getragen hatte, als er ermordet wurde; und andere Erinnerungsstücke. Den Gehsteig entlang waren die Fahnen aller Nationen des schwarzen Afrika gehißt.

In einer dichten Masse drängten sich Hunderte von Menschen auf dem Gehsteig. Drei Streifenwagen parkten am Straßenrand, und weiße Polizisten patrouillierten die Straße auf und ab. Muslim mit dem roten Fes waren vor der Buchhandlung angetreten, Seite an Seite, und hielten auf dem Gehsteig einen Weg frei, wie die Polizei es verlangte. Die dröhnende Stimme eines Redners kam über die Lautsprecher. «Weißer Mann, jahrhundertelang hast du uns umsonst ausgebeutet, jetzt bezahle dafür ...»

Grave Digger und Coffin Ed hielten nicht an. Als sie sich der 130th Street näherten, sahen sie auf der Gegenfahrbahn eine Marschkolonne, die ihnen entgegenkam. Fünf Häuserblocks weiter mußte die Kolonne mit den Black Muslim zusammenstoßen, und dann war der Teufel los. In der 129th Street sammelten sich bereits Anhänger von O'Malleys ‹Heim nach Afrika›-Bewegung zum Angriff.

Streifenwagen parkten auf beiden Seiten der Seventh Avenue, und Polizisten standen in Bereitschaft.

Die beiden Detektive erkannten sofort, daß die Marschkolonne aus käuflichem Pöbel bestand, der sich für seine Teilnahme bezahlen ließ. Die Burschen lachten streitsüchtig und forderten Zusammenstöße heraus. Sie waren mit Messern bewaffnet und verhielten sich anmaßend. Colonel Calhoun führte sie an; im schwarzen Gehrock, den schwarzen, breitkrempigen Hut auf dem Kopf. Sein silbriges Haar und sein weißer Bart glänzten in den Strahlen der Nachmittagssonne. Er rauchte gelassen seine Zigarre. Er hielt sich sehr gerade, wirkte aber unbekümmert wie ein Mann, der weiß, daß er es mit Kindern zu tun hat, die vielleicht ungebärdig, aber niemals gefährlich sind. Der blonde junge Mann bildete den Schluß.

Coffin Ed hielt den Wagen an. Sie stiegen aus und traten auf den höhergelegenen Mittelstreifen zwischen den Fahrbahnen der Avenue, um die Lage zu überprüfen.

«Geh du zur 129th Street und halte die Brüder dort unten in Schach. Ich schick diese Vogelscheuchen hier nach Hause.»

«Verstanden, Partner», antwortete Coffin Ed.

Grave Digger bezog Position gegenüber einem hölzernem Telefonmast. Als die Marschkolonne die Kreuzung an der 130th Street erreichte, zog Grave Digger seinen langläufigen Revolver und jagte zwei Kugeln in den hölzernen Mast. Die vernickelte Waffe glänzte in der Sonne silbrig wie ein Düsenflugzeug.

«Richt euch!» brüllte er, so laut er konnte.

Der marschierende Pöbel zögerte.

Weiter unten von der Straße knallten zwei Schüsse wie ein Echo, und Coffin Eds Stimme war gut vernehmbar: «Abzählen!»

Der Mob, der bereit gewesen war, über die Marschkolonne herzufallen, wich zurück. Alle Welt in Harlem war davon überzeugt, daß Coffin Ed und Grave Digger jeden zusammenschießen würden, der eine unsichtbare Linie überschritt. Wer nicht davon überzeugt war, ließ es nicht darauf ankommen.

Colonel Calhoun marschierte geradeaus weiter über die 130th Street, ohne sich umzusehen. Als er die unsichtbare Linie erreichte, schoß ihm Grave Digger den Hut vom Kopf. Der Colonel nahm langsam die Zigarre aus dem Mund und sah Grave Digger kalt an. Dann bückte er sich gelassen, um seinen Hut aufzuheben. Grave Digger schoß ihm den Hut aus der Hand. Der Hut flog auf den Gehsteig, und mit der gleichen Gelassenheit ging der Colonel hinterher, ohne Grave Digger eines weiteren Blicks zu würdigen. Grave Digger trieb den Hut mit einem weiteren Schuß in die 130th Street, als der Colonel sich danach bückte.

Der Pöbel in der Marschkolonne stand unschlüssig da, scharrte mit den Füßen und fürchtete sich, weiterzumarschieren, riskierte es aber auch nicht, davonzurennen, solange Kugeln durch die Luft flogen. Der blonde junge Mann hielt sich hinten außer Sicht.

«Rechts um!» kommandierte Grave Digger laut. Alle gehorchten. «Ohne Tritt – Marsch!» kommandierte Grave Digger.

Der Pöbel bog nach rechts in die 130th Street und schlurfte zur Eighth Avenue. Sie drängten einfach an dem Colonel vorbei, der mitten auf der Straße stand und die Löcher in seinem Hut betrachtete, ehe er ihn wieder aufsetzte. In der Mitte des Blocks brach die Marschkolonne auseinander und rannte. Das erste, was der Pöbel in Harlem lernt, ist, nicht zu früh zu rennen.

Die Menge bei der 129th Street wandte sich der Eighth Avenue zu, um den Fliehenden den Weg abzuschneiden, aber Coffin Ed zog mit zwei Kugeln vor ihnen eine Linie. «Stillgestanden!» brüllte er.

Der Colonel stand noch mit den drei Schußlöchern in seinem Hut herum, und die Bewohner der umliegenden Häuser, die herausgekommen waren, um zu sehen, was es gab, fingen an, über ihn zu lachen. Der blonde junge Mann trat zu ihm, und sie kehrten zur Seventh Avenue zurück und gingen zu ihrer Geschäftsstelle, von spöttischen Bemerkungen und dem Gelächter der Farbigen verfolgt. Die Black Muslim hatten alles mitangesehen, sich aber nicht von der Stelle gerührt.

Dann ließ die Spannung auch bei dem Mob nach, den Coffin Ed in Schach hielt; auch hier begannen die Leute zu lachen.

«Mann, die beiden!» sagt ein Mädchen bewundernd; Jubel schwang in ihrer Stimme. «Sind das Kerle! Schießen einem den Arsch weg, weil er über 'ne Linie geht, die de nich sehn kannst!»

«Baby, haste gesehn, wie der ale weiße Mutterschänder versucht hat, sein Hut zu kriegn?»

Sie klatschten sich gegenseitig auf die Schultern, gingen in die Knie und bogen sich vor Lachen.

Die weißen Polizisten sahen mit jenem respektvollen Neid zu Grave Digger und Coffin Ed hinüber, der gewöhnlich Löwenbändigern in einem Käfig voller Großkatzen vorbehalten ist.

Coffin Ed kam zu Grave Digger zurück, und sie gingen zu einer Meldebox und riefen Lieutenant Bailey an.

«Schluß der Vorstellung», meldete Grave Digger.

Bailey seufzte erleichtert. «Gott sei Dank. Während meiner Schicht muß ich nicht unbedingt einen Aufruhr haben.»

«Na ja, jetzt brauchen Sie sich nur noch über ein paar Morde und Raubüberfälle den Kopf zu zerbrechen», tröstete ihn Grave Digger. «Nichts, was den Commissioner beunruhigen könnte.»

Bailey hängte wortlos ein. Er kannte die Fehde zwischen den beiden und dem Commissioner. Beide waren verschiedentlich vom Dienst suspendiert worden, weil der Commissioner ihnen unnötige Gewaltanwendung und Brutalität vorgeworfen hatte. Bailey wußte auch, daß farbige Polizisten in Harlem hart sein müssen, wenn sie von den farbigen Kriminellen respektiert werden wollen. Insgeheim gab er ihnen recht, aber er nahm für keine Seite Partei.

«Na schön, jetzt sind wir wieder bei der Baumwolle», sagte Coffin Ed, als sie zu ihrem Wagen zurückgingen.

«Du vielleicht, ich nicht», entgegnete Grave Digger. «Ich möchte nur losgehen und ein paar Gesetze brechen. Immer nur die anderen haben den Spaß.»

«Du hast verdammt recht. Laß uns fünf Dollar auf ein Pferd setzen.»

«Verdammt, Mann, nennst du das ein Gesetz brechen? Laß uns mit den Mädchen in ein Lokal ohne Schanklizenz gehen, das von einem gesuchten Verbrecher betrieben wird, und gestohlenen Whiskey trinken!»

17

Das Telefon klingelte am Vormittag kurz vor halb elf. Grave Digger steckte den Kopf unter das Kissen. Stella meldete sich verschlafen. Eine schroffe, hellwache und drängende Stimme sagte:

«Hier ist Captain Brice. Kann ich Ihren Mann sprechen, Mrs. Jones?»

Sie zog ihm das Kissen vom Kopf weg. «Der Captain ...»

Er tastete nach dem Hörer, öffnete versuchsweise die Augen. «Jones», muffelte er.

Drei Minuten lang hörte er der schnellen, abgehackten Stimme zu. «Sofort», sagte er schroff und hellwach und war aus dem Bett, noch ehe er den Hörer aufgelegt hatte.

«Was ist denn?» fragte Stella zaghaft und ein wenig verstört, wie immer, wenn diese morgendlichen Anrufe kamen.

«Deke ist getürmt. Zwei Polizisten sind erschossen worden.» Er stieg bereits in seine Hose.

Sie sprang aus dem Bett. «Willst du Kaffee?»

«Keine Zeit», murmelte er und suchte ein frisches Hemd.

«Also Nescafé.» Sie verschwand in der Küche.

Er ging ins Bad, wusch sich das Gesicht und bürstete sein kurzes, krauses Haar. Unrasiert sah sein dunkles Gesicht geradezu gemeingefährlich aus; er wußte es, aber er hatte keine Zeit, sich zu rasieren. Er band einen schwarzen Schlips um, ging ins Schlafzimmer und holte seinen Revolver und seine anderen Berufsutensilien: einen lederbezogenen, mit Schrot gefüllten Totschläger, Handschellen, Meldeblock, Taschenlampe, Kugelschreiber und Reservemunition.

Er stand am Küchentisch und trank seinen Kaffee, als Coffin Ed draußen hupte. Stella erstarrte. Ihr glattes braunes Gesicht spannte sich.

«Sei vorsichtig», sagte sie leise.

Er kam um den Tisch herum und küßte sie. «Bin ich das nicht immer?» fragte er.

«Nicht immer», murmelte sie.

Aber er war schon fort. Ein großer, rauher, gefährlicher Mann, der sich rasieren müßte, mit einem alten schwarzen Hut, in einen zerknitterten schwarzen Anzug gekleidet, an dem die Ausbuchtung einer großen Waffe deutlich sichtbar war.

Coffin Ed sah genauso aus. Wenn man von seinen Gesichtsnarben absah, hätten sie in derselben Form gegossen sein können.

Gestern, am Sonntagnachmittag, hatten sie fünfundvierzig Minuten gebraucht, um nach Harlem zu kommen. Heute, am Montagmorgen, brauchten sie trotz des Berufsverkehrs zweiundzwanzig.

Coffin Ed sagte nur: «Das Fett ist im Feuer.»

«Und es wird brennen», antwortete Grave Digger.

Zwei weiße Polizisten waren getötet worden, und im Revier ging es zu wie im Hauptquartier einer Armee, die sich zu einer Invasion rüstet, zu einer Invasion Harlems. Dienstwagen säumten die Straße; der Wagen des Commissioners war da, und die Wagen des Chief Inspector, des Leiters des Morddezernats, des Polizeiarztes und eines Vertreters der Staatsanwaltschaft. Streifenwagen aus der Innenstadt, vom Morddezernat, von allen Revieren Harlems waren ringsum aufgefahren. Die Straße war für den zivilen Verkehr gesperrt. Das Gebäude bot für dieses Aufgebot an Polizisten keinen Platz, und die Überzähligen standen draußen auf den Gehsteigen und auf der Fahrbahn herum und warteten.

Coffin Ed parkte auf der Zufahrt zu einer Privatgarage, und sie legten das restliche Stück zum Revier zu Fuß zurück. Die großen Tiere waren im Dienstzimmer des Captain versammelt. Der Lieutenant am Pult sagte: «Gehen Sie nur gleich rein, Sie werden schon erwartet.»

Köpfe drehten sich, als sie das Dienstzimmer betraten. Sie wurden angestarrt, als ob sie selber Verbrecher wären.

«Wir wollen Deke O'Hara und seine beiden Revolvermänner. Und wir wollen sie lebend», sagte der Commissioner kalt, ohne zu grüßen. «Es ist Ihr Amtsbereich, und ich gebe Ihnen freie Hand.»

Sie starrten den Commissioner an, aber keiner von ihnen sprach.

«Darf ich die beiden ins Bild setzen?» mischte sich Captain Brice ein. Der Commissioner nickte. Der Captain führte sie in das Zimmer der Detektive. Ein weißer Detektiv stand von seinem Schreibtisch in der Ecke auf und bot dem Captain seinen Platz an. Andere Detektive nickten Coffin Ed und Grave Digger im Vorbeigehen zu. Keiner sagte etwas. Sie nickten stumm zurück. Es herrschten klare Verhältnisse zwischen ihnen und den anderen Detektiven des Reviers; es bestand keine Freundschaft, aber auch keine offene Feindschaft. Manche nahmen ihnen ihr Ansehen als Asse des Reviers und ihren engen Kontakt mit den Vorgesetzten übel; andere waren einfach neidisch. Die jungen farbigen Detektive bewunderten sie. Aber jeder war darauf bedacht, es nicht zu zeigen.

Captain Brice setzte sich hinter den Schreibtisch, und Grave Digger setzte sich wie üblich auf die Tischkante. Coffin Ed zog sich einen Stuhl heran und setzte sich dem Captain gegenüber.

«Deke sollte zum Gericht gebracht werden», begann der Captain; «zusammen mit dreizehn anderen Verhafteten. Der Wagen fuhr in den Hinterhof, und wir brachten die Gefangenen wie üblich aus ihren Zellen, immer je zwei und zwei mit Handschellen zusammengefesselt. Zwei Beamte standen im Hof und überwachten das Einladen – der Fahrer und sein Begleiter – und zwei Wächter brachten die Häftlinge aus den Zellen durch die Hintertür und die Stufen zum Hof hinunter an den Wagen. Anhänger von Dekes ‹Heim nach Afrika›-Bewegung hatten sich vorn auf der Straße zusammengerottet, etwa tausend oder noch mehr. Sie schrien in Sprechchören: ‹Gebt O'Malley frei!› und drohten, vorn in das Gebäude einzudringen. Als sie immer mehr randalierten, schickte ich zusätzlich Beamte hinaus, um sie auf die andere Straßenseite zurückzudrängen und Ordnung zu halten. Da wurden sie noch lauter und fingen an, ernstlich zu rebellieren. Sie warfen mit Steinen nach den Fenstern und wollten mit Mülleimern das Hoftor auframmen. Darauf schickte ich zwei Leute hinten hinaus, damit sie die Ausfahrt zur Straße räumten. Als sie das Hoftor öffneten, wurden sie von der Menge gepackt und entwaffnet, und der Mob drang in den Hof ein. Deke kam in diesem Augenblick gerade die Stufen von der Hintertür in den Hof hinunter; er war mit einem gewissen Mack zusammengefesselt, einem Sittlichkeitsverbrecher ... Sechs Häftlinge waren bereits verladen. Nach der Schilderung eines Kalfaktors, der von einem der Fenster des Haftflügels aus alles sah, schlugen die Wächter die Tür zum Gebäude zu, schlossen sie ab und überließen die beiden Beamten mit dem Wagen sich selbst. Alle anderen waren vorn auf der Straße und versuchten den Aufruhr zu unterdrücken. Und in diesem Augenblick tauchten die zwei Killer, die Deke sich hält, an verschiedenen Stellen auf der hohen Hintermauer auf und schossen die beiden Polizisten nieder. Sie trugen Polizeiuniformen und waren zunächst niemand aufgefallen. Sie sprangen dann in den Hof hinunter, stießen Deke und Mack in den Wagen, schlossen die Tür, stiegen selbst vorn ein und fuhren vom Hof ...»

Der Captain hielt inne und blickte Grave Digger und Coffin Ed an, um zu sehen, ob sie etwas zu sagen hatten. Sie hatten nichts zu sagen.

Der Captain fuhr fort: «Ein paar Leute aus der Menge waren vorn auf die Motorhaube und die Stoßstange geklettert, andere liefen neben dem Wagen her und brüllten: ‹Platz für O'Malley! Macht Platz für O'Malley!› So kriegten sie den Wagen auf die Straße hinaus. Die Demonstranten wurden wild; die Beamten konnten nur von ihren Schlagstöcken Gebrauch machen – sie konnten ja nicht in die Menge schießen. Der Wagen kam durch. Wir fanden ihn einen Block weiter leer an einer Ecke stehen. Sie müssen dort ein Fahrzeug bereitgestellt haben; jedenfalls sind sie entkommen. Die übrigen Häftlinge konnten wir innerhalb weniger Minuten wieder fassen.»

«Was ist mit diesem Mack, der mit Deke zusammengefesselt war?» fragte Coffin Ed.

«Den haben wir auch wieder. Er wanderte ziellos durch die Straßen. Sie hatten ihn zwar mit einem Totschläger niedergeschlagen, aber ... die Handschellen hatte er noch am Handgelenk. Die eine Hälfte war aufgebrochen.»

«Also gut vorbereitet», meinte Grave Digger. «Trotzdem, sie haben Glück gehabt.»

«Der Mob muß auch organisiert gewesen sein», sagte der Captain.

«Vermutlich, ja; aber ich bezweifle, daß da ein direkter Zusammenhang besteht», entgegnete Grave Digger.

«Wahrscheinlich waren da bloß ein paar geschickt verteilte Agitatoren, die nicht einmal gewußt haben müssen, daß diese gewaltsame Befreiung geplant war. Vielleicht haben sie geglaubt, daß sie O'Malley allein durch ihre zahlenmäßige Überlegenheit freibekommen konnten», sagte Coffin Ed.

«So was wie ein Kreuzzug», ergänzte Grave Digger.

Der Captain verzog das Gesicht. «Wir haben etwa dreihundert Personen festgesetzt. Wollen Sie mit ihnen sprechen?»

Grave Digger schüttelte den Kopf. «Mit welcher Begründung haben Sie die Leute festgenommen?»

Captain Brice lief rot an. «Wegen Beihilfe, verdammt noch mal – Beihilfe zur Gefangenenbefreiung. Wegen Aufruhr und Beihilfe zum Mord ... Mann, zwei Polizisten sind ermordet worden! Und ich werde jeden verdammten schwarzen Hurensohn in ganz Harlem festsetzen, wenn es sein muß.»

«Uns auch?» knarrte Coffin Ed. Sein Gesicht zuckte.

Die Frage ernüchterte den Captain. «Verdammt noch mal, nehmen Sie doch nicht alles gleich persönlich!» Er hob hilflos die Hände. «Diese verdammten Idioten *haben* eine Flucht unterstützt – auch wenn sie nicht wußten, was sie taten. Sie *haben* mitverursacht, daß zwei Polizisten getötet wurden ... Kriegen Sie da keine Wut?»

«Wie wütend sind Sie denn?» fragte Grave Digger. Er spürte, daß Coffin Ed ihn ansah. Er nickte leicht mit dem Kopf. Er wußte, daß Coffin Ed seine Gedanken erriet und ihm zustimmte.

«So wütend, daß ich zu allem bereit bin», antwortete Captain Brice. «Schießt ein paar von diesen Halunken zusammen. Ich werde euch decken.»

Grave Digger schüttelte den Kopf. «Der Commissioner will sie lebendig haben.»

«Ach, die! Von denen red ich doch gar nicht!» tobte der Captain. «Ich meine, ihr sollt einfach ein paar von denen da draußen über den Haufen schießen.»

«Moment mal, Captain ...» Coffin Ed erhob sich langsam.

Grave Digger schüttelte warnend den Kopf.

Plötzlich war es sehr still im Raum. Halblaute Gespräche verstummten. Alle hörten gespannt zu.

Grave Digger beugte sich vor und sagte leise, nur für den Captain vernehmbar: «Sind Sie wütend genug, um uns Iris zu überlassen? Falls sie nicht schon an die Justizbehörden übergeben wurde.»

Der Captain wurde sofort wieder nüchtern. Er fühlte sich in die Enge getrieben, und das ärgerte ihn. Er wich Grave Diggers Blick aus. «Sie verlangen zuviel», murrte er. «Und das wissen Sie genau», fügte er anschuldigend hinzu. Schließlich sagte er: «Das kann ich nicht, selbst wenn ich wollte. Die Akten sind schon beim Gericht. Ich bin dafür verantwortlich, daß sie ins Gerichtsgefängnis überführt wird. Alles andere läuft praktisch auf Fluchthilfe hinaus.»

Die Gespräche im Raum lebten zögernd wieder auf.

«Ist sie denn noch hier?» bohrte Grave Digger eigensinnig.

«Wir konnten ja niemand mehr fortbringen. Alle richterlichen Vernehmungen, Haftprüfungstermine und so weiter mußten verschoben werden.»

Grave Digger flüsterte: «Lassen Sie sie entwischen.»

Der Captain knallte die Faust auf den Tisch. «Nein, verdammt noch mal. Und das ist mein letztes Wort.»

«Der Commissioner will Deke und die beiden Polizistenmörder haben», flüsterte Grave Digger eindringlich. «Sie haben zwei Nächte und einen Tag Zeit gehabt, diese Burschen zu finden – Sie und die gesamte Polizei. Aber Sie haben sie nicht gefunden... Jetzt sollen wir es tun. Wir sind nur zwei. Erwarten Sie von uns, was Sie mit –zig Mann nicht geschafft haben?»

«Also dann... Herrgott noch mal, tun Sie eben, was Sie können!» Der Captain atmete hörbar aus.

«Wir können sie finden», drängte Grave Digger. «Aber Sie müssen dafür bezahlen.»

«Es ist... Ich werde mit dem Commissioner sprechen.» Der Captain wollte aufstehen.

Grave Digger hielt ihn am Ärmel fest und schüttelte den Kopf. «Der Commissioner wird ablehnen, und damit ist alles verbaut... Diese Entscheidung müssen Sie selber treffen, Captain.»

Captain Brice setzte sich wieder. Er überlegte einen Augenblick, dann sah er Grave Digger in die Augen. «Ist es Ihnen wichtig, Deke zu fassen?»

«Und ob!»

«Sehr wichtig?»

«Sehr wichtig.»

Brice holte tief Luft. «Wenn ihr sie hier herausbekommt, ohne daß ich es erfahre, dann nehmt sie euch. Aber...» Er sah Grave Digger in die Augen: «Aber ich weiß von nichts – klar? Wenn ihr erwischt werdet, tragt ihr allein die Konsequenzen. Ich werde euch nicht decken.»

Grave Digger richtete sich auf. Die Adern standen auf seinen Schläfen und seinem Hals. Seine Augen waren blutig rot unterlaufen. Er war so wütend, daß das Gesicht des Captain in seinem Blickfeld verschwamm.

«Das würde ich für niemand anderes tun.» Seine Stimme klang heiser. «Für meine Leute tu ich's. Für die siebenundachtzig Familien, die... Ach, was verstehn denn Sie davon!»

Er machte vor dem Schreibtisch knapp kehrt, und Coffin Ed folgte ihm an der Seite. Sie verließen schnell den Raum und schlossen die Tür leise hinter sich.

Sie holten ihren Dienstwagen aus der Garage, fuhren zu Blumsteins Kaufhaus in der 125th Street und gingen in die Abteilung Damenkonfektion. Grave Digger kaufte ein hellrotes Kleid (Größe 44), ein Paar dunkelbraune Florstrümpfe und eine weiße Kunststoffhandtasche. Coffin Ed kaufte ein Paar goldene Sandalen (Größe 7) und einen Handspiegel. Sie fuhren weiter zu Rose Murphys Schönheitssalon und besorgten schwarze Schminke und Make-up für eine schwarze Frau und eine dunkle Perücke. Dann kehrten sie zum Revier zurück.

Die großen Tiere waren alle wieder fort bis auf den Chief Inspector vom Morddezernat, mit dem sie ohnehin nichts zu tun hatten. Die meisten Streifenwagen waren mit irgendwelchen Sonderaufträgen losgeschickt worden, aber die Straße war immer noch abgesperrt, und niemand durfte die Häuser im ganzen Block ohne eine scharfe polizeiliche Kontrolle verlassen oder betreten.

Grave Digger parkte vor dem Revier. Er und Coffin Ed gingen hinein und nahmen ihre Einkäufe in einer Tragetüte mit. Sie gingen durch die Wachstube hindurch, am Zimmer des Captain und dem Detektivzimmer vorbei und erreichten so das Gelaß des Oberaufsehers im rückwärtigen Teil des Gebäudes.

«Schicken Sie Iris O'Malley ins Verhörzimmer und geben Sie uns den Schlüssel», verlangte Grave Digger.

Der Aufseher streckte träge die Hand nach dem schriftlichen Befehl aus.

«Wir haben keinen Befehl», sagte Grave Digger. «Der Captain hat jetzt was anderes zu tun, als Befehle auszuschreiben.»

«Kein Befehl – kein Häftling», grunzte der Aufseher.

«Dann liefern wir den Wisch eben nach! Mann Gottes, Sie halten doch bloß die Ermittlungen auf.»

«Nix zu machen», erklärte der Aufseher eigensinnig.

«Geben Sie uns wenigstens den Schlüssel für die Gemeinschaftszelle», schlug Coffin Ed vor; «wir können ja auch mit den ‹Heim nach Afrika›-Leuten anfangen.»

«Das ist doch dasselbe in Grün!» protestierte der Aufseher. «Was ist heute eigentlich los mit euch?»

«Verdammt noch mal – leben Sie auf dem Mond?» explodierte Grave Digger. «Haben Sie keine Ahnung, was hier los ist? Rufen Sie meinetwegen den Captain an! Wir haben keine Zeit, uns mit Ihnen rumzustreiten.»

Der Aufseher rief den Captain an und fragte, ob er die Detektive Jones und Johnson ohne schriftlichen Befehl mit den ‹Heim nach Afrika›-Anhängern im allgemeinen Haftraum sprechen lassen dürfe.

«Lassen Sie die beiden sprechen, mit wem sie wollen, verdammt noch mal», schrie der Captain wütend, «und lassen Sie mich gefälligst mit diesem Quatsch in Ruhe!»

Der Aufseher knickte zusammen und wurde ruckartig entgegenkommend. «Wollen Sie die O'Malley zuerst sehen oder erst nachher?» fragte er.

«Ladies first», sagte Grave Digger.

Der Oberaufseher gab ihnen den Schlüssel zur ‹Sängerkammer› und rief einen seiner Unterlinge und ordnete an, Iris ins Vernehmungszimmer zu bringen.

Sie warteten dort schon, als der Wärter Iris hereinbrachte und dann wieder ging. Sie schlossen die Tür hinter ihm ab. Sie setzten Iris auf den Hocker und richteten die Scheinwerferbatterie auf sie. Die Kratzwunden heilten bereits ab, und die Schwellungen in ihrem Gesicht waren fast verschwunden, aber ihre Haut zeigte immer noch alle Regenbogenfarben. Sie trug dunkelblaue Gefängniskleidung.

«Fein sehen Sie aus», begann Coffin Ed gleichmütig.

«Erzählen Sie das Ihrer Großmutter.»

«Deke ist geflitzt», berichtete Grave Digger.

«Dieses Stück Mist hat auch immer Glück!» Sie blinzelte in das grelle Licht.

Grave Digger schaltete alle Scheinwerfer aus bis auf einen, so daß sie zwar noch hell beleuchtet war, aber nicht mehr geblendet wurde. «Wollen Sie hier raus?» fragte er beiläufig.

«Klingt gut», meinte sie. «Gegenfrage: Wollt ihr mal mit mir, ihr beide? Gleichzeitig?»

«Wo?» fragte Coffin Ed.

«Vor allen Dingen, wie?» überlegte Grave Digger.

«Hier», sagte sie. «Und wie, das zeig ich euch schon.»

«Spaß beiseite...» begann Grave Digger.

Aber sie schnitt ihm das Wort ab. «Es ist mir ernst.»

«Also dann Sex beiseite... Kennen Sie Dekes Versteck?»

«Wenn ich's kennen würde, würd ich's euch nicht verraten», antwortete sie. «Jedenfalls nicht umsonst.»

«Wir entlasten Sie vollkommen», versprach er.

«Scheiße», sagte sie. «Ihr Armleuchter könnt euch nicht mal selber entlasten, noch viel weniger mich. Aber ganz abgesehen davon, ich weiß es nicht.»

«Können Sie's finden?»

Sie bekam schmale Augen. «Das könnte ich vielleicht... Wenn ich draußen wäre.»

Grave Digger sah sie an. «Ich kann Gedanken lesen...»

«Ich auch», knurrte Coffin Ed. «Und was Sie vorhaben, geht schief, Schwester.»

Der gerissene Ausdruck verschwand aus ihrem Blick. «Also von hier aus kann ich ihn nicht gut finden, oder?»

«Stimmt», murmelte Grave Digger.

Sie starrten sich gegenseitig an.

«Was ist für mich drin?» fragte sie schließlich.

«Vielleicht die Freiheit», antwortete er. «Und zehn Prozent von siebenundachtzigtausend Dollar – wenn wir sie finden... Das mit der Hill, das hängen wir Deke an, sobald wir ihn haben. Seine beiden Revolvermänner landen sowieso auf dem heißen Stuhl, weil sie zwei Polizisten umgelegt haben. Und ihn schicken wir hinterher für den Mord an Mabel Hill. Und Sie... Na ja, ein bißchen Glück müssen Sie haben, aber ich denke ...» Er ließ den Satz in der Luft hängen und schloß: «Vor allen Dingen müssen wir Deke haben.»

Ihre Gedanken verrieten sich in ihren Augen, und Coffin Ed warnte: «Vorsicht, Mädchen! Wenn du uns reinlegen willst, bist du sehr bald ein schöner Engel ... Kannst du Harfe spielen?»

«Und eins versprech ich dir», fügte Grave Digger hinzu: «Du wirst ungewöhnlich lange sterben.» Sein unrasiertes Gesicht hatte unter dem Scheinwerfer etwas Sadistisches. «Willst du Einzelheiten wissen?»

Sie schauderte. «Und wenn ich ihn nicht finde?» fragte sie heiser.

Er lachte verhalten. «Dann nehmen wir dich fest – wegen Flucht aus dem Polizeigewahrsam.»

Plötzlich wurde sie von wilder Wut gepackt. «Ihr dreckigen Mutterschänder!» schrie sie.

«Besser dreckig als dumm», meinte Coffin Ed beiläufig. «Machst du mit?»

Sie errötete unter ihren Regenbogenfarben. «Dich möcht ich mal fertigmachen, du dreckiger Bastard ... Vergewaltigen möcht ich dich.»

«Wirst du kaum schaffen. Also was ist – machst du mit?»

«Ich mach mit», antwortete sie. «Das hast du Hurensohn doch die ganze Zeit schon gewußt.»

Grave Digger sagte langsam: «Es wäre auf alle Fälle gut für deinen Gesundheitszustand, wenn du Deke finden würdest.»

«Ich werd ihn schon finden», murmelte sie trotzig.

18

«Dann malen Sie sich jetzt mal schön schwarz an», sagte Grave Digger. «Hier drin finden Sie alles, was Sie brauchen – Make-up, Kleider und etwas Geld. Und wegen der Schminke – keine Angst: die geht wieder ab.»

Er schaltete die hellen Lampen ein, danach verließen er und Coffin Ed den Raum und schlossen die Tür hinter sich ab. Coffin Ed blieb draußen stehen und lauschte. Er rechnete zwar nicht damit, daß sie anfangen würde zu schreien, aber er wollte sichergehen. Befriedigt, daß sie sich an die Vereinbarung hielt, ging er hinauf und wartete, bis Grave Digger mit den Schlüsseln zu dem allgemeinen Haftraum kam. Sie gingen hinein und stellten mürrischen Häftlingen überflüssige Fragen, bis sie auf eine junge schwarze Frau stießen, die etwa Iris' Figur und Alter hatte. Sie hieß Lotus Green. Mit Erleichterung stellten sie fest, daß es nicht nötig sein würde, große Umkleideszenen zu veranstalten: Lotus hatte ein leuchtend rotes Kleid an. Sie füllten eine Karteikarte für sie aus und nahmen sie dann zur weiteren Vernehmung mit in die ‹Sängerkammer›.

«Was wolln Sie von mir?» protestierte sie unterwegs. «Ich hab doch schon alles gesaacht, was ich weiß!»

«Ich mag dich eben», knurrte Coffin Ed.

Sie grinste verschämt und murmelte: «Aber nich umsonst ... Ich hab noch nie umsonst mit Fremden.»

«Na hör mal – wo wir uns jetzt bald fünf Minuten kennen!» sagte er vorwurfsvoll, und sie kicherte albern.

Er blieb draußen stehen und ließ sich von ihr erklären, weshalb er immer noch ein Fremder war, während Grave Digger hineinging, um Iris herauszuholen.

Sie war pechschwarz angemalt und hatte das billige rote Kleid an. «Diese Scheißsandalen sind mir zu groß», beklagte sie sich.

«Seien Sie vorsichtig mit Ihren Ausdrücken und benehmen Sie sich anständig», warnte Grave Digger. «Sie sind eine fromme Kirchgängerin, heißen Lotus Green und hoffen, nach Afrika heimzukehren.»

«Mein Gott!» rief sie aus.

Er führte sie an der richtigen Lotus vorbei hinaus, während Coffin Ed die richtige Lotus hineinbrachte.

«Ich bringe Sie jetzt in den großen Haftraum, und wenn ein Aufseher Lotus Green aufruft, melden Sie sich», erklärte Grave Digger ihr. «Seien Sie mürrisch; geben Sie einfach keine Antwort.»

«Das soll mir nicht schwerfallen», antwortete sie.

Coffin Ed schloß die richtige Lotus Green an Stelle von Iris ein und versicherte ihr, er wolle nur eben das Geld holen; dann folgte er Grave Digger zum Dienstzimmer des Captain. Sie baten um Genehmigung, die vorläufig festgenommene Lotus Green zu einer Ortsbesichtigung mitnehmen zu dürfen.

«Sie hat gesehen, in welches Haus diese Frau gegangen ist, die am Abend des Überfalls beinahe von dem Trickdieb bestohlen worden wäre», erklärte Grave Digger. «Die Green weiß die Hausnummer nicht, aber diese Frau hat vielleicht sämtliche an dem Überfall beteiligten Banditen gesehen.»

Der Captain war argwöhnisch; er rechnete mit irgendeinem Trick. Außerdem interessierte ihn der Überfall im Augenblick nicht. Er wollte nur Deke. Aber ihm fiel kein Ablehnungsgrund ein.

«Okay, okay!» schnauzte er schließlich: «Ich laß sie holen, und ihr könnt sie mitnehmen ... Vergeßt bloß euren eigentlichen Auftrag nicht.»

«Es hängt damit zusammen», erklärte Grave Digger. «Hier ...» Er reichte dem Captain die ausgefüllte Karteikarte.

Der Captain schob die Karte mißmutig beiseite, ohne einen Blick darauf zu werfen.

«Wir versuchen's noch mal mit Iris; wenn sie nicht singen will, lassen wir sie eine Weile im Dunkeln sitzen. Wir werden dafür sorgen, daß sie sich nichts antun kann; werden Sie nicht nervös, wenn sie anfängt zu schreien. Es wird ihr nichts geschehen.»

«Ich weiß nicht, was ihr da unten mit ihr vorhabt, aber ich will's auch gar nicht wissen», grunzte der Oberaufseher.

«Sehr vernünftig», erwiderte Grave Digger, und sie gingen hinunter und blieben vor dem Haftraum stehen, bis ein Aufseher kam und die als Lotus verkleidete Iris in das Dienstzimmer des Captain rief.

Dann holten sie die richtige Lotus Green und brachten sie zu der Gemeinschaftszelle zurück.

«Ich wart un wart ...» beschwerte sie sich.

«Was hätten Sie sonst auch tun sollen?» entgegnete Coffin Ed freundlich, schubste sie hinein und schloß wieder ab. Dann gingen sie zum Dienstzimmer des Captain hinauf und holten Iris ab. Sie nahmen sie zwischen sich, verließen das Revier und stiegen in ihren Wagen.

«Jetzt hilft uns kein Aas mehr», stellte Coffin Ed nüchtern fest, als der Wagen anfuhr.

Grave Digger nickte. «Hm, hm.»

Nach einer Weile fragte Coffin Ed über die Schulter: «Wo woll'n Sie raus?»

«An der Ecke», sagte Iris.

«An welcher Ecke?»

«An irgendeiner.»

An der Kreuzung Seventh Avenue und 125th Street hielten sie gegenüber dem Theresa Hotel an. Sie wollten sichergehen, daß ihre sämtlichen Spitzel in der Umgebung beobachteten, wie Iris aus ihrem Wagen stieg. Sie wußten, daß niemand sie erkennen würde, aber die Spitzel sollten sie sehen – auf alle Fälle.

Coffin Ed wandte sich zu Iris um. «Jetzt tun Sie folgendes: Wenn Sie Deke ans Telefon kriegen, dann ...»

«*Falls* ich Deke ans Telefon kriege», warf sie ein.

Er sah sie scharf an. «Laß das gefälligst! Wenn du glaubst, du kannst uns reinlegen, bloß weil wir dich widerrechtlich da rausgeholt haben, dann bist du aber schon sehr auf dem Holzweg, Schwester.»

Sie gab keine Antwort.

«Also: Wenn Sie Deke ans Telefon kriegen, dann sagen Sie bloß, Sie wissen, wo der Baumwollballen ist.»

«Der – *was*?» rief sie verblüfft.

«Der Baumwollballen», wiederholte er geduldig. «Dann warten Sie ab, was er will. Was er tut. Finden Sie raus, wo er steckt. Und sobald Sie's wissen, lassen Sie ihn schmoren und sagen uns Bescheid.»

«Und ... Haben Sie eben Baumwolle gesagt? Ein Ballen Baumwolle?» fragte sie unsicher.

«Ganz recht. Ein Ballen Baumwolle.»

«Und wie sag ich Ihnen Bescheid?» fragte sie, nachdem sie das verdaut hatte.

«Rufen Sie eine dieser beiden Nummern an.» Er gab ihr seine und Grave Diggers Privatnummer. «Wenn wir nicht da sind, hinterlassen Sie, wo wir Sie erreichen können. Wir rufen zurück.»

«Hinterlassen, wo ... Sie sind ja bekloppt!»

«Also gut – dann rufen Sie 'ne halbe Stunde später noch mal an, und dann bekommen Sie eine Nummer, unter der Sie uns erreichen können... Sagen Sie einfach, Sie sind Abigail.»

Grave Digger murmelte: «Ed, das gibt Ärger!»

«Weißt du was Besseres?»

Grave Digger überlegte. «Nein», gestand er.

«Ja, dann... Macht's gut, Jungs», sagte Iris und setzte in Gedanken hinzu: *Verrecken sollt ihr – aber langsam.* Sie stieg aus und bog in die 125th Street ein.

Grave Digger scherte in den Verkehr der Seventh Avenue ein und fuhr nach Norden weiter.

Iris blieb vor einem Tabakladen stehen und sah hinter ihrem Wagen her, bis er außer Sicht war. Dann trat sie in den Laden. An der Rückwand standen fünf Telefonzellen. Eine war frei. Sie ging hinein und wählte eine Nummer.

Eine verstellte Stimme meldete sich: «Hier Holmes, Radioreparaturwerkstatt.»

«Ich möchte Mr. Holmes sprechen», sagte Iris.

«Wer ist dort?»

«Seine Frau. Ich bin gerade zurückgekommen.»

Nach einem Augenblick meldete sich eine andere Stimme, ebenfalls verstellt: «Wo steckst du denn, Schatz?»

«Ich bin hier», antwortete Iris.

«Wie bist du rausgekommen?»

Das möchtest du wohl gern wissen, dachte sie. «Möchtest du einen Ballen Baumwolle kaufen?» sagte sie laut.

Eine lange, unheilschwangere Stille trat ein. «Sag mir, wo du bist, dann lasse ich dich durch meinen Chauffeur abholen.»

«Spar dir das», entgegnete sie. «Ich handle mit Baumwolle.»

«Paß auf, daß du dir nicht den Tod einhandelst...» In der Stimme schwang eine tödliche Drohung mit.

Sie hängte ein. Als sie aus dem Laden trat, sah sie nach beiden Richtungen die Straße entlang. Hüben und drüben parkten Autos. Der Verkehr strömte zur Triborough Bridge und in entgegengesetzter Richtung zum West Side Highway und der Fähre an der 125th Street. Der schwarze Ford unterschied sich in nichts von tausend anderen Wagen der gleichen Marke. Er war leer und sah so aus, als ob er für einige Zeit abgestellt worden wäre. Einen zweifarbigen Chevrolet, der weiter unten in der Straße parkte, bemerkte sie überhaupt nicht. Aber als sie weiterging, wurde sie beschattet.

Grave Digger und Coffin Ed fuhren mit ihrem kleinen schwarzen Wagen mit der frisierten Maschine, der in Harlem so gut bekannt war, zu einer Werkstatt in der 155th Street und ließen ihn dort, um die Zündung überprüfen zu lassen. Dann fuhren sie mit der U-Bahn zum Columbus Circle hinunter, weit ins ‹weiße› Manhattan hinein.

Sie gingen in das Viertel mit den Pfandleihern und Trödlern an der Columbus Avenue, traten in die Pfandleihe von Katz und kauften sich dunkle Sonnenbrillen und Mützen. Grave Digger suchte sich ein großkariertes Modell aus, und Coffin Ed wählte eine rote Arbeitsmütze mit langem Schirm, die an die Mützen der *Seabees*, der Pioniere des Marine Corps, erinnerte. Als sie wieder auf die Straße traten, sahen sie wie halbstarke Harlem-Schläger aus.

Sie gingen den Broadway hinauf zu einer Autovermietung und mieteten einen schwarzen Lieferwagen ohne jede Aufschrift. Der Mann im Büro traute ihnen nicht und verlangte eine hohe Kaution.

«Läuft der Schlitten denn auch?» erkundigte sich Grave Digger.

«Laufen!» rief der Mann empört; «Sie, dem weichen Cadillacs aus!»

«Das glaub ich unbesehen», stimmte Coffin Ed zu. «Wenn ich einen Cadillac hätte, würde ich dem da auch ausweichen.»

Sie stiegen ein und fuhren nach Harlem zurück.

Der Mechaniker in der Werkstatt erkannte sie erst, als Grave Digger ihm seine Polizeimarke unter die Nase hielt.

«Ich werd verrückt», grinste er. «Als ihr in 'n Hof gefahren seid, hab ich den Safe abgeschlossen.»

«Gar nicht so dumm», sagte Grave Digger. «Man kann nie wiessen, wer mit einem Lieferwagen kommt.»

«Sag ich doch auch immer», antwortete der Mechaniker.

Sie ließen ihn das Funktelefon aus ihrem Dienstwagen ausbauen und provisorisch in dem Lieferwagen installieren. Es dauerte fünfundvierzig Minuten, und Coffin Ed rief inzwischen zu Hause an. Seine Frau sagte, nein, weder sie noch Stella sei von jemand namens Abigail angerufen worden, aber das Revier rufe jede halbe Stunde an und versuche dringend, sie zu erreichen.

«Sag ihnen einfach, du weißt nicht, wo wir sind», sagte Coffin Ed. «Das stimmt ja auch.»

Als sie die Werkstatt verließen, konnten sie alle Polizeigespräche mithören. Alle Streifenwagen waren alarmiert worden und hatten Auftrag, nach ihnen Ausschau zu halten und sie zum Revier zurückzubeordern. Außerdem sollten sie eine schlanke schwarze Frau aufgreifen, die ein rotes Kleid trug und sich Lotus Green nannte.

Coffin Ed grinste. «Die gute Iris hat die Schminke bestimmt schon runter.»

«Und das billige Fähnchen trägt sie auch nicht mehr», fügte Grave Digger hinzu.

Sie fuhren zur White Rose Bar, Ecke 125th Street und Park Avenue, gegenüber dem U-Bahnhof, und hielten hinter einem zweifarbigen Chevrolet. Ernie saß in einem Schuhputzstand vor der Bar, von wo er die Park Avenue übersehen konnte. Auf dem Schild an dem Sonnensegel stand AMERICAN LEGION SHOE SHINE. Zwei ältliche Weiße putzten Farbigen die Schuhe. Auf der anderen Seite der Avenue war zwischen zwei

Trägern der Hochbahnstrecke ein weiterer Schuhputzstand aufgebaut; ein Schild verkündete: FATHER DIVINE SHOE SHINE. Dort putzten zwei ältliche Farbige Weißen die Schuhe.

«Die Demokratie am Werk», bemerkte Coffin Ed.

«Sehr hoch rauf reicht sie nicht, die Demokratie. Mal eben bis zu den Füßen.»

«Hast du noch nie einen Wahlredner gehört?» fragte Coffin Ed erstaunt. «Die Demokratie muß von unten kommen.»

Ernie sah sie in die Bar gehen, verriet aber durch kein Zeichen, daß er sie erkannt hatte. Sie standen an der Theke und sahen wie zwei halbstarke Harlem-Schläger aus, die etwas Kaltes trinken wollen. Sie bestellten sich Bier. Nach einer Weile kam Ernie herein und drängte sich neben ihnen an die Bar. Er bestellte Bier. Der weiße Barmann stellte eine geöffnete Flasche und ein Glas vor ihn hin. Ernie blickte nicht hin, als er sich eingoß, und spritzte etwas Bier Grave Digger auf die Hand. Er drehte sich um und sagte: «Entschuldigung, ich habe nicht aufgepaßt.»

«Das steht auf vielen Grabsteinen», entgegnete Grave Digger.

Ernie lachte. «Sie ist bei der Tänzerin Billie in der 115th Street», sagte er leise. Und laut: «Manche Leute kriegen verdammt viel Ärger heutzutage.»

«Geben Sie nichts auf das dumme Gerede, mein Sohn. Manchmal ist alles ganz anders, als es aussieht», antwortete Grave Digger laut. Und leise: «Bleib dran.»

Der Barmann kam gerade vorbei, schnappte einen Teil des Gesprächs auf und sah von einem zum anderen. So lange er jetzt schon in Harlem arbeitete, das karierte Gerede dieser Farbigen würde er nie verstehen lernen.

Ernie trank sein Bier aus und ging. Coffin Ed rief von dem Telefon, das auf der Theke stand, zu Hause an. Von Abigail war kein Anruf gekommen, wohl aber hatte das Revier regelmäßig angerufen. Der Barmann lauschte angestrengt, aber vergeblich, denn Coffin Ed sagte fast nichts. Nur zum Schluß grunzte er: «Bleib dran.» Der Barmann zuckte zusammen.

Sie ließen ihr Bier zur Hälfte stehen, gingen um die Ecke und setzten sich in ihren Lieferwagen.

«Wenn wir das Telefon anzapfen könnten...» meinte Coffin Ed.

«Sie wird von dort aus nicht anrufen», entgegnete Grave Digger. «Sie ist gerissen.»

«Hoffentlich ist sie nicht zu gerissen – es ist eine häufige Todesursache», murmelte Coffin Ed.

Billie war allein, als Iris mit dem Türklopfer aus Messing an die schwarz und gelb lackierte Tür pochte. Sie öffnete, ließ die Sicherheitskette aber eingehängt. Sie trug eine lange Hose aus gelbem Chiffon, unter der ein schwarzer Spitzenschlüpfer zu erkennen war, und eine langärmelige weiße Chiffonbluse mit Manschettenknöpfen aus Türkis. Sie hätte ebensogut nackt sein können. Die Nägel an ihren langen, schmalen Tänzerinnenfüßen waren leuchtendrot lackiert. Wie immer trug sie ein Make-up, als sollte sie sofort vor die Kamera treten. Sie sah aus wie die Favoritin im Harem des Sultans.

Durch den Türspalt sah sie eine Frau vor sich, die zu schwarz war, um echt zu sein, gekleidet wie ein Hausmädchen an ihrem freien Nachmittag. Sie blinzelte. «Sie haben sich in der Tür geirrt», sagte sie.

«Ich bin's», sagte Iris.

Billies Augen wurden groß. «Wer ist ich? Sie klingen wie jemand, den ich kenne, aber Sie sehen ganz bestimmt nicht so aus.»

«Ich bin's. Iris.»

Billie musterte sie einen Augenblick kritisch und brach dann in ein hysterisches Gelächter aus. «Mein Gott, du siehst aus wie aus Onkel Toms Hütte entsprungen. Was ist denn mit dir passiert?»

«Mach die Kette los und laß mich rein. Ich weiß, wie ich aussehe», fauchte Iris.

Immer noch hysterisch lachend, löste Billie die Kette, legte sie hinter Iris wieder vor und schloß die Tür ab. Als sie sah, daß Iris schnell ins Bad lief, fiel ihr etwas ein: «Sag mal – hab ich nicht gelesen, daß du im Gefängnis sitzt?» Sie folgte der Besucherin.

Iris stand bereits vor dem Spiegel und schmierte sich Reinigungscreme ins Gesicht. «Jetzt bin ich wieder draußen, wie du siehst.»

«Jaaa ... jetzt bist du wieder ...» Billie hockte sich auf die Kante der Badewanne. «Wer hat dich laufenlassen? In der Zeitung steht, du hast Deke ein Bein gestellt, daß er knallend auf 'n Bauch gefallen ist. Und jetzt ist er getürmt.»

Iris riß ein sauberes Handtuch an sich und begann wild ihr Gesicht zu reiben, um festzustellen, ob die schwarze Schminke abging. Sie ging ab; gelbe Haut erschien. Es beruhigte sie. «Die Schweine wollen, daß ich Deke für sie finde», sagte sie undeutlich durch das Handtuch hindurch.

«Nein!» Billie war schockiert. «Das wirst du doch nicht tun!»

Iris streifte das billige Kleid ab. «Einen Dreck werd ich nicht tun», knurrte sie.

Billie sprang auf. «Also *ich* helfe dir ganz bestimmt nicht», erklärte sie. «Dabei nicht! Ich hab Deke immer gut leiden können.»

«Ich schenke ihn dir, Baby», antwortete Iris zuckersüß und streifte die Florstrümpfe ab. «Für ein Kleid kannst du 'n haben.»

Billie verließ empört das Bad, während Iris sich nackt auszog und ernstlich begann, die Schminke von ihrer Haut zu entfernen. Nach einer Weile kam Billie zurück und warf Kleidungsstücke über den Rand der Wanne. Kritisch betrachtete sie Iris' nackten Körper.

«Du siehst aus, als ob dich drei Kannibalen gleichzeitig vergewaltigt hätten.»

«Drei ist schwierig», murmelte Iris und schmierte sich das Gesicht noch einmal gründlich mit Reinigungscreme ein.

«Hast du sie wirklich umgebracht?» fragte Billie betont beiläufig.

Iris hielt im Abschminken inne und sah sie an. «Frag mich das nicht. Ich hab noch wegen keinem *Mann* eine umgebracht.» In ihrer Stimme lag eine Warnung, die Billie Angst einjagte. Aber sie mußte es wissen.

«Du und sie, wart ihr ...»

«Halt den Mund», schnappte Iris. «Ich hab die Hure vorher nie gesehen.»

«Du kannst nicht bei mir bleiben», sagte Billie gehässig und ließ durchblicken, daß sie Iris nicht glaubte. «Sie sperren mich auch ein, wenn sie dich hier finden.»

«Sei nicht so beschissen eifersüchtig ...» Iris begann von neuem, ihre Haut mit Creme zu massieren. «Kein Aas weiß, daß ich hier bin, und nicht einmal Deke hat eine Ahnung von uns beiden.»

Billie lächelte mit geheimem Vergnügen. Besänftigt fragte sie: «Wie willst du an Deke rankommen, nachdem du gesungen hast?»

Iris lachte wie über einen guten Witz. «Ich werd mir eine gute Geschichte ausdenken – wo er das Geld finden kann, das sie ihm geklaut haben. Dann kann er mir ja ein Angebot machen ... Für Geld verzeiht Deke alles.»

«Das ‹Heim nach Afrika›-Geld? Baby, das ist vom Winde verweht.»

«Klar. Ich bin doch nicht blöd. Aber ich will dem Mutterschänder was aus dem Kreuz leiern – egal wie.»

Billie lächelte wieder geheimnisvoll. «Schatz, wie du nur redest!» tadelte sie. «Du kannst sie jetzt abwischen ...» Sie meinte damit die Creme. «Ich mach dir ein Make-up in Sonnenbraun, dann siehst du wie neu aus.»

«Du bist süß», murmelte Iris gedankenverloren und zerbrach sich gleichzeitig den Kopf darüber, wozu Deke einen Baumwollballen brauchen mochte.

Lüstern betrachtete Billie den nackten gelben Körper. «Du regst mich so auf», flüsterte sie.

19

Die Montagausgabe des Harlemer *Sentinel* erschien gegen Mittag. Coffin Ed kaufte um halb zwei ein Exemplar am Zeitungsstand an der U-Bahnstation in der Lexington Avenue, damit sie sie beim Mittagessen lesen konnten. Von Abigail lag noch keine Nachricht vor, und Paul war gerade an ihnen vorbeigefahren und hatte ihnen das verabredete Zeichen gegeben, daß Iris sich nicht von der Stelle gerührt hatte.

Sie wollten irgendwo essen, wo sie nicht so leicht entdeckt und mit ihren Qualmkopf-Sonnenbrillen nicht auffallen würden. Sie entschlossen sich zu einem Kellerlokal in der East 116th Street, in das kaum Tageslicht eindrang – die Preise waren zu bescheiden und die Portionen zu großzügig, als daß der Wirt es sich leisten konnte, den ganzen Tag das elektrische Licht brennen zu lassen. Deshalb zog er vornehmlich Gäste an, die sich verstecken wollten, oder kleinliche Leute, die nicht gern Fliegen in ihrem Essen fanden, oder Blinde, denen es ohnehin egal war.

Die beiden setzten sich an einem der hinteren Tische, zwei Arbeitern gegenüber. Es gab keine Speisekarte. Es gab auch keine Auswahl. Es gab Pfefferbohnen, Reis und Schweinsknöchel, dazu einen Stapel Brotscheiben.

Coffin Ed stopfte sich hungrig den Mund voll und rang gleich darauf keuchend nach Luft. «Das Zeug setzt einem ja die Zähne in Brand!» stöhnte er.

«Nehmen Sie von der Soße da – das löscht... Die ist nämlich wirklich scharf», riet ihm einer der Arbeiter mit unbewegtem Gesicht.

«In der heißen Jahreszeit kühlt's einen ab», meinte der andere. «Zieht die ganze Hitze im Unterleib zusammen und läßt einem alles übrige kühl.»

«Und was wird mit dem Unterleib?» fragte Grave Digger.

«Na, Mann – ham Sie denn kein Mädchen?» erkundigte sich der Arbeiter.

«Laß ihn», sagte der andere mit vollem Mund. «Wahrscheinlich ist er verheiratet.»

Grave Digger rief nach zwei Bier. Coffin Ed zog die Zeitung heraus, teilte sie wortlos und reichte Grave Digger die inneren Blätter. Es war eine mühsame Lektüre – schon ohne Sonnenbrille konnte man hier kaum lesen.

Grave Digger schlug die Kleinanzeigen auf und stieß sofort auf ein Inserat:

DRINGEND *gesucht:*
Ein Ballen BAUMWOLLE.
Tel. TOmkins *3366 bis* 19^{00}

Er reichte Coffin Ed die Zeitung. Keiner von beiden sagte etwas. Die Arbeiter machten neugierige Gesichter, aber Grave Digger blätterte um, ehe sie etwas erkennen konnten.

«Sucht ihr 'n Job?» fragte der eine Arbeiter.

«Hm, hm.»

«Dann habt ihr nicht die richtige Zeitung», sagte der andere.

Er bekam keine Antwort. Schließlich gaben die Arbeiter es auf und gingen. Grave Digger und Coffin Ed aßen schweigend zu Ende. Dann zahlten sie und brachen gleichfalls auf.

Coffin Ed rief von einer Telefonzelle aus zu Hause an. Immer noch keine Nachricht von Abigail. Dann riefen sie die TOmkins-Nummer an.

Eine Stimme mit kräftigem Südstaatenakzent meldete sich: «Geschäftsstelle ‹Heim in den Süden›, Colonel Calhoun . . .»

Er hängte ein. «Der Colonel», informierte er Grave Digger, als er zu dem Lieferwagen zurückkam.

«Wir wollen lieber woanders darüber nachdenken», meinte Grave Digger. «Womöglich überwachen sie inzwischen schon unsere Privatanschlüsse.»

Sie fuhren zurück. Kurz hinter dem U-Bahnhof in der 125th Street parkte der Chevrolet. Sie fuhren langsam, und Ernie hob die Hände und zuckte die Achseln. Iris hatte sich also noch nicht gerührt. Sie fuhren weiter. Plötzlich entdeckten sie einen Blinden, der sich mit seinem Stock den Weg ertastete. Bei der Madison Avenue bogen sie ab, hielten an und warteten.

Schließlich kam der Blinde in die Madison Avenue getappt. Er hausierte mit religiösen Kalendern. Coffin Ed beugte sich aus dem Lieferwagen und rief ihm zu: «He, Sie – zeigen Sie mir mal so einen.»

Der Blinde tastete sich behutsam zum Bordstein vor, zog einen der Kalender aus der Tasche und sagte: «Stehn alle Heiligen drin, und die Lottozahlen – direkt ausse Apokalypse. Und die günstchen Tage für Geburten und Todesfälle . . .» Gedämpft fügte er in gutem Englisch hinzu: «Das Foto, von dem ich neulich sprach, steckt drinnen.»

Coffin Ed tat so, als ob er durch den Kalender blätterte. «Wie hast du uns erkannt?» fragte er flüsternd.

«Ernie», antwortete der Blinde leise, ohne die Lippen zu bewegen.

Befriedigt fragte Coffin Ed laut: «Sind da auch Traumdeutungen drin?»

Passanten, die seine Frage gehört hatten, blieben neugierig stehen.

«Da issen ganses Kapitel nur mit Traumdeutung», antwortete der Blinde.

«Also ich nehm ihn.» Coffin Ed gab dem Blinden einen halben Dollar.

«Ich nehme auch einen», sagte einer der Passanten. «Ich hab heut nacht geträumt, ich wär weiß.»

Grave Digger fuhr ein Stück weiter und hielt wieder an. Coffin Ed reichte ihm das Foto. Es zeigte deutlich die Vorderseite einer großen schwarzen Limousine; ein blonder junger Mann saß am Steuer, neben ihm Colonel Calhoun. Hinter ihnen waren drei Weiße nur undeutlich erkennbar. Dem Wagen näherte sich mit erleichtertem Grinsen Josh, der ermordete Arbeiter von Goodmans Schrottplatz.

«Damit ist er geliefert», knurrte Grave Digger.

«Es reicht nicht für den heißen Stuhl», meinte Coffin Ed; «aber es wird ihm auch ohne Stuhl die Hölle heiß machen.»

«Die Baumwolle hat er jedenfalls nicht gekriegt.»

«Na und? Vielleicht hat er das Geld längst gehabt – die Baumwolle ist vielleicht nur ein belastendes Indiz. Vielleicht hat er diesen Josh bloß umgelegt, damit er nicht mehr reden kann», argumentierte Grave Digger.

«Und dann läßt er heute wegen der Baumwolle eine Anzeige erscheinen? Verdammt, wir sollten uns erst mal diesen Colonel vorknöpfen und später nach der Baumwolle suchen.»

«Erst brauchen wir Deke», widersprach Grave Digger. «Der Colonel läuft uns nicht weg. Der hat mehr als siebenundachtzigtausend Dollar hinter sich; hinter dem steht der ganze mutterschänderische weiße Süden. Der kann nicht einfach abhauen wie der heilige O'Malley.»

«Wir werden ja sehen, sagte der Blinde und stolperte über seinen Stock», murmelte Coffin Ed philosophisch.

Dann fuhren sie zur White Rose Bar an der Ecke 125th Street und Park Avenue zurück. Paul lungerte an der Theke und trank eine Cola. Sie stellten sich neben ihn.

«Wir sind einem anderen Fall zugeteilt worden», sagte er leise. «Captain Brice weiß nicht, daß wir für euch gearbeitet haben, und wir werden's ihm auch nicht auf die Nase binden, aber wir müssen uns bald im Revier melden. Ernie wartet darauf, daß ihr ihn ablöst... Sie hat sich nicht aus dem Haus gerührt, aber das beweist noch nicht, daß sie nicht telefoniert hat.»

«Eben», stimmte Grave Digger zu.

«Außerdem kann ja auch jemand ins Haus gegangen sein und Kontakt mit ihr aufgenommen haben – die Leute kommen und gehen.»

«Eben», sagte Grave Digger noch einmal. «Wir sind auf eigene Faust losgegangen, und der Captain ist hinter uns her. Das wißt ihr doch?»

«Ja, wir wissen Bescheid.»

Der Barmann näherte sich mit wissendem Blick. Wieder diese Verrückten, dachte er. Aber sie gingen, ohne etwas zu bestellen. Er nickte weise, er hatte es schon immer gewußt.

Sie fuhren zur 115th Street hinüber und fanden Ernies Wagen nahe der Ecke geparkt. Ernie tat so, als lese er Zeitung, und beobachtete im Rückspiegel den Eingang des Apartmenthauses. Coffin Ed gab ihm ein Zeichen, und er fuhr fort.

An der Ecke der Lexington Avenue war eine Bar mit einer Telefonzelle. Sie parkten weiter unten in Richtung zur Seventh Avenue, unmittelbar gegenüber dem Hauseingang, damit sie hinter Iris waren, falls sie das Haus verließ, um zu telefonieren. Sie waren ziemlich sicher, daß sie bald etwas unternehmen würde.

Sie stiegen aus. Grave Digger tat so, als ob er das rechte Hinterrad hochbocken wollte, hielt sich gebückt, damit er von Billlies Wohnung aus nicht zu erkennen war. Coffin Ed schlenderte zu der Bar, mit hängenden Schultern, den Schirm der roten Mütze tief auf die Sonnenbrille heruntergezogen. Er sah aus wie ein echter halbstarker Harlem-Schläger.

Aber es wurde dunkel, ehe Iris das Haus verließ. Inzwischen waren die Menschen aus ihren Wohnungen aufgetaucht, suchten Erfrischung in der Abendkühle, und die Gehsteige waren überfüllt. Iris ging schnell und sah starr geradeaus, als ob die Menschen auf der Straße nicht existierten.

Ihre Haut war makellos sonnenbraun geschminkt, sie trug eine lange, enganliegende Hose aus Seide und eine blaue Strickbluse von Billie, dazu eine der roten Perücken, die Billie auf der Bühne trug. Sie wiegte sich in den Hüften und sah unnahbar aus.

Grave Digger lenkte den Lieferwagen vom Straßenrand weg und folgte ihr in einem halben Block Abstand. Sie wollte offenbar gesehen werden. Sie bog in die Lenox Avenue ein und ging schnell in nördlicher Richtung, ohne sich umzusehen. Grave Digger hielt kurz, um Coffin Ed einsteigen zu lassen; dann fuhren sie in einigem Abstand hinterher.

An der 121th Street bog sie nach Osten ab und ging geradewegs auf O'Malleys Kirche zu. Die Vordertür war abgeschlossen, aber sie hatte einen Schlüssel.

Grave Digger gab Gas, fuhr um die Ecke und hielt an. Sie rannten zurück, aber Iris war bereits außer Sicht.

«Nimm die Rückseite», rief Grave Digger und rannte die Stufen zur Kirche hinauf. Er rüttelte an der Tür. Sie war verschlossen. Jetzt wußte Grave Digger, daß die Tänzerin nicht zum Beten hierher gekommen war. Sie hatte irgendwie einen Schlüssel besorgt. Aber das war jetzt egal.

Coffin Ed schwang sich bereits über das Gittertor zu dem Gang neben der Kirche und rannte nach hinten. Grave Digger betrachtete die Fenster. Coffin Ed stellte unterdessen fest, daß die Hintertür ebenfalls abgeschlossen war. Um einen besseren Überblick zu gewinnen, kletterte er auf die Ziegelmauer, die den Gang vom Hinterhof des benachbarten Apartmenthauses trennte.

Die drei Männer in dem Versteck unter der Empore hörten deutlich, wie der Schlüssel ins Schloß geschoben wurde. Das Schloß klickte. Die Tür ging auf und wieder zu. Das Schloß schnappte wieder ein. Dann Schritte, die auf dem hölzernen Boden näher kamen – weibliche Schritte.

«Da ist sie ja», sagte Deke erleichtert.

«Dein verdammtes Glück!» Der Revolvermann mit dem öligen Haar ließ den Lauf der .45 Colt Automatic in seiner Rechten in die linke Handfläche klatschen und blickte auf Deke herab.

Deke war auf einen Stuhl gefesselt, und der Schweiß strömte ihm übers Gesicht. In dieser Position saß er, die Arme hinter der Rücklehne des Stuhls zusammengeschnürt, seit Iris vor sieben Stunden angerufen hatte.

Der andere Killer lag mit geschlossenen Augen auf der Couch und schien zu schlafen.

Schweigend lauschten sie über die Abhörvorrichtung auf Iris' Schritte auf dem Kirchenboden über ihnen. Und dann war da noch ein Geräusch. Es kam von der Eingangstür.

«Sie wird verfolgt», sagte der Revolvermann auf der Couch und setzte sich auf.

Er war ein untersetzter, hellhäutiger Mann mit schütteren, entkräuselten braunen Haaren, geschlitzten braunen Augen und einem häßlichen Mund, der aussah, als ob ihm beim Kauen das Essen herausfallen mußte. Er spuckte auf den Boden, während sie lauschten.

Die Schritte gingen um die Kanzelempore herum und hielten auf der anderen Seite an. Von der Eingangstür her war nichts mehr zu vernehmen.

«Sie hat's gemerkt», sagte Deke und leckte sich den Schweiß von der Oberlippe. «Sie geht durch die Geheimtür hinten wieder raus, um sie abzuschütteln.»

Der Killer auf der Couch knurrte: «Wenn sie's nicht schafft, hast du Pech gehabt.»

Sie hörten, wie die Geheimtür in der Wand, die zu einer Wohnung im Nebenhaus führte, geöffnet und geschlossen wurde; dann herrschte Stille.

Der erste Revolvermann ließ wieder den Colt in die Handfläche klatschen. «Wieso traust du dem Luder eigentlich noch? Sie hat dich doch schon mal verkauft.»

Der Schweiß brannte Deke in den Augen. Er blinzelte. «Der? Der trau ich doch nicht! Aber sie ist scharf auf Geld. Und das Versteck wird sie schon wegen ihrer eigenen Sicherheit geheimhalten», antwortete er.

Der Mann auf der Couch sagte: «Es ist dein Leben, Süßer.»

Der andere sagte: «Hoffentlich kommt sie bald, das gelbe Aas. Das Versteck hier wird langsam heiß.»

«Hier unten sind wir sicher», widersprach Deke verzweifelt. «Bis wir das Geld haben, seid ihr hier sicherer untergebracht, als wenn ihr draußen rumlauft. Kein Mensch kennt das Versteck.»

Der auf der Couch spuckte aus. «Außer Iris und den Leuten, die es gebaut haben.»

«Das waren weiße Arbeiter», antwortete Deke; er konnte eine gewisse Selbstgefälligkeit nicht ganz unterdrücken. «Die haben nichts gemerkt. Die haben gedacht, es soll eine Krypta werden.»

«Eine was?» fragte der mit der .45er.

«Eine Gruft. Für tote Heilige und so.»

Der Revolvermann sah sich um, als ob er den Raum zum erstenmal sähe. Er war klein und schalldicht und nur von oben durch die Rückwand der Orgel zugänglich. In einer Wand war eine Nische mit einer silbernen Ikone; rechts und links davon hingen Farbdrucke, Christus und die Jungfrau Maria darstellend. Die Einrichtung bestand aus einer Couch, zwei Stühlen, einem Küchentisch und einem Kühlschrank voller Fertiggerichte, Bier und Whiskey. Schmutziges Geschirr auf dem Tisch bewies, daß sie hier mindestens einmal gegessen hatten.

Eine ganze Wand nahm die tontechnische Apparatur ein – Lautsprecher, Skalen, Regler und Verstärker, die über oben in der Kirche unsichtbar eingebaute Mikrophone jedes Geräusch aufnahmen, das dort entstand. Wenn das Gerät auf volle Lautstärke eingestellt war, hätte man das Trippeln einer Maus hören können. An der gegenüberliegenden Wand befand sich ein Gewehrständer mit zwei Repetierbüchsen, zwei kurzläufigen Schrotflinten und einer Maschinenpistole. Deke war stolz auf das Versteck. Er hatte es beim Umbau der Kirche einrichten lassen; hier fühlte er sich völlig sicher.

Aber der Revolvermann war nicht beeindruckt. «Hoffentlich erinnert sich keiner von deinen weißen Bauarbeitern», knurrte er. «Und hoffentlich hat dein Betthase nicht versehentlich die Polizei im Kielwasser ... Ich fühl mich hier so sicher wie in einem Sarg.»

«Verlaß dich drauf», beteuerte Deke, «ich weiß, daß wir hier sicher sind.»

«Baby, wir haben dich bei der Polizei rausgeholt, weil wir das Geld wollen», stellte der auf der Couch nüchtern fest. «Wir haben uns gedacht, holen wir ihn raus und dann lassen wir ihn laufen – für siebenundachtzig Tausender ... Klar, Baby?»

«Freddy ...» Deke sah den Mann auf der Couch flehend an, bekam aber zur Antwort nur einen kalten, tödlichen Blick. «Four-Four!» appellierte er an den Mann mit dem öligen Haar, der immer noch die Pistole in der Hand hielt. Der sah gelangweilt zur Decke. «Ihr müßt mir vertrauen», winselte er. «Ich hab euch nie reingelegt ... Ihr müßt mir Zeit lassen!»

«Wir lassen dir Zeit.» Freddy stand auf und ging zum Kühlschrank, um sich eine Dose Bier zu holen. «Noch.»

Von der Ziegelmauer hinter der Kirche aus erkannte Coffin Ed Iris' Gesicht zwischen den Vorhängen eines Hinterfensters der Wohnung im Erdgeschoß. Es war fast sofort wieder verschwunden; er nahm es eher mit einem sechsten Sinn wahr, als daß er sie tatsächlich sah.

Es war ihm sofort klar, daß sie irgendwie durch die Brandmauer gekommen sein mußte; wie, war im Augenblick gleichgültig. Er wußte auch, daß sie ihn nicht jetzt erst bemerkt hatte; sie hatte von Anfang an gewußt, daß sie verfolgt wurde ... Gerissenes Aas, dachte er und sprang von der Mauer, um sich mit Grave Digger zu beraten.

«Laß sie laufen», meinte Grave Digger. «Sie kann sich nicht ewig verstecken, und sie ist nicht unsichtbar. Außerdem weiß sie, daß wir sie verfolgt haben ... Laß sie laufen. Vielleicht setzt sie sich noch mit uns in Verbindung.»

Sie gingen zu ihrem Wagen zurück und fuhren zu einer Bar. Coffin Ed rief zu Hause an. Abigail hatte nicht angerufen, wohl aber Lieutenant Anderson, der dringend ihren Anruf erwartete.

«Ruf ihn an», sagte Grave Digger.

Anderson sagte: «Bringt Iris zurück, solange ich im Dienst bin, dann will ich versuchen, euch zu decken. Andernfalls... Spätestens morgen schnappen sie euch, und dann seid ihr dran. Brice tobt.»

«Er hat Bescheid gewußt», sagte Coffin Ed. «Er hat versprochen, nichts zu unternehmen.»

«So? Na, er stellt es anders hin. Er hat dem Commissioner gemeldet, ihr hättet Iris verschleppt.»

«Er ist nur wütend, weil wir ihm einen übergebraten haben. Und jetzt schiebt er alles uns in die Schuhe.»

«Das kann ja sein. Aber auf alle Fälle zerreißt er euch in der Luft, sobald er euch hat.»

Eine Weile saßen sie stumm da, dachten angestrengt nach und waren beunruhigt.

«Glaubst du, daß sie versucht abzuhauen?» fragte Coffin Ed.

«Aber sonst hast du keine Sorgen?» erkundigte sich Grave Digger milde. «Los, wir müssen zur Kirche zurück.»

«Was willst du denn da? Da hat sie doch nichts verloren. Das war doch nur ein Trick.»

«Vielleicht. Aber wie ist sie ins Nebenhaus gekommen? Durch die Mauer? Da muß ein versteckter Durchgang sein. Das will ich mir mal anschauen. Ich bin so romantisch.»

Ed hob den Kopf. «Das ist eine Idee... Wer weiß, was Deke da noch alles hat einbauen lassen.»

Sie parkten in der 122nd Street und untersuchten die Rückseite der Kirche. Der Hinterhof war durch die hohe Ziegelmauer von den stinkenden, verdreckten Höfen der Nachbarhäuser abgetrennt. Sie kletterten über die Mauer und untersuchten die Hintertür der Kirche. Sie hatte ein gewöhnliches Schnappschloß, und die schmutzigen Scheiben in der Tür waren von einem Eisengitter geschützt. Sie rührten die Tür nicht an. Sie spähten durch die Scheiben in die hinter dem Chor gelegene Sakristei. Drinnen war es stockfinster.

Dann gingen sie durch den schmalen Gang neben der Kirche nach vorn. Die Kirche war ein Ziegelbau und befand sich in gutem Zustand. An dieser Seite hatte sie zwei Bogenfenster mit bunten Scheiben, dazwischen ein Oval aus farbigem Glas hoch oben in der Wand. Die andere Seite der Kirche stieß unmittelbar an das Apartmenthaus.

«Wenn da irgendwo ein Versteck ist», überlegte Grave Digger, «haben sie sicher für irgendeine Überwachungsmöglichkeit gesorgt – eine Abhöranlage oder so was. Sie können doch nicht die ganze Zeit über eine Wache aufstellen.»

«Was willst du jetzt tun? Auf Iris warten?»

«Hier draußen?» Er schüttelte den Kopf. «Sie wird wieder durch die Wand zurückkommen. Wenn sie nicht schon wieder drinnen ist.»

Sie sahen einander nachdenklich an.

«Hör zu...» Coffin Ed machte einen Vorschlag.

«Auf jeden Fall besser als gar nichts», meinte Grave Digger und bückte sich, um die Schuhe auszuziehen.

Sie standen hinter dem Tor und warteten, bis die Straße einmal leer war. Dann kletterten sie über das eiserne Gitter und stiegen schnell die Stufen zur Kirchentür hinauf. Coffin Ed machte sich an dem Schloß zu schaffen. Wäre ein Passant vorbeigekommen, hätte er sich höchstens über die beiden Betrunkenen geärgert, die an die Kirchentür urinierten. Als das Schloß endlich nachgab, setzte sich Grave Digger rittlings auf Coffins Eds Schultern; dann gingen sie hinein und schlossen die Tür hinter sich.

Deke war immer noch an den Stuhl gefesselt, und Four-Four ließ ihn aus einer Dose Bier trinken. Das Bier lief Deke auf die Hose. Freddy lag wieder auf der Couch und hatte die Augen geschlossen.

Plötzlich erstarrten sie. Oben war ein Geräusch. Jemand machte sich am Schloß der Eingangstür zu schaffen ... KLICK! Das Schloß hatte nachgegeben.

Four-Four zog die Bierdose von Dekes Mund zurück, stellte sie auf den Tisch und nahm den Colt in die linke Hand. Er spreizte und schloß seine Rechte. Freddy saß aufrecht und lauschte mit offenem Mund.

Die Tür fiel wieder ins Schloß.

«Wir haben Besuch», stellte Freddy fest.

Schritte näherten sich durch den Mittelgang der Kirche.

«Ein Bulle», schätzte Four-Four die Schritte ein.

Freddy trat vor den Gewehrschrank und griff gelassen nach einer der kurzläufigen Flinten. Sie lauschten auf die Schritte, die sich um den Chor bewegten, zur Kanzel gingen und dann auf die Orgel zukamen.

Freddy starrte wie in Trance auf die Leiter zum Ausstieg. «Ein schwerer Brocken», sagte er. «Groß genug für zwei ... Ob ich mal eben raufgeh und bring ihn auf Normalgröße?»

«Laß ihn doch runterkommen», grinste Four-Four.

«Ihr könnt mich doch nicht gefesselt sitzen lassen!» protestierte Deke.

«Wenn's dir lieber ist, können wir auch Löcher in dich machen», erwiderte Freddy kühl.

Der schwere Mann bewegte sich an der Orgel vorbei, verharrte einen Augenblick, als ob er sich umsähe, stapfte dann langsam weiter. Über die Abhöranlage konnte man seinen schweren Atem hören.

«Fett, mit Herzbeschwerden», sagte Four-Four.

«Mumm hat er, daß er allein herkommt», murmelte Deke.

«Gegen seinen Mumm hab ich hier was.» Freddy schwang die kurze Flinte.

Die Schritte umkreisten die Kanzel, hielten einen Augenblick inne, gingen dann ins Kirchenschiff und bewegten sich an den Wänden entlang. Dann klopfte es gegen die Wand, wieder und wieder. Der Mann suchte nach einer Geheimtür. Plötzlich erfüllte ohrenbetäubendes Poltern das enge Versteck, als der Mann mit etwas Schwerem den Boden abzuklopfen begann – mit dem Griffstück einer Pistole vielleicht.

«Stell das verdammte Ding leiser!» brüllte Four-Four.

Freddy stellte das Gerät leiser, so daß das Klopfen oben nur noch gedämpft vernehmbar war. Dann folgte eine lange Stille, als ob der Mann oben lauschte. Schließlich hörten sie das leise Klicken, mit dem eine Taschenlampe eingeschaltet wurde. Die Schritte entfernten sich in Richtung auf den Ausgang, hielten inne, und dann folgte ein Geräusch, als wenn etwas behutsam auf den Boden gelegt würde.

«Verdammt, was hat er jetzt gemacht?» knurrte Four-Four.

«Wahrscheinlich hat er 'ne Zeitbombe gelegt...» Freddy lachte über seinen eigenen Witz.

«Du findest es bestimmt nicht mehr so komisch, wenn sie dir den Arsch abreißt», sagte Four-Four grimmig.

Sie hörten, wie oben die Tür geöffnet wurde. Jemand ging hinaus. Dann fiel die Tür wieder zu.

«Uff!» Four-Four atmete tief. «Den sind wir los... Deine Hure könnte endlich kommen.»

«Sie kommt bestimmt», versprach Deke.

«Sie kommt besser bald», sagte Freddy. «Und wenn sie nicht weiß, wo das Geld ist, kannst du für euch beide die Leichenpredigt halten.» Er lachte hämisch.

«Du redest zuviel», sagte Four-Four.

20

Iris fühlte sich völlig sicher. Sie wußte, daß sie nicht mehr verfolgt wurde, daß sie auch Grave Digger und Coffin Ed abgeschüttelt hatte. Sie wußte, wo die Baumwolle war und wie man an sie herankommen konnte. Sie wußte, daß sie mit Deke fertig werden konnte, weil sie dies wußte. Und sie war überzeugt, daß Deke mit seinen Gorillas fertig werden würde.

Deke und seine Gorillas hörten, wie sie in die Kirche kam.

«Das ist sie!» Deke seufzte erleichtert.

Freddy stand von der Couch auf und griff wieder nach der Flinte. Four-Four lud die .45er durch und schob den Sicherungsflügel zurück.

Deke lauschte auf ihren Gang. Am Rhythmus ihrer Schritte erkannte er, daß sie sich sicher fühlte. «Sie hat's!» triumphierte er.

«Kann ich ihr nur raten», murmelte Freddy drohend.

«Ich meine, sie weiß, wo es ist», verbesserte sich Deke hastig, um Mißverständnisse zu vermeiden.

Keiner antwortete ihm.

Grave Digger lag zwischen zwei Bänken auf dem Bauch und atmete in sein Taschentuch, die Hand an dem Revolver unter seinem Körper. Sein schwarzer Anzug hob sich in der Dunkelheit nicht ab, und sie bemerkte ihn nicht, als sie an ihm vorbeiging. Er wartete, bis er hörte, wie sie auf die Empore hinaufstieg; dann kroch er auf Händen und Knien durch den Mittelgang, um Coffin die Tür zu öffnen. Er hoffte, daß ihre Schritte jedes Geräusch überdecken würden, das er dabei verursachte.

Sie hörten ihn aber.

«Verflucht noch mal, was hat sie da bei sich?» fragte Four-Four.

«Klingt wie ein Hund», meinte Freddy, wollte grinsen und wurde durch einen Blick von Four-Four daran gehindert.

Ein leises Klopfen an der Orgelpfeife; das Signal zum Öffnen. Four-Four drückte auf einen Knopf, und eine Partie der rückwärtigen Orgelwand hob sich und gab eine kleine quadratische Öffnung unterhalb der Pfeifen frei. Er drückte auf einen zweiten Knopf, und eine Falltür aus Stahl klappte nach oben auf. Er schob die Leiter heran, und Iris' goldene, hochhackige Sandalen wurden sichtbar, dann die enganliegende seidene Hose, ihr aufreizender Popo ... Noch ehe sie unten war, betätigte Four-Four den Schließmechanismus. Dann hob er schußbereit die Pistole und richtete sie auf ihren Rücken.

Iris' Füße berührten den Boden; sie drehte sich um und erstarrte. Sie blickte direkt in die Mündung der schweren Pistole. Sie blieb regungslos stehen, nur ihr Blick wanderte langsam zu Four-Fours Gesicht, fand dort keinen Trost, wanderte weiter und blieb an Dekes zusammengekrümmter Gestalt, an seinen angstgeweiteten Augen hängen. Dann bemerkte sie die Flinte in Freddys Händen und zuletzt das sadistische Grinsen seines brutalen Mundes.

Übelkeit stieg wie Meereswogen in ihr auf, und sie biß die Zähne zusammen, um nicht ohnmächtig zu werden. Ihr Entsetzen war so ungeheuerlich intensiv, daß es irgendwie überkippte, ins Gegenteil umschlug, als sei eine Weiche in ihr falsch gestellt – sie wurde vom Orgasmus geschüttelt. Sie, die immer auf sexuellem Gebiet ‹was Neues› gesucht hatte, knirschte mit den Zähnen und wünschte, sie hätte es nie entdeckt.

«Wer ist da oben?» fragte Four-Four tonlos.

Sie mußte zweimal schlucken, ehe sie ihre Stimme beherrschte. «Niemand», flüsterte sie heiser. «Ich schwöre es.»

«Wir haben's doch gehört.»

«Ich weiß bestimmt, daß mir niemand gefolgt ist», flüsterte sie. Schweiß bildete sich auf ihrer Oberlippe. «Ich bin sauber ... Glaubt mir doch!» flehte sie. «Ihr legt mich um wegen nichts!»

«Sag's ihnen, Baby, sag's ihnen schnell!» stammelte Deke.

«Es ist in der Baumwolle», flüsterte sie.

«Das wissen wir», antwortete Four-Four. «Aber wo ist die Baumwolle?»

Sie schluckte wieder. «Das sag ich nicht ... Ihr legt mich sonst ja doch um», flüsterte sie.

Mit einer ruckartigen Bewegung, die sie zusammenfahren ließ, stellte Freddy den zweiten Stuhl hinter den, auf dem Deke saß. «Setz dich!»

Four-Four schob die Pistole in den Gürtel und hob eine Rolle Wäscheleine aus Nylon auf, die unter dem Gewehrständer lag. «Leg deine Hände hinter der Stuhllehne zusammen.» Als sie nicht sofort gehorchte, schlug er ihr mit der Leine ins Gesicht. Da gehorchte sie, und er fesselte sie systematisch an den Stuhl.

«Sag's ihnen doch!» kreischte Deke.

«Sie wird's uns schon sagen», gab Freddy gleichmütig zurück.

Four-Four band gerade die beiden Stühle Rücken an Rücken aneinander fest, als draußen auf der Straße jemand pfiff. Sie erstarrten. Aber das Pfeifen brach ab, und es herrschte wieder Stille. Four-Four prüfte die Knoten, da ging oben die Kirchentür auf. Wieder lauschten sie reglos. Es folgte ein gedämpftes Geräusch wie das Tappen von Tierpfoten, und die Tür wurde leise wieder geschlossen.

«Wir sehen besser mal nach, was da oben los ist.» Four-Fours Lider blinzelten schnell wie von einem nervösen Tic.

Freddys brutaler Mund schien aufzubrechen, und seine Lippen zitterten. Er zog unter der Couch eine weitere Colt Automatic hervor, lud durch und legte den Sicherungsflügel um. Seine Bewegungen waren ruckhaft, aber seine Hände waren sicher. Er schob die Pistole in den Gürtel und nahm die Flinte in die rechte Hand. «Los!» sagte er.

Grave Digger und Coffin Ed schlichen getrennt an den Wänden entlang nach vorn, als Freddy hinter der Orgel hervortrat, eben zu erkennen in dem schwachen Licht der Straßenbeleuchtung draußen, und die Flinte schnell wie auf der Kaninchenjagd hin und her kreisen ließ. Coffin Ed ließ sich fallen, aber Freddy sah den sich bewegenden Schatten. Die Kirche dröhnte, und der grobe Schrot zerfetzte die Rücklehne der Bank, hinter der Coffin Ed verschwunden war. Grave Digger zielte nach dem Mündungsfeuer, schoß und sah, wie das Leuchtspurgeschoß den Kragen von Freddys Sporthemd zerriß, als er sich zu Boden warf. Der Schein der Leuchtspur ließ auch den Umriß von Four-Four sichtbar werden, der hinter ihm auftauchte, die .45er schußbereit in der Hand.

Grave Digger warf sich auch zu Boden und kroch seitlich wie eine Krabbe weiter, während die .45er Kugeln die Bänke über seinem Kopf zersplitterten. Einen Augenblick lang blieb es still bis auf verstohlene Bewegungen im Dunkeln. Dann fing die Seitenwand der Orgel an der Stelle zu brennen an, wo das Leuchtspurgeschoß sie durchschlagen hatte.

Coffin Ed hob vorsichtig den Kopf, sah ein Gesicht über der ersten Bank im Mittelgang und schoß. Der grünliche Strich der Leuchtspur fuhr durch krauses Haar, dann klatschte die Kugel in das Podest, das Empore und Orgel trug; dann erst gellte ein Schrei. Er hatte sich schon wieder geduckt.

Eine Gestalt mit flammendem Haar tauchte in dem rötlich flackernden Licht der brennenden Orgel auf, und eine groß-kalibrige Pistole schwenkte suchend die Dunkelheit ab. Grave Digger hob den Kopf. Die Flinte von vorhin krachte donnernd, und die Rücklehne der Bank vor ihm zersplitterte. Grave Digger ließ sich fallen und kroch schnell weg, umschwirrt von Pistolenkugeln und Holzsplittern. Er blieb liegen und schielte unter den Bänken hindurch. Vor dem Podest glaubte er verschwommen den Umriß eines Hosenbeins zu erkennen; es wurde gleich darauf besser sichtbar, weil das Podest auch Feuer gefangen hatte. Er zielte sorgfältig auf das Bein und schoß. Es knickte mittendurch, als ob es aus Holz wäre; jemand schrie entsetzlich, und das Hosenbein flammte plötzlich auf. Grave Digger gab zwei weitere Schüsse ab, und das Schreien hörte auf. Der sterbende Mann brannte jetzt lichterloh; er krallte sich an einem Regal fest, riß es um und brach unter einem Stoß Gesangbücher zusammen.

Rauch war in das Versteck unten eingedrungen, und die beiden Rücken an Rücken Gefesselten waren vor Angst dem Wahnsinn nahe. Sie überschütteten sich gegenseitig mit Flüchen und Beschuldigungen und versuchten verzweifelt, sich loszureißen und aufeinander loszugehen.

«Du verkaufst deine Mutter und deine Schwester, du geldgieriger Lump», kreischte Iris mit verzerrtem Gesicht.

«Ich bring dich um, du kleine hinterhältige Hure!» keuchte Deke.

Auch ihre Beine waren an die Stühle gefesselt, aber ihre Füße berührten den Boden. Sich windend und scharrend versuchten sie, sich gegenseitig an die Wand zu schieben. Die Stühle rutschten auf dem Zementboden hin und her und schwankten bedrohlich. Die Adern an ihren Schläfen schwollen, ihre Muskeln spannten sich wie überlastete Kabel, Körper wanden sich, Brüste keuchten, Münder japsten und geiferten wie in einem irren Geschlechtsakt. Iris' Make-up war vom Schweiß mit Streifen durchzogen. Deke versuchte, sich auf seinen an die Stuhlbeine gefesselten Füßen vorzureißen und Iris seitlich gegen den Gewehrständer zu schlagen. Ihr Stuhl hob sich vom Boden, ihr Mund klaffte wie eine Narbe und stieß gellende Schreie aus, als sie vornüber kippten und sich langsam in einem grotesken Salto überschlugen. Sie landeten an der Wand, und Iris konnte sie mit den Füßen berühren. Dekes ganzes Gewicht ruhte auf Iris, auf ihren Knien und ihrer Stirn, die auf den Zement gepreßt wurden. Sie versuchte verzweifelt, sich von der Wand abzustoßen, während seine heftigen Bewegungen ihr Gesicht auf dem rauhen Boden hin und her schrammten. Dann fielen sie um und lagen keuchend auf der Seite. Oben war das Dröhnen der Schüsse verstummt; sie hörten nur noch das Zischen der Flammen. Der Rauch war stärker geworden und verdunkelte das Deckenlicht. Sie waren beide zu erschöpft, um zu fluchen; sie lagen reglos und rangen nach Luft.

In der Kirche oben beleuchtete der flammende Anzug des toten Banditen die Gestalt des zweiten Revolvermannes, der in sich zusammengesunken hinter einer der vorderen Bänke kauerte. Sein Kopf glimmte noch.

«Schmeiß die Kanone weg und komm raus», rief Coffin Ed.

Der Mann richtete sich taumelnd auf die Knie auf und schoß. Coffin Ed hätte sich nicht hinzuwerfen brauchen; die Kugel prallte hoch über ihm an einem Wandkandelaber ab und grub sich als jaulender Querschläger in der Kanzelbrüstung ein.

Grave Digger legte den .38er mit dem langen Lauf auf die Oberkante der Kirchenbank und schoß den Killer durch den Kopf. Einen Augenblick lang kniete er hoch aufgerichtet, als ob er die Flammen anbetete; dann brach er lautlos zusammen.

Die gesamte Empore mit Kanzel, Chor und Orgel brannte jetzt und beleuchtete die bunten Heiligen in den Glasfenstern. Draußen erklang fern die Sirene eines Streifenwagens.

Grave Digger und Coffin Ed sprangen auf Strümpfen durch die Flammen und traten mit versengten Füßen die Rückwand der Orgel ein. Die stählerne Falltür bekamen sie aber nicht auf; sie luden nach und versuchten, das Schloß zu zerschießen. Dichte Rauchwolken hüllten sie ein. Die ersten Polizisten kamen durch die brennende Kirche gerannt. Von unten drangen schrille hysterische Schreie zu ihnen herauf. Zwei weitere Streifenwagenbesatzungen trafen ein. Erst acht Minuten später, nachdem Feuerwehrleute mit Äxten und Brecheisen nachhalfen, bekamen sie die Falltür auf.

Grave Digger stieß alles beiseite und kletterte als erster hinunter, gefolgt von Coffin Ed. Sie packten die Stühle mit den beiden Gefesselten und richteten sie auf. Iris rang in dem dichten Qualm keuchend nach Luft; Deke war bewußtlos.

Grave Digger machte keine Anstalten, sie zu befreien; er stemmte die Hände in die Hüften und fragte: «Wo ist die Baumwolle?»

Feuerwehrleute und Polizisten drängten sich um sie, hustend, Tränen in den Augen. «Macht sie los! Holt sie hier raus!» befahl ein Sergeant in Uniform. «Sie ersticken ja!»

Iris schloß die Augen. Es fiel ihr nichts ein. «Was für Baumwolle?» keuchte sie, um Zeit zu gewinnen.

Grave Digger neigte sich so weit vor, daß sein Gesicht ihres fast berührte. Seine Augen waren blutrot unterlaufen, und auf seinen Schläfen standen dicke Adern. «Baby, wenn du das nicht wüßtest, wärst du niemals hergekommen ...» Er hob den Revolver und zielte auf ihr linkes Auge.

Coffin Ed zog seine Waffe und hielt die Polizisten und Feuerwehrleute in Schach. Sein säurezerfressenes Gesicht zuckte; ein irrer Blick stand in seinen Augen.

«... und du kommst niemals lebend hier raus, wenn du's nicht sagst», schloß Grave Digger.

Totenstille. Niemand rührte sich. Keiner glaubte, daß er sie töten würde, aber keiner wagte sich einzumischen. Coffin Ed sah aus, als sei er zu allem fähig.

Iris starrte auf Grave Diggers versengte Socken und schwieg.

«Wo ist der Ballen?»

Sie sah hoch. Er las den Haß in ihrem Blick.

«Billie benutzt ihn in einer Tanznummer», krächzte sie.

Coffin Ed senkte den Revolver, und Grave Digger trat zurück.

«Nehmt sie», sagte er.

Sie waren die ersten, die aus dem Geheimgelaß nach oben kletterten.

21

Die Tanzfläche des Cotton Club befand sich auf einer Plattform in gleicher Höhe mit den Tischplatten und diente auch als Bühne für die große Floorshow. Im Hintergrund waren die von Vorhängen verdeckten Ausgänge zu den Garderoberäumen.

Grave Digger und Coffin Ed lugten zwischen den Vorhängen hindurch in das Lokal. Jenseits der Bühne saßen gutangezogene Besucher, Weiße und Farbige, an kleinen Tischen mit baumwollweißen Decken. Ihre Augen glitzerten.

Das Klavier klimperte frenetisch, das Saxophon klagte lasziv, der Baß brummte suggestiv, die Trompete forderte grell, die Gitarre bettelte. Ein Scheinwerfer badete über die Köpfe der speisenden Gäste hinweg den fast nackten, sonnenbraunen Körper Billies in bläulichem Dunst, während sie langsam, mit zuckenden Hüften, einen Ballen Baumwolle umtanzte; es sah aus wie das Vorspiel zu einem Liebesakt. Ihre nackten Brüste zitterten ekstatisch; die feuchten roten Lippen waren geöffnet, als ob sie keuchte, ihre Zähne schimmerten in dem blauen Licht, die Nasenflügel bebten. Sie erweckte die Illusion, sie werde von dem Baumwollballen verführt.

Totenstille lag über dem Lokal. Frauen starrten gierig und neidvoll; Männer lauerten lüstern unter gesenkten Lidern und versuchten ihre Gedanken zu verbergen. Der Tanz wurde schneller, und die Zuschauer auf ihren Plätzen wurden rastlos. Die Nummer näherte sich ihrem Höhepunkt; Billie verrenkte ihren Körper, wiegte sich mit schockierendem Tempo in den Hüften, umarmte den Baumwollballen, preßte sich eng an ihn und schrie verzückt: «Ohhh ... Daddy Cotton!»

Unvermittelt ging das Licht voll an. Das Publikum raste. Billies sinnverwirrender Körper glänzte von Schweiß, schimmerte wie der Traum eines Lüstlings von heißem Fleisch. Ihre Brüste hoben und senkten sich, ihre Brustwarzen waren aufgerichtet.

«Und nun», sagte sie leicht keuchend, als der Applaus verklungen war, «werde ich diesen Ballen Baumwolle zugunsten des Wohlfahrtsfonds für farbige Schauspieler versteigern.» Sie lächelte und sah einem nervösen jungen Weißen tief in die Augen, der mit seinem Mädchen an einem Tisch neben der Tanzfläche saß. «Gehen Sie nach Hause, wenn Sie Angst haben», spöttelte sie mit einem herausfordernden Wiegen der Hüften. Er errötete, und ein Kichern lief durch den Raum. «Wer bietet tausend Dollar?» fragte sie.

Stille senkte sich über die Zuschauer.

Von einem Tisch in der zweiten Reihe kam eine gelassene Stimme im schleppenden Tonfall der Südstaaten: «Eintausend Dollar.»

Von allen Seiten richteten sich Blicke auf den großen, hageren Weißen mit dem langen silbrigen Haar, dem weißen Schnurr- und Spitzbart, der einen schwarzen Gehrock und eine schmale schwarze Schleife trug. Neben ihm saß ein blonder junger Weißer in weißem Smoking mit weinrotem Querbinder.

«Der Mutterschänder», knurrte Coffin Ed.

Grave Digger bedeutete ihm zu schweigen.

«Ein Gentleman aus dem alten Süden!» krähte Billie. «Wetten, daß Sie ein Kentucky-Colonel sind?»

Der Mann stand auf, groß und stattlich, und verbeugte sich. «Colonel Calhoun, zu Ihren Diensten, aus Alabama», stellte er sich vor.

Jemand im Publikum klatschte. «Ein Bruder von Ihnen, Colonel!» schrie Billie entzückt. «Er ist auch von dieser Baumwolle begeistert ... Stehen Sie auf, Bruder!»

Ein großer Schwarzer erhob sich. Die Farbigen im Publikum brüllten vor Lachen.

«Was bieten Sie, Bruder?» fragte Billie.

«Er bietet fünfzehnhundert», schrie eine Stimme jubilierend.

«Er soll für sich selbst bieten», fuhr Billie dazwischen.

«Ich biete nichts», sagte der Mann. «Sie haben gesagt, ich soll aufstehen. Das ist alles.»

«Also, dann setzen Sie sich wieder», befahl Billie.

Verlegen setzte sich der Mann.

«Wer bietet?» rief Billie herausfordernd. «Wer bietet? Für diesen schönen Ballen natürlich gewachsener Feldbaumwolle aus Alabama sind tausend Dollar geboten – vielleicht bin ich im Preis einbegriffen, wer weiß ... Wer bietet mehr?»

Stille.

«Keiner mehr? Ihr Geizhälse», höhnte Billie. «Ja, dann ... Wirklich keiner? Die Schauspieler hungern, Leute ... Also, ihr herzlose Bande: Eintausend Dollar – zum ersten, zum ... zweiten und – zum – dritten!» Ein Tusch brandete auf, dann sagte Billie: «Colonel Calhoun, Sir, kommen Sie auf die Bühne und ergreifen Sie Besitz.»

«Von wem?» rief ein Witzbold.

«Rate mal, du Idiot», höhnte Billie.

Der Colonel stand auf und ging vor zur Plattform, ein großer, aufrechter, selbstbewußter weißer Mann, und reichte Billie zehn Einhundertdollarnoten. «Ich betrachte es als eine Ehre, Miss Billie, diese Baumwolle von einem schönen Negermädchen zu kaufen, das vielleicht auch aus dem gleichen glücklichen Landstrich ...»

«Ich nicht, Colonel», unterbrach Billie.

«... stammt, und damit verdienten Negerschauspielern eine Wohltat zu erweisen», endete der Colonel.

Dünner Applaus.

Billie lief zu dem Ballen zurück und riß eine Handvoll Baumwolle heraus. Der Colonel erstarrte, beruhigte sich aber, als sie wieder nach vorn kam und die Baumwollflocken auf seinen silbrigen Kopf herunterregnen ließ.

«Hiermit kröne ich Sie zum König Baumwolle, Colonel», rief sie. «Und möge dieser Ballen Ihnen Wohlstand und Ruhm bringen.»

«Danke vielmals», antwortete der Colonel galant. «Davon bin ich überzeugt.» Und dann winkte er zu dem Bühnenausgang gegenüber von Grave Diggers und Coffin Eds Beobachtungspunkt.

Zwei alltäglich aussehende Arbeiter kamen mit einem Handkarren auf die Bühne und schafften den Ballen fort.

Grave Digger und Coffin Ed eilten humpelnd auf die Straße. Die Arbeiter brachten den Baumwollballen aus dem Club und luden ihn auf einen offenen Kleinlaster. Gleich darauf folgte gelassen der Colonel, sagte etwas zu ihnen und stieg in seine schwarze Limousine.

Grave Digger und Coffin Ed saßen bereits in ihrem geliehenen Lieferwagen, der einen halben Block weit entfernt parkte.

«Er hat seine Karre also wieder», bemerkte Coffin Ed.

«Zwei gegen eins, daß sie nie gestohlen worden ist?»

«Für die Wette mußt du dir einen Dümmeren suchen.»

Der Laster fuhr die Seventh Avenue hinauf und hielt vor der ‹Heim in den Süden›-Geschäftsstelle. Grave Digger fuhr vorbei und bog in die Zufahrt zu einer Reparaturwerkstatt ein, die für die Nacht geschlossen hatte, und Coffin Ed stieg aus und begann an dem Schloß zum Rolladen der Einfahrt zu hantieren, als ob er zu der Werkstatt gehörte. Er war noch mit dem Schloß beschäftigt, als die Limousine des Colonel hinter dem Laster auf der anderen Straßenseite hielt. Der Colonel stieg aus und sah sich um. Coffin Ed bekam das Schloß auf und schob den eisernen Rolladen im gleichen Augenblick hoch, als der Colonel die Tür zu seiner Geschäftsstelle aufschloß und die Arbeiter den Baumwollballen auf den Gehsteig herunterhoben. Grave Digger lenkte den Lieferwagen in die fremde Werkstatt, löschte die Lichter, stieg aus und stellte sich zu Coffin Ed in die dunkle Einfahrt. Sie überprüften ihre Waffen und beobachteten die Arbeiter, die den Ballen in die hell erleuchtete Geschäftsstelle schafften und mitten im Raum abstellten. Sie sahen, wie der Colonel sie entlohnte und dann mit dem blonden jungen Mann sprach. Nachdem die Arbeiter mit ihrem Wagen fort waren, unterhielten die beiden sich noch kurz; dann ging der blonde junge Mann zu der Limousine zurück. Der Colonel schaltete die Lichter aus, schloß die Tür und folgte ihm dann.

Sobald sie fortgefahren waren, überquerten Grave Digger und Coffin Ed die Straße, und Coffin Ed begann das Schloß der Geschäftsstelle zu öffnen, während Grave Digger die Straße im Auge behielt.

«Wie lang brauchst du denn noch?» flüsterte er nach einer Weile ungeduldig.

«Gleich hab ich's ... Es ist nur ein Schnappschloß.»

«Mach schon!»

Im nächsten Augenblick schnappte das Schloß auf. Coffin Ed drückte die Klinke, und die Tür ging auf. Sie traten ein, schlossen die Tür hinter sich, sahen sich um, so gut es im Dunkeln ging, und verschwanden in einer engen Besenkammer im Hintergrund.

In der Kammer war es heiß, und sie begannen bald zu schwitzen. Ihre Hände, die schußbereit die Waffen hielten, wurden feucht. Sie hätten gern miteinander gesprochen, wagten es aber nicht. Sie mußten den Colonel dabei erwischen, wie er das Geld aus dem Baumwollballen herausnahm.

Sie brauchten nicht lange zu warten. Noch keine fünfzehn Minuten waren vergangen, als sie einen Schlüssel klirren hörten. Die vordere Tür wurde geöffnet. Schritte von zwei Personen. Die Tür wurde wieder geschlossen.

Sie hörten den Colonel sagen: «Zieh die Jalousien herunter.»

Sie hörten, wie die Jalousien an den Vorderfenstern und an der Tür bis zum Boden heruntergezogen und eingehakt wurden. Dann klickte ein Lichtschalter, und das Schlüsselloch der Besenkammer wurde sichtbar.

«Meinst du, daß das genügt?» fragte eine Stimme. «Jeder kann von draußen sehen, daß hier Licht brennt.»

«Darin liegt kein Risiko, mein Junge», antwortete der Colonel. «Wozu die Geheimniskrämerei? Schließlich bezahlen wir ja Miete.»

Darauf folgte ein Scharren, wohl von dem Baumwollballen, der an eine andere Stelle geschoben und wahrscheinlich umgelegt wurde.

«Jetzt gib mir das Messer und halte die Tasche bereit», befahl der Colonel.

Grave Digger tastete in der Dunkelheit nach der Klinke der Besenkammer, packte sie fest und zog sie dann kräftig an. Aber er wartete auf das Knirschen, mit dem das Messer in die Baumwolle schnitt, ehe er die Klinke nach unten drückte. Lautlos öffnete er die Tür einen Spalt weit und ließ die Klinke mit der gleichen Vorsicht wieder los.

Durch den Spalt konnten sie den Colonel sehen. Mit einem scharfen Jagdmesser zerschnitt er die Baumwolle und zog sie klumpenweise mit einem zweizinkigen Haken heraus. Der blonde junge Mann stand neben ihm, sah ihm gespannt zu und hielt eine geöffnete Reisetasche bereit. Keiner von beiden drehte sich um.

Grave Digger und Coffin Ed atmeten lautlos durch den Mund, während sie beobachteten, wie das Loch in dem Ballen größer und tiefer wurde. Die losen Baumwollklumpen auf dem Boden bildeten bereits einen Haufen. Dem Colonel stand der Schweiß auf der Stirn. Der blonde junge Mann sah ihm mit wachsender Unruhe zu. Zwischen seinen Augenbrauen stand eine steile Falte.

«Bist du auch auf der richtigen Seite?» fragte er.

«Selbstverständlich. Man sieht doch deutlich, wo wir den Ballen aufgemacht haben», sagte der Colonel mit mühsamer Beherrschung, aber sein Gesicht und seine Hast verrieten wachsende Besorgnis.

Das Atmen des blonden jungen Mannes war mühsam geworden. «Du müßtest es jetzt aber schon gefunden haben...»

Der Colonel hörte auf zu bohren und zu wühlen. Er schob seinen Arm in das Loch, um dessen Tiefe zu prüfen. Dann richtete er sich auf und blickte den blonden jungen Mann an, als ob er ihn nicht sähe. Für einen langen Augenblick schien er sich in Gedanken zu verlieren.

«Unglaublich», murmelte er.

«Was denn?» platzte der Junge heraus.

«Das Geld ist nicht da.»

Der blonde junge Mann riß den Mund auf, schnappte nach Luft und bekam große Augen. «Unmöglich!» keuchte er.

Plötzlich packte den Colonel die Wut. Er begann, mit dem Jagdmesser auf den Baumwollballen einzustechen, als ob er lebendig wäre und er ihn umbringen wollte. Er zerhackte und zerfetzte den Ballen mit dem Haken. Sein Gesicht wurde dunkelrot; im linken Mundwinkel stand ein wenig Schaum.

«Gott verdammt! Ich sag dir, es ist nicht da!» brüllte er den blonden jungen Mann an, als ob der schuld sei.

Grave Digger stieß die Tür der Besenkammer auf und trat in den Raum. Sein langläufiger Revolver war auf die Brust des Colonel gerichtet und schimmerte in dem hellen Licht tödlich.

«So ein Pech, was?» sagte er.

Coffin Ed verließ gleichfalls den Schrank.

Der Colonel und der junge Mann waren mitten in der Bewegung erstarrt. In ihren Augen stand Entsetzen. Der Colonel gewann als erster seine Fassung wieder.

«Was hat das zu bedeuten?» fragte er beherrscht.

«Das bedeutet, daß Sie festgenommen sind», antwortete Grave Digger.

«Festgenommen? Weil ich einen Ballen Baumwolle als Schaustück für unsere Kundgebung morgen vorbereite?»

«Nach dem Überfall auf die Versammlung der ‹Heim nach Afrika›-Bewegung haben Sie während der Flucht das Geld in diesem Ballen Baumwolle versteckt. Und dann haben Sie den Ballen verloren.»

«Unsinn», erwiderte der Colonel. «Sie leiden an Hirngespinsten. Wenn Sie glauben, daß ich etwas mit diesem Raubüberfall zu tun habe, dann nehmen Sie mich ruhig fest – aber Sie riskieren ein Verfahren wegen Freiheitsberaubung!»

«Wer redet denn von dem Raubüberfall?» knarrte Coffin Ed. «Wir nehmen Sie wegen Mordes fest.»

«Wegen Mordes? Was für ein Mord?»

«Dem Mord an einem Schrottplatzarbeiter namens Joshua Peavine», antwortete Grave Digger. «Hier kommt die Baumwolle ins Spiel. Er führte Sie auf Ihrer Suche nach dieser Baumwolle auf den Schrottplatz von Goodman, und Sie haben ihn ermorden lassen.»

«Vermutlich werden Sie die Baumwolle von diesem Goodman identifizieren lassen wollen», entgegnete der Colonel sarkastisch. «Wissen Sie aber, daß auf siebenhundert Millionen Morgen Baumwolle angebaut wird, die genauso aussieht?»

«Baumwolle kann auch identifiziert werden», belehrte ihn Grave Digger. «In jedem Polizeilabor. Von diesem Ballen Baumwolle sind auf Goodmans Schrottplatz, wo der Mann ermordet wurde, Fasern zurückgeblieben.»

«Fasern! Was für Fasern?» rief der Colonel herausfordernd.

Grave Digger trat zu dem Haufen Baumwolle auf dem Boden, nahm eine Handvoll und hielt sie dem Colonel vor die Nase. Sehr dicht vor die Nase. «Solche Fasern.»

Der Colonel war blaß geworden. Er schien das Messer und den Haken vergessen zu haben, die er noch immer hielt. Der blonde junge Mann schwitzte und zitterte am ganzen Körper.

«Lassen Sie das Zeug fallen, Colonel», befahl Coffin Ed und winkte mit seiner Waffe.

Der Colonel stieß Messer und Haken in das Loch in dem Baumwollballen.

«Drehen Sie sich um, gehen Sie zur Wand und stützen Sie sich mit den Händen dagegen», fuhr Coffin Ed fort.

Der Colonel sah ihn verachtungsvoll an. «Haben Sie keine Angst, Boy, ich bin unbewaffnet.»

Coffin Eds Gesicht zuckte. «An Unverschämtheit kann man sterben», knarrte er. «Wußten Sie das noch nicht?»

Die Weißen lasen die Drohung in seinen Augen und gehorchten.

Grave Digger durchsuchte sie. «Sie sind sauber.»

«Los, drehen Sie sich um», befahl Coffin Ed.

Beide drehten sich mit unbewegten Gesichtern um.

«Joshua Peavine ist nahe dem U-Bahnhof in der 125th Street in Ihren Wagen gestiegen, unmittelbar bevor er ermordet wurde», sagte Grave Digger leidenschaftslos. «Wir haben einen Augenzeugen.»

«Unmöglich! Da war doch nur ein Blinder...» platzte der blonde junge Mann unwillkürlich heraus.

Mit einer raschen Bewegung schlug ihm der Colonel ins Gesicht.

Coffin Ed lachte. Er zog eine Fotografie aus der Innentasche seines zerknitterten Jacketts und hielt sie dem Colonel hin. «Der ‹Blinde› hat Sie gesehen und diese Aufnahme gemacht.»

Der Colonel betrachtete das Foto lange und reichte es dann zurück. Seine Hand war sicher, aber seine Nasenflügel waren weiß geworden. «Und Sie glauben, daß eine Jury mich auf Grund dieses Beweises verurteilen würde?» fragte er.

«Wir sind hier nicht in Alabama», erwiderte Coffin Ed. «Wir sind in New York. Dieser Farbige wurde in Harlem von einem Weißen ermordet. Wir haben die Beweise dafür. Wir werden sie der Negerpresse und allen politischen Negerorganisationen geben. Danach wird keine Jury wagen, Sie freizusprechen und kein Gouverneur es riskieren, Sie zu begnadigen ... Sind Sie jetzt im Bild, Colonel?»

Der Colonel war weiß wie ein Laken geworden. Aber er gab nicht auf. Er sagte langsam: «Jeder Mann hat seinen Preis ... Wie hoch ist Ihrer?»

«An solchen Fragen haben schon viele Zahnärzte ganz gut verdient», knurrte Grave Digger. «Ihre Prothese sieht teuer aus ... Aber ich will es Ihnen sagen: Siebenundachtzigtausend Dollar.»

Der blonde junge Mann riß den Mund weit auf und wurde dunkelrot. Der Colonel starrte Grave Digger verblüfft an.

«Sie ... Unglaublich! Sie wollen ihnen ihr Geld zurückgeben?»

«Hm, hm.»

«Unglaublich! Etwa, weil es Neger sind wie Sie?»

«Ja.»

«Unglaublich!» wiederholte der Colonel noch einmal. Es schien ein großer Schock für ihn zu sein. «Wenn das wahr ist», sagte er dann, «haben Sie gewonnen ... Und was kaufe ich damit?»

«Vierundzwanzig Stunden Zeit», antwortete Grave Digger.

Der Colonel starrte ihn immer noch an, als ob er ein vierköpfiges Kalb vor sich hätte. «Und Sie ... eh, werden Sie sich auch an diese Vereinbarung halten?»

«Ich bitte Sie, Colonel – ein Abkommen zwischen Gentlemen!» Grave Digger runzelte die Stirn.

Der Anflug eines Lächelns spielte um die Mundwinkel des Colonel. «Ja, ein Abkommen zwischen Gentlemen», wiederholte er. «Also gut. Ich werde Ihnen einen Scheck auf das Konto des Komitees geben.»

«Dann warten wir hier hinter geschlossenen Jalousien, bis morgen früh die Banken öffnen, und Sie lassen das Geld holen», antwortete Grave Digger.

«Ich muß aber meinen Assistenten hier zur Bank schicken», wandte der Colonel ein. «Werden Sie ihm trauen?»

«Das ist falsch gefragt», antwortete Grave Digger. «Werden Sie ihm trauen? Es geht schließlich um *Ihr* Leben.»

22

Der Dienstag verging. Colonel Calhoun und sein Neffe waren verschwunden. Grave Digger und Coffin Ed ebenfalls. Die gesamte Polizei suchte nach ihnen. Der Lieferwagen war verlassen neben dem Friedhof an der 155th Street gefunden worden, von ihnen selbst aber keine Spur. Ihre Frauen waren fast wahnsinnig vor Angst. Lieutenant Anderson hatte sich persönlich in die Suche eingeschaltet.

Sie hatten den Lieferwagen einfach stehen lassen und waren in das Lincoln Hotel an der St. Nicholas Avenue gehumpelt, eine Privatklinik, die ein gemeinsamer Freund von ihnen leitete, hatten zwei nebeneinanderliegende Zimmer genommen und einmal rund um die Uhr geschlafen.

Jetzt war es Mittwoch morgen, und sie waren mit einem Taxi zum Revier gekommen, Filzpantoffeln an ihren bandagierten Füßen, um ihren Bericht vorzulegen.

Der Captain war bei ihrem Anblick puterrot geworden. Er sah aus, als ob er kurz vor einem Schlaganfall stünde. Er wollte sie nicht sprechen. Er wollte sie nie wieder sehen. Er ordnete an, sie sollten im Detektivzimmer warten, und rief den Commissioner an. Die anderen Detektive sahen die beiden an und grinsten mitfühlend, aber keiner sagte etwas. Keiner wagte sie anzusprechen. Sie waren heiß.

Der Commissioner kam, und sie wurden in das Dienstzimmer des Captain gerufen. Der Commissioner war eindeutig kühl, aber er hatte sich in der Gewalt wie ein Mann, der es eben noch schafft, nicht vor Wut an den Nägeln zu kauen. Er ließ sie stehen, während er ihren Bericht durchlas. Er blätterte durch die siebenundachtzigtausend Dollar, die sie abgeliefert hatten. In bar.

«Also, Leute, ich wünsche nur die Fakten», begann er und sah sich dabei um, als suche er nach den Fakten, die er wünschte. «Wie war es möglich, daß Colonel Calhoun entkommen konnte, während Sie ihn bewachten?» fragte er schließlich.

«Das steht doch in unserem Bericht, Sir», antwortete Grave Digger mit großer Selbstbeherrschung. «Wir haben gewartet, bis er zurückkam, um ihn dabei zu ertappen, wie er das Geld aus der Baumwolle herausnahm, doch als er die Tür aufschließen wollte, sagte sein Neffe etwas zu ihm, und sie rannten zum Wagen zurück und fuhren weg. Wir haben sie nicht mehr einholen können; ihr Wagen war zu schnell... Sie müssen irgendeine Vorrichtung an dem Schloß gehabt haben, durch die man gleich sieht, wenn sich jemand daran zu schaffen gemacht hat.»

«Was soll denn das für eine Vorrichtung sein?»

«Das wissen wir nicht, Sir.»

Der Commissioner runzelte die Stirn. «Warum haben Sie seine Flucht nicht sofort gemeldet? Wir haben schließlich Dezernate, die dazu besser ausgerüstet sind... Oder glauben Sie das nicht?» fügte er sarkastisch hinzu.

«Doch, Sir», antwortete Grave Digger. «Aber alle diese Dezernate zusammen haben Deke und seine beiden Killer nicht gefaßt, obwohl sie zwei ganze Tage Zeit hatten. Und dann sind diese Revolvermänner hier aufgetaucht, hier in diesem Revier, und haben zwei Polizeibeamte ermordet und Deke entführt.»

«Wir dachten, wir hätten allein eine bessere Chance, ihn zu stellen», fügte Coffin Ed mit unbewegtem Gesicht hinzu. «Wir dachten, er würde früher oder später zurückkommen, um sich das Geld zu holen. Deshalb haben wir uns dort versteckt und auf ihn gewartet.»

«Einen ganzen Tag lang?» fragte der Commissioner skeptisch.

«Ja, Sir. Zeit spielte keine Rolle», antwortete Grave Digger.

Der Captain räusperte sich wütend, sagte aber nichts. Der Commissioner lief dunkelrot an.

«In unserer Polizei ist kein Platz für Leute, die jedesmal eine Schau abziehen!» rief er erregt.

Coffin Ed fuhr auf. «Wir haben Deke und seine beiden Killer gefunden, oder nicht? Wir haben Iris zurückgebracht, oder nicht? Wir haben das Geld gefunden, oder nicht? Wir haben die Beweise gegen den Colonel beigebracht, oder nicht? Dafür werden wir doch bezahlt, oder nicht? Nennen Sie das ‹eine Schau abziehen›?»

«Und *wie* haben Sie das gemacht?» fuhr der Commissioner ihn an.

Grave Digger kam Coffin Ed zuvor. «Wir haben getan, was wir für das Beste hielten, Sir», sagte er friedlich. «Sie hatten uns doch freie Hand gegeben ...»

«Hehemm», grollte der Commissioner und blätterte in dem Bericht. «Eh ... Und wie ist diese Tänzerin, diese Billie Belle in den Besitz der Baumwolle gekommen?»

«Das wissen wir nicht, Sir. Wir haben sie nicht gefragt», antwortete Grave Digger. «Wir dachten, das würde schon jemand aus Iris herausbekommen. Sie haben sie gestern den ganzen Tag hiergehabt.»

Der Captain wurde rot. «Sie wollte nicht reden», sagte er abweisend. «Und von dieser Billie Belle wußten wir nichts.»

«Wo wohnt sie?» fragte der Commissioner.

«In der 115th Street. Nicht weit von hier», antwortete Grave Digger.

«Herholen!»

Der Captain hetzte zwei weiße Detektive los und war froh, so billig davonzukommen.

Billie hatte keine Zeit für ihr kunstvolles Bühnen-Make-up gehabt; ohne Schminke sah sie jung und demütig, beinahe unschuldig aus. Sie trug eine schwarze Leinenhose und eine weiße Baumwollbluse. Kein Mensch hätte sie für eine raffinierte Bauchtänzerin gehalten.

«Ach, das war nur so ein Einfall», erklärte sie schnippisch. «Onkel Bud schlief auf seinem leeren Karren, als ich unter der Brücke durchfuhr, um nach meiner Jacht zu sehen, und ... Also irgendwie mußte ich an Baumwolle denken; er hat so einen krausen weißen Kopf, wissen Sie?

Ich hab gehalten und ihn gefragt, ob er mir einen Ballen Baumwolle für meinen Baumwolltanz beschaffen kann – ich weiß nicht, warum. Es fiel mir so ein, ja? Und da sagt er, geben Sie mir fünfzig Dollar, und ich beschaff Ihnen einen Ballen Baumwolle, Miss Billie. Ich gab ihm die fünfzig Dollar, ich wußte ja, daß ich sie vom Club zurückbekommen würde. Und tatsächlich hat er den Ballen noch am gleichen Abend abgeliefert.»

«Wo?» fragte der Commissioner.

«Im Club», antwortete sie mit hochgezogenen Augenbrauen. «Was soll ich zu Hause mit einem Ballen Baumwolle.»

«Wann?» fragte Grave Digger.

«Keine Ahnung!» Diese sinnlosen Fragen machten sie ungeduldig. «Noch vor zehn, ehe ich kam. Er hatte das Ding am Bühneneingang stehen lassen, wo's im Weg war; ich ließ es in meine Garderobe bringen, bis ich es auf der Bühne brauchte.»

«Wann haben Sie Onkel Bud dann wieder gesehen?» fragte Grave Digger.

«Überhaupt nicht – wozu? Ich hatte doch schon bezahlt», erwiderte sie.

«Haben Sie ihn seitdem überhaupt nicht mehr gesehen?» wiederholte Grave Digger eindringlich.

«Nein.»

«Denken Sie nach», drängte Grave Digger. «Es ist wichtig.»

Sie überlegte einen Augenblick und antwortete dann: «Nein, wirklich nicht.»

«Sah der Ballen so aus, als ob sich jemand daran zu schaffen gemacht hätte?» fragte Coffin Ed.

«Mann, wie soll sie das beurteilen?» warf Grave Digger ein.

«Ich hab nie vorher im Leben einen Ballen Baumwolle gesehen», gestand sie.

«Wodurch hat Iris davon erfahren?» fragte der Commissioner.

«Das weiß ich wirklich nicht», antwortete sie nachdenklich. «Sie muß gehört haben, wie ich telefonierte. Ich fand im *Sentinel* eine Anzeige – jemand suchte einen Ballen Baumwolle. Ich hab die Nummer angerufen, da war einer dran, der sprach mit Südstaatenakzent und sagte, er ist Colonel Calhoun von der Bewegung ‹Heim in den Süden›, und er braucht einen Ballen Baumwolle für eine Kundgebung, oder so ähnlich... Ich hab das nicht ganz ernst genommen und hab ihn abends in den Club bestellt. Das mit den tausend Dollar, die ich verlangt habe, das sollte ein Witz sein. Ich war platt, als er dann...»

«Wo war Iris, als Sie telefonierten?» unterbrach sie der Commissioner.

«Ich dachte, sie liegt noch in der Badewanne, aber sie muß barfuß ins Eßzimmer gekommen sein...» Sie lächelte. «Typisch Iris. Ich hätte ihr ohne weiteres alles erzählt, wenn sie mich gefragt hätte. Aber sie wollte wohl lieber horchen.»

«Haben Sie nicht gewußt, daß Iris aus der Haft ausgebrochen war?» fragte der Commissioner verhalten.

«Ach?» Billie zog die Stirn kraus. «Mir hat sie gesagt, die Detektive Jones und Johnson hätten sie rausgelassen, um Deke zu suchen... Ich fand das nicht sehr fein, aber es ging mich schließlich nichts an.»

Totenstille. Der Commissioner sah den Captain scharf an, aber der Captain wich dem Blick aus. Coffin Ed und Grave Digger standen mit unbewegten Gesichtern da.

Billie fragte unschuldig in die Stille hinein: «Was war denn eigentlich besonderes an diesem Baumwollballen?»

Coffin Ed sagte heiter: «Die siebenundachtzigtausend Dollar waren drin versteckt, die bei Dekes Veranstaltung geklaut worden sind.»

«Ohhhh...» Billie verdrehte die Augen und fiel um.

Grave Digger konnte sie eben noch fangen.

Eine Woche war vergangen. Harlem hatte Schlagzeilen gemacht. Zur Unterhaltung des Publikums waren saftige braune Flittchen und wahnwitzige Killer mit einem Colonel aus dem Süden und zwei verrückten Negerdetektiven zu einem Cocktail vermixt worden. Blutrünstige Berichte von Raubüberfällen und Mordtaten ließen Harlem als ein kriminelles Inferno erscheinen. Deke O'Malley alias O'Hara und Iris wurden mit dem Frühstück aufgetischt. Beide waren des gemeinsamen Betrugs und des Totschlags angeklagt. Iris schrie in fetten schwarzen Buchstaben, sie sei von der Polizei ausgenutzt und hintergangen worden. Die ‹Heim nach Afrika›-Bewegung konkurrierte mit der ‹Heim in den Süden›-Bewegung um Zeilen und Sympathie.

Alle Welt war sich einig, daß nur tote Revolvermänner gute Revolvermänner seien, und man gratulierte Grave Digger und Coffin Ed, daß sie noch lebten.

Gegen Colonel Calhoun und seinen Neffen Ronald Compton war in Abwesenheit Anklage wegen des Mordes an Joshua Peavine, Arbeiter aus Harlem, erhoben worden, aber der Bundesstaat Alabama lehnte die Auslieferung der beiden ab.

Die siebenundachtzig Familien, die ihr Geld zurückbekommen hatten, veranstalteten für Grave Digger und Coffin Ed ein großes Fest auf dem gleichen Grundstück, auf dem der Überfall geschehen war. Sechs Schweine wurden im ganzen gegrillt, und die Detektive wurden zur Erinnerung mit historischen Landkarten von Afrika beschenkt. Grave Digger wurde aufgefordert, eine Rede zu halten. Er erhob sich, blickte auf seine Karte und sagte:

«Brüder, diese Karte ist älter als ich. Wenn ihr in dieses Afrika zurückkehrt, müßt ihr den Weg über das Grab gehen.»

Niemand verstand, was er meinte, aber alle applaudierten.

Am nächsten Tag wurden die Detektive Jones und Johnson vom Commissioner für Tapferkeit über die Grenzen der Pflicht hinaus öffentlich belobigt. Eine Gehaltserhöhung war damit aber nicht verbunden.

Der Bestattungsunternehmer H. Exodus Clay hatte die ganze Woche über zu tun, alle Toten zu begraben, was sich für ihn als so gewinnbringend erwies, daß er seinem Chauffeur und Handlanger Jackson eine Prämie gab, die Jackson ermöglichte, seine Verlobte Immabelle zu heiraten, mit der er seit sechs Jahren zusammen lebte. Oder doch meistens.

Wieder eine Woche später saßen Grave Digger, Coffin Ed und Lieutenant Anderson in einer ausnahmsweisen ruhigen Nacht im Dienstzimmer des Captain, tranken Bier und sprachen über Gott und die Welt.

«Ich verstehe diesen Calhoun nicht», sagte Anderson. «Wollte er der ‹Heim nach Afrika›-Bewegung das Rückgrat brechen, oder wollte er sie nur berauben? Ist er ein Mann mit einem Anliegen oder einfach ein Dieb?»

«Er ist ein Mann, der an seine Sache glaubt», meinte Grave Digger. «An eine Idee. An die Idee, daß der schwarze Mann in den Süden gehört. Zum Baumwollpflücken.»

«Er hält die ‹Heim nach Afrika›-Bewegung für ebenso sündhaft und unamerikanisch wie den Bolschewismus, und so was will er um jeden Preis ausrotten», ergänzte Coffin Ed.

«Also hat er eine nationale Tat darin gesehen, als er diesen farbigen Menschen ihr Geld raubte», sagte Anderson sarkastisch.

«Na und? Ist es das nicht?» entgegnete Coffin Ed.

Anderson wurde rot.

«Ach was, ihr kennt den Colonel nicht», sagte Grave Digger friedfertig. «Er hätte den Leuten ihr Geld zurückgegeben, wenn sie in den Süden gekommen wären und ein oder zwei Jahre lang Baumwolle gepflückt hätten. Er ist der geborene Wohltäter.»

Anderson nickte verständnisvoll. «Das erklärt es», meinte er. «Deshalb hat er das Geld in einem Ballen Baumwolle versteckt. Das war symbolisch.»

Grave Digger starrte Anderson an, dann schielte er zu Coffin Ed hinüber. Der sah ziemlich ratlos aus. Da antwortete Grave Digger mit unbewegtem Gesicht: «Ich verstehe genau, was Sie meinen, Lieutenant.»

Mammy Louise hatte eigens für sie ein Opossum gegrillt und servierte zu dem fetten gelben Fleisch kandierte Yams, grünen Collard und Okra und wünschte guten Appetit.

Den hatten sie auch.

Als sie beim Kaffee angelangt waren, bemerkte Coffin Ed: «Ein Glück, daß die Armleuchter im Süden dem Colonel genug Geld mitgegeben hatten auf seine Niggerfangexpedition – sonst würden wir immer noch nach dem Zaster suchen.»

«Hm, hm», machte Grave Digger faul.

«Was meinst du, wie ist er dahintergekommen?» fragte Coffin Ed.

«Mensch, der hat jahrzehntelang mit Baumwolle zu tun gehabt! Wie soll er da nicht merken, daß jemand an dem Ballen rumgefummelt hatte?»

«Meinst du, wir sollten ihn uns mal vornehmen?»

«Wieso – willst du das Geld noch mal zurückgeben?»

«Trotzdem – ich möchte wissen, wo er steckt.»

Zwei Tage später wurde ihnen von der Air France bestätigt, daß ein sehr alter Farbiger mit einem Paß auf den Namen Cotton Bud von New York über Paris nach Dakar geflogen war.

Sie telegrafierten an die Polizeipräfektur in Dakar, und es entspann sich folgende Korrespondenz:

WAS WISSEN SIE ÜBER ALTEN US-NEGER COTTON BUD
Jones, Revier Harlem, New York City

M. COTTON BUD KAUFT FÜNFHUNDERT RINDER SECHS VIEHTREIBER ZWEI FÜHRER EINEN ZAUBERDOKTOR / GING IN DEN BUSCH / FRAUEN WURDEN OHNMÄCHTIG
Präfektur Dakar

RINDERKAUF WEGEN MILCH ODER FLEISCH
Jones, Harlem

WEGEN FRAUEN
Präfektur Dakar

WIEVIEL FRAUEN FÜR FÜNFHUNDERT RINDER ERHÄLTLICH
Jones, Harlem

M. BUD HAT BISHER 100 FRAUEN HANDELSKLASSE A ERWORBEN / SOLL GLEICHE ZAHL WIE SALOMON PLANEN
Präfektur Dakar

WEITERE KÄUFE SOFORT VERHINDERN / BLUTDRUCK BUD ZU HOCH
Jones, Harlem

Auf dieses Telegramm kam keine Antwort mehr.

«Na ja, wenigstens Onkel Bud ist nach Afrika gekommen», sagte Coffin Ed.

«So wie er sich offenbar benimmt, könnte man meinen, er stammt da her.»